30 年前，与张辛欣、刘索拉等朋友在家中聚会

在美国，参加"国际访问者计划"

汶川地震后，探望幸存的孩子

和女儿在巴黎"左岸"咖啡馆

背后是辉煌的圣日耳曼德佩教堂

女作家们在新疆采风

与朋友一道重温林徽因在李庄的时光

拜谒普希金铜像

在美丽的呼伦贝尔

在"中澳"论坛

前往法兰克福书展

赵玫自选集

赵玫◎著

天地出版社 | TIANDI PRESS

图书在版编目（CIP）数据

赵玫自选集 / 赵玫著. —成都：天地出版社，2017.7（2021.9重印）

（路标石丛书）

ISBN 978-7-5455-2675-2

Ⅰ.①赵…　Ⅱ.①赵…　Ⅲ.①中国文学—当代文学—作品综合集　Ⅳ.①I217.2

中国版本图书馆 CIP 数据核字（2017）第065143号

赵玫自选集

出品人	杨　政
著　者	赵　玫
责任编辑	陈文龙　欧阳秀娟
封面设计	今亮后声
电脑制作	九章文化
责任印制	葛红梅

出版发行　天地出版社

（成都市槐树街 2 号　邮政编码：610014）

网　址	http://www.tiandiph.com
	http://www. 天地出版社 .com
电子邮箱	tiandicbs@vip.163.com
经　销	新华文轩出版传媒股份有限公司

印　刷	廊坊市印艺阁数字科技有限公司
版　次	2017 年 7 月第 1 版
印　次	2021 年 9 月第 2 次印刷
成品尺寸	160mm×238mm　1/16
印　张	37
字　数	606千
定　价	98.00 元
书　号	ISBN 978-7-5455-2675-2

序言

王蒙

新华文轩集团在做一套当代作家的自选集，第一批将出版陈忠实、史铁生、张炜、韩少功、王蒙的自选作品，目前签约的则还有熊召政、王安忆、赵玫、方方、池莉、苏童等同行文友，今后还将考虑出版港澳台及海外华语作家的自选作品。好事，盛事！

现在的文学创作并没有太大的声势，人们的注意力正在被更实惠、更便捷、更快餐、更市场、更消费也更不需要智商的东西所吸引。老龄化也不利于文学作品的阅读与推广，因为老人们坚信他们二十岁前读过的作品才是最好的，坚信他们在无书可读的时期碰到的书才是最好的，就与相信他们第一次委身的情人才是最美丽的一样。新媒体则常常以趣味与海量抹平受众大脑的皱折，培养人云亦云的自以为聪明的白痴，他们的特点是对一切文学经典吐槽，他们喜欢接受的是低俗擦边的段子。

孟子早就指出来了，"耳目之官不思，而蔽于物。物交物，则引之而已矣。心之官则思，思则得之，不思则不得也。"他强调的是心（现在说应该是"脑"）的思维与辨析能力，而认为仅仅靠视听感官，会丧失人的主体性，丧失精神的获得。因为一切的精神辨析与收获，离不开人的思考。

当然，耳目也会激发驱动思维，但是思维离不开语言的符号，而文学是语言的艺术，是思维的艺术，是头脑与心灵而不仅仅是感觉的艺术。文艺文艺，不论视听艺术能赢得多多少百倍的受众，文学仍然是地基又是高峰，是根本又是渊薮。文学的重要性是永远不会过时与淡化的。

当代文学云云，还有一个问题，"时文"难获定论，时文受"时"的影响太大。学问家做学问的时候也是稀罕古、外、远、历史文物加绝门暗器，不喜欢顺手可触、汗牛充栋的时文。

但读者毕竟读得最多、最动心动情、最受影响的是时文。时文晒一晒，静一静，冷一冷，筛一筛，莫佳于出版自选集。此次编选，除王蒙一人而外都是"文化大革命"后"新时期"涌现的作家，基本上是知青作家。知青作家也都有了三十年上下的创作历程与近千万字的创作成果。几十年后反观，上千万字中挑选，已经甩掉了不少暂时的泡沫，已经经受了飞速变化与不无纷纭的潮汐的考验，能选出未被淘汰的东西来，是对出版更是对读者的一个贡献。以第一批作者为例，陈忠实的作品扎根家乡土地，直面历史现实，古朴淳厚，力透纸背。史铁生身体的不幸造就了他的悲天悯人，深邃追问，碧落黄泉，震撼通透，沉潜静谧。张炜对于长篇小说的投入与追求，难与伦比，乡土风俗，哲思掂量，人性解剖，一以贯之，未曾稍懈。韩少功更是富有思辨能力的好手，亦叙亦思，有描绘有分解，他的精神空间与文学空间纵横古今天地，耐得咀嚼，值得回味。我的自选也忝列各位老弟之间，偷闲学学少年，云淡风轻，傍花随柳，作犹未衰老状，其乐何如？

我从六十余年前提笔开写时就陶醉于普希金的诗：

> 我为自己建立了一座非人工的纪念碑，
> ……所以永远能和人民亲近，
> 我曾用诗歌，唤起人们善良的感情，
> 在残酷的时代歌颂过自由，
> 为倒下去的人们，祈求宽恕同情。
> ……不畏惧侮辱，也不希求桂冠，
> 赞美和诽谤，都心平静气地容忍。

看到文友们的自选集的时候，我想起了普希金的诗篇《纪念碑》。每一个虔诚的写者，都是怀着神圣的庄严，拿起自己的笔的。都是寄希望于为时代为人民修建一尊尊值得回望的纪念碑来的。当然，还不敢妄称这批自选集就已经是普希金式的纪念碑，那么，叫路标石就好。几十年光阴荏苒，总算有那么几块石头戳在那里，记录着时光和里程，记忆着希冀和奋斗，还有无限的对于生活、对于文学的爱惜与珍重。它们延长了记忆，扩展了心胸，深沉了关切与祝福，也提供给所有的朋友与非朋友，唤起各自的人生百味。

目 录

长篇小说

漫随流水（选章）

哪怕破碎中带着血腥

那声音铺天盖地，撞击着沈萧的迷茫。被惊醒的睡梦，或者并不是梦。她猛地爬起来，咚咚的心跳，不知道是个怎样的梦。忘记了，在醒过来的那一刻，那个被追逐的故事。疯狂奔跑的那个人是不是她自己？

把她惊醒的那声音依旧在响。那不是梦？耳朵里灌满了疯狂的响声，却又一时分辨不出那声响来自何方。更不会在黑暗中看到，那声音所传达的是一种怎样的景象。

就是这样的一个夜晚。声音，那么撕心裂肺的，甚至是绝望。玻璃器皿被摔碎在地上，看不见的那如水晶一般的碎片飞溅。愤怒的吼声，义愤填膺的。或许还带着一种狂热，一种激情四射的浪漫。正义之师。那是正义之师的战斗。是需要欢呼需要放歌的，哪怕那破碎中带着血腥。又是什么被打碎了？玻璃的碎渣迸溅起来，又缓缓散落。然后是皮鞭抽打在人的脊背上的声音。哀号。这一次沈萧听清了，那是隔壁家的萧伯。伴随着萧伯的悲鸣，还有猫的叫声。萧伯家的那只猫。然后突然地，猫不再叫了，但哀号却不曾停止，又换成了萧伯……

沈萧将自己紧紧抱住。那是她不熟悉的一种声音。从没有听到过的歇斯底里，仿佛要置人于死地的。沈萧不懂，却毛骨悚然。她本能地拉开地下室的窗帘，却被黑暗中伸过来的那只手阻止了。但是她还是看到了，窗外那个依旧漆黑的夜晚。却从萧伯家的那端，晃出来喧闹的光亮。到底发生了什么？一种莫名的激动，完全陌生的感觉。好像风满西楼，又好像在孕育着，那惊天动地，定然是红色的。

狂飙一般的声音不停止，就在隔壁。隔着一面砖墙，震撼着沈萧的心灵。她那时候不懂苦难。她生在和平的环境中，尽管她只是住在昏暗潮湿的地下室，但走上楼梯就能沐浴阳光。在开满了紫丁香的院落中，那是她全部的欢乐，还有明媚的梦想和希望。是的，那是什么声音，环绕着不去，像在毁灭着什么，萧伯的珍宝，和萧伯的猫？

沈萧不喜欢萧伯。他总是孤傲的样子，脸色冷冷的，每天除了读书，就是站在墙根下晒地下室没有的太阳。在这座房子的后院，阴山背后，有一扇通往小街的铁门，供住在地下室的人出入。解放前这里住着仆人。他们从没有靠近过房子正面的那扇漂亮而雕镂着铁艺花卉的大门。那里不属于他们。不知道为什么，沈萧就是不喜欢萧伯，但却喜欢萧伯的猫。它会经常趴在沈萧的床上，在那里等她放学归来。

一阵重重的脚步声，从一直延伸到萧伯家的地板上响过来。冰凉的水门汀地板，仿佛是在扭打，或者是萧伯傲慢的抗争。又传过来尖厉的女声，划破黑暗的长夜。那么年轻的声音，夹带着正义和血腥。为了正义，必然会伴随血腥，这是沈萧后来才明白的，那个颠扑不破的真理。

慢慢地沈萧熟悉了隔壁的声响，一阵破碎之后的一阵必然的喊叫。沈萧觉得她不再怕，她甚至开始好奇，想知道在萧伯的房子里到底发生了什么。那是无法想象的，只是些微地有着某种预感的景象。年轻人正在变得无所畏惧，学校的课程也停止了。人们在不顾一切地让天下大乱，那是因为天下正在变得堕落。

沈萧抬起手臂按亮床边的台灯，却又被黑影中伸过来的手立刻关掉。但是在倏忽的光中，沈萧还是看清了那只枯瘦的手。细长的手指，大概也是冰凉的。

是萧伯家？

躺回你的床上。

可是外婆……

听到了吗？回到你的床上，不要说话。

沈萧反而固执地跑到门口，在黑暗中和冰冷的外婆撕扯着。她甚至打开了通向走廊的门，但外婆还是先于她锁上了那扇低矮的门。

外婆你难道没听到吗？咪咪怎么突然不叫了？沈萧挣扎。

那不关你的事，回去。外婆冷酷的命令。

可是我要去小便，我憋不住了。

就在屋里。外婆递过来痰盂。

你不能阻挡我关心国家大事！沈萧已经把外婆挤到了一边。

这只是萧伯家的事，萧萧，你要听话……外婆几乎是在恳求了。

但沈萧还是打开了门锁。我就是要看一看。然后她又撞开了那扇黑暗中的门。

骤然之间，那响亮的声音如浪潮般涌了进来，沈萧的小屋顿时被灌得满满的，仿佛萧伯家的声音，蓦然响在了沈萧自己的家中。更加清晰的打骂和哀号。甚至听清了那个女生义正词严的呵斥。萧伯的反驳短而有力，接下来是又一轮的捣毁和砸烂。

沈萧被骤然而至的声浪涌着向后踉跄了好几步。但是她没有退缩，反而在摧枯拉朽的声浪中向前走。她终于走进了走廊的灯光下。她抬起头，第一眼看到的竟是萧伯的咪咪，那个被吊在走廊电线上的已经断了气的猫。

直到这一刻。

直到这一刻沈萧才真正意识到，萧伯家一定发生了什么事。连咪咪都没有了，萧伯还有什么呢？抄家的事沈萧早已有所耳闻，却从来不曾真的看到过，更不要说就发生在隔壁的房间里。悬在电线上的死猫让沈萧一下子泪如雨下。她看着它。在昏暗的半空中，摇曳着。那慢慢变得僵硬的身体。谁能这样的残忍无情。沈萧跑过去想把咪咪抱下来。她或者以为还能救活那只猫。她不明白在这场红色的风暴中为什么首先死去的会是一只猫。她哭着，去拯救，她受不了生命已经完结却还要被吊着。但却再一次被身后的外婆紧紧拽住。她挣扎。就像刚才也曾挣扎过的那只可怜的猫。这一次她不再迟疑更不会胆怯，就为了那只无辜的猫，它有什么罪恶？

沈萧不顾外婆的阻拦拼命向外冲。如果不是眼前突然出现的那个青年，她或者已经把咪咪带回家了。但是那个年轻人仿佛从地下冒出来一样突然就站在了沈萧面前。他们不期而遇地对视。短暂的瞬间。沈萧却已经感觉到了身后拉扯着她的外婆的手在抖。他们所有的三个人在那一刻就仿佛凝固了一般。惊惧着。不动。谁也不知道接下来的那一秒钟会发生什么。

是的，她们是萧伯的邻居。仅只是邻居。他们在这座花园洋房的地下一层相邻而居已经十多年了。这道昏暗的走廊里只住着他们两家。在阴暗潮湿中。这样，惨惨淡淡地，活着。活着而已。

在那一刻，那个高大或者也很英俊的青年，事实上对沈萧的突然出现也猝不及防。这是沈萧后来才知道的，他只是到后院的草丛中方便了回来。他有点惊异地看着这个突然出现在黑暗中的女孩子。有点撞见幽灵般的迷茫。他看着沈萧披散的黑发和苍白的神情，还有她看到死猫时那哀伤的目光。那目光让他蓦然有了一种神圣的感觉，甚至一种罪恶感。他觉得眼前这个女孩子的脑后是应该泛出一轮光环的。他于是不由自主地停住脚步，觉得是自己的突兀搅扰了那个女孩子的梦。他什么也没说，只是歪着头向沈萧身后那间黑漆漆的小屋看了一眼。他或者还想做点什么，但是紧接着从萧伯的房子里就传来了那个女声高亢的喊叫，北上，北上……

不知道为什么，年轻人返身将沈萧推进了屋门，推进了她身后那一片浓重的黑暗中。之后他若无其事地走向那呼唤。接下来沈萧就听到了那个女声恶狠狠地说，这个资本家太顽固了，他就是不肯交出那本变天账。

你肯定他有变天账吗？那个叫北上的声音。

你怀疑我？就是怀疑这场轰轰烈烈的革命，就是……

男人的声音立刻斩钉截铁，敌人不投降就叫他灭亡。

我坚信我们一定会让他认罪的。女声更加坚定的誓言。

然后沈萧就看到了，那条带着闪亮钢扣的皮带在黑暗中划出的那道银色的弧。一如风驰电掣般在午夜中挥舞着。那噬血的。

接下来的夜晚沈萧始终蜷缩在角落中。直到天明，萧伯家的声响都没有停止过。只是一会儿激烈，一会儿又会平息下来，似乎在等待另一波更加凶猛的浪潮。沈萧觉得那声音仿佛是一种交响乐，或者至少可以用音乐中的和弦来形容。几种乐器同时发出音色迥然不同的旋律，交织起来，就成为了那种完美的和弦。这是外婆在弹奏钢琴时反复强调的。仅仅用她的两只手、十个指尖，外婆不知道弹出过多少个这样的和弦。然后是又一轮新的和弦响起。男人义正词严的吼叫，沈萧想或许就是那个叫北上的学生。还有女声的歇斯底里。为什么她总是歇斯底里？这腔调整晚不绝于耳，以至于沈萧觉得就像是一支被拉破了的小提琴，而且琴弦始终回环于那个仿佛钢丝在摩擦的刺耳位置上。然后才是萧伯的，那嘶哑的已经力不从心的反抗。后来这声音越来越低沉，慢慢地竟成了一种无奈的悲鸣。但萧伯偶尔也会高亢起来，不过听上去，那已经是他最后的挣扎了。

隔着厚厚墙壁，沈萧看不到萧伯家的景象，但慢慢地她却已经能够分辨，什么样的声音所代表的，是什么样的表情和动作。于是在一阵破碎声中，她仿佛看到了萧伯家墙上那个镶嵌着字画的镜框被摔在地上，也看到了人们是怎样狠狠地推倒了那个厚重的书架。她还看到了萧伯家的地上是怎样铺满了玻璃的碎片，那都是萧伯最喜欢的东西，是她从来都不敢碰的。她知道眼看着自己那些珍宝的被损毁，萧伯一定会发怒的。但紧接着，就是那抽打在萧伯身上的皮带声。嗖嗖地，带着仇恨和风声。萧伯会疼，却疼得不出声。甚至连呻吟也没有。萧伯怎么会如此坚强？

沈萧就这样蜷缩在墙角。仿佛被什么撞击着，但却无处可逃。沈萧就这样听着听着，直到她盼望的那一刻短暂的寂静终于到来。然后便在这寂静中睡着了。又一次吵醒她的依旧是那个女声。她的尖厉的叫声仿佛能穿透墙壁。这一次沈萧终于听清了那个女声在说着什么。她就是要萧伯交出那本变天账。她说萧伯如果不交出来，就是被打死也是罪有应得。她还威胁萧伯明天要把他揪出去游街，还要把吊死的猫挂在萧伯的脖子上。她不仅已经剪了萧伯的头发，还把他推倒在地并踏上她的脚。她让萧伯认罪萧伯却始终梗着脖子。她被气坏了，然后便是雨点般的，那皮带抽打在皮肉上的声音。一声接着一声……

沈萧不想再听到鞭打的声音。她觉得那是皮带抽打在自己的身上，因为她已经感觉到了那切肤的疼痛。她被吓坏了。她堵住耳朵，但还是能听到那个女声刺耳的喊叫。她的嗓音被她自己奋力地撕裂着。她发誓萧伯不认罪就绝不会饶过他。她说她不仅视萧伯为粪土，而且把他当作了可以任由他们宰割的猪狗一样的东西，就如同，被吊死在走廊上的那只资产阶级的猫……

不知道是什么让萧伯勃然大怒。或者是因为他听到了猫的死。然后是那些莫名的响动。激烈的却没有喊叫的那种搏斗。那是那个晚上沈萧从未听到过的一种声音，那种谜一样的但却异常沉重的响声。萧伯突然沉默下来。反而是那个女声绝望的挣扎。好像背负着什么。脚步声。踩在破碎的玻璃片上。哗哗地，响着。然后跌倒。又爬起来。那么费力的。仿佛在逃命。绝望的反抗。而后是，深切的痛。被羞辱了的尊严。不再有萧伯的声音。

什么是复仇？谁都不会低下，那颗高贵的头。爬行着。甚至血流遍地。究竟发生了什么？那么凌乱的脚步声，好像在相互追逐着。呻吟。但没有求饶。萧伯的以及那个女生的骨气。宁折不弯的。那是理想的光辉。人生自古谁无死。就拼了。在那个小小的地下室中。一切都在毁灭中。为什么？为什么没有北上的声音？他在哪儿？那个高高大大的年轻人。绿色的军装。泛了黄的。但是此刻他在哪儿？也在无声地扼住萧伯的喉咙？在隔壁？是的，就在隔壁。遍布着被损毁被破碎的一切。一切的狼藉，甚至人的生命。生命诚可贵，但还有尊严。所以抵抗。就为了偿还。那个你必须付出的代价。

最后连女声的哀鸣也不再有。寂静。那么无边的，寂静。人们到哪里去了？为什么不再交响。也没了不对称的和弦。人们惊慌失措，不相信会有这样的结局。不是咎由自取。那是最壮丽的牺牲。被震惊了片刻。或者被吓住了。人不能任人宰割，更不能随意侮辱。那个最被刺痛的地方。猫也是有气息的生命。生命不能任由践踏。那便是人类不断奋斗的目标……

沈萧蜷缩在黑暗的角落，她听到的最后一声呐喊竟是来自萧伯。

萧伯高喊着，别过来，你们谁都别过来……

萧伯手臂里高举的不是拳头，而是那把滴血的刀。

然后又突然地凝滞了。喷溅着的，那一腔的绝望与悲愤。唯有这最后的出路了。那高傲的绝杀。但沈萧知道，那已经是萧伯最后的吼声了。

然后是慌乱的脚步声。来来去去不停的脚步声。从萧伯家到楼梯又到屋外的院子。夜，渐渐地，过去。或者，还伴随着，惊恐中的抽噎。

天亮起来。一种不知道是什么味道的味道从门缝里钻进来。漂浮着。一层一层地占满整个地下室的房间。那是沈萧不曾闻到过的。咸腥的，而又一丝丝冰冷的甜。在这样的一个夜晚的洗礼中，沈萧不知道自己是胆怯了，还是变得更勇敢。沈萧拉开窗帘。从地下室的窗中向外望去，刚好看到了那来来去去的匆忙的脚。或者球鞋或者布鞋。那么惶恐不安的，鞋底上遗存的那淡淡浅浅的痕迹。红褐色的，那是什么？沈萧不知道那是什么，但是却知道一定是发生了什么。没有人能够预料结局。事态朝着它相反的方向发展了下去。那是谁都没有想到的。那血腥中的一片恐怖。活着或者死去的。没有人想到会流血，或者，没有人会想到会流出革命者的血。但革命就是要流血，这本来已经是年轻人抱定的信念。为了什么？让生命改变颜色？又是怎样发生的？那个势不可挡的一刻。杀戮。在人与人之间。生命变得不再重要。是因为生命的尊严面临了挑战，而维护尊严的唯一方式，也许就是毁掉生命。

地下室窗外的那些脚步。愤怒的悲伤的沮丧的难过的惊悸的而至最终的，一片沉寂。沈萧无法判断那些脚步代表了什么，更无从知道在萧伯的房间里究竟发生了什么。是的，没有枪林弹雨炮火硝烟。那只是一种预感。慢慢地汇聚于此的年轻人越来越多。那么铿锵的呐喊，复仇，而又无以复仇的狂躁。

沈萧站在窗前问外婆，出了什么事？

外婆不语，只是深埋着暗影中的头。外婆已然变得很轻的白发，在那种莫名的味道中轻轻地飘舞着。

然后天就大亮了。很早就开始照耀的明媚阳光。湿热的空气中夹杂着那环绕着不散的血腥气息。院子里的人越聚越多，一片嘈杂。没有清晰的话语。没有那个女声，也没有萧伯。一切都寂灭了，那个喧喧嚷嚷的长夜。丢失了什么？那个终于让一切中止的时刻。

沈萧拉开地下室的门。我不能总是待在屋子里。

于是沈萧混在拥挤的人群中。房子的外墙上贴满了大字报。黑色的墨汁流淌着，糨糊还残留着熬制时的温热。最醒目处是血样的红色大字，"血债要用血来还"。沈萧当然知道这话的意思，却不知谁的血要用谁的血来还。于是沈萧终于恍然，原来在你死我活的激战中，有人流血了。那个流血的人一定不是萧伯。萧伯是敌人。敌人的血怎么可能偿还呢？那么又是谁的血呢？北上？一想到北上这两个字，沈萧便不禁一阵惊悸。那个突然出现在午夜的年轻人？是啊，为什么后来就再也听不到他的声音？所以那女生才会变得那么歇斯底里，那么绝望凄惨的哀号，就仿佛，有人把刀砍在她身上……

沈萧不由自主地难过起来。那个午夜中赫然出现的北上仿佛就在眼前。哪怕只是一个瞬间，沈萧便从此不再会忘记他的目光。他看着她，仿佛凝固了一般。惊诧而又转瞬之间的温暖。沈萧也还记得，当那个女生大叫着北上的名字时，他又是怎样不经意地，把她推回到了地下室的黑暗中。然后是外婆在她的耳边说，别闹了，他是不想让他们看到你。

如果是北上呢？

沈萧挤在慢慢沸腾起来的人群中。人们义愤填膺，进而摩拳擦掌，好像不把那个血偿者揪出来就誓不罢休。汗水不停地淌下来。汗湿的衣服就贴在沈萧的肌肤上。显然她也已经被鼓动了起来。如果是北上，血债当然要血来还。这是天经地义的，甚至外婆经常诵读的《圣经》中也在说，以血还血，以牙还牙。

人们议论纷纷，猜测着并且评说着，那个正在慢慢接近的真相。地下室的那个资本家杀人了。他杀了前来造反抄家的红卫兵小将。连伟大领袖都支持的红卫兵他怎么敢杀了他们？他罪大恶极，死有余辜。他如果不死也会被枪毙。牛鬼蛇神如此无法无天，不运动怎么能压住他们嚣张的气焰？听说那个红卫兵被砍了十几刀。多残忍啊。一个孩子。青春年华就这样被断送了。他们是为了响应最高指示而流血牺牲的……

北上？他真的被萧伯砍了十几刀？

沈萧站在期待的人群中。他们所要看到的是一个怎样的结局。公安部门终于完成了对萧伯家的清查，然后，那个盖着白布单的担架就被抬了出来。

人群立刻涌动起来，每个人都想看到死人被抬出案发现场的场景。一种噬血一般的渴望和贪婪。攒动的人头挡住了沈萧的视线。她看不到。她焦虑。唯有她应该看到的，因为，唯有她用耳朵谙知了萧伯家那个夜晚发生的一切。不再有声响。一切都寂灭了。午夜的战争终于停止，以一个生命终结了另一个生命，再共生共死。沈萧拼命抬起脚跟。在热浪和热汗中，还有人们热烈的期待。她终于在缝隙中看到了那个正在荡开人群的担架，看到了被甩出担架外的那只苍白的手臂。那手臂随着担架的起伏而摇来摇去，仿佛有着生命，又仿佛任凭摆布。在生命终止之后，人，就是这样的么？

不，沈萧不知道被抬出来的那个人是谁，但却是她第一次看到了一个死人。她觉得她应该害怕但她却没有害怕。她只是觉得那摆来摆去的没有了生命的手臂看上去很可怜。那一刻她本能地问着自己，人为什么要这样地死呢？为什么，宁愿被杀，抑或，宁愿自杀？生命就那么脆弱那么没有意义？那时候沈萧还想不出别的，她只是觉得不应该如此简单地选择生存和死亡。单单是猫的死就已经让她难以理喻了，更不要说活生生的人。

尸体被抬走后人们依然不肯散去。正午的阳光发出正午的汗臭。黏糊糊的，相互碰触间的相互的毫不在意。人们坚持着不散，甚至更起劲儿地向前涌。他们或者想进入萧伯的小屋，想看看那个犯罪的现场究竟什么样。门外的小街上已经水泄不通。人们不懈地等待着。因为有人说在那个黑漆漆的楼梯下面，还有着另一具等待抬出的尸体。于是人们更加兴奋，他们只是想知道，刚刚被抬出的那个尸体是红卫兵的，还是那个畏罪自杀的资本家。他们因此而固执地等待着。在流火的骄阳下被灼烤燃烧。人群中发出的气味越来越恶浊。那是从每一个毛孔中散发出来的，然后聚合起来，充塞在人群的缝隙中。

终于一个警察从地下室走出来。说大家可以散了。现场已经被封闭了。

可是第二具尸体呢？

不是说死了两个人吗？

警察沉默。然后抬起湿润的眼睛。是的，是有一位红卫兵小将牺牲了。不过是在医院里死去的。阶级敌人太残忍了……

于是人群中一阵唏嘘。人们只好在义愤和悲愤中悻悻离去。转瞬间小街上就只剩下了沈萧。因为只有沈萧一个人住在事发的这座充满了恐怖和血腥的房子里。

警察严厉地驱赶沈萧，还待在这里干什么？

沈萧不想马上回家。她觉得那股可怕的气味，依旧在源源不断地从地下室的走道中冒出来。于是她将自己掩藏在院子里的丁香花丛。那是她从小就喜欢的地方。外婆说，花是原来房子的主人种下的，让住在这座房子里的人每个夏季都能闻到那幽幽的香。所以这座房子 1949 年前的名字叫"紫丁香园"，解放后改成解放街 5 号。有时候外婆还会说是因为她喜欢，外公才叫花匠在院子里种满了紫丁香。但外婆又会马上改口，说她也不知道这座房子原来的主人到底是谁。

但不管是谁种下的紫丁香，这里都是沈萧最喜欢的地方。她常常会一整天都躲在丁香丛中，有时也会因为受了委屈在这里独自啜泣。这一刻沈萧同样觉得自己受到了伤害。因为她无论如何想不明白，在刚刚过去的那个夜晚到底发生了什么。她没有看到但却听到了那晚可怕的景象。杀戮？尽管她早已明白了这两个字的含义，但现实对这两个字的注释还是让她心有余悸。首先是猫的死让她惊恐万状，接下来萧伯的死让她不敢置信，而那个北上的死就更是让她无限惋惜，尽管她和他只是在午夜的黑暗中匆匆一面。她和他并不认识甚至毫不相干，但是为什么他的死会让她如此难过？

沈萧在丁香丛中一直待到黄昏。她也曾几次看到外婆惊恐不安地在院子里和小街上到处找她。但是她就是不想回那个阴森森的地下室。她觉得昨晚的那些响声还回响在地下室中，就像是一场永远也做不完的噩梦。

透过树丛的枝杈和那些淡淡浅浅的紫花，沈萧看到了天尽头的那轮火红的落日。那么热烈地燃烧着的一个美丽的黄昏，却有几条生命都被夺走了。在一片黯然中，沈萧知道她已经迷失了自己，以至于弄不清人与人之间的相互残杀是不是正常的。萧伯的死让她心存惊悸。那是一种不清晰的但却有所预感的对自身处境的恐惧。和外婆住在一起的事实本身，就让她对自己的身世充满迷惑。她不知道外婆的昨天，更无法预测外婆的昨天会对她们的今天带来怎样的灾祸和不幸。她还对那个死去的红卫兵深怀歉疚，她觉得他死在他们的地下室里，她就有了一份无法逃脱的罪恶。不是因为他是红卫兵而是因为他是北上。她是因为喜欢北上进而喜欢红卫兵的，所以她才会因北上的死而不能原谅萧伯，尽管，萧伯已经用他的生命偿还了血债。

日薄西山但远方的落日依旧血红。沈萧突然觉得大自然或许早就预知了他们的死，否则太阳沉落时为什么红得就像是人的血。

沈萧终于走出丁香花丛。不是因为饿，也不是担心外婆，而是她突然想到了那只吊在电线上的猫。她不知道咪咪是否还被绑在电线上，但她却记得午夜中的那个女声是怎样威胁萧伯说，要把死去的咪咪吊在萧伯的脖子上去游街。于是沈萧暗自为萧伯庆幸，她想或者萧伯选择了自杀是对的，否则他怎么能忍心挂着咪咪去游街呢？

沈萧走出灌木丛。她不敢相信自己的眼睛。不敢相信她的眼睛所看到的，竟是和警察一道从地下室走出来的那个人，那个她以为已经死去的北上。就是说北上没有死，就是说壮烈牺牲的那个红卫兵不是他，那么死的又是谁呢？莫非是对着萧伯大喊大叫的那个女生？是的，沈萧没有见到过那个女的，但是她的声音却已经烂熟于心。那么真的是她吗？那个女生？是她被萧伯砍了十几刀？

这突如其来的变化让沈萧的心怦怦地跳。那种由震惊而至的喜出望外，让她不顾一切地冲到北上面前，眼睛里溢满不可遏制的欢乐。

不是你？真的不是你，这太好了……

警察不耐烦地看着莫名其妙的沈萧。怎么又是你？这种地方有什么好看的？还不快回家。

而沈萧只是怔怔地看着北上。她的无限欣喜的表情甚至扭曲了她的脸。而北上只是匆匆地看了一眼沈萧，他甚至已经不认识她了，也不曾把她和昨晚黑暗中见到过的那个姑娘联系起来。他只是脸上的一片哀戚与黯然，仿佛在追思什么，然后就和警察走出了院子。

那一刻沈萧所铭记的，是北上的背影，还有与他红色袖标并列的一副凝重的黑纱。

萧伯房间里血腥的气味持续了很久。因为天气潮湿，又是地下室，因此那气味久久不肯散去，直到一场秋风过后。于是整个夏季只要一走进地下室的楼梯，那味道就会夹带着地下的阴气扑面而来，让沈萧恶心并且难受。但是她又别无去处，只能是白天尽量待在同学家或院子里，直到不得不回屋睡觉的那一刻。

萧伯的房子被封了起来，从此地下室变得更加冷清。但偶尔也会有红卫兵前来参观，在这个阶级斗争最激烈的地方接受洗礼。

那个晚上萧伯家究竟发生了什么，沈萧从院墙外的大字报中获知了真相。那篇署名为"战友"的大字报写得慷慨而悲愤，字里行间充满了对死去战友的缅怀和悼念，以及，对萧伯的痛斥与仇恨。除去那个口号般的开始，大段语录的引用，沈萧终于从那满怀激奋的字里行间，了然了那个晚上的前前后后。

被萧伯杀死的那个红卫兵叫林青春，一名初三的女学生。她出身于革命干部家庭。与生俱来的红色背景，让她从小对地富反坏右怀有着不共戴天的仇恨。当她得知萧伯喜欢养花玩草，收藏古董，甚至还养了一只猫，她就认定萧伯是旧社会的遗老遗少，是暗藏在这个社会中的阶级敌人。她坚信萧伯这样的残渣余孽一定会对社会不满，并且随时随地都在梦想着变天。于是她确信萧伯一定会有一本变天账，而且肯定每天都在写反动日记。所以她呼吁他们这个革命干部子弟组成的造反军团首先抄萧伯的家，她没有想到自己竟出师未捷身先死。

林青春发誓对萧伯这样的阶级敌人决不手软。于是就有了突袭萧伯家的那个暴戾恣睢的夜晚。为了让萧伯交出那本变天账，林青春可谓不遗余力。她知道不将萧伯打翻在地，萧伯就决不会低头认罪，更不可能交出那本变天账。整整的一个夜晚林青春为理想而战。就在别的红卫兵小将感到疲劳的时候，唯有林青春还在孤军奋战。她一遍一遍地高声朗读最高指示，一次又一次地将萧伯推倒在地，然后把她的脚踩在萧伯的脸上身上。她坚定地认为这样做是正确的。敌人不投降，就叫他灭亡。她相信这就是真理。于是当萧伯沉默不语的时候，她就用皮带抽他。当萧伯伺机反扑的时候，她就将萧伯珍爱的那些古物毁坏。当萧伯终于忍无可忍的时候，她又极其残忍地吊死了萧伯的猫……

于是萧伯终于凶相毕露。他拿不出他的变天账，却顺手抄起了一把刀。那不是萧伯故意隐藏的武器，而仅仅是厨房案台上的一把普通的切菜的刀。

萧伯在决定拿起那把菜刀的时候也不是早有预谋。他只是再也不能忍受了，他看到了被吊死在走廊电线上的他的猫。他和他的猫相依为命已经很多年。在地下室里能倾听萧伯说话的也只有那只猫了。于是，为了猫，突如其来地，萧伯猛地向林青春扑过去。萧伯或者想总之是一个死，与其被折磨而死不如奋起反抗。于是那把菜刀在林青春的身上猛烈地砍着。而那些战友却被当时血淋淋的景象吓坏了。唯有林青春毫不畏惧。她带着身上的一处处刀伤继续和萧伯搏斗。直到她再也没有气力地倒下。她身上的每一道伤口都淌着血。当大家一拥而上去捕捉萧伯时，想不到这个浑身是血的阶级敌人竟然跳到了桌子上。他高举着那把滴着林青春的血的菜刀，他说你们不要过来，谁过来我就杀了谁。他还说这里没有什么变天账，有的只是老子的一条命，你们拿去吧！说着他用那把砍杀了林青春的刀，狠狠地从自己的脖子上抹过。然后他就重重地摔到地上，在喷涌的血中畏罪身亡。把我们想要审判他的机会都拿走了。在缅怀我们勇敢的红卫兵战友时，让我们感到遗憾的是，英雄的热血竟然和敌人肮脏的血，流在了同一把菜刀上。

林青春的英雄事迹可歌可泣。她用她坚定的立场和年轻的生命，为人们上了一堂最生动的阶级教育课。我们在向林青春学习的同时，强烈要求将这位献出年轻宝贵生命的红卫兵战士林青春，追认为无产阶级的革命烈士。

沈萧一遍一遍地读着这张大字报，直到将大字报上的那些文字读得褪了色。她恍惚觉得这个署名"战友"的作者很可能就是那个北上，而那个北上对林青春也一定怀了很深的无产阶级感情。这从她看到北上和警察一道走出地下室的那一刻就意识到了。他不看沈萧，完全沉浸在痛失战友的悲伤中。他或者意想不到这场轰轰烈烈的学生运动，会导致一个战友的死亡。他对林青春的牺牲一定追悔莫及，恨不能死在萧伯刀下的那个人，不是林青春而是他。

如果换上沈萧呢？或者她也会这样谴责自己。在战友惨遭杀戮的时候他在做什么？为什么听不到他的声音，更看不见他用高大的身躯去保护那个柔弱的女生，而致林青春身上的刀伤竟然有十几处之多？在那一刻，无疑是北上们的软弱纵容了萧伯的嚣张。萧伯才可以如入无人之境地肆意发泄着他的怨愤和仇恨。

总之沈萧无法解释北上在那一刻的退缩。不知道他是真的怯懦，还是，对那残暴的场面已难以承受。那么，他又为什么要写出这篇既满怀深情又满怀仇恨的大字报呢？是为了铭记，还是为了让自己负罪的灵魂获得解脱？

清冷中只茂盛着几棵泡桐

沈萧怯怯地走进高台上的房间。这里是她从不曾到过的地方。在校园的尽头。中间隔着硕大的体育场。于是这里偏僻冷清。在偏僻冷清中的某种看不到的傲慢。但是存在。那弥漫着的骄矜。在每一砖每一瓦上。在草木丛中在空气中。清冷中只茂盛着几棵泡桐。

沈萧记得一年前栽种泡桐时的盛大景象。所有的同学列队操场。由精心挑选出来的那几位共青团员掘土，刨坑，栽种并且浇水。这种泡桐不能等同于他们日常种下的那些向日葵或者蓖麻，因为泡桐的种子来自兰考，而兰考县的那位英年早逝的县委书记正在成为英雄，所以泡桐之于他们这所古老的中学来说就是英雄树。

这种被兰考证明的树种果然容易成活。转眼间就洋洋洒洒地挺拔了起来，为高台上的几排光秃秃的房子平添了风景。高台上住着的大多是一些部队子弟，因为他们的父辈常常不在卫城，有的干脆戍守边关，所以就只能将孩子寄托在泡桐树下的这个寄宿班。于是高台上的孩子们总是远离父母，甚至卫城有家也不能回。他们是傲慢的但却也是寂寥的，直到周末父母派专车来接他们，他们才可以在小轿车中炫耀地风光一番。久而久之高台上的孩子成为了一个群体。一群特殊的人，一个同学们须仰视的阶层。他们根红苗正，父母又占据了那个时代的领导职务。于是父母打下的江山自然也就首先成为了他们的江山，所以他们高高在上，或者至少有一种高高在上的感觉。便是那种红色的高贵将他们从普通的学生中分离了出来，过着一种离群索居的自以为了不起的孤傲生活。

沈萧有点紧张地推开了7号宿舍的门。她敲门，却没有回应。这是她第一次走进寄宿班生活的地方。房间里整齐地摆放着四张床。朝南的窗户外就是那几株恣肆的泡桐，而阳光正透过叶片的缝隙流泻进来，将房间里的每一个角落都照得无比澄澈。

窗边的那张床上坐着一个女孩。在阳光的照耀下就像是一尊美丽雕像。她只是回过头来看了一眼沈萧，就扭回头去继续做她手中的事情了。于是沈萧被搁置在7号的空空荡荡中。这是她第一次感受到高台的冷漠和骄矜。不久后她让自己平静下来。她看到那个女孩子正在用心钩织一个红色的语录袋。她还看到语录袋上钩出的领袖万岁的字样。大概是编织中遇到了什么难题，女孩子突然变得狂躁起来。她开始奋力拆掉那件几近完成的织物。她不停地拉扯着那条红线，似乎从不曾为其付出过心血。

眼看着那个语录袋将被毁掉，沈萧走过去。她知道那是因为女孩子不会收边，而她对这类编织技巧已非常熟稔。那是不久前她从外婆那里学来的手艺，而此时此刻她就斜挎着一个在当时看来非常时髦的语录袋。上面的图案比女孩子正在钩织的这个更为复杂，不仅有"万寿无疆"的字样，甚至有非常逼真的领袖的肖像。沈萧接过来女孩手中的织物。一声不响地帮她完成了她无法完成的那个部分。沮丧中的女孩全神贯注地看着沈萧上下飞舞的手指。她或者在慨叹这双手怎样的鬼斧神工。但是当沈萧把这个修整好的语录袋交还给女孩，不知道触动了女孩的哪根神经，她竟然将沈萧修补的部分又重新撕扯开来。她恶狠狠地揪着那根将一损俱碎的红线。她双唇紧闭，但那蛮横、那决意损毁的意志却是无比坚定的。转瞬，她不仅拆掉了沈萧精心织补的部分，甚至也拆毁了她自己辛苦钩织的全部。

沈萧眼看着那根红色的棉线从一环一环钩织的线圈中脱落。她不知道女孩编织这个语录袋用去了多少时间，而拆毁却是一蹴而就。很快那个织物化为乌有。弯弯曲曲的红线在地板上堆起了一座蓬松的小山。那么鲜艳的，卷曲着，在窗外阳光的照射下。

当一切完结。这时候沈萧才第一次看到那个女孩的脸。沈萧觉得她很美。那种不可一世的美。她的脸因着她毁灭的决心和动作而涨得通红。她并且还气呼呼的，好像被伤害被羞辱了，所以她要毁掉一切。

但是显然女孩很快就后悔了。因为她的眼泪正夺眶而出。沈萧不知道这眼泪是出于悔恨，还是愤怒。她以前只知道悲伤会流眼泪，却从不知愤恨也会让人泪眼婆娑。于是沈萧本能地对那女孩生出了几许同情。不过她也不知道自己是同情女孩的悔恨呢，还是她的愤恨？那一刻她很想走过去安慰那女孩，因为她自己也曾有过这样既后悔又心痛的时刻。她知道有时候人的情绪就是这样莫名其妙，对可能的后果毫无顾忌。

那一刻悲伤的女孩沐浴在窗外射进的阳光下。那光线一如瀑布流泻，光束中能看到很多飞扬的尘埃。沈萧觉得那种光的照耀真是美啊，美若仙境，因为这是她在地下室中很难看到的景象。她的地下室的小窗只能让些微的光亮折射进来，却从不曾把一丝真实的阳光给予她。她就是在那永远的晦暗中成长起来的，所以她不能不被这阳光的美景所吸引，所震撼，她甚至不在乎女孩对她的无礼了。

那么你就是麦穗吧？沈萧问女孩。

然而女孩不回答，坚持着她的愤怒与悲伤。

沈萧又说阳光下你的泪水被照得五光十色，在睫毛上，闪烁着，那赤橙黄绿……

"砰"的一声。狠狠的门响。沈萧不禁一个哆嗦。自从萧伯家出事的那个晚上，她对声音就格外敏感。她害怕任何一种粗暴的响声。她认为各种非正常的响声都会引发出悲惨的结局，就像萧伯和那个女红卫兵的死。沈萧等待着女孩摔门后会发生的可怕的事情。她下意识地捂住耳朵，躲进墙角。她惊悸着，但接下来却是一片长长的宁静。

沈萧抬起头看着窗外。看到那个女孩正独自坐在操场边的攀登架上。阔大的操场上空无一人。那一刻艳阳下的操场是那么寂寥，坐在攀登架上的那个女孩就显得更加渺小。渺小到她已经不再是一个独立的人，而成了操场的一部分。

沈萧将散乱在地上的线绳捡起来。将它们一圈一圈地缠成一个红色的线团。沈萧觉得她一点也不生那个女孩的气，她甚至开始喜欢那个女孩了。她知道她叫麦穗，比她低一个年级。原来她们并不认识，她只是看到了麦穗的大字报后才来找她的。麦穗在大字报上说，她的"红缨战斗队"已经成立了。她决心捍卫领袖捍卫无产阶级专政，和一切地富反坏右进行殊死的斗争。因为她的父辈就是在革这些"黑五类"的命，所以她对这些人满怀仇恨。她特别强调了她的出身。她根红苗正，父辈曾为建立这个伟大的政权流过血。所以她的家庭背景是红色的，全家人都拥护党拥护领袖。家庭成员们都战斗在这场革命的第一线。她的父母和哥哥。在她的宣言中还特别提到了发生在紫丁香园地下室的那起砍杀红卫兵的反革命事件。她坚称自己认识那位英勇牺牲的革命烈士林青春。她说林青春虽然献出了她年轻宝贵的生命，但是她将永远活在她的心中。所以她要继承烈士的遗志，完成烈士未竟的事业，这就是她为什么要成立"红缨战斗队"的全部原因。她呼吁志同道合者加入她的战斗队。她最后慷慨悲歌，高呼无产阶级政权万岁万岁万万岁。落款的名字就是麦穗。于是沈萧积极响应，欣然前往，她无比真诚地希望自己能成为麦穗的战友。

沈萧来到攀登架上的麦穗身边。麦穗明明知道沈萧就在身后，却依然高昂着自己的头，对身后的沈萧不理不睬。

沈萧说，我是看了你的大字报才来找你的。我被鼓舞，被感动。我想我能够成为你的战友。

沈萧又说，我以为麦穗并不是你的真名，是临时更改的一个红卫兵的称谓。但无论如何麦穗这个名字很好听。仿佛看到了金色的麦浪，还能联想到庄严的国徽。

沈萧还说，高台上的房子在同学们心中一直很神秘。大家都知道如果没有红色的背景，是根本不可能住进去的。

这时候麦穗才不屑地扭转头。对着有些苍白的沈萧说，那是用我父亲的鲜血换来的。

沈萧垂着头，没有去迎合麦穗的嚣张。

我知道你不喜欢我说的话。但那是事实，是你们这些人必须接受的现实。这是我们的江山。

来找你，是因为看到你希望有人来参加你的战斗队。沈萧说。

你可以参加，也可以不参加。麦穗依旧不屑。

你现在只有一个人……

不是说一个人就不可以成立战斗队。麦穗突然激动起来。更不能说，一个人就不可以革命了。

我不是这个意思。

那你是什么意思？一个人怎么啦？林青春的"独立大队"里就只有她一个人。她还不是成为了英雄。

我是被"红缨"这两个字所吸引，才决定来找你的。

那是我哥哥起的名字。他说红缨枪是父亲参加农民起义时使用的武器。红缨还象征着女性的飒爽英姿……

你哥哥？

是的我哥哥非常有名。不说这些了，你的出身是什么？

就是说你打算接受我了？

这时候麦穗才从高高的攀登架上跳下来。目光傲慢地审视着沈萧。说出你的出身。不准撒谎。还有你的政治态度，你拥护学校里的哪个红卫兵组织？

你决定站在哪一边？

我……

你要老实。

是的，我从来没见过我的父母。外婆说他们死于一场瘟疫。我和外婆住在解放街上的紫丁香园。

那座有名的资本家豪宅？

不过我们是住在地下室，一直过着很清苦的生活。

那么你外婆是做什么的？

她为基督教女青年爱国会弹钢琴。

那么你们是资产阶级了？

我说过我们的生活非常简朴，去看看我的房间你就会知道，我们差不多一无所有。

那你外婆怎么会弹钢琴？

我们的音乐老师也会弹钢琴呀。外婆的单位是教人爱国的，是国家允许存在的宗教机构……

总之你外婆的来历很可疑。

不过，我很可能是孤儿，是被收养的。所以我的外婆很可能不是我的亲外婆。

反正我们不是一类人。

我们会成为一类人的，我们有共同的理想和志向。

但是你能弄来一身绿军装吗？有了绿军装，"红缨"才可能接受你。

可是，别的战斗队并没有这样的要求啊？

所以"红缨"才更纯粹。

就是说，你不打算吸收我了？

只要想做的事情，就没有做不成的，既然你那么想加入"红缨"。

我可以为你编织各种各样的语录袋，我还会做领袖的像章，我，对了，我还会写文章，刻钢板，印刷传单……

麦穗已经离开了操场。回到高台上自己的房间。她并且从里面锁上了门。她故意让沈萧听到了那个响亮的锁门声。

沈萧无望地站在泡桐树下。看头顶的树叶在骄阳下纹丝不动。她也一如泡桐树叶般在骄阳下纹丝不动。有一点失落。也有一点悲伤。她知道自己被唾弃了。没有人想要她，更没有人需要她。正午的阳光仿佛火焰。汗水从她的发根流下来，直到脸颊。汗湿的衬衫紧紧地贴在她的身上。但是她就是站在正午的阳光下。站在那里纹丝不动。直到，直到她觉得再站下去已经毫无意义了。

其实她知道麦穗就在窗后。也知道麦穗一直在看着她。她站了多久麦穗就在窗后看了她多久。她不知道自己这样做，是在折磨自己呢，还是在折磨麦穗？

然后她一步步登上高台。从麦穗的门前缓缓走过。当她穿过那扇窗时，窗户突然从里面打开了，碰到了沈萧的脸。鲜血顿时从沈萧的眉骨上滴下来。她捂着脑门看窗里麦穗惊恐的目光。她不知道麦穗究竟想要做什么。当然她并不奢望麦穗能把她留下来，她知道麦穗也不会那么做。但麦穗就是打开了那扇窗户撞疼了她，紧接着从窗子里扔出了那个她刚刚缠好的红线团。

线团在窗外的高台上滚了很远，一直滚到了台基下。沈萧停住脚步，却并没有回头，然后就听到了身后关上窗户的声音。

沈萧没有回头去看麦穗，她只是猜测着麦穗为什么要这样做，她的真正用意是什么。她或者不想再要被别人碰过的东西，也或者是一种暗示，因为红宝书是要随身带的，所以她就是想要一个红色的语录袋。

红色的线团在阳光下蹦蹦跳跳。一路向前地将红线拖得越来越长。直到线团不再奔跑，沈萧才开始考虑自己是不是应该捡起它。

在低矮的地下室里沈萧借着窗外的光。她的头深深地埋在双肩下，一心一意地编织着手中的语录袋。虽然只是在家中，沈萧却有了一种革命的激情与动力，一种，仿佛已经被接受了的激动与欢愉伴随着她，让她在劳作中以苦为乐。这是她在最近这如火如荼的日子中最快乐的几天。她崇拜这个时代，热爱这场运动，不愿意被这个漫天旌旗飘、人人红袖标的时代所摒弃。现在她终于觉得如愿以偿了，因为她此时此刻拼命在做的，恰恰就是红卫兵女战士们所需要的。她们对理想的追求对领袖的热爱，乃至对这个时代的美的向往，都将体现在她所编织的语录袋上。她为她能够为她们服务，能够成为对她们有用的人而感到无比欣慰，甚至骄傲。为此，她只能是更加的不辞劳苦。

于是借着越来越幽暗的天光，沈萧一刻不停地编织着。她不仅将麦穗的线团变成了一个堪称完美的领袖语录袋，还特意用黄线将领袖的头像镌刻了上去。她就这样马不停蹄地工作着，以至于手指被钩针磨破，手腕也开始疼痛起来。她不管不顾地忙碌着，已经有两个晚上彻夜不眠，外婆只好拉掉电闸。

其实沈萧并不清楚自己的未来，也不知道麦穗的"红缨"最终能否接纳她。她曾经几次想把编织好的语录袋给麦穗送去，也曾经几次穿过操场，走上高台，甚至来到 7 号门前，看到了窗子里透出来的那明晃晃的光。但她最终还是望而却步、临阵脱逃了。她没有了勇气，更不想再经历那种被拒绝的伤害。

然后就到了让沈萧难忘的那个时刻。她想不到，打开家门看到的那个人竟然是麦穗。她记得麦穗走进地下室后适应了很久，才慢慢看清了这个家徒四壁的晦暗的房间。尽管麦穗的脸上已经露出了那种厌恶的神情，但沈萧还是抑制不住地激动万分。尽管她并不知道麦穗为什么要来她的家，她还是情不自禁地流下了眼泪。然后便是翻箱倒柜地把她几天来的战果统统摆在麦穗眼前。她把麦穗随身携带的那本红宝书放进她编织的语录袋中，为麦穗斜挎在肩上，又让麦穗照镜子。她还把所有的语录袋都塞在了麦穗怀中，她对麦穗说，都是你的。她又说你可以送给你的那些战友你哥哥的那些战友……但是麦穗还是松开双臂，让那些语录袋径自掉在了地上。

沈萧快快地退到了墙角。她心里说着，不，你怎么能这样。她看到了麦穗脸上越来越强烈的那种反感。她看到了，又能怎样？她只是一遍一遍地说着都是你的，反正都是你的。我是专门为你做的，你喜欢哪个就拿走哪个，你可以要也可以不要……

这时候，麦穗突然脱下了她的绿军装。她的军上衣的里面只穿着一件白背心。她毫无表情地把那件军上衣递给了沈萧，说，给你了。拿着呀。又说，你就是"红缨战斗队"的成员了。你就是红卫兵了。

沈萧简直不敢相信自己的耳朵，更不敢相信那件绿上衣从此就是她的了。几天来她曾经好多次梦见那件绿军装。甚至梦到送给她军装的那个人竟是她见到过的红卫兵北上。梦醒之后才是现实的残酷。她知道那件军装对她来说根本就是天方夜谭，可遇而不可求。而此刻那件军装竟然就在她的眼前，伸手便可以触到的，她却不敢。她满心惊惧地后退着，一直退到墙角，退到了她已无路可退。

你什么意思？麦穗突然高声地喊叫起来。你到底什么意思？你还想不想革命啊？我已经来找你了。在这么龌龊的地方。你还要我怎样？麦穗说着转身离去。把地下室的那扇低矮的门狠狠甩在身后。

沈萧不顾一切地追了过去。她拉住麦穗，恳求着，不，你别走，我只是不敢相信，不敢相信"红缨"真的能接纳我。

那么你为什么不去别的组织？

是因为你。见到你就觉得我们应当并肩作战。

你以为我会视你为同类？麦穗脸上依然傲慢的表情。我只是怜悯你。

麦穗强迫沈萧立刻换上她的军装。

真的吗？你真的送给我了？这不是梦？沈萧只是把军装紧紧抱在胸前，她甚至能感受到军装上麦穗的气息和汗湿。可是你呢？你穿什么？

我爸爸妈妈都是军人。军装家里有的是。你穿上。

沈萧羞涩地脱掉外衣。外衣的里面没有内衣。那已经变得丰满的乳房。麦穗看到后不知所措。她只是下意识地低头看了看自己扁平的胸部。然后麦穗自鸣得意。她或者觉得穿军装的胸膛就应当是扁平的。

沈萧将军装穿在身上。掩饰不住的如愿以偿。显然那件军装非常合身，只是在乳房的部分有些紧，但纽扣最终还是能系上。

这里，不合适？

不不，很合适，我只要稍稍挪动一下扣子。

就是说，你愿意成为"红缨"的成员？

沈萧有点紧张地看着麦穗，点头。

只是，为什么要叫沈萧呢？问过我哥哥了，他也说你的名字不好，有种江河日下的感觉。无边落木萧萧下，那是封建文人堕落的心态。你是为谁在唱挽歌？你仇视这个狂飙一般的红色世界……

不不，怎么会呢？我是说名字是可以改的，只要能加入"红缨"。

还有，我们要参加卫城红卫兵的联合行动。

沈萧依旧怯怯地，那么，我也能去吗？

是一次破四旧的集体行动。

就是说，抄家？

我哥哥是总指挥。联合行动的目标是，掀起红卫兵运动的新高潮。还有，告慰林青春不朽的英灵。

林青春？

你犹豫？

不不，我是说，林青春她死得太惨了。

是牺牲。有战斗就会有牺牲。不过她死得其所，虽死犹荣，就像张思德。

是的。可是，你，你也认识她？

我？不，是我哥哥认识她。他们是战友。总之，想想我说的话。然后来找我。麦穗刚刚走出地下室的门，沈萧便立刻捂住了自己的耳朵。她好像又听到了隔壁传来的可怕响声。那么歇斯底里的。血腥的。那红色，象征着革命也象征着恐怖。那些被砸碎的玻璃的碎片，那道被砍断的跳荡的血脉……

对沈萧来说，隔壁萧伯的房间就像是一个巨大的留声机。不知道什么时候，那个夜晚曾发出过的声音，就会再度被释放出来，凶狠地撞击着沈萧的耳郭。她仿佛看到了那个记录着声音的黑色唱片，在萧伯的留声机上不停地转。一遍过后会自动开始第二遍，这样循环往复，让沈萧的整个身心都笼罩在那无边的惊恐中。每当这种声音响起，沈萧就会跑向隔壁。她拼命捶打着萧伯的房门。她知道那个留声机就在萧伯的房子里，也知道该怎样拔掉唱盘上的唱针。她要把那张灌满了恐怖的唱片摔在地上，用脚踩碎。她再不要听到那声音了，她已经被那声音折磨得快疯了。

但是每一次萧伯家都被那张封条封住，门边的那把大锁已生满铁锈。沈萧也曾几次问过外婆，萧伯是不是真的已经死了。不然房间里怎么会总是发出那种可怕的声音呢？

外婆说萧伯确实已经死了。外婆说到萧伯的死时眼睛里甚至浸满了泪。外婆说再不会有萧伯了，所以那声音是从沈萧自己的头脑里发出的。于是沈萧茅塞顿开，明白了为什么无论她怎样拼命捂住耳朵，那声音还是会疯狂地环绕在她的耳畔。原来那并不是萧伯家的声音，原来那留声机就安装在她自己的耳朵里。她只是无法控制那架留声机，不知道它什么时候会转，又什么时候能停下来。

于是她只能任由耳朵里那个留声机折磨她，任由那种可怕的声音随时随地响起来。尽管外婆曾反复告诫她忘掉那些，忘掉那个夜晚。只有彻底忘掉了那一切，恐怖才不会再来纠缠你。但是那可怕的声音还是不停地响起来。突然之间的铺天盖地，啃噬着她大脑中的每一根神经。然后从大脑延伸到她的周身，她的身体的每一寸肌肤，每一个细胞。每一次被那种响声侵袭之后，沈萧都像是得了一场大病。声音响起的那一刻她不能思想。大脑中一片空白就仿佛正在坠入深谷。她不能睁开眼睛甚至不能呼吸。她被那巨大的声音压迫着，戕害着，她不知道那声音带来的苦难什么时候才能结束。

是的就在这一刻沈萧被击倒。甚至麦穗的脚步还没有完全迈出地下室的门。她紧紧地捂住耳朵，甚而抱住自己的头。身体也不由自主地蜷缩起来，沈萧跌倒在地上。

为什么？

沈萧被林青春的抄家吓坏了。她其实并没有看到过那场面，但单单是声响就已经让她崩溃了。然而麦穗却来通知她，能否在"破四旧"中英勇无畏，将是检验"红缨战斗队"是否忠诚的唯一试金石。是的，单单是抄家的声音就已经把沈萧击倒了，她还怎么能冲锋陷阵？沈萧被夹击在声音和未来的行动中。她绝望，因为她不知道自己有没有勇气加入到这次联合行动中，更不可能像林青春那样在抄家中冲锋陷阵。

这是沈萧在这场运动到来后的第一次犹豫。所谓的一个闪念，一抹私心，一种退缩。但是沈萧尽管犹豫，她还是知道自己事实上已经别无选择了。她知道在这个黑白分明的世界上，你如果拒绝了造反就等于是，你拒绝了革命。

可是，你怎么可能拒绝革命呢？你是那么由衷地热爱着，生怕被这场轰轰烈烈的运动所抛弃。而且从切近的人生处境来考虑，你也不能拒绝麦穗的指令。不去抄家就意味着，你将不会被"红缨"接受。而不能参加红卫兵组织的，大概也就只有那些"地富反坏右"的孝子贤孙了。

所以沈萧没有退路。她更不能允许自己从一开始，就被这个如火如荼的社会所唾弃。她更不能辜负麦穗的一片苦心。她知道没有麦穗和她的"红缨"，在某种意义上就等于是没有了自己。

第二天清晨，麦穗走出高台上的房门，迎面就看到了那个不知道是谁竖在那里的标语牌。她迷迷糊糊，揉着双眼。她想是谁呢？然后就看到了"更名启事"几个醒目的大字。

从即日起，反修中学初二年级学生沈萧正式更名为沈丹虹。

从即日起，沈丹虹宣誓加入"红缨战斗队"，忠于领袖，忠于党，忠于人民，忠于"红缨"，海枯石烂，永不变心。

然后麦穗就看到了，标语牌后面的沈萧。不，用沈萧自己的话说是沈丹虹。沈丹虹背着自己的行李从标语牌的后面走出来，穿着麦穗送给她的那件绿军装。

麦穗说不清自己在看到沈萧的那一刻是什么感觉。她既没有欢迎她，也没有立刻赶走她，只是有了一种很不舒服的感觉。她想如果是自己，她会那么轻易就改掉自己的名字吗？她想名字是父母给予的，其中浸透着他们的思绪和希望。所以无论在怎样的状况下，她都不会舍弃父母所赋予她的人生的意义。但沈萧为什么就能如此恩断义绝呢？仅仅是为了参加红卫兵组织？还是为了谄媚她？或者她就是这么想的，就像林青春那样敢作敢为？

麦穗离开了标语牌。离开时她只是冷冷地说，拆掉这些。我不愿意我的窗子被挡上。然后麦穗往回走。她没有让背着行李的那个已更名为沈丹虹的沈萧进来。她非但没有让她进来，还奋力关上了自己的门。她不但把沈萧关在了门外，还从里面锁上了门。

麦穗有点不知所措地把自己关在房间里。她觉得自己仿佛被什么侵袭了。她并不真的知道自己能否接受这个沈丹虹。她甚至有点害怕。害怕这个不顾一切的也许还会不择手段的沈丹虹。她觉得她要好好想想。她还没有做好准备。从此要朝夕相处地和另一个女孩在一起，而且她并不喜欢她。

麦穗没有站在窗前，却在墙上的镜子中看到了窗外，看到了沈萧正在拆除那个早上刚刚搭建的标语牌。她把她的"更名启事"撕下来，然后就放倒了那个木牌。麦穗还看到沈萧在做着这一切的时候怎样地汗流浃背，她的头发湿漉漉地贴在脑门上，草绿色的军装也被汗水变成了深绿色。做完了这一切沈萧就站在7号门外。站得累了就坐在她的铺盖卷上。她就那样一会儿站着，一会儿坐下。脸被晒得红通通的，汗水不停地留下来，可是她就是不来敲麦穗的门。麦穗不知道这个沈萧究竟有着怎样的承受力，更想不出她何以能做到这样，做到如此的卑微下贱，哪怕失去了做人的尊严。

整整一个上午。她们就这样一个屋里，一个屋外。麦穗想不明白这究竟是为什么。但是无论怎样的不明白，她最终还是打开了门。是的她输了，她拗不过那个桀骜的死皮赖脸的沈丹虹。她打开门。语气依旧冷冷的。我们终究不是一类人。

但革命却是平等的。沈萧竟没有一丝的怨恨。我们的目标也是一致的。

可我就是不喜欢你。

这和喜欢不喜欢没关系。

你身上的什么东西让我觉得害怕。

因为你没有受过我那么多的苦。

你永远不会成为我的战友，你也别想接近我。

那明晚的联合行动你就自己去吧。沈萧说着背起了她的铺盖卷。

好啊，你走吧。我哥哥会来接我的。

你想好了？

麦穗不语。

不是因为一时的冲动？

麦穗依旧一言不发。

那么好吧。沈萧开始脱掉军装。像昨天那样，外衣的里面依旧什么也没穿。还是那对丰满的乳房。坚硬而又柔软的。她把那件汗湿的军装扔给麦穗。她说她早就想离开了，如果不是为了麦穗来过她的家。她说她知道学校里还有很多战斗队，而哪个战斗队都不会像麦穗这样既残忍又无情。

然后沈萧打开了她的铺盖卷。她或者想从里面找到一件自己的衣裳。她一边找一边说你知道吗你是个冷酷的人。没有感情也没有心肝。你看不出别人对你的好，也根本不会对别人好。没有人能和你相处的，你也不会有朋友。你以为这个世界上只有你一个人？你这样高高在上不觉得孤单吗？

麦穗狠狠地反唇相讥，我不孤单，我有我哥哥。

你哥哥？我怎么从没看到过你哥哥？别再自欺欺人了。我终于明白为什么没有人愿意加入你的战斗队了，只有我傻乎乎地迁就你……

一个人的战斗队有的是。我就是孤家寡人，怎么啦？麦穗歇斯底里地高喊着，眼睛里却已经浸满了泪水。

你别冲着我瞎嚷嚷。我这就走，从此再不想见到你。

但沈萧也真的生气了，因为她翻来翻去地却找不到自己的那件上衣。她就那样光着上身翻找着，后来她突然委屈起来，我，我何苦要为你做那些……

这时候一个高大的男生破门而入：麦穗，你……

三个人都惊呆了。

他是要揭开卫城那个红色的夜晚

这是一次秘密的行动。所谓的秘密只是对那些即将被查抄的对象而言。让他们在毫无准备的情况下，猝不及防地，接受红卫兵小将们血与火的洗礼。所以这次的联合行动被安排在午夜。各路红卫兵队伍集合的时间是晚上10点。集合的地点就在反修中学的操场上。麦穗和沈萧站在她们高台的房间里，就可以看到黑暗中那些密密麻麻向这里涌来的人们，就像蚂蚁搬家那样，很快就遍布了学校的操场。

因为红卫兵战士们的志同道合，大家即或互不相识，见面后也会格外亲切。于是操场上空顿时的一片嗡嗡之声，那是大家在相互传递革命消息。譬如最近看到了什么大字报，谁谁谁被揪了出来。或者某某校长可能是暗藏的历史反革命，而作为苏修特务的某某老师终于露出了狐狸尾巴。当然还有，某男生的父亲是阶级异己分子，某女生的母亲已经被拉到街上游斗了。交谈中大家争先恐后，唯恐漏掉了什么人物和事件。这些来自各个学校的新闻在广场上不胫而走，只是黑暗中人们的眉眼很难辨析，很可能天亮以后就谁也认不得谁了。

据联合行动司令部的部署，当晚红卫兵们要向卫城五条街上的五十个家庭发起攻势。这五条街上住着的人，大多是解放前遗留下来的资本家。尽管解放已经让他们风光不再，但有些人却至今逍遥地住在自家的豪宅中，继续维持着他们昔日的铅华。所以这些人就成了红卫兵首当其冲的抄家对象，这个晚上也就成为了震惊卫城的"红色之夜"。联合行动要求向五条街上的五十个资本家家庭发起攻势，也就是说，每一路红卫兵都要连夜偷袭至少两个以上的资本家老巢，所以每支分队的任务都很艰巨。

沈萧紧紧地跟在麦穗身后，兴奋中夹杂着某种莫名的紧张。在拥挤的人群中，她们盲从地向前走。后来麦穗才茫然地停住脚步，说我们要找到我哥哥。

于是她们又开始找麦穗的哥哥。像没头苍蝇似的在人群中乱跑乱撞。那么大的操场那么多的人，黑暗中到哪儿去找你哥哥。但是沈萧却什么也没有说，只是一味地跟在麦穗身后在人群中漫无希望地寻找着。沈萧之所以沉默寡言，是因为她还没有从中午的尴尬中摆脱出来。

正午的那个瞬间让沈萧无地自容。她闭上眼睛就能看到闯进来的那个男生惊愕的目光。她不记得自己是否看清了那个男生的脸，所以她不知道那个突然的闯入者到底是谁。那一刻她把所有注意力都集中在了那个男生的眼睛上，因此她只记住了那双惊愕的眼睛。她还记住了对方被放大了的瞳孔中，就像水晶玻璃那样反射出她的裸露的上身。那一刻她已经把麦穗的军装脱下来还给了她。她很伤心。赤裸着上身。试图在自己的行李中找到自己的上衣，却越是着急生气就越是找不到。那一刻她并不在乎自己是不是裸露着身体，也不在乎麦穗就在自己的对面，她只是想不到会有一个男生推门而入，哪怕他有着无数的可以推门就进的理由，但是在闯入之前他至少应该敲敲门。然后，他就把他的惊愕停在了沈萧的乳房上。不，他怎么可以看到这些？就在沈萧飞快地拿起身边的什么东西挡住胸膛的时候，那个男生也躲闪开他的目光并转身退了出去。沈萧还记得麦穗是怎样恶狠狠地瞪了她一眼，紧接着就飞快地追了出去，并高喊着，哥哥……

沈萧只记得那一刻她是多么难过，甚至穿上衣服后还在不停地流眼泪。她觉得她的身体被男人看到是最大的耻辱。她觉得被看到的赤裸的上身就再也收不回来，也不再干净了。就像被泼出去的水，或者，被掠夺的初夜，再也不能修复了。

所以在亢奋的人群中沈萧只觉得恨。恨自己，恨那个男生，也恨麦穗。她觉得没有麦穗的喜怒无常就不会有她当时的愤怒。她知道但凡能容忍她就不会做出脱光上身的举动，也就不会被那个男生的目光看走了她的纯洁。尤其她听到麦穗追出去时竟高喊着哥哥，她就更是无地自容。如果只是一个不认识的男生也就罢了，偏偏闯进来的那个人是麦穗的哥哥。是的，唯独麦穗的哥哥不能视若无睹。她只要和麦穗交往下去，说不定哪一天会跟这个哥哥碰面，而只要碰面，也就自然会想到这个尴尬的瞬间。事实上沈萧只要一想到麦穗的哥哥，就会联想到自己裸露的胸膛，也会想到那双惊恐的眼睛，想到自己被劫掠了的那曾经完美的贞洁……

哦，沈萧已经穷途末路，不知道该怎样面对接下来的那一切。

不久之后麦穗悄然回来。走进来时目光平静。她说我想过你会走。想到你可能已经走了，再不回来。但是，但是你却能留在这里，我，我真的很高兴。麦穗的语气变得如此平和，这也是沈萧没想到的。我哥哥说，有你在我身边他会放心好多。麦穗又说，那么你真的决定留下了？她看到沈萧不曾回答又继续说，今晚集合的地点就在窗外的操场上。我哥哥说，我们现在必须睡觉，晚上才可能全力以赴。

于是沈萧想到了那个林青春，她想林青春就是睡好了觉后才去抄萧伯家的吗？她所以才能那么精神百倍地鏖战整整一夜，才能在最后的时刻依然斗志昂扬，甚至连她的死都那么意气风发。但是沈萧没有对麦穗说这些，她只是怀着刚才的尴尬和沮丧问麦穗，那个人真是你哥哥？

麦穗没有回答沈萧的话，她显然不想继续这个话题。那时候她已经满脸兴奋和激动，甚至身体都在发抖。她说她从没参加过这么浩大的集体行动，想想来自整个卫城的红卫兵都聚集在窗外的那个操场上。她说她紧张极了，她要沈萧摸她的手。那么冰冷而僵硬的，在炎炎夏季，却仿佛每一根手指都被冻住了。沈萧，不，沈丹虹，不，还是叫沈萧。你知道吗？今晚对我们来说将是充满了腥风血雨的洗礼。你不相信？不会有血腥的场面？你是说没有那么残忍的敌人？那么，怎么会有林青春的死？所以我一直期待着这个红色的夜晚，那将是卫城的不眠的夜。麦穗握紧拳头，铮铮誓言。麦穗说我甚至渴望着能像林青春那样为理想献身。我将毫不吝惜自己的生命。我哥哥也是这样勉励我的。我们要把那些"牛鬼蛇神"从黑暗的角落中拉出来，我们要将他们送上无产阶级专政的审判台……

只是在黑夜到来之前没有睡意。两个女孩子只是一味地躺在床上。这也是沈萧第一次参加这样的行动，而来自她的内心的不是战斗的豪情，而是满心的惊恐。她没有参加过抄家但是她却听到过。就在隔壁萧伯的房间里，就在墙的那一端。她听得到皮鞭抽打在萧伯身上发出的嗖嗖声，也仿佛能看到鲜血从鞭痕中浸出来。她甚至能感觉到如果不是那面墙，皮鞭是抽在自己身上的……

黑压压的广场上来来往往的人。偶尔会闪过手电筒的光束。在人群中穿梭的是那些骑着女式自行车的高大的男生，也是他们在用手电筒肆无忌惮地来回照着。那是沈萧第一次看到那么长的手电筒，就像手中握着的棍棒。这些骑在自行车上的男生大多是红卫兵的头头，其中一些人就是今晚行动的指挥者。他们高高在上，狂傲自大，一副领袖风范，仿佛天下已经是他们的了。

不久后，黑暗中的人群就在自行车和手电筒的引领下离开了操场。缓慢地。被推挤着。却又被明令悄然无声。在校园门口队伍分几路向不同的街区进发。各路队伍沿着灰暗的街道默默行走。因为是一次不能事先张扬的行动，所以一路上红卫兵们不能高喊口号。黑暗中由人影组成的队伍就这样悄无声息地移动着……

路灯稀少的马路就像黑暗中的河流，而静谧的行进者的方队就如同河流中夜行的船。

因为"红缨战斗队"只有麦穗和沈萧两个人，于是她们被编进"弹弓手"的队伍。当队伍停在了一座很大的房子前，他们便知道已经抵达了目的地。红卫兵们按照指令，一个挨一个地将这座黑漆漆的房子包围了起来。他们无声地做着这一切，虽然他们互不相识，但信仰和激情却将他们紧紧地连在了一起。即将被洗劫的房子一片萧索。死一样的黑暗和沉寂令人窒息。小将们尽管已开始了行动，却几乎谁都不知道被洗劫的是一个怎样的家庭。

被包围的房子里没有任何动静。大家静候着那个最后的指令。他们行动的暗号是，街边那根电线杆上路灯的被熄灭。于是大家都抬着头，等着那盏路灯发出战斗的信号。就仿佛那是一座为夜行的航船指明方向的灯塔。而事实上那盏路灯非常昏暗，但大家还是抬着头，直到麦穗身边的一个男生向前一步，举起了他手中的弹弓……

于是沈萧和麦穗睁大眼睛，眼看着那个男生缓缓地拉开了弹弓上的橡皮筋。皮筋越拉越长，那几乎要断裂的长度。然后他调整姿势。屏住呼吸。瞄准。黑暗中弹弓手的威武的剪影。

都知道那是他们的那个时代男孩子都会玩儿的玩具。只是弹弓的原理尽管和射箭的原理相近，但因为战争早已脱离了那个冷武器的时代，所以玩弹弓的行为总是显得很滑稽。但是唯独这个晚上不一样。因为只有弹弓手才能发出战斗开始的信号。于是弹弓手变得很重要并且很神圣。而在他射出子弹的那一刻，他的姿势就更是让大家觉得很庄严甚至很壮美了，那勇士一般地，令人仰望。弹弓手或许也意识到了大家的期待，特别是身边的两个漂亮的女生。他或者已经听到了她们情不自禁地感叹与唏嘘，于是他将这瞄准的姿势做了很久很久，以至于等在一边的女生们不由得紧张了起来，生怕他不能一弹命中，功亏一篑。

沈萧后来回想起这段经历时，才联想到了那个后羿射日的故事。那个荒蛮时代曾经十日并出，以至于植物枯死，人们苦不堪言。于是后羿才身负使命，拉开弯弓射去九日，方使天下太平。而弹弓手在那个夜晚射灭路灯的神勇，在红卫兵的心目中不啻后羿射日，甚至比后羿的使命还要庄严，比后羿的姿态还要勇武。因为他不仅要熄灭一盏路灯，他是要揭开卫城的那个红色的夜晚。

不知道弹弓手使用的是怎样的弹丸，只见一个黑色的颗粒飞了出去，速度之快，还来不及在夜空中划出一个美丽的弧线，就已经被黑夜所吞噬了。紧接着那个灯泡无声地碎裂，玻璃碎片纷纷扬扬地落下来……

然后是真的黑暗到来。连一丝恍若光亮的光亮都不再有。甚至没有天上的星星和月亮。

紧接着沈萧就听到了猛烈的砸门声。夹杂着兴奋而又凶狠地喊叫。她知道一切真的开始了。就像她在地下室听到的那个可怕的长夜。同样的歇斯底里，同样的让人毛骨悚然。然后房子里就传来了窸窸窣窣的声音。那是唯有沈萧才能听到的那种，绝望中的窸窣之声。然后是相继亮起来的一扇扇窗户。那是有人在睡梦中被惊醒，于是惊弓之鸟般立刻打开了房中的灯。他们显然已谙知了将要发生的是什么。或者他们早就有所准备，知道即将到来的一切是迟早的……

不知道什么时候门被打开，杂乱的脚步声说明第一批红卫兵已经英勇地冲了进去。伴随而来的是一片乱打乱砸的声音，仿佛什么都已经被砸得粉碎。风卷残云般的，却没有大呼小叫，甚至没有乞求。显然房子里的人对这场洗劫心领神会，又有口难言。他们只是眼看着，并且任凭着。他们或许也知道，无论怎样地抗争都将无济于事。那所有的能够被打碎被砸烂的物品，显然在那个最初的时刻就已经被彻底毁灭。

接下来麦穗和沈萧这些后面的红卫兵才被允许进入。她们战战兢兢地走进门廊，脚下踩着的全都是刚刚被砸碎的那些器物的残渣。她们从没有见到过这样狼藉的场面，这样的支离破碎。于是她们被吓坏了，她们还没有足够对付这些"四旧"的勇气。尽管沈萧听到过萧伯家被抄的整个过程，但是却没有像眼下这样真正看到过。一个家，这样乒乒乓乓地一通之后，就成了一堆废墟，这甚至是她们做梦都难以梦见的。

沈萧和麦穗有点惊惧地站在门廊，却不知在这样的情境下她们究竟该做什么，怎么做。于是那个弹弓手朝她们走来，只是他的脸上已不再庄严。

害怕了？弹弓手轻蔑地看着她们。

不不，没有。她们说。

你们是来造反的，还是来看西洋景的？

可是，我们该干什么呢？

干革命啊。

是的，革命……

革命不是请客吃饭，不能温良恭俭让，你们不是带着红宝书了吗？

弹弓手不屑地看看四周，然后猛地抄起书桌上的一盏台灯狠狠地摔在地上。漂亮的台灯立刻被摔得粉碎，但是灯丝竟然还顽强地亮着，一闪一闪地发出绝望的光芒。弹弓手也仿佛被那鬼火吓坏了。他向后退着，摇着头，但是很快就冲到墙根，狠狠地揪出了那根深埋的电线，然后哈哈大笑。

弹弓手这样做过之后，便得意地向客厅走去。一路上他看到什么，就抓起来凶狠地摔在地上，或许是想报灯丝不灭的一箭之仇。总之他就这样一路走一路砸，所经之处，雁过拔毛，留下身后的一片残败。

沈萧不知道从什么时候起，弹弓手就能够这样任意损害物品了。她记得从幼儿园起老师就教导他们要爱护财产，尤其不能损害别人的物品。曾几何时这一切已经不再是道德的标准，而那些被损毁的也不再是别人的物品，而是，必须被彻底砸烂的"四旧"。所以他们不能手软，更不能对那些"封资修"的残余有哪怕一丝的同情。然而这一切都需要一个转变的过程，而这个转变的过程又不是一朝一夕就可以完成的。

总之弹弓手身后满地狼藉。一切能够被毁的东西全都毁了。弹弓手所要做的就是把这个原本规整的甚至完美的家全部掀翻在地，再把它们统统捣烂。不知道要怀着怎样的深仇大恨才能做到如此的残忍如此的毫不留情。走在他身后的人唯有小心翼翼，才能不被那些家具的木茬玻璃的碎渣碰破手脚。

如此摧枯拉朽的行为持续着。后来沈萧才意识到，所谓的抄家其实就是毁灭。而这种毁灭所隶属的那场运动，事实上也就是一次毁灭的运动。要革命当然首先就要摧毁那些原有的腐朽，然后才可能建立起一个新生的世界。

不过弹弓手确实为沈萧和麦穗作了很好的示范。他以他的行动告诉她们，一个红卫兵战士在这样的场合应该做什么，又该怎样做。然后他又示意沈萧麦穗跟着他上楼。因为他坚信楼上还有一场可能更激烈残酷的战斗在等着他们。

楼梯上一个惊恐万状的老年人匆匆走下来。他抓着楼梯的扶手，脸色惨白，周身颤抖，不断地低头俯首，说已经没有什么了，小将们已经来过很多次了。

生命不息，战斗不止，你没有听到过我们红卫兵的誓言吗？弹弓手恶狠狠地说。

听过听过，小将万岁！我是红色资本家……

红色资本家？资本家还有红色的？你找死啊！弹弓手用力将老人推到一边。

老人紧紧抓住楼梯的栏杆才没有摔下去。

我们，我们的确是统战对象，抗战中曾经帮助过……

楼上到底藏着什么人？走，带我们上去。

就不要上去了，都是我的家人，他们在睡觉。

睡觉？谁让你们睡觉了？老子睡觉了吗？

接下来的举动让沈萧和麦穗心惊胆战，弹弓手竟向老人的后腰狠狠地踹了一脚。老人疼得在楼梯上趴了很久，才慢慢地又站了起来。

麦穗愤怒地推了弹弓手一把，你疯了吧？你要干什么？

弹弓手立刻咄咄逼人，一把将麦穗的手臂反拧到身后，你以为革命是干什么的？

沈萧不顾一切地扑向弹弓手，把麦穗从他的手臂中解救了出来。

弹弓手愤愤地看着眼前的这两个女生，你们到底是哪个学校的？叛徒，红卫兵中的败类！你们肯定是资产阶级的孝子贤孙，我要向指挥部揭发你们……

麦穗死死地盯着弹弓手的眼睛，你才是红卫兵中的败类，是刽子手！

弹弓手举起他凶恶的拳头，砸下来的时候却被那个资本家的手臂挡住了。弹弓手转而抓住老人的头发，把他的头狠狠地撞在墙上。

麦穗不能阻止弹弓手的恶行，她只是问那个疯子一般的弹弓手，知道北上吧？

北上？弹弓手不由自主地畏缩了下来，也下意识地停下了手里的动作。谁不知道北上是这次行动的总指挥，他是所有红卫兵崇拜的偶像，我们就是为他而战斗的。然后弹弓手又抓住了资本家的衣领，就是为了北上而清剿这些资本家，将他们打翻在地，踏上无数只脚，让他们永生永世不能翻身……

北上是我哥哥。麦穗不动声色。

北上是你哥哥？我能相信你吗？

北上是你哥哥？沈萧也惊愕地看着麦穗。

麦穗只是逼视着弹弓手，放了他。听到了吗？放了他。

弹弓手这才乖乖地放了老人。嘴里咕哝着，你真是北上的妹妹？

接下来他们开始正常地执行清剿。在那个资本家的带领下，一间一间地搜查这座房子。二楼半的房间里，一个老太婆艰辛地从床上爬起来，弹弓手问那个资本家，这是谁？她是我的三老婆。三老婆？都什么时候了，你还养着三个老婆。资本家说她疯了。她没有地方去了，我只能养着她。

弹弓手突然扬起了他手中的皮带。谁都不知道这皮带是从什么地方冒出来的。他对着那个疯女人大叫道，快点快点，快从床上下来，不然我就……

那个疯女人被驱赶着从床上下来，扑通一声跪在了麦穗脚下，并死死抱住了她的腿。紧接着她从床底下抓出一本语录高高地举在手上，嘴里喃喃着红宝书红宝书红宝书……

麦穗被眼前的这一幕吓坏了，想奋力摆脱掉那个老女人的纠缠。她高喊着，放开，你放开我。但那女人却更紧地抱住麦穗，说最高指示最高指示这是最高指示……

沈萧不顾一切地把那个三老婆拉开。她站在麦穗和三老婆的中间，她终于想出了在那一刻她该说的话。她说你们这是打着红旗反红旗。连沈萧自己都不知道怎么会如此急中生智想到了这句话，但是她知道这句话无疑是有力量的。于是那个三老婆立刻哑口无言，但当她们离开这间屋子的时候，那个三老婆呜呜地哭起来，并劈头盖脸地抽打着那个资本家。她一边打着一边哀号，我本是丫头出身，贫下中农，是红五类，却跟着你们受罪呦，那不是我的罪啊……

呸！麦穗转过头来解气地说，谁让你愿意的？你当了小老婆就是黑五类，谁也救不了你。

继续上楼。又一个房间。一个消瘦的满头银发的老太婆竟镇定自若地坐在书桌前。她高傲地昂着她的头，看得出年轻时一定很漂亮。门被推开时，老太婆竟没有回头看这些突兀的闯入者，她似乎也不想对这些红卫兵小将俯首帖耳，唯命是从。她只是孤傲地看着手中的一本线装书。小将们看不到她鄙夷的目光，但是他们却感觉到了，那种不可侵犯的凛然。

她是谁？弹弓手用皮带指着那个老太婆。

她，她是我的二老婆。

那么你还有大老婆啦？

很多年前就过世了。

早已经是无产阶级的天下了，你们这些资本家还养着大老婆、二老婆、三老婆……弹弓手让皮带在空中摇着。

银发的老太婆"啪"的一声放下了手里的书，你要干什么？

你要干什么？弹弓手反问，老子还从没见过你这么强硬的反动派。

你看的是什么书？麦穗走过去抢走那本书，肯定是封建社会的残渣余孽，你知道人民在反封建吗？

《红楼梦》，二老婆沉稳地说，伟大领袖也喜欢读这本书。

你……麦穗恨恨地把《红楼梦》撕碎。

把书撕了就有力量啦？知识才是力量。你们这些年轻人为什么不愿意多读一些书呢？二老婆满嘴的微言大义。

反啦！弹弓手高高举起皮带，不好好教训你们这些反动派，你们就不会知道自己对人民是有罪的。弹弓手转身向身边的资本家猛抽过去。老人的眼睛里立刻流出血来。二老婆疯了般扑过来，奋力抢夺着弹弓手中的皮带。

不！你们不能……

这样的场面让沈萧震惊。她还没有从任意损毁他人物品的惶恐中解脱出来，就又看到了用皮带打人的可怕景象。有一刻沈萧简直是蒙了，不知道眼前到底发生了什么。她甚至下意识地去拦挡弹弓手挥舞的皮带，却被这个几近疯狂的年轻人蛮横地推开了。

弹弓手就像被上了发条。他挥舞着皮带的手臂上青筋暴露。是的不可能再停下来了，不可能。那对衰老的资本家夫妇紧紧地抱在一起。他们手无寸铁，却在拼力为对方遮挡着那疼痛的鞭击。伴随着老夫妇发出的那一声声绝望的悲鸣，是皮带在空中发出的"嗖嗖"的响声。

站在门口的沈萧突然抓住了麦穗的手。她说，我想回家。麦穗，我们回家吧，我想吐……

麦穗似乎也不再想忍受眼前的残暴，她拉着沈萧就往楼下跑，却被正大口喘气的弹弓手一把抓住。你们看不到我快要精疲力竭了吗？看不到阶级敌人正在挣扎正在反扑吗？想想林青春是怎么牺牲的吧，在那个关键的时刻，人们都逃到哪里去了？没有人来救她，我们红卫兵的战友我们的姐妹，居然就让她那么凄惨地死在敌人的乱刀下……你们，你们还想让林青春的悲剧重演吗？

大概就是这个林青春的召唤，麦穗突然扭转身冲了过去。她把那个孤傲的不服输也不认罪的二老婆一把推开，让资本家独自暴露在弹弓手的皮鞭下。于是弹弓手的抽打雨点般落在资本家一个人的身上。那么酣畅淋漓的，弹弓手越来越起劲的鞭打。然而那个被麦穗阻挡在身后的二老婆还是奋力扑过去抱住了已遍体鳞伤的资本家，弹弓手的皮带便只落在了女人的身上。麦穗费尽全力地想把他们分开，但他们就是死死地抱在一块儿，就仿佛是一个人。麦穗大叫着，沈萧，快来帮我，沈萧，沈丹虹，你在干吗呢？

只是，这时候沈萧已缩成了一团。那个来自萧伯家的可怕的声音正在撞击着她的身体。她紧紧地抱住自己的脑袋，一任里面猛烈地轰鸣着。她觉得被声音挤压的脑袋就要裂开了，她甚至已经被击倒。她说过那就像是一场大病，声音到来得将殃及她身体的每一个部位。她不敢睁开眼睛也站立不起来。她知道她应该去援助麦穗，但那可怕的声音已经将她攫走了。

是的，这是沈萧从未经历的。从出生到此刻她从未见到过杀人和被杀。她不相信造反就是为了杀人，哪怕被杀的是敌人。而眼前的那对年迈的老人并不像敌人，他们受尽凌辱任人宰割，反抗仅仅是为了自卫，可是，为什么非要把他们消灭呢……

是的，沈萧看到了麦穗正在和那个老女人奋力厮打，她也听到了麦穗叫她的声音。但是她就是走不到麦穗身边，她已经动转不能，仿佛被施了魔咒。她只能无奈地流着眼泪，眼看着自己的战友独自奋斗。是的，无论她怎样想援助麦穗，哪怕是爬过去；也无论她想怎样去解救那对已被打得浑身是血的老夫妇，她都已无能为力。是的，她听得到麦穗的喊叫声正在变得羸弱，也看到了那个资本家已经倒在地上奄奄待毙了。她还看到了那个老太婆怎样抓住了麦穗的头发。她想不出那一刻老太婆怎么会拥有那么大的力量，她抓住麦穗的头发把她拼命地往墙上撞。她低声地问着麦穗，你能够为你今天的行为负责吗？你知道杀了人是要偿命的吗？她一边说着一边更猛烈地撞击着麦穗的头。沈萧看见麦穗的嘴角流出了血……

终于，那个弹弓手脚下的资本家不再抽动。终于在皮鞭下解脱了，结束了未来可能会更加苦难的人生。老太婆在看到这一切后放了麦穗。她扑到死去的资本家身上发出瘆人的哀号。那哭声就像是凄厉的音乐在午夜的上空盘旋。那么凄惨的，令人毛骨悚然的，又如歌般的，长歌以当哭的，哀悼着，一个生命无辜的凋落。当确知她怀抱中的那个亲人已经亡失，她便不再哭也不再悲伤。她站起来。

那么颤颤巍巍的。向前走。直逼那个被惊吓了的弹弓手。她看着他。他的不知所措的眼睛。有如霹雳。暴发般地，她看着他，你杀了他！你杀人了！你知道吗？你手上是血。他的血。你看不到吗？血，是要以血来偿还的。我不饶恕。要报仇偿命。有了这样的罪恶，你即或活着，即或不遭到惩罚，你也是罪人，是杀人犯。你也就不再是你了，因为你的手上沾满了血。那血的罪恶将跟着你一辈子。一辈子你都将在劫难逃。你甚至不再是什么红卫兵，不再能维护任何你们的正义。你将永远是一个杀人犯。永远都无法洗清的罪恶，除非你不是人……

然后老太婆又把目光转向麦穗，刚才我说的那些你都听到了么？同样也适于你这个残忍的姑娘。为什么女人比男人还要残忍？你听着，迟早会有报仇雪恨的那一天，人世间不会永远这样不公平！

这时候沈萧终于站了起来。她不顾一切地冲过去站在麦穗和老太婆中间。她不想发生在林青春身上的悲剧再重演。她护住麦穗。她恳求。麦穗我们离开吧。但是沈萧却被推开了。她听到那个声音说，没你的事。然后她继续向麦穗逼近。麦穗一步地向后退着。她被这穷追不舍的逼迫吓坏了。她哭了。她害怕。她不停地向后退着，她甚至没有看到身后就是那高高的楼梯。

麦穗踩空了她后退的脚步……

不，麦穗……沈萧歇斯底里的叫声。

但是突然地一声怒吼，不知道从哪伸出来的一只大手抓住了麦穗，又猛地将那个咄咄逼人的老太婆推下了楼梯。

不……

老太婆在楼梯上不停地向下滚。一阶一阶地，越滚越快，直到楼梯的尽头，直到，她再也不能嚣张了。

沈萧惊愕地看着楼梯口的那个人。那个高大的，似曾相识的，刚刚救了麦穗的年轻人。

看着楼梯下一动不动的老太婆，沈萧不愿意那么说却还是说了，你，你或许又成了杀人犯。沈萧看着那个人的仇恨目光不禁寒战，而麦穗却趴在他的怀中大哭了起来。

沈萧躺在高台的房子里。醒着。看窗外怎样地一层层亮起来。她周身是汗。总是在就要睡着的时候突然醒来。然后周身是汗。眼前晃动的全都是昨夜不堪回首的景象。不知道为什么她总是牵念着那个被推下楼梯的老太婆。不知道她是死是活。她只是不愿意她死。她觉得她这样想没有别的意思，她只是不忍看人被殴打，尤其被殴打的是老人。她想或者是因为她觉悟不高，意志不坚定；还或者因为她本人不曾受到过资本家的欺凌和压迫，所以不能调动起她的仇恨。她记得走进那座房子后唯一感到不公平的，就是那里的气派。这使她联想起她和外婆的那间晦暗的地下室。大概就是因为这一丝丝的一己的私念，沈萧觉得将那些养尊处优的资本家打翻在地是应该的。但是当她真的看到如此残酷的殴打场面，特别是看到那些血，她就再也不能接受了，就如同是，自己在犯罪。

那个晚上他们本来要突袭三座房子。一座接着一座，想不到第一座就遇到了那么强硬的抵抗。房子里的惨状让他们不能再继续下去，于是沈萧和麦穗被允许脱离队伍回家。不是每个红卫兵都能够获准离开的，只是因为麦穗的哥哥是总指挥。

当麦穗终于被那个高大的年轻人救下，当麦穗趴在那个人的胸前大哭，慢慢地沈萧才意识到她见过他。就在黑暗中地下室的那个走道上，在林青春高喊着北上的时候，就是他把她推到了暗影中。然后麦穗不再哭。但显然她已经被吓坏了。当老太婆高举着拳头决意反击她，当北上把那个老女人狠狠地推到了楼梯下，麦穗被切近的这两种可怕的景象吓呆了，她只是紧紧地紧紧地搂住北上的脖子。那一刻她没有看到北上惊恐的目光，但沈萧却看到了，看到了老太婆在滚下楼梯的那一刻他是怎样的目瞪口呆。或者那也不是北上想要看到的，或者他并不想把什么人推下楼梯，或者他只是想救出他的妹妹。或者林青春的死已经让他成为惊弓之鸟，他为没有能救她而自责不已。只是他正要有所作为的时候，萧伯和林青春都已经命丧黄泉。

还有更可怕的景象在等着他们。老太婆滚到最后一阶楼梯后就再没有动过。他们都不知道这将带来怎样的后果。两个被吓坏了的女孩子只是在北上的扶助下走下楼梯，绕过那个已纹丝不动的老太婆时，沈萧看到了她头发里流出的血。在白发苍苍之间，那么细细一道血流，淌着，那可能未尽的生命。而她的眼睛在那一刻竟然是张着的，一动不动地看着孩子们离开了现场。

她们在黑暗的午夜中向北上告别。麦穗哭着，可是，我们还没有完成任务……

而北上却说，也许你们不该来。

可是，哥……

于是她们在寂静的长夜默默地走。她们不想说话，更不想交换她们各自的心。那一份惊恐仿佛一直跟随着她们。但最终还是麦穗打破了沉默。或许，我们还是不够勇敢。又说，我们有什么不对？明明是阶级敌人不肯退出历史的舞台。你看那个老太婆多嚣张，如果不是北上，说不定我就又成了林青春。

然后是长长的沉默。沈萧无语。她们所能听到的，只是自己匆匆的脚步声。

那晚我听到了林青春的喊叫。

沈萧突然冒出的这句话，让麦穗立刻停住了脚步。

你见过林青春？

不，没有，我只是听到过她的声音。那么尖厉的，整整一夜。然后就突然地，什么声音都没有了。

你也参加了那次抄家？你早就是红卫兵？那为什么不告诉我？你也认识我哥哥吧？

不，我只是就住在萧伯隔壁。嗯，就是林青春牺牲的那个房子。那晚抄家的声音始终没有停止过。我是被吵醒的。房子里所有的东西都被砸碎了，还有，被勒死的那只猫。林青春的声音是那么高亢。就那么高亢着一直到凌晨。从此那声音就留在了耳朵里。日日夜夜地折磨着我。刚刚在楼上的时候那声音又响了起来。像魔咒一样让我像僵尸一般。我不能站起来也不能去帮你……

那么，我哥哥呢？

不，我不知道。

我哥哥是不会杀人的。他只是为了救我，救我们……

然后是长久的沉默。她们越来越急促的脚步声。

寂静的黑夜中突然星月闪烁。仔细看还能看到夜空中流动的云。此刻的大街上空无一人。唯有被夜风吹动的树叶在沙沙作响。慢慢地沈萧和麦穗拉起了手。她们也不知道为什么会这样做。或者是夜的空旷和沉寂让她们害怕，也或者共同的经历让她们有了共同的恐惧。

她们就这样胆战心惊地走着黑漆漆的夜路。快到学校的时候才听到有人在唱《造反有理》。歌声铿锵有力，在夜空中盘旋。唱歌的人一定也是参加联合行动的红卫兵。他们一定是成功地清缴了一个资本家的家，此刻正在向下一个目标挺进。这支黑暗中的唱着歌的队伍迎面走来，离沈萧她们越来越近。

一时间她们不知该怎样面对自己的战友。承认自己是逃兵吗？

她已经没有退路

这是沈萧第一次走进麦穗的家。在进步路的一座小洋楼里。麦穗说，这里曾经是解放战争时攻打卫城的指挥部，而他的父亲就是这场战役的作战参谋。麦穗带沈萧看房子外墙上的那些弹孔。说这就是那场战役的活化石。父亲曾带伤在这里指挥战斗，后来就作为军代表留守在这里。不久后父母随大军不断换防，天南海北，他们的家也就只能是不断迁徙。后来父母干脆把她和哥哥留了下来，在卫城这座城市里读书长大，所以他们兄妹一直住在寄宿学校。周末偶尔回家，陪伴他们的也只有保姆刘妈。

这座曾做过指挥部的房子很大，上下两层，还有下面的地下室。房子虽大却空空荡荡。每个房间里除了一张床，就只有一些简陋的柜子和木箱了。只是厚重的房门和阳台前的落地窗依然保持了旧时模样。木门上镶嵌的彩色玻璃至今闪烁着异彩流光。

沈萧走进这座房子的第一刻，就被那扇典雅的落地窗吸引了。她说真是太漂亮了，仿佛在欧洲，像油画一样。麦穗的脸立刻沉下来，说我们从来不会去注意那些资产阶级的破玩意。我们这种革命家庭所追求的，只有坚定的革命意志，和艰苦朴素的作风。

于是沈萧自惭形秽，不是为了自己的小资产阶级情调，而是自己生活的那个终日不见阳光的地下室。在这里，她没有像走进资本家豪华房舍时那样的愤愤不平，甚至想要砸烂一切的冲动。她只是在这座到处是阳光的房子里想到了晦暗，想到了恶劣的居住环境所带给人的心灵的扭曲。

沈萧跟随着麦穗上楼。木楼梯上发出的吱吱嘎嘎的响声，证明了这座房子的年久失修。甚至楼梯的扶栏都是残破的，拐弯处断裂的扶手也没有人想到要修补。麦穗说因为长年待在这个家中的只有保姆刘妈。房间和走廊上都铺着木地板，只是棕色的油漆已经剥落，露出来木头的年深日久。

沈萧跟在麦穗身后走上二楼。麦穗突然说，哦，我哥哥也在家。要不我们去看看他吧，很多红卫兵女生都崇拜他。

沈萧于是紧张起来，站在楼梯口不肯动。

你怎么啦？麦穗问。

为什么不去你的房间？不是说好了要去你的房间吗？不然，我还是回去吧……

麦穗终于关上了自己房间的门，我哥哥就那么可怕吗？他可是……

沈萧在麦穗的房间里走来走去，最后停在窗前的阳光下。说麦穗你窗外的这个小阳台真漂亮，为什么不清扫出来呢？

那是给资产阶级臭小姐预备的。

可以用来看日落呀！那是一天中最美的景象。

我可没有那样的闲情逸致，哎，沈丹虹，你的思想是不是有问题？

我知道了，你说吧。

知道我哥哥是怎么出名的吗？就因为他给林青春写了那篇追悼的文章。谁都说那篇文章写得好，既满怀着对烈士的无产阶级深情，又充满了对敌人的无产阶级义愤。我看我哥哥肯定是和林青春好上了，不然他们怎么会经常一起行动，而林青春死后他又那么消沉呢？别人不知道他是为什么，我却能猜到他的心。

沈萧突然站了起来，或者，麦穗，我还是走吧。

嗨，沈萧沈丹虹你到底是怎么啦？你不是也很崇拜我哥哥吗？你真的不想见他？他可是好不容易才在家的。

可是……

其实我哥哥也没什么了不起。他说那晚上林青春之所以牺牲，就因为在那一刻他怯懦了，不敢和阶级敌人针锋相对。哥哥说是因为看到了一个小女孩，他就立刻不想再像林青春那样残酷无情了……小女孩，沈萧，他看到的那个小女孩是不是你呀？

不不，我不是和你说过吗，我从没有见过你哥哥。联合行动的那个晚上他来救了你，我才第一次……

不，你当然见过他。那天中午，你刚刚脱掉我送给你的那件绿军装……

不不，那不是你哥哥。

那么你认为突然闯进来的会是谁？是你让我哥哥看到你的。那种时刻，无论对我和我哥哥都是奇耻大辱，而那一切都是你造成的。

麦穗，你……我们已经是好朋友了对吗？我不想再提那天的事。对我也一样，对任何的女孩子来说都是耻辱。但是已经发生了，我们又能怎样办？我找到你找到红缨战斗队不容易，我不想再失去你了，也不想失去"红缨"。

那么走吧，我答应了我哥哥带你来见他。

麦穗推开了北上的门。这时候北上正对着窗外。他头也不回地对麦穗说，你不要打扰我。

沈萧从麦穗的身后往里看。看到北上的房间里到处贴满了领袖像。不同年龄不同时代的。照片的或者绘画的，甚至印刷了领袖头像的红袖标。以至于墙壁上不再有任何缝隙。然后就是简单的木床和木桌。上面堆满了各种书籍，马恩列斯的，还有伟大领袖的，甚至连地下都摆满了，就像是一个无产阶级革命家的博物馆。

麦穗在这些显然被反复翻看过的革命书籍中走来走去。

麦穗！北上低声制止着，不是说过了吗？你不要打扰我。

如果有人想见你呢？

北上突然转过身来，就看见了沈萧。看着。然后问，你们说，这场革命的目标究竟是什么？

沈萧一下子涨红了脸，但是她还是脱口而出，建立一个红彤彤的新世界。

麦穗也迫不及待地跟着说，破四旧，在地富反坏右的身上踏上千万只脚……

但是我们的学校呢？那条错误的教育路线呢？那些走资本主义道路的学术权威呢？那些修正主义分子呢？那些要把我们引向邪路的小资产阶级知识分子呢？他们怎么办？你们想过吗？

麦穗和沈萧一时语塞，只是怔怔地看着一脸严肃的北上。沈萧尽管答不上来，但却有一种莫名的释然。她觉得她再不用在北上面前羞愧了，哪怕他看了她赤裸的身体。她不知道北上是如何化解他们之间的尴尬的，也不知道北上是不是认出了她就是那个地下室的小姑娘。他只是把他们之间的关系一下子就带入了国家大事中。沈萧想或者就是因为北上坚定的意志，才会有那么多的红卫兵拥戴他。

……我们为什么要停课？又为什么要搞"文化大革命"？为什么要清理"封资修"的残渣余孽？又为什么要砸烂孔老二的孔家店？我们不能稀里糊涂地闹革命，也不能盲目地在社会上清理异己分子。我们的战场在学校。就是说，只有把学校中那些腐朽堕落的教师揪出来，才是我们这些红卫兵的真正使命。

可是……麦穗脸上一片茫然。

好吧，沈丹虹我问你，听说你的班主任是刚刚从师范大学毕业的大学生，还听说你曾看到过她和你们的教务长，在夜深人静的时候……

沈萧惊异地看着麦穗。脸上是说不出的愤怒与悲哀。她是把麦穗当作朋友才说这些的，她怎么能容忍麦穗这样出卖她？麦穗或者是心虚了，她突然转身跑出了北上的房间。沈萧本来也想离开，但却被北上一把抓住了。

沈萧愤怒地挣脱北上，也不看北上正在看着她的脸。

你以为这是你和麦穗之间的儿戏？这是革命，你懂吗？对革命来说我们每个人都有责任，我们不能眼看着那些修正主义教育路线的卫道士为所欲为……

当沈萧扭过头来看着北上时，她已经泪流满面。她说，我的班主任是全校最好的老师。

说吧，那晚上你到底看到了什么？

沈萧迷茫地看着北上，我一直觉得你是正直的，不会加害于人，更不会让我昧着良心……

这不是讨论人性的问题，北上说，更不是对待我们自己的阶级弟兄。我调查过了，你的班主任叫孟斐，资本家出身。还记得吗？那个差点就杀了麦穗的二老婆，就是孟斐的生身母亲，你不要再被她欺骗了。

就是，就是你把她推下楼梯的那个……

好了，北上打断她，你不要再执迷不悟了。

沈萧不敢相信北上的话，她甚至不敢看北上的眼睛。她害怕那是真实的，她已经不知道究竟该怎样划分这个世界了。所有革命的反革命的关系纠结在一起。为什么，为什么心目中最好的老师，却是阶级敌人的后代。又为什么要把老师和教务长在一起的那个傍晚说成是罪恶的。她看到了什么？什么也没看到。最正常不过的他们在谈话。谈话而已。沈萧和麦穗说起这些，无非是想说她的老师是怎样地敬业。沈萧还从来没有过像现在这样的满心疑虑和惶惑，她真的不知道该怎样回答北上了，她不愿意违背自己的心。

要知道沈丹虹，你已经别无选择。北上毫不留情的语气。你难道真的想去追随那些资产阶级的孝子贤孙？任凭他们改变着你的颜色？任凭他们，戕害着你的躯体和灵魂？

但孟斐是模范教师，班里的同学都喜欢她……

无非是裹着糖衣的炮弹，如果没有教务长特别关照她，她能够如此一路青云吗？沈丹虹，想想红色之夜的那个可怕的晚上吧，孟斐的妈妈对麦穗做了什么？

沈萧不语。

我知道要作出选择对你来说有多难。彻底地转变立场是需要一个痛苦的蜕变过程的。是的，我也经历过这一切。需要付出的代价太大了，甚至是生命。如果没有林青春的死……

是的，沈萧的眼睛里含着泪，是的，那晚我忘记了铅笔盒。

如果你是不情愿的，那么你可以不说。北上的目光变得温暖。

是的，家里就没有别的笔了，所以我只能回教室去拿。然后我就看到了……是的，看到了孟斐在哭。教务长站在一边安慰她。就是这些了，这就是我看到的全部。什么也不能说明，我……

那么你走进教室了吗？

我没有。

为什么没有呢？你不是需要那个铅笔盒吗？你要完成那篇非常重要的作业……

但是我就是没进去。后来我就回家了。

就是说你害怕了。你被孟斐和教务长之间不正当的关系吓坏了。你害怕他们鬼鬼祟祟的行为会被你发现。你预感到在这对狗男女之间肯定会发生什么。而那恰恰是你不愿意看到的，所以你才会跑掉。于是你没有去拿你的铅笔盒，你……

不不，不是这样的……

你是"红缨战斗队"的战士，是领袖的红卫兵。任何一个忠诚的战士都不该忘记自己的誓言。对如此腐朽堕落的行为我们怎么能袖手旁观？

沈萧再一次想逃出北上的房间，却再一次被北上一把拉住，并逼到墙角。沈丹虹你不能再犹豫了，你的阶级觉悟到哪里去了？站出来揭发他们是每个红卫兵义不容辞的责任，用大字报作武器是最行之有效的，说出来，说出来你看到的那令人作呕的肮脏的一切！

不，我不能。而且根本是无中生有。那样做我成什么人啦？

北上把沈萧捂在脸上的双手拿开。他看着她，然后恶狠狠地说，不要以为你住在地下室，你的出身就没有问题，我们会调查你外婆……

我外婆？

去写。写好了那张大字报拿来给我看。然后北上就打开了门，意思是你现在可以走了。你走吧。

沈萧茫然地站在北上家的花园里，仰望着那座漂亮的意大利人留下的洋房。雕花的罗马廊柱支撑着整座建筑，柱头上的雕塑也是典型的古典主义风格。沈萧被北上兄妹赶出了这座房子。她知道此时此刻那对兄妹就在楼上的窗户里看着她。她尽管看不到他们的脸，却能够感觉得到那针刺般扎在她身上的目光。所有的百叶窗都是紧闭的。沈萧所能看到的唯有窗框上的斑驳。那白色的一百年前的油漆早已经脱落，便再没有人将这些门窗重新粉刷了。就这样坚守着这无情的残败，却有窗框四周爬满的藤萝。在夏日，将密密麻麻的绿色遍布在红色的砖墙上。沈萧的眼泪不停地流着，她不明白这对兄妹为什么非要陷她于不义之地。

回家的路上沈萧也曾闪念，自己为什么一定要受制于人？她到底怕什么呢？被战斗队一类的组织摒弃难道就不能革命啦？她还想，如果没有在地下室黑暗的甬道上看到北上，她也就不会那么热衷于"红缨战斗队"。那么她的生活将会是完全不同的样子，那么，她还会像今天这样被卷进狂飙一般的浪潮中吗？

坐在地下室窗边的木桌前，沈萧才第一次体会到，做一件违心的事有多痛苦。她无数次铺开稿纸，又无数次收了起来。无数次的开头，又无数次的终止。在真的揭发孟斐和教务长的时候，她才发现自己对他们并不了解。她只知道和平中学（也就是现在的反修中学）一直是卫城最好的中学，而教务长是全市最优秀的历史老师。至于孟斐，她所想到的就更是她的好了。

沈萧初二时孟斐来到他们班。那时候孟斐刚刚大学毕业。此前沈萧在班主任那里始终是后进生。不是太骄傲就是太娇气，所以无论她怎样表现，都不会得到那个老师哪怕些微的认可，当然也就更没有可能加入共青团了。眼看着同学们一批批戴上团徽，后来这就成为了沈萧最大的痛。为什么她的努力总是被漠视，又为什么她不懈的追求永远被拒绝？为什么一个人的好恶就能够决定另一个人的命运？为什么在和命运的抗争中她永远处于下风？后来沈萧就干脆委顿了下来，像一朵未曾开放就已经凋谢枯萎了的花。甚至她觉得人生都是晦暗的，就如同她和外婆栖身的那个永远晦暗的地下室。

但孟斐来了就不一样了。她关心班上的每一个同学，尤其那些被隐藏在暗影中的，如沈萧这样的对未来早已不抱希望的孩子们。孟斐说，一颗向上的心比什么都重要。任何一个孩子的感觉都不容忽视，更不能因为老师的失误而受到挫伤。她知道哪怕是一个微小的偏差，都会给他们的心灵蒙上阴影。这阴影或许是毕生的，毕生都将在晦暗中，作为一个教师这是不可饶恕的。于是在孟斐的鼓励下，那些曾经被冷落的学生，恍若一夜之间雨露滋润，很快就重新拥有了一个明媚的青春。一种压抑之后的突然的迸发，沈萧的潜能也被最大限度地发掘出来。她开始写文章，办墙报，组织班级的朗诵会。为此她成为了全年级的墙报委员，并很快加入了共青团……

是的，孟斐对沈萧可谓知遇之恩。北上以前，沈萧心中所涌动的，全都是对孟斐的由衷的爱。她怎么可能恨孟斐呢？又有什么理由去揭发自己的恩师？

沈萧是对麦穗说起了这些。在高台的房子里。睡不着觉的那些晚上。在月光如水般流泻进来的那如梦似幻的委婉中。沈萧那时候那么真诚，她只想以推心置腹和麦穗成为好朋友。她毫无保留地说着她的故事，说着孟斐对她来说有多重要。孟斐不单单是她的良师益友，简直就是她前世修来的一个姐姐。她自然也就说到了回教室拿铅笔盒的那个情节，不过她决不是想要揭露孟斐，而是为了替孟斐鸣不平。

孟斐的充满了爱和创造性的教学方式，虽然赢得了学生们的热烈欢迎，却引来了其他班主任的不安和反感。一时间学生们议论纷纷，甚至希望调到孟斐的班级中，成为孟斐的学生。那种传统的师道尊严开始在学生们心中慢慢衰落。学生们越来越强烈的反叛精神，让孟斐以外的那些班主任终于撑不住了。在义愤填膺中他们联名写了一封信，将孟斐破坏教学秩序，弄得全年级"天下大乱"的罪状告到了校长办公室。

沈萧在那个晚上没有走进教室，是因为她看到孟斐哭了。然后她也跟着哭了，在窗外。被压抑的抽泣和眼泪。她只是觉得委屈。她委屈是因为她觉得孟斐委屈。尽管沈萧听不清孟斐在说什么，但是她知道一定就是为了那封信。班主任联名诬告孟斐的事在年级中已不是秘密，或许那些老师就是要张扬出去，置孟斐于被动之地。但几乎全年级的学生都站在了孟斐一边，那时候大家已决心唾弃师道尊严那类封建教育的残渣余孽了。

那个晚上孟斐哭得很伤心。她大概想说她的教学没有错，因为同学们都站在她这边。她大概还说了每一个学生都应该拥有积极向上的权利，而任何班主任都不能以他个人的好恶，就泯灭了那些学生向善的天性。在申辩中沈萧好像还听到了孟斐提到她的名字。孟斐甚至把教务长带到了沈萧主编的墙报前，让他看到这个曾经被冷落的学生是怎样地才华横溢。也大概教务长终于被说服，他拍了拍孟斐的肩膀，然后掏出自己的手绢递给她……

这就是沈萧在那个晚上所看到的全部。她没有一丝一毫的隐瞒，她只是如实陈述了她所经历的事实。但是为什么要诬蔑孟斐？为什么要把一个学生们那么爱戴的老师丑化成一个妖魔？就因为那个资本家的二老婆是孟斐的妈妈？或者，就因为孟斐的妈妈把麦穗逼到了墙角逼到了楼梯口？可是，如果弹弓手没有打死孟斐的父亲呢？那么那个绝望的老太婆还会这样对待麦穗吗？

沈萧不知道她该怎样面对眼前的这张纸。她坐在桌前，却久久地不能动笔。她无从下笔是因为，她无法理清她的思绪。那么她就只能枯坐在那里，时而抬头看着头顶的那扇窄窗。比阴天还要晦暗的心情。甚至是一种难以言说的疼痛。或许她可以原封不动地记述她所看到的这一切，不加任何评判的，但是她知道这在北上那里肯定通不过。那么欲加之罪便信口雌黄，这已经是时下大字报写作最基本的方法了。在所谓模棱两可的真实的基础上添油加醋。然后便可以漫无边际地上纲上线，用这样的文字写出的事实就将是完全不同的景象了。

是的，我可以再说一遍。那个晚上我回到家中，做作业时才发现铅笔盒忘在了教室。于是我返回学校，因为只有拿到铅笔盒我才能完成当天的作业。那时候已经静校，但传达室的大爷还是放我进去了。于是我在校园里跑着。所有的走道都黑漆漆的，只有院墙外马路上的路灯在闪着远而惨淡的光。我当然很快就找到了我的教室。因为在漆黑中唯有我的教室的灯还亮着，就像是灯塔。我想或者是做卫生的同学忘记了关灯，或者是班主任孟斐还在批改作业。然后隔着窗就看到了教室中的孟斐。看到孟斐时我甚至非常兴奋，一种想向她倾诉什么的欲望。我甚至已经抓住了门的把手。那时候孟斐低着头。看不见她的眼泪我却知道她在流泪。于是立刻的愤愤不平，我猜想一定是来自封建卫道士们的压力。我想我一定要告诉孟斐，全年级的同学全都支持她。但就在我推门的那一刻，突然看到了孟斐身旁还有一个人。一开始我不知道他是谁，但是当那人走近孟斐，轻轻地拍拍她的肩膀，我才看清了原来是教务长。教务长的在场令我却步。我也不知道他们之间发生了什么。我只是看到教务长拍着孟斐的后背，他仿佛在劝慰她。那时候孟斐承受着很大压力，年级组的所有老师似乎都在反对她。她为了我们这些学生做了那么多，换来的却是同事们的一片声讨。教务长拍着孟斐的后背，然后就从口袋里掏出手绢递给孟斐。看到那些只是觉得很感动，接下来又发生了什么我就不知道了。

是的，我也可以这样说，我羞愧难当地逃离了犯罪现场。我看到了这对男女之间不正当的关系。教务长无疑是学校的反动学术权威，尽管他曾经参加过解放战争。他毕业于教会学校的历史证明了他从小就和帝国主义有着千丝万缕的联系，而任过乡村小学校长的经历，更说明他曾经是国民党政权的走狗。他身上无疑深深地刻上了地主资产阶级的烙印，所以他才会在学校里大力鼓吹"又红又专"，其实是在鼓励师生们走上"白专道路"。

那么孟斐呢？是的，那个孟斐。尽管她很年轻，英姿勃发，是早晨八九点钟的太阳，但却因为长期生活在富有的资产阶级家庭，那种耳濡目染的资产阶级思想，自然也就渗透到了她的世界观中。所以她才会不断向学生们灌输什么自由平等博爱，什么人人生来平等。是啊，人怎么可能生来平等呢？"红五类"，就是"红五类"，"地富反坏右"就是"地富反坏右"，阶级的烙印是永远不会消失的。所以孟斐这样的暗藏在教师队伍中的阶级异己分子极其危险，因为她和她的家庭对我们的无产阶级政权充满了仇恨。

这样，似乎就可以解释沈萧在那个晚上看到的一切了。是因为孟斐和教务长本来就臭味相投，共同的阶级立场让他们成了一丘之貉。那晚上他们所密谋的就是怎样对付滚滚而来的教育革命。他们人还在，心不死，在所谓的教书育人中，时时刻刻都在妄想着复辟。

除此之外，他们还是腐朽堕落的典型。有什么话不可以在白天说，非要在静校之后男盗女娼？一个年轻的女教师和一个有妇之夫的教务长，在漆黑的校园里留在教室中，他们到底要干什么？这只能证明教务长是个道貌岸然的伪君子，而孟斐亦是不知道尊重自己的"大破鞋"。这样的反动派和坏分子如果不能及时揪出来，无产阶级的教师队伍怎么能纯洁？

是的，敌人不投降就叫他灭亡！

坚决揪出教师队伍中道德败坏的女流氓！

毫不留情地打倒修正主义教育路线的代表人物！

是的，这当然是一篇战斗的檄文，一旦抛出，一定会像一颗重磅炮弹炸响在学校上空。它不仅能吹响和平中学"文化革命"深入发展的号角，也能将学校一直捂着的封资修盖子彻底揭开。是的，沈萧完全可以写出这样一篇讨伐教务长和孟斐的战斗檄文。将他们体无完肤地暴露于光天化日之下……

但是坐在地下室窗下的沈萧却最终一个字也没写。

一场猝不及防的变故忽然降落在沈萧自己的家庭中，那是沈萧所始料不及的。

于是，她就没有了退路。

她连一个字也不曾留下

那个长夜，苏若木始终昏昏欲睡。他觉得仿佛一直在听沈萧的故事，却迷迷糊糊，很快又全都忘记了。以为是做梦，但清晨醒来，才恍然觉出沈萧的叙述很真诚也很有深意。于是后悔，因为他没有让那些人生的片断铭记于心。于是他请求，希望能再听到沈萧的往事。

那时候沈萧依然躺在酒店的床上，说，您还想审判我？

苏若木说我不是那个意思，我只是，从不曾像你那样，能如此鞭辟入里地反省自己的人生。

是因为您父亲的被迫害致死，于是您自然就成了这个时代的精英。您顾不上清理自己就投入了新的征战。而我，刚好有了重新栖身于地下室的那段时光。

你故事中的那些人，为什么最后全都离开了？

那是因为时光不想放慢脚步。

他们所代表的应该是，不同的时代不同的阶层不同的地域不同的个性，不同的爱和不同的……

做爱。沈萧主动说出来。

不，我是想说，或者，就是他们玉成了你。没有他们也就不会有，今天的你。

您好像是在讽刺我。

我是说，我们为什么不结婚呢？

沈萧从床上爬起来，径直进了卫生间。

晚上苏若木没有能如约来到沈萧的房间。他太忙了，有那么多中外学者需要应酬，他还要准备好开幕式上的致辞。当一切忙完时已经午夜，他当然不能再去打搅沈萧。

苏若木再度见到沈萧是在闭幕式上。他知道沈萧要在这个下午作一个发言。他看到沈萧一袭黑裙走上主席台的时候，不禁一阵望穿秋水的心动。于是想就在这个晚上，他一定要向这个他用了一生来等待的女人正式求婚。他还在心里问着自己，他怎么会等她等了那么久？

他们只是在走上主席台的时候有一次短暂的相视。那种尽在不言中的默契与亲近，甚至让苏若木觉得在沈萧的目光中，她已经答应了他的求婚。于是苏若木被这幸福感环绕着，主持了那个完美的闭幕式。在沈萧讲演的时候他没有看她，只是享受着她那低沉而优雅的嗓音如音乐般在耳畔低回。那么委婉的，好听的，而又深邃的，令人心如静水。

然后，就突然地，灰飞烟灭了，那所有人都不愿相信的，凄美的结局。

她的天鹅一般的颈项。她悠然走上主席台，以她自己一向的步履。最引人注目的，是她那件黑色的长裙。永远被黑色覆盖着。从头到脚。那是她永恒不变的装束。裸露的，只是她那高高抬起的天鹅一般的颈项。

她走上主席台。坐下。在这个关于古典文学的国际会议上。她用手撑住她的头。她的细长的手指。那是她如常的姿势。

已经司空见惯。这个学生们眼中有点古怪的教授。因此敬而远之。而敬而远之还因为，她那摄人心魄的沉郁。没有人说她不美，尤其那双深邃的眼睛。有了她就有了一道风景，而她就是风景中最美的部分。没有人否认这一点。但同学们还是对这位穿黑裙的教授敬而远之，甚至退避。是因为她的目光总是拒人于千里之外。讲课的时候也总是冷冷地径自说着自己的话。那些古时的诗词，那些典故圣贤。但她就是那么入木三分。只需几句话几个词语，就能将她的智性转换成一道真理的光弧。

那个沉闷的段落终于结束。因为沉闷而显得格外冗长的空间。主席站起来宣布中场休息。于是那号令恍若一道午后的阳光，与会者们终于可以离开这个令人窒息的会议大厅了。

人们匆匆涌向那个有着咖啡和甜点的下午茶。这已经成为西风东渐的典型例证。在每个半天的研讨之间，都会有一个短暂的西式风情的休会期。于是人们走来走去，手中是必不可少的咖啡杯。高级一点的咖啡现磨现煮，那时候房间里就会弥漫出咖啡所特有的那种香。在这里人们不仅自恃矜持，还要相互唱和，以增进学术乃至学术以外的各种联络。特别当有着某些外国的专家在场，这些金发碧眼的人们身边就更是围满了人。

通常在接下来的后半时会议上，人们往往不再专注。不是逃会，便是窃窃私语，总之人们已经很难集中精力了。但唯独这个下午人们济济一堂，甚至比其他时段的与会者还要众多。因为这是整个会议的最后阶段，还因为在这个时段中人们能听到她的发言。

一些人专门为了听她而来。他们尽管已经找不到座位，但却谁都不愿意离去，哪怕只有一个仅可以站稳一只脚的地方。他们引颈向上，侧耳静听。有些人甚至不是为听她的报告，而仅仅是为了能在这里看到她。

她坐在那里。那是学生们都熟悉的。她永远坐着为他们讲课，永远用手指撑着她的头。那是她一如既往的姿态。很低的嗓音，却穿透着，会场中的每一个人。

她是这个国际研讨会上最后的发言者。她的发言博得了人们经久不息的掌声。她对如此热烈的反应似乎很淡然。她只是又重新回到了那个永恒的姿势上。

她用手撑着她的头。她的细长的手指。那是她一贯的姿势。她脖子上那道完美的曲线。连阴影也是委婉而流畅的。在夕阳的照耀下，那缕缕金色的迷茫。

她立刻回到了她自己。甚至脸上寂静的表情。她对她以外的任何动静都置若罔闻，总是能够最彻底地将自己封闭起来。她回到那个只有她自己的世界中。哪怕身边遍布着注视的目光。

或许她痴迷于这个世界的茫茫往事，或许她知道往事终究迷茫。于是她垂下了她的头。那么不经意的。一个如此轻微的动作，谁都不曾注意的。

然后大会主席站了起来。以女人精彩的发言宣告了研讨会的结束。主席充满感情地看着身边的这个女人，说这是她为本次会议画上的一个最完美的休止符。

人们鼓掌。为她。站起来鼓掌。因为敬重这位女神一般的智者。然后大家纷纷退场。那种意犹未尽的踟蹰。一些熟悉并且崇拜女人的人会放慢脚步。他们或许在等她。或许希望能和她握手。退场时人们身不由己，却又总觉得身后有什么正在发生。

主席台上一阵骚动。牵动了人们离去的脚步。人们回头，发现台上的人都已经站了起来，相互握手道别，却唯有她，仍旧静静地坐在那里。

那是她一贯的不附庸他人的风格吗？

人们寒暄着从她身边走过。她却依旧故我地用手撑住她的头。

慢慢地人们离开了主席台，而她却矢志不移地坚守在那里。

偌大的主席台上空空如也，她却依旧那么孤独地坐在那里。不惜将自己暴露在众人的视线下。如此她执着于那个青铜雕像一般的姿势。用她的手支撑着头颅，支撑着那一片飞扬的思绪。

人们终于看到主席又重新回到台上。他轻轻地走到女人身边。他弯下腰在女人耳边说着什么。那么温柔的语调。尽管人们听不到。

但没有回应。她依旧垂着头坐在那里，依旧，被封闭在走不出的思绪中。谁都不知道女人为什么要留在那里，为什么要那么长久地，独自停留在那个浩大的空旷中。

慢慢地，主席台上的人们围拢过来。台下那些正在走出会场的人们也停住了脚步。

主席轻轻碰了碰女人的肩膀。想唤醒她。然后那优美的支撑便顷刻之间倒塌。那些正在失去知觉的手指终于再也撑不住那优雅的头颅。就那样，女人稍稍一侧，便垂落在了主席的臂弯中。

女人的突然倒下让所有人震惊，而主席不顾一切地将女人紧抱怀中更是令人瞠目结舌。人们看不到主席的脸，但他周身的颤动却透露出这个男人的惊恐与绝望。谁也不曾见到过主席如此失态。在人们的印象中他始终深藏不露。但此刻他只是将女人紧紧抱在怀中。在众目睽睽下就那样抱着她，摇晃着并且呼唤着……

或许是主席的失态让人们陡然意识到事情的严重。女人到底怎么啦？病了？或者……那是人们不敢想的。她刚刚才做过精彩的发言，她刚刚才领受了热烈的掌声，她刚刚才回到了自己的那个姿势，刚刚才抬起手臂撑住了她的头……

那原本向外流动的人群突然凝固了。在缓慢地转向之后，又不顾一切地向主席台涌来。那浪潮般的。却没有任何声响。刹那间将主席台围得水泄不通。

主席台上的慌乱让人们紧张。主席的悲伤也迅速感染了台上台下的人们。

在静寂中人们默默无语，或许那一刻他们就已经有所预感，生命正在女人的身体中慢慢消散。

没有人知道这生死的变迁发生在什么时刻。医生说当他们救治她时，事实上她就已经没有了呼吸。于是人们唏嘘，这就是这个女人，连死亡都那么与众不同。在纹丝不动中，她从容地完成了生与死的转换。没有惊心动魄，甚至连痛苦也没有。就那样，她坐在那里，用手撑着她的头，然后让生命悄然离去，那个她或许早已厌倦的身体。

人们在急切中等待着。直到救护车的笛声风驰电掣般响来。人们终于等来了冲上主席台的担架。救护员轻轻抬起了那个悄无声息的身体。这时候人们看到了被拖在地上的裙摆。那么飘逸的轻柔的忧伤的，黑色，女人那永恒不变的服饰。熟悉她的人们都知道，无论白天黑夜还是春夏秋冬，她都不会哪怕一丝一毫地改变自己这由来已久的装束。如此久而久之，黑色竟成为了女人的一种象征。只要看到那一袭黑色的长裙，哪怕远远地，人们就会知道那是她来了。

如此她穿着永恒的装束告别了人世。以这样的一种被公众瞩目的方式。

人们很难忘记她被带走的那一刻。甚至被抬上担架的姿势都是优雅的。她那依旧温热的修长的身体。也许救护员太想挽救她的生命了，在将她抬上担架那一刻，竟忽略了她的头。于是她的头被遗忘在担架外面。就那样垂着。晃动着。而连接着她的身体与头颅的，是那个长长的天鹅一般的颈项。

那样子让人不能不想到《天鹅之死》，只是她不是凄美的白天鹅，而是那只傲慢的黑天鹅。以女人的完美她本该是善良的白天鹅，但却自始至终被黑色缠绕，那种与她相伴终生的晦暗。

没有人知道这个女人的历史，也就无从判断这个女人一生的白与黑。自从人们认识她，就注定无法探知这个女人的过去了。人们只知道这个女人很神秘，她的高傲和冷漠让她的历史讳莫如深。对人们来说她只是个当下的女人，有着极高的学养和智慧。她在他们的面前只演绎当下的人生，并尽职尽责地将那黑色的优雅演绎到炫目极致。然后在人们惊愕的视线中告别世界，坚定不移地带走属于自己的所有人生。

苏若木坐在沈萧的书房中。此时距离这个女人死去已经一月有余。他才稍稍可以沉静下来，坐在充满那个女人气息的书房里。他想读那本《漫随流水》。读她。读这个女人。他知道这本浸透着她的心血的《漫随流水》，就是一部用她的人生演绎的教科书。

沈萧的不告而别让苏若木怅然。但是她最后的那些诉说，难道不就是告别吗？只是苏若木未曾了悟。因了这死亡他才更想了解沈萧，更想尽快读到这本用生命铸造的《漫随流水》。

在沈萧的遗物中，苏终于找到了这本不曾出版的书。厚厚的，整整齐齐，那是沈萧一针一线亲手装订的。苏若木将它紧紧抱在胸前。一种莫名的焦虑感。

他把这本书带回了自己的家。

他知道这是沈萧所有的遗产中最最宝贵的。

当夜深人静，苏若木正襟危坐，打开了那本书。

从封面到扉页，再到正文……

苏若木震惊了。

他没有想到他所看到的，竟然是一页一页的白纸。

他不甘心。继续一页一页地翻下去。却依旧的，一页接着一页的白纸。一个字也没有，是的，连一个字也没有。

苏若木愕然甚至惊恐，到底是怎么回事，他错过了什么？

在恍然间他蓦地想到了雨果。想到了那位法国作家在《巴黎圣母院》中最后的那段话：

> ……大家在那些可怕的尸骨中间找到了两具尸骨。一具把另一具抱持得异常地紧。这两具尸骨中一具是女人，身上还有一些白色布料的碎片。紧抱住这具尸骨的另外那一具，是男人。人们只看到他有一条弯曲的脊骨。他的颈骨上没有一点断痕可见他并不是被绞死的。这个人一定是自己到这儿来的，而且是在这里死去的。人们想把他和他抱着的那具尸骨分开，他就倒下去化作了灰尘……

是的，就是这样。

沈萧，就这样，带走了她的一切。

竟然一个字也不曾留下。

武则天（选章）

上篇

她叫武曌。

那是她后来为自己起的名字。而那时候她并不知道这未来的名字意味了什么。

此刻她正端着铜盆站在自己房子的木门前。她张大着惊奇的眼睛，看着眼前急匆匆川流不息的女人和那些被阉割过的男人们。在永巷，在永巷灰暗的巷道里这些拥来拥去的人就像是一股灰色的潮。他们匆匆忙忙做着自己的事情，好像并不认识从他们身边走过去的人。天空是灰暗的，映衬着枯的枝杈和阔大的伸展出来的屋檐。那屋檐高傲庄严地向灰暗的清晨翘起，垂挂着的串串风铃在早晨的冷风中发出幽暗而凄凉的响声。还有乌鹊阵阵兴奋的鸣叫。

武曌在进宫后的第一个早晨第一次看到这些。她觉得这里的一切她全都不喜欢。一切灰蒙蒙的，她无法看清，唯有风铃的响声和鸟的叫声能带给她一丝人间的感觉。连空气都是凝固的。她不懂这皇宫为什么会如此幽暗，幽暗得令人恐惧。她收敛了满脸的明媚，小心翼翼地被人带进这宫人和侍女们居住的掖庭。她被指定住在甬道两旁无数笼子般小房子中的一间。她走进去，但却有一种被关押进去的感觉。并没有人锁住门，但她还是觉得被锁住了。她觉得屋子里阴森森的，她像是被窒息似的需要大口大口地喘气。那么陌生的幽暗，她害怕极了。然后，她又在那些被阉割的男人透骨的目光中，穿上了那套色泽黯淡的宫廷的服装。她被改变了。然后是深夜。那么静。有昆虫冰凉凄冷的叫声。枯草在摇动。她静静躺在木板床上看悬在屋顶的木梁。她还听到了报时的沙漏那细沙流动时细碎的响声，然后是从遥远巷道的那一端传来的隐隐约约被压抑的哭泣。武曌害怕极了，她惊恐万状，她不知这里究竟是个什么样的地方。木板床在她的辗转反侧中发出吱嘎吱嘎的响声。偶尔有戴着帽子穿着棉袍的那些去势的男人从她的门前晃过，脚步声慢慢地消失。武曌开始想念母亲，那么想，母亲送别时的哭声仿佛依稀就在耳畔。

妈你哭什么，我又不是去地狱，我这是要进皇宫……

可是，孩子……母亲苦苦而诉，长跪不起，那一番绝望的告别和撕扯是武曌所不能理解的。

后来，她便在对母亲的怀念中睡着了，睡得很死。她毕竟只有十四岁，所以，清晨从终南山飞来的鸟的鸣叫也没有能把她吵醒。她是被木门上的一阵猛烈的拍击惊醒的，猛地坐起，懵懵懂懂，使劲睁开眼睛才发现这里已不是自己的家。她看见昏暗的油灯接连亮起，一盏一盏从门前穿过。井边是拥挤成一团的黑乎乎的宫人们，她们用冰凉刺骨的井水洗脸，然后，便对着木架上那面已生出绿色锈迹的铜镜开始为自己梳妆。

那一张张苍白麻木的脸。

武曌刚刚进宫，平日无事可做，于是，她便总是走出她的小屋，睁大好奇的眼睛去看她身边的人和事。

武曌不知道这掖庭是为所有失宠或终生未曾受宠的女人准备的永恒的住地。这样的女人一旦走进来，就再也离不开这座人间的地狱。这些宫人们其实都很美丽，即使已经白发苍苍，岁月的痕迹也依然掩饰不住她们曾经拥有的美貌。但是，她们却被弃置在这片苍白的灰色中，被皇室遗忘，直到有一天，连她们的肉体也真的死亡。武曌还不知道，唯有去过势的男人们才可粗暴骄横地同这些被遗忘的女人们混在一起。这是他们以阉割欲望为代价才换取的在石榴裙中穿行的权利。但是他们觉得不公平，所以，他们仇恨这些女人，用皮鞭、沙哑尖细的喊叫和脚上的靴子来对付这些女人，以此来显示他们曾经是男人的威风。

十四岁的武曌当然不可能懂得这些，但是在短短的几天里，她听够了那些宦官对老宫人的呵斥和咒骂。那天，她还亲眼看见一个头发花白的老女人，因到井边打水时稍慢了一点。就被看守井台的宦官一把推开，摔倒在井边的凉水中。

武曌想跑过去扶起她，但被身后的一双手拉住了。武曌扭转头，她看见的是个美丽成熟的女人，她很冷静地对武曌说，这不是你的家，你不要去管这些闲事，没人去管的。

果然，武曌发现，周围没有任何人去帮助那个白发的老妪。她们好像根本就没看到她被推倒了，也没看到她是怎样费力地独自爬起。

武曌有点想哭。

她神情沮丧地回到了自己的小屋。

尽管弄不懂，但她已凭本能感知到，这个掖庭是一个非常险恶的地方。而她，是哪怕拼着性命，也要竭力离开这阴森的地狱的。

这时候，有人轻轻推门走进来。武曌认出她就是那天早晨在井边拉住自己的那个女人。

她进门便说，我叫腊腊。十年前就进宫了，一直住这儿。我看你年轻气盛，不懂掖庭的规矩。知道吗？那些乌鸦是得罪不得的。

什么乌鸦？

那些宦官呗，你看他们灰衣灰袍的，不像终南山上的乌鸦吗？

武曌笑了，这是她进宫以来的第一次笑。她睁大眼睛，看着眼前的这个叫腊腊的浓妆艳抹的女人。她觉得腊腊已不再年轻，但确实很美丽，而且无拘无束的，使人容易接近。

我很害怕。

腊腊坐下来，她说她要跟武曌讲讲后宫的事情，她刚刚想说，其实这里都是争风吃醋的女人……她的话就被武曌截断了。

武曌问，腊腊，你来宫里这么久了，你同皇上亲近过吗？

腊腊的脸上一片惨白。

那时候她还没有见到过他。她也还从未走进过那座巨大阴冷的太极宫，她不知道那宫殿中所发生过的各种故事。那是座真正的殿宇，宏大庄严，犹如一头潜伏在那里随时准备出击的雄狮。而这座殿宇的主人唐太宗李世民就是那头雄狮，那头猛兽。他叱咤风云，征战南北，在金戈铁马、鲜血淋漓之中，终于杀进了长安城，杀进了这座前朝皇帝隋炀帝的宫殿，将一个崭新的帝国握在手中。

以后，没有谁再见到过这座两朝数代皇帝在此献演伟大史剧的舞台。现在，这殿宇早就不复存在了，连残留的遗迹都没有。岁月无情，它不管这座宫殿曾是怎样地恢宏雄伟，也不管这宫殿曾给美丽的武曌留下了多少切肤的苦痛。

然而，就在武曌正面对着那个已生出绿色锈迹的铜镜，模模糊糊地辨认出她自己的青春时，那个将她召进宫中的太宗李世民已从后宫的寝殿动身，他在左右侍从的簇拥下，向早朝的太极宫大殿走去。他神色严峻，目光深沉，但一身的英武之气却无论如何掩饰不住他内心深处的不尽苍凉。那是种凋敝的景象，也许因为已是严冬。他走在凄冷的回廊上，他觉得他只是履行义务地去上朝，他已经不会再有当年的勃勃雄心和豪言壮语了。

五更的天色依然灰暗。天气奇冷，大地和枯枝被冻得僵硬，空气中飞舞着透明的冰霰。紧闭的宫门外，早已聚集了赶来上朝的文武百官。他们来回跺着脚，将手揣在宽大的棉袍袖子里。他们一律铁着被冻得蜡黄的脸，等待着那个打开宫门的时刻。

然后，那个看更守夜的侍官，在最后的困顿与清醒中，终于姗姗走来，打开了那两扇沉重的宫门。于是，门外的官员们蜂拥而入，并开始在城内石板铺成的小路上快步行走。他们默默无语，神色匆匆，闷着头一直向前，好像被什么人追赶似的。他们的脸因这一阵匆忙的小跑，已由在城门外等待时的愚钝、麻木而骤然间变得紧张、庄重乃至于生动起来。他们很快找到了自己上朝时的位置，他们严阵以待地站在自己的岗位上，等候着他们的君王上场。

于是，李世民气宇轩昂地走上大殿。他是整个上朝议政的庞大仪式中唯一可以坐在椅子上的人。那椅子便是皇位，他唯有坐在那把椅子上，才可以是至高无上的，也才能够主宰自己，并能冷静而缓慢地审视他眼前这支庞大官僚队伍中每一个人的脸和每一个人的心。他为此曾付出过极大的代价，他不仅驰骋南北，推翻了隋炀帝，而且杀死了与他争夺皇位的手足弟兄。他至今没有忘记那一层层用尸体和血水垒砌的红色阶梯。他常常为此感到恐惧。

这时候坐在龙椅上的太宗李世民显得有几分倦怠。这至少逃不过离他最近的那几位近臣扫视的目光。这使他虽身为皇帝，但仍是觉出了几分不自在，他将目光游离开，他开始心不在焉地听着大臣们的汇报。

皇帝为什么倦怠？这在满朝文武心中是个不言而喻的忌讳。特别是作为外戚的长孙无忌，更是深知其中的奥秘。长孙无忌不仅是朝廷的重臣，还是一年前撒手人寰的长孙皇后的亲哥哥。他深知唐皇李世民是怎样地深爱着逝去的皇后。尽管后宫美女如云，皇后的离去还是使他感到了孤单和失落。那是一种失去了亲人的疼痛，那疼痛是深入骨髓的。李世民从此意志消沉。他甚至也有了那种寻寻觅觅、无所事事，又总是慨叹春花秋月、物是人非的心情。他总是凭栏远眺皇后长睡的昭陵，并大声悲叹不能长久与之相伴。从此他便消沉下去，甚至不再关心他所开创的"贞观之治"。为了消除孤独寂寞，他开始在龙床上同各种不同风格情调的女人做爱。后来，后宫的女人也不再能使他满足，他便派出宦官，到民间招募美女，而武曌就是为使他获得更新鲜的刺激而被召进后宫的。但无论怎样荒淫无度，都不能抵消太宗李世民对长孙皇后的怀念。这怀念很深而且很久远，因而变得扭曲，变得使他痛苦不堪。

谁都看出了皇帝在彻夜与女人交欢。

李世民在倦怠中干脆不去想国家的大事。他觉得在不疼不痒中上朝的时辰已经够长了，于是，他把他倦怠的目光转向他的儿子们。他即刻敏锐地发现在他一长串的十四个儿子的队伍中，唯独没有由长孙皇后所生的那个已册立为东宫太子的皇位继承人，他的长子承乾。于是，他立刻警觉起来，并声色俱厉地询问，太子的病难道还没有好？

满朝文武面面相觑，大殿上鸦雀无声。这时候，专门负责辅佐太子的太子太傅一路小跑地走上来，猛然跪倒在大殿前，叩头不已。

为什么？李世民怒目而视。

老臣不敢欺君，昨日太子便已离开东宫到秦岭狩猎去了，老臣阻拦不住。

李世民愤怒已极，将牙齿咬得咯咯响。他的脸由严厉变得苍白而又无望，他的心则如浇了一盆凉水般变得冰凉。承乾的举动已经越来越不像话了，他身为长子、身为储君，却没有对王朝一丝一毫的责任感。他的所作所为、一举一动都令李世民失望。李世民在愤怒之中将目光依次落在同是长孙皇后所生的另外两个儿子李泰和李治的身上。在皇嗣的问题上他长期无法作出决断。但，承乾肯定是靠不住的了。李世民突然从他的龙椅上站起，并气愤地将手一挥，宣布退朝。

朝臣们开始无精打采地退出大殿，唯有太子太傅依然跪在地上。他知道自己此刻既得罪了皇上，也得罪了太子。但作为朝臣他既不可以不忠，也不可以不谏，哪怕他自身的安全会受到威胁。

太极宫尽管恢宏威严，但却阴冷潮湿，不见天日。而此时冬日的阳光，已透过枯硬的枝杈，斑斑驳驳地照射在了殿外庭院中的石板路上。

巍峨壮丽的秦岭确实使太子承乾心旷神怡，他觉得唯有骑着马在崇山峻岭中奔跑，他的心才能宁静，他紧张的神经也才能松弛。

承乾在恣意奔驰之中，想到了此番不辞而别来秦岭狩猎会在朝中引起的震动。他可以想见父亲的那一番愤怒，还有那个亲兄弟李泰暗中得意的窃笑。承乾凶狠残暴地射杀一切从他眼前穿过的动物，包括那些宁静善良的小鹿。他眼看着它们抽搐而死，他早已不相信这世间还有什么善良的事物。连自己的亲兄弟都已不顾手足之情，决心将他从东宫太子的位置上赶下去，并且阴险狡诈费尽心机，他承乾还有什么可顾忌的？此刻，他与那个夜夜与之同床共枕的十四岁的乐童称心一道前来狩猎，这才是他作为太子生活中最大的乐趣。那是种幸福，是比未来获取王位还重要的一种幸福。

而朝廷是什么？不过是一个屠宰场。承乾尽管读书不多，但他对此还是看得清的。本来他自懂事就已牢牢坐在了太子的位子上，出生的时间使他幸运地成为当然的王位继承人。所以，他有恃无恐，放荡不羁，而这些明明都不该威胁到他储君的地位，可那个亲兄弟李泰竟不顾一切地见缝插针，并且以迅雷不及掩耳之势，顷刻便获得了父皇李世民的赞赏与宠爱。承乾并不否认他这个一母同胞的兄弟才华超众、智谋过人，他精通经书，修史研志，但问题是李泰把这些全当作了取悦于父皇的资本，他最终的也是最险恶的目的，则是踏进东宫，要取代他承乾。而父皇竟然会被李泰的这些权术与计谋所蒙蔽，甚至也流露出要废掉自己的意思，这才是使承乾最最愤怒和苦恼的。他怨恨父亲。所以他不顾朝廷的规矩，不辞而别，把那个盛怒中的皇帝尴尬地丢在满朝文武中间。承乾想到这些，心里便有了种幸灾乐祸的快意，他于是两腿一夹，纵马在浩莽的秦岭中更快地奔跑起来。

每当承乾射中了空中的鸟或是林中的兽，都是那个俊美的称心飞快地跑过去，把插着利箭的那些猎物拖回来。他在山林中追逐着承乾。他奔跑着，笑着，高声呼喊着，他那童稚清脆的嗓音在山谷里引出阵阵回声。他尽情地奔跑之后，总是喘着大气，两颊被山野的风吹得通红。然后，他仰起头，用一种迷茫的梦幻般的目光去看那个马上的男人李承乾，那么清纯可爱，就像大自然一样使人赏心悦目。承乾无法抵御称心的诱惑，于是他一把将这美少年拉上马背，然后跃马扬鞭，在奔驰中把称心紧紧地紧紧地贴在胸前。在无限的温热中，承乾直抵林中皇室狩猎休息的那片木屋，并急不可待地在滚烫炭火的烘烤中与称心亲近。

　　承乾对称心变态的宠爱，在东宫已成为尽人皆知的秘密。但没有人敢把这一层说出去，就是皇上亲自派来教育太子的太子太傅和近臣们，也没有谁敢把承乾的这种不光彩的隐私泄露给皇上。而承乾就是看准了这一点才变本加厉。他不再回避，也不再克制自己，他就是喜欢这个称心，喜欢看着他，喜欢与之同床共枕，喜欢与之交欢。他身为太子，有巨大的权力，他何以就不能拥有这样一个可爱的少年呢？承乾的倾心于称心，其实最初只是为了消遣。那时候他很苦闷，任何女人都不再能使他兴奋。于是，有人对他说何不找个美少年来试试？于是称心来到了他的寝殿，并睁大了那双天真无邪又迷茫梦幻的眼睛看着他。他觉得那种感觉奇妙极了。那是任何女人的妩媚所不能比拟的。相比之下，女人反倒令承乾反感了。很快这刺激变成了一种感情，一种肌肤之亲之后难舍难分的那种感情。他要每日每夜每分每秒地看到称心。他要感觉到称心的呼吸，他要伸出手就能触到这个男孩的身体。从此称心不离左右，同行同止。而承乾的这种变态的行为，很快引起了太子太傅以及身边宦官的警觉。他们认为，承乾作为皇位的继承人，无论怎样纵欲贪欢，只要是同女人，便都不是问题。但关键是，太子竟与一个男人陷在这种荒唐的情感纠葛中，那就真是大逆不道了。于是他们反复委婉地向承乾进言，但都被承乾粗暴地驳回。此时承乾对称心的宠爱，已经一发而不可收，进入了一种几近疯狂的状态，已经是任何人都不能阻挡的了。

　　于是，在这茫茫秦岭的木屋中，承乾忘了朝廷忘了寒冷而只是紧抱着称心。他把称心冻红的小手紧贴在自己火热的胸膛上，并不停地去亲吻他细嫩的脸颊。一天的劳累奔跑使称心很快就在承乾的怀里睡着了。承乾在幽暗的灯光下凝视着称心，他完全陷入了一种非常古怪奇异的迷恋之中，而从他眼中闪出的光辉也是极为温暖极为柔和的。他知道他自己对称心的爱是发自内心、是超越一切的，也是无论谁都不可能改变的。在称心的面前，王位已不再重要，那个阴险谋位的李泰也不再重要。重要的只是这个天使般的男孩，他才是承乾生活和生命中的一切。父皇可以丢弃他废黜他，但称心不会。称心是会永远同他在一起的。幸亏在王位之外他还有称心，这是承乾深深为自己庆幸的。

　　他从心底对身边这个熟睡的男孩涌起无限的感激之情。他觉得毕生有称心陪伴，真好。

秦岭峡谷间的风吼叫着。夜越来越深，远处是野兽的哀号。

那个承乾与称心同住的山岭上的小屋摇摇欲坠，在北风的狂暴中发出吱嘎吱嘎的响声，直到天明。

另一个不为朝廷上任何事件所动的就是武曌。她依然懵懵懂懂，在掖庭的永巷里走来走去。她试图找到一扇门，找到能走出这阴暗、通向光明的门。

她总是睁大好奇的眼睛。

腊腊告诉她，那个女人名叫徐惠。她比你进宫早不了多少，一开始也住在你这样的鸽子笼一样的房子里，阴暗潮湿，不见天日。但很快她就受到恩宠，不停地和皇帝睡觉。然后没有多久，就搬到那个小院去了。还有专门的侍女伺候。听说皇上常送来礼物，就是说，徐惠还有继续往上爬的可能……

往上爬？

她现在只是个才人，慢慢还可以升为美人、婕妤、昭仪，贵妃，说不定还能当皇后呢。这才是后宫女人最高的位置，是你我这辈子也不要做的梦。

为什么？我怎么就不能当皇后？

你疯了吧？腊腊认真地看了看武曌的脸。哦，说不定你行。不过要等等。哎，你看，那个风一吹就会倒的妖精来了。

谁？

徐惠呗。呸！腊腊以她年深日久所积累下来的对后宫受宠女人的仇恨与忌愤，狠狠地朝徐惠走来的那个方向吐了口唾沫，便昂起头扬长而去。

武曌认真地望着走来的徐惠。她承认无论如何，这些天来，在众多的宫人中，最引起她注意的，还是这个女人。她尽管并不十分美丽，但看上去却亭亭玉立，彬彬有礼，瘦削的肩与瘦削的脸颊使她气质非凡，格外与众不同。其实她同武曌的年龄差不多，但她却显得端庄文静，仪态万千，一派大家闺秀的气度，这是武曌不得不叹服的。徐惠走起路来温文尔雅，说起话来也是轻言细语，而且对掖庭的所有女人都会报以永恒、灿烂的微笑。但这更引起腊腊她们这些老宫人的愤怒。她们每每见到徐惠，不是吐唾沫，就是大骂一声妖精，很明目张胆地欺侮这个女人。而就是面对这些，徐惠也依然是一团和气地面对着每一个女人。唯有掖庭中一向蛮横的宦官们对徐惠另眼相看。他们除了对她很客气之外，还竭尽巴结、阿谀之能事，尽量为徐惠的生活提供便利。

腊腊说，这个妖精不过是凭着会写几个臭字就骗住了皇上，你看她就像一根木棍，你比她可漂亮多了，你干吗不跟她争一争呢？你不该坐着等死，就像我们这样。

于是武曌满怀激情与热望。她本以为青春和美貌是可以战胜一切的，但是慢慢地，她发现后宫的事情并不是那么简单，而与徐惠这样的女人比个高低，又谈何容易。

徐惠是因其才华被召进宫里并封为才人的，而她武曌则是以其美貌来到掖庭。她们进宫的时间尽管相差不多，但徐惠不仅已屡受恩宠，而且还搬进了别院。而武曌则连皇上的样子还没有见过，可见这个皇上对女人的美貌已不感兴趣，他此刻更欣赏的，可能是知书达理、多才多艺、出自名门的女人。武曌虽也生在官宦之家，父亲武士彟又是高祖李渊的朋友，但父亲在做官之前，毕竟只是靠着个人奋斗，以木材生意发达的商人，没有世袭的爵位。而商人是被人看不起的。尽管父亲娶了有贵族血统的隋炀帝的近亲为妻，但依然无法提高身份和地位。母亲的血统是无法改变武曌卑微的门第和出身的。所以，尽管她也从小读书，聪慧过人，且美丽绝伦，却依然无法真正跨入上流社会的大门。就是被召进宫内，也仍是比出身高贵的徐惠低一等，这一重无法选择也无法改变的家庭背景，以及那个时代顽固的门阀观念，无疑会给武曌的未来蒙上痛苦的阴影。这与生俱来的卑微，使武曌在徐惠这样高贵的女孩子面前，第一次感到了自卑，感到了被歧视，同时也感到了回天无力，感到了这是命运对她的残酷捉弄。

于是一种在掖庭后宫抬不起头来的感觉油然而生。

这还仅仅是开始。

但武曌的天性是争强好胜，这又使她不肯败下阵来。她觉得只要有机会她就一定能打败这个徐惠。所以她心里尽管很拿徐惠当回事，表面上却尽力做出极不屑一顾的样子，就是与徐惠擦肩而过的时候，她也从不对徐惠微笑。她不理睬徐惠投过来的任何友善的、平和的、亲切的乃至于恳求的目光。结果，这一次徐惠就停在了她的对面，并且对她温和地微笑着。

徐惠说，你刚来吧，你比她们讲的还美丽。

武曌说，这我知道。

你叫什么名字？

这和你有关系吗？

徐惠有点难堪，但她想了想还是平和地问：想家吗？

武曌说，这也是我自己的事。

徐惠又说，你看，在掖庭的东北角上，有个内文学馆，书很多。我常去那里，有空你也可以去读读书。

那些书我全都读过了。

徐惠依然和颜悦色，她说，这后宫的是非很多，许多人就把青春全浪费在这是非中了……

武曌说，我知道就是你没消耗青春，就是你不是非，那你干吗要来找我？

我只是觉得你刚来肯定很多事情不习惯。再有，我真的是一见你就很喜欢你，我希望你来我的屋里玩儿。

武曌说，我不会去的。说完就绕开了挡在面前的徐惠。武曌大步离去时把头颅昂得很高。

后来腊腊听说了这一番对话，她认为这是徐惠故意在武曌面前炫耀。她带着长达十多年的偏见，总是妒火中烧地仇恨一切能与皇帝亲近的女人。而且，她也是看准了徐惠的善良单纯，才敢放开胆子欺侮她的。

腊腊所代表的，几乎是掖庭里所有被遗弃的女人的看法。所以徐惠尽管在皇上那里受宠，但在掖庭中却显得很孤单。她尽管屡受皇恩，却还没到能搬出掖庭住进后宫的份上。于是，她反而成为了这些宫人们发泄仇恨的目标。无论她走到哪儿，都有利箭般仇恨的目光射在她身上，好像她得到恩宠，是犯了十恶不赦的大罪。她因此而得罪了所有长年得不到恩宠的美丽的女人们。她们是一个因怨恨而愤怒的美丽的群体。她们中每个人都像一只被困在笼中的凶狠而美丽的母兽。她们先是明争暗斗耍尽手腕地去争夺那唯一的男人，而一旦她们再也不可能获得那个男人，她们便扭转身，随时准备着去撕扯能获得那个男人的女人。徐惠此刻就是这样的女人。她正被那些女兽们撕扯着，啮咬着，并承受着她小小年纪本无力抵御的攻击与压力。但是皇上不知道这些。徐惠不是那种歹毒张狂的女人，她也无意对皇上提起这些。她更无意利用皇上的恩宠一步一步地往上爬。她知道，要跻身于后宫宠妃的位置还有漫长的路，而她绝不是那种会为这条路而奋斗不已的女人，那是她的心智和她的精力所达不到的，她的身体也太瘦弱了。所以，她才能自进宫起就淡淡泊泊，清清静静，皇上要她去时，她便尽全力侍奉皇上；皇上不需要她了，她便留在院中潜心读书，将一切看得很超然。因而她才能默默承受那些女人强加给她的所有压力。

徐惠显然不喜欢掖庭的这些困兽犹斗的女人，但是她对武曌的关切，却是出于一片真心。武曌进宫后的那种茫然若失，使她想到了她自己刚进宫时的孤单无助。所以，她才觉得她该帮助武曌，帮助那个看上去美丽聪明的女孩子。她同情武曌，想同她讲话，她甚至想如有机会，她会在皇上面前提起武曌，去为她争取那个恩宠的机会。但是，这一切徐惠还没有来得及去做，武曌就被腊腊她们拉走了，使这个女孩成了徐惠的敌人。徐惠想，倘若武曌有一天也被皇上召去睡觉，她又该怎样置身掖庭？

不到二十岁便已身宽体胖的魏王李泰，对他的哥哥太子承乾的荒淫无度，越来越感到庆幸。承乾终日托病不来上朝，使得父皇李世民对他也越来越失去信心，并认定他就是一个扶不起来的天子，他白白坐在了太子的位置上，他还坐了很多年。父皇对承乾的反感，使李泰更是信心十足。他一方面命著作郎萧德言、秘书郎顾胤继续奋力修撰《括地志》，以显示他的才华，博得父皇的欢心；一方面窃喜哥哥的不争气，他竟然没有等到有人来抢他的位置，就主动为自己预演了一幕必然要跌落下来的丑剧。承乾的自暴自弃，使李泰坚信他拿到太子的位置已是唾手可得的事情。他不必着急，也不必做手脚，过不了多久，承乾自己就会把东宫拱手让给他。李泰在心里得意地笑了。这时候他对承乾这个亲兄弟已再无一丝手足之情，他知道越是亲兄弟在皇位继承权的争夺上就越是残酷激烈，你死我活。何况，承乾确实不是做国君的材料，大唐王朝如若交到他的手中，只能是一天天衰败下去，这就不是兄弟感情的问题，而是关乎国家社稷兴亡的大事了。

尽管李泰对东宫太子的位置觊觎已久，但两兄弟之间只是明争暗斗，还从未发生过正面的冲突，李泰也未曾对承乾真正动手。直到有一天，李泰通过魏王府派到东宫的耳目得知了承乾狎称心以及巫师在东宫大变戏法的事情之后，他才再也沉不住气了。他一反常态，不再采取对东宫观望的态度，不再等待着承乾自己一天天堕落沉沦，直到有一天瓜熟蒂落……他等不及了。他知道父皇一旦得知此事，就会彻底宣判承乾的死刑。承乾会不会被赐死他不关心，他只是觉得这个能成为太子、住进东宫的机会对他来说太重要了。他不能再错过这个机会了。于是他按捺不住心中的权欲，精心策划，最后终于通过朝臣中那些拥立他为太子的所谓"魏王党"的嘴，将承乾的种种劣迹和盘禀报给了太宗李世民。

与男性通奸以及在宫廷蛊惑巫术，对承乾来说已构成不可饶恕的罪恶。

李世民怒不可遏，周身颤抖。

紧接着，浩浩荡荡的皇家禁军便全副武装地向东宫进发了。

东宫毫无准备。靡靡的音乐正在东宫的殿宇间鸣响着。宽敞的大殿里，太子承乾正同他的亲信僚属们玩着突厥人送葬仪式的游戏。此刻，狩猎时不慎把脚摔坏的太子承乾，正赤身裸体地躺在大殿的中央，而周围是骑在马上绕着他奔走的骑士。承乾时而在地上发出奇怪的叫声，时而爬起来模仿突厥人的舞蹈。而他的那个宝贝称心则沉浸在这种怪异游戏的狂热中，奋力吹奏着手中的木笛。

承乾根本就想不到这座只属于他的东宫内会突然站满了皇宫禁军，他们一个个神色严峻，一副铁面无私的样子。承乾一下子惊呆了。他没有任何思想准备，不知道会发生什么事。他慌乱已极，匆忙从地上爬起，想离开大殿。但他还没有站起，便被冲上来的禁军用剑戟逼迫着退到了大殿的一角。在惊魂未定中，他眼看着禁军杀人不眨眼地将那些方士腰斩在大殿的中央。一时间血肉横飞，大殿里充满血腥的气味和东宫的人们惊恐无望的惨叫声。

承乾眼看着禁军们抓住了那个吓得四处乱跑的称心，他想去救那个可怜的男孩，但却被禁军死死地堵在墙角。他大声喊叫着，声嘶力竭，他告诉称心快逃出大殿。可称心还是被抓住，不由分说地被劈成了两截，那鲜红的冒着热气的血喷溅而出。身首分离的称心被弃于殿外。

承乾绝望了，他发疯地吼叫着。他和看守他的那些士兵奋力拼搏。他的双手被逼迫着他的利刃割破，流着血，但他依然要杀出去。禁军们直到确认称心已经死了，才把承乾从那个大殿的死角放出。

承乾满身是血，疯了般跑出大殿。

他在堆放的尸体中一眼就看到称心的那颗头颅，他绝望地哭泣。他的脸紧贴着称心那苍白的脸和那望着蓝天的张大的眼睛。称心的脸上充满了死前的惊恐，他就在这惊恐中结束了短促的生命。他还是个孩子。他是无辜的。他还什么也不懂，是承乾要他那样的，他怎么可以违抗承乾，违抗一位太子呢？这一点唯有承乾最清楚，如果要杀的话，为什么不来先杀了自己？

但世界终究不属于无辜者。

无论承乾怎样绝望地哭喊。

禁军大获全胜，他们把带血的刀剑插进刀鞘，便又浩浩荡荡地回师禀命去了。

承乾苦痛已极。这是他有生以来从未感受过的苦痛与绝望，这是种谁也无法安慰的人生的感觉，就像承乾自己也被毁灭了，被杀掉了。他的生命仿佛已离他而去。他望着血洗的东宫，望着从此不会再对他讲话对他微笑的称心，他摸着那血淋淋的，冰凉的肌肤，他知道他的命数已尽，他的太子的路已到了尽头。称心是他的生命他的灵魂他的精神他的情爱。而当这一切都消失了都弃他而去，还剩下什么？满心的绝望。他知道这一切都是魏王泰的诡计，他知道这一切都是由太子的位置引发的，他还知道父皇太残酷太绝情，那么，他也只有仇恨了。称心死了，太子的位置也就不再重要。他不要这个太子的尊荣，但是，他——要——报——仇！

有苍天为证。

东宫的杀戮使李世民也陷在了一种绝望和伤痛中。他遥望着昭陵，希望长眠地下的长孙皇后能给他以支撑，能原谅他对承乾毫不留情的惩罚。

自然魏王泰是他所宠爱的儿子，他宠爱他是因为他确有帝王的气象。他也确实想废掉长子承乾，立李泰为太子，而这样做其实也全都是为了社稷着想。但毕竟承乾也是他的亲生儿子，又是他的长子。他曾经那么爱他，并决心将这浴血奋战创下的江山交给他。承乾的无能与放荡令他气愤，但他本意并不想如此伤害他。他只是想教训教训这个不争气的儿子。当禁军班师回朝的时候，他知道东宫的情景已惨不忍睹了，因为他看到了那些士兵们脸上依然不散的腾腾杀气。

血流成河毕竟也不是他李世民想看到的。

他知道从此承乾会更恨他。

于是他没有即刻下诏废掉承乾的太子。不知道是他不忍心，还是想再给承乾一次重新振作的机会。

他还不愿看到将会在承乾与李泰之间为争夺王位而进行的那场血腥的杀戮。尽管他自己已是在杀了亲兄弟之后才登上王位的，但他不希望这样的悲剧在他亲儿子们的身上重演。

李世民难过极了。在那个漫长的夜晚他总是排解不掉满心的郁闷。他不知亲兄弟之间这场争斗的终局会是什么。但是他突然觉得他已经老了，而这个王朝对他来说也太沉重了。他已不能再重振雄威，而他的儿子们又令他失望。

然后宦官问他，今晚要不要派人来侍候？

在这个血流成河的晚上？李世民这样问着自己。他谁也不想要，但他又害怕这个孤独的夜晚……

她甚至没有感到恐惧，也没有爱。她不知道她要去见的是个怎样的男人。他什么样子，他是否很凶？她只知道他是个皇帝，是个可以随意操纵她命运的男人。

那是个黄昏刚过的夜晚。夜很黑，掖庭的巷道也很黑。有秋草下的虫鸣。她刚刚被后宫的侍女们扔进紫檀木桶里洗过。她们洗她就像洗一个物件。水里的香味萦绕着她的身体，随着她缓缓的脚步浮动。在昏暗的油灯下，她赤身裸体站在那硕大的木桶里。墙上是前来收拾她的那些侍女们忙忙乱乱的影子。她觉得那一刻她被剥光了在任人宰割。那些麻木而阴沉的脸。那些手和那些漂着美丽花瓣的水在她的身上滑来滑去，在她身体的每一个部位，在她的肩背、乳房、大腿，还有更深的地方。那本来是属于她自己的。但她却不能触摸自己。她只能任凭她们清洗自己的身体，任凭那些水，那些手……然后，她被那身陌生而华丽的丝绸外衣包裹了起来。她闻到了那种清新的丝绸的味道。她觉得她喜欢那身衣服，那衣服很好看也很柔软。再然后，那些去势的男人们便走拢来了，贴近她，为她梳头和化妆。她觉得恶心但她却根本无法逃离。最后，她在铜镜中终于看到了自己，但那已不再是原先的她。

于是，武曌便在如此的艳香中随着前后的宦官们向前走。

夜很黑。巷道很长。她看不清她正在走的曲折的路。一个又一个院落，一段又一段回廊，还有台阶、宫门、碎石铺成的小路。最后，她终于停在了一座很伟岸的森严的院落前。她不知那就是皇帝的寝宫甘露殿。她很惊奇，等在那里。她听到了有人去通报，然后她看到那殿门缓缓地朝着她打开了。

她真的并没有感到恐惧。她甚至急于想见到那个正在等她的男人。她睁大眼睛。她闻到了自己身上的那种奇妙的馨香，她想到了那些飘零的花瓣。就这样她缓缓地走进去。其实一切是那么简单，她看到了那个体魄雄伟的男人。房间里的灯光并不幽暗，武曌足可以看清那个把她召进宫里的皇上，看清他黑色的眼睛、突起的颧骨、坚毅的嘴角和他已开始变得苍老的体态与神情。

唐太宗李世民从未遇到过如此大胆尖利的目光。他突然暴怒起来，无比愤恨地喝令眼前这个光彩照人的女孩子跪下。他喊着，你跪下，跪下！直到他看见这个女孩子满含着委屈和泪水，不情愿地跪在他的面前。

白天发生在东宫的杀戮使李世民陷入了绝望与伤痛中。他唯有远眺昭陵，那是长孙皇后长眠的地方。他希望长眠的皇后能帮助他。如此贤惠大慈大德的女人竟不能将做人的美德传给她的儿子们。但也幸亏她去得早，就不必看到这亲兄弟反目相残的悲剧，也不必如李世民现在这样受折磨、遭熬煎。李世民不敢想这幕惨剧的结局是什么。他只是突然觉得他老了，不能再驰骋疆场了。他不愿再背负这沉重的王朝，但又不知该把王朝交给谁。

宦官问他，今晚要不要派人来侍候？

于是李世民很犹豫。他心情不好本想说不，但他又马上意识到他怕夜晚的孤独……

最后他说他不想看到任何熟悉的面孔。宦官告诉他，有个您亲自下诏刚刚进宫的女人，她年轻漂亮聪明伶俐……

武曌站起来。她突然觉得一切那么陌生，她恨眼前这个粗暴的男人。但她只能向前走，她必须向前走，去接近那个正在召唤她的男人。现在她开始感到恐惧了。她不知道在她与这个男人之间将要发生什么。但不管发生什么她都要向前走，她已没有退路。她想起了母亲的眼泪，还有那些异母兄弟无情的欺凌。于是她坚定了。她知道不管她怎样看待这个男人，但他是唯一可能改变她生活的人。他将是她的救世主。

于是武曌顺从地走近李世民。她开始温顺下来，张大迷蒙的大眼睛接受李世民询问的目光。慢慢她在一种温情的抚慰中觉出，她也许并不讨厌这个勇武的男人。她在他主宰一切的神情中，还是觉出了那一丝忧郁，那值得同情的悲伤。但武曌并不知道白天刚刚发生过的东宫的杀戮。她还不懂政治和权力意味着什么。她只是觉得她同情这个正在老去的男人。她应当对他好，顺从他，她也应当按照宦官事先交代的那样，向皇上请安，并强作温柔的微笑去回报皇上的爱抚。

你是武士彟的女儿？

是。

今年多大啦？

十四。

来吧。

于是一切就是这么简单。李世民是天下的主宰，便也主宰天下的女人。他看着这个美丽的刚刚十四岁的小女孩儿，心中好像也曾掠过了一丝怜悯。他想这个女人太小了，她几乎还是一个孩子。他是不该对一个孩子发火，更不该对一个孩子粗暴的。但他是君王。君王可以为所欲为。所以，他很快否定了他的怜悯。他再一次说，来吧，便开始宽衣解带，很快躺在他那张硕大的龙床上。他等待着这个女人，看着她在寒冷的午夜脱去那件华丽的衣裙。

武曌再度闻到自己身上的那种带着体温的馨香。

她赤身裸体，就站在房的中央。

她苗条秀丽，并正在成熟和丰满起来。

她满脸的绯红与羞涩。她低垂着头。她黑色的长发飘逸着。这样，一步步靠近了皇帝的龙床。

终于，她被裹紧了。灯熄灭了。一种陌生的气息包笼而来，唯有房角的炭盆里闪出暗红的火光。武曌惊悸着，她真的被裹紧了。不再寒冷。那不敢违抗的亲吻将她窒息着，并把她带走了。那是另一个世界。是个她从未经历过的境界。但是在这个夜晚她经历了，她因此而成为了一个真正的女人。她第一次以一个女人的感觉体验到了男人的强暴，那么疯狂的不顾她死活的强暴。她被压迫着撞击着撕扯着。她疼极了，她无数次想推开那个至高无上的男人，她喊叫着，但没有谁能来帮助她。她告诉他她很疼。那疼难以忍受，那疼持续着放射着扩散着。她甚至感到了恶心，头晕目眩，她觉得她快要死了，她流着眼泪请求那个粗暴的男人轻一点，轻一点……

那男人是个伟大的君王！

伟大君王的寝宫里传出来无名小女子的惨叫。那叫声撕心裂肺，在黑色冰冷的空气中行走，并弥漫着。守在甘露殿门外的宦官们面面相觑。他们从来没听到过居然有如此大胆任性的女人。他们不敢判断这个女人未来的命运。很久以后，慢慢地寝宫恢复了平静。这时天空已开始发亮，长安古城血红的晨曦来临了。

武曌被赐予才人的官位，但她并没有像同是才人的徐惠一样，搬进别院，而是继续住在永巷内的那间鸽子笼般阴暗的小屋里。被皇上恩宠的夜晚像梦一样，时时在武曌的心里翻卷着。慢慢地，强暴后的伤口愈合了，不再流血了，武曌恢复了常态。她坚信更新的生活开始了，她日夜等待着皇上再来召见，她一定要同出身高贵的徐惠比个高低。但，她万万没有想到，皇上像把她遗忘了似的。一天两天，十天半月。从此，皇上竟没有再召见过她。

可那个夜晚她明明同皇上在一起。那疼痛至今记忆犹新，她怎么也会被遗忘呢？

武曌的脸变得苍白。

直到半年过去，她才知道她不必再等了。

武曌落落寡合。她实在不知其中的原委。如果不是那套华丽的丝绸衣裙还在的话，她真不敢相信那晚同皇上睡在一起不是一场梦。

腊腊说这样的情况是常有的。

直到腊腊看着眼泪汪汪的武曌伤痛地问着，腊腊，你告诉我，这到底是为什么？腊腊才绝望地告诉武曌，是因为圣上不喜欢。而她自己就是只承受过一次恩宠便被冷落的那个前车之鉴。腊腊回忆着她十年前被皇上召进甘露殿时的情景。她想在武曌的描述中得到共鸣。她说她已经等了整整的十年。她知道绝不会再有奇迹出现了。

腊腊恨受过皇帝恩宠的所有的女人，但唯独不恨武曌。并不是因为武曌此刻正遭受着同她一样的命运，而是她喜欢武曌并坚信武曌日后一定会有极大的出息。她说，这是她用鼻子闻出来的。于是，在武曌伤心的时候，她总是来安慰她，就像待自己的亲妹妹。她告诉武曌，无数后宫的女人都是这样被抛弃的。很可能皇上并不喜欢你。美丽的女人他见得多了。他认为只要美丽就是千篇一律大同小异的；或者，他还没有看清你，没有能真正领略到你的好处。如果我是他，就绝不会那么轻易就放弃你。

无论腊腊怎么说，都不能改变武曌的忧郁。有很长的一段时间，她一直很沮丧，她甚至感到绝望和恐惧。她开始回忆她生平第一次与男人同床共枕的那个夜晚。她回忆着那个被称作皇上的男人的每一个动作，每一重表示，每一句话，以及每一个眼神。那全部的细节。在把那个夜晚的一切从头至尾想过一遍之后，武曌发现她真的很沮丧。一种难言的苦恼压抑着她。她并且知道，她沮丧苦恼的原因，其实并不单单是因为她失宠了，而是在这场与女人的争斗中，她被打败了。

就在武曌日夜等待着，盼望着，祈求着皇上再次恩宠的时候，那个徐惠竟依然如故地隔几天便被唤去同皇上睡觉，不时收到皇上差人送来的绸缎和金银首饰，并从才人的位子上又升为了女官婕妤。徐惠日益变得容光焕发，原本苍白的脸上也有了血色，而她的微笑也更加妩媚灿烂，这是武曌最最不能接受的。她本来想斗过这个徐惠。她本来满怀着必胜的信心。她想她此生是绝不会像腊腊她们那样，在后宫将青春销蚀殆尽的。但是，当她每每同对面走来光彩照人的徐惠擦肩而过，她才深切地体验到了一种败兵的沮丧和无奈。她不能够选择。她回天无力。这是命数。所以，无论腊腊怎样安慰都无济于事。腊腊说得多了，武曌反而很烦，她既不能不面对现实，又不愿承认自己是个缺少魅力的女人。

过了很久，武曌才从掖庭的宦官那里听说，皇上恩宠武曌那天，恰恰就是东宫流血那天。在这样的信息中，武曌突然觉得好像明白了她不再受宠的原因。那才是真正的原因。她回想起那晚李世民的沉重与悲哀，她觉得那真是一个需要抚慰的男人。他当时一定在承受着一种无以摆脱的压抑和负担。听说自那个夜晚之后，太子承乾与魏王李泰便暗地里剑拔弩张，磨刀霍霍起来，随时都可能爆发刀枪之战。一时朝廷中空气紧张，人心不安，朝野上下，议论纷纷。而太宗李世民对此更是忧心忡忡，难以决断。于是武曌便自信地认为她的失宠绝不是她个人的原因，她是被卷进了一场政治的角逐中。她相信有一天，一旦将皇嗣的问题决断，皇上一定会再将她召进甘露殿。皇上是不会忘记她的。

武曌这样固执地坚信着。她把这信念埋藏在心底，连腊腊也不透露半句。从那时起，她便怀抱了一种始终不渝的自信。

尽管武曌这样坚定地安慰自己，但是掖庭里的宫人和宦官们却不这么看。他们用一种复杂的目光盯着武曌。那目光中有悲天悯人，有可怜惋惜，还有某种掩饰不住的幸灾乐祸。他们比武曌还要自信地认定，这个年仅十四岁的美貌的女孩子，在一夜之间便失宠了。她从此便同他们的命运一样，只能在这个黑暗的巷道里了此残生，不会再有任何的转机。特别是那些二三十岁早已惨遭遗弃的有无限幽怨的宫人们，见到武曌的下场简直是喜不自禁，不仅溢于言表，而且公开地向武曌表示出她们的轻蔑、嘲笑以及怜惜来，又很快将武曌引为知己，并将更强烈的仇恨集中在那个正春风得意的徐婕妤的身上。

腊腊于是因同病相怜而更加喜欢武曌。她一有机会便要窜到武曌的房中与她聊天儿。腊腊对武曌的友情，使她轻而易举就得到了武曌在承欢的那个晚上获得的那套豪华绸缎裙袍。腊腊说，你不必这么没精打采，像霜打了似的。你才十四岁，今后的日子还长着呢，谁说你就准定没有出头的日子？

武曌感动万分，但她的脸上却很平静。她把那套衣服从箱子里拿出来，她说，腊腊你要是喜欢就送给你了。

腊腊一下子就抱住了那套衣服，她问着，你是说皇上亲自把你这套衣服解开，帮你脱下来，你就赤身裸体被他抚摸着？

武曌很多年一直没忘腊腊当时眼中射出的亮光。

武曌觉得用一套衣裙换取几句精神上的支撑很值得。武曌是听了腊腊的话才决计振作的。过去的一段时间里，她一直在消沉等待。后来她知道等待是没有结果的，于是她不再等待。她是在想到徐惠时，才偶然联想到徐惠说起过的那个内文学馆的。她记得徐惠曾提起过，那地方的书很多。武曌第一次想到应当去那地方看一看，她想读书至少可以排遣一下她眼下的无聊。

武曌对腊腊说起时，腊腊觉得不可思议。腊腊大笑着，读书？读什么书？那都是穷酸老婆子们去的地方，我从来不去。

可我要去。

你疯啦？

武曌不管腊腊的阻拦。她还是固执地去了内文学馆听课并且读书。武曌在那里开始了一种崭新的生活，她觉得好像又找到了自己的一个新位置。她因此骤然变得平静了起来。

武曌在失宠的抑郁不得志中整整待了十二年。直到曾宠幸过她的男人唐太宗李世民死去，她同李世民的女人们一道被赶出宫门，迁往感业寺削发为尼。以武曌后来至高无上的女帝业绩，她怎么可能有整整十二年被困在掖庭动转不能呢？也许是唐太宗真的不喜欢这个倔强、张扬的美丽女孩，特别是当他身处逆境的时候，他可能更喜欢徐惠那样柔顺平和的女人来抚慰他。所以他冷落武曌，让她在后宫过着痛苦无涯的生活。他既不接受她的聪明，也不接受她的美貌，执意将一块真正的美玉丢弃在泥淖中。但也许是为了则天女皇的荣誉，后人不愿面对历史的真实，于是一些修撰史书的文人墨客开始为女皇的失宠编造故事。这样的故事被编得逼真形象。他们都认为，堂堂则天大帝，应是一世风光。而那十二年的未遇恩宠，也应是大有原因的。于是有了"唐三代后，有武姓女王昌"的说法。又有了"太白之妖"的可怕传言。

古书上说，"唐三代而灭，武姓之女王昌"的这几个字，一直深藏在一本只有唐太宗和他的几个近臣们可以看到的名叫《宫廷秘录》的书页里。就在春天一个微风拂面的早晨，唐太宗李世民读到了书中这段令他触目惊心的话。他很惊恐，走出大殿，望着天空，想寻求答案。在那个太阳当空的蓝天上，他竟看见依然悬挂着那颗闪着惨白光辉的太白金星，与灿烂的阳光交相辉映。他愈加惊恐，因为那个时代把这种奇异的天象解释为更换天子的征兆。李世民周身发紧。他即刻召来了一位叫李淳风的星相大师，要他解释他所读到看到的这一切。

那时候，正是李世民刚刚同武瞾交欢。特别是在刚刚血洗东宫后那个不安宁的夜晚。他确实从武瞾年轻美丽而又健康的肉体上，获得了快乐与平衡。他喜欢同这个女孩子做爱，喜欢亲吻她拥抱她强暴她。他甚至希望从此能夜夜享有她。但，就在他对她的欲火热情燃烧的刹那，他偏偏读到了"有武姓女王昌"的预言，那个烫人的咒符。他猛地丢弃了这个令他惊恐的武姓的女人。他抑制着思念的疼痛抑制着渴慕与热情。他知道他是必得割舍这个美丽的女人的。而比起一个王朝的兴衰来，美丽的让人迷恋的女人又算什么呢？

于是，武瞾在太白金星与太阳争辉的日子里被不明不白地扔在了掖庭。那么深的永巷，永远也走不到尽头的黑暗。漫长的十二年，凄风苦雨。武瞾痛苦地流着眼泪，长叹苍天无情。

而李世民又何尝不慨叹苍天的无情呢？他在他的寝宫中辗转反侧，夜不能寐。虽已决意舍弃武瞾，却依然有不可排解的满心思恋。他总觉得那个武姓女孩的体温，那种难以忘却、难以消退的馨香，依然留在他的身上。他觉得心里很苦，割舍得很苦。一个如此难得的女人何以要姓武呢？又为什么偏偏在她进宫之后，天空要出现"太白之妖"呢？李世民为此而苦闷，而懊恼，而愤怒。他走来走去，对任何陪他睡觉的女人严酷冷漠。他有时干脆不睡觉，跑到春夜寂寞的梨树下思念武瞾。但他知道，这是一道无论如何不可以越过的屏障。那个武姓女孩只有死路一条。他为此而下令烧毁了那本使他痛苦不堪的《宫廷秘录》。他要那个已被吓得战战兢兢的星相大师如实地向他解释一切。

李淳风跪在皇上面前，他说作为臣子，最首要的品质就是不能欺君。紧接着，他便万分沉痛地向李世民禀告，据他的观察，那个武姓的女人现已来到皇上的身边……

这我知道。

再有就是这一次太白金星的天相，确实同《秘录》中的预言有关。那女人就在后宫之内，而且……而且是您的宠妃……就是那个女人，不出三十年，就会成为女皇君临天下，而且，而且她会毫不留情地将李唐宗室灭绝的。李淳风大声喊叫着，圣上，圣上，她已经出现了，就在您的身边，您定要戒备才是啊！

李淳风的话使李世民终于痛下决断。他知道若不杀武曌，就无法保住他浴血奋战创下的这一份大唐江山。而杀了她不过举手之劳。他觉得大厦将倾，且承乾、李泰两兄弟的斷争愈演愈烈，还不知未来会酿出什么惨剧来，他何苦再为这个小女子搅得心绪不宁呢？

是的，唯有杀了她。朕已经决定了。

但圣上，请听臣的一句忠告，对命数是切不可意气用事的。

你什么意思？李世民愤怒地盯着李淳风，既然有人要亡我大唐王朝，朕为什么不可以杀掉她？

因这是天命。而天命难违，无论你怎样躲避都是躲避不掉的。你现在杀了这个武姓的女人，还会出现新的武姓女人。武姓的女人是定要称皇的，这是人力所不能改变的，所以还请皇上三思，不要徒然地杀害无辜。

那怎么办？

皇上可以让她留在皇宫内但永不得见人，如此就不会有别的武姓女人再来扰乱大唐……

对，朕不杀她但她也绝不能再接近我了。这是李世民在李淳风的劝告下作出的最后决断。所以，从此武曌被打进冷宫。她不知道其实她已经是死里逃生了。对于李世民来说，她就是那个难违的"天命"，就是那颗与太阳争辉的"太白之妖"。但是，他又实在舍不得杀害这个如花似玉、青春焕发、天真烂漫的女孩子，不愿意亲手折断这枝正要开放的鲜花。李淳风的劝告使唐皇李世民体面地下了台阶。他不杀人但要将那人抛弃。这是他唯一的选择了。他把她囚禁在掖庭阴暗冰冷的屋子里。从此没有男人的拥抱没有男人的滋养。他任凭她如水上的浮萍漂来漂去，自生自灭，香消玉殒，魂断长夜。如此他便自行逃掉了要灭亡大唐帝国的责任。他不知道对于一个年轻的女孩子来说，这样凄苦的活，其实还不如惨烈的死。

但武曌不知道这些，不知道她其实是天命的牺牲品。她甚至相信了腊腊所说的，也许太宗真的并不喜欢她，不喜欢她天然开朗的性格，而那时的皇上所需要的是成熟女人的温存。他疲惫的伤痕累累的身心需要一双柔软的手去抚慰。而这些，恰恰是武曌所不懂也不会的。

这样便解释了武曌为什么会十二年抑郁不得志的真正原因。但后来又有一些人对这段原委进行了猛烈地抨击。他们慷慨激昂，认为那些所谓的咒语所谓的星相其实都纯属无稽之谈，这些附会全都是由后人编造出来的，实在是荒唐可笑。他们认为不得志就是不得志。历史的真实是不容篡改的。而唯有如此经受磨难，苦其心志，武曌才能够成为日后的那个伟大的女皇。他们说他们这样解释才是真正对武曌负责，对历史负责。

于是武曌活生生走到我们面前，不再有天命的神秘的色彩。她就是被遗弃了，像无数后宫的女人一样。她流泪无望，不知道还有可以展望的伟大的未来。她在忧郁之中，选择了去读书，又终于在知识的海洋中从众多被遗弃的女人中超脱了出来。她变得高贵，不再计较一时之短长，也不再计较是不是能得到那个男人的垂青。她觉得那些都已不再重要。重要的是，她已发现了一条使她重新活下去的路。

就在武曌远离皇上、潜心苦读的时候，皇室里终于发生了那场亲兄弟相互残杀的事件。

其实这是全体文武百官意料之中的事情，也是皇帝李世民意料之中的事情，无论他是怎样地不希望发生这样的事。

承乾当然不会不报血洗东宫的一箭之仇。特别是宠奴称心的惨死，使承乾这个热血男儿几乎疯狂。他绝望地满怀伤痛地祭悼可爱的称心，他不仅在东宫的庭苑内为这个男孩建造坟墓，还专门请来工匠，为童稚未脱的称心刻凿雕像，每日朝夕供奉，昼夜香火不断。这些足见承乾的用情专注和他绵延不断的哀思。他在伤痛之余、又将这思念铸成了剑。他招募各方王室成员及文武朝臣，收买他们策划报仇的方式。他拼命煽动幕僚们对魏王李泰的仇恨，并歃血盟誓不杀掉李泰决不罢休。本来，承乾对李泰的报复是可以理解的，也是无碍他未来继承王位大局的。但是，任何的利益面前，都会有贪心之人。就在承乾已策划好对李泰进攻的战略时，偏有人悄悄地对准承乾的耳朵说，其实王朝早晚是你的，与其先杀了魏王，还不如就干脆直接夺取皇位。

你是说父皇？承乾睁大眼睛，惊恐地看着那个进谏者。是的，要立魏王为太子的不是他吗？下令血洗东宫的不是他吗？他尽管为创立大唐王朝立下过赫赫战功，但是他毕竟老了，他不仅偏听偏信，而且糊涂昏聩，你取代了他的王位，只能是使国家更加兴旺……

承乾从进谏者的脸上看到了那一丝阴险的微笑。他问着那人，你为什么这么恨我的父亲？他平日待你不错。

正因为不错，我对你的建议才不存半点私心。如果你不尽早动手，有人也会动手的。可到了那时候，皇位可就不是你的了。

进谏者叫纥干承基，有一身好武艺，是承乾举兵时将要任用的刺客。

承乾直愣愣地待在那里。他说他当然要那个皇位，而且皇位本来就是他的。

于是，攻打魏王府的思路一跃而变成了攻打太极宫的计划。承乾雄心勃勃，紧锣密鼓。此次行动如果成功，那无论他怎样不学无术，荒淫无度，大唐帝国都会是他的，而历史也将全然是另一副样子。更重要的是，也许那个美丽的武姓的女皇就不会再出场了。

但，承乾的谋反策划竟然败露了。他还没有来得及起兵便被镇压。后来承乾终于认识到，其实这也是天命。

承乾的失败，其实并不怪他自己，而应怪他的父皇李世民。几十年来，李世民以一个男人旺盛的精力和他皇上的地位，拥有着三宫六院七十二嫔妃，这就使他得以子孙满堂。结果在他四十岁刚过的年龄上，就拥有了十四位皇子和二十一位公主。他本来可以享尽儿女成群的天伦之乐，但转瞬之间，他的儿子们就已经长成足以互相厮杀争斗的青年了。于是，伟大的父皇李世民不得不为此而忧心忡忡。他想到，参与这场残杀角逐的每一个人，都是自己的儿子都是自己的骨肉；而他们中间无论谁在拼杀中死去，都会让他们的这位伟大的父皇伤心疼痛。但是，他们又不可以不厮杀。因此，承乾的失败就缘于此，缘于皇上的儿子太多，而王位却只能有一个。于是，每个身上流着皇上精血的人都紧盯着这个太极宫中的宝座。他们只看到大殿上那把雕镂着花纹的木椅在浩大的殿宇中闪着夺目的光彩，却看不到年富力强的老爸正精神抖擞地坐在上边。他们的父亲尽管忧虑疲惫，但却并没有衰老。他甚至每个夜晚都依然在与女人兴致勃勃地交欢。儿子们在这种对皇位的渴慕中蠢蠢欲动。而其实他们根本就不具备篡夺王位的能力。他们既无治国的学识修养，也无进军皇宫的作战经验，加之又总是自命不凡过高地估计自己，最后便只能是搬起石头，把自己砸得鲜血淋淋。

就在太子承乾准备起兵之时，他的异母兄弟齐王佑竟然抢先一步，首先在齐州打起了反对父皇李世民的旗号，使满朝文武及诸皇子们瞠目结舌。但可惜齐王的士兵还没有走出城门，就被前来征讨的朝廷军队吓破了胆，即刻败下阵来。而朝廷的叛臣、父亲的逆子齐王李佑也被笼子般的囚车押回长安，关在内侍监的牢房里，等待着被父皇赐死。凑巧，曾向承乾谏言直取王位的那个刺客纥干承基，偏偏也是齐王佑谋反时的密探。于是纥干承基因齐王佑谋反一事连坐，也被抓起关进大狱，单等拉到西市处死。在绝望与恐惧之中，纥干承基为绝处逢生，便供出了太子承乾也曾谋划策反的秘密。纥干承基果然保住了性命，而承乾一方则骤然之间全线崩溃，一败涂地，不仅承乾被废为庶人，赶出东宫，那些曾与之共谋造反大业的幕僚们也一个个被关押、斩首、流放。这真是承乾的莫大不幸。而他亲爱的父皇李世民也为此而绝望悲伤。他实在想不到，竟然有两个儿子已把刀尖对准了他。

其实承乾完全可以不采取这种激烈的方式夺权。他本已名正言顺地坐在了太子的宝座上。他只要小心从事，忍耐待时，便自然能水到渠成地坐在那把太极殿的雕花木椅上，成为至高无上的皇帝。可惜，在魏王泰的逼迫下，特别是称心的死之后，他不可能再冷静理智地对待一切。他太感情用事，也太匆忙了。他凭借着年轻气盛，血气方刚，一定要与魏王李泰争个你死我活。而大凡任着性情所做的事情，大多是事倍而功半乃至以失败为结局。承乾就是榜样。所以，后人一直认为，倘若承乾再坚强些，再有些"忍"性与谋略，便不会如此弄丢了他太子的位置，也不会最终无缘于那本属于他的江山与王朝。太子承乾在被贬为庶人、流放黔州后不久，便抑郁而死，成为大唐帝国一个短命的匆匆过客。

而此刻暗自庆贺的那个人是魏王李泰。他静观着事态的发展。庆幸自己不费吹灰之力，就由承乾自己将自己赶出了东宫。他把承乾的失败归咎于承乾既感情脆弱又缺少谋略。而承乾的荒唐、莽撞与最后的失败，无非是更加证明了他不是个做帝王的材料。他是拱手将王位送到他李泰手中的。李泰欣喜若狂，表面上却冷静沉着，甚至在父亲面前还有意表现出了某种震惊，某种为哥哥惋惜的神情、他眼看着父亲几乎是挥泪下诏，将哥哥贬到遥远贫瘠的黔州。他知道此时大局已定。他李泰不仅是嫡生的法定继承人，而且是李世民所有十四个儿子中最有出息的一个。他知道他实际上已经拥有了王位。他静候册立他为太子的佳音。他比原先更孝敬父皇，并总是表现出先父皇之忧而忧的忠孝之心。特别是在李世民心情忧郁的一段时间里，他没有对父皇提出过任何非分的索求。他不能学承乾。他坚信他是迟早要从魏王府搬进东宫的。

东宫里冷冷清清，还残留着承乾的气息。房顶的瓦缝间和石阶的夹缝里，已顽强地钻出了嫩绿的青草。一座没有主人的宫殿，在春天的微风中荒芜着。没有人声也没有人影，雕镂精致的汉白玉石栏上已漫起了绿色的苔藓。

后来东宫的真正主人证明了，其实连这个最有出息最有计谋最有城府最有造就的魏王李泰对他自身以及未来的估计都是荒唐可笑的。历史上所有变迁几乎都是出乎意料的，所以，人世间一直重演着那个《战国策》中"鹬蚌相争，渔翁得利"的故事。

王室之间这种鲜血淋淋的争吵与抢夺，在某种意义上将有帝王气象的女人武曌解脱了出来，使她得以在被弃置之中修身养性，酿造未来的丰功伟业。

此时的武曌依然美丽。尽管她周身洋溢着掩饰不住的青春之气，但她还是显得比刚进宫时成熟了许多。失宠已成为她必须面对的现实。她不知道她的身旁曾发生过怎样惊心动魄的故事，她只是调整了自己，并已经不再对皇上的可能再度恩宠抱一丝的幻想与奢望。她变得非常实际，况且将她处女身毁掉的那个夜晚，也并没有给她留下美好的记忆。那疼痛的感觉至今犹在，她只要一想起这些，就会身心颤抖，四肢冰凉。她对那些男女之间的事情没有经验，而且她以为今后也不会再有体验了。她对做爱只停留在一种粗暴、痛苦的认识上，她不知道那在别的一些人是一种最美好的境界。她还来不及走进那个完美的境界，就被弃置在阴冷的掖庭里了。

白天，武曌总是坚持到内文学馆去读书，或是去听那些尖细着嗓音讲经传道的宦官们的课程。武曌觉得她能够如此获取学识是一件非常重要非常好的事情，因为她可以在无所事事的环境里有事可做。她可以安安静静地读书、写字，这就比腊腊那样不识字的宫人们好打发时光得多。武曌想，这应当感谢从小教她读书的父亲和母亲。其实当时的武曌已确实别无所求。她已经确认自己将一辈子过这冷宫的生活。她深知宫中的事情以及个人的命运，是根本不可能通过自身努力而改变的。徒然的流水落花。眼泪和苦痛都无济于事。所以，她只能改变自己去适应现实，将囚徒般的生命尽量充实起来，并在其间拯救自己。

在内文学馆读书的过程中，武曌主要诵读儒学经典，并对统治朝廷的这种理论依据不屑一顾。她觉得一旦深入了孔丘的灵魂，便即刻会发现他的虚伪和僵化。儒家的思想使武曌窒息，她坚信这是一种保守的没有前途的学问。她得出的结论是，她绝不喜欢孔子的道德。

武曌除了诵读儒书，还喜欢临摹王羲之的书法。她觉得在那舞文弄墨之中，不仅精神不再空虚，而且会获得极大的欢乐。而这欢乐是唯有会书写的武曌才能体验的。

内文学馆的学养无疑把武曌带进了一重新的境界，但腊腊依然是她的好朋友。除了腊腊，武曌还十分合适地同掖庭的宫人和宦官们建立了一种睦邻友好关系。因她知道，要终生在此生活下去，第一性的，便是应当为自己营造一个和谐的生存环境。武曌很快实现了这些。后宫里的人们对她都很好。她的不幸首先赢得了人们的同情，加之武曌又气度非凡，她从不妨碍任何人的生活，也从不会在女人们中间搬弄是非。

当找准了这样一种生活的基调，武曌便活得洒脱超然起来，甚至对徐惠的升迁都能泰然处之。

腊腊对此很不理解，她气愤地说，还写什么字呀，没看见人家那边又在搬家吗？

谁又在搬家？

还不是那个小狐狸精。听说最近又升了婕妤，现在正往更大的院子里搬呢。肯定是这骚娘们儿说了你的坏话，否则你这么年轻漂亮，皇上怎么会不宠你呢？

腊腊你别这么说，她搬她的，和咱们有什么关系呢？我才不管她的事。

不管行吗？我看着生气。

生气也没用。腊腊，其实我早看明白了，这就是命。她觉得巴结皇上会生活得好，可我却觉得读书写字更有意思。这样的生活是我自己创造的，而不是依靠别人。所以，腊腊你先出去玩吧，我想再写几个字。

整天写呀看的，烦不烦呢？

这你就不懂了，腊腊你还是先走吧。

武曌说得心平气和。她果然在腊腊走后，依然能平静地继续写字。她觉得既然升迁的事与她无缘，她又何必为别人的升迁愤愤不平，坏了自己的心境呢？

武曌自己都觉得奇怪，她居然可以如此平和地面对后宫女人的被宠幸与升迁，而毫无争风吃醋的念头，好像心早已成为了一片清凉的年深日久的废墟。每个夜晚和清晨，事实上武曌都能清晰地听到掖庭通向皇上甘露殿的木门总是沉重地打开，又沉重地关上的声音，然后便是由远而近或是由近而远的脚步声。武曌知道那会是一幅怎样的情景。一群灰衣的宦官们挟带着那个花枝招展、刚刚沐浴过的女人前往皇上的寝殿。武曌走过这样的路。她记得那路上的碎石和那九转十八弯的寂静的回廊。她知道每一个晚上都会有一个女人走上这条路，然后她们宽衣解带，走近那个赤身裸体的男人，躺在他的身边任凭他抚摸。隔得太久了，武曌听到想到这样的情景时已不再心悸。她慢慢变得平静，并不再梦见自己穿过那扇沉重的门的情景。她已经习惯了她的这种被冷落的角色。原先所有的人包括曾粗暴地占有了她的那个男人都认为这朵美丽的鲜花被折断以后，一定会枯损，会委顿，会绝望得痛不欲生。但是武曌却坚持着挺了过来，并活得充实灿烂，五颜六色，有滋有味。后来武曌才悟出，这便是她的能力，一种应变的能力，一种在大起大落之中承受极端屈辱而又不动声色的能力。后宫的超常之苦造就了武曌的坚忍，同时也造就了她不甘向命运屈服的意志与精神。

武曌真的成长了。她知道她需要等待，并将在等待中获胜。

＊＊＊

武曌原以为，她将她的国家治理得如此繁荣兴旺、国泰民安，她的政权便不会遇到什么风浪和战乱。但是，在她所开创的女人的统治下，一些死抱着传统、反对变革、被她贬罚流放的官吏们，便慢慢地形成了一股非常强硬的反对势力。他们打着恢复唐室统治的旗号，从四面八方秘密集结起来，并推举被贬为柳州司马的徐敬业为讨武大军的首领，在南方的扬州宣言起兵。这些人凭靠着他们的那一篇漂亮的《讨武曌檄》，仅十来天就聚集起了一支十万人的军队。他们本想渡过淮河，向北进发，直取洛阳，一决成败的。他们如果能够以迅雷不及掩耳之势，闪电般实施他们的行动计划，很可能武曌的首级便会落在他们手中，真的像檄文作者骆宾王所预言的那样："请看今日之域中，竟是谁家之天下！"

可惜的是，这支军队的首领中，更多的人是怀了野心的。他们所打的恢复唐王室、反对武曌专权的旗号不过是个幌子，他们的真正目的，是想要建立他们自己的王朝。于是，他们不再沿淮河北上，而是首先占领了有京都之气象的金陵。企图攻克金陵之后，再发兵北上，这样即使拿不下洛阳，退而求其次，也能保全一个南北分割的局面。于是他们没有出兵北上，而是开始攻克江苏的镇江并向金陵逼近。这就使徐敬业浩浩荡荡的十万大军，延误了一个可以出奇制胜直取洛阳的战机。

徐敬业的部队尽管在战略上走了一步错棋，以至于导致全军覆没，但是，他们依靠着享有盛誉的诗人骆宾王的才华，却为他们此次起兵撰写的那篇流芳千古的《讨武曌檄》文，成为此次兵变的不朽记载。这篇讨武檄文自写出后，便在全国上下广为散发。而就在徐敬业部队还在扬州屯兵之际，东都洛阳的武曌就得到了这份起兵的宣言。那天武曌正在朝上，便有人将这篇文章带到大殿，战战兢兢地请太后过目。武曌看罢，即刻要中书侍郎当着满朝文武的面大声宣读这篇檄文。中书侍郎无奈，只得宣读。那檄文的意思大概是：

这个伪临朝者武氏，人极不温顺，出身也很微贱。过去在太宗手下侍奉，曾得到过太宗的恩宠。此妇淫乱后宫，并企图隐藏起她与先帝之间的那些私事，以谋取在当朝皇帝那里继续得宠。这个女人一来到后宫，就显出了她歹毒的本性。她从不谦让他人，以妖媚之态集当朝皇帝的宠爱于一身，使我们圣洁的天子身陷污秽的泥淖，可叹可悲。而此人的心又如豺狼般狠毒，她不仅残害忠良，杀自己的亲兄弟姊妹，而且还图谋害死了君王和她自己的母亲。这样的人是遭国人痛恨的，也是天地不容的。而这种人现在居然每日临朝，野心勃勃地梦想做当今的皇帝，岂不荒唐？为此她竟然把仙逝皇帝的爱子，囚禁于别宫之内，而委朝中重任于那些鸡鸣狗盗之徒，使整个朝廷和皇室，日益衰败下去，真是太可惜了。

那么怎么办呢？

于是我们这些大唐王朝的官吏们，以一颗赤胆忠心决计起兵推翻武氏。如今，埋葬当今天子的黄土还未干，而那皇子又远离皇位，我们怎能视而不见？所以我们起兵的目的，就是要把皇子送上皇位。我们为此而兴师讨武，凡拥护我们观点者均可参与我们的行动。如果此次起兵胜利，那么看这几千万里大好河山，又会是谁的天下呢？

"你们都听清了吗？"坐在翠帘后面的皇太后武曌大声地询问着她的朝臣们。

　　满朝文武为之惊愕。檄文中对临朝的武曌可谓是极尽诋毁谩骂之能事，这是任何君王都不能接受的，而这个女人竟让当众宣读。殿中的官吏们面面相觑，没有人敢言语。

　　武曌微微地笑了起来。她的神色竟很平静。她没有怒不可遏，也没有大声指斥。她十分认真地问："撰写这篇檄文的作者是谁？有没有人知道？"

　　于是有人战战兢兢地禀报武曌，此作者为骆宾王，即是号称"四杰"王、杨、卢、骆中的那个骆，作得一手的好诗。

　　"多妙的文章，世间有如此才华超众的人物，而你们这些为臣为官的却不能将他召进朝廷以为国家之用，而使他流落于乡野，竟与逆贼为伍，这难道不是你们的失职吗？"

　　"罪过罪过。"朝臣中一片唏嘘之声。他们想不到这个女流之辈的武曌竟能如此赏识一个敢反对她、要清除她的文人，而反过来对他们大加切责，不禁冷汗淋漓。

　　武曌的如此大度是因为她一直很自信。她相信她的统治的牢固，所以不怕蚍蜉撼树，而况恼怒与恐惧并不能解决任何问题。关键是，她该怎样出兵去平叛徐敬业的十万大军？武曌虽然话说得平静轻松，但是在战略部署上她却没有一丝的懈怠与轻视。自得到讨武檄文之日起，武曌就开始安排反击。她以最快的速度，紧急调动了三十万大军，即刻沿大运河南下，并在江苏境内的高邮、淮阳、都梁山的临淮门等三处，与叛军隔水相峙。

　　此次战役对于武曌的政权来说，可谓是生死攸关。士兵们心中所怀的竟是对当今太后的无限忠诚。战争首先在都梁山拉开序幕，但朝廷的部队因准备不足而出师不利。于是唐军又转而猛攻盱眙，最后，在高邮的下阿溪处与徐敬业决一死战。因叛军固守河岸，唐军要渡溪作战，在被弓箭封锁的河面上，渡溪的士兵们死者过半。溪流中漂浮着无数中箭而亡的士兵的尸体，鲜血染红了溪水，伤者惊恐痛苦的哀号响彻了原野。唐军在悲壮的献身中再度惨败。硬攻不成，唐军又转为火攻。一时间，大火在风势的推波助澜下，沿着溪面上的干草一直烧到对面叛军的营地。那火铺天盖地，气势非凡，直逼得徐敬业撤离溪边的阵地，落荒而逃。而在仓皇逃命之中，徐敬业竟被叛军中的降将斩首，并将首级送往洛阳。唐军这才转败为胜。

叛军群龙无首，即刻兵败如山倒，顿时十万人马溃不成军。

此次扬州叛乱自起兵之日至全军覆没历时四十四天。尽管叛军来势凶猛，而唐军一开始也打得艰苦卓绝，但这些被贬职流放的小官吏们到底还是没有能撼动武氏的王朝，只空留下一篇惊世的《讨武曌檄》。

此次平叛扬州兵变大获全胜，使武曌的内心更加踏实，从而对自己的统治也更具自信。而这次朝廷出兵，不仅检验了她拥有的军事武装是否强大，而且也检验了朝臣与官军们对她的忠心。因此武曌知道她是不败的。其实后人们比武曌看得更深刻，他们认为徐敬业的叛军所代表的，不过是一些因被贬黜而不满的小官吏们的利益，而不是土豪乡绅商人士大夫以及平民百姓更多人的利益，所以他们只能是秋后的蚂蚱。而天下百姓在武曌统治的三十年里，生活安定，丰衣足食，且日子还在一天一天地好起来，所以此时的大众，都已成了或多或少不同层次的既得利益者，他们渴望的是安定祥和而不是战乱，他们怎么可能去响应除了涂炭生灵而不能给他们带来任何利益的起兵造反呢？即或执政的那个女人很坏很狠毒，但她同他们又有什么关系呢？她并没有危害他们呀！

此次声势凶猛的扬州叛乱的失败，足以证明了武曌统治的稳固。而武曌则在这金戈铁马之中，更加坚信了天命。

此次平叛的胜利，尽管有种种主观客观的原因，但随着年龄的增长，这个已知天命的女人，越来越把这世间的胜败兴衰，归之于天命。她觉得她所走过的每一步，其实都是天意的安排。天要你死，你便不得不死；而天倘要你活，你便纵然死过千回，也依然能苦撑在世间。天意是不能违拗的，无论你逃到哪里，都无法逃避它冥冥中的操纵，也无法改变它为你安排的足印。所以武曌认命。她认命还因为她总是能得到上天的帮助，总能从最危险的境地中摆脱出来。年轻的时候，她坚信她的命运是靠她的努力争取来的。但慢慢老了，她才知道那其实全是上天的安排。就像这一次，也是天要她武曌掌握的王朝胜，要那个徐敬业的叛军败；是天要让武曌迅速出兵，也是天要让徐敬业他们一心占领金陵而延误了直取洛阳的战机。于是武曌骤然萌生了兴建她这一朝祭天明堂的意愿。

其实武曌不知道，她的这种宿命恰恰是她内心脆弱的折射，是她衰老的证明。她已经不再相信她自己的力量了，她开始在走下坡路。可是她却不知道这些。她要兴建明堂的愿望一经萌生便格外强烈，强烈得使她昼思夜想、心潮起伏。尽管她深知太宗和高宗的时代，都萌发过要修建这种气势磅礴象征着对天神古圣无比虔诚的神殿，但他们都因惧怕耗资耗时耗工巨大，加上世袭的李氏家族内心的懦弱守旧，最终使一切偃旗息鼓。他们为自己开脱解释：这个祭天的殿堂不过是个形式，任何的形式都是可有可无的。所以，他们李氏父子就这么先后轻易地放弃了心中确曾出现过的理想。但武曌不。武曌决不苟同于他们。只要是武曌想到的事情，特别是当这事情已经成为了一种意愿，她便一分一秒也不再去等待。她一定要付诸行动。她坚信天下的事情没有做不成的，只要你去做。尤其这是她自己的事情，就更应当是能想到就一定能做到。

对武曌来说，这浩大雄伟祭天的明堂已不单单是一种形式，它简直就是她能够替天行命的一个证据，或者是一种象征。她甚至认为，如果她此刻不能立即着手修建明堂，就一定会惹怒上天，而她帝国的未来就不能有所保证，甚至会毁于一旦。以往一次次能够战胜天灾人祸、战胜叛军，其实都是天神在保护着她。她必得滴水之恩，涌泉相报，不建明堂神殿，不足以表达她这一份报答天神的心愿。所以，她必须行动起来，不惜倾尽全力。

武曌望修建明堂的愿望之所以如此强烈，可能还因为在亲自经历了自己一个一个儿子的背叛之后，她真的开始萌生了一种隐秘但却强烈的称帝的愿望。儿子的背叛就像是一把把插在她心上的尖刀，那些伤口至今还在流着血。现在仅存的睿宗李旦，俨然一副"扶不起来的天子"的架势。而就在他默默无声的观望之中，武曌也能感觉到儿子无声的反抗与戒备。那么，既然这些儿子们是不可依靠的，她又为什么不可以做那名正言顺的皇帝呢？况且那个风流才苟骆宾王早就在那篇《讨武曌檄》中有过"犹复包藏祸心，窥窃神器"的字句，可见那神器确乎是应当有人去掌管，而不是束之高阁，令所有包藏野心的人去垂涎。此刻的武曌，已开始产生了称帝的想法，而她马上要修建的明堂，事实上也是同她未来不久称帝的愿望相配合的，她将为此而努力。

武曌从来就是个说干就干、行动精神很强的女人。她此生最讨厌的就是那些士大夫们的崇尚清谈、坐而论道了。她即刻召集豢养的北门学士们进行磋商。武曌巧妙地跳过了朝中那些奉守儒家精神的朝臣们。她知道她建明堂的想法是决不会在这些朝臣那里得到认可的。建明堂的计划及蓝图很快在北门学士的共同策划下诞生了。那是个宏伟高大、壮丽辉煌的圆形殿堂，那建筑的规模是唐以前任何建筑无法比拟的。而明堂所选择的基址，就在隋炀帝留下的那座气势恢宏的乾元殿。因而毁掉乾元殿，就成了建立明堂的一幕悲壮序曲。

此一工程的总监督，武曌毫不犹豫地选择了此刻正酣睡在她身边的这个躯体伟岸的僧侣薛怀义。或者，从某种意义上说，这一壮烈光荣的工程本身，也是为这个男人而设立的。武曌坚信，唯有这个天性聪明且不受传统思想束缚的男人才堪负此重任。

武曌轻轻地抚弄着薛怀义赤裸的胸膛，她的手慢慢地向下滑去。她觉得她此生能拥有这样一个男人真的很好，其实将这个男人送到她空荡荡的床上也是天意。武曌被她内心的热情与激动驱使，开始发疯地亲吻着薛怀义的身体。她贴靠着他搂抱着他。这时候，薛怀义睁大眼睛醒来。

他莫名其妙地看着这个在昏暗的灯光下显得风韵依然的女人。他也搂紧她，并问着她："什么时候了，怎么还不睡？"武曌俯下身来，对着薛怀义的耳朵极其温柔地说："想不想做一番大事业？"

"什么？"薛怀义看着武曌，他显得有些惶惑。

"现在机会来了。我要修建明堂，而且我要把这项浩大工程的指挥权全部交给你。"

"你不是说梦话吧？"

"你真变成傻佛爷了？"

"真的吗？"薛怀义猛地从床上坐起，紧紧抓住武曌赤裸的双肩并奋力摇晃着，"真的吗？你再把刚才的话重复一遍……"

"……是的，我并没有忘记你被他们毒打那件事，我也说过大丈夫报仇，十年不晚的话。他们打了你就是打了我，你的血流在身上而我的血是流在心上的。现在我给你复仇的剑，你去奋斗吧，用你全部男人的智慧和力量，去同你恨的那些人较量吧！"

薛怀义满眼是泪，他紧紧地把柔媚的武曌搂在怀里。他拼命亲吻着武曌的头发。他说："这世间唯有你真正理解我，我会毕生感谢你的。"

薛怀义和他怀中的那个女人都感觉到他们的欲望正在慢慢地强烈起来。他们彼此紧抱着，他们将情感与情欲融汇在一起，他们在那个夜晚又匆匆赶赴那一片云里雾里、天堂般极乐的世界。

几天之后的一个清晨，精神抖擞、跃马扬鞭的薛怀义便率领几千名民工包围了那座隋炀帝留下来的雄伟壮丽的乾元殿。在薛怀义的一声号令之下，几千民工便带着铁镐铁锤攀缘上大殿，开始从屋顶一砖一石地将这座两百多年历史的宫殿拆毁。那个早晨，墙倒房塌的声音伴随着冉冉升起的太阳笼罩在洛阳的上空久久不去。那声响在人们的心里造成的是一种无以摆脱的哀婉与怀旧的思念。毕竟那宫殿已矗立在那里二百年了。人们已经习惯它，习惯它的屋檐与房脊，习惯它所代表的皇权与皇室的神圣与高贵。乾元殿毁于一旦，乾元殿变成了废墟，乾元殿已不复存在。而武曌则认为，唯有毁灭，才能带来真正的新生。

薛怀义从此怀着一个男人的真正的阳刚之气，开始奋斗在修建明堂的工地上。他个人的才华与能力在此得到了最充分的体现。他为此不惜流血流汗，他总是坚守在工地上，所以他总是很累。他到后宫陪伴太后的次数明显减少了。他不知道这个性欲很强的老女人是不是会很寂寞。但是工地对于他更重要，工地才是一个男人真正该待的地方。他在此可以喝令三山五岳、调动千军万马。他在此也可以体验到庄严雄伟的宫殿在他手上被毁掉的悲壮，和更加庄严雄伟的宫殿在他手上挺立起来的光荣。武曌很快就原谅了这个男人。因为她确实在薛怀义的疲惫中看到了明堂日新月异的壮丽景象。那宏伟的石雕廊柱正一根根地向天空竖起，并直刺进高而苍茫的天空。那是通向天国的永恒的阶梯，而阶梯是那个武士般的薛怀义为她武曌铺就的。每当被火红落日染得迷蒙的黄昏降临，武曌都会向西遥望。她在沉落于火红晚霞的廊柱的暗影里，仿佛看到了薛怀义骑在马上奔驰的英姿。那一刻她非常渴望他。她心里和身体里的欲望都在强烈地燃烧着。她会觉得很热，口很干，呼吸变得粗重。她知道她确确实实想极了。但，那黄昏的景色还是太壮丽了，而薛怀义骑在马上的姿势也太美好了。武曌终于觉悟。她为此宁可牺牲夜晚，牺牲薛怀义。其实她并不知道，在她和薛怀义之间，眼下正酿造的，其实是未来的一场惊心动魄的悲剧。她造就成全了一个男人，同时也就毁灭推开了一个情人。这是武曌所始料不及的。

在黄昏里站得久了，夜便浸了上来。武曌觉出了冷、觉出了无望和无望之后的索然无味。于是只好返回她的寝宫，只好独自一人睡在空荡荡的大床上，像过去那样。她在夜的煎熬中思慕着她的薛怀义，但是她听到远处穿过浓雾传来的，是连夜晚也不停息的砸夯基石的声音。她是在那遥远的朦朦胧胧的声音中朦朦胧胧地睡去的，直到天明。

不久，已在朝廷做上要官的武氏家族继承人武承嗣，终于了悟了姑母真正的心愿。于是为了能更加贴紧姑母，他便开始绞尽脑汁、费尽心机地为武曌称帝而活动。武承嗣的目的很明确，他坚信一旦姑母称制，那天下就决不会再姓李而是姓武，而帝位自然要选择武姓的继承人，那么这个继承人就自然是非他武承嗣莫属了，他日后的飞黄腾达自然也就不言而喻了。

因此武承嗣为帮助姑母实现凤愿十分卖力。他除了配合武曌暗中发动的那场反击李氏家族的战争，还煞费苦心地串通旧日同僚，将一块刻有"圣母临人，永昌帝业"的石头献给了武曌。

武曌在看到这块白色的石头时，心情非常复杂。她听着跪在她对面的那个献石的人，结结巴巴地向她讲述在洛河南岸发现此石的经过时，觉得真是荒唐极了。她一看便知那块普普通通的石头并不是什么上天之物，而那石头上的几个字也是今人的雕刻，尽管反复打磨做旧，那新近刻凿的痕迹还是依稀可辨。

她坐在翠帘的后面。

她沉思着。

她当然马上就意识到了这块石头的价值，知道这是个显得滑稽可笑的阶梯。但她唯有也滑稽可笑地踩上去，才能最终登上帝王的宝座。

武曌别无选择，她宁可相信这块石头是上天的意思，这或许会被天下人取笑，但谁又敢讥笑天命呢？她在翠帘的背后发出春风般的笑声。她当即留下那块石头，将其命名为"宝图"，并将那个发现并奉献"宝图"的小官吏破格提升为游击大将军。

所有的当事者都竭尽表演之才能，将假戏真做。于是假的也就成了真的，人们真的以为那石头是瑞祥之物了。唯有武曌始终保持清醒。关键是，无论是真是假，有人能想出那八个字，而她能见到那八个字，就是天意。"圣母临人，永昌帝业"，这无疑是对她的启示，而她必得遵从天意，才不辜负了上天的这一番安排。

几天之后，武曌亲下诏书，说她如何如何在洛水得到了这块天赐的宝图，而她要举行隆重的仪式亲拜洛水，并同时在竣工的明堂庄严祭天，接受群臣的朝贺，以完成她替天行道的神圣使命。

从此，武曌像被捆缚在身上的这块石头坠着，直朝荒唐的井底沉落。最初，她正式在大殿上宣布，以宝图所示，她为自己加封了"圣母神皇"的称号，要朝中百官们从此称她为"陛下"。而"陛下""神皇"是唯有皇帝才能用的专有名称。可见，她已经伸出手，她试图掀开那张本来就是虚设的翠帘了。她把这当作一种过渡。她既没有想废掉本已形同虚设的睿宗李旦，也没有想要为自己举行登基大典，不过是一个政治家的审慎的试探罢了。她投石问路，可以向前走，也可以向后退，但她并不想给自己留后路的。

此后不久，武曌又下诏将"宝图"改为"天授神图"，把流经洛阳东南的洛水更名为"永昌洛水"，将发现宝图的地点赐名为"圣图泉"，并封洛水神为"显圣侯"，将离洛阳最近的嵩山改名为"神岳"。武曌在这一类封号的文字游戏中玩来玩去，其实都不过是为了强化"天授""神授"在人们心目中的印象，并由此而慢慢接受为天命所驱使的皇太后未来正式登基的现实。她认为这是她最后成为皇帝必须要实行的一种舆论准备的步骤，唯有这样，她才不会失去民心。

此刻的武曌一举手一投足都非常谨慎。其实她此刻想登基称帝的欲望是最强烈的，而越是在这样的时刻，武曌就越是沉得住气。

也许，即或是武曌不过渡，她在事实上执政三十多年之后，就是当即就登上皇位，也是不会失去天下百姓之心的。尽管她在登基的路途上费神缓冲小心过渡，但司马昭之心，也是路人皆知的。特别是当她为自己加封了那个"圣母神皇"并称的尊号之后，就更是深深地刺激了那些唐皇室成员们敏感的神经。他们认为，自高宗死后，武曌勉力撑持国政，只要不改变李氏王朝的大唐国号，她永远待在那扇翠帘后面，他们还是可以忍受的。而如今武曌已是图穷匕首见，尽管一切都显得很得体很温和很不露痕迹，但李唐宗室的成员们还是看出了这个女人正一步一步加紧在向他们大唐的皇位上走。他们凭着对这个武姓女人的了解，深知她一旦坐进那把皇帝的宝座，大唐王朝就肯定不会存在了，于是这些几乎全被贬谪或是流放的皇室遗老遗少们，再不能忍受这个外姓、专权的女人多少年来所强加给他们的种种屈辱了；他们异想天开地决计起兵，做最后的挣扎。他们的决心之大，不惜谱写一曲悲壮的、失败的挽歌。他们从四面八方悄悄集结着，直到束手就擒。

这是一场力量悬殊的征战，但确实很悲壮。当时李氏皇族尚存的亲王和王公，在武曌发动的多次围剿之后，仅剩下八人及其子孙。他们大都被放任外州做刺史，诸如山西，山东、河北、河南以及陕西和四川。也许因为他们是皇室成员，所以放外任的地点都不太远。他们分布在洛阳的四周，从地图上看，便形成了一个对洛阳的十分紧密的包围圈。也许，这样的一种分布在军事家是一盘胜棋，但可惜这些王孙贵族们毫无兵家常识，也不会利用他们的这种天然的优势。

武曌称帝的紧锣密鼓使这些皇室成员惶惶不可终日。他们深信武曌称帝之后，必然大行诛戮，将李氏宗族斩尽杀绝，因此他们已被逼上绝路。前边是断崖，身后则是追杀的武曌。于是王室之间开始频频传递信息，并以曲笔暗示对方立即起兵，否则只能是坐以待毙。

武曌的密探们最初截获的是琅琊王李冲伪造钤有睿宗玺印的文本。那文本上说，如今皇帝已被囚禁，动转不能，而武曌就要下手抢夺李家之社稷了，快来救我。

武曌依然是面带微笑静听着密探惊恐万状地禀报皇室准备起兵的消息。

这一次她真的一点也不紧张。她缓缓地说，我一直苦于找不到收拾他们的机会，现在他们竟亲自把首级送上门来了。只可惜这群皇室的王孙们成不了什么大气候，怕是连徐敬业那样的气势也没有。他们加起来不过几千人马，我只动用朝廷的五千精兵强将，就足以把他们扫平。

风声走漏之后，琅琊王李冲只得仓促发难。他一向骁勇善战，但同朝廷的军队打还是很艰苦。而不幸的是，这些皇室宗族的亲戚们，平日里眉飞色舞抑扬顿挫慷慨激昂口吐白沫，而在浴血奋战之时，他们中却没有一个人敢带上援兵前来救助李冲，包括他的父亲越王贞。他们是只会在自家的门楼上摇白旗的。七天之后，李冲被一位路边的农夫用刀砍死。从此李冲的部队节节败退。李冲的起兵实际上已经堵死了其父越王贞的退路，他也只好仓促起兵，反正是一个死。很快，越王贞的部队也全军覆没，贞自杀身亡，他的小儿子李规也在缢杀了母亲之后匆匆自杀。

如此，武曌一举歼灭了企图轻举妄动的王室成员们。她不仅下令斩杀冲与李贞暴乱军队的所有官兵，而且还火速派出几路分队，分别围剿所剩无几的蠢蠢欲动却不敢真正出兵的亲王及王公们，并将他们当地赐死，将其子嗣斩尽杀绝。

武曌对这场剿灭李氏皇室的漂亮仗非常得意，她觉得这实在是他们这群笨蛋撞到她刀口上的一场非常不明智的反扑，这是他们自讨苦吃，自取灭亡，是他们主动为她提供了被消灭干净的机会。不是她主动出击的。她不该受谴贵。她为此而感到很欣慰。

武曌知道这是最后的战斗了。

另外两位同此次皇室暴乱毫无牵涉的人，是高宗李治的两个儿子上金和素节。他们因是高宗的亲子，而素节又是萧淑妃所生，所以他们对此次兵变一直小心回避，生怕被牵扯进去，可惜他们想的还是太天真了。对于武曌来说，他们的罪过不在于是不是参与起兵，而是他们姓不姓李，李姓本身对未来的武氏王朝就是罪过，武曌当然不会放过他们。时隔不久，上金与素节就被诬告有谋反企图，并分别由湖北和安徽绑赴洛阳问罪。上金死在途中，素节则在洛阳的监狱里被武曌豢养的酷吏逼杀。自此，高宗李治的八个儿子，就只剩下武曌亲生的庐陵王李显和当今的皇帝李旦了。一个偌大的人丁兴旺的李治家室，骤然间变得冷冷清清。而武曌身边所围拢的，已是越来越多的武姓子嗣了。人们都翘首等待着那个最后的事变。

武曌平叛及肃清唐室的战役打得很快，快到竟没有打乱她原先拜谒洛水的计划。

她如期在一个冬天的灿烂早晨，由一支浩浩荡荡的朝廷队伍陪伴着，前往洛阳南郊的"圣图泉"畔，举行她精心策划而且是梦寐以求的"拜洛授图"大典。

在那一片映着晨曦的洛河南岸，武曌穿着华丽典雅的皇家朝服，缓缓地走下那辆同样是华丽典雅的皇家的车辇。她雍容华贵、仪态万千，她的脸上是岁月掩不住的光辉和明媚。她沐浴着冬日早晨的阳光。她觉得眼前游过的是一团团闪亮的光环。武曌知道这就是希望。她缓缓地跪在了洛水河畔，虔诚地祈祷着。她此生从没有向任何人乞求过，但是她现在还是乞求了。她跪着承认上天比她伟大比她神圣，她只在比她伟大比她神圣的大自然面前跪拜。唯有大自然才能启示她以未来。天空如此碧蓝，而洛水又是如此澄净。武曌觉得她此刻的心情真是好极了。置身于这伟大圣洁的大自然和这灿烂辉煌的仪式中时，她的灵魂和她的心也变得伟大圣洁、灿烂辉煌了。此刻她是至高无上的。她是主宰一切的。她就是天和地。她就是丛林和流水。她就是白云和飞鸟。她就是王朝和旗帜。她就是那个可以包容自然万物包容整个宇宙的一切。

武曌在无限的沉醉之中离开了洛河。皇家的车队又把她送到刚刚竣工而她也是第一次目睹的那个祭天的明堂。她简直不敢相信自己的眼睛，那座壮丽宏伟高耸入云的殿宇，从很遥远的地方就赫然挺拔地映入她的眼帘。她即刻被震动了。她觉得明堂雄伟的风格很像那个薛怀义。武曌小心翼翼地走进那富丽堂皇而又空无一人的神殿。她听到自己的脚步声心跳声还有长裙拖在大理石地面上那细微的摩擦声。武曌屏住呼吸。她不敢相信这就是她自己的殿宇。她先是沿着殿外的廊柱走了一圈，然后她又走进殿堂。她抬起头，终于在这个大殿的穹顶之上，看到了那只由九条龙柱支撑着的展翅飞翔的金凤。

武曌感慨万千。

她知道这就意味了一切。

她知道那权杖已唾手可得。

而她，此刻已无须再顾虑重重。

后来，武曌终于看到了把这神殿献给她的那个男人，她看到他时心里怀着的是一种热切的渴望。很久了，她想念他。这思恋之情很深很强烈也很温柔。就在那一刻，她很想拥抱他并被他亲吻。但她知道她不能，至少此刻她不能。她抑制住自己强烈的感情，闭上了眼睛。然后她疾步离开薛怀义，在案台前亲笔挥毫，将她的这个明堂命名为"万象神宫"：当她把这四个大字递交给薛怀义的时候，她触到了他的手，并紧紧地捏了一下那粗硬的手。然后，她对着薛怀义显得瘦削的满是胡茬的脸会意地笑了笑。这笑里充满了内容，这是薛怀义熟悉并懂得的笑。武曌想到了夜晚……但她还是费力地把思路拉回到了这个更为神圣的时刻。她开始接受百官的朝贺，然后观看歌舞狂欢。

但，无论武曌怎样在各种朝廷的典礼和仪式中以天子自居，她毕竟还没有正式登基。尽管她正式称帝不过是早晚的问题，但究竟选择一个怎样的方式和说法，还是使武曌颇费心思。于是，那个与武曌同床共枕的男人，便开始挖空心思地为武曌筹谋。万象神宫的成功，使他从白马寺的小小住持，一跃提升为左威卫大将军，正三品官，并被封为梁国公。他还在此任上以新平道行军大总管的身份，亲率二十万大军征讨突厥，得胜凯旋。而在万象神宫落成之后，他又受命于明堂之北，再建一座供奉巨型大佛的"天堂"。薛怀义的平步青云，自然离不开他自身的努力和才能，但也确实是武曌的苦心栽培，武曌对他岁岁年年的恩爱与提拔，使他觉得他有责任帮助枕边的这个女人实现她登基称帝的愿望和梦想。

从此薛怀义苦思冥想。结果有一天他在佛院里打坐时，他突发奇想，觉得武曌的易世革命，也许能在佛家的经书中找到线索。于是几经搜肠刮肚，薛怀义终于想出了"弥勒转世"的方案。他兴奋已极，并当即跑到了正在重新翻译《大云经》的洛阳高僧法明大师处，在译文中特意加进了转世的弥勒佛为女身，而她就是现今要替代大唐李氏为天子的太后武曌的说法。接下来，这部以武曌为转世弥勒的《大云经》便开始在洛阳及全国各地的寺院中广为宣讲。听者之众，远远超过了历次讲经听众的人数。慢慢地，太后为弥勒转世的说法，被越来越多的人所接受。他们真的相信了那大慈大悲的弥勒佛，就是他们当今的太后。紧接着，便有经过导演经过排练的近万名庶民百姓的代表来宫门前请愿，叩请皇太后早日登基。请愿的队伍排山倒海，请愿的声浪铺天盖地，直压得李唐朝廷喘不过气来。

而后，请求太后登基的请愿书不断，有来自文武百官的，也有来自黎民百姓的，还有来自宗教界以及各国使臣的，如雪片一般。结果，竟形成了一场全国性的请愿活动，气势磅礴，不可阻遏。

这当然得归功于薛怀义。

而在如此轰轰烈烈的请愿活动中，最为那尴尬的，便是那只让名字放在皇位上的睿宗李旦了。但是他并不惶惑。他既然在继承王位的这段时间里，能密切同母亲合作，这一次，他也就能十分明智地选择那个禅让的方式。按照规矩，他接连三次以诏书的形式提出将王位禅让于母后。这一次的这三份诏书都是由李旦亲自起草的。这是他自继位以来第一次也是最后一次亲笔撰写诏书。他词句诚恳，态度明确，语气坚定。他希望母亲能体察民情天意，即刻登上天子的宝座。

其实睿宗所做的一切也不过是形式而已。他只是能够顺乎潮流罢了。他心里并不很苦。他终于无须再担那个天子的虚名了。

天授元年九月九日。

万里无云，秋高气爽，街上是随风飘舞的落叶，还弥漫着、燃烧着的棕红的色彩。则天门外，是汹涌的人的海洋。

在万众的欢腾中，武曌终于登上则天门。

她激昂着声音和眼泪向万民宣告，大周帝国成立。她就是大周王朝永恒的圣神皇帝。

好像已没有什么可说的。

从此李唐王朝不复存在。

欢呼的声浪席卷而来，武曌已至高无上。

这是中国历史上唯一的女皇登基仪式。仪式隆重辉煌，永载史册。

至此，武曌终于一步步登上了权力的最高峰，成为中国的第一女人。

武曌高高地站在则天门楼上。

城下是万民欢呼的海洋，而她背后的城墙，则是一片疯狂的血红。慢慢地，在那一片血红之上浮出的，是那个她自造的，巨大无比的，雄伟壮观的，象征着日月当空的"曌"字。

那是她永远的名字。

武曌时年六十二岁。

终篇

武曌离开则天门。她气宇轩昂地回到了她的政务大殿。她有些极度兴奋之后的那种迟疑。她舍不得卸下头上那沉重的皇帝的冕冠，像女人不肯卸下红妆。她以为那便是她的尊严。然而帝王的冕冠戴在武曌这种女人的头上，还顿生一种尊严以外的什么感觉。一种魅力，仅仅是属于女人的那种。她任凭皇冠上垂下的旒藻在她眼前晃动着，碰出唯有她才能听到的令她心旷神怡的响声。

从则天门返回的女皇和她的朝臣们在一起。她被簇拥着，有种很实在的辉煌。回到政务大殿，她做的第一件事，就是当着众朝臣的面缓缓地、庄严地坐在了那把精细地雕刻着龙凤的皇帝宝座上。

她坐上去，心中充满了一种悲壮的威严。

她没有吩咐，没有说朕要如何如何，她只是默默地坐在那里，看朝官们是怎样把那个充满了象征意味又多年来使她蒙受屈辱的珠帘缓缓地移走。武曌说不清心中的滋味。不再有任何的屏障。她仿佛一览无余，骤然暴露于光天化日之下。有点羞涩，或是，还有着一点点的对旧日的怀恋与伤感？

不。

那是种怎样的快乐。

那是她几十年来为之苦苦奋斗的理想。

从此一切清澈如水，再不必虚伪矫饰遮遮掩掩，也不必再装腔作势垂帘听政。她就是皇帝，堂堂大周帝国的皇帝，无论她是不是个女人，但大周王朝是她的。

武曌的心中于是有难得的轻松和得意。但当她睁大眼睛；看到了站在眼前的那满朝文武，那子孙后代，那轻松和得意便即刻化为乌有。还不是可以坐享其成的时候。于是她又重新紧张了起来。一如既往、满怀斗志地告诫自己，切不可得意而忘形，还有着无穷的战斗在等着她。任重而道远。

既然一切都已经改变，武曌觉得当然该有个新的开始。而大凡新的开始，对于武曌这种十分在乎形式的女人来说，首先就应当有一个新的年号。她总是对更改年号情有独钟。她几近变态地迷恋于此。认为不同的年号不仅象征了不同的时代，而且将笼罩着那个时代的每一个日日夜夜。武曌不停地更换年号，这已经成为了她的一种偏执，甚至是一种迷信，成为了她政治生活中的一件大事。那么，改大周年号为……

什么呢？

这一年的年初，武曌已满怀胜利者的喜悦将李唐的年号由垂拱改为了载初。载初意味着新的时代已经到来。"载初"于是统治着唐朝最后的日日夜夜，但无非是苟延残喘、无非是强弩之末。这便是开始，开始便预示着未来。那么，当她艰辛地从这个开始走过来，当她经历了王室的叛乱，当她拜谒了洛水诸神，当她一阶一阶地登上高高的则天门，在鲜红的旗帜下宣布她大周帝国的诞生时——

她伸出手臂，向着苍穹。

她的心灵感应着上苍。

就在那个瞬间……

天授。

是的，在这个九月，天授元年。这便是武曌为她自己的时代所涂抹的第一道浓重色彩。

如今，她真的就坐在了她梦寐以求的皇帝宝座上。她难免会心潮起伏感慨万端，想起她生命中曾出现过的许多意味深长的往事。她想起当年是怎样在疼痛中离开了太宗李世民的龙床，又是怎样被抛置在掖庭那阴暗灰冷的巷道中。她不记得是为了什么她会与当时的太子李治一见倾心，便是因了那一见倾心，懦弱的高宗李治才能鼓足勇气将她从感业寺的青灯古佛之旁接回后宫。而后宫并不是她真正的目标。她想起仅仅是为了皇后的皇冠她在后宫又经历了怎样的浴血奋战。要铲除王皇后、萧淑妃。那些至今呜咽不已的阴魂们，还有她美丽的姐姐和更加美丽的外甥女，还有那个始终阻挡她专权的国舅长孙无忌。无论皇帝李治曾经是怎样地信赖和崇拜他，但最终还是赶走了他。这一切缘于皇帝对她的无比宠爱。还有什么？她的那些不争气的儿子们。早早离去的李弘李贤，还有流放他乡的庐陵王李显。到处是血。她便是趟着血一路拼杀过来的，身上和手上也沾满了她看不见却感觉得到的鲜血。于是，才有了她的今天，才有了她的至尊至上。这是什么？很多年来武曌一直这样问着自己。她想这可能并不是她努力奋斗浴血搏击的结果，而是天命，是天将降大任于斯人，而无论斯人是男是女。于是她又想起她被冷落时黑夜中不断出现的象征着易世革命的太白金星，想起当年李淳风那令太宗恐惧害怕的占卜：

唐三代后，武姓之女王昌。

于是她刚刚得到太宗宠幸又被抛弃，从此是漫漫无涯的晦暗和奋争。直到今天，唐三代后果然亡，武姓之女王果然昌。

这就是天命，是上天在冥冥之中将这帝王的权杖授予了她。

武曌终于得以回到了现实，得以直视她的朝臣们。那么清晰地，她看到了朝堂中的一切。她缓缓抚摸着手臂下皇座的扶手，心中突然有种强烈的感动，那感动当然是为着她自己的。是她使自己能够在上天的引导下坐在了这里，这是无法抵御的诱惑。她望着她的朝臣，她环视着她的儿子李旦、女儿太平公主，以及她的侄子武承嗣和武三思们。她想她终于得以不再以母亲的身份与他们讲话了。她也再不必用她可怜的小儿子李旦每日战战兢兢地坐在那珠帘前形同虚设的皇椅上做摆设了。我就是朕。

武曌感慨万端着。这思维的过度兴奋竟也使她很疲劳。于是，她突然站了起来。她不想再支撑着了。她在从则天门返回政务殿到坐进这把皇椅的漫长的几个时辰中，竟连一句话也没说过。朕累了。这是武曌第一次使用朕这个字眼在心里对自己说。

于是在这个九月的阳光灿烂的上午，在激动人心的场面之后的漫长的沉默中，女皇武曌突然站了起来，气宇轩昂地离开了政务殿。

她的金碧辉煌的衣裙在缓慢地移动中闪着夺目的光彩。她走在回廊中，看碧蓝的天空和白云，但她看不见自己如云的鬓发，她的美丽的头发被那顶皇冠掩盖了。

一派王者的气势。

远远地被她甩在身后的朝臣和子嗣们，无论是恨她还是爱她的那些男人们，都不得不在心里慨叹，他们确乎从未见过这样一个非凡的女人。

***

　　神龙元年元月二十三日，从清晨起，张氏五兄弟的首级就被悬挂在了神都的天津桥上示众。那五颗开始腐烂的头颅吸引着洛阳成千上万的百姓，以及漫天的乌鸦，还有苍鹰低旋着。人们指指点点议论纷纷。在张昌宗张易之灰白的首级上，已看不到这两位权倾一时的青年生前的英姿与俊美。而鸦群却被血腥的气味诱惑着，在洛阳城的上空聒噪不休。早朝时，女皇亲下敕令，即日起由太子监国，大赦天下。没有人亲耳听到已昏睡不醒的老女皇发布过如此的敕令。但女皇名义的敕令却被严格贯彻执行着，依然如惊弓之鸟的太子李显终于神色慌乱地坐在了监国的位子上。

　　神龙元年元月二十四日，又一道敕令。病中的女皇终于正式将王位让给了她已年近半百的儿子李显。一生辉煌为大唐王朝的创建立下赫赫战功的太宗李世民驾崩的时候，也不过是这个岁数。依然没有人听到过女皇亲自宣布退位的诏书。但女皇还是十分体面十分大度地退了下来。她老人家终于结束了长达数十年的独裁统治，成为光复了的李唐帝国不敢稍有怠慢的上皇帝。

　　神龙元年元月二十五日，太子李显在洛阳的通天宫向天下宣布正式即位。一切时不我待而又有条不紊地进行着。李显终于再度成为了皇帝。他威严地坐在皇帝的宝座上。这一次，他不像十几年前第一次做皇帝时那样妄自尊大忘乎所以，也不再像做太子时那样心怀惴惴，惶惶不可终日。此时的中宗李显尽管还心有余悸，有碍于母亲依然活着，但是他知道此时的母亲已宛若一具活的僵尸，她再不能真正完全地左右他的朝臣了。他已经实权在握，他才是至高无上的。

　　神龙元年元月二十六日，已成为上皇帝的在皇宫中称雄数十年的武曌，终于被赶出了她自己的家园。在皇家禁卫军的护送下，前女皇徙居洛阳城西南的上阳宫仙居殿内颐养天年。李显为母亲特意安排了无比浩大的送行仪式。聪明绝顶又对朝中政治有着丰富经验的武曌，对儿子以及臣子们对她的安排听之任之。她毕竟还是上皇，毕竟没有被自己的亲儿子诛杀。在如此的宫廷争斗中，她难道还不满意吗？于是她任凭着后宫的宦官们把她抬上了那辆华贵的马车。这使她有些高兴，因为她乘坐的还是她自己的马车。她的身体已十分虚弱，已不能坐起，她是躺在她的马车里离开皇宫的。马车开始起步，但几乎感受不到什么颠簸。她躺在里面很舒服。她想，总还是有人体恤她。然后，马车缓缓地驶出了皇宫。她看不见，但是凭着多年来她对宫城的熟悉，她却能感觉得到她的马车已经走到了何处。一种莫名的伤感油然而生。她突然意识到她这是被赶出了她自己的家。离开家园的悲哀。她多想坐起来，多想再看一眼这座她居住了几十年的宫城。她知道这一次走了，此生就再也回不来了。她这样想着，心里便很酸涩，于是奋力地用手指抠住马车上的窗棂。但是她就是坐不起来，只有徒劳地把她的手伸向窗外。那是怎样的疼痛。车队继续向前走着，她被有节奏地晃动着。这时候，她突然感觉到好像有许多人在为她列队送行。她依然看不到，但是她却感觉到了。是文武百官，是她的朝臣们。能感觉得到他们的呼吸和目光。不再有朕了，那毕竟也是种悲哀，有点惋惜和无奈。

百官们怯怯的目光仿佛是请罪，他们也是万不得已而为之。他们也不想看到今天的场面。他们甚至怨怪她，如果圣上能主动退位，情形也许会好得多。如今，老女皇被赶出皇宫，这毕竟是一幅很凄惨也很悲凉的景象。没有人不为之动容，特别是那些曾跟随女皇多年的文武大臣们，更是难免心生悲哀。女皇的马车渐行渐远，在送行的人群中，终于传出了控制不住的压抑而低沉的抽泣声。这低沉的抽泣竟是从送别女皇的宰相的队列中传出的。那个人再也禁不住自己满心的悲伤，终于哭了出来，他就是刚刚升任宰相的白发苍苍的姚元之。站在姚宰相身边的政变领袖张柬之即刻制止了他。你怎么可以这样？为上皇送行不过是个形式，你竟如此当真？现在可不是哭泣的时候。你身为宰相，这样会给自己惹来灾祸的。姚宰相只好擦干眼泪，但是他却很执着地说，你我毕竟也在上皇身边供职多年，在这样的情形下，与年迈病弱的上皇告别，实在是心里难过。几天前为匡复李唐大业，义勇诛杀奸臣，是我为臣的忠诚；而今天与旧主告别而落泪难过，同是尽为臣之礼数。倘因此而得罪了谁而惹来灾祸，那臣便只能是万死不辞了。果然张柬之惹来灾祸的话不是随便说说的。没过几日，这位年迈的曾为"神龙革命"立下汗马功劳的姚宰相就真的被贬至安徽亳州做了小小的刺史，也随着他的旧主人离开了神都洛阳。女皇到了如此地步竟还会有如此忠臣为她而落泪贬官，也颇使人叹惋再三。但可惜女皇乘坐的那辆马车早已驶出洛阳宫城，消失在了严冬茫茫的浓雾中。武曌既没有听到姚宰相的哭声，也永远不会知道那位老臣为她而流落他乡的悲惨故事了。

神龙元年元月二十七日，新帝中宗李显率大小侍臣浩浩荡荡地来到城西南的上阳宫，探望昨天迁徙于此的母亲武曌。这一天，武曌仍在昏睡中。这一天，中宗李显封昏睡的母亲为则天大圣皇帝。李显特意在母亲的封号前加上了"则天"二字，是为了特别提醒世人，十五年前，母亲就是在则天门上登基称帝的。那场面仿佛依稀就在眼前。可惜当时已被母亲流放房陵的李显没能看到。新帝这一有着特殊意义的封号不敢当着母亲宣读。他怕这会更加刺伤了母亲脆弱的神经。他只是想告白于天下，只是想向世人证明他是个孝顺的儿子。他并没有将母亲扫地出门，母亲永远是母亲，母亲也永远是皇帝。

这一天，李显还走进了母亲居住的仙居殿。他看见一直昏睡不醒的母亲几天来竟然又衰老虚弱了很多。她头发蓬乱，脸色苍黄，眼窝和脸颊也深深地塌陷了下去。她只是孤单地躺在仙居殿的大床上，不吃不喝，也不肯睁开眼睛。母亲的这一幅景象使李显的心里骤然涌出了很多辛酸。这便是母亲吗？不，李显记得母亲年轻时的样子。自李显记事，他就一直认为母亲是天下最美的女人。而今天最美的女人竟至如此，李显禁不住热泪盈眶。但这位李唐的皇帝终于控制住了自己，没有让泪水从眼眶里流出来。他硬是咽了下去。他咬住了辛酸。他没有忘记刚刚签发的将宰相姚元之贬官的那道敕令。他要变得坚强起来，不落泪，就像母亲那样。母亲才是为帝者不朽的楷模。昏睡多时的女皇武曌在李显走近她的那一刹那，竟然睁开了眼睛。她看着李显。李显毕竟是她的儿子。她的儿子迟早要继承她的王位的，李显不过是操之过急了一点。于是她的眼睛里没有仇恨，甚至也没有愤怒。没有仇恨和愤怒的眼睛就自然澄澈了许多。女皇仿佛是想通了什么，仿佛是她已接受了这个不得已的现实。她最后竟伸出手去抓住儿子的手，并在俯下身来的李显的耳边说，好好保护你的王朝和你的性命吧。母亲意味深长。仿佛这个全知全能的老女人早就看到了几年后她这个儿子将死于非命，尽管她那时早已离开了人世。李显在抓着母亲的手聆听着母亲的教诲时，眼泪终于夺眶而出。此时已五十岁的李显终于第一次在母亲那里感受到了一种母性的关爱与温柔。

神龙元年二月一日，中宗李显再度带领文武百官赴上阳宫探望上皇武曌。自此，中宗每十日探望一次母亲，以显示他虽身为皇帝，却还是"百善孝为先"，并以此不断洗刷武力篡夺王位所带给他的那深重的罪恶感。

神龙元年二月四日，中宗李显登上城门，亲自向天下宣布正式恢复大唐国号。他在母亲依然苟延残喘着性命的时候，便英勇地实施了复辟，并且复辟得彻底而坚决。他不仅将旗帜的颜色从母亲大周帝国的红色，复辟到李唐时代的黄色，而且将古城长安恢复为国都，只把母亲的神都洛阳当作陪都。

李显还彻底废除了由母亲亲自创立的那非正统的"则天文字"及各类别出心裁的制度。至此，自天授元年也就是公元六百九十年九月以来持续了十五年之久的大周帝国时代终于彻底结束了。

新的纪元开始。

这一年是公元七百零五年。

从此，徙于上阳宫仙居殿的则天大圣皇帝便开始了她等待死亡的最后生涯。

漫漫十个月的苦难历程。

她不知她将在最后的生命中为自己划下怎样的一道微弱的印痕。

她的身体一天比一天虚弱。慢慢地，她竟连食物也不再能顺畅地吞咽下去。她瘦弱不堪，形容枯槁，已很难在床上随意地翻身……

武曌已能猜出，她之所以被尊为"则天大圣皇帝"，全是因为她的儿子还不想让世人忘记十五年前她在则天门楼上登基的景象。那毕竟是一段历史一段辉煌。但到了今天，无论她的尊号怎样显赫，也无论她怎样地仍继续被称作皇帝，但她已被赶出了皇宫赶出了朝廷。对于大半生都在追逐权力的武曌来说，失去皇位毕竟是此生最令她痛苦绝望的一件事了。她昼夜躺在仙居殿的床上苦思冥想。她知道她一旦失去皇位，她便也就什么都不是了。她不知道今后该怎样打发她所剩不多的命若弦丝的余生。她觉得风烛残年、死之将至的凄凉感觉始终在困扰着她。她的心灵情感乃至周围的景物都很抑郁。她抬不起手臂抬不起头颈甚至抬不起眼皮。有时候她觉得连呼吸都很困难，每时每刻都被阻碍着。总有幽灵般似曾相识的人影在她眼前晃动，无论何时都无比严酷地逼迫着和挤压着她。

武曌挨着她最后的时日。

然而在这最后的时日，她衰弱的每况愈下的身体竟并未能摧毁她依然锐敏的思维。于是女皇才得以在她的日薄西山之际，想了很多很多，从她的生到就要来临的死，她的爱还有她的恨，她的光荣以及她的衰败，总之她的一生。武曌的思绪朦朦胧胧断断续续，是时空倒置错综混乱的。但尽管如此，她的衰老的大脑却从未停止过思想。她要想，她要想清楚她的一生。而这样的一生不是谁企望拥有就能拥有的。

是天命，还有智慧和意志。

她知道她定然是此世间独一无二绝无仅有的女人。

武曌想着，穿越着旧往的岁月，遥远而费力。那仿佛并不是此时此刻行将就木的她了。

武曌想她可能已经记不得她的父亲了。武士彟，一个唐朝的小官吏。武曌从父亲那里继承来的，除了生命便只有武家的姓氏。她是在贵族出身的母亲的抚育下慢慢长大慢慢出落得如花似玉倾国倾城的。这便是她的本钱。但是年幼时她却不知道。她是国色天香。她是任何男人所不能不被诱惑的那种女人。她的美貌不仅妖艳，而且庄严。她已经不记得儿时的情景了，那一切太遥远，她只记得母亲在父亲死后备受凌辱，直到有一天含着眼泪把她送进皇宫。那时候她只有十四岁。十四岁时天真而烂漫。后来她懂了美就是武器。而她就是利用这武器为自己最终打下了江山。从零开始。那么狭长而又幽暗的掖庭宫，她被丢了进去。每个清晨从终南山飞来的那些乌鹊。还有悬挂在房檐上的那一串串风铃。她依然记得那些，记得她的小木屋和掖庭宫挤来挤去的那些宫女们。她们在等待着什么？穿着灰衣的皇宫宦官们，争宠，只为讨得皇上一人的欢心。那时的皇上是谁？是谁坐在那把至高无上的龙椅上。是那个叱咤风云的秦王李世民，是那个杀了自己的兄弟才得以拥有皇权的唐太宗。他是那么威武而威严。而她在十四岁的时候就是为了他而走进这皇宫的。长安城长夜漫漫。她日夜等待着奉献她如花似玉的身体。终于她得以在那个漆黑的夜晚来到了那硕大的龙床前。甘露殿的云云雨雨惊心动魄。那是什么？其实那便是她的辉煌的开始。她裸露着她的青春，她的乳房和她撕心裂肺的喊叫。如万箭穿心。被蹂躏的激情。那便是她的第一次。她满脸的热泪和满心的伤痛。她不记得她的生命中有过多少男人，但是那个李世民她却是忘不掉的。她钦佩他、景仰他。她也许也爱他、被他所吸引，但是她却因他的凶残的强暴而愤怒。那可能便是她的天性了，于是她便在那被揉搓被撞击的疼痛中奋力地挣扎喊叫，伴随一种莫名其妙的兴奋。她尽管喊叫着挣扎着但是她却知道她就要获得宠爱了。还有什么比获得君王的宠爱更重要更宝贵更令人兴奋的呢？然而她又突然地被抛弃了，被抛弃在掖庭宫那些可怜的被冷落的宫女中，挨着时日，一如今日这痛苦的暮年时分。隐忍着，这便也成了她的天性。她从不赌气也从不自暴自弃。她坚持着，寻找着机会。而终于，还是因为她的美，她竟敢冒天下之大不韪硬是从老子冰凉的臂膀中投进了儿子的那热烈的怀抱。那是怎样的勇敢。那是她的孤注一掷。那一回她赌的是她自己的性命。没有人敢像她那样去赌。她太有胆识也太有气魄了。以她的身体和她的美丽。她终于得以劫后余生,得以从长安郊外的感业寺重返皇宫。接下来,她便是在女人的圈子中厮杀了。她从一个卑微的感业寺的小尼姑直到坐稳了皇后的宝座。她为此而费尽心血,不惜葬送了那个刚刚出生的她的那么亲爱的小女儿。她在与对手的交战中杀了王皇后、萧淑妃,甚至杀了与自己的男人高宗李治有染的亲姐姐和外甥女。在她的信条中,没有不可以杀的女人,只要是她们危及了她的生活阻碍了她的道路。她知道皇后的桂冠来之不易,那是她把自己的心一片一片地撕碎才得以登上皇后宝座的。然后她便不再对女人圈中的争斗感兴趣。应当说后宫早已没有争斗,她早已成为了那个皇帝身边的唯一。然后,那生命的极致可能就是皇位了。皇帝与皇后的位子尽管近在咫尺,但她却深知这是咫尺天涯。于是她便英勇地加入了男人们战斗的行列。那是个怎样的战场?她开始用她的智慧来控制她的男人和儿子们。她不信任他们,尽管她与他们血脉相通,他们本该是她最亲的亲人。慢慢地,她看不起他们,进而产生仇恨,以至不惜去杀了他们以换取她自身权力的稳定。那时候,她已经太喜欢江山太喜欢那万人之上的权力了。她舍不得丢下,也不能让任何人夺走,哪怕那个人是她的儿子,哪怕那权杖名正言顺本该传到她儿子们的手中。为此她便只能赶走他们诛杀他们。以一个母亲的威严。她宁可在心的深处伤痛,宁可在没有人能看见的地方流泪。而她狠心狠毒地干下的这一切,已经不仅仅是为了活下来。而是为了活得更好,更为极致,也更为辉煌。她为此而奋斗。为了那个皇位。那里才真正堪称巅峰。那才是她真正想要的。然后她便得到了。全凭着她自己不懈的努力。她一个女人,她没有任何人可以依赖,也没有任何现成的东西可以继承。在这漫长的奋斗和努力过程中,她唯一了悟的就是自信。她想要的,最终她便一定能得到。在猎猎的红旗下,她终于拥有了她的皇位和皇权,终于拥有了她名垂千古的大周帝国。在这之后,她还需要什么呢?不是长治久安也不是国泰民安,那么是什么呢?她的凄冷的后宫和她的一颗空寂落寞而又骚动不安的心。那是她很久很久之后才重新意识到的。与男人上床。而与男人上床并不是为了向男人邀宠更不是为了给他们生育后代。那么是为了什么呢?纯粹是为了自己,自己的欢乐和自己的激情。于是,薛怀义如约而来,尽管姗姗来迟。在幽深的寝殿中,在硕大的龙床上。她幸福了吗?历史上不曾有过女皇,自然也就不曾有过女皇后宫生活的蓝本。那么她就是蓝本,她就是楷模，她就要创立一个激情的经典。那么多令她难忘的夜晚。很多年。很多年她宠幸于这个英武伟岸的男人。她与他将生命紧紧地连在了一起，然后再忍心地将他杀掉。怎样的伤痛。毕竟那些深夜的激情是值得留恋和惋惜的。但她还是毅然决然地杀了那个她曾经很爱很爱的男人。是因为他竟敢烧毁了她全部的信念和寄托，烧毁了国库也烧毁了他自己多少年的辛劳。天堂和明堂。那是她身外支撑她一切的天命。而毁了那些就等于是扼断了她的脖颈，就等于是把她杀死在了与男人角逐的战场上，就等于是宣布了她的末日。不，她当然不能因此而败下阵来。那是她多少年来辛辛苦苦沐浴着腥风血雨才得来的果实。于是，面对着如此胆大妄为的男人，她就不再单单是床上的那个被压在下面的女人了。她在他的面前终于恢复了女皇的尊严。于是，她像对一切敢于反叛她的人一样，杀了那个曾主宰着她身体的男人。不是因为厌倦。是因为她公私分明，是因为他所触犯的是她的帝国。然后，又是长久的沉寂。她在沉寂中任时光荏苒岁月流逝。她一天天变得苍老，变得暴躁不安。然后，便是那美妙绝伦的张氏兄弟走进她的寝宫。他们走来的时候她已年迈体弱，于是他们更显得格外宝贵。那也是天意，让她在这偌大的国度中偏与他们相遇。在透明的帏幄中他们竟然是那样地楚楚动人。那是她从不曾见过的男性的青春和青春涌动的身体。她不知所措。她被激荡着。她经不住那青春的诱惑，被诱惑得心惊肉跳。她不顾一切地把他们拥抱在胸前，尽其女皇所能地给予他们。她恨不能将他们吞噬。怎样的良辰美景。她终于没有辜负生命中所余不多的任何的时辰。她永不停歇地享用着他们。这也是天意，是上天要她在垂暮时分还与青春的身体与激情纠缠在一起。她原本是想把他们一道带进坟墓的。她太爱他们了，不忍在没有她的时候将他们孤零零地留在人世。他们才是她此生的至爱。而如今，连他们都早已魂归西天，她何苦还要在这残酷的世间苟延残喘地支撑着呢？

这便是她的一生吗？

她在床榻上昏睡着，昏睡着她迷茫的一生。她的思维有时候很清醒，但有时候又很混乱。她不能总结自己，但是她却始终在坚持着自己。她不知道她在向巅峰攀登的时候脚下踩着的是多少人的尸体，涉过的又有多少道鲜血汇成的河流，有许多还是亲人的血。功过是非，她永远也弄不明白。她躺着，活着，只是活着，支撑着生命中的最后的一口气。

直到寒冷的冬季再度到来。

直到那一天雨雪纷飞，天地晦暗。

神龙元年十一月二十六日，她终于凄凄冷冷地死在了上阳宫的仙居殿。

一颗璀璨的星终于陨落，陨落时闪着苍凉的寒光。

听说她死前曾英勇地留下遗嘱：去帝号，称则天大圣皇后，并将王皇后萧淑妃二族及褚遂良、韩瑗等无条件赦免。这是怎样的气魄与风范。到底是武曌，她终于决定只做皇后只做女人，并宽恕了她的那些多少有些无辜的敌人，将她生前认为办得不大妥当的那些事情一一纠正过来。不知道这是否真是武曌的遗嘱，亦不知道她死前是不是真的能如此清醒有如此胸襟。也许是当朝的新帝和宰相们强加给她的。终于，武曌的灵柩得以以皇后的身份，在她亲生儿女们的护送下，体体面面地由洛阳至长安，在满目青绿的春天的五月，由皇帝李显亲自主持举行了那个比她的丈夫李治还要隆重辉煌的安葬仪式。

在朝中关于武曌能否归陵的议论纷纷中，中宗李显力排众议，他坚持将母亲与父亲合葬于乾陵。他做了一个继位的儿子应该做的事。无论怎样，他还是爱他的母亲的，他不许外人诋毁母亲。在他的心目中，母亲永远是一座高不可及的丰碑。而无论母亲活着还是死去，她都将永恒地至高无上。李显把他对母亲的这种态度一直坚持到他不幸死于非命。他坚持周唐一统，坚持他登基是"受母禅"，他把自己当作是母亲最合法的继承人。他还特下敕令，不许朝廷大言"中兴"。他在《答敬晖请削武氏王爵表敕》中，还特别对母亲赞美备至。他说则天大圣皇帝内辅外临，将五十载，在朕躬则为慈母，于士庶即是明君，足见李显对母亲的情深意长。于是，他才能让母亲与父亲这两朝皇帝同寝一室，共眠乾陵。他想，他母亲的亡灵在父亲灵魂的陪伴下，应当得到安息了。

他们在那个巨大的陵墓前，为武曌树起了一块高高耸入苍天的无字碑。这是何等明智而又大气的选择。他们不想评价这位女皇的功过。也许，是因为武曌自己不想评价自己的一生。她决意把她的是非功过留给后人，留给世世代代。她不要对她有定评。于是那无字碑与高宗李治的墓碑遥遥相对。她终于在独立撑持了一世之后，又无奈地归于了李唐皇室的宗庙。她已经不能主宰自己，更不能自由选择自己的墓地，但也许，她很满意这样的安排，她求之不得，因为她终于回到了那个真正爱她并给了她生命辉煌的男人的身边。她从此永垂不朽。

上官婉儿（选章）

在暗夜中，她看到了一片迷蒙的红色。她后来才知道那就是血。是血的颜色在她的家中弥漫着。点点滴滴地飘洒着。落到了她的身上脸上。那么温暖的，带着咸腥的甜丝丝的味道。那时候地还在襁褓中。不知道亲人的血意味了什么，更不懂人类的冷酷和凶残。她太小了。那个小小的可爱的宝贝的婴儿。她的圆润的脸颊和樱桃一般新鲜的柔软嘴唇所交织着的，是一首新生的赞歌。一个色彩缤纷的如气泡一般的对生命的憧憬。

小小的婉儿。

当朝重臣西台侍郎上官仪家唯一的后代，唯一的女公子。

嚅动着美丽嘴唇的婉儿哪里会知道她的贵为公卿的家门的显赫，更不曾了悟那沦为阶下之囚的未来的惨淡。如此的跌宕。从崖顶落到谷底。全是命运的安排。是命运的捉弄。她正在被那命运的黑手抓起。这也是依然笑着的，笑出咯咯响声的，并且摇动着两只胖胖的小手的婉儿所不知道的。

这是前奏。序曲后便会拉开这个女人一生的大幕。在公元 664 年的那个苍茫的寒冬。先是武圣经历了血雨腥风终于爬上了皇后的宝座，集后宫万千宠爱于一身。又先后为李唐皇室生下了李弘、李贤、李显、李旦这四个英姿勃勃的皇子和美貌酷似母亲的太平公主。在皇室的欢乐中，唯一的不足是那个当朝的皇帝高宗李治日夜被他的痛风病折磨着。他的身体正在一天天地羸弱，而他的精神也正在一天天地委顿。于是病重的皇帝力不从心，远离朝政。而朝中不能一天没有天子，于是拥有天子风范的皇后便只能无奈地以女人之身顶上去，垂帘执掌国家的大事。在那个时代，武皇后当然是爱着皇帝的，唯其爱，才不能容忍自己的男人去宠爱别的女人。而正当时的后宫中，在武皇后的淫威下，皇帝几乎就没有嫔妃了。所余不多的能接近圣上的女人，似乎除了武曌，就只有她的外甥女魏国夫人那样的女孩子了。魏国夫人年轻貌美，国色天香，一副愁肠百结的样子。她对他这个终日滞于寝宫的体弱多病的皇帝姨父可能本来并无爱意，但偏偏这个可怜的圣上在病榻之上慢慢觉出了无聊和寂寞，希望枕边能有个和他说话的女人。而皇后每日代他上朝与百官周旋，政事的繁忙使他们越来越疏远。于是，在后宫中得以常常相见的姨夫和外甥女自然就走到了一起。那是武皇后为他们留下的缝隙。那时候武皇后将国家掌管得欣欣向荣，她正沉醉于政治的胜利所带给她的成就感中。她想，有她在朝堂，皇帝就可以高枕无忧，安心养病了。但是她想不到，那个一向脆弱的圣上竟然大着胆子同她的外甥女卿卿我我，耳鬓厮磨，以至于他竟然许诺了那个不知天高地厚的女孩子做皇后的未来。后宫所发生的这畸形的乱伦之恋，一开始是任何人都没有准备的，没有准备便没有提防，而爱的滋生常常就发生于这种没有准备和提防之间。

这当然是危险的。在毫无防备的情况下，武皇后被她最爱的两个亲人之间的这一段让她措手不及的爱情所袭击。

武曌怒火中烧。怎么会这样。面对如此令人伤痛的尴尬，武曌再一次觉出了她在感情世界中的无望和失败。于是大权在握且一向达观的武皇后，竟也开始召方士入禁逐魔驱邪，以泄她心头之愤。而将巫术带进后宫是违反朝廷严禁蛊祝的法则的。而当年为了爬上皇后的宝座，武曌就是以蛊祝厌胜的罪名将王皇后、萧淑妃囚禁并杖刑而死的。在那个后宫的时代，巫术是所有绝望女人的救命稻草。当她们无望，当她们痛苦愤怒，她们似乎就只能乞求那些巫言咒语来帮助她们摆脱内心的那一份深深的情感的恐惧。所以之于后宫的女人，巫术是灵丹妙药。而与王皇后、萧淑妃不同的是，武曌在厌胜的同时，还有着一种更为疯狂的复仇心理。不单单是心理，而且是行动。她是何等女人。她怎么能坐以待毙，眼看着魏国夫人一步步取代她在龙床上的位置。她更不能忍受的，是她的亲人她最爱的人对她的背叛。不单单是李治，是魏国夫人，就是她的亲儿子亲孙子，如若他忤逆了她背叛了她，她都会不顾一切毫不犹豫地将他们置于死地。这是被后来岁月所证明了的。更何况一个魏国夫人。

于是，在高宗李治和魏国夫人的缠绵不已、刻骨铭心、不知身后是凶险的时刻，看上去超然大度、不拘小节的武皇后便成功地策划和导演了一幕家宴中鸩杀情敌的惨剧。那个从此踏上不归路的女人，自然就是年轻貌美甚至已不把姨妈放在眼中的魏国夫人。仅仅是一杯家人团聚的美酒，就让有恃无恐的魏国夫人转瞬之间七窍出血，魂归了西天，让那个年轻的皇后的梦想破碎成虚妄的碎片。

高宗李治的痛不欲生可想而知。想不到他在病中的最后的一点爱也被皇后抢走了。他对这个飞扬跋扈、心狠手辣、无所不用其极的老婆简直是恨之入骨，不共戴天。于是他抱着病弱之躯，强忍着身心的疼痛，即刻行使他天子的权力，以厌胜的罪名向武曌发起了讨伐。他要废了这个无法无天的皇后。他要让这血债累累的女人滚出皇宫。他要用皇后的血，去祭那个可怜可爱的无辜少女。他要让武曌知道谁才是真正的大唐的天子、后宫的主宰。

其实，这原本是很纯粹的皇帝与皇后之间的个人恩怨，感情纠葛，但夫妻之间的事情一经纳入皇室，就不再是个人的而是整个朝廷整个天下的事情了。于是，李治在盛怒之中召来的第一个人，就是朝廷中专门执掌文墨的西台侍郎上官仪。硬是把一个才华横溢的今后可能会大有作为的臣相，无端地卷入到了一场后宫男女的争风吃醋中。

这位赫赫有文名的上官仪就是我们那个小小的襁褓中的婉儿的祖父。一个朝廷的命官。一位将五言诗写得绮错婉媚、独成"上官体"的诗人。那时候他正在做官的路上一路青云。太宗时便累迁于秘书郎，及至高宗在位，又将这个辞采风流的上官仪累迁为秘书少监、银青光禄大夫、西台侍郎，可谓身居扼要，举足轻重。不单单是高宗器重他，就是皇后武曌也把他当作自己无比信任依赖的心腹。就是如此的一个上官仪，又招谁惹谁了？也许他全部的过错，就是太优秀太杰出，太被皇帝皇后所看重了。皇帝在愤怒的第一时刻召见他，是因为对他的信赖；而皇后在第一时间打击他，是因为他对她的背叛。而皇后平生最恨的，就是那些背叛了她的人。

高宗歇斯底里，只想复仇。上官仪匆匆赶来时，见圣上正满脸怒气地在大殿里踱来踱去地等他。皇上脸色严厉，嘴唇铁青，往日的温和荡然无存。一见到上官仪，劈头便说，快给朕拟一份诏书。皇后越来越无法无天了。尽做伤天害理的事情。这样的女人怎么能做皇后？朕要废了她。

高宗的慷慨激昂令上官仪周身冒汗。做了多年的朝臣，且耳闻目睹了朝中变迁，以他的经验和颖悟，他深知皇上是根本无法与皇后抗衡的。于是他只能是坦诚劝诫皇上，这种废后的举动事关重大，不是气头上说说就可以做到的。而高宗就更是决心已定，说朕已经忍无可忍了。朕就是要废她。废她为庶人。你就赶快起草诏书吧，这是朕的命令。

于是上官仪拿起笔，他是不得已而为之，他被挤在夹缝中，找不到自己脱身的计策。实际上，上官仪已经意识到自己大难临头了。他没有把握这个懦弱的李治凭着一时的意气就能把武曌废掉，而一旦废后失败，那么第一个遭到杀身之祸的，就一定是他这个起草废后令的上官仪。然而君令不能违。而君君臣臣，又是上官仪为官的一条最基本的原则。于是上官仪只能拿起笔，在诏纸上写下了：皇后专恣，海内失望，宜废之以顺人心。

　　没想到这几个字墨迹未干，武曌便气势汹汹地闯了进来，卷起了一股令人胆寒的阴风。她抓起废后的诏书就一步步逼近李治。她问他，这是什么意思？你为什么要废掉我？你到底要干什么？十几年来我为你生儿育女；你生病期间，又是我早起晚归为你打理朝政。我有什么地方得罪你了？我又怎样使天下失望了，以至于非要把我赶出皇宫才可以顺人心？你究竟是怎么啦？如果你真的这么恨我，那么就拿着这诏书到朝廷上去宣读吧。现在我的生死就握在你的手中，我的四个儿子和一个女儿的生死也握在你的手中。如果你忍心，就把我们母子六人赶出这后宫吧。去呀，去宣读这废后的诏书呀……

　　这时候的李治已经周身颤抖。他退着，说不，这不是朕的意思。

　　不是圣上的意思？那么是谁？

　　是……是他……高宗李治竟然指着垂立于一旁的上官仪。

　　是他想废我？

　　是他，是他叫朕这样做的。

　　懦弱无能的李治，终于不敢承担废后的罪名，将所有的罪责，和盘推给了上官仪。

　　这时候满心恐惧的武曌才顾得上去看站在大殿另一侧的那个镇定自若的上官仪。那么是你了？是你要废我？你不是刚刚经我批准才升任西台侍郎的吗？我记得我一直信任你，真是人心难测，那么告诉我这是你的意思吗？

　　此时的上官仪早已面无惧色。事实上自从皇后走进大殿自从皇上胆战心惊，上官仪就已经看到了他的结局。对皇上把罪名扣在他的头上，上官仪一点也不吃惊。他觉得面对这样一个毫无骨气更谈不上气节的男人，他已无须为自己辩解什么了。这场废后的风波，不过是当权的男人和当权的女人之间的一场角逐的游戏罢了。但可惜的是，他被无端卷携了进去。游戏终会结束，而他已必死无疑。上官仪其实并不怕死。在这个充满了血腥的朝廷上，死人的事他已经司空见惯。他只是有些心疼自己的学问和才华，他本来是可以利用它们报效国家的。他还留恋自己的家庭。他为将与那个刚刚出生的美丽的小孙女上官婉儿做永远的告别而特别难过。他是那么疼爱她。她是他的掌上明珠，他想看着她怎样在他们这书香门第一天天成长为一个才华超众的婷婷少女。他刚刚才感受到婉儿所带给他的天伦之乐。他原以为他的晚年生活会是无比温暖欢乐的，但是，这一切都只能是遗憾了。他必得要替这样的一位天子承担罪名，尽管不值得，但他只能视死如归。

于是上官仪直面武曌，他说是的，诏书是我写的。说过之后，他便大义凛然走出大殿，回他自己的家中等待慷慨就义。

上官仪的刚烈使武曌无比愤恨。她先是将手中的诏书撕得粉碎，然后对着上官仪的背影恨恨地说，好吧，既然你愿意当这个替罪羊，那就去死吧。

其实武曌心里也非常清楚上官仪是无辜的。但是必得要有一个人来成为皇上脚下的台阶。李治尽管唯唯诺诺但他毕竟是皇帝。皇帝当然是有权决定她的生死存亡的。于是武曌走过去温柔地抱住了那个依然在颤抖的李治。她让他坐下，把他的头轻轻搂在她的胸前。她想她再不能触犯他、激怒他了。于是她哭了，她说我知道那不是圣上的意思。圣上怎么会忍心把我和孩子们赶走呢？一切都会过去。掀过这一页吧。我们彼此都不要记恨。是有人要存心离间我们，我们怎么能陷入这些图谋不轨的奸佞小人的圈套呢？我们曾经那么相爱，我们又一同经历了那么多磨难，多少年来，谁也不曾拆散我们，今天也不会。圣上，我们会重新开始的。你说呢？

于是这一场权力和生死的较量，就在这一番眼泪抽泣和缱绻柔情中以平局告终。

从此高宗李治沉默。因为他终于看清了他在武曌面前的劣势。于是他不再抗争。他知道命是不可以争的。

几天之后，上官仪果然以与被幽禁的已废太子忠共谋造反获罪。理由是，上官仪在忠还是陈王时期曾任过陈王府的咨仪参军，忠被废为庶人之后，上官仪自然同忠一样对武皇后是心怀不满的。上官仪当然清楚这是欲加之罪，何患无辞。他坦然面对屠刀，面对上官一族满门抄斩的终局。他便是因坦然而名垂千古。在他身后的几十年里，他并不知他最疼爱的那个孙女婉儿曾经是怎样权秉朝政，怎样地成为皇帝的嫔妃。那都是他身后的事了，所以他无从为婉儿骄傲，也无从为她的诸多失节而羞辱。

在上官一族的诛杀中，只留下不满一岁的婉儿和她的母亲被赶进掖庭宫充为宫婢。

便是在家族的灭顶之灾中，婉儿被不断飘洒在她身上脸上的那无数的血滴吵醒了。她不知道那纷纷坠落的红色的水珠是什么。那是她从没有见过的，她为此而欢欣鼓舞。她伸出两只胖胖的小手，奋力在空中抓着。她想抓住那红色，那血滴，和那些在杀戮中正在失落的生命。还有响声，撕裂着的喊叫，疼痛还有哭泣。绝望的、求救的，也还有斥责有大义凛然慷慨陈词，还有，在愤怒中的沉默。那种沉默的力量。

上官仪当然不会向这个污浊的人世求和。他或许觉得死才是最干净，最无憾，甚至是最快乐的选择。至少，他今后再不必为皇后那样残暴的女人服务了。他知道，大唐自落入懦弱的李治的手中，就已经意味了大唐的衰落。他身为李唐的臣相而又不能为李唐效力，那他又算是什么李唐的朝臣呢？所以他宁愿去死，无悔无怨，就去殉了那个对他无比欣赏的唐太宗李世民吧。他还知道，那个专权的武曌本意上是不愿他死的。她也欣赏他并需要他为她的王朝掌管制命。真正把他送进死牢的，是那个高宗，是皇帝对皇后的深层的反感和恐惧。一个男人，一个万人之上的男人因害怕一个女人这么轻易地就出卖了另一个男人，出卖了他身为天子的尊严、人格和良心。那么他上官仪还有什么好留恋的，他再也不愿看到朝廷和皇室的道德沦丧了。只是，上官仪所不忍的，他的正义正直竟要招致株连九族。武皇后不仅要他死，还要他的亲人他的幕僚们也和他一道死。这才是上官仪最最伤痛最最自责的，他可以死，而那些亲人有什么错？然而朝廷连坐的法则是不可更改的。连坐或者诛杀九族的意思就是，尽杀之。一个不留。以绝其归望。如若对罪者一族不斩尽杀绝，一旦有人漏网，将诛杀亲人的仇恨铭刻在心，有朝一日，反攻复仇，那不是在给自己制造危机吗？所以朝廷的法则冷酷。所以必得杀了上官全家，杀了他的儿子上官庭之，不能留下他的根，不能留得青山在。

庭之便也无悔无怨。他生于官宦之家，自然从小懂得这家中与朝廷之间的规则。他因父亲而荣，当然也必得随父亲而枯，这是天经地义，没有什么好说的，他只是不忍告别年轻的爱妻郑氏，更舍不得那个刚刚出生的眼珠一样宝贵的女儿婉儿。他临行前抱起过他的宝贝。他把婉儿紧紧地抱在怀中，流着泪亲吻着她甜丝丝的脸蛋儿，他想他从此再也见不到她了。那时候婉儿正在安睡。她还没有被家中疯狂的杀戮所吵醒。她也没看见她父亲那异常绝望伤痛的神情，感觉不到她的小手是怎样被她的父亲放在嘴唇上亲吻着。她不能理解一个死之将至的男人同他最爱的女儿诀别时的那一份绝望的心情。她睡着，偶尔会笑，不知道一会儿会有血光照亮她的梦境。上官庭之最后将他的妻女紧紧搂在胸前。他不忍离开她们，他不想孤独上路，他甚至还想过，与其让妻子女儿配进掖庭，充为宫婢，受人间女人最重的惩罚和无尽的苦难，还不如他们一家三口一道死，死在一起，一起到天国的什么地方相聚，过他们平平安安的家庭生活。但是，朝廷的卫兵们容不得庭之再想什么，这个年轻公子的头颅就在鲜血的喷涌中落地。那是种怎样的惨烈。在亲人的身边，婉儿便是沐浴着这亲人的满腔热血，开始了她人生旅程的。

然后便是被母亲紧紧地抱着，被赶进了那后宫阴暗的永巷。那个专门关押宫婢的牢房一样的掖庭。那永远的不见天日，永远的苦海无边。

在那漫天飞舞的血滴中，又有了郑氏那咸涩的眼泪汇了进来，也掉在婉儿的身上脸上，透明的，就稀释了她身上脸上的那些亲人的血。婉儿依然不懂，那一滴一滴从母亲眼睛里坠落下来的水珠是什么。她不懂什么是眼泪，为什么会有眼泪。她依然是伸出她的小手，又去抓那一滴滴透明的东西。她玩着笑着，在母亲不停坠落的眼泪中发出咯咯的笑声。她什么也不懂，不懂灾难，不懂失去亲人的苦痛，更不懂得仇恨。那么小的婉儿，被裹在温暖的襁褓中。只是突然地，那迷雾一般的红色不见了，接下来，是黑暗。

这就是永巷。

而永巷是什么，从此漫漫的黑暗是什么，还是婉儿所不懂的。她只是觉得慢慢地困了，她闭上眼睛，觉得她被摇晃着，在一个温柔的摇篮中。她也是后来才知道那是在母亲的怀抱中。她被母亲抱着。天上是夜空中闪亮的星星。她没有心情。因为她不懂。她只是在母亲温暖的怀抱中，所以她并不怕黑暗，也不怕长夜。那漫漫的无尽无休的永巷。一个一个阴暗潮湿的木头房子。紧连着。木格里一张一张向外张望的女人的脸。那么凄惨的苍白的而又是美丽的。看着，这满身血污被赶进掖庭的郑氏母女。她们或者同情或者冷漠，或者幸灾乐祸，嘴角上挂着得意的邪恶。这些被长久压抑的宫婢们早已没有了人的心肠，她们恨不能天下女人都像她们一样，受这永无尽头的永巷之罪。

然后咣当一声，婉儿和母亲被关在了一个阴暗潮湿、密不透风的小房子里。从此这就是婉儿的家。从此婉儿就在这里长大。然而婉儿并不觉得这里冷酷。她以为她天生就是这窄小木屋的女儿，她就应当是在这永巷中度过童年、少年，终其一生的。她毫无障碍地就接受了她的命运，她甚至很欢乐，很幸福，有母亲和她在一起，她觉得她是天下最幸运的女孩。她除了永巷上空那一条遥远的蓝天，和夜晚的星空，和永巷中宫婢以及去势的宦官们的脸之外，什么也没有见到过；更不像她贵族出身的母亲那样，婚前婚后都享受过官宦之家的富足安乐，享受过男人的爱和抚摸。所以婉儿快乐。因为她没有经历过生存的跌宕，也没有对往事的记忆。她就是掖庭的女儿，就是宫婢，就在最底层。她唯一不曾忘记的，是她生命的最初时刻的那红色。迷蒙一片地，就永远储存在了婉儿的意识中。笼罩着。毕生。直到日后她真的经历了那一切，才真正懂了什么是血。

当红色消褪为掖庭宫的漫漫长夜，上官仪的时代便结束了。而上官仪的结束也就是高宗李治的结束，从此他自愿放弃，将权杖拱手交给武曌。于是史书对此无比感慨，不禁血泪盈襟地说，嗟！及仪见诛，则政归房帏，天子拱手矣！

那是少年英雄的梦想。

那是武三思想都不敢想的。

在轧轧的牛车中。如此漫长的旅程。几十天的风风雨雨，几十天的长途跋涉。牛车中的那个少年武三思已经精疲力竭。直到临近都城，牛车才换上马车，而且是有着皇室徽章的那种豪华的马车。这真是武三思想都不敢想，而又是亲身经历的。远方那壮丽辉煌的龙门由远而近。那是怎样地气象万千。三思尽管一路颠簸，疲惫不堪，但他还是被皇城的气势震慑了。他异常兴奋，简直不敢相信从此就要生活在这样的都城里了。那是天壤之别。是同他记事以来就没有离开过的穷乡僻壤的龙州所不能比的。沧海桑田竟只在姑母武皇后的三言两语之间。这世间的事真是太神奇了。武三思，这个和父亲武元庆一道被贬放外任的孩子，真的不敢相信他又回来了，回到了这个他曾经昼思夜想的地方。

武三思睁大眼睛，从皇室的车辇中探出头来。他左右观望着，这洛阳街市中繁荣兴旺的一切。他之所以全神贯注，其实并不是因为街市中的热闹，而是他在体验着一种终于回来了的兴奋和喜悦，那是种复仇的快意，他想，这里将是我的舞台，自古英雄出少年。

三思虽然年少，但却清楚地知道他所以这样那样的一切。他的童年是在悲哀不幸中度过的，仅仅是因为他的父亲武元庆是当朝皇后武曌同父异母的兄弟。他们一家，原本凭着祖父武士彟同唐太宗李世民的交情，一直非常富有地住在四川广元。但自从姑母武曌被选进后宫，广元的武家就成了真正的皇亲国戚。于是武元庆自然就膨胀了起来，以妹妹的贵为才人，而在乡里横行霸道。待到武才人在皇帝的更迭中，几经转折，终于成为了当朝皇帝李治的爱妃以至最终攀上皇后的宝座，元庆、元爽兄弟也自然就顺理成章地携家眷赴京城，来到中原的洛阳做起了国舅和京城的小官。

这本来无可厚非。如果元庆、元爽是飞黄腾达的武皇后同父同母的亲兄弟，或许武三思这类侄儿辈的公子们，也就能像皇后的亲姐姐贺兰氏的儿子贺兰敏之那样，自由出入皇宫，成为洛阳城中的纨绔子弟，裘皮宝马，尽享风流了。只是元庆家门不幸。其实那也是武元庆咎由自取。天性的以强凌弱使他在妹妹于后宫的永巷苦熬的日子里，对武士彟孤苦的遗孀杨氏极尽欺凌之事。害得杨氏在十多年的艰难岁月中，始终在泪水和骂声中度日。那是怎样刻骨的伤痛。杨氏虽出身名门，却因丈夫过早辞世而在庞大的妻妾成群的家族中处于劣势。女儿虽然进宫，却又始终抑郁不得志，甚至沦为奴婢。加之杨氏与武士彟所生，皆为女儿，身边没有一个七尺男儿支撑着，杨氏这样的女人的苦就可想而知了。偏偏武曌注定要苦熬十几年才能戴上皇后的凤冠霞帔。那么这十几年间，无依无靠的杨氏就自然只能独自一人受着族人的欺侮。首当其冲者，就是元庆、元爽兄弟。他们目光短浅，怙恶不悛，根本就想不到他们一直在后宫艰难挣扎又绝不放弃的小妹妹能有扬眉吐气的这一天。于是铸成人生之大错。

然而世间的事情就是这样今非昔比，斗转星移。

杨氏生存在世，最大的幸运就是她生下了一个伟大的女儿。

武曌终于获得了她想要的一切。她一步一个血印地坚忍地向上爬着，以美丽和青春做着掷地有声的人生赌注。武皇后的大权在握终于使武家光宗耀祖。当然首先是杨氏来到后宫，紧接着，武家所有的亲属们便纷纷离开广元，如蝗虫般拥进了都城。他们这些京城中的乡下人蝇营狗苟。出身的微贱并不能阻挡他们外戚崛起的欲望。没有多久，这帮武姓男女就开始在朝野飞扬跋扈了起来，那不断升迁的势头简直锐不可当。

武氏一族的封官晋爵完全是为了与贵为皇后的武曌的身份相匹配。武曌对她的这些宗族亲戚特别是对从小就欺侮她的两个哥哥元庆和元爽其实没有任何好感。但由于长久离家，对他们所知甚少，便也就无所谓爱恨了。她只是觉得她一个人在前面冲锋陷阵，浴血奋战，打下江山，而他们轻而易举地便能搭上她的船荣华富贵，不大公平。但也没有别的选择。她的身后必得有一个庞大的家族集团。她必得把他们当作这家族势力的一重砝码，让他们当上朝廷的命官以撑持她背后的那个也许是虚幻的背景。而最终置元庆、元爽于死地的，其实还是那个在十几年终日以泪洗面的生活中受尽凌辱的杨氏夫人。

杨氏夫人怎么能容得她的敌人与她一道同享富贵。何况，让她的仇人和她一样享受这皇室之荣的就是自己的女儿。杨氏坚信，女儿可以让他们贵，也可以让他们穷。杨氏还坚信，她是能够左右她的女儿的，哪怕她已经坐在了那个至高无上的宝座上。

于是杨氏做了恶人。她一把鼻涕一把泪地要女儿想一想，她们的那些作恶多端的穷亲戚该不该享受今天的荣耀？

于是武曌想。武曌在想了很多天之后，才终于向皇上递上了那一份奏折，恳请皇上对她的亲属削官降爵。那时的元庆已官至宗正少卿，元爽也已升任少府少监。但皇后的一纸奏书，便将她的这两个兄弟赶出了京都。元庆被贬至龙州任刺史，而元爽则贬至濠州又转至遥远的振州。于是这两个劣迹斑斑的兄弟自食恶果。他们还来不及在他们显赫的位子上得意忘形，就被逼上了贬迁的路程。结果元庆刚刚抵达龙州，就因抑郁愁闷而一命呜呼，将武三思们丢在了那个偏僻荒远的地方；元爽也在流配振州之后，悲愤而死，让他的家眷们无辜地在岭南的瘴湿之地苦熬。

武后的此一番以武氏族人的性命为代价的举动，无疑引起了朝廷百官的一片哗然。不知情者，对武皇后为抑制外戚势力的扩张所采取的这一大义灭亲的举动无比钦佩，肃然起敬。毕竟外戚擅权，是自有朝堂以来历代皇室的通病。更何况眼下掌管朝政实权的国舅长孙无忌，就是典型的外戚专权。所以历代王朝都会把限制外戚势力作为一个规则，但又朝朝代代都不能改变这一外戚显贵的状况。皇帝宠爱的女人，就一定是兄弟姊妹皆列土。而如武曌般，积极主动请求削弱自己族兄们官爵的，几乎历代少有。于是，一场家族内部的是非之争，竟然被升格为新皇后激浊扬清的清明之举。其实明眼人一看便知，武皇后以退为进的这一招实在是非常高明，她不仅以抑制外戚势力的举动向同是外戚的长孙无忌宣战，同时也铲除了她母亲深恶痛绝的仇人。可谓一石二鸟。

这便是武三思那位充满了智慧的姑母。她从那时起，甚至更早，就学会了这种一箭双雕，一石几鸟。这在后来，就成为了武曌治家治国的法宝。无论遇到怎样的难题，她都会试着用这样的方法去处理，去制衡。当然后来，她把这样的权术玩得越来越娴熟，也越来越阴险。她深知，唯有如此才能堪称一位真正的政治家。也便是这样，年幼的武三思才被因皇后的大义灭亲而遭受厄运的父亲所牵连。他的童年，是在那不见天日的深山老林里度过的。

于是，在武三思幼小的心灵里，从小就埋下了仇恨的种子。他恨这个权倾天下的姑母。他想他还不如没有这样的亲戚。他恨这个女人无所不用其极。恨她贬谪了他的父亲还不够，还要把他们这些无辜的孩子囚禁在这荒凉遥远的地方。他和这个做了皇后的女人有着不共戴天的仇恨。他永远不能原谅这个歹毒的女人。他发誓有朝一日他如果能够见到她并且接近她，他想他是决不会放过她的。他要杀了她。他要用这个女人的血祭他可怜父亲的亡灵。他目睹了父亲在郁闷中的悲惨的死。他觉得他的父亲实在是太可怜了，他要为他的父亲报仇。

然而就在这个少年武三思的满腔仇恨中，也还夹杂着某种莫名其妙的期待。他隐忍着，并坚信某一天，他的这个冷酷的姑母一定会把他接回京城。他不知道是从哪儿来的这种预感。大概便是他和他的姑母到底血脉相通吧。于是他等待。这一天。他知道能帮他实现返京梦想的，只有一个人，那就是他恨得发疯的这个女人。

皇家的马车终于停靠在了那扇紫红色的大门前。在此之前，武三思似乎已经体验到了那种衣锦还乡、扬眉吐气的感觉。他说不出自己到底是一种什么样的心情。总之一切太复杂了。首先是恨，是复仇的愿望，而其间又似乎还有朦朦胧胧的爱或者感动。

在京城的一个简朴的府第中，武三思见到了他阔别多年的堂兄武承嗣。承嗣也是刚刚从岭南的瘴湿之地返回，风尘仆仆的两兄弟见面后几乎没有什么话。他们分别多年，又偏隅一方，所以他们差不多不认识。

他们被幽于这个清冷的院落中休养生息，并被换上了十分体面的朝服。他们只知道暂时幽禁于此，是为了等待皇后的接见。三思和承嗣见面之后才知道他们的父亲都已经死了。是父亲的死提醒了他们依然身处险境。尽管他们回到了京城，难道就不会是皇后要将他们斩尽杀绝吗？他们这样想着就更是心怀惴惴，不知道此番返京是祸是福，更不知他们会不会被皇后派来的刺客所刺杀。

这种疑虑重重、生死未卜的感觉使他们在等待着觐见皇后的第一个时辰都心有余悸。他们的这种惊恐和担忧完全是建立在对皇后的最基本的认识上，那就是他们的父亲都死于皇后的那一纸奏文。为此他们坐卧不宁，夜不成寐。再这样一天一天地等下去，他们就要崩溃了。然而他们就是这样在极度的恐慌中等待着，煎熬着。那种一天长于百年的感觉。他们想，与其在这里惶惶不可终日地等死，还真不如回到岭南或遥远的深山，在那里，至少不会受到心灵的如此折磨和摧残。

事实上真正的局面远没有武氏兄弟想象的那么可怕。如果他们知道皇后是真想把他们接回朝廷，留下武姓的根，也许就不会终日惶惶如惊弓之鸟了。在此之前，武后的所有兄弟都已经死尽，就是被她赐予武姓，指定为武氏家族唯一继承人的外甥贺兰敏之也因忤逆了她，而被她杀死。其实这就是皇后为什么要把少小就离开京城的武承嗣和武三思匆匆接回官中的原因。这两个在遥远的流放之地长大的翩翩少年，事实上已经是武氏仅有的男性子嗣了，而贵为国戚、声名显赫的武姓又不能一天无胄。是不是该把承嗣和三思接回来？这也是皇后几经筹谋之后决定的。就像当年是不是将他们的父亲元庆、元爽赶出京都，也是武皇后在沉默了很久之后才痛下决心的。她当然知道这两个从小受尽磨难的男孩子会恨她，甚至还怀抱着为他们的父亲报仇的愿望，但是她同样知道，她能够制服他们，而且易如反掌。她会让他们从此乖乖地臣服于她，并会死心塌地地为她做武姓继承人的。

而两兄弟不知道姑母的这一片苦心。他们日复一日地在惶恐不安中等待着。这种幽于别所中的等待在某种意义上有点像熬鹰。在凶猛的鹰隼没有被驯服之前，猎人便通常要用黑布蒙上它们的眼睛。让它们什么也看不见什么也不知道。遮住眼睛的黑布使它们永远处在黑暗中，永远是不尽的长夜。这样旷日持久，直到有一天它们俯首听命。不会再逃跑，也不会再伤及它们的主人。它们会心甘情愿且竭尽全力地为它们的主人服务。它们会被放飞，把它们鹰隼的凶猛全部用于主人所要猎取的那个目标。而三思、承嗣就是武皇后手中的这样两只生气勃勃的小鹰。

如此，这两只武姓的鹰隼就在这忐忑不安的幽禁中被熬了出来。待到觐见姑母的这一天终于到来，他们即或是没有完全地被驯服也肯定已经是英雄气短了。更泯灭了那种复仇的愿望。这一回他们是真的要进后宫了。他们是偏僻地区的平民百姓，根本就不知道真的皇宫是什么样。所以，想象中巍峨壮观的皇宫使他们望而生畏。他们手脚冰凉，周身颤抖，他们是战战兢兢走进皇后政务殿的休息室的。他们哆哆嗦嗦地伫立在门边，几乎没有了思维，更不会想到他们死于忧忿的父亲们了。

他们跪在地上叩见姑母。他们不敢抬头，只看见眼前是那由一串串玉石连缀起来的珠帘。他们知道在那珠帘的背后就一定是他们的姑母了。但是他们不记得她了，他们只在民间听到过关于这个女人的绝顶美丽的传说。他们趴在地上，将头撞在石板地上，叩出胆战心惊的响声。依然是生死未卜，他们的心仿佛要跳出胸口。他们不知道下一个时辰等待他们的是什么，他们也不知道，就在这翠帘之下，会不会就有飞刀砍来，将他们的头颅永远地留在这气势恢宏的政务大殿。

你们就是我的侄儿啦？怎么不抬起头来呢？让我看看你们。

武三思无法言说他当时的感觉。珠帘后的那一串浓郁的乡音使他突然有了种莫名其妙的感觉。有点温暖的。那种唯有亲人才会有的口音。那威严中的温柔。

你们终于回来了，真让我高兴。如今我们武家，就靠你们顶门立户了，你们是我的亲人，我一直在想念你们。干吗不起来？过来，让我看看你们。

在一阵玉石清脆而温婉的撞击声中，依然垂首跪在那里的武三思和武承嗣觉出了一种花的清香在缓缓向他们袭来。那么浓烈的花的香气，然后，他们就被那只温热而柔软的手拉了起来。仿佛在梦中。他们站了起来。他们抬起头，却不敢相信他们睁开眼睛所看到的。那么惊异的目光。仿佛不是人间，他们看到了什么？那个天仙一般的美丽女人。他们发誓从没有见过如此之美的女人。那美是无法形容的，是有着一种巨大的吸附力量的，是不容反抗也无法反抗的。那美所昭示的，似乎只有爱；而那美所导致的，似乎也只有无条件地服从，和永不背叛的忠诚。

这就是皇后武曌的力量。

这就是武三思们十几年来日日夜夜不停诅咒、时时刻刻咬牙切齿的那个他们憎恨的女人。

这是怎样的反差，怎样的不和谐。武三思们傻了，不知道是该相信自己十多年来的仇恨，还是该相信此刻这瞬间的敬爱。

这便是武曌，她以她女人所特有的武器，在刹那之间就破碎了两个英雄少年的复仇梦想。毕竟是她把他们从穷乡僻壤中接回，毕竟是她让他们重新过上出人头地的皇室生活。那么他们还有什么不平衡不满足的？从此，他们真的就像熬顺了的鹰隼或是喂饱了的走狗一样，紧紧跟随在他们这位皇后姑母的身后。他们对这个女人的忠诚，甚至超过了武皇后自己的儿女。他们从没有背叛过这个救他们于苦难之中的主子。他们为她可谓是鞍前马后，为她实现女皇的梦想立下了汗马功劳。他们也许并不真的爱他们的姑母，但是他们离不开她，离不开他们身后的坚如磐石的靠山。他们深知，只有彻头彻尾地依附于她，尽心竭力地为她服务，他们才能活着，才能生存，才能活得好，活得滋润，也才能永远高人一等，尽享荣华富贵。

就这样，武皇后的一个温暖的微笑，就泯灭了武氏兄弟刻骨的仇恨。于是新的一页掀开。武皇后说，来，来见见你的兄弟姊妹。我希望你们从此就是亲人了。你们都是我的孩子，我的宝贝。

婉儿像一株仙草。就那样在永巷那一道狭窄的蓝天下，纯纯真真地长大。在生活中她并没有什么想要的。她很满足，因为她根本就什么也得不到。于是婉儿自得其乐。及至稍大，便开始在母亲的督促下，每天坚持到后宫的内文学馆中去读书。后来读书便成了婉儿唯一的愿望。她不仅喜欢读书，而且刻苦。那是因为有一天她知道了她一直崇拜的那个女人就是从这里走向伟大的。那个女人对婉儿来说很重要，就像是照耀着她的生命的那一束中午的阳光。那是个甚至比母亲还重要的女人。婉儿爱母亲，但母亲毕竟柔弱；但那个女人却是坚韧而顽强的，那才是婉儿最最敬佩的一种女人的品格。婉儿觉得那个女人才堪称偶像，她虽然从没有见过她，但是她就是发自内心地崇拜她，她的不甘命运。于是婉儿也不甘。当然婉儿并没有信誓旦旦，但是她骨子里是想有一天能走出永巷，走出掖庭，走向朝廷的。那是她的志向和理想。一个小小的婉儿，读着书的婉儿，她竟然已经朝着这个方向，开始了一个小女孩的努力。

婉儿每日潜心读书。除了母亲，和掖庭中的其他宫婢几乎没有接触。清晨她总是踩着星月，听着房檐上玉石缀成的美妙的风铃声，走进那个有点暮气沉沉的内文学馆，听那个很老迈的但却有着很高学问的宦官老师为她讲课。那样的一位老人，儒雅而清高地，终日守候着文学馆中那一册一册的藏书，为没有人来读它们而扼腕叹息。他脸上布满皱纹，穿一身灰色的长袍，那么尖细而苍老的嗓音，说出的却全是世间的真理。所以婉儿觉得他了不起，她心甘情愿每日坐在这个枯燥而执着的老人对面，听他说这世道的沧桑。婉儿总是听他抱怨，说这后宫里肯来读书的人越来越少，真是江河日下啊。他说哪像武皇后当年，她总是孜孜不倦，整天长在这书本中。他还说皇后的确是一个聪明绝顶的女人，她对这些书中的道理，总有一种天然的领悟。她便是拿了这文学馆的书作阶梯，最终登上皇后的宝座的。谁说书中没有气象万千，难道皇后不是旷世英雄吗？然后老人说他老了。他老了这文学馆也就该关闭了。但是他会被关在其中，因为他就是死了也舍不得馆中的这么些藏书。

婉儿听着老人的教诲。她觉得她越来越喜欢老人，也越来越喜欢这文学馆中的书了，那是那个伟大的女人读过的书。婉儿想她愿意与老人做伴，就守候着这些书，就永生永世地读它们。

婉儿是在五岁的时候，被她的母亲郑氏牵着，走进内文学馆的大门的。那是她贵族的母亲的唯一选择。她并不渴求着婉儿能由此而走出永巷，那是她早就断了的念想，她只是觉得她的女儿该读书，她不想让这个有着高贵血统的女儿，有一天真的沦落为那种没文化也没教养只有着一副空洞美丽的躯壳的宫婢。所以她作出了这个选择。她深知婉儿唯有与书相伴，才能真正地心高志洁，出淤泥而不染。何况婉儿仅仅五岁，便粗通文墨，对文史显示出了一种强烈的兴趣，那么，她何不让文学馆好好雕琢婉儿这块美玉呢？郑氏夫人坚信，唯有这里，才是后宫里婉儿最适合待的地方。

于是，她们走进了那个黑洞洞阴沉沉但到处是书到处是灰尘的大房子。婉儿尽管很听话，但是她还是被吓坏了，她怕这黑暗，怕老师脸上刀刻一样的皱纹，怕房梁上结满的蛛网而房子里漫布着的那种被尘封的书的味道。婉儿紧紧地抓住母亲的手。她哭着，向外跑，她说她不要进来，不要来这里。而那个老态龙钟的师傅竟伸出鹰爪一般的枯瘦的手抓住她，用他那尖细的嗓音呼唤她，并用他矍铄的目光凝视她。婉儿奋力地挣脱着，她并且高声地哭喊着，她说我不要这里，我要回家。那一刻一向温和的郑氏突然变得残暴，那是第一次，她伸出手狠狠地打了婉儿，然后连拉带拽地把这个委屈的小姑娘揪了回来，把她硬按在老学士的脚下，让她磕头，从此拜老学士为师。婉儿抽噎着。做着母亲要她做的一切，直到极不情愿地坐在了老学士的书桌前。书案上是一支红色的蜡烛。那跳荡的烛光。那是婉儿在这个清冷的地方所感受到的唯一的温暖。

那时候婉儿只有五岁。五岁时的天真和明媚。她之所以能屈服下来，坐在古书中间，是因为她终于知道了那是母亲的愿望。母亲希望她读书，她就读书，因为婉儿虽小，但她还是谙知了年轻母亲的艰辛。郑氏虽然遭遇不幸，但是她的母性意识提醒她决不能沉沦。如果不是为婉儿，在事发的当时，当看见丈夫和公公被戮的那一刻，她真想就夺过那把沾着自己亲人的血的长剑，刺进自己的心窝，和最爱的人生死相伴，但就在那一刻，她听到了婉儿的笑声。那笑声是那么纯真，就悬浮在血色中的，那么灿烂而明媚。然后她就看见了婉儿向上伸起的那晃动的小手。她想抓到什么。什么呢？那血滴？或者，亲人的抚爱。那么小的婉儿。又是那么无辜。如果她也随了丈夫而去，那婉儿怎么办？便是这关于婉儿的念头，骤然间将她攫走。她发疯一般地跑向婉儿，在杀戮中把这个美丽的婴儿紧紧抱在怀中。那一刻她坚定了信念。她在心中发誓，婉儿死，我就死；而如若婉儿活下来，那么今后的路无论怎样艰辛，她也一定要活下来，仅仅是为了婉儿。为了她深爱的那个死去男人留下的血脉。

于是，在深深的永巷中，郑氏英勇地活了下来。她把她和婉儿的那个小小的木房经营得十分温馨，为了承载这个慢慢长大、无忧无虑的女孩的笑声和哭声。婉儿什么也不懂什么也不曾看见，那么郑夫人为什么要让她看到眼泪呢？她也不想让婉儿知道家门的不幸，她千方百计要婉儿相信的，就是她们母女天生就是住在这掖庭宫中，掖庭就是她们的家。她要婉儿相信并接受这个现实。唯有认命，她们才能活得欢乐。

郑氏安下心来，从此她的生活中只有一个目标，那就是全力以赴地培养和教育女儿。她想，即或读书不能使婉儿出人头地，但学习本身也会使一个女孩子的内心和生活变得充实。她鼓励婉儿学习，还因为这掖庭宫的环境太糟糕了。她实在不想让自己出身高贵的女儿像那些糊里糊涂、每日闲言碎语的宫婢们那样，最终成为那种无奈也无聊的女人，郑夫人便这样努力着。她的与生俱来的贵族气质和修养，无疑为婉儿营造了一个非常好的生长的环境。加之婉儿天生丽质，聪颖好学，使她果然在污泥一般的掖庭中，出落成了一株清清纯纯的仙草。那仙草一般的飘逸和洁净，以至掖庭中的那些微贱的宫婢们都不敢碰她，更不愿玷污了她。甚至，大家都宝贝着她，用最纯洁的一面面对着她，她们都宠爱这株青翠欲滴的小草。她是整个掖庭出类拔萃的女儿。

婉儿便是这样长大的。她继承了母亲的美丽坚忍和父亲乃至于祖父的才华。所以婉儿刚刚五岁，就懂了母亲的心。

她天生的聪慧，对知识的渴望，和在学习中的那种咄咄逼人锐意进取不断问着为什么的姿态，终于使郑夫人觉出了她的捉襟见肘、力不从心。她的学识终归是有限度的，这也就是她为什么硬要把小小的婉儿送进那个昏暗的甚至死气沉沉的内文学馆中，她坚信婉儿只有这样学习，才能成为一个真正的女人。

便是这样，从此婉儿每天孤孤单单地坐在那个老学士的面前，听他讲经论史，赋诗作辞，上着讲不完的课程。她坐在那里，睁大眼睛，用耳朵听着，也用笔记着。有时候老学士会停下来，咳嗽。咳嗽时他枯瘦的肩膀奋力地颤动。婉儿就看着他，等他。直到那咳嗽平息，那尖细的嗓音继续开始鸣叫着……

这样日复一日。从五岁的某个清晨开始。后来，婉儿就不知道在她幼小的单调的生活中，她还有别的什么事情好做了。后来她慢慢适应了那个老学士，她甚至喜欢上了那个老人，她觉得他真是博学多才，无所不知，他本身就是一个取之不尽、用之不竭的知识的仓库。那仓库里真是太神奇了。那是人间的一切。后来，婉儿觉得她此生能跟着老师学习，是最大的幸福。从此她就是这样，清晨踩着星月，踏进文学馆的大门，开始她充实的每一天。知识对于她来说，每一天都是新鲜的。

自然那个原本沉闷衰朽的内文学馆，也因为婉儿的到来而生动明亮了起来。从此老人也盼望着那株坠满露珠的仙草一样的小女孩的到来。他每天等她，然后倾尽全力地让她知道那古往今来天地之间的一切。

婉儿便是从老人那里，得知了当朝皇后早年被构陷于后宫的那一段历史的。也知道了武皇后就是在这个文学馆中奋力苦读，才有可能成为朝廷侍女，以至于最终成为伟大的皇后的。老学士当然没有对婉儿讲这个了不起的武才人曾经是怎样被先皇李世民宠幸，又是怎样因《宫廷秘录》中"唐三代而灭，武姓之女王昌"的字样所抛弃。更没有说这个在内文学馆勤奋学习的女人是怎样在做着太宗的宫女时，就开始与皇太子眉目传情并以身相许，以至于李治一经即位，服丧期满，就迫不及待将感业寺中削发为尼的武皇后接回了后宫。老学士当然也没有讲，那个女人是在怎样血腥地清除了王皇后和萧淑妃的障碍后，才终于荣登皇后宝座。那都是些不光彩的历史，是为尊者讳的。所以老学士不会对婉儿说这些，那时的武皇后正光焰四射，权倾天下，况且内文学馆中的这位老人还是真心热爱和崇拜武皇后的。他真心觉得这个女人伟大英明了不起。他说这样的惊世之才，千年也不会出一个，更何况，她还是个女人。他说他是由衷地为他曾教过的这个女人而感到无比的骄傲和荣耀。

老学士之所以对武曌怀有了如此之深的感情，还因为皇后不是那种忘恩负义的女人。如今在尔虞我诈的险恶中，过河拆桥的势利小人实在是太多了，甚至还没过完河，就开始为他们的恩人设置陷阱。但是武曌不是这样的人。如今她尽管做了皇后，并且垂帘掌管着天下大事，但是她还是时常会来探望她的恩师，希望请他做她儿子们的老师。只是老学士自己婉言谢绝，他的年事太高，又难舍内文学馆这块故土。他说他在这个岗位上待了几十年，他只想能留在他熟悉热爱的地方了此残生。于是皇后便也不再强求，反而不断为他添加俸禄，让他在自己习惯的地方安之若素，颐养天年。不仅如此，皇后还会常常回来探望她的恩师，单单是这一点，就是没有几个人能做到的，由此可见武皇后在老学士的心中是怎样的一番形象。

从此，皇后便成为了婉儿心中的一道阳光。她时时刻刻地从老学士的嘴里流到婉儿的心里，她便也时时刻刻照耀着婉儿。随着婉儿对皇后了解得越多，她就越是觉得这个女人伟大，重要。后来，婉儿就有了一个最大的愿望，那就是，哪一天，能在她读书学习的这个地方，见到那个伟大、非凡的皇后。然而久而久之，因为她总是没能见到皇后，她的这个愿望就成为了她的梦想。她总是梦想着，期待着有一天奇迹出现，梦想成真。

通常皇后来探望她的老师，都会提前通知，让来此读书的宫婢们回避。然而唯独那一次。那是一个寂静的下午，内文学馆中只有婉儿一个女孩在看书。就是那么突然的，仿佛从天而降，一个凤冠霞帔美轮美奂的女人就款款出现在昏暗的文学馆内。

仿佛一轮太阳。

骤然照亮了那个寂静的午后。

婉儿被惊呆了，睁大眼睛怔怔地站在书案旁。

武皇后在那些书架前来回走着，她用手轻轻抚摸着那浩如烟海的一捆捆竹简。她拿起一些书来，并仔细地掸掉那书上的灰尘。她脸上闪过的是一种迷茫的神情。然后，她才走近她的老师，对他说，我是多么想再来这里学习。和您在一起。这里给我力量，也给我一种心灵的支撑。只是我太忙了，也太累了，却只能独立支撑。武皇后又说，若是我的孩子们能到这里学习就好了。他们或许才会知道他们的母亲能有今天，是多么来之不易。但是他们不肯学习，也不想懂得奋斗的意义。他们只是坐享其成，而不思进取，那怎么会成为一个好的君王呢？圣上的身体越来越糟，我真的就快支撑不住了。没有人来帮我，无论是圣上还是我的孩子们。我不仅仅需要这皇室的安乐，我需要的是智慧，是力量，是能帮我把天下治理好的人才。

那一次皇后特意带来了太医，她要太医专门为老学士问诊下药。皇后认真地听着老学士的病情。她反复叮嘱老人一定要坚持服药，她最后说，我总是惦念着您的身体。就是坐在大殿上，我也会常常想着您……

皇后说到这儿竟潸然泪下，紧接着她就像一阵旋风一样地消失了。

婉儿依然愣在那里。她使劲眨眨眼睛，想证实她刚才是不是真的看见皇后了。

那一次，皇后并没有看见那个站在阴影里的满脸惊愕的小女孩。她心里只有她体弱多病的老师，和她无以倾诉的满腹的委屈。

那是婉儿第一次见到皇后。她简直不敢相信人世间还有这么美这么气度非凡的女人。这女人对婉儿来说实在是太重要了，是对她的生命的一次猛烈的冲击。

婉儿终于见到了那个女人。

皇后离开之后的内文学馆顿然失色，一片凋敝。老学士黯然神伤地坐在那里，低着头，久久没有说话。他背对着婉儿。他的肩背在不停地抽搐着。这样良久。

婉儿走过去。她站在老人的面前。她用纯净的大眼睛看着老人，她问他，你哭了？

这时候老人才意识到还有婉儿在身边。于是他问婉儿，你见到她了？

婉儿点头，说她真的很了不起。我爱她。

老人说，婉儿，来，咱们开始吧。

婉儿永远也不能理解她在赞美皇后时母亲脸上那似是而非的神情。那是种不置可否，又茫然无措，总之，母亲并没有和婉儿一样陷在那种见到皇后的兴奋与幸福中。婉儿为此很愤怒。这是第一次她不能理解母亲。于是她问母亲，难道皇后不美吗？紧接着她又步步紧逼，难道皇后不伟大吗？难道皇后没有才华吗？难道皇后不重感情吗？难道皇后不善良吗？难道皇后没有同情之心吗？

这是郑夫人永远也回答不上来的。然而婉儿依然不愿意放过她。她说，母亲难道就不肯说哪怕一句赞美皇后的话吗？母亲难道不觉得婉儿应当像皇后那样，怀抱着伟大的志向，从这后宫中走出去，成为一个对天下对社稷有用的人吗？母亲，你说呀。

婉儿这样逼问得紧了，郑夫人竟然落下泪来。这便更使婉儿百思不得其解，她跪在了母亲面前，她说，母亲，你这是怎么啦？你为什么要哭？难道我说的不对吗？难道皇后不好吗？可是我今天见到了她。我一看见她就知道了我爱她，而她日后也会爱我。

不，婉儿。郑夫人把她的女儿紧紧地抱在了胸前。她只说，以后不要再去内文学馆了，就待在家里，让我们长相厮守。

母亲，我愿意永远和你在一起，可这里毕竟是掖庭。这里的女人永无出头之日。您就忍心看着女儿永远深锁在这黑暗中吗？不，母亲，我不愿意永远待在这里，而只有皇后能救我出这苦海。她今天就和老学士说了，她需要智慧和才能，她需要有才华的人在她身边。

可是婉儿，那也绝不会是你。

可是如果是我呢？

没有如果。孩子，听妈妈的，你是永远不会被选拔到皇后身边的。我也不愿意这样打击你，但这是事实。你必须接受。别再去内文学馆，也别叫皇后再看见你了。

她根本就没有看见我。

那就更好了。孩子，回家来吧。有些事你不懂。那朝廷是险恶的，根本就容不下你这个纯真的女孩子。

就是说皇后也是险恶的了？

婉儿，你叫我怎么跟你说。

郑氏无以言说。那场血腥的杀戮是她所亲历的。而往事依稀。那当然是婉儿所不知道的。她那时候才刚刚出生，她怎么会知道她自己的祖父和父亲，就是被她今天所无比迷恋的女人杀害的。这样的家族血仇难道不该让婉儿知道吗？但是十多年来，郑氏没有向婉儿透露过哪怕一个字。她知道她们母女尽管逃脱了死亡，但后宫依然是险恶的。她不愿让天真烂漫的婉儿早早就了然这世间的险恶。她很难保证婉儿在获知了她的身世之后，还会如此的纯洁快乐，无忧无虑。而一旦婉儿疾恶如仇，一旦她意气用事忤逆了上边，那她们母女就真的在劫难逃了。郑氏在这黑暗的掖庭，含辛茹苦地把婉儿带大，她不希望她的女儿会由此身处险境，她要她的女儿活着。她要婉儿如花似玉地生长在她的翅膀下。她不想让她的女儿在仇恨中长大。仇恨太可怕了，它会像疾病一样毁灭掉一个人的全部良知。这些年来，她深知被浸在仇恨中的生活是怎样的痛苦，怎样的令她恐惧。她就恨，恨皇后，恨皇上。恨得她白天坐卧不宁，晚上夜不成寐。她甚至一千次地策划，一旦有了接近皇后皇帝的机会，她就一定会像荆轲刺秦王那样，撕碎了那两个毁了她美好家庭的罪魁祸首。她决不留情。决不原谅他们。她要让他们死，让他们的儿女去体验那痛失亲人的绝望和悲哀。可惜她从没有这样的机会。所以她就只能日夜被这复仇的欲望所煎熬。而她越是仇恨，就越是被不能复仇所折磨，她也就越是觉出了婉儿不应该仇恨，不应该被仇恨所困扰，甚至不该知道有仇恨，不该知道她的家族和她自己的悲惨故事。

这就是郑氏夫人难言的苦衷。她又该怎样对婉儿说呢？

也许，这也还不是真正让郑夫人悲哀的。十几年的奴婢生活，早就磨没了她的心性。她已经不再欲望不再梦想也不再期冀什么可能会发生在她和她女儿身上的奇迹。郑氏之所以垂泪，是因为直到今天她才意识到，她的女儿正在对她的未来怀抱着一种不切实际的梦想。而那恰恰就是因为，婉儿不了解她的身世，不知道自己就是那个被皇后斩杀的上官仪的孙女。她从小把婉儿送到内文学馆读书学习，并不是为了她能因此而走出掖庭。她们是走不出去的。就是后宫所有的女人有一天全都熬出了头，她们母女也永无出头之日。武皇后怎么会把她的仇人放出去呢？而婉儿又为什么要把她的一生寄托于她的敌人呢？想不到内文学馆的学习生涯竟使婉儿怀抱了这样一种非分的妄想，那么她当年把她送来这里，不是就害了她吗？那是心比天高、命比纸薄的残酷。郑夫人是了然这一切的，而她又不知该怎样把这个做着白日梦的女儿拉回来，拉回到现实的生活中。

于是，郑夫人沉默。

她不想打碎女儿的梦，又深知女儿的梦原本就是破碎的，只是她自己不知道。

婉儿又接着问母亲，你不是说，有算命先生说，及我长大，必秉国权衡吗？

那要你是个男孩才会成为这样的人。而你是个女孩。女孩子怎么能成为那种掌管国家社稷的人呢？

怎么不行？婉儿说，皇后不就是女的吗？

而坐在天子位置上的是皇帝。

可如今大唐的朝政又有哪一项不是由皇后决定的？

怎么可能？权秉天下的当然是圣上。

唉，母亲，你真的没听说吗？皇上早就不上朝了。他病得很厉害。现在临朝的是皇后。尽管她垂帘听政，不能名正言顺地坐在皇帝的龙椅上，她不是依然能把王朝管理得很好吗？

是的……是的……

郑氏知道，随着婉儿一天天地长大，她已经有了她自己对事物独立的看法，有了她自己的爱恨情仇。那甚至是她作为母亲，都不能左右了的。是内文学馆中的知识，打开了她的眼界，让她看到了自身以外的那个世界，甚至看到了那个对她来说纯属虚妄的未来。而这些对婉儿来说，才是悲剧性的，是致命的。郑氏一定要想方设法，在不伤害婉儿的前提下，让她看清自己的现状。

婉儿不再理睬母亲。因为她已经越来越感到了母亲的狭隘和目光短浅。她觉得母亲已经不能够理解她，更不能理解她的追求。她想那可能是因为母亲终日被囚禁于后宫中，不知道掖庭以外究竟是一种怎样的景象。母亲也没有见过皇后。根本就感受不到皇后是怎样的伟大，不了解皇后是怎样注重那些有才华的女人，更不信有一天皇后会把她带出掖庭。这绝不是婉儿的空穴来风或者自作多情。那是她的感觉。婉儿的感觉从来就没欺骗过她。她真的已预知了那个一定会属于她的未来。而那未来也必定是那个伟大的女人给予她的。婉儿坚信那一切。那绝非渺茫的梦想，而是就近在咫尺的希望。所以她必须为之努力，必须更加勤奋地学习，以缩短她和她的梦想之间的距离。

从此，婉儿的希望就附丽于皇后的英明上，常驻婉儿的心中。她每每坐在老学士的对面，听他讲书，而心里想的，却全是那个每日垂帘的皇后。她想象着那个女人怎样梳妆打扮，怎样临朝听政，她还想象着有一天她又是怎样来到她的身边，看她赋诗作辞。然后，牵着她的手说，婉儿，来吧，到我身边来吧，我需要你的帮助，朝中的政务太多了，我需要你来帮我打理……

婉儿便是这样梦想着。她爱皇后。皇后在她的生命中实在是太重要了。那是婉儿信念中的唯一一道光环。那光环照亮着婉儿成长的路。

太子李弘是武皇后最最疼爱的孩子。便是依靠这第一个儿子，武曌才真正稳固了她在后宫中的地位。原本压迫在她头上的王皇后和萧淑妃，便也因了弘的诞生，而迅速失去了她们皇后和宠妃的位子。从此弘在他母亲的护卫下，无忧无虑地长大。他舒舒服服地住在东宫，恬静而安然地生活着。也许弘太养尊处优太娇生惯养了，所以他尽管很快长成七尺男儿，却依然是懦弱的，单纯的，甚至是无能的。

历史中所记载的弘一生做过的最重要的一件事，就是他曾非常勇敢地私下探望过他的两个被深锁牢狱的姐姐宣城和义阳公主。她们是萧淑妃生下的两个可怜的女儿，也曾被高宗李治视为掌上明珠。然而连萧淑妃也已被武皇后所杖杀，那么又有谁敢站出来去保护这两个无辜的女孩呢？身为父亲的李治尚且不敢，那么还有谁？然而，终于李弘站了出来为他的两个姐姐伸张正义。弘尽管是李治和武曌的儿子，弘尽管懦弱无能，但弘是正直善良的。是宣城、义阳两位大唐公主在牢狱中的悲惨境地让弘不忍，于是他不得不在满朝文武的面前跪在了垂帘的母后面前，请求她，就放了那两个奄奄待毙的公主吧。

单单是微服私访狱中罪人就已经大逆不道了。而况弘又是不知天高地厚地在满朝文武的面前为两个姐姐求情，这就等于是在众人百官面前指责武曌的丧尽天良，这就等于是在羞辱他自己的母亲。那一刻珠帘后面武曌的愤恨可想而知。在她的无地自容的尴尬中，她被逼到了死角上。

弘当然并不知道他母亲曾怎样独自垂泪。弘还太年轻太幼稚，他也根本就不能理解母亲为什么要把萧淑妃所生的皇子皇女统统赶出皇宫。武皇后这样残酷地处置那些孩子自然有她的道理。是她在皇室里待得太久了，也是她曾经多少次目睹了这宫廷中为了皇权兄弟姊妹的相互倾轧和杀戮。她不想让这样的惨剧也发生在自己的孩子身上。她不愿看到做了太子的弘被其他兄弟杀掉，更不愿让纯洁软弱的弘拿起剑去伤害别人，让他人的血弄脏了弘苍白的手。无论杀人还是被杀都是可怕的。而武曌的孩子们必得远离那些可怕的事。但是可怕的事在宫廷里又是在所难免的。那么怎么办？那么只有武皇后挺身站在弘的前面，用她自己的身体去拼杀去搏斗，挡住明枪暗箭又将对手击败，从而为她的孩子们杀出一条通往安全通往权力的路。是她牺牲了善良正直才换来了她孩子们的善良正直；是她的凶狠残暴、心毒手辣才能让她的孩子们一个个仁义道德，洁身自好，并且能无忧无患、自由自在地在宁静祥和的氛围中长大。难道她错了吗？难道她不该杀了王皇后、萧淑妃，留待她们哪一日反扑过来，将她撕成碎片吗？难道她应该把萧淑妃的两个儿子和两个女儿继续留在宫中，等待着有一天他们羽翼丰满，再把她自己的儿子从东宫太子的位子上拽下来，让他们这些兄弟反目成仇，相互残杀吗？

武皇后独自垂泪。她悲愤。而悲愤之后是满腹的委屈。她想不到自己为儿子所做的一切，有一天竟成为了她儿子反对她的口实。那么如果照这样发展下去，如果弘再提出将被母后流放的两个兄弟上金和素节也接回来，她为之努力奋斗几十年的心血不是就付之东流了吗？这当然是绝对不行的。

武曌毕竟是武曌。她毕竟是这个天下、是古往今来都不会再有了的唯一的女人。面对几近置她于死地的儿子，武曌当即就做出了一副很通达的样子，仿佛太子所提起的是一件年深日久她早已忘记的往事。她说是应当将那两个女孩下嫁了。她还无限感慨地当着满朝文武赞美太子的仁德与善良。她说未来有太子这样的贤君，必定是天下和睦，四海安宁。她躲进寝殿独自垂泪，然后她很快就下令放出暗牢中奄奄一息的宣城和义阳。再然后她又把这两个公主下嫁给了朝中两个异常低微的小官，让谁对此都说不出什么，又哑巴吃黄连般满嘴的苦。

武皇后在做着这一切的时候，可谓有条不紊，不动声色。但是事过以后，无论是皇后自己还是太子本人的心里都非常明白，在他们母子中间，已经有了一重仇恨，一个难以解开的结。

从此太子开始疏远母亲。他已经越来越看清了母亲的歹毒，并且深知，以母亲的秉性，她是绝不会放过任何一个与她作对的人的，哪怕那个人是她的亲人，是弘。于是李弘开始对母亲处处提防，但终究还是防不胜防。道高一尺，而魔高一丈。最后，弘终于没有能逃脱母亲的狠毒。

于是很快。弘被鸩死于武皇后的合璧宫绮云殿，那是在一个其乐融融的家宴中。父亲母亲。还有兄弟姊妹。那才是真正的祥和美好，天伦之乐。然而，就那么突然地，弘便歪倒在地上，七窍中溢出的，都是青春的血。

这是这个家庭中第一个亲人的死。

这死便从此掀开了死亡的长卷。

家中最哀痛的那个人当然是母后。她紧紧抱着那个正在变得僵硬的儿子。她呼唤他亲吻他，不惜让儿子的鲜血染污了她的衣裙。无论这个有着反骨的儿子是谁杀的，哪怕就是她自己，是她自己在儿子的酒中下了毒，但无论如何她最疼爱的弘死了。也无论弘怎样地反抗她敌视她疏远她，但弘到底是她的儿子，她生了他养了他，这点是永远无法改变的。所以武皇后怎么能不伤心？她所不喜欢的，其实只是儿子那慢慢独立的思想，而那个年轻的生命和躯体，她还是深爱的。如今，她爱的东西和不爱的东西都随了那一杯毒酒而去，她从此就再没有弘了，再没有这个就住在近旁住在东宫的儿子了。她再也看不见他的脸摸不到他的手听不到他的声音了，哪怕是反抗她的声音……武皇后紧抱着她这个早逝儿子的尸体，绝望地哭着，任那个仅有二十四岁的青春生命在她的怀中消逝。

然而历史怀疑，武曌真的会爱护她的孩子吗？比起王朝社稷，比起地位权力，她的孩子对她来说，实在是微不足道。国家和权杖，才是至高无上的，才是她毕生的最爱。为了她的最爱，她将不惜以牺牲亲人的生命为代价。她宁愿献出一切。只不过，这一次为维护她的权力所付出的代价有点惨痛。她所失去的毕竟是她的亲儿子。她所流出的，毕竟是她心中的血。

武皇后真的悲痛欲绝，为此，皇后废朝三日，让天下同哀。再然后，武皇后不惜动用国库大笔钱财和万千民工为自己赎罪。她以天子的规格，在洛阳郊外为李弘修建了恢宏的陵墓。李弘的恭陵方圆百里，气势磅礴。以至于人们至今不知那是武曌为了寄托她作为母亲的不尽的哀思，还是为了掩盖她杀亲灭子的血腥罪恶。

太子李弘的暴死，自然也传到了后宫，传到了怀着青春的梦想在内文学馆内奋力苦读的婉儿耳中。后宫中的女人们，都知道太子是个非常善良又非常懦弱的年轻人。还知道这个与世无争、顺从驯服的太子，是圣上的掌上明珠，他的骤然离去，无疑对皇室是一个很大的打击。

而就在朝廷上下为太子的殒命而万分悲痛的时候，后宫中还有一股潜流在暗自行走，那就是在宫婢中广为流传的太子系皇后所鸩杀的谣言，这样的信息不胫而走，如瘟疫一般在后宫蔓延着，这无疑大大毁损了武皇后的形象，特别是动摇了武曌在婉儿心中的那种至高无上的也是不可侵犯的形象。如此，皇后便是可以侵犯的了。皇后亲手鸩杀了自己的儿子，那皇后又何以堪称那个大慈大悲、大恩大德的国母？皇后既然是连她亲生的儿子都容不下，她又怎么能容天下？偶像正在坍塌。这才是让婉儿最最伤心的。她曾经是那么热爱她崇敬她，她甚至为了皇后而跟母亲争吵不睦。在婉儿那种青春少女的心中。最大的伤害莫过于有人来抢夺走她心里的那一片圣洁了。如果信念倒塌，而那信念又是她自己为自己建立的，那么还有什么？信念已无足轻重，关键是她会连对自己都失去了信心。婉儿伤心极了也痛苦极了。她不愿意听后宫那些下贱的婢女们得意地把那些污言秽语如脏水般地泼在皇后的身上，她甚至因此而迁怒于太子，她认为是太子的死使皇后无辜背上了恶名声。

于是婉儿去问老学士。

老学士的沉默不语使婉儿意识到其中必有他难言的苦衷。

那么就是说那不是谣传了？是皇后真的杀了她的儿子？不，那不是真的。皇后怎么会去杀太子？她爱太子，她是太子的母亲呀！天下哪有母亲杀儿子的？不，圣明的皇后怎么会去做这种事？不，那不是皇后，公公，你说呀，那不是皇后干的，对吗？

老学士无言以对。当婉儿逼得急了，最后他只能摇摇头说，孩子，这人间的事情不是人能左右的。

婉儿对老学士的回答似懂非懂。婉儿便带着这伤痛和疑虑回到了家。她没有对母亲提到这心中的愤懑，她想反正母亲对皇后是怀着偏见的，她当然会轻信那些谣言的。

于是，太子被鸩杀的事成为了婉儿和母亲谈话时的一个禁区。她们谁都小心地绕过那个话题。只是到了睡觉之前，郑夫人突然莫名其妙地抨击起了那些专爱传播谣言的后宫婢女们。郑夫人说，别去理她们，都是些长舌妇，就会制造流言。好像除了造谣惑众，她们就没有事情可做了。她们恨所有比她们好的人，整天像饿猫似的睁大眼睛到处搜寻着。听见风就是雨，甚至没听见风就有了雨。把白的说成是黑的，你怎么能相信她们呢？

郑夫人的话让婉儿有点摸不着头脑。她睁大眼睛望着母亲，不知道母亲是真的不信那些关于皇后的流言，还是仅仅为了平息她满腔的怨愤。她有点疑惑地面对着母亲。她想让母亲告诉她事情的真相。但是她最终还是什么也没问。她可能也是害怕真相的。

而对于武皇后鸩杀了她自己的儿子的传言，郑夫人其实是深信不疑的。以她自己所亲历的那场家庭的大灾难，那个心狠手辣的皇后又怎么不敢杀了自己的儿子呢？既然是太子为了两个姐姐而敢于同皇后对抗，既然是太子敢揭母亲的疮疤并且敢当众羞辱她，皇后又为什么要容他呢？以杀戮而清除异己，在皇后那里早已是家常便饭。而死在皇后刀下的人，也早已尸骨成堆，又何必在意添上一个她自己的儿子呢？

皇后就是那个凶手。这是确定无疑的。这是郑夫人毫不犹豫的判断。但是她却并没有把她的这个判断告诉女儿。郑氏到底是郑氏，她终于没有把她的想法说出来，就像是她始终没有把她们家族的恨事告诉婉儿一样。她不愿意打碎女儿的梦想。她或者并没有意识到，在女儿这样的女孩成长的过程中，是需要有一个梦想来支撑的；但是郑夫人却深知，一旦婉儿也深怀了他们这个被皇后所灭绝的不幸家族的深仇大恨，那婉儿的性命便也就危在旦夕了。

所以郑夫人说了那些抨击后宫长舌妇们的话。她甚至说了任何的母亲都爱她们自己的孩子，只是爱的方式不同罢了。

然后婉儿安静地睡着了。

第二天清晨，婉儿醒来。她说她做了一个梦。梦见皇后。皇后说她没杀太子。太子是死于政治。那么政治又是什么呢？

幸好武皇后有很多儿子。幸好当弘逝去之后，他还有三个兄弟可以依次搬来东宫，接替他太子的生涯。

首当其冲的便是李贤。李贤当时二十二岁。正是英姿焕发，风华正茂。李贤是极不情愿地搬来东宫的，他更不愿意从此在母亲的监视下生活。

贤是朝野尽知的一位风流才子。但是贤却从来没有把他的才华当作负担。尽管他从小就迷恋读书，且一览不忘，被他的父亲高宗李治看作是他所有儿子中最有才华、也是最堪担重任最适合继承王位的。但是兄弟中排行第二的位置，便使贤天然失去了可以成为一代伟大君王的可能性。但贤并不为此耿耿于怀。可能是因为他的智慧通达，再加上他对手足之情的看重，使得贤从未有过对皇位的觊觎之心。于是在弘死去之前，贤始终和弘保持着一种亲密无间的兄弟之情。他爱他的哥哥，但同时也很惋惜弘的懦弱和孤僻内向的性格。贤是怀着那种哀其不幸又怒其不争的心情去看待弘的，同时又很谨慎地袖手旁观着。他是能够准确地找准自己位置的那种聪明人。他很懂事。他从一开始就把自己结结实实地安置在了沛王府中。娶妻生子，骑马狩猎。远离权力争斗的中心，过上了一介风流皇子的潇洒而太平的生活。

　　贤亲眼目睹了李弘在朝堂上逼迫母亲释放两个姐姐的那一幕。那一刻贤真是出了一身的冷汗，他觉得他简直不认识他这个哥哥了，更不知弘为什么要出此错棋，将母亲和他自己陷于被动与无情中。那一刻真是太可怕了。而且贤当即就意识到了弘的死期不远。二十二岁的李贤当然了解这宫中的你死我活。但是他真的不愿意看到在自己最亲的亲人中会发生如此冲突。不。为什么要这样？弘在为那两个本来和他没什么关系的公主请命时声泪俱下，而坐在珠帘之后的母亲也已是热泪盈眶了。怎样的剑拔弩张。又是怎样的一触即发。贤实在不愿看到这些，不愿这皇室中的恩怨被扩展到朝廷上来，让百官嘲笑。如此的一发而不可收。贤知道这样的冲突对立所造成的一定就是彼此的仇恨和报复。后来的情形果然被贤不幸而料中。弘从此与母亲愈加地疏离。在疏离中他更加孤僻抑郁，乃至于绝望，崩溃。而母亲呢，则在尴尬之中收拾着残局。但是看得出在表面的大度中，她已痛下了决心。她是不会放过这个当面羞辱她、反抗她的儿子的。她要拿出对付一切敌人的铁腕来整治她的儿子。父父子子，君君臣臣。道理是一样的。无论谁有悖纲常，都将付出代价。

　　李贤太了解他这个实际掌管着天下的母亲了。他将他的这个母亲看得很透，既看透了她的英勇顽强、意志坚定，又看透了她的凶狠残暴、笑里藏刀。贤知道母亲为人处世只有一个原则，那就是顺我者昌，逆我者亡。这是她身边任何人难逃的法则，哪怕是她的亲人。所以贤总是离他的母亲远远的。他总是逃避她，疏远她，从不和她拉扯母子亲情。贤总是庆幸自己是母亲所生的第二个儿子。更庆幸有弘这样善良的哥哥从小就在太子的位子上挡着他，也就是保护着他。贤需要这样的保护。需要弘的这种保护所给予他的那种安全感。他因为在弘忤逆了母亲之后，才格外地为弘担心。他不知道会发生什么，但是却知道一定会发生什么。于是他忧心忡忡地等待着。他知道那一天就要到来了，弘是突然当不成太子了。他很怕哪一天母亲会宣布废掉弘……那么接下来的又会是什么呢？贤一想到这些就不寒而栗，以为末日来临。

　　然而，那还是贤所没能想到的。弘竟然并没有能等到他被废的那一天。

母子间的仇恨和对立终于被解决，竟是在一场和和睦睦的家宴中。那么神奇的。魔术一般的。父皇母后来了。兄弟姊妹来了。弘终于也来了。但旋即便消失了。而且永远永远地消失了。

那就是母后，以她独有的方式。她甚至都不忍心向天下宣告她要废黜她最最亲爱的儿子。她不想以这样的方式羞辱弘，于是她宁愿杀了他。也许这才是母后心中叛逆儿子的最好的结局，让弘暴死在太子的位子上。是天灾人祸。是力所不能及的。是命，也是母亲挽回她的面子她的尴尬的最好的台阶了。她没有理由因弘的正直就剥夺了他的皇位继承权，但是，她却可以因弘的暴死而将这个令她无比失望的儿子淘汰出局。这是何等的大手笔。这便是母亲，和她的威严、微笑背后隐藏的杀机。

这杀机是在弘抱病走进母亲的合璧宫绮云殿时，贤便在母亲的满脸柔情中看到了。母亲的那么关切的目光。还有隐藏在关切背后的那深深的惋惜和伤痛。贤想，那一定就是有了结果了。那一定是母亲已经痛下决心了。她一定是已经知道她就要永远失去她的这个儿子了。于是她才会那么真诚地关爱着弘，那么细心地询问着弘的病情，并尽释前嫌地轻声告诉弘，忘了那些吧。让往事随风而去。她是母亲。她是爱弘的。从弘一出生，她就深爱他。而这爱永远不会变，无论在哪儿，这深爱都会永远地绵延不绝地伴着他……

母亲的话音几乎未落，那一刻就到来了。

那是怎样的一场家宴。生病的父皇，慈爱的母后。兄弟姊妹。一个不少地聚在一起。全家人。其乐融融。觥筹交错。但是贤却看出了这是他们这个幸福家庭的最后的一次团聚。最后的一次。团聚。然后就是支离破碎。一个破碎的家庭。又何谈爱的永远相伴，绵延不绝？然而这仅仅是一个开始。可是一旦开始……

贤不寒而栗。

几乎是转瞬之间。贤看到了什么？父皇看到了什么？而兄弟姊妹们又看到了什么？母亲的安排终于有了结果。她的那爱的誓言还没有消失，还萦绕在奄奄一息的弘的耳畔。弘是带着母亲的微笑和爱的陪伴走的。所以，尽管他的耳目口鼻中全都淌出了鲜血，但是他的神情还是安详的，是获得了毕生最大的慰藉的。然后是母亲的真的伤痛和悲哀。母亲没有表演。她真的抱起了弘流血的身躯，亲吻着他并且呼唤着他。然而无济于事。她是知道的。因为那一切都是她安排的，也是她所期盼的结果。

贤没有哭，在那一刻他只有一个念头，那就是，这是必然的。他承认这是母亲最智慧的选择了。她尽管丢失了她的一个儿子，却稳固了她说一不二的权威。

贤没有哭，但却非常害怕。与其说他看到了弘的死，还不如说他看到了自己所要面对的那深刻的危险。一旦在他们兄弟姊妹中动了杀戒。那么杀一个和杀两个又有什么区别呢？所以贤很害怕。此时此刻，他恨不能不是他自己，而是他的弟弟英王李显、相王李旦，或者干脆是那个根本就没有继承权的太平公主。他知道他从此要面对的是什么，他也知道父皇以及满朝文武对他的期望是什么。他更知道，母亲对他的要求是什么。

不，李贤不要面对这些。他不要成为太子，继承皇位，那不是他喜欢的事。他不管那是不是父皇母后的期望。他必得违抗他们，伤他们的心，他必得远离东宫。他之所以盼望着离开是因为他知道东宫就是他的坟墓。他爱父亲，却深知父亲的软弱和有名无实；他爱母亲，却更了解这个女人的歹毒和大权在握。他无法在这种混乱的君臣关系中生活。但死生有命，也是李贤所谙知的。

于是，当弘的葬礼结束，当贤不得不搬进东宫，他就非常睿敏地为自己选择了一条足以抵御危险的太子之路。而其中最最关键的，就是不要让母亲觉出他是个咄咄逼人的危险的人物。贤的这种创造性的选择，后来被他最小的弟弟承袭了下来并发扬光大。且便是依靠这种无足轻重的生存方式而如履薄冰地终于寿终正寝。这是武曌的五个儿女中，唯一走完了人生的。尽管那人生也是风风雨雨，起起伏伏，但是且走完了它。

而贤是什么人？贤尽管明智地选择了恬淡人生，但是他骨子里到底是那种咄咄逼人，任情任性。他天生的聪明才智辞采风流是武皇后的骄傲，但同时也是对这个有着无限权欲的母亲的威胁。

但是无论如何，在最初的几年里，贤还是做得很好的。他非常成功地做出了对政事漠不关心的样子，让掌管政事的母亲高枕无忧。而不问政治又不能高高挂起，他必得寻到一个能远离政事的载体，那便是他全身心投入的一项学术的研究。那也确乎是一项他非常喜爱的学问。

公元 675 年，贤在弘逝去两个月后接替太子的位置搬进东宫。自搬进东宫开始，他就启动了一项对范晔所著的《后汉书》进行注释的工程。这是一项浩繁的工程。必得长年累月方可完成。为此李贤广招学士，潜心著作，从此便陷入了那片浩瀚的历史中。贤可能是真的对那段后汉的历史发生了兴趣。而对于那段历史的漫长解释，又恰好成为了贤的远离朝政远离母亲，自然也就远离了危险的宁静的港湾。贤归避于此，又被这历史的深意所陶冶。总之整整六年，贤深陷在这注释《后汉书》的工程中。他的这一番选择，不仅被李治大加赞赏，就是武曌也不得不对贤的建树心悦诚服。

在太子李贤兢兢业业修注汉书的时候，后宫中那个始终在内文学馆勤奋苦读的上官婉儿也开始出落得清清秀秀，袅袅婷婷。婉儿天生丽质，源自于她所出生的那个高贵的家庭；而多年来文学馆内那孜孜不倦的学习，又为这个美丽的女孩子平添了一种优雅的气质。那是种由知识的拥有所形成的一种特殊的气质。那不是一般的美丽，而是比美丽更为深邃的一种东西。思想，或者，能够洞穿一切的那种生命的力量。

婉儿梦醒的时候才知道，那不是梦。

老学士就坐在对面的那把破旧的椅子上。他也确实是刚刚说完了那个让婉儿无比震惊的消息。

皇后真的要召见我？婉儿真的不敢相信。

老人郑重地点头。混浊的目光中那朦胧的欣慰。

她为什么要召见我？

她需要你这样的女孩在她身边。

我是怎样的女孩？

聪明的有才华的。

明天？

是的，明天？

那我可不可以回去告诉母亲？

去吧。不过要快点回来。我们今天一定要把这最后的几章读完。

那么我今后还能来读书吗？

恐怕很难了吧。

为什么？

你要被皇后带走。

去哪里？

朝廷。

朝廷又是什么样？

你会喜欢那里。

又是为什么？

因为你满脑子里装的都是朝廷，你熟悉那里，也知道该怎样在那里生活，就像是皇后。

可是我读的是书，是文学和历史。

所以你才能够在朝廷中如鱼得水。

如果我想你了呢？

就回来看我。

如果你病了呢？

我会照看自己。

如果你孤单了呢？

有书相伴。

如果你想我了呢？

就看天上的太阳。

婉儿飞快地跑回家。那时候天色还很早，掖庭宫的永巷里一片寂静。婉儿飞快地跑着，怀着一种莫名其妙的喜悦和激动。皇后要召见我了。我要去朝廷了。朝廷什么样？她又会见到什么人？十几年来，婉儿从未迈出过掖庭一步。除了母亲、老学士和那些宫婢宦官们，婉儿根本就不知道那高墙外面的世界是什么样，更不知皇宫是怎样的气势磅礴。所以她兴奋。她飞快地跑着。她的急促的脚步声和她的心脏的怦怦的跳动。她甚至听不到清晨从终南山飞来的鸟儿的歌唱。那是她平常最最在意的但是她此刻不再在意了。她几乎是一头撞进她的小屋的。她高喊着母亲，便也一头撞进了母亲的怀中。

郑氏夫人吓坏了。她使劲抱住那个气喘吁吁满头是汗脸蛋红扑扑的婉儿，问着她，怎么啦？孩子，出了什么事？

母亲，我说过吧，那不是梦。

你在胡说些什么呀？到底怎么啦？你不是刚刚去读书吗？是老学士？老学士他……

母亲，你瞎猜什么呀？听我说，是皇后。

皇后怎么啦？郑氏骤然间脸色苍白。

皇后要召见我啦！

你说什么？郑夫人惊呆了。你再给我说一遍。

皇后要召见我啦。就在明天。我说过的这绝不是梦。母亲，你难道还不相信吗？

皇后要召见你？不，婉儿，她要把你怎样？

她要把我带到朝廷。母亲，我的梦想成真了，这简直是奇迹，我真是太高兴了。

可是，不，婉儿，不要去，不要跟她走。听话。孩子，留下来。我们在一起，生死相伴。郑夫人说着，便更紧地抱住了婉儿。她的脸色苍白，甚至眼泪都流了下来。她紧紧抓住婉儿，仿佛婉儿就要被抢走似的。

母亲，你到底是怎么了？这一次婉儿奋力挣脱了母亲的拥抱。你是什么意思？你怎么能这样？我又不是去送死。这是好事呀！

是的，也许是好事。只是那地方太险恶。可你才那么小，你不知道……

这和险恶有什么关系？你要知道，我是和皇后在一起。和皇后在一起还有什么危险吗？皇后需要有才华的侍女在她身边。而我恰好符合皇后的条件又为什么不去？对这掖庭的任何一个宫女来说，这都是个千载难逢的机会，可是，母亲却不许婉儿去，这又是为什么呢？母亲如果不是为了日后让婉儿有所作为，不被这掖庭深巷锁上一辈子，干吗还要送我去内文学馆读书？

那么，老学士怎么说？

就是老学士力荐的婉儿。

他？他怎么能……郑夫人没有说老学士怎么能把婉儿往火坑里推。也没有说，婉儿你知道什么？你哪里看到过咱们上官府邸被皇后杀戮的血腥场面。郑夫人早已经魂飞魄散。她丢下婉儿，便像婉儿一样急切地赶到了内文学馆。接下来郑氏同老学士的一段对话，是婉儿没有听到的。郑氏依然眼泪涟涟，周身颤抖，一副如丧考妣的惊恐和绝望。她有点愤怒地问老学士，这是为什么？为什么要把婉儿往那火坑里送？

她需要婉儿这样的人才。她身边的那些人都是草包。

那婉儿不是去送死吗？

我了解皇后的为人。不论是谁，只要他有真才实学，皇后都会以诚相待。

她知道婉儿是谁吗？

她当然知道。但是她更知道婉儿是文学馆中最出色的孩子，她相信我。

她难道忘了她与上官一家的仇恨？

最近武承嗣和武三思也被皇后接了回来。他们的父亲也都是死于流放。父辈的罪名怎么能继续背在后代的身上呢？这一点，皇后从来是清醒的。

可是，婉儿还那么小。她一旦不懂事忤怒了那个女人……不，我真的不能让婉儿去。十四年来我含辛茹苦将婉儿带大，就是为了能留下上官家的一个根苗。婉儿是那么可爱那么纯真，不，我不能让婉儿去，我……

你难道要婉儿在这掖庭的破房子里待一辈子吗？那就是你对婉儿的爱吗？朝廷也许是险恶的，待在皇后的身边也许是不安全的，但一个人只有待在险恶中，只有在不安全的环境中搏斗，才能体现出他的价值，也才能成长。你把婉儿留在身边也许是安全的。让她永远生活在你的羽翼下，永远不见天日，不见世面，甚至放弃掉这次千载难逢的机会，迟早有一天，婉儿会埋怨你，会恨你的。她从此折断了翅膀，不再会飞。仅仅是为了满足你作为母亲的安全感，夫人，请想想那值得吗？而且，她就是留了下来，你们母女就一定会安全吗？你难道就不能放婉儿去闯闯，说不定她会为你们闯下一个新天地呢？

只是……

不要再犹豫了。何况事已至此，是什么都不会改变了。明早，皇后就来。再说，那不是婉儿的梦想吗？就成全孩子的梦吧。只是要千万记住，不要对婉儿说什么。那也是皇后的意思。到了她该知道的时候，她自然也就会处置那一切了。

第二天清晨。

那个决定一切的时刻。

皇后果然轻装简从，准时来到了内文学馆。此刻，皇后春风得意。李弘暴死的阴影早已烟消云散，而新太子李贤埋头训诂他所无比热衷的《后汉书》，对母亲的政事不闻不问，给了武曌在朝廷中自由驰骋的无限空间，让她无比放松，心情愉快。此间唯一让皇后担忧的，就是高宗李治每况愈下的病弱之躯。但那也是命中注定，武曌和御医都无回天之力，而武曌觉得她对圣上最好的报答，可能就是尽力打理好朝政了。让国泰民安来抚慰吾皇病弱的心灵。

在朝廷中出没往返，游刃有余，使武皇后越来越坚信自己掌管天下的能力和才华。她不再怀疑自己，倒是对身边那些愚笨僵化的朝相们，越来越觉得不满了。她太需要一些年轻的有朝气也有才华的人来打破这朝中的沉闷了。那是皇后所再也不能忍受的一种窒息，所以她才一直呼吁要不拘一格选拔人才，而她的这一提议在实现起来的时候，又是那么举步维艰。她知道是那些李唐的老夫子一般的旧臣们在阻碍着她。而她又不能明目张胆地赶走他们，毕竟圣上还活着，也毕竟这是李唐的王朝。尽管是她武曌在实际掌管着王朝，然而她却也只能是以皇后的身份，为李唐垂帘听政。她便是在这诸多的无奈中向她内文学馆的恩师求助的。

便是这上官婉儿。老学士斩钉截铁甚至是没有商量余地地举荐了这个聪慧明敏的女孩。

只有她？皇后有点踟蹰地问。

臣以为只有婉儿。老学士再一次肯定地说。

你真的力荐这个女孩儿？皇后也再一次追问。

我保证，她会帮助你的。

何以见得？

那是我的直觉。就像是当年我相信你会有今天。

你是说这个上官仪的孙女？你以为我真会用这样的人吗？她就像是一把匕首，隐藏在我身边。她随时会把复仇的利刃刺进我的胸膛。你以为我真该如此愚蠢地引火烧身引狼入室自讨苦吃吗？不，我不会要她的。她纵是有天大的才能我也不会用她的。就让她死在这掖庭吧。别做美梦了。告诉我，这后宫难道就没有别的什么可供我挑选的人了吗？

老臣以为，除了婉儿，就真的没有了。

你就那么肯定？

以皇后的雅量，难道容不下一个区区婉儿？而且以臣之见，你摒弃前嫌，大胆启用上官仪的孙女，所换取的，定然是满朝文武的更加心悦诚服。就是那些李唐旧臣，也不能不因钦佩你的勇气和度量而对你折服。这是一举两得的好事，既左右了文武臣相们的人心向背，又俘获了一个出类拔萃的人才。臣以为，以殿下对婉儿的恩德，必将换来她的涌泉之报。何况婉儿并不知道她的身世，今后也不会知道。更何况她是那么崇拜殿下……

如果真是这样，那么好吧，就让我们一道来冒这个险吧。传婉儿。我倒是要看看这个婉儿究竟值不值得我冒这个险。

然后，婉儿的那个梦寐以求的时刻就来到了，对于婉儿来说，这是她一生中唯一的一次应试，而且是在皇后的面前，在她最最热爱最最迷恋也是最最崇敬的女人面前。那是种怎样的惊心动魄，怎样的地动山摇。然而婉儿不怕。不怕也不紧张。她淡淡妆，天然样，十分得体地走到武皇后面前向她叩谢请安。那是怎样的优雅大气，又是怎样的质朴纯真。不卑不亢中的毕恭毕敬，默默无言中的满心期待，这就是婉儿。婉儿一出现就攫走了皇后的心。她真的在她的侍女中，从没有见过婉儿这样的女孩子。她几乎是一见到婉儿，就喜欢上了她。她说不清这是为什么。只是心灵中的一种触动。她看着婉儿，那欣赏的心情溢于言表。

然后婉儿便在桌前奋笔疾书，依次为皇后命题作文，草拟诏令，又赋诗数首。婉儿也不知哪儿来的力量，大概就是因了她是在她深爱的女人面前，是因为她日后太想和这个伟大的女人在一起了，所以婉儿那天的应试，可谓是一种超常的发挥。一切都得心应手，又一切都尽善尽美尽如人意。当应试结束，婉儿抬起头，她从皇后那里看到的，是惊喜而爱慕的目光。

这可能就是她们主仆之间君臣之间第一次的相视，而又是相视无言了。婉儿怔怔地看着皇后。那么直率的目光，那掩饰不住的欣喜和热爱。

在相视良久之后，皇后才不得不把她的目光移开。她知道了她喜欢这个女孩，喜欢她那种没有做作，也没有故意矫饰的天然姿态。她即刻想到的，还有她的女儿太平公主。她甚至想到应该让婉儿这样聪明绝顶的女孩常常同太平公主一道玩儿，公主身边的那些侍女实在是太傻了，竟然没有一个抵得上这个永巷生长起来的孩子，看着婉儿那痴迷的目光，和只有掖庭中女孩才会穿的那深棕色的麻布衣服，皇后仿佛又回到了她十四岁时刚刚被选进后宫住在掖庭的那段日子里。可能就是那段伤心的回忆触动了皇后的恻隐之心；可能皇后就是为了怜惜自己，才不忍让这个同是十四岁的多才多艺的女孩终生埋没在永巷的灰尘中。

皇后想了很多。

皇后也想了很久。

那是一段很长久的沉默。然后，皇后站起来，并伸出手拉起了一直跪在那里等候着最后裁决的婉儿的手，武曌说，我已经五十岁了。

武曌又说，愿意和我走吗？那么，就来吧。

婉儿情不自禁地把皇后的手，紧紧贴在了她的嘴上。

***

当三个可怜的孩子被赐死之后，他们的尸体被掩埋在洛阳城郊那荒凉的邙山上。至高无上的女皇突然又一道旨令，说她要离开洛阳。说她要穿越八百里秦川。说她要回西都长安。

女皇仿佛是在匆匆忙忙地逃跑。就仿佛当年，她杖杀了王皇后和萧淑妃后，要匆匆忙忙地从长安逃到洛阳一样。她怕她的孙子孙女们的幽灵。她可能是已经觉出那些年轻的幽魂在追逐着她，缠绕着她了。

女皇的朝廷跟随她倾巢而动。连同她的东宫太子李显，她执意要把显带走，她决不留下太子监国。她的心很虚。因为她已经觉出了显如果继续留在洛阳，迟早有一天，他会积蓄力量反对她。她不愿意显和他儿女们的阴魂离得太近。她知道那是显受不了的，也是太子妃受不了的，甚至是武三思也受不了的。她知道如果有一天他们全都受不了了，他们一定会联合起来造反的。推翻她。并杀了她的张氏兄弟。

不知道这个迁徙长安的主意是不是婉儿的。在满朝文武看来，通常女皇晚年的主意都是婉儿的，因为后来能真正接近衰弱不堪的女皇的，除了张氏兄弟就只有婉儿了，张氏兄弟没有那么高的智商，所以朝官们宁可相信，女皇晚年的仍然不失政治家风范的所作所为，其实都是婉儿一手策划的。婉儿才是那个真正的女皇。而女皇在垂暮之年反而成为了婉儿的傀儡。

女皇从洛阳移驾长安一待就是三年。

女皇的长安三年果然使她的权力得到了某种稳固，也使张氏兄弟得以在她身边苟延残喘。这时候女皇已经七十六岁了。但是她既不想交出她的权力，也不想离开她的二张。这就使朝中的空气变得异常紧张了起来。

张氏兄弟尽管恃宠挟势，身居要津，但是那种反对二张的势力却始终如暗流般在朝廷中涌动，不仅仅是李家乃至于武家的那些亲属们，就是朝臣们也对不断扩张的张氏兄弟的势力非常不满。于是，他们在倒张的问题上同仇敌忾。他们几乎不用商量就不约而同地站在了同一条阵线上。尽管他们之间还有着很深的芥蒂，甚至是那种不可调和的、你死我活的，但是，这所有的一切都被掩盖在了反对张氏兄弟的统一战线下。人世间的事情往往就是这样的，不同的利益便会产生不同的利益关系，而任何的阵线都不是一成不变的。而阵线的变动在某种意义上也是利益的驱动。

长安三年使李武两家果然远离了那几缕青春的幽魂。但那心中深刻的印痕却是永远不能抹去了，而且让那个创伤的后遗症永远像阴影一般地笼罩在这个忧怨的家庭中。

显在这次亲自下令杀死自己儿女的事件之后，那种打击的沉重使他像变了一个人似的。他变得更加畏缩怯懦不堪重负。他不仅在朝廷上不敢再轻举妄动，就是在家里也变得愈加沉默寡言，仿佛他就是这个家庭的罪人和凶手，而不是太子，更不会是未来的皇帝，总之不再有任何的权威。

　　而韦太子妃在这一深刻的打击后变成了一个歇斯底里的女人。因为被女皇和她的丈夫所夺走的，毕竟是她的亲儿子，是她寄予无限希望的儿子。倘若他们一家仍在房陵流放，韦妃或许还不会对她唯一的儿子抱有那么大的期望。然而毕竟，他们回来了，显也被复立为太子了。而太子和天子只一步之遥。以女皇的老迈年高，显终有一天荣登王位就仅仅只是个时间的问题了。于是太子妃的野心也就随着显的地位的变化而变得越来越大，从此她不仅寄希望于显，因为显可以让她再度做皇后；她对儿子重润也寄予了厚望。因为显毕竟有过世的那一天，而一旦显过世，继承王位的就自然是长子重润。而有了重润做皇上，她就依然可以作威作福，做那个能够安度晚年的皇太后。

　　然而她的美梦被打碎了。

　　因为，就是这个承载着韦妃未来希望的儿子被杀死了。被他的祖母和父亲，被王朝中高高在上的皇帝和太子杀死了。她的唯一的儿子。从此她不再有儿子了。就是显当了皇帝，继承王位的也不再是她生的儿子，而是别的什么嫔妃所生的重俊和重茂了，这是多么深邃的恐惧和悲哀。这是一个母亲的多么无望的伤痛？杀了她的儿子就等于是断了她的后路，毁了她的所有的未来。于是韦妃哭。后来她欲哭无泪，一开始韦妃还抱怨李显，她骂他打他撕扯他，她说李显不是人，说人世间还没有见过如此狼心狗肺的父亲。甚至连禽兽也不如，禽兽还知道保护它们的幼仔，而显却亲自把他的儿女们送上了断头台。后来当韦妃欲哭无泪，她也就不再理睬显了。她蔑视显。她认为显根本就不是男人。她视这个软弱窝囊的男人为粪土。她可以对显直呼其名，吆五喝六。如此疯狂的韦妃在东宫里也就更加地颐指气使，飞扬跋扈，不仅显在她的面前心虚气短，显的那些另外的嫔妃和她们所生的孩子们也是头不敢抬，话不敢说。总之重润的死使显变成了一个罪人，使韦妃变成了一个悍妇。她可以随意辱骂奚落显，她甚至可以当着显的面任意同偶尔来访的武三思调情，总之，她从此控制了显。

　　是武延基的被杀使武三思和显在原先亲家的关系中又亲近了一层。本来他们是可以迅速结成统一联盟的，但是在张氏兄弟势力的严密监视下，他们交往起来也是小心翼翼，如履薄冰。武三思当然是恨张氏兄弟的。因为他们对女皇的垄断使得他都很难再见到女皇。但是他巴结的天性又使他不愿得罪他们。何况圣上还活着，还视他们为宝物，更何况，在重润事件中被杀的毕竟不是他的亲儿子，所以他除了对他堂兄那一支血脉的衰亡惋惜之外，也并不想因此而和那一对气焰嚣张的兄弟针锋相对。而对显家的不幸，他则是除了同情，还多少有一点幸灾乐祸。毕竟，说到底显还是他的敌人。是显的归来彻底破灭了他做太子的梦想，所以，从本质上，他对显及显的一家是怀有仇恨的。而重润的死在某种意义上就等于是显的断子绝孙，因为武三思看清了韦妃的专横跋扈，她身为太子妃，是绝不会让别的女人的儿子继承王位的。所以重润死了，就等于是显家不再后继有人了。这对于武三思来说，无论如何是一件好事，因为，他又少了一个李姓的竞争者，或是少了一个李姓的敌人。他或者觉得，他正在占据李武之争的那个优势。他知道那场争权夺势的战斗还远没有结束。

总之，这个赐死重润、蕙仙和武延基的震惊朝野的事件，多少还是打击了女皇的不孝子孙们那日益嚣张的气焰。女皇自然也是要惩一儆百，她要让天下所有的人都知道，张氏兄弟是碰不得的。她的私生活是碰不得的。从此，朝上宫中的空气果然变得紧张了起来，仿佛骤然之间什么都被张氏兄弟控制了起来。他们那种得意的样子，好像也大有抢班夺权的野心。

如此，能接近女皇的婉儿就变得无比重要了。特别是对李、武两家的那些后代们，婉儿是他们能与圣上沟通的唯一桥梁了。他们需要她。

于是，朝廷中的这种特殊的局势，将婉儿推到了一个至关重要的位置上。这便也成为了婉儿生命中的又一个非常重要的阶段。在政治的舞台上，她恰好可以表演。她能够寻找伙伴，她也能够操纵万事万物。而婉儿所做的这一切，尤其是这一切左右天下的作用，其实皆因为撑持着婉儿表演的那个巨大的背景是女皇。毕竟女皇还活着。毕竟那个婉儿可以支配的傀儡还一息尚存。所以她还可以拉大旗作虎皮。她还可以利用那些向女皇邀宠的心理，将女皇的朝臣和子孙后代们牢牢地握在手中。她可以驾驭他们统治他们，她可以是他们的朋友也可以是他们的敌人。总之她可以随心所欲，只要圣上还活着。哪怕她已经动转不能神志不清，但只要她活着，她还是女皇，那天下就是婉儿的。

于是婉儿非常郑重地面对她的这个新时代。她想在这样的局势中，她首先要做的，就是选择她的立场。她知道立场很重要。它将决定她的荣辱兴衰。她还知道一个在政治的风云变幻中不能找到自己合适的进退有据的立场的人，是一定不能永远立于不败之地的。于是婉儿寻找。她当然很快就看清李、武两家正在暗自秘密联合以抵抗张氏兄弟的征候。凭着婉儿的直觉，她相信占着上风的张氏力量尽管控制了朝廷，但只能是暂时的。因为他们的势力完全是建筑在女皇的命若悬丝的奄奄一息的生命之上的。而一旦那生命的弦束断了，他们就不再有所附丽，接下来的，便是他们即刻的土崩瓦解。婉儿当然不能如此短识地与十分脆弱的张氏兄弟沆瀣一气。那也不是婉儿的风格。而在李、武之间，尽管他们已暗中结成同盟，其实也是暂时的，不牢固的。但是婉儿看得很清，王朝早晚是李家的。这还不单单是女皇下决心把显接回来，而是因为复兴李唐是天下的意愿，是众望所归。婉儿便是在对这朝中局势缜密分析之后，才获得了她的立场的。她知道她首先需要选择的战略伙伴，就该是那个李显。因为在这个偌大的皇室中，最有可能握有未来的王朝的，就是这个懦弱无能的显了。她当然不能因一时的短见而抛弃显。特别是当他痛苦、当他被圣上抛弃、当他被韦妃羞辱的时刻。她似乎更应当关心显，更应当给他一个朋友的安慰，甚至是一个女人的柔情。因为她坚信，迟早天下是李显的。

如此，婉儿便常常到政务殿中显执事的地方去看望他。他们有时默默无语，就那么枯坐着，良久。那是他们日久天长的默契，特别是因为下令拟诏诛杀重润他们的那个夜晚是他们共同度过的。所以他们是共同的凶手，他们是需要共同承担罪责的。他们从不相互推诿，因为他们有着共同的关于罪恶的心灵经历。他们谁都知道那个赐死的决定是怎样作出的，他们只记得在那一晚，他们痛哭，然后到了清晨，就有了婉儿当着圣上，当着满朝文武宣读的那道太子的旨令。那被圣上敕许的死亡。他们在那个夜晚手足无措。他们就仿佛是处在刀锋之上，那个夜晚从四壁刺进来的都是尖利的长剑，直刺他们的心窝，那是他们不得不作出的残酷的灭绝人性道德沦丧的决定，怎么都是死，那是圣上交给他们两个的难题。是圣上把他们两个捆绑在悬崖边或是烈火前。圣上就是这样考验他们的忠心的。用他们亲人的生命和他们自己的生死存亡。怎样残酷的尺度。不，没有尺度，有的只是残暴。不论他们中间的哪一个都将在劫难逃。或者婉儿，或者李显，他们中的无论谁作出了违抗圣上的选择，都将遭遇灭顶之灾，而顺从者也终将被千古罪人的重负所累，永世不得翻身。所以在那一刻他们只能是一个人。他们一道犯罪，一道承受，他们知道在犯罪的时候只有相伴才会获得勇气。他们紧抱着。他们彼此安慰。他们说我们已别无选择，不是那些已经必死无疑的孩子们死，就是我们死；而我们的死，又不能挽救那些孩子们不知深浅的生命。于是他们相互鼓舞着作出了选择。他们找出了成千上万个他们不得不作出这种选择的理由，他们说，我们已仁至义尽无能为力了。然后他们两个人共同作出了那个被世人，亲人和历史所不齿的决定，并由此，他们相互领略了对方灵魂中的那一份丑恶和肮脏。他们从此便也窥到了对方的破碎和不安。就这样，他们共同走过一段罪恶路。是这一段路使他们倏然亲近了起来，因为他们都知道那个最终的决定是怎样地来之不易。要经过怎样的灵魂的挣扎和鞭笞。他们共同经历了那些，于是他们才有了眼下的这种共同的罪恶感，以及关于罪恶感的默契。

他们从此缄默不语。他们不论在一起待多久，都不再提那天晚上的情景。他们一直在小心回避着那个话题。他们不愿再想起他们所犯的罪恶。他们知道在他们的心中是一番怎样肮脏卑鄙的景象。那不堪回首的，他们从来讳莫如深，那是他们生命中的一个污迹是他们心上的一个永难愈合的伤口。

所以婉儿会常常来看太子。他们就是那样相对无言地坐着，各自沉思着。他们确实已无须再说什么。以往的，是他们所共同经历的；而未来的，又是他们难以预料的。如果说婉儿的所思所想，是李显所不能真正了解的；那么显的心灵与生活，则是婉儿无所不知的了。那是因为婉儿天生锐敏的洞察力，和她对显的以及对韦太子妃的深刻的了解。婉儿当然知道显是怎样的痛苦，她更能从显的言谈举止中看出太子妃是在怎样地折磨他并且虐待他。婉儿便是为此才会常常来看望这个坐在太子位上但已形同虚设心如死灰的李显的。因为她坚信显的未来，她知道只有在显落难的时候关切他，显才会真心感谢她并永志不忘。所以，她就坚持着坐在显的对面看着他。她觉得她这样望着他就是对他无言的支撑和安慰。她想这就是力量。她给予显的。她要他坚持下去。活着。她要他知道只要坚持住，这王朝的皇位就一定是他的。而他一旦成为了圣上，这天下就再也没有人敢欺侮他折磨他或者羞辱他了。他也就能在他的后宫抬起头来了，可以对太子妃发号施令了。婉儿还想让他知道，用几个不知天高地厚的孩子的生命去交换整个王朝是值得的。在某种意义上，他们的死是天意，是在为最终光复李唐王朝作牺牲。而倘若牺牲了儿女的太子从此一蹶不振，那儿女们的性命不是就白白牺牲了吗？所以婉儿要求李显一定要挺住。她要显看到希望。她告诉他毕竟后宫的那位年近八十的女皇已经朝不保夕，而外强中干的张氏兄弟也必将随着女皇最后的岁月而去，那时候天下拥戴的只能是他这个李唐的真龙天子。无论他犯过怎样的错误也无论他手上沾了多少亲人的血，只要他活着，他就一定会是那个至高无上的真正的王。

婉儿就那样坐在那里。让悲伤而颓丧的显在默默无语中谙知了这一切。那是他们灵魂的暗示，精神的交往，无形的，不用语言的，甚至也不用表情的。而显就真的了然了这一切。他慢慢变得坚强变得刚毅。他不再像一株被霜打了的草。他正在一天天地挺拔起来，因为他终于意识到了，他的生命中还有婉儿。

这就是婉儿的能力。她一言不发就能使一个行尸走肉一般的男人死灰复燃。她就坐在那里。默默无语。看着显。告诉显他并不孤单，婉儿将永远和他在一起。

就这样婉儿成为了显的生死之交患难之友。她不仅给显关怀，给显友情，让显看到那个尽管渺茫但却依然还在的那个遥远的希望；她自己也在她给予显的那一切中获得了支撑和未来。

婉儿这样的一番穷于心计的表演，无疑使显镂骨铭心。婉儿当然也知道，她从此在显的心中充当的将会是一个怎样重要的角色；她更知道她的表演给世人留下的又会是怎样的印象。

婉儿知道她每每来看望太子都是在张氏兄弟耳目的监视下。但是她的一言不发又让对她恨之入骨的张氏兄弟不知该如何下手，才能把她从他们所挟制的女皇身边赶走。而婉儿的频繁探望太子，也让那些一直想拥立太子的臣相们很纳闷。他们不知道这个和武三思私通的诡计多端的女人耍的又是什么阴谋。但尽管如此，婉儿还是慢慢获得了李唐势力的信任。而他们也确实需要这个能接近女皇的人能左右女皇，不要让她老人家在宠幸"二张"的斜路上走得太远了。

婉儿就是这样。常常地端坐在太子对面。她看着他哭，或者看着他痛苦，看着他自责。告别的时候，她会走近太子，拍拍他的手，或者抚摸一下他的肩。婉儿在做着这些的时候也是一言不发。她知道那是太子能意会的。婉儿不怕她的这种有点过分亲昵的举动会被人看见。她或许就是为了要人看见的，因为太子明明在流泪，明明需要来自朋友、亲人的安慰和温暖。而婉儿是谁？婉儿就是他此时此刻最最需要的那个亲人和朋友。他们是从小一道长大的，他们没有理由在这样艰难的时刻不相互关心，肝胆相照。

有时候显也会拉住婉儿的手对她说，别离开我。今生今世，我不能再失去你了。你才是唯一真正关心我的人，你才是我的至爱。听到这誓言，婉儿能不感动吗？她想也许他的誓言就是她的未来和希望。圣上老了，但圣上当年不就是从太子的怀抱中起步腾飞的吗？她凭什么就不能步圣上的后尘呢？她知道他是真心爱她的。尽管她不能也爱他，但是她绝不能拒绝他。她知道这爱对她有多重要。

婉儿的第二个重要的战略伙伴依然是武三思。婉儿同武三思的关系曾经是一如既往的若即若离。但是在那个武三思看穿了婉儿用心的夜晚之后，他们突然不再来往了。

那是一个疯狂的夜晚。武三思恍然悟出了婉儿毕生的复仇阴谋。他开始害怕这个女人了，特别是当他知道婉儿也参与了那个屠戮年轻生命的行动。但是那个晚上武三思还是要了婉儿。他也要如婉儿一般，在她的身上发泄他复仇的兽欲。那一刻他很凶猛。他已经不是为了交欢而是为了报复。他是在残暴中在撕裂中在殴打中在啃咬中疯狂地进入婉儿身体的。那一刻他恨婉儿，恨这个凶恶的女人，所以他根本不管这个女人是不是很疼是不是很痛苦。他把婉儿的脸颊舌头乳房和四肢全都咬破了。他让这个罪恶的女人声嘶力竭遍体鳞伤。他听着她呻吟她喊叫看着她扭动她躲藏然后就进入了她。然后就猛烈地撞击着她让她疼让她觉得不是在被爱抚而是在被强暴。她忍着疼。她求着她身上的那个男人，她呼喊她流泪，然后，突然的，一切完结，当婉儿以为这个狂暴的男人依然会留在她身边，武三思竟穿上衣服，踏着星月，扬长而去，把婉儿独自一人留在文史馆内，这是从来也没有过的。

婉儿被浑身是伤满心是痛地丢在漫漫长夜中。她当时赤身裸体地追出去，那一刻她杀了这个男人的心都有。她看着武三思的背影看着他坐上马车看着他回洛河对岸的那个梁王府去。而婉儿的伤口在流着血。她摔倒在冰凉的满是露水的石板路上。她绝望极了。也疼痛极了。她甚至都不记得这个男人都对她做了什么。她独自一人。她想啊想啊。她躺在那张只属于他们俩的淫荡的床上，想着这个男人所带给她的那无穷无尽的苦难。

后来她想起这个夜晚这个男人对她做的那两件事。一件是把她当作了那个彻头彻尾的复仇者，另一件是他强暴了她。同样的这两件事都是婉儿所不曾经历的。首先她想不到武三思竟把她看得那么透，真的把她当作了那个要杀掉女皇的复仇者。武三思所强加给她的那些确实是她不曾想过的，她怎么会是为了报复女皇而去杀显的那些孩子呢？而且她也从没有想过杀女皇。就是女皇在她的脸颊黥上忤旨的墨迹时，她也只想着该怎样报答她。但是，就在刚才，武三思说的那一席话提醒了她。她觉得武三思所说的那个复仇的女人真像她呀，那一步一步的计划，那借刀杀人，那要把女皇一家斩尽杀绝的雄才大略，还能有谁比她更卓越吗？她想武三思实在是太了解她了。他总是冷眼旁观地看着她。他总是想着她分析着她总结着她并且结论着她。那是唯有武三思那样的和她若即若离的男人才能看到的她。看见她的所思所想，又看见她的所作所为。他甚至比婉儿自己更了解婉儿。他甚至看到了婉儿自己都看不到的那个意识的深处。她说她没有做那些，并不等于她没有想那些；她说她没有想那些，也并不等于她的潜意识中没有流动过那些。

便是因了武三思对她如此入木三分的精辟分析，使她对这个男人刮目相看。她并没有因了他的诽谤而仇视他，她反而更欣赏这个男人了，她觉得武三思除了巴结权贵，也极有聪明可爱的地方，只要他愿意，他是能够把一个人研究得很深很透的，他具有这方面的资质，这也是一个称职的臣相所应该具有的能力。然而婉儿知道，朝臣中拥有武三思这种能力的人实在是太少了，就是位高至太子的李显，也永远不会把她这个深不可测的女人参得如此深透。

然而，还没有等到婉儿把她的这惊喜之情告诉三思，这个男人就在愤恨中强暴了她。婉儿知道，那绝不是因为爱，而是为了报复的报复，他是要把婉儿的身体当作复仇的载体。在这报仇的过程中，没有任何爱意可言，但是，婉儿竟也在其中感受到了她从未体验过的那种陌生的但却疯狂的快感。她太喜欢那种被强暴的感觉了。她希望武三思再来，再来。但就在她殷殷地盼望着这个男人的身体时，她没有想到的是，这个男人竟然抽身就走了。

她是那么依恋。

但是这一次，武三思仿佛真的走了。自从那一次他离开了婉儿，他就再也没有回来过。

后来他们所有的人，又和女皇一道去了长安。长安当然就没有文史馆深处的那个深深的庭院了，也不再有他们的那张温情的床。而那一切对婉儿来说又是如此的重要。为此她甚至不喜欢长安，因为长安让她永远失去了她的那个男人。

到了长安的武三思因为是太子的亲家，便能够明目张胆地拜访太子的家。他做出一副安慰太子妃的样子，而多数是在和那个歇斯底里的女人调情。太子妃也多亏了这位武大人能时常造访，否则她可能真会为失去了儿子而变成了疯子。

东宫里这影影绰绰的绯闻自然也传到了婉儿耳中。那时候婉儿正寂寞难熬，她毕竟有过和武三思的夜夜风流，而这个男人竟然去取悦于别的女人，婉儿那心里的妒忌可想而知。婉儿不知道武三思为什么要这样做。她不知道武三思到底想干什么。她不知道武三思是故意做给她看的，还是他真的看上了那个庸俗浅薄的女人。

这一次是武三思不给婉儿他们单独见面的机会了。他不想听婉儿对他说的任何话。他以为他和太子妃搅在一块就万无一失了，婉儿想不到武三思口口声声说他爱她，而原本他竟是如此的见利忘义。婉儿很悲伤。婉儿又欲火难挨。她觉得是武三思在逼她。她觉得武三思已经把她逼到了死角上。结果，在有一次和武三思擦肩而过的当口，她终于恶狠狠地低声对他说，圣上是容不得东宫的淫乱和阴谋的。

婉儿说过之后，便流水般走过。

婉儿把这话甩给武三思后，便就再也不理睬也不再乞求这个男人了。因为她知道她这话的分量。武三思自然也知道这话的分量。毕竟太子妃还不是皇后。也毕竟，圣上是婉儿的。

就是这句话，果然把武三思顿时就置于了惶惶不安的境地中。他知道这就意味着，婉儿将会随时随地地向圣上告发他。而他已经很难接近圣上，而一旦被定罪，他便就有口难辩。单单是淫乱，就足以将他罢黜；而假若婉儿诬告他谋反，他就只能是死路一条。如此将性命断送在这个狠毒的复仇女人手中，那不是刚好就遂了那个女人的心愿？不。武三思还不想死。他这是何苦呢？被圣上太子和婉儿杀的，又不是他自己的儿子；而那个他与之纠缠的女人，也不过是在逢场作戏，也许就是故意做给婉儿看的。他以为他如此便能降住婉儿，想不到她要比他凶狠歹毒一万倍，她不仅仅是要降服他，她是要让他去死，他又怎么能不向婉儿跪下呢？

其实自重润事件之后，武三思对婉儿的感情很复杂。他一方面是真的害怕这个心狠手辣的女人，担心有一天他真的会掉进这个女人为他所设的陷阱；一方面又觉得还有点舍不得这个女人，尤其舍不得她的智慧和能力，他知道如果他给予她，婉儿会尽力帮助他的。武三思便是在这种复杂的心态中徘徊着。他并没有就下定决心与婉儿一刀两断。他只是试着远离她，他觉得他已经对婉儿无穷无尽的索要力不从心。而刚好他们又迁徙到了长安。

但是这一次真的武三思不得不对婉儿跪下了。而他们之间的那种僵局也马上被打破，而婉儿是占了上风的。仅仅是流水一般游过的那一句话，就让武三思主动减少了去东宫的次数；他并且屡次三番地找到婉儿，说他要和婉儿好好谈谈。

反过来是婉儿端起了架子。

那是因为婉儿手中切切实实地攥着武三思的性命，她可以随时随地叫他死于非命。

所以武三思诚惶诚恐地跪了下来。他甚至干脆就不去东宫了，他拒绝了太子妃一次又一次的邀请，他宁可让那个迷恋他的女人饥渴，他跪了下来，向婉儿求饶。

但是婉儿端着。

那当然是婉儿的欲擒故纵。

后来武三思实在不能说动婉儿，于是他只得奏请圣上，说在长安也应该继续修撰国书，那将是大周留给后世的唯一记录，他并且再度请求圣上让婉儿和他一道继续监修国书。

于是圣上敕许。

于是武三思终于把婉儿带出了皇宫。

可是偌大的长安城却没有一处他们可以安安稳稳谈一谈的场所。

后来武三思就把婉儿带到了长安郊外的一片高高的荒原上。

然后他们就在那个星光灿烂的午夜在荒凉的土地上。武三思终于把婉儿的身体抱在了怀中，然后他进入她。是婉儿的那急切那渴望让他无比冲动。他们什么也顾不上了，他们甚至都没能脱光衣服。然后他们媾和着。两个都已经不再年轻的身体。在荒郊野岭，在大自然中。这样用身体拥有着婉儿，武三思才又重新觉出婉儿是最好的，婉儿才是他最想要的女人，也才是他生命中不可或缺的女人。

事完之后，婉儿和武三思在依恋中各奔东西。在这一次意义重大的交媾中，婉儿获得了她渴望已久的身体的满足，而武三思从中得到的，却是那种对他来说至关重要的生存的安全感。总之他们都很满足。他们就是这样交换了。他们也真的重归于好了。不断有荒原之上的疯狂。马在一边静静地吃着草。他们则忙着分手，又忙着约定下一次。

这种身体的交换几乎是立刻就给武三思带来了好处。譬如在婉儿的斡旋下，他可以更多地到后宫去探望姑母了，他和张氏兄弟的关系好像也得到了某种改善。因为毕竟女皇还活着，所以婉儿为武三思所做的这种努力就显得无比重要了。不知道从什么时候起，武三思好像又成了女皇身边的那个大红人。他因此也遭到了那些拥戴李唐、敌视二张的朝臣们的憎恨。但是有得就必定会有失，这世间永远没有两全的事。

当然这也并不是婉儿把武三思引向绝路。因为这天下的真正权威者依然是女皇。婉儿同时也经常安排武三思同太子李显的会面。这样的会面通常是安排在政务殿。她觉得唯有在这里，这才像两个男人之间的会面。她要让显觉得，在他绝望的时候武三思是同情他的，也是和他同在一个阵线的。显一度甚至引三思为知己。他不在乎武三思与太子妃的眉来眼去。他觉得太子妃确实是需要安慰的。她到底失去了儿子。他想三思反正是自己人。自己人就应该相互安慰和帮助。他知道在这危难的时刻，彼此的宽容和理解有多重要。

当然婉儿也并没有阻止武三思去东宫。其实她并不知道武三思和太子妃的关系究竟有多深了。不论多深，婉儿都知道这关系对三思来说是重要的。她只是不愿意让他们太张扬，太子妃还并没有站住脚，而如若有一天真的让二张抓住把柄，婉儿的努力也就前功尽弃了。

婉儿便是如此地帮助和提携着武三思。那么武三思还能理解婉儿这样的女人吗？仅仅是几次肉体的关系，婉儿就不能不对这个男人的处境坐视不救，袖手旁观。也许并不是婉儿内心想帮助武三思，而是她的身体她的欲望。她对这个她本来鄙视的男人可谓呕心沥血，费尽心机。她总想能为他找到一条无论在什么样的情况下，都能救他于危难的道路。自从他们在一起。十几年。婉儿就一直为他寻找着这条能使他自安的路。她一直在努力这样做。她处处为武三思着想，甚至不惜牺牲她自己。有很长时间，婉儿为武三思所设计的这条生存之路是成功的。武三思也在这条路上走得很好，很气宇轩昂。婉儿本来是想和武三思长相守，共存亡的。但是有一天，她再也救不了武三思了。因为他走得太远了，他脱离了她。而武三思脱离了婉儿的掌握和控制，就等于是脱离了他自己的生命。

没有人会像婉儿那样珍爱武三思的生命。婉儿是将那个男人的生命当作她自己的生命来呵护的。

***

那个导火索一般的事件终于爆发。

那是谁也没有想到的。

史书上说，公元710年5月的某一天，一位名叫燕钦融的许州人声色俱厉地奏禀圣上，说皇后淫乱，干预国政；而安乐公主、武延秀夫妇及当朝宰相宗楚客等人亦图谋不轨，企图夺取李显的天下。

如平地惊雷。显遂即刻召见燕钦融，当面向他质问，如此担忧，来自何方。燕毫无惧色。列出种种迹象。显只得沉默不语，暗自神伤。想不到燕钦融刚刚走出宫门，便被提前埋伏的羽林兵士杀死。中宗闻听，便更是心有郁结，闷闷不乐，甚而相信了燕钦融的预言。

从此中宗忧郁沉闷，对韦皇后和安乐公主也开始有所疏离。

这就是婉儿所预感到的那场战争的前奏，那个真正危急的时刻。

中宗是圣上。

圣上为什么就不可以不高兴？

然而圣上的不高兴便引来了韦皇后和安乐公主的忧惧和不安。她们不知道谁将杀了谁。她们没有杀过谁，但圣上却已经杀了韦皇后的儿子和安乐公主的兄弟。所以她们不能保证有一天圣上愤怒了不会也杀了她们。她们认为圣上为了他自己，是什么样的至爱亲朋、骨肉同胞都能够杀掉的，何况，她们又是如此势单力薄的女人们。

谁也不曾知道谁将杀了谁。

更没有人知道谁会先下手为强。

大概总是虚弱的一方、罪恶的一方首先举起屠刀，来掩盖他们的狼子野心。

结果就在公元710年的6月1日，一向懦弱的中宗突然暴毙。史书上说，那是由忧惧的韦皇后和安乐公主鸩杀而死。而在中宗的信念中，皇后和安乐是他在此世间最最亲爱的人了。亲爱的两个女人。那一年中宗李显刚刚五十五岁，便不幸被毒死于自己最亲爱的女人之手，那当然也是他自己所没有想到的，他是那么爱她们。中宗当然也就不知道他便是这样以死成为了那场未来战争的导火索。没有多久便有人英勇站了出来，还是用他最心爱的女人的血，祭了他不能安息的灵魂。

其实中宗又何尝不知道他的皇后和女儿是怎样时不我待地觊觎着他的皇位。

其实中宗又何尝不愿将他的皇位传给他的女人和女儿呢？

只是中宗，他还活着。他还没有寿终正寝，没有想出一个传位于她们的万全之策，一个能让同样拥有继承权的相王李旦和太平公主说不出话来的无懈可击的理由，一个能被满朝文武和天下百姓接受和认可的时机。然而他的女人和女儿却等不及了。特别是又刚好有了燕钦融的敢于直言，敢于捅破了那层薄如蝉翼的窗户纸，敢于参透了圣上的心。这便是中宗为什么闷闷不乐。那是因为他的妻子、女儿的心意被别人看破。其实那个被别人看破的所谓图谋不轨所谓大逆不道所谓阴谋窃国本来就是中宗自己的愿望。如果是窃国，那也是当朝天子自己窃国，而一个天子的愿望，又怎么能被一个凡人识破呢？那不是就识破了天机、识破了天下了吗？

中宗李显作为丈夫和父亲对他的妻子和女儿可谓披肝沥胆，仁至义尽。否则自重俊死后的三年之中，他干吗让那个太子的位子始终空着？他李显不是没有儿子。他还有重茂。重茂虽小，但也是他名正言顺的儿子，他凭什么就不能住进东宫呢？显只是更珍爱他那倾国倾城美丽光艳的安乐公主罢了。他也知道他这稀世的珍宝一般的女儿想要的，其实就是东宫的那个位子。他怎么忍心不给她呢？只是碍于他的兄弟姊妹还都在世，他们不会允许他这样做，而他如若一意孤行，他知道，那就不单单是安乐公主能否做成皇太女，而是将会爆发一场宫廷的政变，那样谁输谁赢就很难说了。所以要等待。所以显什么也不说，因为他觉得在亲人中间有些事是无须说的，仅仅是默契就足够了。然而他的女人们却不肯和他默契。她们无法理解显的沉默和等待，她们甚至以为显是站在他李氏家族的立场上，来和他的亲人们真心作对呢。而燕钦融的到来无疑加剧了她们的恐慌和疑虑。于是她们错误地判断了她们的亲人，她们铤而走险，她们先下手为强。她们就这样把她们最最亲爱的这个男人毒死了。不知道他是心甘情愿为她们做那个至高无上的傀儡的。她们眼看着她们的亲人剧烈地疼痛和抽搐然后七窍出血归于平静。她们不知他的末日其实也就是她们自己的末日。

中宗的暴死使后宫一片混乱。

婉儿被通知赶往圣上的寝宫，她站在中宗的尸体前泪眼蒙眬，她简直不敢相信第一个成为牺牲品的竟是圣上自己。

中宗脸上的那黑色斑迹使婉儿一望便知显是死于毒杀。他的血管在鸩酒的强烈侵袭下瞬间便破裂了开来，将他的血溢尽。婉儿太了解这种杀人的方式了，多少年来，皇室里死于这种毒杀的当权者或是继承人实在是太多了，可是一向和事宽容的李显又得罪谁了呢，竟也要残酷地被毒酒杀死？婉儿抬起泪眼便看见了韦皇后看着显时那惊恐而躲闪的目光。他已经死了，她干吗还要如此惊慌和恐惧？婉儿立刻就明白了事情的原委。如此婉儿不再想知道什么了。她只想问问韦后，显给你的难道还不够吗？他对你们难道还不宽容吗？他究竟怎样妨碍你了？你何以要如此卑劣地置他于死地呢？

婉儿缓步离开了显的寝宫。婉儿想这可能是她最后一搏的时刻了。她知道战斗就要打响了。显的死已足以引发那场政变了。她的最后的一搏绝不是为了拯救她自己的性命，而是她不能让韦皇后这个阴毒浅薄的女人轻易篡权。尽管显死了，但大唐的江山也轮不到落在她的手中。显还有正宗的李家兄弟和姊妹，还有重茂，甚至还有安乐公主。她的登基的美梦将永远不能成真。

婉儿将永远不能够原谅韦后杀了他。显已经够可怜够不幸的了，韦皇后怎么还能让他死于非命。看到他满脸痛苦地静静地躺在那里再也不会起来，再也不会赐宴百官，赋诗作辞，婉儿一想到这些就不禁悲痛欲绝。本来婉儿已经很麻木。本来婉儿已只等着她姗姗逼近的死期。婉儿想不到显竟然会死在她的前面。只有当显这样永远地长睡不起，婉儿好像才第一次觉出他其实是一个多么好的人。这样的好人本来是不适宜做君王的。他太胆小，太懦弱，太没有尊严感和威望，以至于连他的妻子儿女都看不起他，甚至伤害他，欺侮他，以至于最终如此这般地杀了他。

但是显是个好人。是个有良知重情意的男人。那是唯有婉儿这种与他有着几十年友情的人才能真正体会到的。她想她唯一对不起他的地方，就是她从来没有真正地爱过他。但是显却几十年如一日地始终不渝地爱着她，并把她当作最好的朋友和最信任的女人，这能说他的意志不坚定吗？又有哪个男人能如他一般几十年如一日地深爱着一个女人并不要任何的报答。她记得几十年前她用她的心深爱着章怀太子李贤的时候，显总是远远地观望着，为了他的兄长，而把对自己心爱女人的爱深藏心底。十几年后，当显从流放之地返回再一次面对他心爱的女人，而婉儿又悔之不及地早已成为了武三思肉体的情人。在后来的日子里，她仍然是不停地与显失之交臂。她就是离开了武三思，竟然也没有能去爱显，而是又选择了那个年轻的风流诗人。她为什么又一次错过了他？是他不够好吗？是他不够情深意切，尽善尽美吗？婉儿就是这样不断更换着她的情人，更换着她的所爱。但是她就是没有能拿出哪怕是一点点的真爱去报答他。她本来是应当报答他的。几十年来她总是付出总是付出，而唯有他才让她懂得了什么是得到。是他给了她真正意义上的荣华富贵，也是他给了她名分和官阶。上官昭容，这个显给予她的从此名垂千古的封号，才使她真正拥有了她本该拥有的那一切。显还赐她田地房产，在她的庭院中堆山造池，让她从此有了一处堪称豪华典雅的真正的家。而婉儿更应当感激他的，是她的受尽苦难的母亲被他册封为沛国夫人后，终于搬出了阴暗的后宫，在长安灿烂的阳光下安度晚年并寿终正寝。他为她做了那么多那么多。她本该是报答他的，但是她却为什么总是没有报答，总是为别的男人的生死存亡费尽心力，甚至，鞠躬尽瘁，死而后已。为什么会是这样的？为什么总是要他给予她？为什么她可以不停地爱上别的男人而不能够给他哪怕是一点点的爱？而又为什么他却总是毫无条件地爱着她并且没有过一丝一毫的计较和动摇？为什么他们相互对待的态度是这样的不平等？婉儿想这可能就是他们之间的距离。而这个距离竟然只有当他永远永远地离开她后才会如此地拉近。

显死了，婉儿始才知道她其实是爱他的。那爱是存在的，以它固有的方式，只是她不觉得，她爱着，却不以为那是爱罢了。

只是显死得太突然也太匆忙太急切了，以至于婉儿都不能让他知道她的爱了，而且永远不能。

显的骤然离去使婉儿的心骤然失落。那种空空荡荡，从此漂泊无依的感觉。深入骨髓的。他的位置从此空了，无人替代。

婉儿这样想着，便不禁失声痛哭。她知道这世间最疼她爱她给予她宽容她的那个男人这一次真的走了。她就是想报答他也无以报答，无从报答了。

显就躺在那里。从此什么也听不到看不到了。

而显脸颊上的黑斑，蓦然地就激怒了婉儿，她想她唯有诛灭杀害他的罪人，才会是对他的最好的报答。她决不放过那些凶手。他如此善良无能尚逃不过他们的毒手，更不要说那些鄙视他们、励精图治、侥幸还留在人间的李唐的幸存者了。婉儿当然要保护他们。这就是婉儿在显死后，她为自己选择的那个立场。

于是婉儿苦思冥想。以她的非凡的智慧。后来她终于想出了一个缓兵之计，她便立即挥笔草拟了一份中宗李显的遗诏：立温王重茂为太子。韦后知政事。相王参决政务。

这当然是一个八面玲珑的立场。是婉儿在那一刻所能作出的最好的选择了。是迁就了韦氏的势力，也讨好了李氏家族。毕竟是中宗刚殁。婉儿还不想作出单方面的决断来。婉儿坚信她假托的这份中宗的遗诏，也一定是符合中宗的心意的。

婉儿假托这份遗诏不知道是不是在为她自己找退路。有史书说，是因为重俊发兵诛武三思并索婉儿，使这个一向优雅而清高的女人始知忧惧，待中宗暴毙，她才不得不草拟遗诏，引相王辅政，以讨好李家。

但婉儿不是这样的。因为自重俊发兵，婉儿就已经预感了她的死期。她并不惧怕死期在即，她只是不想在他们这一类人死后，社稷会落到韦皇后那类乌合之众的手中。那是婉儿所了解并亲历的大唐帝国堪称辉煌的历史。从金戈铁马打下江山的一代英王李世民，到日后的高宗李治以及更加伟大英明的女皇武则天。才有了偌大的帝国偌大的江山。应当说这百年王朝一直是掌握在伟大帝王的手中的。接下来的李显也许平庸无能，但他也是武则天的儿子是大唐宗室的血亲。他的身上流淌的，也全都是最伟大的帝王的血。而韦后算什么？掺杂了韦氏血脉的安乐公主又算什么？安乐不过是拥有那倾城倾国的美貌罢了。美貌也许对英雄有用，而英雄从此就不再英雄；而美貌对国家社稷来说，却是一钱不值的，甚至祸国殃民的。

婉儿决心不让这堪称辉煌的帝国伟业最终落入诸韦的手中，于是她才能英勇假托了显的遗诏，至少能暂时抑制住诸韦篡权，或者，至少是能够延缓他们篡权的进程，而给李家一个反攻的机会。

立温王重茂为太子。韦后知政事。相王参决政务。

这恐怕是唯有聪明的婉儿才想得出的一个最好的策略了。立不是韦后所生但确是李显之子的十六岁的少年重茂为太子，可谓天经地义；而圣上驾崩，太子年少，由皇后垂帘听政，似乎也在情理之中。而对此真正起到制约作用的，是相王的参决政务，这就为李唐皇室的东山再起提供了一个绝好的机会。

如果他们能不失时机地抓住这个机会，那么夺回天下该不是什么困难的事了。

这便是婉儿的智慧。还有她多年来在政坛的沉浮中所积累的经验。这是婉儿在当时那种情况下所能够作出的最好的选择和决定了。她自己或许也能够从这一纸伪造的遗诏中赢得某种能继续活下来的机会。可以让满朝文武觉得这个每日和昏庸无能的李显和韦皇后、安乐公主们混在一起，并为他们出谋划策的上官昭容其实并不是他们的党羽。她的真心所向还是李家，是李氏的那些公子王孙们。但是婉儿真的不是要逃脱。她早已视生命为多余。她只是想能在死前再抵挡一阵。把韦氏一族彻底挡在王朝之外。她深知如果政权真被韦氏篡夺了去，那无论对李唐皇室，对李世民浴血奋战创建的这大唐帝国，还是对历史、对未来，都将是不公平的。而她婉儿面对如此危机而坐视不救，她本来能做而又不去做，那她不是就成了千古罪人了？也是她的道德良心所不允许的。

婉儿这样想着将那伪托的遗诏做好。如此她的心便立刻平静了下来，她觉得她这样做至少就对得起显了。她甚至觉得她这样做是在为显报仇。她发誓一定要将韦氏一族阻挡在朝廷之外。她甚至发誓要杀了韦后，要用她的头来祭他无辜的灵魂。婉儿这样想着便不再悲伤。她擦干眼泪并重新整理好头发、衣裳。她显得更加庄重、典雅、肃穆、威严。她知道她将要参加的是怎样的一场战斗。她手里握着那武器一般的遗诏，缓步向显的灵堂走去。

在政务殿宁静的回廊上。

婉儿手握着遗诏。离开。她突然听到了远处的气急败坏的脚步声。她停下来。抬起头，很快就在回廊的转弯处看到了满脸悲愤和伤痛的太平公主正匆匆朝她走来。那一番讨伐的气势。她一定是认为婉儿也参与了那个毒杀天子的阴谋。她甚至更加仇恨婉儿。她一直觉得婉儿应当是他们李家的人，就像她的姐妹一样，她们确实是从小一道长大的，她怎么能和外人一道合谋杀害自己的兄弟呢？

婉儿便迎着太平公主。

她是那么镇定自若。直到走到太平公主的面前，她才停了下来。停下来面对着那个准备对她兴师问罪的女人。

你竟然能如此平静！太平公主果然义愤填膺。她质问着婉儿，她说显给你的还少吗？他是那么爱你。几十年了。我一直看在眼里。而你对他又怎样呢？不是武三思就是崔湜。你不停地换着男人，他不仅容忍了你，还让你做了昭容。天下有这样纵容一个背叛他反抗他的女人的男人吗？你不仅自己羞辱他，还怂恿武三思和韦后淫乱，把更深重的屈辱压在他的心上。如此还不够，你竟然还要和那一对丧尽天良的母女合谋毒杀了他。你们到底想干什么？他怎么惹着你们了？他对你们还不够好还不够宽容吗？婉儿你该扪心自问。你怎么能对他如此残酷？婉儿我看不透你。我从小就看不透你，不知道你脑子里每天转的都是些什么，全是那些坑害别人的阴谋诡计吗？你的心究竟是什么做的？那里面是不是灌满了毒汁？你真是太可怕太令人恐惧了。还要怎样？接下来还要怎样？要讨伐我们吗？我们李家的这些后代。还有旦。还有我们的那些孩子们。要把我们所有的人斩尽杀绝。要将我们的子孙斩草除根。但是我要告诉你，没有那么容易。你听到了吗？没有那么容易，我们是斩不尽杀不绝的。就算是你们杀了我，杀了相王，但你们杀不尽李家的子孙。他们遍布天下，个个骁勇善战，早晚有一天他们会杀回来，杀了你们，要用你们的头去祭我们李唐的宗庙。真的，终会有一天……

　　婉儿站在那里。平静地听着太平公主的责难。她真的心静如水。婉儿。就那样大度平和地站在那里。听着，并等待着。

　　婉儿其实知道太平公主之所以来这里其实就是为了来找她。婉儿也知道在这千钧一发的危急时刻太平公主需要她。太平所以气势汹汹，甚至危言耸听，其实都是因为她内心的极度的虚弱和恐慌。显的骤然离去，使得她立刻没了主张。她很害怕，也很慌乱。而凡是在太平如此手足无措的时候，她要找的唯有一个人，那就是婉儿。婉儿太了解这个从小和她一道长大的傲慢女人了。了解她们之间的那种几十年来情同手足的关系。她从没有忽略过她同太平公主的这一层关系。她也一直在任何可能的时候努力帮助她。因为婉儿知道太平公主是武则天最钟爱的女儿。她也曾答应那个年迈的女皇要照顾和保护好她的女儿。当然婉儿自己对这个总是狂傲自负的公主也确是怀了一份姐妹一般的情意。所以，她等着太平公主发泄她心中的怨恨和恐惧。她知道这个愤怒的、歇斯底里的女人是来向她求救的。因为显的突然死亡而且是死于非命使太平公主看到了她的危在旦夕，而一旦韦后篡权，他们所有李唐家族便将死无葬身之地。这就是政权斗争的残酷和惨烈。于是在这个生死攸关的时刻，太平公主便只能来找婉儿。她知道唯有来找婉儿，或许才能获得一条生路。但是当然，堂堂的太平公主就是来求救，也不能低下她大唐公主、女皇女儿那高贵而美丽的头颅。这是她的方式。当然这也是婉儿永远不会去计较的方式，她实在是太了解她了。

于是婉儿心平气和地等着。

她承受着太平公主的羞辱和诅咒，而就在这一刻，不知道为什么婉儿突然觉得周身充满了力量。是的还有人需要她。还有人比她更恐惧更惊慌，更需要她的保护。那么她就是有用的了。她就有责任有义务有勇气站出来，去保护那些需要她保护的人们。

终于太平公主停了下来。

她突然眼泪涟涟，泣不成声，最后她说，婉儿，这到底是怎么回事？为什么？为什么显就突然死了？今后会怎么样？今后还有谁来保护我们兄妹？这一切真的是太可怕了，我该怎么办？

然后婉儿才把她刚刚写好的李显的遗诏拿给太平公主看。婉儿说，一会儿，我便会在朝中众臣和所有皇室成员的面前，宣读这份遗诏。而你此刻要做的，就是尽快去和相王商议。要想方设法利用这个机会，夺回李唐的天下。否则一俟韦氏执掌了朝政，要夺回政权就不那么容易了。事不宜迟，你一定要和相王早做安排。去吧。快去。

可是相王早已闲云野鹤，不食人间烟火，他又能有什么主意？婉儿还是你说吧，你说我们该怎么办？

好吧，让我想想。听说临淄王李隆基刚刚回长安。叫你的儿子薛崇陈赶快去找他。要他尽快在暗中聚结才勇之士，并在圣上亲军之骁勇者中发展势力。因为圣上的亲军是不会心甘情愿地听韦氏调遣的。去吧。让那些年轻人赶快行动起来，看来今天这大唐的社稷，就只能托付于他们这些少年英雄了。这是个机会。失而将不再复得。让相王参决政事只是缓兵之计。举兵宜早不宜迟。这只能是婉儿为李家所做的唯一的努力了。你要相信，我没有杀显。我虽然不爱他，但我决不会去杀他。更何况，我和他是有着深深的兄妹一般的友情。死亡，是显为他的懦弱和对妻女的纵容所付出的必然的代价。他可能至死也不会相信，杀他的竟是他的最亲的人。最狠莫过女人心，譬如韦后。他其实早就知道他的命数已尽。他早已心如死灰，在放纵淫乱中等待着这个最后的时刻。也许他是对的。也许不是韦皇后毒杀他，早晚有一天他也会自尽的。而我的心也早已和他一样，那心中已是万籁俱寂，与世无争。不要说我不在乎他的死。我当然在乎他，他死了我才知道，其实我是爱他的，只是我从没有对他说起过。现在说这些也已经晚了。因为我无论怎样说，他也不会听到了。显的死令我伤痛。那是种万劫不复的悲哀。不久我或许真的也要随他而去。显死了，作为他的近嬖嫔妃我也就没有理由活下去了。就随了圣上而去也许才是我最好的选择。记得后宫曾有个叫徐惠的女人吗？一个温文尔雅的才女。后来太宗李世民特别宠爱她，让她做了婕妤。整个后宫唯有她是最最忠诚的。自从太宗驾崩，她便不吃不喝，决心殉节，结果很快就用她年轻的生命，去殉了那个伟大的君王……

可是婉儿，为他去死，不值得。要知道我和相王还需要你，未来大唐的朝政还需要你，你怎么能就这样丢下我们，撒手而去了呢？答应我，留下来。

婉儿摇头。婉儿说，临淄王隆基他们全都长大了，他们有他们的想法，他们的是非，你怎么会知道他们也需要我呢？

但至少我和相王需要你。特别是在这个关键的时刻。你一定要和我们站在一起。我们势单力薄，如今朝廷各个部门已经被诸韦把持，就算是你不为我们想，也要为大唐社稷想。为死去了的母亲想。母亲怎么会希望她经营了几十年的政权落到韦皇后的手中呢？婉儿，留下来。至少留到我们最终夺取了政权。到那个时候我就不再拦你了。任你随谁而去。行吗？

婉儿说，让我试试。我会尽力而为的。

公元 710 年 6 月 1 日，中宗李显在后宫中毒而死。韦后秘不发丧，决意自专政柄。

6 月 2 日，韦后火速征发五万府兵屯驻京城，各路统领皆为韦姓。

6 月 3 日，韦后将各路宰相及皇室成员召至宫中，知会中宗晏驾。

婉儿宣读中宗遗诏，立温王重茂为皇太子。皇后临朝执政。相王参决政事。

次日，宰相宗楚客及韦后兄韦温等率诸宰相上表，请奏由韦皇后专决政事，遂罢去相王参政之权。致使婉儿假托之遗诏失效，李唐王朝眼看着大势已去。

又次日，中宗灵柩迁至太极殿，集百官发丧。少年太子李重茂在灵柩前传承帝位，是为殇帝，从此韦后临朝称制。

此后，诸韦势力迅速膨胀。韦后党羽皆劝韦后效仿则天，将南北卫军及尚书省各部通通交韦氏一族统领，且广泛组织朝野内外势力归顺韦氏。宗楚客等韦后党羽又秘密上书，援引图谶，奏请韦后尽早登基称帝，并密谋害死殇帝，诛杀相王李旦及太平公主。

韦后的篡权运动紧锣密鼓，只争朝夕。结果仅仅十几天中，韦后一族势力就遍及朝野，大有一呼百应之势。眼看着韦氏所发动的这场宫廷政变不费一枪一弹就要大功告成。万事俱备，只欠东风。而这东风就是剿灭最后的李唐皇室及余党。风雨飘摇中的李唐王朝已经危如累卵，倘李氏家族再没有人挺身而出，举起义旗，先发制人，那百年来的李唐王朝就真要断送一尽了。

婉儿心急如焚。

当相王也被诸韦罢去政事，婉儿就更是肝胆俱裂，不知道还有谁能来拯救唐朝了。

这时的婉儿孤身一人。她不知道她的未来会是怎样的。未来很近也很远。是第一次，她竟然已经无法预测未来，无法找到她能走的路。她只能静观朝中的局势。但有一点是肯定的，那就是今后的王朝无论是姓李还是姓韦，她都笃定不会参与其中了。她的使命已尽。她知道她辅弼女皇武则天的使命已经完成。尽管她在女皇仙逝之后又辉煌了五年，但那只是女皇王朝的延续，是她不得不在这延续中帮助女皇所钦定的儿子。婉儿知道她的政治生命确实已经逝去。早已结束的女皇的政治才堪称政治。那样的政治结束了，婉儿也就结束了。她怎么能在那种浅薄而又腐败的政治中继续苟延残喘呢？

举国为显的早逝而悲伤。在国丧期间，外府的官吏们也纷纷前来京都长安为皇上吊唁。于是，那个刚刚派出为李显开凿商山新路的崔湜，便也在修路工程进行了一半的时候被召回京城为中宗服丧。其实婉儿早就在前来吊唁的朝官中看到了崔湜。而此时此刻，即或是对崔湜，婉儿也已经淡心无肠了。也许是显的暴毙让婉儿太伤心太满怀了歉疚。所以她对所有的人事都冷落麻木，她甚至在显的吊唁大殿中与崔湜擦肩而过，都没和他讲话，她甚至都没有抬起头看他一眼。

作为昭容，婉儿自然要在宫中为李显服丧。每每到夜晚，婉儿总是辗转反侧，夜不成眠。她独自醒着。挨着独自的寂寞。她在想现在的生活同显活着时有什么不同。

不再有锦瑟之声。更不会有欢歌笑语。显死了便带走了所有的喧嚣和享乐。连诗词歌赋也已成往日云烟。婉儿才知道，那歌舞升平的一切是怎样的脆弱，就像是显的脆弱的生命。当他的呼吸一停止，那热闹的一切便从此一去不返了，这就是今天这寂寞的现实。

在夜不成寐的时候，婉儿偶尔会想到崔湜。她不记得她已经有多久没有和这个男人在一起了，自从崔湜被贬至襄州，她就开始独自一人承受着那相思之苦。然而后来中宗祭天大赦，让崔湜返回长安，他也不曾再来拜访过婉儿，而是一头又扎进了安乐公主的府上，不再来看她。

婉儿不知道崔湜究竟是个怎样的男人。她不知道他是怎样利用他的英俊和才华穿梭往来于那些女人之间。他很势利，很忘恩负义，或者说很识时务，所以即使是崔湜从此冷落她，婉儿也从不曾怪罪过他，婉儿甚至觉得他唯有如此，才能在朝中站稳脚跟。

于是崔湜成为了安乐公主的红人，进而又成为了韦皇后的红人。以至于韦后临朝之后，竟任命崔湜为中书侍郎，如此被韦后提拔重用，人们自然就又把崔湜当成了韦皇后的党羽。

面对崔湜的升迁，本来婉儿已经心灰意冷，但是她却骤然觉得非常不安。虽然崔湜早已不是她的情人，她却依然对这个男人的安危怀有着很深的牵念。她觉得她有责任提醒崔湜。她要让他知道他目前的这种选择未必就是明智的。尽管韦皇后看上去已经大权在握，甚至登基似乎也是迟早的事，但是这也并不意味着未来的天下就是韦后的了。她要提醒崔湜千万不要目光短浅，她要告诫崔湜狡兔必须三窟，不要在李韦两派势力中进退失据，以至于把自己逼到绝境。

婉儿是真心关心崔湜。

婉儿说不清自己为什么非要帮助这个负心的男人。

婉儿对崔湜的感情很执着。她不在乎自己是不是能获得回报，她只是一如既往地为他着想。在他迷失的时候，把他从死亡的边缘拉回来，尽管她自己已经朝不保夕。

于是婉儿在一次与崔湜擦肩而过的时候叫住了他。婉儿说，崔大人能来一下吗？奴婢有话要对你说。然而婉儿看到的竟然是崔湜不耐烦的甚至是嫌弃的目光。崔湜说，娘娘有什么要吩咐的？就不能在这大殿中说吗？

婉儿怔在那里。

她想到了崔湜会拒绝她，但是却想不到他竟然会如此嫌恶她。

婉儿的心立刻像冰川融化，一泻到底。她没有眼泪，也不再委屈。如果说她这个企图关照崔湜的愿望使她失去了自尊，那么她接下来的义正词严，又使她找回了自尊。

婉儿说，当然没有不可以在大殿中说的话。奴婢只是想告诉大人，从此不再来这政务殿做事了。圣上驾崩，奴婢便也顿生去意，只是希望大人能尽快找个人来接替奴婢，我这就去向皇后请辞。

这一回轮到崔湜怔怔地看着婉儿了。崔湜还没有讲话，便有韦皇后从崔湜的身后闪了出来，她假惺惺地看着婉儿，甚至冷笑着，然后当即就恩准了婉儿，圣上丧期一过，婉儿就可以回家了。

说到底韦皇后是恨着婉儿的。她怎么能容忍婉儿这个身份不明阵线不清的女人继续待在她的朝廷中呢。当然她也可能是被她那虚假的泡沫一般的胜利冲昏了头脑。她不再需要婉儿。她以为她的那些无知也无能的韦氏兄弟子嗣们就足以能撑持她坐天下了。

于是婉儿回到了她长安城里群贤坊的房子里收拾衣物。然后回到后宫为李显守丧，直到出殡后，她将永远离开长安。婉儿在冥冥中知道她是要离开的。她只是不知道她怎样离开，她又会到什么地方去漂泊流浪。

婉儿回到了自己的家中，突然觉得这里真好，真安静。她想恐怕唯有在这里，她才能远离政治，远离争斗，她的心才能是清净的。她已经太累了。什么也不想听也不想看了。她只求一死，只求能像当年太宗的婕妤徐惠那样，不吃不喝，陪中宗上路。

婉儿在即将告别她的这个家时，一种依稀的留恋和伤感。因为婉儿在冥冥中觉出，她可能再也不会回到这里来了。婉儿想，显的丧期结束的时候也就是她的死期。再说显已经死了，她也就不该再拥有这房子这庭院了。这里的一切都是显给她的，那么当他已经离开，她还有什么理由继续拥有他的这座房子呢？

婉儿在离开这里的时候一一走过这座豪华宅邸的每一个庭院，每一个房间。婉儿停留的时间最长的是母亲住过的那个庭院。尽管母亲早已经离开人世，但很久以来，婉儿只要一走进来，就会觉得母亲还在，母亲的温暖还在，就不禁会热泪盈眶。后来婉儿想幸好母亲是走在这即将到来的劫难之前，幸好母亲看不到她这万劫不复的下场了。婉儿想到此便很欣慰。她想母亲尽管一生受尽磨难，但至少母亲的晚年是安宁的，富有的，尊贵的。于是婉儿就更加安心了，她想她对母亲也算是无愧无悔了，她尽了一份女儿的孝心，她报答她的养育之恩了。

　　婉儿最后走进的那个最深处的庭院是她专为崔湜留下的一处幽静。那个虽然夏季灿烂，但却依然显得寂寞荒凉的庭院。婉儿已经很久不来这里了。她不愿意让这里的物是人非弄伤她自己的心。久已不来的庭院已经是芳草萋萋。但是却依然掩盖不住那屋檐、廊柱下的凋敝。婉儿想她真的老了。老了便有了一种苍凉的心境。这里再没有爱的气息。那庭院中所发生过的一切也仿佛已经遥远。往事哪堪回首。婉儿只想能尽快逃离这一片如歌般的衰败。

　　婉儿扭转身。

　　在她自己已经不再属于这里的最后的黄昏中。

　　婉儿扭转头。那么神秘的，她竟然就和她此刻所思所想的那目光不期而遇。那么熟悉的。她曾经无数次在这里面对那目光。那是婉儿所不敢相信的。她扭转头就看见了他。崔湜，他竟然就在婉儿的面前。

　　我看见娘娘的马车就停在门外。门开着，我就进来了，我想我终于能见到娘娘了。

　　不，不……

　　每天离开政务殿我都会从娘娘的门前走过。但每天这大门都紧锁着。我知道娘娘是在为圣上服丧，娘娘不会回来，但是我就是忍不住每天来这里等待，我想终会有一天……

　　这一次婉儿的眼睛浸上来泪水。

　　崔湜走过来抚摸着婉儿的脸。崔湜说，我一直想问，为什么，娘娘的头发全白了？

　　婉儿低下头用她的脸颊温柔地蹭着崔湜的手，她无法说出她在那个最后的黄昏时的感觉，她觉得能在告别的时刻见到崔湜简直是上天的赐予。

　　婉儿说，崔湜，叫我婉儿。

　　崔湜便说，婉儿，你依然还是我的吗？

　　婉儿说，你能来，真好。

　　然后，婉儿便被崔湜抱了起来。把她抱进了他们曾有过无数风流的那个昏暗的有些潮湿闷热的小屋。他们像所有的以往那样，彼此抚摸着亲吻着。在那张吱嘎作响的木床上。全不管木梁上早已经悬挂了一张张密不透风的蛛网。他们什么也不说。他们只全力做着他们此刻所应当做的事。他们很投入。很投入的很多次。他们不知道门外的太阳已经落山，而漫长的午夜正悄悄向他们逼近。

崔湜终于不得不离开。他已经精疲力竭，他可能也知道他们这是在为最后的爱情送别。他们是相互依偎着离开这个凋败的庭院的。他们手拉着手离开。将那凋败关闭在身后。当他们再也看不见那凋败之后，才真正地意识到，那不是砖瓦的凋败，庭院的凋败，而是爱情和生命的凋敝。

婉儿在崔湜的怀抱中说过的最后一段话是，你要知道我是怎样地爱你，所以不要迟疑了，尽快去拜望太平公主和相王李旦。你要知道这朝中的风云瞬息万变，迟早临淄王李隆基会起兵讨伐诸韦。而你的兄弟崔澄又一向是隆基的密友，而隆基的心腹刘幽求也一直将你引为知己，这是何等的水到渠成。听我的，去投奔他们吧。你必须去，要想活下来，这恐怕是你唯一的选择了。告诉他们韦后就要起兵诛杀相王和太平公主了。他们正在密谋，他们已经枕戈待旦。让崔澄带你去见隆基。劝他及早起兵，赶在韦氏动手之前，方可赢得天下。这是你唯一的自安之策。有什么难的吗？别怕丧失人格，政治本身就是没有人格的。也不要对韦皇后寄予什么希望。相信我，他们是一群乌合之众，一群鸡鸣狗盗之徒，又怎么能把江山坐长久呢？任何伟大的朝代都必得有伟大的帝王统治。在声名狼藉的政权中做事，才是真正辱没了人格。崔湜，这是我对你最后的请求了。想想你我在这险恶的官场中走到今日，沉沉浮浮但却依然活了下来，实在是太不容易了。马上就要到来的那场争斗，对我来说已是最后一劫。无论是隆基的兵变，还是韦氏的清剿，我都在劫难逃。这些我已经都看得很清楚，我的命数已尽，盛衰荣辱也只能留待别人去评说了。但是崔湜你要活下去。我要你活下去。答应我，活着。活着想念我。好了，时间不多了。走吧走吧……

可是婉儿，我会想你的。

崔湜紧紧地抱着婉儿。崔湜也已经泣不成声。崔湜说，你为什么总是帮助我？你为什么总是替我想？我不知道今后的生活中如果没有了你，我该怎么办？不，婉儿，我不能离开你。是你塑造了我，没有你也就没有我，更不会有我的今天。别离开我，婉儿。我也要你答应我，别死。别死行吗？哪怕仅仅是为我活着……

崔湜你以为我不愿意和你长相厮守吗？如今我的命已经不在我手中了，自从重俊在肃章门外索要我的头，我就知道一切已经全都完结了。去吧，崔湜，我真的要回后宫为圣上守灵去了。咱们分手吧。

我还能再见到你吗？

我不知道。未来之于我已是生死两茫茫。我不知道以后的任何事。让我们就此告别吧，如若今后真的还能见到，那就是苍天的恩赐了。让我们祈祷吧。

婉儿……

宫门就要关了。崔大人。让我走。

婉儿，记住，无论是什么样的结局，无论生死，我都会永远怀念你。

我会铭记的。

还有，如果真的天有不测风云，你要等我。等我好吗？过不了多久，我就会去找你，从此永不分离。答应我，等着……

好。我等你。

他们难舍难分。告别得很艰难。反复地说着同样的话。分开了，又会情不自禁地返回来紧紧拥抱在一起。而拥抱过后，又必得分开。分开的疼痛，是永远不会消失的。

远远近近的长安街头的打更声。

寂静午夜中更人沉重而缓慢的脚步。

怎样的难舍难分。他们死死地纠缠着，执手相看泪眼。

莫不如我们此时此刻就这样死在一道。就这样永远在一起，永远不分离。

这是崔湜在最后一次拥抱婉儿时的誓言。他还说，反正我们最终都难逃一死。我们干吗不死在一道？我们干吗还要如此痛苦地分别？不，我们不再分别，也不再痛苦。让那些人为权力去争杀吧，而我们在一起，我们的幸福对于我们来说才是最最重要的。

离开朝廷，谈何幸福？除非我们离开。

那么就离开。我带上你，我们逃走……

崔大人，让我走吧。已经晚了。放开我，让我们告别吧。

最终是婉儿逃脱了崔湜。她跳上了她自己的那辆马车并让车夫立刻启程。她流着眼泪。不敢回头去看那个寂静长街上孤单的男人。但是很快，迷蒙的晨雾升起，婉儿就什么都看不见了。

崔湜果然听从婉儿的劝告，回到家中就找到了他的兄弟崔澄，共商他们兄弟未来之大计。而临政的韦皇后随时准备对李家兄妹及宗室剿杀的阴谋，也由崔澄星夜赶往临淄王李隆基的王府中通报。到了第二天清晨，崔湜又双管齐下地前往太平公主的府上参拜，要太平公主再去敦促李隆基尽早发兵，先发制人。唯有如此才能扼住诸韦咽喉，将他们的阴谋扼杀在萌芽中。

崔湜的如此反戈一击果然即刻获得了李唐宗室的好感和信任。特别是太平公主对崔湜的回归更是满怀欣喜，并许诺崔湜一旦兵变成功，一定会委以重任。崔湜如墙头随风飘舞的蓬草，朝秦暮楚，四处讨好，竟然能被所有的人接受，这也算是当朝的一大奇迹了。他不仅是婉儿、武三思的红人；是韦皇后、安乐公主的红人；也还是太平公主和李隆基的红人。何以崔湜便能在这各派势力间进退有据，出入自由？他凭什么能获得那所有势不两立的人们对他的共同好感？这个崔湜究竟是由什么做成的？他究竟有什么样的本事，让他在历朝历代中不倒？当然崔湜能做成这样的人也非常不容易。这需要一个人的天生的资质和颖悟。他不仅要有聪明智慧，还要有见风使舵的能力和能够获取他人信任的技巧。

在崔湜及时向李唐宗室投诚的同时，大概是韦后的一些党羽们也慢慢觉出这诸韦终究成不了什么大气候，于是弃韦而投李的倒戈者也越来越多。譬如皇宫禁苑总监钟绍京就背弃主子秘密参与了李隆基起兵的策划。这位韦皇后的重臣在李隆基起兵前虽然突然反悔，拒绝参加政变，但最后还是被他的妻子逼着，跳上了李隆基的战车。再譬如韦皇后的兵部侍郎崔日用原本是韦后的死党。但是当得知韦氏将对李唐宗室斩尽杀绝的阴谋时，怕未来殃及自己，便即刻暗中派人向李隆基告密，要求他立即起兵，推翻韦氏王朝。

在如此紧急的情况下，李隆基与他的姑母太平公主以及太平公主的儿子薛崇陈等便开始紧锣密鼓地策划。他们歃血盟誓，决意兵变，彻底推翻韦氏王朝，拥相王为帝，以还大唐本来面目。兵变在即，也曾有人提出，要向相王禀告。隆基却一口回绝，说，我等起兵是为社稷天下，如若成功，这成果将归于父亲；但若是失败，我隆基便一马当先，以死殉国，决不牵累相王。如若现在报告，相王赞成，就是参与了兵变；而相王不赞成，我们又如何起兵呢？于是，李隆基便决定背着父亲李旦，秘密起兵，以他的热血和生命，与韦氏一族一决生死。

于是在公元 710 年 6 月 20 日，也就是在中宗李显暴毙十九天之后的那个夜晚，李隆基等人便身着便服，潜入禁苑埋伏。二更时分，全副武装的李隆基就带领他在皇家亲军万骑中的亲信，横枪跃马，出奇兵，杀进了韦皇后的羽林营，以迅雷不及掩耳之势，斩杀了掌管皇家军队的所有韦氏党羽，并当众宣告：韦氏毒死先帝，谋危社稷，今夕当共诛诸韦，身高有马鞭长者皆杀之。立相王为帝以安天下。敢有反对者将罪及三族。

于是一声号令，羽林将士们便都欣然从命。其实他们原本就是李唐的军队，不过是被韦氏统治了十几天，他们的心依然是属于李唐的。有了军队，李隆基便如虎添翼，风驰电掣般率领羽林大军出禁苑南门，开始进攻宫城。他们兵分几路，分头攻打玄德门、白兽门和玄武门。李隆基的骑兵杀入玄武门后便长驱直入进逼韦皇后所在的后宫。毕竟韦皇后的天下只有十九天，而宫城内的人心所向依然是大唐的李家。于是宫城的防卫，不攻自破。如坍塌的断墙，顷刻瓦解。转瞬之间，后宫里便马蹄嗒嗒，火光四起，杀声一片。

后宫中的韦皇后依然沉浸在她的王朝的梦想中。她可能是过于忘乎所以了，以至于她根本就想不到已被逼到绝境的李家竟然还有反手之力。韦皇后可谓是在自鸣得意中大意失荆州的。她当然没有忘记要将李氏家族一个不剩地斩尽杀绝，她也开始时不我待地准备这场清剿的战斗了，但是她就是稍稍地晚了那么一小步，以至于她才终于没有做成那个韦姓的女皇帝。当然那也是她的命中注定。可能还因为她没有像武则天那样起用婉儿，婉儿倘若成了她的谋臣，她可能不会如今天般那么匆匆收场。她太信任她们韦氏宗族的那些兄弟和子侄了。她以为唯有他们才能为她的登基保驾护航。于是在中宗刚刚死去，她就近乎歇斯底里地让那些出身微贱的穷亲戚乡巴佬们一个一个地光着脚走进了皇宫，走进了李唐的朝堂，并委任他们那些单单是一听到就已经把他们吓得直哆嗦的高官，一副受宠若惊的样子。而他们这些没见过世面更不懂得政治的乌合之众，又能给韦皇后什么像样的帮助呢？他们无非是对韦皇后山呼万岁，希望她能早早坐在那把龙椅上，于是韦后也得意忘形地应和他们，说，对，朕就是要做女皇。从此，女皇的梦想便终日纠缠着韦皇后，不论白天还是夜晚，那登基的五色祥云始终在她的梦中翻卷着……

韦皇后便是在这五色祥云丝丝缕缕的缠绕中被一片响声惊醒的。她并不熟悉那不断向她逼近的声响。那已是三更时分。午夜的寂静被骤然划破。韦皇后乍醒来，在迷迷糊糊中以为那铺天盖地的响声是民众的欢呼。于是她真的很激动，她甚至激动得流下了眼泪。她于是清醒。清醒便是梦醒。梦醒之后她才非常现实地想，她还等什么？她为什么还不尽快登基？她已经等不及了，她太渴望看到城门下万众向她欢呼的场面了。韦皇后和衣坐起，睁大眼睛，然而她却并没有看到万众，也没有听到欢呼。眼前只是一片长长的黑暗。她突然害怕了。她醒过盹来才透过窗棂看到了远处有火把在游动。而且那急如星火的马蹄声正逼近她的寝宫，那喊声也变得越来越清晰，那就是要抓住她这个毒杀先帝谋危社稷的逆贼，要将她千刀万剐，要将她的头拿下，以祭奠显那不幸的在天之灵。

　　韦皇后终于知道那并不是她的五色祥云，更没有万众的欢呼。她吓坏了，她立刻就意识到她做不成女皇了，她已经危在且夕。于是她便慌乱地逃出她的寝宫，那时候她只有一个念头，那就是逃跑。她甚至连鞋子都没有穿，便飞快地不顾一切地往外跑。她披头散发，满脸的惊恐。她身上的睡袍向后飘着。踉踉跄跄的步履。她跑着，向着来兵相反的方向。她只想逃命。那是她唯一的意识。逃命。被身后的骑兵围追堵截。她不知该向哪里逃。她更不知能在哪里躲藏。她真的被吓坏了。她只是在身后的一片喊杀声中拼命地跑呀跑呀。在这万分危急的时刻，她身边竟没有一个人。没有一个人能来帮助她救救她保护她。她的脚被石板路磨破，身体跌跌撞撞，脸上是血是泪。但是她却依然不顾一切地拼命地跑着。后来，这个被逼得几近疯狂几近绝望的女人终于跑进了一个很空旷的院子。她冲进去。那里一片寂静。她不知道那里是什么地方。她太累了。她已经跑不动了。她只想停下来。坐在什么地方。她再也不跑了。她宁可死。韦皇后是一屁股坐在那片寂静的空地上的。但几乎转瞬之间，便有几十匹高头大马一拥而上，将韦后团团围住。那马的凶猛的鼻息。在韦后的耳边奋力响着。马并不知道韦后是什么东西。它们大概很好奇，于是便逼近她，并抬起马蹄去蹚踏她。韦后再度想跑。但她左奔右突，却似乎已经冲不出那马的重围。她的头不断碰到那些长长的马脸。她害怕极了。她高声喊叫着，不，这是哪儿？

　　这里是飞骑营。你就是那毒杀了吾皇的毒妇吧，我们找的就是你。

　　不，你们要干什么？飞骑营有什么了不起的，飞骑营也是朕的。这里的什么都是朕的。朕就要登基了。连天下都是朕的了，你们走开，走开，让朕……

　　你这个淫毒的女人竟还在做女皇梦？看刀，让你的女皇梦见鬼去吧！

　　韦皇后的首级被斩于飞骑营的马下，实现了李隆基兵变的第一个目标。随即飞骑营的将士们便提着这个弑君罪人的首级，向政变领袖李隆基邀功请赏去了。

韦皇后失了头颅的尸体孤单地躺在飞骑营的空地上，被午夜明媚如流水的月光照着。她脖腔中的血依然泉涌般汩汩地流着。流着罪恶。那是黑血。是偶尔飞来的专门吸食腐尸的秃鹫也不愿沾的。它们大概也嫌那是罪大恶极的血肉，难以下咽。

李隆基此次兵变要诛杀的第二个重要目标，就是一心想做皇太女的安乐公主。他的那个美如蛇蝎的只有二十六岁的堂妹。又是一个女人。

其实安乐公主在韦皇后临制的十几天中并不高兴。因为在那十几天中，韦皇后一心想的只是她怎样尽快登基，她甚至不见安乐公主，视安乐公主为潜在的对手。她说只有她登基做了女皇，而后才能考虑安乐公主做皇太女的事。所以安乐公主不开心。她不开心便不再理母亲。她想幸好还有她的丈夫武延秀终日陪伴她，但自从母亲临制，那个被韦皇后任命为太常卿的武延秀留在家中的时间也越来越少了。

她为此而和武延秀争吵。她问他，你怎么总是半夜才回来？

你难道不知道这是什么样的非常时期吗？朝中的事情这么多，我又是母后的重臣。

难道朝廷半夜还点灯吗？我去找过你，政务殿的大门早就关闭了。

我们是在母后的寝宫共商国策。

母后的寝宫？社稷的安危竟要到皇后的寝宫去商讨，你们是不是还要升御帐呀？

安乐你不要胡说，那可是你母亲，不是武则天。

我母亲又怎么样？她们都是一样淫荡的女人。她是不是已经离不开你这个年轻英俊的驸马了？她从不会放弃那些漂亮的男人。我太了解她了。你干吗要那么取悦于她？就像是她的一条狗。

安乐你说话不要那么难听。就算是一条狗我也是为了你。没有她你能当上皇太女吗？

她那种无知的女人都能当皇帝，我又凭什么当不成皇太女呢？

总之我们的未来全靠她。单靠你我也当不上这个太常卿。

所以你才千方百计巴结她。用什么？是用你的脸蛋，还是你的身体？你们这些肮脏的东西。天下没有像韦氏这么无耻的女人了。她毒杀了我父皇，如今又要抢她女儿的男人上她的床，而你竟然……

武延秀拂袖而去。他不再理睬安乐公主，因为他无法说清他和这一对母女究竟是一种什么样的关系。作为男人，爱美人但更爱功名。安乐公主可以给他美，但他爱的功名就不是这个美的女人所能给他的了。武延秀生气地住到了另一个房间里。他当然知道无论母亲还是女儿都是不好伺候的。所以，他常常是一走了之，把那些愤怒中的女人独自丢在那里。

安乐公主在这一番争吵之后难以入睡。她独守空床，挨着长夜，于是也就难免想入非非。她辗转反侧地想着武延秀在母亲的寝宫中究竟会做些什么。她又想以武延秀的风流倜傥，他怎么会对母亲那种丑陋的女人感兴趣？她知道无非是因为韦皇后的手中有权力，而武延秀恰恰又想要那权力。那么，韦皇后又凭什么要把那权力给延秀，而不给别的男人呢？母亲寝宫里的男人难道还少吗？自从武三思走了之后，便有了国子祭酒叶静能、常侍高医马秦客，以及那个厨子出身的光禄少卿杨均轮流伺候在她的帏幄之中，难道这么多的男人还不够，母亲还偏偏要她的延秀吗？而伴随着武延秀对她一天一天的冷落，安乐公主就坚信了延秀一定是也和那些御医厨子们一道上了那个权倾天下的女人的床。太无耻了，也太令安乐公主伤痛了，他们怎么能这样……安乐公主越想越不能忍受。如果和武延秀上床的不是韦皇后而是另外的一个什么女人，她肯定就会不顾一切地星夜派人去杀了她。但是要了延秀的那个人，又恰恰不是别人而是她的母亲，而她的母亲又不是一般的母亲，而是那个握有天下生杀大权甚至是握着她的性命的皇后。

于是安乐公主只能暂时忍下这口气。至少是在这个特殊的时期，她还要利用母亲冲在前面做那个开路的先锋，为她日后的皇太女梦想铺平道路，替她将李唐宗室的那些绊脚石诛杀殆尽。安乐公主当然知道谁走在最前面谁就将成为靶子，腹背受敌。而这种冲锋陷阵的活儿，安乐当然不想去做。她要渔翁得利，坐享其成。她想，日后早晚有收拾母亲的那一天，哪怕是那个女人已经坐在了女皇的位子上。她可以匡复李唐的王朝。她有李姓。她还握有母后鸩杀父皇的证据。她发誓要把这个杀夫弑君的罪人钉上历史的耻辱柱，要她永远也不要再想去抢别人的男人。

所以安乐公主只能是枕戈待旦。她不再愤怒，不再委屈，也不再吵闹，而是在夏季的午夜中走进了武延秀睡觉的那个房间。她推门而入。见武延秀早已在疲惫中睡熟。于是那个睡着的如浮雕一般美丽的男人自然就动了安乐公主的芳心。于是安乐公主才会在这温热的午夜，点起了蜡烛，对着铜镜为自己施朱敷粉，梳妆打扮。她想她要以她的美艳唤回她丈夫的心。安乐公主当然知道自己是这宫城里最美的女人，美若天仙。她就不信她的美不能帮助她，就不能打动那些男人的心。她就是要比试比试，到底是她的美艳还是母亲的权力最终能俘获那些卑鄙的男人。

也是在三更时分，在安乐公主精心地打扮自己时，她听到了门外的喧哗。安乐公主虽然一向远离政治，但是她的聪明使她立刻就意识到了，有人起兵叛乱！安乐公主没有做梦，她知道这兵变是迟早的，以母亲的为人和能力，她凭什么那么轻易地就能登上王位，她比起安乐公主的那个伟大的祖母武则天，简直是草芥不如。安乐公主这样想着甚至还有种幸灾乐祸。她想这下好了，用不着她了，叛军就能代她结果了母亲的性命了。她不怕有人起义不怕有人夺走了母亲的政权。比起这义军举旗叛乱，她更怕的还是母亲抢走了她的男人。

于是安乐公主面对远处的剑拔弩张反而很镇定。她轻轻推醒了武延秀，她想告诉他窗外的事，想说这场兵变也许是不会殃及他们的。然而她被武延秀看着她时的那迷茫的目光惊呆了。梦中方醒的花花公子武延秀并不知安乐公主的用意。他只是觉得此时此刻，这个午夜中烛光下的年轻女人实在是太美了，恍若天仙，他还从来不曾发现安乐公主是如此之美。于是他想他爱这个女人，他不能没有她。而他和那个丑陋的有着权力的老女人上床，不过是逢场作戏，他怎么能因此而舍弃了他的这个如此让他心旌摇荡的女人呢？他于是扑向他的女人。他亲吻她拥抱她不由分说就脱光了安乐公主的衣裙。他说你真是太美了。你是我的。我将永远也不离开你。于是安乐公主便顺势问他，是权力重要还是我重要？当然是你重要。那么为了我就可以不要权力了？当然只要你，只要能和你今生今世在一起，我将万死不辞。

武延秀的海誓山盟使被冷落日久的安乐公主感慨万端。她于是决定不把那远远近近的马蹄声告诉武延秀，如果在劫难逃，他们又何不在死期到来之前，无比投入地风流一回呢？

然后安乐公主就顺从地躺在了武延秀的身下，任凭着她的这个回心转意的丈夫拥有她。安乐公主怕武延秀听到兵变的骚动后会落荒而逃，她便拼命地扭动着，疯狂地呻吟着，她要用她激情的身体遮掩住那窗外咄咄逼人的一切，在这样的时刻，她不想让武延秀听到叛军逼近的脚步声。她大声喊叫着。

在这个生命的最后时刻。她不管叛军，也不管未来的政权会是谁的。她讨厌政治。讨厌各派势力之间的角逐和杀戮。她的敌人将只有一个，那就是她的情敌，就是任何企图夺走她男人的女人。无论这个女人是谁，无论她的位置有多高权力有多大，但只要抢走了她的男人，她都将视她为仇敌，也都将与之不共戴天。

所以，安乐公主不在乎叛军。她甚至不以叛军为敌。此时此刻。在床上。她只享受她的男人所带给她的那天堂的快乐。她也让自己属于他。属于他们所共同拥有的激情。她低声呻吟着高声喊叫着。后来她终于在她自己的声音中听到了有人在撞击着他们的大门，并高声喊着要索要他们的头颅，就在那一刻，她知道他们完了，他们将在劫难逃。但是她不管那些。不管门外的那些叛军，她只要她的男人，只要这一刻。这一刻，这一刻的喷涌。安乐公主耐心地等待着，直到，终于，那冲击着的一切到来，武延秀把他毕生的激情全都给予了她。

然后，安乐公主才彻底安静了下来。她轻轻摇着那个正昏昏欲睡的武延秀，在他的耳边轻声说，听，有人在拍门。是叛军。叛军来了。

什么叛军？武延秀立刻清醒，并立刻从他女人的身上跳了下来。

你不用着急。是他们起兵了。我早就听到了那马蹄声。

你早就听到了为什么不告诉我？

我叫醒你了，我……

你叫醒我是为了要我们在一起。

你不是说过我比权力更重要吗？

可是我并不是说做爱比活着更重要。

有了这样的夜晚你难道还在乎死吗？

等等，你听，他们冲进来了，快……

李隆基的羽林将士们夺门而入。他们一冲进来就用剑戟逼着几近赤身裸体的安乐公主和武延秀。是羽林军的骤然出现使武延秀顿时有了精神。他转身抽出身边的长剑便同那些来兵格斗了起来。他边杀边砍边大声喊着，安乐，快跑，快从侧门出去。而安乐公主却站在武延秀的身后一动不动。她说，延秀，我等你，我们一块儿跑。武延秀奋力抵挡着对面砍杀过来的刀剑，保护着他身后的安乐公主。他且战且退，毕竟势单力薄，后来他愤怒地吼着，他说，听到了吗？安乐，快跑，你不要管我。我这就来。跑到肃章门去，在那里，等我。快点呀。可是延秀，我等你，我……还啰嗦什么。快跑呀。看我来为你杀出一条血路。看我怎么把这些叛军全杀光。你们过来呀？居然欺侮到大唐公主的家中来了，看剑……

安乐公主在武延秀的催促下，在他为她杀出的那条血路中，终于穿过了那刀光剑影，逃了出去。她一边哭一边跑。她牵念着她的丈夫。那是种几近绝望的牵念。在黑暗的午夜，她什么也看不见。她只是盲目地向前跑着，向着矗立在夜晚的黑暗中的肃章门楼。安乐公主踉踉跄跄。好几次摔倒又爬起来。又好几次想跑回去，想既然死，他们又何苦不死在一起呢？她眼前晃动着的，是武延秀赤身裸体孤身一人去拼杀着那几十个全副武装的羽林兵士。他孤军奋战。他当然不是众多叛军的对手，但是他始终抵挡着搏击着，他决不投降也决不言败。慢慢地他的周身布满了刀痕，鲜血淋淋。最后他终于摔倒在地上。他是战死的。他死时嘴里所呼唤的，也是安乐公主的名字，他说，安乐，快跑吧，别等我了，别……

也许，如果安乐公主不那么信守等待的诺言，趁着黑暗，她是能逃过死亡的劫难的。她既然已经逃出重围，偌大的皇宫，难道就找不到一个她可以藏身的地方吗？但是，她就是那么傻傻地站在肃章门前，站在那个月光如水的空地上。她把她自己明明白白地暴露在所有人的视线之中，就仿佛她是个靶子。她在对追兵们说，来呀，我就在这儿，来杀我吧。

那时候安乐公主的心里只有武延秀。她是那么牵念他，以至于她都忘了恐惧，忘了该怎样保护她自己。武延秀英勇护卫她的那一幕让她无比感动。而这样的感动，安乐多少年都没有过了，因为她每天所看到的，全是人与人之间残酷的相互挤压，尔虞我诈，甚至是亲人之间的彼此欺骗、伤害乃至于杀戮。而武延秀在这个生死存亡的时刻站出来无私地保护了她。他是那么英勇无畏，那么奋不顾身，他宁可舍弃生命，也要救出安乐公主，这种献身的精神，怎么能让安乐不长歌当哭呢？延秀才是那个真正的男人，真正的丈夫，真正的勇士。安乐将永远不忘延秀那手拿长剑、一丝不挂，周身是伤是血的勇士的形象。她为她有如此勇敢的丈夫而骄傲。

所以安乐公主站在肃章门下不走。她要在那里等延秀，等她的浴血的勇士。其实安乐又何尝不知孤军奋战的武延秀是敌不过那成百上千的叛军的。但是她就是要等他。那是她的许诺。她不能把舍身救她的延秀一个人丢下。

然后，那些闯进她家的羽林将士们就开始向肃章门挺进。结束家中的那场力量悬殊的搏斗，对他们来说当然是举手之劳。他们也听到了武延秀要安乐公主在肃章门等他的那个公开的秘密。他们当然就急起直追，因为毕竟逃走的那个女人，才是他们年轻的统帅李隆基真正的目标。

一个女人。

在这场兵变中为什么只杀女人呢？

那些女人真有那么大的能量，真能扭转乾坤吗？

义军们远远地就在肃章门前的空地上看到了那个女人。如此空旷的长夜。那美丽的公主就站在月光下，身上只披着一件蝉翼一般的透明的丝衣。她就那么执着地站在空旷的广场的中央。她并不躲闪。她当然也看到了那些正逼近她把她包围的那些兵士们。

她不惧怕。

她的目光中只是充满了焦虑，她等待着那些手持长剑骑在马上的将士们，等待着他们一点一点地靠近她。

他们终于靠近了她。他们并且逼迫着她。他们当然知道这个女人的头颅在这场兵变中究竟值多高的官衔和厚禄，他们也当然知道无论谁抢了这一功谁就将从此是新王朝中的英雄。因为他们知道李隆基第二想要的，就是这颗美丽的头。他们是义军。他们曾在李隆基的麾下盟誓。事关社稷天下，怎么能在乎这颗女人的头颅是不是美丽呢？所以他们只能使命在肩地不断缩小着包围圈，把那个美丽的女人逼到绝境。然而，当安乐公主的那颗娇小的头颅就在他们的刀下，他们不用费哪怕吹灰之力，便能完成使命，但是很久很久，却没有一个人敢于举起他们手中的那把已是鲜血淋淋的战刀。对他们来说，这个午夜里月光中的女人实在是太美了。美到一种尊严，美到一种力量，美，就是一道防线，一种兵器，就足能抵御那些杀气腾腾的男人了。没有人敢对着那美举起邪恶而丑陋的武器。他们不敢，并且不忍，这就是英雄在美人面前为什么总是气短。

安乐公主就这样在羽林将士们的重重包围中站着。她不跑也不躲闪。任夜风吹起她薄薄的裙子。任她的裙子飞扬。任她那美丽的身体在裙子的飘扬中裸露在那些刚刚杀过人的将士们面前。那就是她。大唐的公主。那是羽林兵士几乎从不曾见过的。而她此刻就这样手无寸铁且愁肠百结地站在他们中间，令他们怜爱。

安乐公主在夜色中抬起头环视着那些马上的勇士们。后来，她终于抓到了一个满身是血的兵士，问他，延秀呢？你们把他怎样了？你们杀了他吗？

那个满身是血的兵士退着。其他的兵士也退着。包围圈也不断扩大着。甚至闪出了一条可让安乐公主逃跑的路。

但是安乐公主不逃跑。

她只是不停地问着那个兵士，延秀呢？你们杀了他了？他怎么不来？他要我在这里等他的呀？他在哪儿呢？告诉我。

骑兵中不知是谁突然义正词严，他说，是的，我们把那个逆臣杀了。我们还要杀你。你身为大唐公主，竟密谋杀了自己的父亲，如此弑君弑父之罪，还罪不当诛吗？你们是李唐王朝的败类，你的死期也已经到了，你还有什么好说的吗？

当安乐公主终于得到了武延秀的死讯，她便顿时安静了下来。兵士中也是鸦雀无声，就仿佛肃章门前的广场上，并没有聚集着浩浩荡荡的兵马。

当安乐公主确知武延秀已殁，她真的就安静了下来。她仰头环视着那所有高头大马上的勇士，然后平静地说，王朝的事我不管，我只要得到我丈夫生死的消息。好了，谢谢你，我知道了。然后安乐公主就走到了一个看上去异常勇猛的兵士前，因为她看见他的战刀上的血还一滴一滴地流下来。她走过去，用手去抚摸那战刀上的血，她说，我知道了，这就是他的血。这血还是热的。是他的。他就这样用他的血和我在这肃章门下汇合了。我终于等到他了。多么好。从此我们就能安安静静地在一起了，远离朝廷，远离那冷酷无情的争斗。我们本来就不该被卷到这政治的旋涡中。我们如果是平民百姓也就不会受这么多的苦，也不会这么年纪轻轻就死于战乱。现在好了。苦难到头了。我们就可以长相厮守，永不分离了。那么，来吧，就用这把有他的鲜血的刀，带我走吧。拿去我的头吧，我不管你们把它献给谁，也不要告诉我你们起兵的首领究竟是谁。这些对我已经毫无意义了。只要我能和延秀在一起。来呀，干吗还不动手？拿走吧。那是我的头。可换取功名利禄，来呀，你们不都是勇士吗？你们为什么还不动手？求你们，让我走吧。

安乐公主就那样伸着她的头，等着那些兵士们来杀她。她想她在这世间确实已没有什么可留恋的了，既然是，她最爱的男人已死，她便也只求一死了。

安乐公主在死前是幸福的。在生命的最后时刻，她不仅在身体上拥有了她的男人，她还看到了这个男人是怎样用鲜血和生命保护了她。她便双重地占有了这个男人。彻头彻尾地。她拥有了他的全部。那么接下来，到了此刻，只要再加上她的死，这个他与她的夜晚就是真正完整而又完美的了。一个死前的完整而完美的夜晚。多么好。不是谁都能拥有死前的这样的夜晚的。那么就让她死吧。她已经不在乎她的美丽的头颅会让哪个兵士拿去邀功请赏了。她只要那把刀。那把曾杀过武延秀的刀。她要和那刀亲吻，她要死在那把刀下。来吧。拿去吧，懦夫们！

安乐公主的头颅自然很快就被献到了义军首领李隆基的面前。那是安乐公主的堂兄，他仅仅比他这个美丽的堂妹大一岁。不知道他为什么一定要杀了安乐。更不知道在他和美艳动人的堂妹之间究竟发生过什么。李隆基调转头。他大概也不敢看安乐可能依旧美丽的头颅。他只是摆摆手，意思是放在那里吧，他就带着他的士兵去杀别的人了。他所要诛杀的第三个目标又是谁呢？难道还是个女人吗？

安乐公主失了头颅的身体就横陈于肃章门前的广场上。没有人忍心去看，更没有人敢去碰，就仿佛是圣物。安乐公主的姿态就是死后也是那么美，那么惊心动魄。那沾着斑斑血迹的蝉翼一般的丝裙依然在她妩媚光滑的身体上飘啊飘啊，那依然的美艳绝伦，盖世无双。那唯有安乐才有的身体。

那是世间从未曾见过的失了头颅但却依然完整的美。

那是令见过的人终生不忘的美。

在长安城中崔湜的府邸。

在这个金戈铁马、刀光闪闪的夜晚，崔湜彻夜不眠。他的家尽管远离宫城，他尽管根本就听不到兵器的声音也看不到束束火光，但是崔湜躺在床上，他的耳朵里却充斥着兵器声和喊杀声，他闭上眼睛，眼前还是不断闪过那阵阵刀光和血影。

崔湜知道政变就在今夜。他的兄弟崔澄特意提早通知了他，要他待在家中，还要他做好贬官流配的准备。因为相王李旦称帝以后，必得将韦后临朝时期的重要臣相贬出长安，当然崔湜也在所难免，但临淄王已向崔澄保证，不久后一定会将崔湜召回长安朝廷，而太平公主也在召回崔湜的问题上，与她的侄子李隆基达成了共识。总之他们都认为崔湜是个不可多得的人才，他们未来的王朝是需要这个风流才子的。

如此崔湜辗转反侧，忧心忡忡。他并不是因为自己要被赶出长安而焦虑不安，而是，在这个兵变的夜晚，他不知婉儿在哪儿，更不知她会遭遇怎样的命运，他也曾几次托崔澄探询临淄王对婉儿的态度。而每每崔澄带回的信息，都是李隆基对婉儿的深恶痛绝。认为好好的大唐王朝，就是败在了那几个女人的手里。而几个女人中最坏的，就是婉儿。因为唯有婉儿是聪明绝顶的。所以，擒贼就必得先擒王。如此，崔湜又怎么能去保护婉儿呢？他爱这个女人。但是他也只有听凭命运对这个女人的安排了。

崔湜彻夜想着婉儿，却可惜他一个堂堂男子汉，竟想不出任何能救心爱的女人于危难的办法。崔澄通知他今夜兵变的消息时，李隆基早已潜入了皇家禁苑，并把所有的宫门看守得严严实实，任何宫城之内的人都插翅难逃。崔湜眼看着心爱的人将遭屠戮，而爱莫能助。那是种怎样的悲哀。他只能是坐以待旦。只能是焦虑不安地任凭起兵的人去杀去砍。他唯有在心里为婉儿默默祈祷，希望她最终能逃过这最后的一劫。

崔湜便这样熬到了天明。

直到天明，没有一点关于政变成败和婉儿生死的消息。

他心怀惴惴。有一丝莫名其妙的侥幸。然后他便只能强打精神，和所有朝官一样，和每天一样去早朝。

太极殿中似乎没有任何政变的迹象。大多数不知情者依旧相互寒暄，谈笑风生，说昨晚的天气如何如何炎热，潮湿的空气中一夜飘忽着一股腥乎乎的味道，仿佛是血腥。崔湜抬起头在朝臣们中间一扫，他便即刻意识到，政变成功了，因为大殿中已经没有了任何韦姓的朝官，他的心情顿时黯然。

政变成功了，是不是就意味着婉儿也被诛杀了呢？或者婉儿还没死，她只是被囚禁关押在了大狱中，崔湜想只要婉儿活着，他就一定要想方设法地去看她，哪怕去看婉儿的代价是死亡，崔湜也将在所不辞。

果然如崔湜的猜测。当早朝的时辰一到，相王李旦和太平公主就相携一道走上大殿。他们兄妹的骤然出现使满朝文武着实地震惊了一回。他们看着满面春风的这一对兄妹目瞪口呆，但随之爆发的就是一阵热烈的欢呼声。因为他们终于看到，随着中宗李显的谢世而大权旁落的大唐王朝终于又回到了真正意义上的李家。

太平公主和相王手牵着手向百官宣布，殇帝重茂已让位于相王李旦。李旦于是在数年之后又莫名其妙地再度被推上王位。甚至连他自己都不知道，清晨一睁开眼睛，他的儿子和妹妹就通知他，从即刻起，你就又是天子了，又可以称"朕"了。他们不管且是不是喜欢这个天子的位子。但是且必须坐在那把龙椅上，唯有他坐在那里，才能天下太平。且这一次做天子不再有身后的母亲了。但是他显然依然是傀儡的皇帝，因为太平公主参与了这次成功的政变。她和她的儿子们都是积极的策划者和起义者，所以必然的，她今后就必然要和她的皇帝哥哥平分天下了。

接下来就是向文武百官宣布政变的过程，任免的名单和被诛杀者的名单。在被流贬者的名单中，自然有被贬出长安、充任华州刺史的崔湜。这是崔湜事前就知道的，所以他没有像其他被贬黜者那样如丧考妣，而保持住了那种安之若素的君子的尊严。

崔湜是竖着耳朵去听被诛杀的那些皇室和朝廷要人的名单的。因为韦氏在兵变前已经大权在握，所以被诛杀者多为三公六卿，文武政要。在一片唏嘘之中，崔湜听到了韦后，听到了韦温，听到了韦后的那些子侄们，当然崔湜还听到了武延秀，听到了安乐公主，凭着政治的直觉，崔湜觉得临淄王起事是坚决的彻底的不留后患的斩尽杀绝的。他觉得临淄王很狠。而且无疑，这个年轻人已经为他日后的登基铺平了道路。他已经剿灭了所有可能会成为敌对势力的党羽，他事实上已经大权在握，他已经成为了那个未来的天子。

在被诛杀者的名单中，崔湜竟然一直没听到上官婉儿的名字。他于是很庆幸，但又有点怀疑。他不知临淄王是不是突然良心发现，或是太平公主求情，她们之间，毕竟是有着姐妹一般的友情，因而婉儿能幸免于难？被诛杀者的官位越来越低，及至最后小小的兵士……崔湜终于长出了一口气，他想他要感谢上苍，让婉儿终于逃过了这一切，让他的心里从此又有了依托。

所有被诛杀的名单宣布完毕。

所有在场的人都如释重负。

而骤然之间，满身铁铠的临淄王突然出现在太极大殿上。于是紧接着百官欢呼。这就是英雄。就是力挽狂澜的那个救世者。他全副武装地站在那里。他是那么坚毅、果敢，有王者气象。他是谁？他就是王朝的希望。

他于是压住了百官的欢呼。一字一字地铿锵地向大家宣布，被诛杀者还有上官婉儿。这个卑鄙的女人罪大恶极，她与武三思淫乱，使后宫从此染上了糜乱之风，她鼓励韦庶人效仿武则天，图谋我李唐社稷，她还每每唆使安乐公主欺凌太子重俊，致使重俊在起兵失败后惨死。皇室的所有阴谋都同这个女人有关；我李唐社稷能有十九天落入韦氏手中，也是这个女人怂恿的结果。这个上官昭容虽为先帝的嫔妃，但是她实在恶贯满盈，我等不杀她就不足以为惨遭毒手的中宗报仇雪恨，就无法证明我们此次起兵的成功，望天下和百官能认清这个女人的真面目。杀一个婉儿不足以惜，关键是……

崔湜的眼泪不停地流下来。

他不停地用手去擦，他已经不管是不是有人会看见。他想就是此刻把他拉出太极殿去斩首，他也不能不为婉儿哭泣。

其实婉儿最终难逃一死，本来已是意料之中的。但是当确确实实地知道婉儿已经死了，这个世界上永远没有她了，崔湜再也见不到她了，崔湜就禁不住热泪盈眶，满心绝望和悲伤，毕竟，婉儿是崔湜此生的至爱。

崔湜好不容易挨到了退朝。

他一边流着眼泪一边走出了太极殿。

他不管是不是有人看他，是不是有人向新皇帝告发他。他觉得他一向迷恋的这个太极殿对他来说已经毫无意义，甚至，连他的生命也已变得毫无意义了。

崔湜无法接受这个严酷的事实，婉儿死了，而他却活了下来。对他来说，这个失去了婉儿的世界还完整吗？

崔湜回到家中。叫家奴立刻为他收拾行装。他决定明早就上路，他已经不愿在京城再多待一天了。然后他就把自己锁在房子里。他用枕头盖住脑袋狠狠地大哭了一场。那是男人的眼泪。那也是男人的爱。

直到午夜。

午夜时分，突然有人前来拜见。那是因政变有功而被授予中书舍人的刘幽求。对于刘幽求的突然来访，崔湜很惶惑。他不知道他的这个朋友这时候来看他，究竟是为什么。

刘幽求说他是来送行的。

他还说是临淄王让他来的，临淄王保证不久将会召回崔湜。

崔湜麻木地面对着刘幽求，面对着临淄王的许诺。他已经不知道他是不是还想回京都来了。这里还有意思吗？

刘幽求告别。

刘幽求一副欲言又止的样子。

刘幽求惴惴地。后来他实在憋不住了，就流着眼泪说到了昭容娘娘。

崔湜说，刘大人，不提她了。

刘幽求说，早朝时不单单是崔大人，有一半的朝官在为昭容娘娘流泪。

崔湜说，婉儿大势已去，我知道，那是谁也救不了她的。

我只是想告诉崔大人，诛杀昭容娘娘时，微臣在场。娘娘虽携宫人秉烛相迎，且诏示遗诏，但，临淄王终是不许……

崔湜打断了刘幽求。

崔湜说，其实婉儿早就知道她难逃这最后的一劫。她是做好了死的准备的。她也曾反复说起要学太宗的婕妤徐惠，以生命去殉圣上的恩德。只是婉儿不是一般的女人。她的才华和智慧甚至是我们这些男人所不能比的。只是她生不逢时。她太不幸了，从一出生就不幸，就要为活着而奋斗。婉儿不是个卑鄙的女人。很多事她是不得已而为之。对婉儿来说，她的道德良心就只有一个标准，那就是生存。一切为了生存。如果她不是一出生就被满门抄斩，赶进掖庭；如果她的脸上不是被刺着羞辱的墨迹，她又何苦要费尽心机地用她的智慧和身体杀出这样一条生存的血路呢？婉儿是无辜的。也是清醒的。我还从未见到过如她般清醒的女人。想想如果清醒地去做那些违心的事，那会是怎样的痛苦。然而婉儿却只能去做。所以婉儿又是可怜的，令人同情的。我了解她。也知道她心里的那深深的苦。她活该去死。死也是她的愿望。其实也是我的愿望。我希望她死。希望她尽早解脱。临淄王永远也不会知道她是个多么好的女人。满朝文武尊重她。而只有真正与她亲近的人，才会真正懂得她……

刘幽求再度向崔湜告别。

崔湜突然不让他走，他痛苦地提出，刘大人，我就要走了。很难说你我今后是否还能见面。你我兄弟一场，崔湜最后只有一个请求，你还是告诉我她死时的情景吧。

她镇定自若，容止端雅……

在杀戮声中。

婉儿静静地坐在她的房间里听那杀戮之声。那一声一声绝望的吼叫。那战刀砍在人身体上的沉闷的响声。婉儿太熟悉这一切了。这就是宫廷里的声音。是那种不断轮回的永恒。既然这是宫廷生活中的一种必然一种常态，那么还有什么不能接受的吗？婉儿当然知道这最后的一劫是迟早的。所以她对这迟早要到来的劫难异常冷静。既然是迟早。迟不如早。那甚至已经是婉儿所盼望的了。她仿佛已经看到了那一刻。

即将到来的那一刻如此灿烂。那将是一种灿烂的完结，抑或是灿烂的新生。婉儿想在那一刻将会是她的血流出来了。而她的血流出来又会是什么样子呢？于是她想那血。于是一片红色的迷蒙。她已经不记得是在哪儿看到过那一片红色的迷蒙了。不知道是在记忆中的哪个角落。那似曾相识的温暖。那漫天飞舞的鲜红的血滴。如同红色的花瓣一般那么轻轻地缓缓地纷纷飘落在她的脸上身上。她用手去抓，但是却抓不到。那血色很快就迷蒙了她的眼睛。后来又坠落在她柔嫩的嘴唇上。她吸吮着。有点像奶水的滋味。有一点甜，有一点咸腥，但却是温热的。哺育着她。婉儿便是被这红色哺育的。然后她长大。婉儿想着。但是她却真的记不起究竟是在什么地方看到过这鲜红而斑驳的景象了。迷蒙的一片血红。那便是她的初始。

在杀戮声中。

婉儿坐在了铜镜前。在幽暗而温暖的烛光下。婉儿已经很久没有这样坐在镜前了。不记得有多久了，自从她脸上有了那晦暗的墨迹。她本来是那么美。被那些英俊的皇子们所爱慕着并且追逐着。初次与贤的相遇。那是她生命的至爱。那时候婉儿只有十四岁。十四岁的青春和爱情。但是转瞬之间，那人生最美好的青春和爱情就全被政治毁灭了。她不能够选择她的爱情，她甚至不能选择人生。婉儿坐在镜前。在镜前打量着她自己。她仿佛是第一次看见脸颊上忤旨的墨迹，她抚摸着那一片早已模糊的晦暗，她始才知道，墨刑并没有使她变得很丑陋。镜中的那个女人还是她。婉儿。只是如今连她的墨迹上都布满了皱纹。她真的老了。还有她不知道从什么时候起全都苍白了的头发。她何苦还要在这艰辛的人世苦苦地挣扎呢？

在杀戮声中。

这是最后一次，婉儿为自己梳头。她拒绝了那些想要帮助她的宫女，她说这一次，让我自己来。她要自己为自己送行。她精心地为自己梳着头。她为自己梳起了一个朴素而典雅的发髻。她在镜中知道那发髻使她看上去是那么完美。她也不记得她已经有多久没有如此精心地梳头了。她对自己从来就不精心。她这样梳着便想起那曾经为女皇精心梳头的许多的清晨和夜晚。她记得女皇被送进棺椁之前的那发髻就是她为她梳的。她要她以最美丽的姿态成为永恒。她想她为什么会如此热爱那个女人？那个女人明明是她的仇人，明明杀了她全家，明明把她和她的母亲送进了那可怕的掖庭。婉儿想是的，她应该恨她，她必须恨她，她甚至也曾想过要杀了她。但是她竟然一生也没有这样做。她自从第一次见到她就被她所迷恋所吸引。她从此臣服于她，并疯狂地崇拜她。她一生爱她甚于仇恨她。她把她当作了自己的再生父母，她觉得能与女皇在一起是她毕生的幸福。所以当女皇离去的时候，她觉得她也就已经离去了。她不能想象没有了女皇的朝廷和后宫将会是怎样的枯燥和乏味。她便是在这枯燥和乏味中熬过了最后的五年。五年中，她没能一天停止过对那个远去的伟大女人的怀念。婉儿想，世间不会再有任何人会如她般对这个伟大的女皇怀有这么深切的爱同时又怀有那么深刻的恨。她就是这样爱着恨着，爱和恨都到了一种极致，这就是她们之间的那种刻骨铭心的关系。

然而现在梳着这满头白发的女人已经是她了，是她自己。婉儿想，她从小面对生存胆战心惊，然而最终还是难逃厄运。她不能寿终正寝，她甚至都不能有正常的死亡，她命该死于非命。她不知道是她的死期到了，还是因为她多行不义？但是婉儿知道，她已经不是个好女人，她其实已经很坏，在权力的争斗中，她的智慧已经变成了阴谋。但是那也是她不能选择的。她要活着，就必须要取悦于那些当权者，就一定要千方百计地去讨他们的欢心。而她讨他们欢心的方式没有别的，那就是为他们出谋划策，或者是为他们无偿提供险恶的但却马到成功的阴谋诡计。当然有时候她也会把她女人的身体加入进去。她甚至一直为此而很欣慰，她总是想，她幸好还有她的身体可以利用。果然她成功地利用了她的身体。她才得以在永不间断的疾风暴雨中一直苟延残喘到今天。从章怀太子到中宗李显，又从武三思到崔湜。她把她的身体给予了他们。她从他们那里获得利益获得权力获得生存的保证；而在他们遭遇危难的时候，她又不惜牺牲了自己去救他们。她为什么要救他们？仅仅是为了她的床笫之欢吗？她为什么要把武三思送给韦皇后，又把崔湜送到太平公主的床上？她为什么要这样做？是为了他们，还是为了她自己？但是她最终还是没有能救下那些她以身相许的男人们。无论是章怀太子李贤，还是中宗李显，或是权倾一时的武三思，最终都是死于非命。她不知道她最后所爱的那个男人崔湜是不是能逃过临淄王政变的这一劫。她不希望她与之有过肌肤之亲的男人都死在她的前面。她希望在她死后，这世间还有个爱她的男人能怀念她。

宫廷中已遍布着马蹄声和喊杀声。到处是腥风血雨，到处是搏击和挣扎。已经是那种真正的四面楚歌。婉儿深知她的生命到了此处，便是真正陷入了腹背受敌、孤立无援的境地了。那才是真正的末日的来临。

铜镜中的婉儿依然是美好的优雅的。她很欣赏她自己的那种镇定自若的风度和视死如归的心态。尽管她的头发苍白，脸上有墨迹和皱纹，但是她知道她依然是美丽的。这一点她知道。她需要这美丽。她希望美丽是能和死亡连接在一起的，对死亡来说，美丽无疑很重要。

在杀戮声中。

婉儿开始更衣。她在选择她的衣裙的时候，听到那遥远的马蹄声正在风驰电掣般向她的房子逼近。他们已经冲进了玄武门，他们正一阵风地扑向她。这一次他们就不仅仅是要索要她了。他们要抓住她，要将她斩于他们李唐的义旗下，然而，婉儿依然在耐心地选择着她的衣裙。这一次她要精心，她不再像几十年来那样的随随便便。就如同生是伟大的是庄严的，死亦是伟大而郑重的。婉儿在对自己告别的时候，她当然要面对一个无比美丽雍容的她自己。这一次婉儿为自己选择的是一身很女性化的典雅的衣裙。那种棕红的温暖的色调，那宽阔而浩大的裙摆。很美的那一种。在很美的衣裙的环绕下，婉儿上路。她翻掉了铜镜。她此生不再照人世间的镜子，然后她问身边的宫女，她问她们，这样上路，行吗？

年轻的宫女们不知道婉儿为什么要如此打扮自己。她们说她们还从未看到昭容娘娘这么漂亮过，真是恍若圣母。而年老一点更熟悉婉儿的那些宫女则是扭转头，暗自垂泪。她们知道婉儿为什么这么做，她们只希望风光了一世的昭容姐姐上路时能走好。

在杀戮声中。

然后婉儿手执红烛。

婉儿要求她的所有宫女们也都每人手执红烛，跟着她一道走出她的庭院，列队去迎接那些正在一步步逼近的满脸杀气的政变勇士们。

负责带兵诛杀婉儿的恰好就是临淄王的亲信、也是崔湜的密友刘幽求。他本来的目的很明确，就是杀死这个祸国殃民的邪恶女人，然后提着她的首级去见临淄王。婉儿就是临淄王要杀的那第三个女人，是临淄王此次政变的第三个目标，他是绝不会放过这个上官昭容的。

然而刘幽求做梦也没想到在一路腥风血雨之后，竟会有一支排列如此整齐的宫女队伍在静静地秉烛迎接他们。于是他们的人马在已经杀人不眨眼之后，面对如此的女人们突然停住了脚步，不敢再向前半步。这就是这些手无寸铁的女人们的力量。她们沉默。那沉默中的威慑，足以让那些男人望而却步，放下屠刀了。还有午夜中的那耀眼的烛光。蜡烛燃烧着。那一行一行流淌下来的烛泪。那是女人的眼泪和光芒，还有女人的温暖。

刘幽求被震惊了。

他身后的士兵们被震惊了。

就像是一片火海中的一块宁静的绿洲。

面对这样的主动迎接也就是主动出击，以攻为守的场面。男人们不得不下马，不得不收起他们鲜血淋淋的刀剑。

刘幽求站在带领宫女们秉烛迎接他们的婉儿面前。他看着烛光下的婉儿他觉得这是他此生所见到过的最美的女人。在她的那真诚的目光中仿佛不知道死期已近。她是那么端庄典雅，雍容华贵，又是那么平静自若，临危不惧。她就站在那里。就那样气宇轩昂、仪态万千地站在那里。而就是因为婉儿站在了那里，刘幽求便不得不在这个仿佛依旧权及天下的女人面前跪了下来。

刘幽求跪了下来。他甚至战战兢兢地说，昭容娘娘，臣下不得不送娘娘上路了。

于是婉儿走过去扶起了刘幽求。婉儿说，我理解刘大人的苦衷，我不会为难大人的。即使刘大人不来，婉儿也到了该上路的时辰了。既然圣上已经走了，作为圣上的嫔妃，婉儿还不该上路吗？我只是想活着看到临淄王起兵这一天。只是想看到这大唐的江山又回归了李唐皇室的手中。这便是婉儿在先帝驾崩之时，为什么要假托遗诏，坚持要相王参政。我特意拿来了这份假托的遗诏请刘大人过目，并在方便时转交临淄王。这一切，太平公主都是知道的。

可是娘娘，臣下军令在身，不得不……

不，刘大人，你误会了。我没有为我自己开脱的意思，我知道我是难逃此劫的。我人生的是非功过我自己是清楚的。我早就知道我的路已经走到了尽头。我其实已经全都准备好了，就等着大人来了。那么，就来吧，婉儿的头颅就在这里……

不不，娘娘，如果娘娘果真对光复李唐皇室有功，当然不能与韦氏一道处置。只是臣下不能决定。容臣下去请奏临淄王，行吗？

那好吧。既然是你想去就去吧。其实我上路的时间和任何人都没关系。不过让临淄王知道我做过的这些也好。请刘大人转达婉儿对临淄王的敬意。

我是在后宫从小看着他长大的。我也是从小就看出了他的帝王气象。我是那么爱他，敬慕他。让你的士兵们留下。我会在这里等你的。

于是刘幽求疾驶而去。以最快的速度赶到了镇守玄武门的临淄王李隆基的面前。年轻的李隆基看着高高耸入夜空的玄武门感慨万端，单单是他们李家争权夺势，就有多少亲人血洒这玄武门下呀。然后少年壮志的李隆基等待着刘幽求。他已经听到韦皇后死了，安乐公主和武延秀死了，他以为刘幽求所给他带来的，是他必欲置之死地的上官婉儿的首级。他翘首以待。他想不到刘幽求一来就两手空空地跪在了他的面前。他不知所以，便厉声问着刘幽求，那个女人的首级呢？

刘幽求跪在那里历数婉儿对李唐宗室的种种功德。说到动情处他便声泪俱下。他恳请临淄王能重新考虑对婉儿的处置，刘幽求希望临淄王能留下婉儿的命。

大概是刘幽求对婉儿的倾力弘扬，反而激怒了那个壮志凌云的李隆基。他大骂刘幽求，那个罪恶的女人怎么将你也俘获了？她给了你什么好处，让你万死不辞地为她求情？她是个什么样的女人我怎么会不知道！

临淄王，确有遗诏在这里，臣下带来了。

她为什么会假托这样的遗诏？还不是被重俊造反吓坏了。可重俊又为什么要造反呢？还不是这个女人整天鼓动安乐公主夫妇欺侮重俊。而且是她极力鼓动韦氏效仿武则天登基做女皇。又是她明目张胆地与武三思淫乱，致使后宫从此染上淫乱之风，甚至连先帝也浸淫其中，不问朝政，社稷滑落于外戚手中。如此罪大恶极的女人难道值得你如此同情？她甚至是比韦后更凶恶的东西。

但确是上官昭容坚持要相王参政，这些太平公主也很清楚。

那无非是她的又一条诡计。写上相王参政又怎样？不过是虚与委蛇，相王不是宣读中宗遗诏的第二天就被罢去参政之权了吗？这不过是婉儿的权宜之计。她怎么会极力鼓动韦后称制，而最后又不把王朝大权交给她呢？

可是大王，你也曾经说起过，当年五王被则天囚禁于后宫，是昭容娘娘每每去看你们……

刘大人你想干什么？

幽求以死相谏，昭容娘娘不该被诛杀，她是那么爱你……

你真的不去杀她？

臣下实在是下不了手，她毕竟是圣上的嫔妃，是女皇最亲近的女人，且她的祖父，又是上皇的近臣……

好了你不要再说了。如果你不想让这个女人的血弄脏了你的手，那就我来。我来亲手杀了她。我恨她。我有这个决心和勇气，留下她将后患无穷。未来的王朝中没有她的位置。

李隆基的双腿在他的战马上狠狠一夹，便独自奔向婉儿的官邸。刘幽求紧随其后。他从未见临淄王骑过这么快的马。

他们飞奔。

在暗夜。

暗夜中终于闪烁出如星光一般明亮的点点烛光。

李隆基拔出了他的长剑。

他知道王朝意味了什么，而女人又意味了什么。

所以他决不迟疑。

所以他未来才能成为大唐王朝的一位伟大的名垂千古的国君。

而千古传唱的，却是那感天动地的关于爱的关于女人的《长恨歌》。那或许是他起兵清剿诛戮诸韦及上官婉儿时所想不到的。他或许是爱女人的。深爱。他是因爱而恨，而终于在他首次带兵打仗时，就把杀敌的目标定在了女人身上。他认为世间能将王朝摇撼的唯有女人。

他把女人当作了敌人。而敌人中的敌人就是婉儿。他如此快马扬鞭、剑拔弩张就是为了去杀婉儿。说是为了去报那个少年梦想破灭的仇。

他不能想那是怎样的深仇大恨。不能想他儿时被囚禁在后宫时，是怎样迷恋这个常常来看望他们的女人。他曾经觉得她是那么美，那么优雅，那么智慧。他喜欢听她讲话。他没有了母亲，他几乎把他当作了自己再生的母亲。那是他平生喜欢的第一个女人。他既把她当母亲去爱，但那爱中又有着一种他说不清道不明的感觉。那种时常涌动的少年激情。他几乎每个夜晚都想着她，而每个清晨又都切盼着她能来看望他。后来他对她的感情不再单纯。但却更加深邃。他甚至希望她永远是他的，是他一个人的，他甚至想过如果有一天他真能拥有王朝，他就要尊这个女人为皇太后。他想他可能今生今世都不会离开她了，至少他的大脑他的心不能离开她。这是偌大的后宫中独一无二女人。那是他从未见到过的高雅志洁、出淤泥而不染的女人。他虽然年少，但却视她为知己。他想人生就是该有这种对他来说充满了魅力和诱惑的女人做朋友。而且，她总是那么关切他爱护他，她从来没有因为他小就忽略了他，她也是一直把他当作朋友的。

这是怎样的一种少年的欢欣和梦想。

隆基也便是在这想入非非中一天天长大。

他觉得世界多美好。后宫多美好。被囚禁多美好。他甚至不想再离开后宫。他怕有一天他的祖母女皇放他们出宫，他就很难再见到这个几乎天天来看望他的女人了。

他爱她，并且，崇拜她。

但是有一天他看到了什么。

在祖母的后花园里他看到了什么。那全是他无意间看到的。他宁可没看到那一幕。他心中的理想中的梦幻中的女人，竟然被他最不齿的男人拥在怀中。而且那个男人还亲吻她在她的身上到处乱摸。她的所有纯洁的地方。就被那个污浊的男人污染了。她竟然听之任之。她竟然不挣扎也不反抗。她竟然还呻吟还要求。她竟然是那么投入那么热烈那么心向往之。

对于李隆基来说，那一切又意味了什么？他第一次看到男女之间的事情，而那个女人又是他最最在乎的。是的，对隆基来说，他看到那一切就意味着那种双重的破灭。第一重是他从此对感情的圣洁动摇了信念。第二重是，他从此对婉儿的圣洁发生了怀疑。同时少年隆基又飞快地建立起一种信念，那就是婉儿是个坏女人。他当时就恨不能杀了她。后来他终于明白，一个女人和一个什么样的男人在一起，就说明了她是个什么样的女人。那么婉儿又还有什么好留恋的吗？武三思是凶险的丑陋的卑鄙的无耻的，那么任凭他摸来摸去的婉儿还能高尚吗？还值得他去爱，去怜惜，去崇拜吗？

李隆基确乎是当时就想杀了婉儿。如果他能有剑的话。

后来不久，他很快出宫。满怀了对那个女人的仇恨。那是种怨恨。这怨恨就足以使他在以后的这十几年间，每一天都梦想着要杀了婉儿了。而一旦他萌生了这个愿望，他就没有一天不是睡在兵剑上。他要寻找一切机会。甚至，他打出匡复李唐的旗号，其实也是为了要杀婉儿。

李隆基在马上飞奔。

他没有想到这一等竟然等了这么久，等了十几年。于是他用十几年的时间为婉儿编织罪名。他要将婉儿杀得无懈可击，他要用这个女人的斑斑劣迹，堵住那所有尊重她爱戴她为她求情的人的嘴。

李隆基在马上飞奔，他高高地举起他的剑。

用十几年等待着杀一个女人，难道他还不够坚决吗？是的他从此再也看不到这个女人身上的优点。他甚至把她种种善意的举动都当作是恶意。他把她的智慧聪明看作是诡计多端。他把她的高雅明智当作是她的虚伪和狡诈。总之婉儿已十恶不赦。他已经等得太久了。他不能再等了。他一定要亲手杀了她。他要亲眼看见她的血流出来，亲眼看见她死去。

李隆基急匆匆地赶着去杀婉儿。

他不知道是一种什么样的感觉，仿佛被什么人追着，仿佛一旦晚了，他就杀不成那个他仇恨的女人，他就报不了那个少年梦想破灭的仇了。李隆基飞快地向前跑着。直到他终于赶到了婉儿的家，终于看到了宫女们手中的那一支支就要燃尽的红烛。

他终于没有能亲自把剑刺进婉儿的身体。但是他却看到了那个端庄典雅的女人正在缓缓地躺倒在地上，她胸前还依然插着那把刺得很深的剑。那也是李隆基所不曾料到的，他还不曾料到，那个躺倒在地上的女人，今天，此刻，竟是那样的美。他觉得他已经认识她很多年了，却从不曾看见她这么美过。而且是如此之美地去赴死。

是谁？他狂吼着。是谁杀了她？

士兵中一片沉默。

你们说呀，究竟是谁？为什么？为什么？李隆基的怒吼声撕破长夜。

于是才有个士卒战战兢兢站出来。他说是娘娘。是娘娘抢走了奴才的剑。娘娘说，临淄王来了。不用再等了。说着就把剑刺向了自己，我们谁也拦不住。

婉儿的鲜血流出来。红色的。那红色的记忆，她终于又回到了摇篮中。她笑着。觉得能回到婴儿时代，真好。是她自己把自己送回那遥远的记忆的。她不想让她的血染红了任何人的手。那是她的血。她自己的。那记忆中的。没有疼痛。疼痛被那梦幻一般的红色的迷蒙掩盖。

当婉儿在暗夜中看到了那个高举着长剑的李隆基。她很欣慰，她知道那个她从小最爱的孩子来杀她了，她知道了他很坚强也很坚定，她也更坚信了他必定是一代伟大的帝王。

而一代帝王的诞生，也就意味着，她的一切的一切都该结束了。她已经英雄末路。她更是美人迟暮。但是她并不在乎这人世间英雄末路、美人迟暮的悲哀。她早就该退出了。她不想再等待了。她已经看见临淄王举着长剑向她奔来，她知道一个帝王的诞生，就意味着一个朝代的开始。而她，已经不属于这个崭新的摧枯拉朽的新朝代了。

婉儿弥留着。

当鲜血流淌，当宫女们流泪，当李隆基正跳下马向她走来，当她已经开始意识蒙眬，她知道，她已经走完了她人生的路。然而她坚持着。她努力睁大眼睛，不想这么匆忙地就离去。她想她依然是清醒的，她也仍然还有智慧。正因为清醒她才能感觉到她的清醒正在缓缓地弃她而去。她方才知道，原来那清醒与生命是一道的。当生命已经离去，她又怎么可能再拥有那匡世的清醒和智慧呢？她唯有告别。就告别了这对她来说已经无悔无愧的生命吧。

婉儿是在弥留中看见李隆基一步一步向她走来的。她听到了他的步履是那么沉重，她看见他的脸颊上竟挂着泪珠。他手里一直举着那把剑。他是走到婉儿身边才把那剑丢下的。剑撞击在石板地上发出"当啷"一声清脆的响声。李隆基走近她，便一条腿跪在了她的身边。

他们相对无言。

婉儿想她是那么爱他欣赏他，把他当作是自己的孩子，当作是人间所赐予她的唯一宝贝……

隆基流下眼泪。他看着奄奄一息而又美丽非凡的那个女人。他想这毕竟是他此生爱过崇拜过的第一个女人。

那就是他的目光。婉儿熟悉的，就像十多年前，他总是那样看着她……

不，你不要死。我原谅你了。留下来吧。你永远也不会知道有多少梦是关于你的。

不，不要哭。记得我给你讲的故事吗？已经晚了。可是你不让我走，那时候你才九岁……

不，等等，别闭上眼睛。别背叛我。你为什么总是背叛我？过去是用感情用身体，此刻却是用生命、用死亡……

他们相对无言。

婉儿抬起手臂。她想用她的手去摸摸临淄王的脸。就像他小时候那样。婉儿还想说，让我走吧。你看。天亮了。那么美。红色的……

然而婉儿的手终于没有能碰到李隆基的脸，没有能碰到那个三年之后终于登基的伟大唐明皇玄宗的脸。

宫女们手中的红烛一支一支地熄灭。

然后是一切的寂灭。

婉儿沉入了那永恒的黑暗。

而黑暗中所弥漫的是一片血红。

我们家族的女人（选章）

1

那个单调的钢琴声响起，我才再度得知我已拥有了一个女儿。没有华丽乐章，任何美妙动人的乐曲都是从枯燥和乏味开始的。我们共同经历了这个过程。她手指流动的同时已有了如歌般的声响的流动。她的琴声有时能使我从狂躁中安静下来，我便不再痛苦而且开始麻木。

太阳先是照在那片很遥远的白壁上。那墙已感到了温暖。

接下来的又一天，太阳又被雾遮住了。

我想起了父亲所给予我的最为亲切的教诲，他说，应以最小的代价换取最深刻的教训。他用教训而不是用经验。他问我你难道不能从别人的代价中汲取一点什么吗？后来我不再以为他的话是至理名言。我不是别人。我不可能是别人。我最终只能从我自身的失败中得一些深刻的关于人生的关于女人的经验罢了。而不是教训。那墓地长满蓝色思念小花的时代，那个如蒲公英般轻盈的童年之于我，是早如死去般流逝了。

那一年当我走进街道办事处那间低而窄小的房间时，我才知道这里对于我意味了什么。正是一个炎热的夏天。流汗。而且到处是嗡嗡鸣唱着的飞来飞去的黑色苍蝇。它们扑面而来。有一面紫色的帷幕要启开了。我们共同等待着。我们从不同的方向不同的地点走来。我们相约在一个电话中讲好的地点会合。那时候我们早已经分居。我于是可以选择一件我自己想穿的衣服。一件红色的无袖衬衣。他如约走来的时候用一种很惶惑的目光看我。他说他一直在等我已等了很久。然后他又说你很显眼，你一来我就看见了你。这时候我看见了他身上的汗水在太阳下蒸腾。热气徐徐升上头顶，然后消失在空气中。我告诉他，我的心情很灰暗。他用嗤之以鼻的方式耸一耸肩，我想他如果但凡还有夫妻的情分他不会使用从外国人那儿学来的这潇洒的动作。所以我弄懂了其实我们已再没有挽回的可能。他说他不喜欢我们现在的这种名存实亡的生活方式。他又说他的一条极为重要的人生信条是，他需要爱。而我们不爱吗？而我们已不再爱了吗？

他在很炎热的太阳下看着我。有一个瞬间我突然觉得这像我们热恋的那一刻。那一刻如隔了一百年般的遥远。那是在一个深暗的雨夜，很冷，他过生日，他约我出来同他一道吃晚饭。

我们能够结婚吗？

他说他将为此努力。

然后他在那雨的迷蒙中亲吻我。我们是相爱在一个早春的季节。

他说，我们举杯为我。

他又说，在这个陌生的我不愿走进也不喜欢的城市里，我没有亲人。只有你。所以我要你在这个时辰陪着我。我是25年前的这个时辰降临人世的。你愿意陪我吗？

然后他喝酒。他说我感谢我的母亲把我带到世间，我想我将毕生爱她。

然后他拼命喝酒。他不听我的劝告。他觉得在这个城市，在我的身边，到处是阻碍他同我结婚的黑色力量，他在这个问题上几乎是怀着一种病态的心理。他的心理很阴暗。

他喝得醺醺大醉。他想要我知道在他25岁的这一天他有多么爱我。那是个近郊的偏僻荒凉而且也很脏的小酒馆。酒是用木桶装的。而店里往来的都是乡下赶着马车进城，在大车店里过夜的人。我们坐在那个漏雨的角落里。我们看着门外的雨把空气浇灭。我们很冷。但是我们手拉着手。我们分手的时候雨仍不停。那天夜里我病了。发烧。梦中是他的射进来的眼睛。

那些都是往事。

毕竟都是往事了。

我们终于还是冲破重重阻力结了婚。而婚姻并没有使我轻松。我问我自己我幸福过吗？这是我自己的代价。父亲以为太惨痛。他问，当初你为什么就不听我们的劝告呢？我告诉他其实对此我并不后悔。

掀过去一百年的一页，他依然在大街上等我。他可能已深怀愤怒，他问，你为什么总是迟到？

我望着他在阳光下的眼睛。我曾经一直以为他的眼睛很好看，但是后来才懂我原来是过分注意外表。眼睛再美丽也是徒有虚表。往事早已成为历史。历史当然就不是现实。无论我怎样弄懂了我实在不该同他结婚，我觉得我还是并不怨恨他。他要同我分手的过错并不在他，而是我们的路到了尽头，我们的缘分命定这样短。我还知道不管在我们之间都发生了些什么，但他始终都是对我坦诚的，包括他同别的女人恋爱，包括他偶尔同她们睡觉。他讲给我听他那些浪漫的故事，他说因为他信任我还因为，他知道我是个宽宏的女人。

奇怪的是，即或这样我的心仍没有破碎。我为他生了一个女儿，并含辛茹苦把这个女儿带大，结果，在我女儿两岁的一个早晨，他以往日般同样坦诚的态度对我说，我们分开吧。

那正是夏的末日。满目落红。而且偶然的一阵风，也会把那些不牢固的绿叶碰掉。

你真是这样想的吗？我想读懂他眼睛中的那份坦诚，然后，我听到了他宣言似的解释。他说这已是我最后的决定他说我已经考虑了很久。他说我决定的事是不会改变的了。不管你是不是同意。但我想你是会同意的。即或你不同意我也将坚持到底直到我们能够分开的那一天。

那一天我哭了。

然后他走出了我们的房间就再没有回来过。

我陆陆续续读完了他留下来的那个日记本。他可能是专门留下来给我看的。他在我不在家的时候拿走了全部他自己的东西。但是他留下了这个日记本。

有一个还在读书的女孩一个他的崇拜者给他寄来了衬衣；

有一个已婚的美丽的女人总是在火车站接送他；

有一个曾同他睡过觉的女人突然出国了他感到无限感伤。

他在他的日记中真实记录了这一切。然后他谈到了我，谈到了他的妻子。他说，我曾经爱过她，至今还爱，但是我已必须同她分手了。这是我们之间唯一的出路。在我们的麻木的生活中实际已布满焦虑。我现在并没有所谓的第三者，我不是同她离婚就要同谁结婚。还没有这样的女人。我现在怀着家的情感所想念的女人还是她。但我知道我们迟早是要分开的，那为什么不早一点呢？

我看着他走过来。

我同样被晒在火辣辣的太阳下。

他问我，为什么穿这样的红衣服？

我问他，这有什么不好吗？

他不再讲话。然后他说，好吧。走吧。你毕竟迟到了。你听我说，此次你必须配合我。我已经原谅了你一次两次。我不想还有第二次，我也不原谅第三次。你必须说你在考虑了之后终于想通了。你必须说你同意和我协议离婚。否则我们一趟两趟地来这街道办事处干什么？我是好不容易才托人同这儿的老太婆们达成了协议，她们已答应尽快为我办理。这也并不是那么轻易的事。她们的脑瓜本来很顽固。你总不会比她们的脑瓜还顽固吧？我付出的代价是要为这儿的一个老太婆的女儿补习语文，那女孩要考大学。而你不必付出什么，我只要你配合。

他问我是否听懂了他的话。

我说听懂了，你作出了牺牲。

好了，那我们进去。

可我并不想离婚。

你不该出尔反尔。

我们已有了女儿。

他凶狠地看我。他好像要来抓我。最后他终于恶狠狠用极其邪恶的声音对我说，反正我要离婚。你如果不同意我就……杀了你。

我在死亡的威胁下面对他的坦诚。我知道他说了什么就必能做到什么。而我有女儿我不愿意被杀。为了能活着，在不到三个月的时间里，我和我不到两岁的小女儿被迅速扔到大街上。我终于看清了他，如果说我从一个办着伤天害理违背良知的恶事的男人那里得出了些启示的话，那么就是他的坦诚和一意孤行。好像只有唯此才能把事情办成。我很佩服他。他竟然这么快就办成了离婚这件事，由此看，他可能是那种能成大气候的人。前提是，他能够把灵魂交付给魔鬼。他由此获得了魔鬼般的坦诚。不论善与恶，也不论美与丑。他从不讲假话，也从不掩饰他内心的阴暗和邪恶。他什么都能毫无廉耻地、也不脸红地讲出来。他卑微的出身使他跻身于知识阶层后仇视这里的一切。所以他恨，包括他恨我恨我的家庭和女儿。谁也做不到像他那么透明而彻底地把他的这种恨表现出来。没有像他那么坦诚的男人。他不虚伪，也不隐藏阴暗，所以他做成了离婚这件事。

　　而我竟同这个男人，这样的男人有过爱情有过肌肤之亲。

　　他很坏吗？

　　他是个坏人吗？

　　当初我是否该听从劝告不同他结婚？

　　生活就像一个猜不透的谜，这样，我跟着他再度走进了那间阴暗而窄小的房子。

　　那时候天空中没有能安慰心灵的钢琴曲。

　　那时候，我从一个很遥远的南方返回，在飞机降落的时候，我突然想到了我将要面对的这种场面。

　　那时候，心像一块很沉重的血石。

　　坐在办公桌前的那个老太婆很快同他打招呼，很亲切的样子。我猜想她可能就是他已经作出牺牲为之补习语文的那位女高中生的母亲。那老太婆甚至注意到了他很热。她如母亲般即刻把电扇打开并朝向他，她笑着说你们先坐下。

　　然后一切例行公事。

　　然后那老太婆不得不说，你们看上去不是很好吗？两个人可以好好谈谈，干吗一定要走这一步呢？离婚对孩子会多不好。

　　可能是由于这老太婆很有人情味儿地谈到了我女儿，我当时竟忘记了她这是虚伪的话她早已经同他达成了协议，而　时觉出了心里的酸痛，委委屈屈哭了起来。我并且说了我不愿意，我这样说了之后又很后悔了，因我明明看到了他投过来的怒不可遏的目光。然后我听他开始了宣告般的陈述，他讲述离婚的理由时振振有词。他提到了我们之间的很多不那么愉快的往事。他的发言很长，而且一副急于求成的样子。他甚至说，你们看，她居然穿这样的红衬衫。我当时抬起眼睛看他。我是想提醒他，他恰恰忽略了他同别的女人睡觉的事。他不提这些。他当然不会提这些。这些是可以忽略不计的，而他也知道即或是我不同意离婚我也不会把这些拿到公开场合去宣传。他其实了解我。然后，在他说得实在口干舌燥的时候，在他觉得他为自己辩护得无懈可击的时候，他骄傲地把目光朝向我，他当着那些老太婆们问我，你说，你是不是也同意我们离婚？你自己对这些大娘们说。

　　我当时肯定是点头了。但是我记不清了甚至记不清他说的话。但我知道路是已走到了尽头。前方没有路了，路断了。离婚的原因是感情破裂。只是我自己觉得还残存爱，但这爱被他践踏了。

我为什么不可以穿红衬衣。

走出那间令人窒息的阴暗窄小的屋子时，他说他对我最后的认可很满意。他说你是个好女人。他说你也很善良。他还说你是个有知识的人，所以我们何苦呢？我们何不好离好散，我可能对不起你和孩子，但我已无从选择。

说过之后他就走了。他骑上自行车，最后扭过头，他说，谢谢你，假如今后需要，你可以来找我。

听到他最后的话我竟然泪如雨下。我找到了一所沿街的房子，把脸朝向那房子的砖墙，哭了很久。

就这样结束了一场爱一场婚姻。

我当时没有指望，不知道一个带着孩子的三十岁的单身女人今后的路该怎么走。

我为什么会离婚我百思不得其解，我爱我的丈夫并且忠实于他，可他又为什么？

父亲说，他知道了为什么。

2

空气中的雾不肯散去。它们侵袭着笼罩着想要把世界挤扁。那么朦胧的雾气。那么寒冷。我们从早晨到黄昏，我们竟等不来太阳。

往事是依稀还在。

毕竟是有过那往事。

但往事也毕竟斑驳了，像正在褪去的色彩。

我接了女儿从她的学校里回来。她让我猜这一次她和同学们玩捉迷藏她是躲在了哪里。我猜不出。可能也是无心去猜。她说，她就跑到远一点的地方，她就藏在大雾里。雾里？是的妈妈，她说，大雾真好，就像在天堂里一样。天堂？我惊异扭转头望着她的眼睛。我亲了她，我对她说很好。她的天堂很美好，因为她还是个孩子。

知道天堂是什么样子的吗？我这样问着他。

紧接着我又告诉他，天堂就是不散的梦想，就是那个我们无论谁也走不进的虚空。

他根本就不喜欢我关于天堂这一类事情的思想，他认为这是徒劳无益的唠叨。

他就那样走进了我的生活。我们其实已相识很久。我们放掉过很多的机会，但最后的那一次，我们终于逃不脱。

我们那一次在很温暖的夜晚散步。我们都在等待，我们是好朋友。不是一见钟情的那种，那种太常见，而我们是在把好朋友做了很久很久之后。在那片池水旁。他把我拉进他的怀中他第一次亲吻了我，在我们把朋友做了那么久那么久之后。

他有妻子。

其实我们完全可以在那偶然之后终止一切。我们可以不相爱而像以往般做朋友。我们共同谈到过这种尝试，我们也尝试着在现实中真的分手。但已经不能够。已经不能够。而另一个现实是，他的妻子突然间去了个很远的地方。

我们便不再能够分离。

已没有理由。没有任何理由。

那个法国人杜拉在 70 岁上写作了《痛苦》。《痛苦》是说，妻子是如何在男友的扶助下，为营救她在纳粹集中营的丈夫而奔波。她做了努力，她的努力没有白费。她丈夫终于形如枯槁地回到了家。她照顾他使他恢复人形。她又做了努力而她的努力依旧没有白费。她可能爱她的丈夫，她是因为爱才做这种种努力的。可是，当一切都变得好起来的时候，她才真正地意识到她已经再也不能和她的丈夫在一起了。他们分手了。他们依旧彼此相爱。他们也彼此知道他们的内心都经历了什么，这就是《痛苦》的故事。杜拉写这个故事时，正在热恋着她的那个扬的身边。她告别了一段旧日的温馨。

我们在重演他人的历史。这就是当今极为时髦的那个名词：轮回。

他在做着努力做着补救。他甚至从来就没有想过要同他远去的妻子分手。他们宁可名存实亡。但他们也可能在两个遥远的国度彼此想念。他把我也拉了进来，使我痛苦。我为此而仇恨他，因我离不开他的牵挂和他温暖的肌肤。我知道有了他就会有无穷无尽的故事。我们彼此相像彼此相知。他就是我身外的那个命，这一点其实他并不知道。

我们把那幅有黑色背景的油画买回了家。我们花了很多的钱。那是一个金发的吹长笛的女人。那女人的神情很专注也很幽怨。那长笛的鸣响温暖着我们的房间。那是个炎热的夏天。

买到那幅画的时候，我已经是个成熟的女人。我的女儿都已经快八岁了，我的手背上淡褐色的老人斑已经依稀可见。我总是喜欢穿黑色的衣服。他有一天说，你总是那么容易引人注目。我不知究竟该怎样对他解释。我也不知这是好还是不好。我总是被人家看见之后就会被人家记住，其实这并不是我的过错。因为连我的脸上也流淌着我们家族的血液。父亲说尤其是我，更像我们的祖先。我们的祖先眉骨很高，眼窝很深，瘦削，鼻子直而长，两颊的颧骨凸露。我把这一切忠实不二地继承了下来，所以他也注意到了我。

他用两只手按住了我的肩膀。他从不说我美丽，他对我最大的鼓励是，你很合适。

合适意味了什么？

他喜欢喝烈性酒。

我们把那幅画斜靠在沙发拐角处靠背的后面。那个幽怨地吹着金色长笛的女人顿时使我们的房间增添了一种色彩。是混沌而朦胧的说不清的。像是我们的空间里缀上了一首诗。那长笛哭诉着悲伤。我坐在他的身边，我对他说，为什么我们要走那么长的一段路？

他默默无语，沉在黑暗中。他好像有些紧张有些焦虑有些心不在焉。他说他想抽一支烟。他便点燃了。红的火光开始在黑暗中明火。空气变得很宁静。墙上的钟响起走动的声音。我问他，你是不是想念你的妻子？

有一天他提起了那幅画。他是在一家画廊中偶然看到那幅画的。他说我在那幅画前停留了很久。因为，那个吹长笛的女人像你。

我那样地被感动。我也去了那家画廊。我也在那幅画前停留，那画儿的价钱很昂贵。我知道他说那女人像我可能是因为那女人的神情很忧郁。为什么不买下呢？我们犹豫了一段时间。我们可能会一直犹豫下去，但是那天下起了小雨。小雨很诗意，我们于是买下了那幅画。我知道这是我们爱情生活中所必需的一种奢侈和浪漫。尽管他口口声声说他无所谓。

他总是藏起他的心。他有他永不暴露的秘密。有时躺在他的身边竟也会觉出他的遥远。但他又不时会从那遥远中走回，给你使你感动的那种亲近。他就是那样一个男人。他是能够保护女人能够使人依靠的那种男人。他是一块坚石。他喜欢默默寡言。在他身边你无论做什么都会觉得有趣。

然后我像个傻孩子那样对他说，你像我的哥哥。我同你之间总像有一种手足般的亲情。我没有哥哥。这是我童年时最破碎的一个梦想，而你怎么会就这样悄悄走来了呢？我找到他的时候已经三十五岁了。我告诉他，我不想再离开你了。他说你当然可以不离开。可我也不愿总是做你心中的情人。

　　他从不谈婚姻。

　　我抓紧他的手。

　　我穿着他给我买的黑色的衣服。

　　他陪伴我过了三十六岁生日。

　　我说，感谢你。

　　为什么？

　　在我们彼此都老了都孤单的时刻，竟发生了这一段如此刻骨铭心的爱情。

　　不要感谢我，他说。

　　为什么？

　　应该感谢上帝。

　　上帝在哪儿？

　　在你心里。

　　那一天我们骑着自行车去远足。那一天的天空很蓝很纯净。春天的太阳闪动着温柔的光斑。我诞生在春季，我告诉他，这是个危险的季节。然后，我就踏上了充满荆棘的黑暗之路。黑夜是能检验一切的永恒原则。我向他讲述了我全部历史，毫无隐瞒。我在他的身边感到恐怖。所以我讲述了我生命中一切令我恐怖的事情。我希望他的双臂是一双温暖的翅膀。我说在写作的时候，手指已开始隐隐作痛。那疼痛神秘而持久。我问他能不能在这样的时刻来拯救我。

　　家族的历史昭示着命定。

　　而那命定使人无望。

　　——而你为什么也一定要参与进来？你知道吗这样介入意味着什么？

　　——但是我爱你，我从没有像爱你这样爱过任何女人。

　　——那就意味着经历磨难。

　　——生命中当然不能没有你。

　　——你也将被家族的阴影所笼罩。

　　——你为什么总想背叛和逃跑。

——如果自愿被缚那么就拉住我的手。

——你是个奇怪的女人但我毕生离不开你。

——我一生只结两次婚，你会是那第二个男人吗？

我们这样对话。

长夜蔓延着。我们那时候已争取到每周有一个夜晚。他搂紧我柔软的身体听我诉说。我靠在他的颈窝中听他温热的鼻息。

父亲说，命是天意。你注定要离婚要带着孩子重返家园。你是我们这个家族中的女人，所以你只有服从。

3

在一路漫漫的烟尘中，我们的祖先在征战中，来到了这片贫瘠的黄土平原。

带来了家族的血。

往日的杀声依稀还在。那么辉煌的战场。冷武器的碰撞声。还有杀戮。尸横遍野。号角。而矛与盾都已生满青铜的锈迹，被展览被收藏或是被掩埋。而古老祖先的辉煌故事也像是一幅被蚀尽了的画，慢慢地被遗忘被丢失。留下来的是子孙，是后代，是血脉。血世世代代流淌了下来。一滴又一滴，像扯不断的线。家族的繁衍力惊人的强，哪怕偶然间只留下了一丝的香火。但是家族不死。永不断子绝孙。墓地庞大如一座山峦。石碑林立着。风从中呜呜穿过。

清朝的历史很辉煌。而我们的家族也在这辉煌的历史中。我们的祖先是贵族。镶黄旗。武士。是把性命拴在马背上一路从东北杀过来的。我们是统一天下的有功之臣，于是跑马行圈占住了华北平原上这一片富饶之地。那浩浩荡荡不可一世骑在马上的一队勇士，就这样把家眷留在了这里。

但从我的父亲记事起，家道就早已中衰，再没有往日的辉煌。只有家族高大的坟山依稀还在，证明着确有过值得提起的历史。接下来，没落的贵族便开始了没落的生存和延续。除了不停地生育所显示出家族的人丁兴旺以外，已经没有任何东西值得炫耀，光荣的历史腐蚀着越来越没落的生存。像日薄西山。内囊尽上来。在束手待毙中津津乐道那个皇族的血统。所以积习日深。所以大事做不来小事也不做。所以嫌贫爱富。所以爷爷宁可去背《红楼梦》，也不管土地上的事。所以哪怕倾家荡产也还要硬撑着贵族的门面。我家的院落总要一道、二道、三道门。我家的胶轮车总要挂满了铃铛，由四匹瘦马拉着。我家过节，总要摆上场子唱大戏，总要满堂的儿孙浩浩荡荡一排排走上来，一拜二拜三拜。那一片红火，那一片虚设的富足。

而最惹眼的是女人，那浓妆艳抹，那修长得体，那款款步履的掠过。

唯有父亲见过这些。

父亲讲起来，我们家的被拯救，事实是因了爷爷把贫穷的奶奶娶进了门。奶奶已不是满族。到了爷爷这一代已无力再做到同族联姻。奶奶是几十里地以外范家庄的女孩。奶奶的家尽管贫穷，但奶奶的哥却是县里第一个挂着牌子的西医。奶奶的家道平庸使我们的这一支无形中在家族中就矮了三分。而奶奶本人更是大气也不敢出，甚至当爷爷在关东我们家族的银号里当账房先生时，找了相好的女人，奶奶也只能听之任之。她已是我们肖家的媳妇肖家的女人，她已经被卷入肖家的命运之轨中，无心逃脱。

可能就是为了这些，奶奶开始了她毕生的对于基督的信奉与追随。她在她哥哥的指引下，走进了那个用灰砖砌成的简陋的礼拜堂。神并不住在那里。神在奶奶的心中。何况神是简朴的。奶奶乞灵于天上的主，那是因为在主那里人是平等的。大概因奶奶的地位低下备受压抑，她才特别喜欢基督我主所宣扬的平等。至少是有了所依有了平衡。也就有了宁静。奶奶于是为我们的这一支浩浩荡荡生下了八个孩子，尽管死去了四个，还是留下了我姑妈、我爸、我的小姑和我叔。他们挨着肩在肖家的宅基里烂烂漫漫地长大。奶奶的心便有了所依。于是在孩子们的牙牙学语中，在一次又一次生育的间隙中，在许多个寒冷的多雪的冬天，奶奶蹒跚着尖尖的小脚，去赴那个灰色的神圣而神秘的礼拜堂。那是理想的天国。奶奶跪下去闭上眼睛。主来到心间。奶奶开始背诵《圣经》。奶奶会一字不错地背诵《圣经》，尽管她是那种一个字不识连自己的名字都不认识的乡下女人。信念是心怀的如十月怀胎。奶奶只要笃信就成了，她觉得她根本就没有必要去认识那一个一个的字。

那是一座小巧的美国人建造的礼拜堂。线条明快简洁但又不久其庄严。没有天主教堂的豪华，在基督那里一切都是简朴的。所以俘虏了奶奶。本堂牧师的名字如今已没有人记得了，即或是奶奶。奶奶只说那是个永远穿着黑色衣服的大鼻子。教堂里有一架风琴。有一个小的院落。那牧师生活也很苦。他自愿来到这个贫穷的国度来启蒙。为了信念。有这样的人。奶奶说他会讲中国话，他了解每一个到教堂来膜拜的人。

奶奶就这样以她的虔诚成为了我未来不少小说中的重要人物。她是我们家族中最值得崇拜的女人。奶奶浪漫而伟大。她自己并不知道这一点。她使她的生存本身充满了光亮。她的一生一点不亚于梵·高不亚于吴尔芙和杜拉。她是生存着承受但同时又不堪命运摆布的那种女人。她总是在无形中进行搏斗并悄悄使一切改变。不能任其发展。这是奶奶的心性。她压抑于是她迅速去见基督。她跋涉十几里跪在粗糙的木凳后面泪流满面。她毕生只留给父亲留给我一句话——

　　爱是永恒的忍耐

所以她在家境无望的时候卖了两亩地，把父亲送进教会学校，她深谙读书的重要。

所以她在姑妈被休之后把她接回了家。所以她在小姑离婚以后欣然为她带起了两个孩子。

所以她坚持不给她的女儿缠足。所以她讲给我很多神秘的故事在油灯下——

4

那个宁静的夜晚在雨中到来。

我那会儿正面对他。我看着他。他的眼睛。我抓紧他的手。不知道这故事是怎样开始的。他独自一人。心很荒凉。家族的事情已令我毛骨悚然。一个远房的叔说你们这个大门里有道道。邪性。远房的叔说过就消失了。我要他和我一道承担恐惧。他答应。雨下得很安静。他吻我的额头。这是温情而不是狂热，所以我希望这一切能在此终止，

他同意听我讲家族女人的事情。

他摆好了姿势并抽起了烟。

我说我的血管里流着她们的血，奶奶的姑妈的小姑的婶的大娘的母亲的，还有姐妹的。我想避开但却总是踩在她们的脚印上。就像希腊神话中那个杀父娶母的王子。你想尽一切办法千方百计，但现实总证明着那个不可更改的

结论。

我是我们这个家族中最不值得崇拜的女人。

雨中还有小鸟的鸣叫。是晚秋的冷雨。他是在暗夜中到来的最后一个男人。我很清楚,不会再有了。我们纯净地一起相处,甚至没有疯狂没有激情谁也不去碰谁灼热的皮肤。他很多次陪我走路。我们只谈不相干的旧事。我们已相识了很久。我们有漫长的良好的印象和友情。十几年前第一次见他时,好感是由于他像一个无比疼爱我的叔叔。很温厚的步履。漫长的四季。四季演着无数的悲欢离合。眼泪和疼痛,直到那个切近的晚上。如闪电般。没有未来。

他病了。

他病了的时候近前刚好只有我。

刚散了一个朋友的聚会,刚消失掉乐曲和歌声。他听了我的歌。天国里传来冥冥之音。说你们在劫难逃。主又说罪孽在我,苦难在我,我必报应。然后他来了。他姗姗来迟带着苦痛。那么千辛万苦穿越了,家族的岁月和一页页流血的心史。我多想他能是最终的那个男人能是那个永恒。

那一刻我走近他我见他紧闭双眼眉头紧皱周身在颤抖。我弯下腰贴近他的脸我觉出了那热度那烧烤。

——你病了你知道吗你可能在发热不舒服吧是不是该喝一点水?

那是个温暖的美丽的秋之夜晚,那夜晚过于深过于浓重了。有秋的最后的暖风。我把手贴上他的额头我想,在这样的时辰,是在这样的一个时辰。

他的热度很高。没有体温表,也没有药。如果一切都有我们可能会彼此逃脱。那一双滚烫的大手突然抓紧了我的手。无言。心怦然而动。他依然紧闭双眼。还该说什么?

我守在他的床边。他知我在那里。他碰巧病倒的那一刻身边只有我。按住他的颤抖。照顾一个病中的男人。喂他喝水。挽扶他,我们原本并不陌生。他睡下。用细长的手去轻抚他燃烧的额头。暗夜不是梦。他慢慢变得平静——好些了吗我回我的家去吧?明早来看你。

没有声响他好像睡了。我想从他的手中轻轻抽回我的手,但是他不让。遥远的地方传来低声的呻吟。我们曾走上一道长的石梯,到荒芜的山上。那山中清凉。没有人迹。遍布着无尽的灌木丛。我们说些淡泊的不相关的话语。那么怕的时刻。但结束了。终于结束了。为什么还要开始?在微黄的灯光下,我望着他。他始终紧闭双眼。

那低声的呻吟再度传来。

——我在。有我在这儿。抓紧我吧。

他把我的手拉向他的胸膛。第一次。平生第一次我触到了他滚烫的肌肤。那么紧的。他慢慢把我拉向他。拉向他的身体。那么炎热，如酷暑般的。喷发前的缓缓流动的红色岩浆，我靠近着他，在那一刻。我的脸触到了他的脸。我的嘴被他的嘴亲吻。究竟都发生了些什么？怎样结局？算什么？如何面对未来？

会。那一刻会。他也这么说。那诱惑太强大，无法抵御。他的温热的胸膛。他的情意。

——那时候我太难受了，我需要我的身边有个人，一个女人，需要那女人陪着我，我是个病中的男人你能理解吗？

如一个婴儿。

然而没有。

温情被挣脱。当时他并不知他的妻子几个月后就离他远行了。所以他无从想到。他只知有了多年的好友守护着病中的男人。

离开他的时候天已经亮了。

怎样地陷入了一口苦难的井。从此永远是他的胸膛。他的坚实的臂膀他满脸的胡子。

你原不是早已看透了一切看透了男人？你原不是已备受了生之熬煎想把自己救出苦海？你原不是已发誓不再相信他们——男人——不再离开你生之可靠的温暖的你自已的巢穴？女人。而你又是女人中天生柔顺的那一种。你只知牺牲只知顺从只知逆来顺受像一只迷途的一次次被拉去宰杀的雪白的羔羊。哪怕遍体鳞伤哪怕疼痛流血哪怕再受欺骗哪怕没有终局。

在没有任何希望和美好的前景可言的情况下。

一个女人她在什么也不想的状态中就自动投降了。她伸出了双臂投向她并没有看清的男人。她被激动。开始夜不成寐。她已离不开那宽阔的胸膛那胡子那臂膀那温情。也许还是因了荒凉孤独寂寞的心也许还是因了，需要。

——而你难道不是那个温暖的家的所在不是那宁静而避风的港湾吗？

慢慢地我终于知道了我的主题。如果要我为我的小说做一个总结的话，那么我知道我旷日以久所孜孜寻求的，原本只是维持爱情的艰难。甚至几乎是不可能的。所以分离、男女的分离才成为永远的主题。满心柔情所获取的，只是寂寞忧伤和阴郁。你作为女人永远是牺牲品，而你作为生存者，却又总勇敢地破坏着温情与和谐。心的荒凉只闲了生之绝望。绝望已成为无所不能的力，左右和困扰着一切。婚姻总是失败。现实中亦如此。而男人与女人的关系困难到举步维艰。不断地抗争，但所得只是又一次疑惑、痛和绝望。周而复始，没有其实的温暖可言。于是你倾诉。你想在倾诉中弄清楚一个女人在这样危险的恶劣的没有前景的环境之下她的心，她的心是不是还有一个原则？

　　但是在热情中在疯狂中在慌乱中我忘掉了这一切。我不知我已把我的整个身心都投入了进去，甚至以性命做抵押。我已对一切忽略不计，我已什么都顾不上了，我随风飘转，让无锚的船在风暴席卷的大海上肆意漂泊。

　　然后冬天来了。

　　然后在一个初冬的夜晚他在冷风中的石凳上等我。暗夜。我走到他身边。我靠近他。吻着。那吻有一千个世纪。他说，我会娶你。

　　然后冬更深了。

　　已不再下雨，那墙上残留的最后的红叶也被最后的秋风一扫而去。我们走进萧索的白杨林。唯一的一次。天空中没有风，只有闪动的冷星。他靠在粗糙的白杨树干上。他解开大衣把我收进去。那是冬天的林。我梦想爱梦想婚礼中的白纱裙。手中的细碎的小花。教堂的钟声还有誓约。奏响《婚礼进行曲》。那个Jane，那个美丽的英国女孩了Jane在她即将同她的基督般的男友结婚时，她听到了《婚礼进行曲》，她泪流满面。胡来了，带来了Jane。几乎不认识胡了，他走来的时候披着黑而蓬乱的长发，我们都疑惑了，以为是基督转世。胡紧搂他细长的英国新娘。胡用Jane喜欢的红色的中国花布为Jane做了一件结婚用的新衣服。但真正的婚礼要在英国的小教堂里举行。他们等待着。很耐心地等待着出国前的所有手续。Jane依在胡的怀里哭或者笑。那所有青春的期待都是最美的。而我们却早已没有青春。只有屏障。那时候他的妻子已开始办理护照。他们不知未来，他们只是做着。那是一个艰辛而纯净的夜晚。透彻的星空。我突然醉入那温暖的气味，那气味是从他热的胸膛中发出来的，还有砰砰的心跳声。他扳起我的脸。朝向他。看见了那狂热的目光。一切有黑夜做证。

　　——这样行吗？我们。

——我日日夜夜想你，想得心疼。

——这样行吗？我们。我们怎么办？

——不知道为什么，我希望她能走。

——能要吗？我想要你。

——会的。会的你知道吗相信吗会的。

天空中没有风。空气也不抖动。林中的空地上是一片片变得焦脆的枯萎的白杨树叶。没有人来收拾它们。它们就那样萎落堆积着。任人践踏，任它们的肌肤发出来破碎的响声。那响声寂静而博大。像夜一样深。心也同碎了，宇宙那么大。

那时候只有吻，长的吻。

他问，为什么离我这么远为什么来得那么迟。

只有吻。天空在旋转星群在坠落连同深邃而寂寞的林。我流着泪。抓紧着他的衣服。想融进那无形的温热中。我不知有多久。在冬天的林中。这博大的空间里只有我们。我和他。世界原来这么静。静得能听见星的光点落下的声音。还有脚下堆积的破碎的叶。

我们被长吻所诱惑。那吻消耗着我们磨损着我们。他扶住我站立。他说，你应该坚强。

当身边的空气变得清冷起来，我们才终于把燃烧的血液放掉。夜晚依旧是夜晚。远方的大街上鸣响起汽车的笛声。诗意顿逃。像没有存在过恋情。四野依旧是黑色的，分手的时候，他说，早晚有一天我们不会在夜晚降临的时候再分手。

——真的吗？

——生命中已不能没有你。

——我不敢迈步我以为一切都只是枉然。

——人最重要的品格是，相信你该相信的人。

他在我的冰冷的脸颊上亲了一下。淡淡的。一种冰凉的色彩。我依依不舍。

5

爷爷说我们肖家的女子怎么可以不裹脚？爷爷吹胡子瞪眼。爷爷的权力是独一无二的。奶奶暗自垂泪。她只好坐在炕头上，把姑妈细长的腿放在她盘起来的双腿上。

也是细长的脚。

奶奶讲给了我那个关于缠脚的故事。奶奶如父亲般用她的手轻抚着我的额头。那是个很寒冷很寒冷的冬天。奶奶说她缠过的脚踩在冰冻的砖石上如针扎一般。奶奶说她不肯下地。那地上是冰锥是尖刀，天上飘着大片的雪花。奶奶的母亲流泪把奶奶赶下了炕。奶奶的母亲用鞭子赶着奶奶沿着缸边转。奶奶不是牲口。奶奶的母亲也不是牲口。冰天雪地。疼痛刺骨。奶奶走啊走啊转啊转啊，她用手扒紧着缸沿儿。泪水和汗水。然后便有了尖尖的小脚的奶奶。奶奶已不认识她的脚了。那个扬着鞭子的女人死了。她欣慰而死是因为奶奶有了尖尖的小脚，才得以嫁到肖家这样的大户人家。她不管是不是疼痛。她笃信是必须先苦其心志劳其肌肤才为为人上之人的。

奶奶流着泪也做了奶奶的母亲做过的事。奶奶说人拗不过命。但姑妈却因为是肖家的女人而没有奶奶的运气好。姑妈的脚尽管被裹得小了，但她却也逃不过被休的那个命数。她哭哭啼啼地回来。她一进门就投在了奶奶的怀里。她闭上眼睛就落泪，她问奶奶她怎么办。

奶奶用力抹去了姑妈的泪。她说哭什么你本是如花似玉的闺女。方圆百里没有谁能赶上我闺女的。咋办？搬回来住呗。

奶奶立刻为姑妈腾出了她出嫁前一直住着的那间厢房。奶奶说没什么难看的，你就是咱家的人。

爷爷从此阴沉着脸。他不想看见姑妈，他认为这是丢了肖家的脸。他说我没有你这么没能耐的闺女。他心疼。他以莫大的愤怒与冷淡表现着他对姑妈的心疼。他真的疼爱姑妈。姑妈是他所有四个孩子中最疼爱的。但他却只给她阴沉的脸色。

姑妈偷偷地哭。

她不懂爷爷为什么不理她。

结果在一个礼拜天，尖尖的小脚的奶奶就带着缠过足的姑妈来到了那座灰砖砌起的小教堂。

总得有个想头儿。奶奶说。

姑妈觉得那一切那么陌生。

她想不出母亲的热情是从何而来的。

奶奶说，当初要是听我的咱们不裹脚……

姑妈受不住这个话题呜呜地哭了起来。姑妈被她在北平做学生的丈夫休掉，其中一个极重要的原因就是：姑妈是一个裹过脚的乡下女人。姑妈的脸尽管漂亮，但那个北平的学生认为小脚并不美。他不想要小脚的女人，他于是才说，你，回家去吧。

姑妈那时候已有了贞姐。

姑妈牵扯着明晃着大眼睛的贞姐沿着乡村的上路回了家。车轮发出呀呀的响声。贞姐睁大新奇的眼睛看两边的绿地。还是四匹瘦马拉着的胶轮车。还有铃铛一路响着。姑妈盛着晦暗的心觉得日月无光。她想起她嫁出去时的风光。红色的彩绸一路飞扬。她与那北平的学生同床共枕她爱他。她爱他的身体他的眼睛他的柔情他猛烈冲破她的那最初的瞬间。那一切回想起来至今令她心悸令她怀恋那一切她才流泪。但贞姐是个女孩。为什么是个女孩？她垂泪送那个北平的学生到北平去。为什么还要读书呢？北平兵荒马乱的……他不让她说。他转过身来亲她的脸。他要她。为什么还要读书呢？北平兵荒……她听到了他即刻传来的鼻息声。那么快。她知道她即或是再说他也听不到了。她不敢叫醒他。他放假从北平回来的时候就丢给了她那最后的一句话，你，回家去吧。

她拉回了她的陪嫁她自己的那两口木箱。

她还带回了那个大眼睛的贞姐，守着她幼小的梦想。

奶奶说，哭得够了。你该有个想头了。

奶奶又说，咋不把脚放了呢？

妈……

奶奶说这一次你必须听我的了，我主持着咱们把脚放了。我也发誓绝不再给你妹妹裹。

就放了。

缠过了又放了。放是因为奶奶成为了那个虔诚的基督教徒。

姑妈走进那个铅灰色礼拜堂的时候觉得一切那么神秘。她看着灰色的墙，屋顶，前方的讲台和木凳。她小心翼翼如奶奶般在那粗糙的木凳前跪下。她两手在胸前合起，闭上眼睛，她听到了她从未听过的歌声和琴声。她觉得那声音好听极了奇妙极了仙乐一般在四壁叫响。她在这声音的安抚中忘了那被拉回的木箱、眼泪和可怜的贞姐。一切那么美好。美好到令她心跳，她觉得她简直都承受不了了，她想流泪。她觉得这里好极了。有声音在导引她。她被吸引被蛊惑。她并不知她将在此开始一个充满浪漫色彩的新生活。神圣诞生着。

6

一切都如暗夜般无法解释。

爱总遗留给往日。你感受着什么？他吗？他的肉体他的温馨。他小心翼翼。那么久了，我注视他远远的身影。十年前他从那砖墙下走过。我第一次见到他。我们不讲话。那一份从未见过的深沉。在一幢木结构的法式洋房里。红漆的地板。我们在楼梯上交臂而过。看不清他的眼睛。很多年。但我们彼此记下、彼此知道。彼此过各自挡不住的生活。幸福也好苦难也好。我们向前走。由命运指导和带领。我是在遇到他以后才不顾家人的劝告，结婚生子又离婚的。结婚并没有过错。也不在于同谁结婚。因离婚本身是一个逃不脱的命数。谁也好。所以，必得听从安排。

到了我们开始交往的时代，我们已开始使用电话。我从此时刻等待着他的电话。每一分每一秒每一次电话铃响起的时候。我都以为那是他。但有时不是。我为了等他的电话甚至不敢出屋。我们讲话。有时一两个小时。我们怕彼此听不到声音。那天下午我去了他的房中煮了面条原想吃过饭就走但他冲上了咖啡我坐在红色的沙发上他在对面他抽烟笑着讲我们共同熟悉的那些人的故事也是他的经历心里头惶惶觉出来男女独处时的尴尬那是命定前的那一刻想到过可能会发生些什么什么呢可能吗这时候电话铃响起。

那么寂静的一个瞬间我被惊扰。一切都显得遥远好像什么都不是真实。他问，来吗？可我们刚刚在电话中吵过嘴。

——来吗？

——为什么？

——想你。

我不再讲话。

我从未听过他讲这样的话。

他从不说想念从不说爱甚至也从不说喜欢。

——真的吗？

——不。不是。

——你算了吧。

我这样反复破坏着，我听到我手中的电话啪的一下就断了。他扔下了电话。他本来是想对我们的争吵做一些补救。但我却把这补救的机会也放掉了。他不知会怎样地怨恨我。

为了什么？

我不知道为了什么。

那时候他的妻子终于走了。远去他乡。他留下来。同我在一起。过爱与热情的生活。凡是吵嘴都为了那另一个女人。爱情中永不存第三者。我要自私地爱更自私地拥有你。

为什么不能宽宏不能清净如水不能沉静不能把这些事情都想开？

但你为什么从来不站在我的角度上设身处地地为我想哪怕一生你就只想这一次。

永远都解不开的链。

男人思维的链和女人思维的链。

女人总是将全身心都投注爱的生命中。

我拿着那个被挂断的听筒。我想把他的声音找回来。我想讲给他的将足一个利于他的故事。杜拉在《痛苦》中是先历尽艰辛将她被俘在集中营的丈夫找回，照顾他恢复，然后才同他分手的。

很多年来的恩恩怨怨。他的和我的。

从相触的那个瞬间就知道他可能永久不会属于我。他迟早会走。也到另一个国度。在情感的角逐中逃之夭夭哪怕终生忏悔。我不哭泣。但离不开那温热的胸膛和臂膀。太热的血。他丢下我，还怎样能看到那日月的光。留不下他。像留不下我自己。他不带上我，哪怕流浪四方。

我是一只迷途的羔羊。永远是。

我将毕生在荒郊野岭中漂泊。

那一片宁静的海。海变成了一个宁静的晚上，我告诉他我将毕生歌唱。歌就像是一片海，深不见底而且宽阔。那歌至死不会凋谢，哪怕是岁月遥远步履蹒跚白发苍苍。

我渴望拥有一个我自己的家。

别再吵嘴了好吗？我们彼此收留。

我踏上暗夜。我敲响了他的门。我留恋温暖留恋你说的那两个字：想你。

7

我拖着疲惫的身体走进去。

坐吧。她们说。她们整齐坐在那里像在审问一个罪犯。两年来是我一个人带孩子。他连一块尿片也没有洗过。不信你们问问他。生过女儿之后我发高烧，他指责我为了什么要生病？输着液。用酒精擦拭。冰袋。你为什么要生病？你们说我为什么要生病为什么憔悴为什么骨瘦如柴？

我问她们问那些煞有介事的街道代表。居然她们可以来裁决我个人的事，她们把他弃我和女儿而去竟判断成是正确的。世界永不属于无辜者。几个回合之后，我叫来了我们单位的领导，签字画押，决意永不反悔地同他分手了。

他日后才觉出了对我和我女儿的不好。

他寄来信。他说你是无辜者。他说他当时如果再老一点，就绝不会作出这样的选择。他说他始终爱着我们。他常常在外国电影中看到像我的人，那时候他就会伤心想念着我。信写得像情书。那么厚厚的一摞。他说，来信好吗？请求你。

我没有回信也再没有去见过他。

我弄不懂的是什么叫爱什么堪称爱。他爱吗？他真的爱我们？一个朋友说他曾经看到过他给我打电话，远在千里之外，他激动颤抖，放下听筒后他哭了。那朋友说他那么爱，爱得叫人感动。

是啊什么才叫作爱呢？离婚以后又一个朋友来看我。他想安慰我，我没有叫他把这个话题说下去。女儿在我的膝下转来转去。我给那远道而来的朋友做饭吃。我在厨房里炒菜。他突然走进来，就站在我身边，看着我。锅里的油滋啦滋啦地响。我说快出去，油烟很呛。他不肯走。为什么？我抬起头抬起眼睛看他。他迟疑了一刻，但他终了还是说了，我不明白你丈夫为什么要和你离婚？

他后悔了。我随口说了这四个字但我发现我不该说。可能是不爱。我重新说原因，但很可能还是不对。他和很多的同学、朋友不是都口口声声说他怎样怎样地爱我们吗？可是，爱，又为什么不付出不给予不洗尿片也不承担抚养的义务呢？什么叫作爱？

各式各样的。不尽义务的。只要动一动心动一动嘴的。也是爱。

而爱之于我是什么？是要费心操劳，要洗衣做饭，要去医院要惦记牵挂，要管理一切。爱怎么能仅仅是思念呢？爱太形而上太奢侈了。爱怎么能不是代价呢？小姑娘一天天长大。我不说思念，但没有人会相信我不爱。

他决心到另一个城市去，从此远离我们。我觉得这样很好我不想同他做朋友。他走的时候来找我。在一个空无一人的大房间里。我们沉默。他走过来亲吻我。我哭了我推开他。他说最后一次好吗？他说分手的选择很可能是错误的，但你知道我，我至死也不会认错并改错。他说原谅我，行吗？他说再让我最后一次抱住你，抱紧你。我哭着。我退却着。我抵挡着我曾经那么熟悉的身体。不！为什么？你不该这样！你说你爱我可为什么还要离开我？

离开他的时候，黄昏都还没有到来。

没有。最终没有。尽管伤痛尽管泪流满面我最终还是逃离了他。我已不是你的妻子永远不是。你不要再逼我，否则我会恨你的。

我宽恕了他。

我从没有讲过他的坏话。他也是。我们都觉得不该那样。

他走了远走他乡从此就再也没有见过。

有信。

一次，在刚刚从不远的一个城市回家以后，弟弟交给我一封信。弟弟说是他来的我认识那字体。那字体多可怕。我放下书包拆开那信，那信竟是从我刚刚回来的那个城市发来的，他也在那里，还在那里，他写了他所住的详细的地址，他要我带着女儿去看他。

——我们已经离婚了呀？

——可以理解。

——还要带着女儿。

——其实女儿并不重要他只是想见你。

就是说我们曾共同待在一个城市里几天。我做我的他做他的我们没有相遇。我没有想到他，不可能；而他却想念着我，否则就不会写来这样的信。

弟弟在问你是不是去。

我轻轻地把那信撕碎了。撕碎了是为了不再看，也是为了再不会有任何详细的地址再来困扰我。

——你那么残酷那么不动声色。

弟弟和弟媳张大眼睛，对我的举动不解。

然后我拿起书包走出了家。我把碎的纸片扔到了空气中。详细的地址随风飘荡，可能还有思念。但那怎么可能呢？我没有回过他一次信没有赴过他一次约。他可能对我痛恨之极他可能认为这惩罚过于严厉了。有朋友来说情。他们说，难道连同学也不再做？其实已无所谓，他之于我已是他人，我已经能够平静地面对他了，但是，我竟对所有来说情的人吼叫。我说我请你们出去。我不愿再提到他。对我来说他已死了消失了不存在了，我请你们尊重我和我的女儿。

我知道其实离婚的过错不在他不是他也会是别人那是命定而那个第一个到来的人为什么偏偏是他呢他可能也是无辜的是出于无奈他不幸被卷入我们家族命运的旋涡中他做了那个负心的人被他人怨恨和诅咒他其实是冤枉的。

终于办完了离婚的手续。

那个黄昏，我拉扯着走起路来还摇摇晃晃的两岁的女儿回到了父母的家。几个月来发生的所有事情包括我要轮番被街道大娘审问的情景他们并不知道。他们可能有所猜测但是他们从来不问。

然后我坐在他们的对面。

我想轻描淡写，但是我哭了。

——我想说得很简单。也不希望你们再问。就是这么回事。一切都完了。结束了。我带着她，回家来。今后我想和你们一道生活。我爱她也爱你们。这就是全部了。行吗？

然后我和妈妈默默做那顿晚饭。

他们无言。

那是个从黄昏到夜晚的时辰。

我不知他们的心情也不想知道。

我连我自己的也不知道。

我们彼此沉默。

不再有眼泪。

他们可能如释重负他们可能认为这样也好。

这样过着如常的日子，直到有个下午，母亲问起我。

——为什么要把这些都告诉你女儿，她才两岁。

——为什么不？我要她都知道。从小就知道。

我不想骗她。那毫无意义。她应当习惯并清楚是在这样的现实中生活。

——那天你不在，她突然对我和你爸爸说，我妈妈和我爸爸离婚了。我爸爸不要我们了。以后我们和外公外婆在一起。你爸爸听了这些都哭了。他难过了很长时间，为什么要告诉孩子？

——总之是迟早的。妈你相信我这样没有错。这样只会对她好。

一个朋友说逆境中你的女儿可能会有出息。那个朋友是以身论道，他在事业上曾经很辉煌。他是母亲带大的。他父亲从小弃他们而去，他没有父亲，并不原谅他。

妈不再坚持。

——你爸爸说，你们肖家的女人命太苦。

——我们肖家？

——你姑妈和你小姑都离过婚。

母亲的话像在我心中骤然旋过的一阵阴冷的风。我不幸又踩上父亲姊妹的脚印，这历史的宿命只有父亲能感知。他道出了那残酷和那恐怖。阴森森的。我不想那么联系着去想。我不想知道别人的历史。但父亲还是说出了家族这两个字。有了这两个字，慢慢地，我才懂了血，在人的生命的进程中，究竟有多么重要。那血。从此我心中总是掠过金戈铁马。掠过那厮杀那滚滚而来的一路烟尘。进而我想，清朝的格格又有几个好结局呢？从此祖先的故事像一个谜，悬在我随手可触的那个头顶的空间中。

那以后我觉得父亲就像一个伟大的巫师。

8

我第一次读到宿命两个字，是在老维克多·雨果的小说中。雨果在《巴黎圣母院》的卷首这样写：

许多年以前，当本书的作者造访——或者说得恰当一点，当他研究圣母院的时候，他在两座塔楼之一的暗角上，发现了这个用手刻到墙上的字：

'AN'AΓKH（希腊字，意为命运或定命，命数）

这几个因剥蚀而变黑了的，深深地刻在石头上的大写的希腊字，那么粗率的形式和姿态，我们不知道是代表什么，好像是为了叫人明白那是一个中世纪的人的手写在那儿的，特别是这些字所封锁着的悲哀与不幸的意义，很快地感动了作者。

人要在怎样的时刻，才会去乞求命运？才非要把这罪恶或不幸的印记留在古老教堂的塔楼上，才肯离开人世？

那个无辜而又险恶的副主教克洛德，他该是怎样披着黑色的袍子而在中世纪宗教的统治中煎熬着。他身为神职人员，将灵魂供奉于神圣的祭坛，而心灵又为有欲念的人类，将情感系之于那个美丽的爱斯梅拉达。他身处两难，雨果洞察了这一点。雨果穿透了他既不能违背宗教又不愿抛弃爱情。如此扭曲的人生。雨果说，人不能为自己而生而存，该是多大的痛苦。

而你呢？

尽管你远离宗教远离中世纪远离蒙昧，你难道就是那个你自己吗？你以为你主宰了你的命运主宰了你的爱你的恨，而你为什么又逃不脱那家族女人们的不幸的命运呢？一切都在冥冥的掌握之中。尽管，你们曾相爱，又被神圣的法律认可而结合，又怎样呢？你们没有桎梏。也没有谁来阻拦你们。你们可以同床共枕地久天长，而为什么你们又要分离又要自动取缔那个神圣的婚姻呢？

从此孤身一人。

你无以哀告无以诉说，因为你根本就不是那个你自己。即或是，你的心是你自己的是属于你的，你的灵魂、血脉也不是。你走出的人生的每一个脚印，都是别人为你安排的。你茫茫然然。哪怕是一步一个陷阱，你也终是要走下去。跟着那血，直到，生命和命运一道离开你的那一天。

然后，在一个明媚的有着灿烂阳光的早晨，你终于懂得抗争是没有用处的。无补无助。你试过。在你好不容易才弄懂了这个道理时，你看见原来你已是遍体鳞伤。而你却不觉得。抗争使你麻木。不再有疼痛。你磕磕碰碰。总是抓不到那远方的太阳。你试图去抓，也做过千百次努力，但到头来为什么你总是被撞得头破血流。直到这时候你才懂，你实在该做个从命的人。你该听话。你本是个弱者的地位不会改变。你是被命运操纵的那个不幸而无力的木偶。你被别人指挥和掌握着，你永远不是你自己。

再然后，你透过岁月的浓雾穿越国度看见了那个穿着黑衣的诡秘的克洛德副主教。他从墙角闪出，站在了一扇明亮的玻璃窗前。他看到了什么？一切的隐喻象征一切的关于命运的暗示。什么？一只苍蝇。我记住了。镌刻心中。那时候我十八岁。一只苍蝇。一只黑色的苍蝇。它飞着。它看见了窗外明亮的阳光。它想朝阳光而去。它振翅而飞。它不知那透明的玻璃是个怎样巨大而无形的障碍。它看不清。透明的玻璃是一个骗局。也是危险和陷阱。它启示苍蝇以希望以明亮，它诱惑它。而一旦当那苍蝇依着自己的意愿奋力向阳光飞去时，它便被迎头撞昏了，它顺着那透明的玻璃顺着那陷阱那骗局那挣不脱的死难跌落下去。失去知觉并远离世界。一只黑色的苍蝇。苍蝇之死。死之舞蹈。这就是那个中世纪神父看到的。那悲哀与不幸。也是老维克多·雨果看到的。那么深刻的死之舞蹈。也是你所能看到的吗？

哦！雨果。

一重巨大的生之无望。

那无情而透明的玻璃。

我们怎么能深怀希望？

9

爷爷依着父母之命把奶奶娶回家来的时候，他可能并不满意这个矮小的尖脚的女人。奶奶虽不是大户人家出身，但奶奶有一个在县城里做穷医生的哥这样一个事实却是十分重要的。它导致了一切。那个穷医生便是我父亲的舅。那个舅不做乡下的巫医不做走江湖的郎中，而是做一个洋医生。他有一套简陋的房子。房前有猪圈。他是外科医生。他狠得下心硬得下心肠去给病人截肢。那样他使一些人致残但却挽救了他们的性命。很有些人信他。特别是县城里的人，而从乡下来投奔他的，则都是抱着死马当作活马医的最后的态度。

父亲刚刚成年的时候，奶奶不跟在关东银号当账房先生的爷爷商量，就硬是把父亲丢给了她这个当洋医生的哥。其实奶奶并不知那个穷诊所的境况是怎样的。她只是想叫父亲向他的舅学习，但父亲可能最终没有当医生的那一份天分。他哭着逃了回来。是那种大男孩的眼泪。

——你舅打你啦？

——他不让你吃饱饭？

——活计太累啦？

——到底是咋啦？

舅拉上白布单锯下人的大腿和胳膊。舅把它们扔到脚下的土簸箕里，然后让我端着扔到猪圈。我不敢看。我闭着眼睛扔下去，我听见那些猪发出来的撕夺的叫声。那是可怕的一幕。我吐了。我受不了了。父亲说，他那时心里头就总是游荡着恶心。

奶奶流着眼泪搂紧着她的儿子。奶奶说她原以为她儿子可以从她的哥那里学到一些本事，日后可出人头地。她没有想到这会使她最疼爱也是最聪明谙事的儿子遭如此的罪。奶说，咱们来。咱们不去了。

从此奶奶开始认真考虑父亲的出路。那时候她已在她的哥哥的启蒙下信奉了基督教。慢慢地她从不自觉到自觉地认识到了知识的重要性。唯有读书高。要读书她的儿子才可出人头地光宗耀祖。她盼望着她的儿子能有个好的前程。

关外的银号里突然传过来坏消息。

日本人来了。

银号已经亏空了。奶奶不知怎样洞察了这个家族的无望。她知道爷爷就要卷着铺盖回来了。在此之前，她又独自决定并实施了一件更大的事情，她做主卖掉了分到我们这一支名下的五亩地中的两亩，用卖地的钱送父亲上了县里的汇文中学，一所纯粹的教会学校。

几乎倾家荡产。

爷爷回来立起眼睛吹胡子吼叫。

反了，无法无天，就为了读那几页破书，书有用吗？你还不知道我读了书还不是要回来种地？

奶奶一声不吭。奶奶是个有主张的女人。奶奶还是个明事理的女人。日后到底证明了奶奶没有错，奶奶卖掉的两亩地是值得的，公社的文化站里摆着父亲写的书。而奶奶直到死，按月接到父亲从城里寄给她的钱。

那时候那片曾经富饶的华北平原因旱涝灾害频繁而变得贫瘠。总有人沿街乞讨总有衣不蔽体的人暴尸街头。

爷爷回来了。

爷爷带回来深刻的抑郁。银号垮了。没有钱带回来他当账房先生时深爱的那关外的女人。讨厌在地里做活计，抱怨卖掉的二亩地，这些都压迫着他。

压迫着罢了。他不爱讲话，终日阴沉着脸。而给他最最致命的一击的是，他的风风光光嫁出去的大女儿，有一天竟被自家的四轮马车又轻轻易易地拉回来了，还带回了一个孽种冤家。

爷爷以为他蒙受了天大的耻辱。

以他满清贵族八旗子弟的威严。

爷爷足足有一年不理大姑妈，也不理大姑妈带回来的贞姐。

爷爷始终没有弄懂关于血脉关于命运。自此以后，厄运降临。一切都开始了。我们这个家族的女人，一个又一个谁也逃不脱。

姑妈说过错并不在她。

奶奶相信但爷爷连解释也不听。

贞姐走近他，想用那冰凉的小手去抓他，他只说去去去，便梗着脖子扬长而去。奶奶说他偶尔也会从镇上的店铺里买些小孩子吃的点心回来。但他决不说是给贞姐的，他只是随手把点心扔在炕沿上，顺便由奶奶去安排。

活到最后的时候，奶奶不说但奶奶骨子里是看不起爷爷的。她伺候了他一辈子但她却知道他是个没出息的男人。

爷爷一辈子没干过田地里的活儿。

爷爷坚信自己是怀才不遇，遭受了打击，于是大丈夫"达则兼济天下，穷则独善其身"。从此他便开始了潦倒的没落贵族的生存方式。他首先拿出了遗老遗少硬撑门面的架势，翻出了他年轻时曾无数次为之流泪的《红楼梦》。辫子是续不成了，但曹雪芹倒是许读的。他开始重读那发黄的破旧的毛边纸的竖排刻印的千古奇书。横读竖读左读右读，他想他总能够从那字里行间找到一点什么，比如对他这个抑郁不得志的才子的慰藉、关切和解释。到一种破落潦倒人生的色彩。

这样的一个爷爷。

元妃嫁走的那一章，总使爷爷回想起姑妈出嫁时那辉煌的场面。他的女儿那么漂亮又那么富贵。她嫁的人家是本县最大的一户地主，而那男人又是地主家唯一的少爷。他很留恋那个要去做少奶奶的大女儿。他从小最疼爱她。他舍不得她走，他甚至哭了，但是最终还是选了吉日送走了女儿，风光和辉煌才是更加重要的。

爷爷至死以为面子乃人生要义之首。

但他的女儿们却使他丢尽了面子。

姑妈第一个使我们的这个家族蒙上了真正的阴影。而在今天看来的这么一件很普通的事情，竟会改变了我爷爷整个的生存态度。

他不再进取。

他生命中唯一的事情就是苦修《红楼梦》。

他原本那么脆弱。

然后才有了奶奶的杰出。奶奶是在爷爷躺倒不干之后才英勇站出来挑起家庭的重担的。她还有她自己，她还有两儿两女，她还有她的信仰和理想。奶奶不识字但她深怀的信仰竟是那么感人。她只为那信仰而存在。她在那信仰的照耀下使她的后代们成长。

然后日月如梭。

然后不久我姑妈的堂姐，也是我们这个家族的最大的一个女孩竟也被夫家休了回来。她带回娘家的是一个叫绪林的哥哥。这哥哥后来参军了。就在我们家现在的城市，他一直把他的妈妈带在身边。

还是偶然吗？

但可惜家族中的人还以为那是偶然。

谁也不知道是因为血脉。

其实依着当时的传统和风俗，我的姑妈和她的堂姐是依然可以留在夫家做正房的。但是她们不。她们天生的刚烈天生地容不得他人。她们的贵族出身使她们大小姐的脾气很大。然后她们宁可带着孩子回家来。

那时候我们的家族还住在一个大院里。还没有分家没有用秫秸秆将宅子隔开。我们家族的女人最多也最漂亮。闺女媳妇一个个花枝招展很惹人眼的。院子里终日热热闹闹总传出来笑声。她们总是混在一起绣花儿、纳鞋底，倒是没觉出一丝的凄惨来。

血是看不见的在人体里在血脉中。

那阴森已慢慢地袭上来了。

10

我丢下了我的小女儿。

她那时正在另一个房间里弹琴。

从早到晚。

她弹琴是为了给我听。她说如果不是为了妈妈她根本可以不弹琴。

我去亲她同她告别。

我看见她流眼泪了她希望我能在家里陪着她。她呀。

我还是离开了她。一个狠心的母亲。我没有管她的眼泪也没有管她是不是满心忧伤。我被很多人撕扯着我要向很多人付出我的爱。我谁也不愿意伤而最终又是伤了所有的人。

女儿留给母亲我很放心。

我在夜晚的大街上飞快地骑车。我觉得夜很清冷心里很凄惶。

我敲响了他的门。

我们对坐着，然后他说，写这个家族的故事时，应当是如泣如诉的。

为了一个深爱的男人。为了听到他的声音为了切近着他温暖的肌肤。他的家离我的家很远。但爱不遥远爱会改变距离。钢琴声总在一个看不见的地方鸣响着。一个小女孩的责任。

——我们彼此真正相爱吗？

——至少在我们以为爱的日子里该彼此忠诚。

他说，你应当使那些神秘的往事在一开始的时候就充满史诗般的激情。你不能冷眼旁观。你不是冷眼旁观的那种人。你将投入……

很冷的风从那扇百叶窗的格子里透进来。那么冷，我告诉他第一句我会写：在一个阴冷的深秋的早晨。这其实不是一部小说。什么也不是。不是以往的任何形式所能包容的。只是一些文字一些诉说，还有一颗太烫的心。

……凡是在那个院落里生活过的女人，都逃不脱那个令人恐怖的报答。

——为什么像女巫一样总愿意让人在废墟在伤口上看到挣扎着的阴暗的灵魂？

——我觉得这诉说中应当是充满了伤痛、无望和音乐的。

——无论如何你是个古怪的女人。

——我被神秘所驱使。

——疯的念头会使人真疯。

——不疯就不会有梵·高、卡夫卡、尼采，也不会有高贵而伟大的费雯丽。

——我们是在现实中。

——能听到琴声吗？这琴已经响过很多年了。每一处声响都像一束阳光，照亮哥特式教堂的一角。神圣的使命到来。我离开了女儿。关闭了身后的门。那个弹琴的女孩哭了。阳光中止。

那个下午，我突然把我所知道的一件事电话告诉了他。我是轻描淡写不动声色说出的，我告诉他今晚，我爸爸妈妈要带着我的女儿去赴一个晚宴。餐桌上会有鲜花，清澄的酒，透明的高脚杯，可能还会有缓缓的舞步。

——这样？

那是个奇特的已近黄昏的时辰。

——能来吗？

我不知是不是该这样问他是不是该利用这样一个宁静的夜晚。

——当然。

他甚至不思索。

他说停一会儿，他先给家里打个电话。

——不。

——不，好吗？

电话暂时中止。那怎么行？我突然后悔起来。那时候我们刚刚从那片深夜的白杨林中回来。家中无人意味了什么？我深怀着心的惴惴，从此每一秒钟都被惊恐缠绕着。那个他病着的夜晚什么都没有发生过。没有。那个清晨我离开他了。我从他的手中挣脱了我的手，我走出了那一道门。那么遥远了。为什么还要开始呢？是必得要开始吗？一个年轻的留着朋克式发型的美国诗人说，没有爱可以有性。但有了爱必须有性。我惊惧着。莫不如不告诉他。我后悔着放下了话筒。

我回到自己的家中。一切已准备停当，女儿在弹最后一支曲子。《爱情故事》。一首著名的电影插曲，一个黑头发的姑娘被奥列佛四世所爱，他们历尽艰辛，当爱终以幸福结尾的时候，那女孩死于白血病。读大学时我便读了这篇小说。后来有电影时我又看了这部电影。我熟悉这首乐曲，熟悉那滑冰场的看台上那个男低音的忧伤的诉说。诉说着诉说着充满了爱的往事。往事如烟，在戏剧性的快节奏的音域很广的琵琶音之后，一切归于了平淡。看台上只有一个男人形孤影单，再没有百灵般清纯而响亮的笑声。要慢要慢要如泣如诉地……女儿离开琴凳弃我而去，她问，妈妈你怎么了？

很快。

一切准备就绪一切结束。

我迷离恍惚，很怕那个盛大的晚宴会突然间取消。没有。一切正常。按照常规。他们穿上漂亮的衣服，无论色彩和款式都显出来了高贵。在他们那里，世界显出了光明和美丽。女儿很兴奋。她亲吻我，她说妈妈再见。

　　墙上的钟响着指针转动着。

　　我送他们下楼，看他们坐进那辆黑色的小汽车。汽车开动的时候没有声音。无声便载走了他们，我把我的手按在怦怦跳动的心口上。

　　我等待。

　　琴声没有了，屋中很安静。四壁空空，寂寞而凄凉，满屋是换下来的旧衣服，它们徒然地散乱着，并不发出声音。过于安静了。我等着他。我知道他会来他马上就会来，来的那人，竟是他。很深的夜姗姗而来，然后黑暗统帅了一切。我无心吃饭。我不能安心。我盲目地为他们收好换下来的衣服。

　　他马上就会来。

　　马上。

　　我们曾相约。

　　并期待着。

　　我们是不是相爱？

　　天很蓝。很蓝的天掉进水中就更蓝。蓝的宁静。

　　我去洗碗。

　　我带上围裙。

　　我无心之洗碗但是我去洗碗。

　　水声。很轻的。然后是时钟敲响然后是更轻的敲门声。

　　我知那是他。

　　我满手是水，水淋漓着顾不上抹掉我去打开了门——

　　他走进来。

　　门轻轻在他身后碰响。

　　——我在洗碗。

　　我接过他手上的书包，我把书包放在桌子上。我转身。我想看他的眼睛——那样一下子我便被卷进了那个滚烫的怀抱中：胸膛、手臂、冰凉的脸颊和嘴唇。

　　围裙。

　　还有湿淋淋的手。

灯被关掉。

那黑暗。那黑暗中的第一阵战栗。不可禁止的，像沸腾燃烧的黑海。一个一个炎热的浪头滚过去。缓慢而沉重地滚过去。海涨起来。像所有激情的时刻一样。我被他抱紧。我不能动。哆嗦着，以为末日真的来临。或者死。宁可死。依旧潮湿的手。他抱起我。他抱着依旧系着围裙的我。那是我。因为那是我。他抱着我从中厅走进小屋。他把我放在床上。然后是更加疯狂的吻。他不管我的头开始来回地摆动。喘息着。大声喘息着。我已经受不住。我的眼睛、脸颊，脖颈还有热的胸膛。黑暗中我只觉他蓬蓬的黑头发，沁着温馨的香。

——哪怕一生只有一次。

——你曾经说过哪怕一生只有一次。

什么叫疯狂。那黑色的海浪漫上来，淹没着。投入着，连身体都无法承受。我坐在床边。他轻轻捧着我的头。

——家中无人的夜晚意味了什么？

——为什么有此空间？

——为什么只有我们两个人？

他的呼吸。粗重的呼吸那热气慢慢包拢着我。在那温热气息中。他轻轻咬住我的耳朵。热的浪再度从我的颈下滚过来。

——迟早的。迟早的。

——但是行吗？

——你会恨我怨我吗？

——不！

——不不——

难道我们仍不知我们孜孜以求的我们盼望的期待的是什么吗？

然后，喘息不已。世界早已不复存在，连同我们。只有黑暗。深的黑暗侵袭着。我紧抓住他坚实而光洁的肩膀。左右摇晃的头颅。抓紧着。我抓紧着他的手。进击着冲锋着——我快死了真的快死了。终于，我们曾久久渴望的等待的那一刻，完结。像湍急的水骤然转入一个宁静的港湾，像，从战场归来。

——那么今后怎么办？

——我们甚至不知道我们是不是彼此相爱。

我们沉默让灵魂沉默。让喘息平静下来让汗水流淌。心在跳荡着一如在鸣奏一首悲歌。那一刻我突然想哭我痉挛着把身体紧紧地紧紧地卷成一团。我抓紧着他的手臂，那血，就顺着肌肤渗了出来。他说，好妹妹，他用他的手轻抚着我的脸颊。一种垂死的欲望，我低声喊叫着，我被淹没了，那海，那黑色的浪涛。这是骗局是圈套是诱惑？是正在走向罪恶的深渊？不。他说不，这是爱。是爱情。真的吗？当那一天突然碰撞，当那爱情降临的时候，我们难道不在远离吗？

——我们其实一直盼望。

——什么？

——这一刻。

——这一刻是什么？

——永恒又是什么呢？

我们无言。

默默地默默地相对。

亲吻着，直到一个两个三个三百六十五天以后我们依然亲吻着。

那是个我们彼此需要的晚上。那晚上我们疯了。我们知道我们未来是必得要彼此负责了。我紧抱他的头颅，让他的呼吸温热着我裸露的胸膛。

世上最亲的人。

我们没有语言。话是多余的。只有已存在了的事实。

冲上了一杯咖啡。

他说你是个好女人。

——我们怎么办？

——一切都应由你决定。

——我吗？而我是什么？我也不是我自己。

我猜在那个我们刚刚开始爱的时候，他根本就不会懂为什么我也不是我自己。其实连我也不懂，但却感知着一种冥冥的力。一个好的女人深刻的女人敏感的女人。那个塔楼的暗角处关于 'AN'AΓKH 的启示是植根于现实中血液中的。那可怕的宿命宿命之力。我怎么会是我？我又怎么能是我？尽管我们相爱尽管，我们时时刻刻在一起。

他说那么好吧我走吧。

我送他。我关闭了中厅的灯。我被他再度揽紧在怀中，那么柔顺。他同我告别。

这不是故事。这才不是故事的夜晚就这样结束了。也许这样的夜晚今后永远再不会有。弄不清我们是不是真的相爱是不是灵肉相通。我们什么也不说。然后告别。我默默地送他下楼。我牵住他的手在楼梯上摸索。没有灯。没有光亮。月亮底下一阵清冷的风吹来。没有说再见。看着他骑上自行车就消失在了暗夜中。

凄冷的馨香。寂静的空无一人的大道。黑暗中看不清墙上攀缘的藤上，是否还残留着红的冷叶。我家门前的大道。

走回屋依然陷在黑暗中。

被爱恋的感觉统治着。回想每一个细节。

女人多艰辛。敏感而细密。生命中只有爱。爱是一切和永恒。瞬间的拥有很可能就决定了毕生的失落。我懂。怎么会不懂男人和女人间这令人伤痛的纠葛。怎么会不懂男人和女人间那永恒维系的艰难。但，懂了又怎样周而复始更深的创痛又怎样？关键是我们的爱我们的心的原则。

我不再哭了，荒芜是最终的结局。

慢慢地，旋亮一只小的微黄的台灯，那台灯温暖，像一束阳光。黑暗的地方浸上来钢琴的鸣响。《LOVE STORY》。爱情故事。我猜是女儿已开始演奏。那晚宴到了尾声。那一段音域宽广节奏很快的琵琶音已有了戏剧性的倾向。渐强。她正在接近着演奏的标准。这一切是我的杰作。我在这世界上创造着杰作，连同这旷日持久的爱连同这疯狂这留下来再度宁静的空屋子。依然是苦痛。我打开窗户让初冬的冷风吹进来。吹走他的存在和那曾经发生过的一切。生命是没有过错的。然后，我打开所有的灯。我想看清房中的一切，一切依旧。什么都没有变化。风吹去了一阵梦。梦没有真假无形也无色。存在过吗？

那个潮湿的围裙依旧搭在小屋的床角上。

那天是十六日。十六日是我的生日。

11

教堂里的烛光很昏暗。但姑妈还是在那幽暗中看到了那双眼睛，那眼睛已并不年轻，但却充满着一种让人不解的魅力。一个男人。他在稍远的地方跪在木凳前。姑妈有点怕那眼睛。她觉得这样长久地被一双眼睛追随无论如何是可怕的，而且是在这神圣而又神秘的地方。姑妈总是深埋着头。深埋着她被遗弃的满心忧伤。她是刚刚经历过生之创痛的那个女人。在那样的时代，她已是呼天不应，叫地不灵。在生之漫漫而遥远的路途上，她已是再没有希望可以企盼。她只想听从母亲的教诲，从此把身与心都交付那天上的主。她喜欢这个教堂里的宁静。烛光。琴声与歌声。那是来自天上的声音，那声音绕梁三日，缠缠绕绕，姑妈也就自觉她自己到了一个无苦痛无干扰无眼泪也无抑郁的地方。

现实是她从二十岁的时候就将开始守住贞姐，又独守空房。

家族中姐妹兄嫂们的笑声她参不进去。

其实姑妈是苦到了极致才有了这关于主的念想。一个这样的女人她怎么还有可能被另一个男人再度去爱呢？

飘飘渺渺的路。

当她把童贞交付给了一个男人。姑妈的往事是不堪回首的。伤痛到肺腑。具实严格说，姑妈的这第一次婚姻也根本就谈不上什么爱情。她只是以方圆几十里地那首屈一指的闭月羞花之貌，懵懵懂懂地坐进了那个娶亲的花轿。不是姑妈的需要。姑妈没有选择的任何的可能性。姑妈只是个十八岁漂亮的大户人家的女儿，而这个大户人家已经家道中衰了，已经破落了，他们是想要通过姑妈而攀附上这一带最殷实的地主，以重振肖家的往日声威。姑妈算什么。姑妈在此姻缘中并不重要，她不过是一个工具或手段而已。结婚前姑妈并没有见过她的丈夫。她也并不知那男人是鸡是狗，但不论是鸡是狗也要去嫁。她认定的是一条千古不改的听之任之的命和理。她只梦想着能继续过她肖家大小姐的生活。一个美丽的少奶奶就这样进了洞房。姑妈想也没想到她所嫁的这个读书人是有着开明思想的伟大知识分子。他们在相见的那一个瞬间从命于婚姻了。姑妈在明亮的烛光下看到了那一双清澈而明亮的眼睛。姑妈觉出了她的心怦然而动。她甚至即刻就爱上了那个北平学生，她要以身相许要终身相随从此有了依靠有了幸福而和美的生活。一种将永不枯竭的爱意油然而生。红烛便熄火了。在花团锦簇之间。一声声地撕裂。隐忍着。血流如注。一切都安排好了。当有了贞姐，那个男人就上路了。

他要去北平寻更多的学问，糟糠之妻的情爱没有新的内容，那学生终于厌倦。洞房花烛夜只是一个瞬间的记忆。他尽管也很动心也很投入但他依然是走了。残存着些微的留恋。一步一回头。泪水盈于眼眶之中。想着不久会回来。

但再没有回来。北平到底是北平。识文断字的女学生到底是识文断字的女学生。自由的思想到底是自由的思想。于是，那北平的大知识分子从自己做起。为了追随先进的思潮，他寄回家来一纸休书。其实按照当时的风俗他完全可以不离婚。但他不愿做那种不彻底的革命者。他怀了负疚。他知他内心其实并不恨这个无辜的裹着小脚的不识字的乡下女孩子，而只是仇恨那个封建婚姻的传统。他休掉姑妈只是为了休掉纠缠于他的那个封建婚姻制度。他想一个先锋斗士所追求的应是先锋的自由与爱情。于是可怜的姑妈不仅成了家族利益联姻的牺牲品，而且成了北平学生要反封建反传统的牺牲品。

懵懵懂懂地去而又凄凄惶惶地回。

有很久的一段时间里，姑妈自惭形秽以致失去了生活的信心和勇气。她觉得二十岁上活起来已很没有意思了，所以她带起贞姐来也是马马虎虎的。于是就在这马马虎虎之间，她肃穆走进这座乡村的教堂。她听到了天堂里的声音，并在那声音中，在烛光下在很多很多的人中间，找到了那双深沉的眼睛。

在很长很长的一段时间里，那人一直用眼睛说话。

那人并不知姑妈为谁，更不了解姑妈的那段离异史，他只是觉得这个年轻的小妇人很美。姑妈不再梳姑娘的头。她尽管只有二十岁但已成了曾经沧海难为水的女人。

姑妈感觉着。那日光很热烈。然后是惶惑。然后又是沉着。再由沉着而坚定。即是说，当那男人在教堂幽暗的烛光下越来越深地看清了姑妈的脸上所透露出的那一层悲伤，绝望和忧郁之后，他便也就不再犹豫了。他觉得他怜爱她。怜爱这个茫然无措的女人。他觉得不管这年轻的女人有什么样的伤心什么样的历史，他都应把她看管起来保护起来。他凝视着姑妈的目光几乎是在说：我不会再离开你。

姑妈更加地茫然无措。

她跪在木凳的后边，更深地埋住头，逃避那咄咄逼人的目光。她害怕已经发生的一切。全部的一切。她已听不见神灵的话。听不见天堂里的歌声。但是，她却越来越勤地到这座小教堂中来。

姑妈裹着一条暗色的围巾。

围巾下只露出了那一对黑而忧伤的眼睛。

她的脸因郁结着伤心的往事而显得更加苍白而充满了魅力。女人的魅力。

姑妈已不是姑娘而成为了一个真正的女人。

有时候女人的魅力是超越姑娘的。

姑妈以少有的美丽而忧郁的女人的魅力来去匆匆地无声出没于小教堂。

一切那样开始着，进行着。

只要进行，事情就总会有个结果。

姑妈无心再一次经历情感的失败。她又拔解不脱。她想念渴慕那双眼睛，如果哪一次她感受不到那目光如箭般的直刺，她就会觉得心里空落落的，像丢失了什么。

这其实才是那个封建时代中真正进步的事物。这是只有在开明的基督教堂的烛光下才可能发生的恋爱。

但姑妈一点也不知她是在恋爱了。她只是一味地外表安静地跪在那里，听牧师讲道，并感受那目光。幸福的时候没有疼痛也不瑟瑟发抖。她只为频繁地不顾路途遥远而赴那简陋的教堂。一个男人的目光的等待。姑妈甚至认为她每一次去，都是为了她不能使那双眼睛失望。她用裹过而又放开的脚，走很远的乡村的土路。那路蜿蜒崎岖坎坷不平但姑妈始终坚持。没有力量能够阻挡爱和等待。没有力量。爱是超越了一切力量的力量，在那一段时间里，姑妈就是握有了那力量。

那眼睛诱她走向神圣的祭坛。

她要去那里寻她曾失落的东西。

生命中的。

她甚至不管是不是有结果。

哪怕没有结果。

她只要走进教堂的时候被那目光所灼烤所照耀。

她只要在她离开的时候感受到那目光中所包含的真情和留恋。

这样很久。

很久很久。

姑妈那时候并不懂什么叫爱和被爱。她只是在那阳光般的目光下穿来穿去，享受着无言的关切与温暖。

姑妈病了，躺了很久，于是与教堂久违。

她独自一人待在厢房的土炕上，方才知道她已离不开那目光那男人。她极想知道那男人究竟是哪乡的哪镇的，他究竟是谁，他何以要这么看着她。她为此而满心迷惑又同时满心激动。她在这朦胧的感知中好像已看清了什么又弄懂了什么。但是连她自己也不想把这看清的东西说明白，她因循着，期待着并麻醉着自己。

　　然后在一个午后，她拖着病弱的身子，重新踏上了那条路。路两旁是白杨树，挺拔入天。遍地是青绿的庄稼。玉米和高粱。青纱帐。她走啊走啊直到黄昏。她跪了下去。她祈祷。她竟没有找到那盼望已久的目光。

　　她落落寡欢，星夜返回。

　　她走出教堂不远以后，突然间觉得她身后的那影子被人拽住了。

　　——谁？

　　姑妈停住了脚步。

　　她无法前行。

　　是谁呢？

　　她被灼烤。

　　在那样的一个时辰一个夜晚。

　　她突然间扭转了身子就投入到了那温暖的怀抱中。

　　那么盼望已久的那么期待的。

　　他们混入了大自然中。

　　他们成为了大自然中的一部分。

　　路两旁，依旧是被夜风吹动不停地摇曳的玉米林。

12

　　我们也是在野外等待的。

　　在一个夜晚，在一片池水的边上。

　　我们终于找到了那片池水。

　　他靠在栏杆上。

　　我用手攥紧那黑色冰凉的铁。

　　那肃穆的黑色图案。

　　那距离。

　　那是在他病过之后的一个夜晚。

我们都想走一走，都想，在那个温暖深秋的夜风中。

我们期待。

为什么期待？

宁静着宁静以极。

就在此刻就在这池畔在这黑色的栏杆前。

就这样他突然把我揽在了他的胸前。

他亲吻我他亲吻着他不管世界是不是存在。

你是我的我找了你那么久你已不再能逃脱。

这一次我没有躲闪。

在他的胸怀中任他亲吻着眼睛脸颊颈项和胸膛。

你我不要离开了好吗终会有结果的。

就算是一场梦吧行吗夜已经深到了极致。

他的妻子终于走了。终于远他而去，去了一个十分遥远的国度。一度他想追回那青春时的恋情，但欲哭无泪。只是忙乱。他帮助她做一切事情收拾行装。花很多的钱。投进去几乎全部的积蓄。

他们在飘摇的风雨中。他们去买各种各样的东西。冬天到来的时候刮起了很大很大的风。他们坐在一辆小汽车里。他说他们那时候才顾上说一些临别的话。但那些话是什么呢？今天连他也想不起来了所谓的相互间的勉励吧。那时他早已经有了我。他秘而不宣。他陷在深刻的矛盾中。他可能亲了她。他亲了她之后又换上自行车马不停蹄地继续为她跑。他在最后的那个暗夜中为她去找一本书。很狂的风。猛烈地吹着他。他说他原想在那暗夜与狂风之后的深情中亲近她。最后的，他原是那么打算的但那一切，竟突然间被一件莫名其妙的事情，一件不那么相干的事情破坏掉了。全然破坏掉了，他发火儿他怒吼着。他不再需要亲近他觉得亲近的念头化为乌有他已经全无心境。

这样。

他说是这样咣当一声那列车就开走了。

他返回。

他等我的电话。

他陪我去了医院那时候我正病着。

他又把我接回了家中。

他紧抱我他说我绝不让你再离开我。

然后是四季。漫长而飞快的四季。

雪还压着枝的时候桃花突然间开了。去年和今年。而他来了又要走。没有人知道这些秘密。我们的故事已越来越长但毫无结果。

我爱他是因为我找到了他。

在很多的岁月我们曾经擦肩而过。我们彼此在不知中追随。凡是有他的地方都有未来的我。凡是有我的地方都遍布过他的脚印。但是我们不相识。很多年以后即或是我们相识了，我们依旧远离。不知道未来是在哪一颗心上召唤着，不知道哪里是我们各自永久的归宿。

我们竟然不知道。而当爱情真正降临的时候，我们已不再年轻。

找到又意味了什么呢？

结果那个清晨在夏夜中到来。

他的那个五岁的儿子突然来到他的身边。那个男孩儿是一直由他的父母照看的。儿子想他的时候，就会旋风般跑来。

他莫名其妙看着我，那个小男孩。

那是个夏季。花开着。那男孩走进门就看见了我。

——你是谁呢？

——你为什么来？

——我妈妈去了哪儿？

——我该不该爱你呢？

那个男孩洗过澡后到隔壁的房间去睡了。他睡前抓紧着我的手，他说，我已经喜欢你了你不要去好吗？我吻了他的额头。突然间一种怜爱升上来。我说好宝宝你睡吧，我也会爱你的。

我们之间的事情就这么解决了。

那么轻易。

慢慢那男孩视我为母亲为一种天经地义的存在。被祖父祖母接走的时候他总是会哭。他说他要我，他说他要他的妈妈。

便是那个夏的清晨我听到了蝉鸣。蝉鸣意味着昼的炎热，我从他的臂弯中醒来。我睁开眼睛看见了早晨的光。但是我没有动我怕惊醒他。他紧搂我在每一个每一个这样的夜晚。无论是睡着还是醒着他都把我抱在胸前。我们彼此没有离开过，从第一个瞬间。我看见早晨的光正透过那个乳白色的百叶窗透射出来。他依旧睡着那轻微的鼻息从我的耳边掠过。他裸露的胸膛宽阔而强健，他搂紧着我让我依靠着他。他的胡子在夜里偷偷生长。那胡子刺着我的脸颊。他刺疼了我。

他突然问，你难道依然不愉快不满足吗？

为什么？

他说你眼睛中总是流露着惊恐，究竟怎么啦？

可能一切过于宁静了，我说。宁静得使人觉得那宁静的背后好像是隐藏着某种危险。

他把我搂向他，他说你别瞎想了。

——听到蝉鸣了吗？蝉鸣叫好像有一支忧伤的歌，我们是不是不该相爱呢？或者，该趁着危险还没有到来的时候尽早分开。

我哭了我说我确实没有把握。

他说好孩子让我来告诉你什么叫把握。他疯了般把我搂紧，他说，有谁妨碍我们了吗？我们在一起。炎热的夏天的早晨。急速的心跳声打破了宁静，他说我怎么会丢下我妹妹呢？不能。不能，你知道吗？我喜欢你我唯有喜欢你。慢慢地平息下来。他无力地躺在那里，周身是小溪一样的汗水。他双眼紧闭，把我的头揽紧在他的湿淋淋的颈窝中。

突然间门被推开了。

他慌忙坐了起来，这是个很大的疏忽。

那个男孩子睁大了眼睛。他觉得惶惑而不解。他看到了什么？

当时我惊恐万状。

我奋力用毛巾被盖住了我的全部身体。

怎么回事？门没有锁？

他跳下床把他的儿子送到隔壁房间的小床上。

——爸爸我做了一个可怕的梦。

——爸爸我听到了你们在讲话。

——爸爸她为什么那么美像画中的仙女。

我紧闭双眼，我听那男孩子的话。我周身燥热脸红心跳。我迅速穿好衣服。我把散乱的头发梳起来。我去为那个男孩热牛奶。他穿过我到卫生间去洗澡。洗过澡之后，他出来，他走到我的身边，他问今天不回爷爷奶奶家去行吗？我亲了他的额头。我看见他抬起来的眼睛很天真，和往日并没有什么两样。不敢问，他究竟看到了些什么。只知道这样不好。我不想失去这个小男孩的信任。我爱他。因爱他的父亲而爱他。

他竟会那样毫无保留地接受了我。

我常能接到他从他祖父母家里打来的电话。他牢记着我的电话。他认为我是比他爸爸还重要的亲人。他总是在电话中说，我爱你。

他不解。他不明白他儿子为什么比爱他的妈妈还爱我。他不知在我的身上究竟有着怎样的吸引力和馨香，他说你是个奇妙的女人。

但结婚的事我们从来都不提。

后来不知道在一个什么样的时候，我问起过他，我们。关于我们。我们的未来。

——你要我等吗？

——当然。

这就是全部。这就是我们之间的有实质性内容的全部结论了。所以我们又总是争吵。

我们从白天争吵到黄昏。我们的这种日子过得已经太久了。没有结果也没有终局。黑夜到来，伴随着大雨。他说今晚留下来，他这样说着的时候目光无比坚定。

他总是要求我留下来留下来我已经活过了三十六岁我已经经历了很多很多的不幸生命中真正的男人唯有他唯有他除了给我命令还给我温情他的留下来是不能够去违拗的他是一切是那个唯一那个最好的男人那个性命我告诉他我的年龄已经这么大了我已经成熟了不再像十八岁懵懵懂懂的小姑娘那样我已经老了已经没有热情了已经不想陷入悲哀与不幸不想重温往事了我想过平静而安宁的生活。

我预感上帝已经向我们提供了一种可能我们为什么不争取？

我会带好你的儿子像带我的女儿。

我只想对你说一句话。他说好吧你说吧。我说我还只有一个愿望那就是再结一次婚再嫁一个男人唯一的男人那男人……

他抱紧我在我的耳边用非常微弱的声音问着，是吗是真的吗？

他最后说，总要结婚的而结婚的那两个人只能是你和我。

13

小姑怎么会摆不脱那个命呢？

自从奶奶作出来决不再给小姑裹脚的决定以后，小姑就走上了一条与姑妈全然不同的道路。如果说姑妈的不幸是历史的不幸的话，那么小姑所能够选择的那另一条道路，为什么也摆不脱那个历史的安排呢？

第一次见到小姑的时候，她已经40岁了。她来到我们家以后，一直郁郁寡欢，不怎么讲话。她长久沉默着，全家人的心情都很沮丧。这就是我的小姑，她相貌很端庄，而又凄苦，她脸上的线条过于硬了。那是那种看上去说不清的女人。她的心思很深故事也很长。

她从不对我表现出亲热。她永远冷冰冰的寡淡使我从小就对她敬而远之。

小姑在父亲的带领下，中学没有毕业就参了军并且入了党。奶奶原指望这样她就必定同姑妈的命运不同。她识了字有了事业便再不会是姑妈那种受人摆布的女人了。

小姑于是得以跟着父亲在革命的大熔炉里锤炼。她行军时被敌人追击往大河里跳过。奶奶总是泪流满面地提到小姑的这一段光荣历史。奶奶说她尽管心疼但这也没什么不好。奶奶还说她喜欢她的一个女儿成了一个女兵。小姑是战士，是女军人。但无论如何我不能从小姑的脸上看出她当年的英姿勃勃青春焕发。或许小姑是从没有过那种英武的。她一向内向，性情也一直很古怪。她总是落落寡合几乎对什么事情都没有太大的乐趣，甚至当母亲在文工团里开始同父亲谈恋爱时，小姑对母亲对那个十七八岁的小姑娘也没有过应有的亲近。这或者可以看成是尽管小姑投身了革命，但她仍是未改那破落贵族大小姐的坏脾气。她孤高自傲孤芳自赏，直到她像女皇王冠上的那颗闪亮的钻石般，被李摘取。

李高高大大。

我未见到过李，李的高大是由他的三个挨肩的儿子来证明的。他们分别是刚、锋和仁儿。他们任何一个人的身高都超过了一米八十。他们是一群挺挺拔拔的男子汉。

小姑的孤僻和抑郁使她显得格外深沉。她参加革命早又天性不活泼，所以她从不跟妈妈她们这些天真烂漫的女孩子们说笑。她喜欢独自一人待在房中。她于是被蒙上了一层神秘的纱，这纱撩拨着高高大大的李。

妈妈是在她的那座家乡的城市被解放的前夕，加入了文工团的。她自那时起认识了小姑，但若不是因为有爸爸的这一层关系，她是绝不肯喜欢小姑这个人的。妈出身于旧时代的知识分子家中，父母都是有名的医生。烂烂漫漫地长大的妈，弄不清小姑何以要那么冷若冰霜。

——为什么她难得一笑？

——她难道有什么难言的苦痛隐忍的创伤吗？

爸爸说没有。

结果终于有一天小姑来找爸。爸那时已是文工团的团长，所以小姑很有礼貌地敲门。她可能看见爸在伏案写着什么，所以她说，哥，一点儿事。

爸作为哥作为小姑的保护人把身体朝向小姑。爸放下了手中的笔。

——什么？

——李。

——李怎么？

——李要同我结婚了。

小姑说过之后就走出了爸的屋。她连谈她的婚姻大事都这样少言寡语。

李？于是爸才开始认真想到李。想到李的人品、才华、性情和身世。但无论怎么想。爸知道小姑肯定是在经过了深思熟虑并且已答应了李的求婚之后才对爸讲的。小姑虽少言寡语但大事都是自己拿主意。她当然可以自己决定自己的婚姻。爸也认为这无可厚非。

李其实是一位大人物。李比爸和小姑参加革命的年头都早，李是爸爸他们那个部队的政治部主任。他所以常来文工团。他熟悉文工团里的每一个人。李并不怎么懂文艺但李懂文艺的思想。李以他的资格同文工团员们聊天儿，谁也不会想到李最终会选择了小姑，因他同小姑谈得最少。可能也是那种所谓的心照不宣吧。他们一度也是只用眼睛沟通，直到，有一天他们已觉出了彼此肝胆相照。

爸爸并不具有选择的权利。李和小姑都是共产党员，李又是更高一层的党的干部，爸还有什么好说的。只是爸觉得他并不十分喜欢李。小姑跟了李便是从艺术中全然被卷入到了政治中，今后的荣与枯，都要看李的政治前途，甚至，连艺术的最终的退身之处也都不会有了。爸想小姑的事就此了之了。

李是大官又高高大大像一块巨石可供抑郁的小姑依靠。李又是共产党的高级干部共产党已坐了天下，小姑的命运还有什么可担心的呢？加之李确实深深眷恋着小姑，他出生入死二十几年他已经累了，疲惫了他需要有一个小姑这样的女人守着他。

爸爸什么也没说。

婚礼以最快的速度举行。

喝酒。

小姑仍留在文工团里但是她已经不怎么上台演出了。她更是很少下部队。小姑事实上是开始了一种被养在文工团中的官太太的生活，而这种生活事实上又是同她过去的那种破落贵族大小姐的情绪相吻合的。还是那种众人之上的架势，而且是更加地凡人不理，甚至连同爸爸和爸爸的天真烂漫的女朋友也就是我的母亲都很少讲话。

小姑的婚姻可说是光宗耀祖了是矫正过来了姑妈为这个家族丢下的脸面。于是爷爷奶奶特别是爷爷简直骄傲得无与伦比。爷爷腰板也挺直了说话的口气也老太爷般地大了起来。那一年小姑带着李第一次回老家的时候，爷爷带着全家人远接高迎。那辆绿色的破旧的军用吉普车扬着一路烟尘，将我们肖家的风光出尽。

全庄的人都跑来看。

爷爷满脸放光，爷爷觉得他的面子太过得去了好像衣锦还乡的不是小姑而是他自己。

他瞅着奶奶变着花样儿地给小姑和李做好吃的。他气宇轩昂地坐进李的车在庄子里巡回。在整个的省亲的过程中，小姑不动声色。她天性不善张扬但就在她的不动声色之中，却浸透了她的骄矜、虚荣、高贵和无以言说的幸福感。而爷爷尽管内心大喜但却也十分得体。爷爷从不做不得体失身份的事这也是因他是个死要面子的读书人。他甚至不怎么同李讲话，即或讲话也是不卑不亢不失长辈的尊严。他只是常愿意一个人到当街去转转，喜欢在人前走过，表现出那种不再是虚无的目空一切，并由此感受到内心的真正的满足。也许还包含了某种为被休弃的姑妈雪耻的意思，他不信他的儿女们就那么无能。他偏要同命运抗一抗。而天之降李，简直就是扭转了乾坤，所以，李一直是那个使我们的家族在那一时期变得光亮起来的辉煌人物。

保持冷静的倒一直是奶奶。

奶奶总是在别人头脑发热的时候提醒他们：乐极生悲，物极必反。

但人的头脑一旦发热，又有谁能信奉这个道理呢？

于是，奶奶总是事后被人们发现是伟大的，是一个预言家。

小姑和李的婚姻是很幸福的。或者说可能是很幸福的。小姑开始生孩子。

奋力地生，她在短短的几年里竟然就一气生下了三个儿子。这就是我的三个表哥。小姑很喜欢他们但毕竟是有了些遗憾。小姑觉得她需要一个女孩，不然她连个能同她做伴说话的贴心人也没有。有李在身边的时候当然小姑的遗憾并不强烈。她日夜看着孩子们绕膝咿呀学语也备感幸福。而且她不必有带孩子的烦恼诸如喂奶洗尿片的那一类劳务。李的职务使李的家庭一进城后就不仅可以使用警卫员而且可以使用保姆。保姆带着三个孩子住在套间中的另一个屋子里。小姑只是愿意了才去那间屋子和孩子们待一阵。小姑这样的生活不仅是继续着的贵族少奶奶的生活，而且简直同西方的阔太太的生活所差无几。这样还有什么不满足呢？

小姑适于这种生活所以她的自我状态一直良好。后来小姑又随了李，回到部队并随军南下。南下是为了解放全中国。南下的大军走一处就留下一批干部，这样李就在南下途中留在了当时贫瘠无比的河南境内，做行署专员。在党的政策方针下将旧地改造成新中国的一片红色国土。李为着这样的一份灿烂的理想脱掉了军装。他结束了二十年来颠沛流离的戎马生涯在异地驻扎了下来。小姑便也随李到此。小姑的工作被安排在行署的一个机要部门内，但是她依然很少去上班。她还有一个任务就是安排照顾好行署专员的日常生活，小姑乐得待在家里。家里照样有勤务员，尽管河南是一块贫瘠之地，逃荒者漫山遍野，可小姑的家里仍然是另一重天地。

他们这样过着。

他们这样过着直到很快就到来的那个决定了今后几十年命运的严肃时刻……

什么叫在劫难逃？

14

我是独自一人到这片大海边来的。

想不到这里，在未来竟成了我的永久的栖身之地后来的许多年我如候鸟般在每一个春末的时候回到宾馆中我的这一间靠海的房间来。窗是朝着蓝色的大海洞开的。我总是在这里度过漫长而炎热的夏天。一年又一年的夏天，直到秋深时分，我才考虑着要离开。这里也是自然界的各类动物的栖息之地，一年四季，各种各样的鸟。

这里远离城市，只是一片海滨。远远近近都是群山，是被绿色草丛覆盖的天然草场。但这里却并不饲养成群牛羊。山野绿着。绿只是为了观赏。

这片海滨的确是一个很迷人的地方。而我住进的这家宾馆又是在山林的深处，很幽静很美丽。旅人出出进进很少有大声的喧哗，而很多很多的藤椅烂漫散布在宾馆的花园里，无声地等待着人们坐上去攀谈。

一天早上他对我说，如果你想去就去吧。

那时候我们刚刚结束了关于死后的一个话题。

我现在身处宁静，近着海，听海的涛声，看那白色的纱帘被海风轻轻地轻轻地卷起。

——人们不愿意死但人们必得死。

——我不喜欢谈这个话题。

——但必须谈只一次因为有了你我才可以谈我有些事情要交代给你你能按我的吩咐去做吗？

——什么？

——如果我突然死了……

——我确实不想谈了你别搂着我我喘不过气来你……

——如果我突然死了无论在哪你能把我接回家中吗？

——我绝不进太平间那里太阴森我就这么一个要求我要求你把我接到家中关起门来在这间屋子里守着我我知唯你能做到这一点你是我毕生最爱的女人我知道你不会怕的然后去焚化。

——当然不会怕。一个人怎么会怕一个亲人呢？亲爱的为什么要说这些，我会陪着你守着你。单独同你在一起你不会孤单的整整一个长夜……

他说这不过是一个男人的愿望他一生只说这一次。

然后太阳升起来，他说你若是想去就去那海边吧过几天我会来看你。

有时候是因为我们确实要分开了。分开那么一段时间，几天或者几个月，独处可使人冷静。其实在离开他来海边以前的那些日子里，除了谈到死我们已有过许多不愉快的谈话。我们有时争吵有时怄气有时候甚至很多天谁也不同谁讲话。

——你太敏感了敏感到令人恐怖。

他总是这样讲我。

——我并没有把我们之间的事当作浪漫的爱情故事来看待我认为我们该

面对现实。

他总是有道理是啊什么样的现实就是他常年地这样游移于他国外的妻子和我中间我不要面对这样的现实。

争吵过后哪怕是最激烈说过了很多互相伤害的话之后我们往往还总是能和解。一种很深刻的甚至于可置人于死地的爱隐藏着，让我们彼此没有决心分开。

我说我想走一段离开你一段到海边去。

他同意了，并积极为我准备行装。

在一个很宁静的夜晚，在启程的清晨到来之前。

——我是强迫我自己离开你的。

——人有时需要一个人在冷静中判断一些事物用一个单独的头脑作出对事情的选择。

——但同你在一起时这些做不到。我们总是彼此侵占把两个人的思维搅在一块使我们都丧失了独立分析现状的机会和可能。

他看着我。他说你好像是在法庭上讲话，或是一个心理医生在开导病人。

而此刻我已离开了他，远离了他，窗外已不再是白热中的都市的街道，那里使人窒息使人终日陷在烦闷和躁动中，这里不一样。窗外是海。是很平静的海浪和很平静的涛声。过去我常到这片海边来。这里的一切我熟悉。我知道哪一条小路通向哪儿，知道哪个商店是经营什么的。我总是喜欢在那些商店打烊之前很平静地走进去转一转。有时完全是观赏性的。什么东西也不买。那么宁静。就是这片海。我在这海边写作。我曾在此写出过很多的小说。就是这片海。它总是给我灵感。洗涤我心头的纷乱。我只有在这里才可能安静下来，也只有在这里才能做一个很彻底的不为他人他事所扰的潇洒的女作家。

就是这片海。

海正由湛蓝变得灰暗。

白色的鸥鸟在低的地方盘旋，栖息在海边的悬崖峭壁上。在灰暗的天宇发出凄切的叫声。

我想念他。

而连这想念也变得安静变得圣洁，没有一丝的情欲包含其中，是一种没有杂念的想念。

他不知道。

他可能也根本不知我在我们之间变得艰辛的时候为什么要离开他。

这家沿海的宾馆依旧美丽。我没有选择六号楼，尽管过去每一次我都总是住在那里。但这一次没有。那楼在山中间，望不到海。连站在平台上都望不到海。只有在夜深人静，在能够听到山间松林的涛声时才能听到海浪声。

十号楼是新式建筑。设施很现代。十号楼中我的那个房间是临海的。白色的纱帘的背后永远是蓝色的衬景。那么美丽。那一片暗暗的蓝。十号楼的楼前，是一片很小但很幽静的院落。在这个很小的院落里种植着桃树和苹果树，还有松。很挺拔的那一种。然后低处凡有土地的地方，都种满了鲜花。一片又一片葱郁的草坪。唯有楼前的一条用石头铺成的小路伸向暗蓝色的大海边。一直伸向那里。曲曲弯弯的路。

我住了下来。

我觉得心里在想念着他。

我知道明天早晨，会有鸟鸣，会有淡紫色的牵牛花开放。我已经看到了它们。它们缠绕在那些攀天的大树上。

总之当太阳升起的时候一切都会很美好。但现在是夜晚。夜晚很清凉。我喜欢这个可以一个人独处的清凉的环境。这环境可以提供给你一个可以思念的空间。像整个屋子里像整个的四壁间都盛满了对那个人的想念。因为他不在近前。窗外吹进来凉风窗外更远的地方传过来海声。海声是沿着那条石砌的小路是漫过那鲜花野草滚过来的。海声是伸手可触的。我开始读杜拉的小说。我唯一带来了杜拉的小说。我在杜拉的海中感知了我的海。一种近着海时的安全感。还有变得宁静的对远方亲人的依恋。

我不能很快入睡。

我想我们今早的离别。

很强烈的思念是从他今早一把我送上火车时就开始了。我匆匆忙忙上路甚至不知他是不是真的会来看我。是我执意要走的，这是我们第一次真正稍长一点的离别了。我们已经被都市的炎热的爱情烤焦了。那纵横交错的明晃晃反着刺眼的光的柏油马路。爱已经变得无望而且白热化。我的确是从离开他的那个瞬间才开始想念他的，在此之前我恨不能尽早同他分手。从此那想念跟随着我每一分每一秒。我住进我的房间的第一件事就是给他写了一封信。甚至连饭都没有吃，已经是午后。我穿着红色的裙子到很远的那个邮局把信发出去。然后是黄昏。自此在这陌生的屋子里只有我一个人。我一个人的世界我独自坐在沙发上从黄昏待到深夜。我就那样坐着我没有打开灯。就这样看着那月亮升起在海上直到照亮了整个夜空。

而在前一个夜晚他把我接到他的家中。我们走在拥挤的城市的大道，穿过满街的乘凉的人。炎热悬浮着。

他在那不散的燥热中开始帮我收拾行装。他把一些衣服拿了出来，他说过些天我会给你带去。

——你真的会来看我？

他说你该轻轻松松地走。他说现在好了你去洗澡吧。我说这是我们在一起的最后的夜晚我们可能会分离很久。他说我知道好吧现在你该好好地睡觉了。

整个的晚上我满心忧伤。一种说不出来的情绪蔓延着。我看空空荡荡的屋子。我躺在床上我们在分别之前竟然什么话也没有说。

他洗过澡后周身冰凉地走进来。

他靠近我抱紧我又拼命地亲吻我。我怕我们是最后的挣扎。那一刻我看见他双眼紧闭。一切都在默默中进行，没有一丝的光亮。他把灯熄掉了，让一切掉进黑暗中。那一刻在黑暗中我还是看到了他紧闭的双眼。我轻抚他湿漉的肌肤，我帮他擦掉汗水，我感到内心充满无限柔情。我永远不知这是不是最终的挣扎最后的一搏，我们是不是就真的会彼此分手。总是那么艰难。男人与女人。无论彼此得到还是彼此失去。我说我们分开一段也许对谁都好。我听任他如死去般紧贴在我的身边。他很快睡着了，他发出轻的鼾声。而我却久久醒在昨日的那个寂静的长夜中。

清晨的时候，钟并没有响。他突然醒来，默默看着仍在沉睡的我。他这样看着我睡觉已经很多次。有一次午后，我睡着，但我突然在一种不知是什么的感应中睁开了眼睛我看见他正坐在远处的那个藤椅上。他抽着烟望着我。这样可能已经很久了。我记得当时我是怎样轻轻地向他伸出了手臂。他便悄然而至轻轻把我搂在了怀中。昨天的那个清晨也是这样。他醒来，并使我在那默默的注视中醒来。走得有些匆促。他在车站大厅的商店里为我买好随身带着的食品。

有这样一个男人。

有这样一个男人要你把自已交出来让他管理。

有这样一个男人他已经成为了你的亲人你们已融在一起已彼此分不

开——

　　但你却要用分离来证明什么。

　　就是这样。

15

　　金戈铁马。

　　那一天当你读到了那一段文字你才更加地深知了一切。那血。

　　那血证明着你的祖先，证明着那个金戈铁马的民族。

　　那是一千五百名在青州蒙难的铁血将士。那故事发生在 1842 年那个炎热的夏天。7 月，七千名英军长驱而入。那日不落的大英帝国的精兵强将以扫荡席卷之势将青州四面围困，且重炮轰击。炮火硝烟。青州城的灰色砖瓦飞落着。青州城内的旗兵奋力抵抗着。旗兵。那些祖先那些年轻的勇士那些儿子们。他们没有作战经验不通兵法，但他们在炮火硝烟中在炎热中，战着。他们日夜鏖战死守。他们只有一个信念，便是以死护城。有史书《中国近代史稿》记载："参赞大臣齐慎，湖北提督刘允孝惧战逃跑，率万众之师歇马丹阳解衣避暑。只有几百名青州旗兵自发地起来抵抗，和七千名英军发生了一场约三小时的激烈巷战，英军损失极大。"

　　风萧萧兮。那提督那参赞那撇下去的刀枪和性命，何以要堆积起旗人之兵的那年轻而英勇的尸骨。一个个倒下。黑头发，蓝眼睛。血交混着旗兵和英军。到最后的时辰。

　　炎热的尸腐的气味蔓延了几个月。

　　那死难者的墓志铭上记载着：

　　——血积刀柄，滑不可持，尚大呼杀贼。

　　——青州兵弁，何以异此？此以见忠心之气常存于天壤也。

　　哪儿去了？那参赞那提督那万众之师？

　　只留下祖先。

　　祖先的血和祖先的尸骨，那英勇的墓志铭。

　　一位哲人说，因他们绝不缺乏勇敢和锐气。尽管他们总共只有一千五百人，但却殊死奋战，直到最后一个人。这位哲人就是伟大的恩格斯，他注意到了中国青州的这一幕壮举。

最后一个人的勇气。

直到，最后一个人满身鲜血地倒在血泊中。那剑柄仍在手中。

这便是祖先的故事。

等待着那个去凭吊的时辰。

然后在那片广袤的大地上，母亲们妻子们姊妹们走来。她们因亲人的英勇而成为那些惨烈的未亡人。她们哭泣。哭泣着穿过血泊去在那一千五百具尸骨中找到她们的亲人，她们的，丈夫兄弟和儿子。那些残肢断臂。她们双手衣裙沾满了鲜血沾满了烧焦的草灰。最后的硝烟依然未散。天是铅灰色的。已没有哭喊。哭喊有什么用她们面对的已经是那一片尸横遍野的平原。

战死到最后一个人。

直到最后的一个人英勇地倒下。

一串牛骨的饰物，一个银做的手镯。她们便认出了她们的亲人。她们紧搂那血色的僵尸。炎热的夏。太阳燃烧着。腐尸的气味同硝烟般弥漫在这一片干烈的土地上，不散。

55

这样的一群生活在苦难中的女人。

我们家族的女人。

那女人们。我对着你们深怀着怎样的敬重与同情。未来永远是不可知的，是冥冥中的最疯狂也是最庄重的力。没有人能逃脱那如此宽阔巨大的力的掌握。

无论你是谁。

也无论你怎样的善良怎样的坚忍与宽容。

一代又一代。血便是历史。从炮火硝烟金戈铁马向腹地冲杀而来的那一个瞬间，从那个搏斗的辉煌的瞬间开始，女人们就注定了，承受。

那铅灰色的教堂怎样接纳了那凄凉。祖母的尖尖的小脚所踩出的，是一个乡下女人的最有分量的印痕。不必劳神男人的不忠。祖母的觉悟在于她真实而彻底地认知了男人和女人。女人从此便不为男人所动。女人从此开辟了女人的事业。爱是永恒的忍耐。祖母是飘在天堂的女神。她编织故事将女性的天赋赐予你。那是我的祖母，那是唯我才有的我的祖母。

消退了，那一切女人的凄惨。唯有我亲爱的祖母。祖母是那个永恒的原则。她不懈地照耀着一切。小姑等待着最终的秦。而春的选择是将毕生献给爱。然后，便是家族女人的纷纷陨落。临死尚不知那命中的报应。

如此我走上了漫漫的铺满荆棘的路。是我自己的选择但同时也是天意。我选择了这个题目这个毕生也解答不清的题目。屈从的，崇拜的，也唯有天意。

我撕开我自己，作为某种不够完整的终结。不完整是为了补充，是为了接下去的延续。我希望我的宝贝的女儿不属于我们家族的脉系。我希望她身上流动得更多的，不是我的血。我这样寄希望于她，我改变了她生活于常人中的环境。没有完整的寄托。唯有母亲是伸手可触的。女儿的不幸，女儿的那一半不幸的血所流出的大概就是这不完整的处境。两岁起没有父亲，使她天然不愿同男人接近。她总是那么大度那么宽容那么全心地爱着我。她说她每天放学的时候总是能从几百个接孩子的家长中一下子就认出我，为什么？因为你总是跟别的家长不一样。

她是我的女儿。无论在怎样的时刻。她只是我唯一的女儿是我的私人的财产。我只拥有这一份财产。我是彻头彻尾的无产者。没有家。没有家具，也没有彩电和冰箱。四野空空荡荡。我牵着女儿的手漂泊。我们向前走。在生之过程中，寻找精神的故园。

最后连他也走了。

他不再是那精神的财产。

我曾经历尽艰辛找到了他，我的深爱。以为会有婚纱飘扬会有手中的那一簇艳丽的小花。最终他的妻子将他唤走。为什么？因了那现实，我们才爱得如此艰苦。他们的家庭的历史很平凡。没有疯狂的爱情也不想彼此走近。那样淡淡地持续着。我说把你归还。

依然空空荡荡。在经历了那漫长。

慢慢终于能把自己，交付给了命运交付给 'AN'AГKH 的永恒。你并不孤单，不是你一个人。你是被系在家族女人的血的链锁上。还有什么需要争辩？头破血流的时候，你才真正懂了什么叫作徒然。

我没有去拿他留下的那串家门的钥匙。因为我终于看清了一个结尾。那房间依然在，他留下来的那些他日常穿的衣服依然在，而他却早已不知去何方。

爱最终是什么？

而男人，他们所给予你的又是什么呢？

　　神说，有的女人如若不屈从于男人对其他女人的爱心，她就是自私的，或则变得大度，或则孤独一生。

　　神又说，有的女人命定被抛弃，其实她可能并没有过错，只为了生命完成一种改变，然后等待着新爱情来临。

　　神还说，有的女人情深似海，于是便有海一般的煎熬，海有多深，爱有多深，对于这样的女人，坚忍之力是唯一重要的，她只有在漫漫人生之旅的终点，才可悟出爱的徒然。

　　神重复说，更有的女人，只生长在爱中，生命中唯有此一项追求，她们大多不顾忌后果也不顾忌自身，为了爱宁可将自身毁灭的女人，是可敬佩的但往往结局最惨。

　　神最后说，女人无可造就，而生活在爱中的女人就更不可造就。

　　我们便终止了那一段乐曲。

　　那神的教诲也一道终止了。眼前是迷雾。是那个满脸胡子的男人走来。

　　我爱了他爱了这男人在大海边我把他结结实实地写在我的历史中。有一天在亚热带的植物园中我把我的手触到了他的胡子中。我们曾经在一个杯子里喝水。我曾经让病中的他扶着我的肩膀曾经在他最需要照顾的时刻逃离他。但是终于逃不掉了那海浪的轻轻的拍击。他曾经说唯有爱而没有任何的其他选择和前景。那宁静的给予那池畔的并不惊心动魄的吻。然后是拥抱着有别人洗澡的水声他亲吻着我亲吻着我的全身。不可终止的爱。他走过来在那个冬夜在无限的寂静中在空的房间他将赤裸的我抱紧在胸前。最初的喊叫那呻吟声那一次又一次的给予哭泣着海誓山盟着爱高于一切就在那一刻。他的妻终于远他而去。他们之间唯有淡泊和出国的决心与热情。不再留恋那一切的往事一切的天经地义伦理纲常那淡泊的责任。他说你就是一切是一切的开始与终结是那一片最纯情的圣地。爱着你爱着你将心全部地给予着那小的木窗上投下来树的影摇曳着以为未来如仙境一般。为了宁静宁静下来的生活将全身心都给予了这现世吧他说其实生命就是那个最大的限。后来有了杜拉。杜拉的旧日的花园和封锁着的荒寒黑头发蓝眼睛男人只是夜晚的最后一个旅客无处不在。直到筋疲力竭的那个最后的时刻我同杜拉般这样描写着我们做爱的那真实在天地之间在透明的蔚蓝的停泊着木船的海水间。从未有过的爱。我这样描述着因我是我们这个家族中最有文化和教养和最不幸而选择了写作的那个女人。一切待他日后有机会读起时他都可轻易地回忆起来连同他的信誓旦且连同他的赞美；没有过错这世界上所有的无辜者都是罪人。我们最后面对签证面对他妻子的召唤时共同经历了癌症般的绝望。那影，那所有的爱情再度变成历史，我回到了空荡荡的从前，连他也不是我的财产，我在黄昏的时候牵住了女儿柔软的手。女人，总在走着一条歧路的悲哀的女人，将生命与血混着爱情全部地奉献了出去。没有信没有音讯我们彼此隐藏着。最终还是大海还是那航程那小船那灯塔那沙砌的古堡在蒙蒙的雨雾那崖上哀鸣的白色的鸥鸟。那便是我的一切我看出了那家族的血正在我的体内循环并已经越来越清晰地显示出了一种无以抵抗的力量。爱情永不会终止在一种永恒的观念中如同海洋，而那个男人呢？那么遥远，在秋的苇塘中有一片湖，那湖光闪耀着玫瑰色的光斑，他的迷蒙的声音传来。将他遗忘。将连同他的全部，全部的往事，将一个女人的毕生，遗忘。

我泰然地关闭了灵魂之窗。

56

还剩下最后的一天。

我已疲惫不堪已根本无法从床上爬起。

他临走前还有很多的事情。那些事情堆积着。

窗外是最后的雨。雨变得寒冷变得雪一般刺骨。挨过了四季，便是终期。

我躺在我们的那张床上。

目光所及的地方，还都有他。

意识中则是那缓缓升起的银灰色的飞机。那么缓缓地，那飞机脱离了跑道，向蓝天奔去。意识中没有他。他就要走这扇现实的大门。

周身疼痛没有一寸不疼痛的地方。

那癌已遍布了周身遍布了生命所存的每一寸肌肤。每一滴血液里。我日夜亡命般同他贴在一起。我们消耗着最后的生命一旦翻过那最后的夜，他就永不会再属于我。

爱到了什么也都不再相信不相信他的许诺他的誓言他的无比珍贵的给予。

更远的那地方有更明媚的阳光和绿色的丛林。

窗外的鸟不再鸣唱。而我女儿的钢琴声在迷蒙的秋色中响起，我突然极想我的女儿，我不知她此刻在哪儿。没有谁能来体验我的绝望。帮助我拯救我。

有人来给我输液，我看不清他是谁。或者谁也不是只是弥留之际的噫语。那液体滴答滴答地响着。

我们最后脸对着脸。

我把双手伸向他我想勾住他的脖颈而他却缓缓地缓缓地离开了。

我们的动作缓慢。漂浮着如在海水中。

在海水中做爱。

那融入了大自然的呻吟声。

扩散的癌开始疼痛那是种真正的疼痛是死期将近时的一种疼痛。我想喊叫。但没有声音。发不出声音。死人在死之前总会相信任何人向他描述的良辰美景。

目光所及的地方，依然有他。我把枯瘦的手臂伸向他，却什么东西也触不到。

我是一片废墟。

而他是一个幻影。

让我的灵魂死去，在我的肉体之前。

而他说这才是真正的开始。

我不懂他的话。

我是我们家族的女人。

他继续说，从此你就在家里写作男人出去闯世界。

我们家族女人的命运是由不得任何人来支配的。

我怕那飞机坠毁怕他到不了那个遥远的国度。感受不到那重逢。重逢的喜悦，和性。

他以无限的柔情。

他轻抚着我的脸我的飘散的黑发。在黑夜。一切开始了。我们的未来。飞机已飞出了国境。闪光的地平线。他说已全然没有爱。不再等待。不能等待。吸吮着那低声的呻吟。许多许多的汗水。飞机中巨大的投影电视。儿子要解小便。他听不懂任何语言。许多许多的汗水。被他搂起。让抽搐的头紧抵他宽阔的胸膛。他身陷真正的孤独。他看见满街的蓝眼睛金头发他谁也不认识。连最后的那热情也消退了。无尽的疯狂。他要成为打工仔他要挣一份能通国际长途的电话钱。一次又一次留不下的旧情。那女人说难道就真成了我们的永诀？什么是爱呢什么才堪称真正的温情？身体像被水洗过一般。汗水流淌着他一次又一次为我抹掉。怎么回事？我翻转着身体。那女人说你怎么就不能帮帮我？自从她走的那一天事实上我们的缘分就终止了。说不出的疼痛。没有人可以同他讲话他寂寞到数着街上穿过的狗。你病了。他又以无限的温情。汗水湿透的棉被。他们去了海滩。

这里的海滩最美丽。

没有人为死了的蓝眼睛大呼小叫。

那么富饶那么田园诗般的景象那么悠闲。而梵·高是穷困的。

不受一座小小的洋房的诱惑。

火柴的光中只是祖母温暖的眼睛还有一棵圣诞树。

一切的忧伤。安徒生和大海的女儿全遭遇着人类的苦难和不幸。我没有很多的钱我写上一天头晕眼花还不及打工一个小时的报酬。

别让我疼痛别再碰我。

我不敢翻身不敢大声喘气不敢碰醒那个身边的男人。心头慢慢适应着离别。护照。公证。签证。兑换美金。购物。一切的程序如锁链般套住了我们的脖颈。并一环环紧着。

再给谁打电话？

有谁需要听你的声音？

你们每一分每一秒地盼望着彼此的来信。是为了断绝？他说好不容易找到就绝不再丢弃。很多很多的困难。彼此的不熟悉不理解。但应该倾谈，以让所有的人都平静。

不再等那深夜响起的电话声。

那遥远的声音说，来接我，我要在机场见到你。

我就是那份礼物。我就是礼物。

血的雾散过去。我们终于在那个星期天的早晨，一道读了北欧的那个美丽的女作家卡伦《走出非洲》中"山中的坟墓"那一章。

卡伦那么美丽。

这是很多人不知道的。

他们派了斯特里普去演卡伦。

而无数的人说，那个斯特里普简直就是你。你们的神态你们笑的方式。

你们的眼睛鼻子和发型还有，那，所有的气质。

那么卡伦也如我。

我近来的所有照片都告诉我，你的高贵来源于你的家族而你又是整个家族中最最美丽的那个女人。

而关键是，卡伦的方式。

卡伦的沉静。

卡伦的沉静是我所没有的那是种真正的沉静。

那个狩猎者那个卡伦最爱的男人当他死去当他驾驶的那架飞机在非洲的森林中坠毁。

那个死去的人叫丹尼斯。

卡伦没有哭天抢地，她只是客观而冷静地描述了那个死亡的过程。因为她亲历了那一切就如同我现在亲历那绝望的分别。

你为什么不沉静下来呢？

已经不再有话说。

如果把死融入了自然，那死将变成一个怎样的美丽。那超然的美丽。

然后，还剩下最后的一夜。

57

这一些女人就生活在这样的一个圆圈里。她们在各自不同的路上走啊走啊，最后竟依旧回到了那个起点。圆是封闭的。走不出。无论你们做怎样的努力。

所以事前就讲好了，不去送他。把他交给很多的别人去送。

莉打过来电报，说她要来中国。我很高兴。想将某些因了偏差而欠下的东西补偿给她。还有一个旧时的男友从很远的地方打来电话，问愿不愿到那地方转一圈？我将这一切告知了他。他沉默。

他后来说你不许心如杂草。

他说你必得安心等待我。他说你如若做了傻事只能是毁了你自己。

听出了那威胁及不舍的感觉。他惧怕的是我指责他与别的女人同床共枕。他要有那一切却不给我自由。

我们彼此都自私。

他凭了什么总要隐瞒着那对于他人的兴趣？

最后的一个夜晚。

那么似水的月光从肌肤上轻轻流过。平静的心。没有冲动。不去碰那些最敏感的区域。又岂在朝朝暮暮。

我说了我愿意承受一切。

他说，一旦我走了以后……

我截断了他的话我以为那毫无意义。

从他的房间里出来。

我终是没有拿他反复提醒我去拿的那一串家门的钥匙。他不知道这一切。来不及知道。他很快也离开了那家，关闭了旧日的所有温馨。

我没有告诉他我将去哪儿。没有必要在房门关闭的那一刹那，我与他之间全部联系就已经中断了。或者也连同着爱。

我一个人。

径自。

我走进地铁。

我来到火车站。

我买了去海边的火车票。

我踏上了列车。

找到了我的位子。

把简单的衣箱举上行李架。

我坐下来。

让身体舒服。

我对着窗外。

火车在鸣笛。

起动了。

风驰电掣般。

我整理了一下散乱的头发。

然后我哭了哭过之后是更深刻的麻木。

不想他有回来的可能不想他再能找到我，更深的苦痛我已不愿承担。让一切完结。他此时已起航已开始慢慢消退着昨日的梦境。他无可非议包括他的那个妻子也无可非议。他不愿说何必当初他以为那是没有责任感的埋怨。

我选定的是分离。或是由此再去更远的地方。隐藏起一个无望的幽灵。

服务员小姐说，自我走后那间临海的屋一直没有人住过。很好，那小姐甜的微笑。她说冬季到来之前，宾馆不会关闭。房间的价格也随着季节而便宜了起来。我对那小姐说，我只住短短的几天。

或许在这里等着莉。讲人生的过失。

房间里依旧整洁而清新。有风吹过来，身上竟溢着他的味道和气息。我于是去洗澡。洗掉所有的关于他。没有历历在目的往事。但又确是物是人非。应变得残忍在这个苦着自己的时辰。女人凡碰到此事最坚强的选择是逃跑。先逃离那男人，再逃离她自己。

计算着时间，知那飞机正在蓝天上。在途中。有个期待的女人已化妆打扮，准备着动身去接他。

床头的电话庄重地坐落着但已形同虚设。

我没有去抓。没糊涂到出现幻听的地步。我的心理智。那清晰的凄惨。

服务员小姐说，可以去吃饭了。

他依然在飞机上他会晕机会呕吐没有人会抓紧他的手。那气流在涌动着。将前程铺开一条白云筑起的坚实的通道。他赴着一个盲目的旅程。一切未知。

床曾是他睡过的。

还有那动人的窗。

我挣脱了那个蓝眼睛的愿望，将他送进了大海。

我倚在窗前紧咬住嘴唇。

厚的窗帘严严地关闭着阻隔了蓝色的景象。

我也许暂且不想看到那海。

来感受的是那清醒的苦难，为的是在折磨中检验生的勇气。

一只小舟。木的。木的粗糙的斑纹。

我坐了下来。

在曾经写作过的那黑色的桌前。

之于我这是一种永恒的姿态我渴望就死在这种姿势上我确实不喜欢躺在床上。

拿出来杜拉的书还有卡伦的《走出非洲》。她们都愿把文学与生活融为一体，将生献给爱情。毫不保留。而一旦当爱情死亡生便全然失了意义。那么彻底的融入。生命中的是血。流出来的还是血。最近迷着卡伦。因她的美丽和她的无动于衷。不，不是无动于衷而是沉静。他所推崇的那沉静以沉静来诉说那死去的挚爱的亲人所带给她的疼痛。而杜拉总把爱之绝望写到极致写到了那一种，惊心动魄那一种，昏天黑地。那也是我过去的方式，但现在卡伦出现了。卡伦是个在非洲生活了很多年的丹麦女人。她的家乡是一个美丽的国家。卡伦回了她的家。而卡伦也早已死去。与她毕生的爱人丹尼斯在天堂相会。她并不知今天的女王诞生于 4 月 16 日。那也是我的诞生日。卡伦都不知道。她只是执着她的美丽与对丹尼斯沉静的怀念超然而去。她不让你感到绝望感到，那爱的亡失是彻骨的是不堪承受的。

如果我还想在这个世界上留下来的话。

我爱卡伦也依然爱着杜拉。

我站起身打开了那厚厚的窗帘。

我看见了那海。

那海依旧很蓝很安静。

58

——我们已经分开了很久。

——是啊都显得陌生显得形同路人。

——你一人在外如此艰辛，我一直保留着你的所有的信。

——但我收不到你的信你的心已如冰般冷漠。

——我们不是已经见面了吗？关键是我来了我现在就在你面前。

——你知道这几年我是怎样地想你想儿子。我总是哭总是流泪总是怕我们今后会断绝。你可能已经不再爱我你已经有了新的生活。

——别胡说。

——但我还是感觉到了这些。

——你看儿子已经给你带来了。

——未来你打算怎么办？

——我们不能先睡觉吗？

——我的心一直惶惑不安。

——那么你说未来怎么办？

——留下来我们共同创造新的生活。

——语言不通怎么办？

——你可以再学习。

——如果学不会呢？没有语言连最低级的活儿都不能干。而且对于一个已经四十岁的男人来说，打工已经不合适了。

——那么你是看一看就走？你放心不下那个国内的女人？

——没有什么女人我或者可以试着去送送信洗洗碗。

——我对你已不抱奢望，你当然可作出你自己的选择。

——来让我亲亲你像我们当初那样。

——你和那女人已到了怎样的程度你能告诉我吗？

——因为你要走要远离我你走的时候考虑过我吗？你想过你要追寻的生活也许并不是我也想追寻的生活吗？而我想过了没有语言我待在这个美丽的国家不合适。我也不可能永远为一个形同虚设的家庭承受孤单和寂寞。是你最先选择了分离。

——我所做的一切是为了孩子。

——那么孩子给你送来了。

——你就不想该为孩子再尽些责任吗？

——在更加的孤独中？

——我们的思维已经全然不一样了。

——睡觉吧。让我们试试看。我还并没有作出最后的决定。

——这里的大海真美丽。水那么湛蓝那么清澈。

——你给我买的这件游泳衣真漂亮。谢谢你。让我亲亲你的眼睛。

——看着你儿子。

——真想不到，这么短的时间他的语言就足以同这里的孩子打成一片了。

——我们的儿子就是聪明，真舍不得离开他。

——你还想着走？

——不，没有。只是还有一丝对故土的眷恋对我曾做过的工作的眷恋对父母的眷恋。

——也包括对某个女人的眷恋吧？

——当然也会有些旧时的往事吧。

——她很美丽吧？

——我的一切女友你都认识。

——猜不出是谁你隐藏了那个你爱的女人。

——不再谈她好吗总之她的事已经过去了。她是个好的女人。她十分敏感。她不知现在何方。但她还是把我还给了你。

——这里的秋天依然很美丽。

——是的到处是绿色。天很蓝。我一直渴望着能在这样田园诗般的环境中安度余生。我记得对你讲起过。

——我吗？没有。从没有。

——那是对谁呢？

——我回来了。

——工作找得怎么样？

——猜。

——让猜的时候总是最顺利的。

——是的那个公司已决定采用我。做东方事务方面的秘书。你妻子是个能干的女人吧。

——是的很能干。

——你呢在餐馆里打工很累吗？

——不累我做好了晚餐。儿子也快回来了。

——你是天下最好的丈夫。这样再坚持一年半载我们不但能买房子，还能买一辆汽车了。

——今天接到了爸爸妈妈的信。说爸爸住院了。我想回去看一看。

——为什么？

——所谓的父母在，不远游吧。

——你还是要走？

——还会回来。

——我知道你走了就不会回来了，告诉我那女人她就一定比我好吗？

——就可以对父亲的病视而不见吗？

——只是托辞。

——你不要再冲动。我们都再想一想。

——你觉得怎样？

——当然很好。

——喜欢吗？

——喜欢。挺宽敞的。窗外的景色也很好。

——那我们就买下吧？

——就买下吧。

——你这人怎么回事？

——怎么回事？

——好像买房子不是你的事。

——那是谁的事？

——你太冷漠了。麻木并且残酷。你早已经不爱我了。

——我爱谁去。

——那个女人。

——什么女人？

——别来这套。

——我当然应当去探望病中的父亲。他们把我养大。他们只有我一个儿子。你为什么不许我回去。一个人的心愿是无法阻止的。

——好吧，好吧你去实现你的心愿吧。总有你后悔的那一天。你说说那女人是谁？

——至少今天我不想再谈了。

59

我终于留了下来。留下来诉说人生的故事。书中总有无穷的乐趣。淡泊着一件已成为历史的往事。

已可以安心地坐在电视机前，被屏幕上晃动的人影所吸引。

傍晚去了海边。

很快就要离开这里了。这里到了冬季就会将那扇大铁门关闭。凋零的叶片将每一条道路封锁。不再有人。最冷的时候海上也会结冰，将蓝色冻结。

不再想他。

但身边仍徘徊着思念。

现在变成了真正的一个人。一个人的清净与彻底。慢慢才懂了什么叫真正的失落什么叫承受，已不再绝望。绝望只留下了一份沉重的力量。

傍晚去了海边。落日时分自然界依旧很美丽。莉来过了，又恋恋不舍地离去了。我指给了她蓝眼睛的尸体被发现的那片海滩。莉重新流泪。但她敬慕那青年的死。莉说其实他唯有去死，那是他唯一的路。我没有认同莉。我想一个年轻的生命的逝去毕竟可惜。我对那死深怀着歉疚。莉说，如果没有你，也会是别人。

海在近夜的时候变得灰暗了。

海面上总是低旋着哀叫的鸥鸟。

白色的。白色的凄婉。

我已成了宾馆的最后一个客人。我也该走了，该离开这个使我感受到力量的地方。爱同绝望都是有力量的。那力量注入人的肌体毕生不会消失。我在海边散步。一个人。连交臂而过的任何一个旅人都不再有。这里，在天空，大海和自然界中，只有我，我已成为了自然界的一部分。很多时候会忘记了他的样子。无论怎样想也想不起来。黄昏变得黯淡。我已经度过了那道最难的关口已经不被，他，那个我生命中的一部分的那人所困扰。

我涉过了一条河。

因为家族的血。

没有人能如我般那么近地感受着那些与我有着深刻血缘关系的女人们的厄运。连同我自己。在悬浮的命运之下，你难道不是微不足道的么？那么多死伤的故事。那么多的惨烈。那金戈铁马的搏斗。倒下的最后的祖先。然后是女人们。那坚忍的家族的女性的群体。没有不疼痛的。而流血的过程我们看不见。

所以你该如卡伦般超脱而不是如杜拉般不能将绝望忘却。既然你不能阻挡你爱的男人去会见别的女人，又为什么要将自己绑在奔向毁灭的战车上呢？

给来信的男友写去了一封信。那信说，如果生命能重来一次，那么活着就只为了友谊，而绝不为了爱情。

应当永远记住的是巴黎圣母院塔楼上那用悲哀和不幸的中世纪的手写上的'ΑΝ'ΑΓΚΗ那几个字。尽管那几个希腊字母因年深日久因剥蚀而变黑了，但那字迹粗率的形式和姿态永在，那封锁的生之艰辛的意义永在。

听从了那支配便是你们全部女人的意义。

夜幕降临的时候，我回到了我的房间。我突然间决定离开这里。我开始收拾我的东西。我想这是我留在这令人感动和伤痛的地方的最后一个夜晚。

　　我轻轻扭亮了那盏床前的小灯。让昏黄的光照耀着那个清冷而大的房间。房间顿时显得温暖。过去就常常是在那个灯下。他毕竟没有义务离了他的妻子儿子来同我一道生活。这样的生活究竟也不是最最神圣的。在现实的生活中有时候爱并不是原则。不应当抱怨他，毕竟爱曾给我们彼此都带来过幸福。

　　我很快洗过澡然后躺在床上。

　　我想明早我是一定要离开这里的，尽管我并不知要去哪儿。

　　我很平静。一时觉得有些寒冷和孤单。我在枕边的《痛苦·情人》和《走出非洲》这两本书之间迟疑了一下。我最终还是选择了《走出非洲》。应当在一定的时候坚决抑制一下杜拉式的绝望的彻底。于是卡伦是重要的。卡伦的态度使我慢慢悟出人死了便再不可挽回。没有了。一切有形的无形的。生命只有一次。去了便是永远去了。记忆与凋谢的生命深埋土中与大自然混为一体成为大自然的一部分。存在过的东西悬挂着漂浮着。像风中掠过的一缕游丝。而那个去了的爱情，原本就是透明的看不见也摸不着的，何不由它随风而去。

　　卡伦在讲述一只瞪羚。那只友好的温驯的动物。它从很遥远的森林中醒来就叩响了卡伦的木门，它想同人类做朋友……

　　卡伦轻抚着它的头……

　　突然间。

　　突然间。

　　电话的铃声响了。

　　周身的惊悸在那个不期的瞬间。

　　没有谁。

　　不会有谁。

　　一声又一声那电话的铃，响着。在这个深夜。那尖厉的声响刺破着心肺，刺破着那夜。

　　我看见我伸出的那条赤裸的瘦削的胳膊。那细长的手指，向前伸着却又盲目，不知该向哪儿或是知道而又不敢去。手背上是遍布的凸露的蓝色的血管。

　　又会是谁呢？

　　原来卡伦的那个情人那个狩猎者丹尼斯他活着。他的精神并没有如他的肉体般消散，消散在白昼与深夜。那不死的精神漂泊在肯尼亚的群山中，在卡伦的那个美丽如画的童话般的遥远而古老的国度中。

我最终没有去拿起那电话的听筒。

让一切的许诺消散而只存留爱的精神和可能。海边的秋的暗夜是袭过来的一阵阵清冷的空气。是那么遥远的风。

我披上我的睡衣。

我从床上起来。

我听那铃声频频地响。我抱紧了我的双臂。我知道我已经是被换了的一个人。我已没有热血在这最后的海岸。女人的所有故事只能编织起一颗麻木的心。那心碰不到。隔着皮肉。你永远也看不见那殷殷的鲜血是怎样地流出来，流出来。

海上像起了风浪，发出一种奇怪的声响。我熄灭了灯，走到窗前。海在远远近近的地方依稀闪动着。云遮住了月亮。那黑色的宽阔的大海平缓地向着一个尽头，向着我们永远也看不见的那个尽头伸展着。一切宁静。大海如一位抚慰受伤的灵魂的巫师。

越来越远了那黑色的伸展。

我已不再伤感。

一切听天由命。

夜空中的光洒露了出来。那细碎的波，那照耀。那么轻柔的拍击那么绵长的诉说。

第二天清晨，我提着我的衣箱离开了这家宾馆。

不再回首。

中篇小说

中篇小说

62 号公路拐弯处

娲被午夜的电话惊醒。

那一刻她仿佛突然来到了某个陌生的地方。

电话的铃声是从意识中的一个很遥远的地方慢慢走进娲的睡眠的。当娲意识到惊醒她的不是什么别的声音而是电话的铃声，她的下意识的第一个动作不是去抓电话，而是按亮了床头的台灯，去搜寻悬挂在墙壁上的那个挂钟。

那一刻挂钟的表针刚好走到凌晨两点二十分。娲怎么也想不出在这样的时刻谁会给她打来电话。娲的确有过总是在午夜接到电话的时代，但那个时代对娲来说早已经过去。都是那一个酒后的男人打来的。他会说，他此刻在哪儿在哪儿，要娲不要等他。或者，实在是公务缠身。他只能晚些回来了。后来，他就无须再有这样的歉疚之心了，只说，今天有事，不回去了。再后来呢，他便开始说，在他郊外清冷的大房子里是怎样怎样的孤单，孤独乃至于伤感，乃至于觉得生活的毫无意义，他是多么希望……他说他还是想念娲的，他甚至提出要立刻来看望娲。此刻？是的，此刻。只是娲早就心灰意冷，没有了恻隐之心。所以无论这个男人的话语怎样地令娲心动，娲都坚持着不为所动。因为她清楚她和他无论相隔多远，她都能从长长的电话线里闻到那个男人嘴里身上的气息。那是酒精经过人体中的蛋白质综合了的一种化学的气味。她无法想象那种化学的气味怎么能就从一个人的毛孔中源源不断地散发了出来。那种化学的气味在酒后很长的一段时间里都会笼罩着那个男人，他的周身，他的唾液，他的气息，甚至他的精液……那是令娲难以承受的。

是的，那个无数次接听午夜电话的时代早已经遥远。因为娲已经在觉悟之后，彻彻底底地离开了那个男人，不仅仅是在肉体上。娲屈指算来，从他们双双离开街道办事处的那一天始，至今她与志剑分手已经整整两年又二十天了。说起来这并不是一段很长的日子，但如果把每年的三百六十五天乘以二再加上二十天这样一天一天地累积起来，就无论对娲还是对志剑来说，都是非常漫长的了，漫长到他们之间已经足以彼此冷漠而至相互忘却了。

娲不知道电话在午夜突然响起的时候她为什么会想到了志剑。她是在把关于志剑的这段往事想完之后，才懒懒地伸出手臂去抓那个电听筒的。显然她的过于从容的姿态一定是激怒了电话那边的那个人，他于是歇斯底里，以至于娲只要不拿起电话，他就会让电话无休止地鸣响下去。从电话铃响起的那一刻到娲终于抓起了电话，那疯狂的铃声至少响起过五十次。五十次撕心裂肺的呐喊，直至把午夜中神志不清的女人唤醒。如此的执着，听上去难免令人毛骨悚然。

然而娲对这个午夜响起的惊心动魄的电话却毫无惧怕。因为她早已经和这个世界达成了某种妥协。她在一年三百六十五天寂静地生存着。每一天都既不期待着什么，也不惧怕什么。娲不相信一个电话就会给她带来什么巨大的利益，因为她对利益本身已经失去了兴趣。所以她尽管拥有联系便捷的手机，却从来不肯打开，也从不把手机的号码告之他人。手机之于娲只是为了自己的方便，她知道她的这个想法是很自私的，是完全违背了手机制造者的初衷的。当然娲也不惧怕电话会给她带来什么坏消息。现在整个世界都已经处在火药桶中，到处是汽车炸弹、恐怖暗杀，还能有什么比9·11更令人恐惧的吗？人类不是也承受了吗？当然娲也不怕会有什么悲伤。她的悲伤早已经到了尽头，自从志剑离她而去，或者严格说是自从她下定决心离开了志剑，她的生活就已经清淡如水了。她再也没有了曾经给予过志剑的那种深爱，自然也就没有了由爱而生的伤痛和悲哀。

娲真的不知道这时候响起的电话会是谁打来的。她如此清心寡欲、孑然一身，所以她觉得她可以接受电话中任何的消息以至于任何人的声音。无论是男人还是女人，是激愤的还是忧伤的。结果她却首先听到了她自己的那发自午夜的低沉而又几分沙哑的声音，那种既没有兴奋也没有厌烦的苍白而空洞的声音，喂？

因为娲对电话的另一端没有任何的预期，所以当一个女人的哭泣传来的时候她便也没有任何情绪的波动。她于是就那样平静地倾听着那个女人绝望的悲痛，直到那个女人也如同她那样平静了下来，能够陈述她所要说的内容了。

女人说，你要去。一定要去。他说到了你。他很生气。然后一个急刹车。

紧接着从后面迅速驶来的那辆集装箱大货车就……

在娲和哭泣女人通话的整个过程中，娲一共只说了几个字，那就是，在哪儿？

然后女人就说出了那个让娲心头一震的出事地点，62号公路转弯的地方。紧接着电话就在又一轮的呜咽中啪嗒一声中断了。娲于是期待。这是娲很久以来的少有的期待。期待着那个哭泣的女人能更详细地说明事件的来龙去脉、前因后果，但是那个女人的电话再没有打来。后来娲才意识到了，事实上那个女人已经说出了她想要告之娲的全部。

62号公路转弯处？

娲并不能通过哭泣女人闪烁其词的描述了然在那个转弯的地方究竟发生了什么。娲所能知道的只是可能的一起车祸，以及车祸中的那个当事人。尽管那女人并没有说出对方的名字，但是娲当然知道那就是志剑。虽然两年多来她和志剑已经没有了任何关系甚至任何联系，但是她还是能依稀听到关于志剑的各种消息，特别是那些他和各种女人暧昧的闲言碎语，但尽管如此，娲对此也还是已经毫无感觉了。

娲不知道当她突然面对志剑车祸的消息时该采取一种怎样的行动。她想即或是她对志剑已经漠不关心，形同路人，但看在他们曾经两年夫妻的分上，她还是应当做出某种反应的。至少他们确曾有过那种感天动地的肌肤之亲，这种心灵和肉体的关系即使不能调动起娲的悲伤，也能够唤醒她的人道主义的同情吧。

娲这样想着便从床上爬了起来。她穿上了她的那件黑色的羽绒大衣。她觉得她的思路正变得清晰，她终于知道了在这个午夜，她该做什么，要到哪里去。她想她尽管不知道发生了什么？不知道车祸中的志剑是死是活？更不知道那个陌生的女人为什么要把电话打给她？但至少有一点她是清楚的，那就是她知道了那个事故的地点，知道了她必须立刻赶到那里去。

娲走出公寓大门时才发现路面上已经积满了雪。这就是北方的天气。娲准备睡觉的时候还看过窗外，那时候的夜空是红色的。娲知道红色的夜空就意味着一定要下雪了，但是她想不到这雪竟下得如此之快且如此之大。娲不知道大雪是什么时候开始下的，但是她想很可能下雪也是62号公路转弯处事故的原因之一。

娲独自一人站在白雪皑皑的大街上。在明亮街灯的光束中，轻柔的雪片依旧纷飞，晶莹剔透，非常好看。娲一直喜欢北方的这种白雪的世界。她觉得这是很美的一种人生的景象，在这样的美景中即或是死了，也死得其所。

娲在街边等了很久。在等待中，寒冷将娲体内的温暖一层层地驱赶。但是被冻僵了的娲却还保持着一种耐心，因为她早已经做好了等待的准备，她知道没有多少出租车司机是愿意在午夜开车的，尤其是在这个下雪的夜晚。

娲终于等来了一辆肯在雪夜中行驶的出租车。她于是急切而兴奋地摇动手臂，以至于她的动作给人造成了一种形迹可疑的感觉。出租车司机看上去是一个很强壮的男人，娲觉得这很正常，唯有强壮的人才有资格在午夜行车。这个强壮的男人看见娲后，便让汽车缓缓停在了娲的身边。出租车停下的地方离娲很近，近到几乎压到了娲的脚，然而娲还是没有抱怨，因为她理解那个在夜晚行车的人为了安全，是需要对乘客有一种威慑的行为的。司机坐在汽车里粗暴地看着在冰雪中形销骨立的女人。那种近乎色迷迷的眼神让娲不由得有点紧张。但是娲知道在这样的时刻她已经没有选择，即或是她要冒着被强奸甚至被杀害的危险，她也只能是坐上去，因为她知道躺在62号公路上的志剑在等着她，等着她把他送进医院，或者推进停尸房。

出租司机依然用没有礼貌的目光打量着娲。这很可能也是一种他对自身安全的探测。

你不要这样看我。娲心平气静地说。虽然是深夜，但我不是妓女。

出租车司机可能这才意识到了这个女人的厉害。于是在收拢了他的肆无忌惮的目光同时，也就启动了汽车。

汽车在娲的身边悄然擦过。这是一直在午夜的寒冷中等待的娲所不能接受的。于是在汽车启动的那一刻，娲就像追捕逃犯那样地一把抓住了车门的把手。她死死抓住，决不放手。然后她就被行驶的汽车卷携着飞快地向前冲去，直到出租车司机终于意识到这个女人是甩不掉的，他才把车子停了下来，无奈地让娲坐了上去。

你要去哪儿？

出租车开始在积雪上重新启动，慢慢加速。

司机又一次蛮横地问道，你说呀，你到底要去哪儿？

娲依然大人不计小人过的雍容气派，平静地说，62号公路转弯处……

一个急刹车！娲的脸差一点就撞在了挡风玻璃上。而娲的第一个念头就是，志剑的车祸一定就是这样发生的。

司机把手伸到了娲这边的门把手上，他毫不妥协地把门推开，说，下去，听到了吗，你快下去，我不去 62 号公路。

　　就是说你要拒载啦？

　　我要活命。

　　可是你看我像杀人狂吗？

　　我不管你是谁，赶快下去。

　　你有那么强壮的身体，要我怕你才是呢。

　　反正我不去那边。

　　我的一个朋友在那里出了车祸，刚刚打来电话，要我接他回家。

　　你的朋友要是个盗车贼呢？

　　我只是一个女人。

　　女人有时候比男人更凶残。

　　出租司机甚至开始动手把娲向外推。

　　娲却不顾一切地抓住了司机凶悍的手。

　　我再说一遍，62 号公路我不去。

　　那么这样你就去了吗？

　　娲把一百块钱一张的厚厚一沓钞票塞到了出租司机的手中。

　　到 62 号公路的那个转弯处只要五十块钱，但是我给你一千块，你还坚持不去吗？

　　志剑说，他怎么也想不到公司会把这个总裁助理的位子给了他。

　　志剑在床上和娲说这番话的时候，他刚跌跌撞撞地从卫生间出来。

　　志剑坚持着像每天一样地洗了澡。他这样做是因为他知道如果不洗澡，娲就更不能原谅他。但是他几乎连用毛巾把身体擦干的清醒都没有了，于是他就只好那么水淋淋地周身冰凉地靠近了娲温暖的身体。他没有想到娲非但没有对他升迁的消息欢欣鼓舞，她甚至嫌恶地推开了志剑的身体，她说你太凉了。别碰我。离我远点。你这个人怎么这么讨厌？

　　你对我就一点也不关心吗？

　　那个总裁助理的位子对你就那么重要吗？

　　娲在此时此刻所表现出来的厌恶，其实并不是对这个职务本身的厌恶，而是对一个男人身上酒精味道的深恶痛绝，对一个酒后男人的失去自控与尊严的嗤之以鼻。其实在志剑没有回家前的整个晚上，娲一直都在盼望着志剑能早点回家。娲盼着志剑回家，其实已经不再是希冀着他们能有一个共同度过的温馨而平静的晚上。不是，娲早已经摆脱了年轻夫妻之间的那种小儿女的浪漫。她知道这对于雄心勃勃蒸蒸日上的志剑是完全不可能的，而且她也知道对于她这个等待中的女人也是不现实的。在这个晚上她之所以等待志剑，是因为她要和志剑商量她的前途，也就是商量他们这个家庭的未来。

这时候的娲已经是国营服装厂的一个非常杰出的设计师。她虽然春风得意，但还是隐隐地觉出了某种计划经济体制下对个人能力的限制。也就是说，在现在的企业中，她不能够最大限度地发挥她的想象力，而她的创造力也就因此而受到了局限。而就在娲有了这种对个人前程的忧虑时，可谓天赐良机，一家在国际上非常著名的服装公司的猎头盯上了娲，并水到渠成地向她摇动起橄榄枝。这家 FD 公司许以她优厚的待遇以及个人创造的无限空间。这当然是娲梦寐以求的，但是在私人企业刚刚萌芽的当时，这也意味着某种风险。所以这对于娲来说，无论如何是一件她生活中的大事。这就等于是娲毫无心理准备地突然站了一个十字路口处。

当然，以娲的智商，她是完全可以作出一个准确抉择的。

其实娲对此早已经有了一个深思熟虑的掂量。如果她继续留在那个培养了她但却没有发展前景的工厂中，那么不管她日后做得多好，充其量也只是一个匠人，难以青史留名。而国际品牌的青睐无疑会将她的舞台搭建在一个更高的平台上。但是在这样的舞台上表演尽管风光，但却又存在着某种生存的不稳定性。尤其是在经济上，从铁饭碗转向不再有固定的收入，这对于她和志剑的这个刚刚组建的家庭，难道会没有影响吗？如果有一天老板不再欣赏她的设计了，她也许立刻就会失业。那么在没有了生活保障的时候，她和志剑还能接受他们今天的选择吗？还有，这种彻彻底底地靠劳动吃饭，也就无形中加大了她生存的压力；而她如若终日陷在压力之中，他们的这个年轻的家庭，难道不会因此而蒙上阴影吗？

这一切娲都想到了，所以她期待着志剑来决定。

便是在这种种的困惑和期待中，娲努力克服着深夜到来的一次次困倦。她越是想到那些让她难以适应的未来，就越是觉得和志剑商量的必要。后来她越想越累，越想越头疼，就干脆不想了。她把这些难题一股脑地推给了志剑，她想其实这就是一个女人有了一个男人的好处。把任何她不愿意想也不愿意做的事情推给志剑，让自己彻底解脱，这是娲自从和志剑相爱以来，一直遵循的一种生活的原则。以至于志剑每每开玩笑说，娲的思维正在萎缩，娲甚至已经不会思考了，她的大脑完全被志剑代替了。幸好那时候志剑还乐于代娲思考，志剑甚至也觉得那是天经地义的。他们当时并没有意识到这就是一个家庭扭曲以至破裂的开始，而他们最终的分道扬镳，其实也就是与这思考和不思考、商量和不商量紧密相关的。

是的，就在娲把这个让她头疼的选择推给志剑的时候，她不久就接到了志剑的电话。志剑说他实在是对不起，要晚些回来，他还温柔地要娲先睡，说不要等他了。

那时候为了战胜困倦，娲正在看一部外国电影。电影中刚好演到一个妻子送她的丈夫出门，他们情意绵绵，一副难舍难分的样子。最后妻子说，等你。那么这里的"等你"意味了什么呢？后来电影中的妻子果然等到了她的丈夫回来睡觉。于是娲才懂了，"等"的意思原来就是等着一道睡觉，或者更准确的意思就是，等着做爱。那么志剑不让她等了，是不是就意味着不再回来和她做爱了？

然而娲并没有按照志剑的指令先行睡觉。她还在等，坚持等，但并不是为了做爱，而是，决定他们的未来。但是自从志剑的钥匙在公寓的房门上响起，娲就知道志剑是不可能决定她的未来了。而她点灯熬油辛辛苦苦的等待，也必将是徒劳的了。

娲听到门锁上钥匙旋转的声音响了很久，志剑却还是不能把门打开。这样的声响，一种可能是盗贼在午夜拧门撬锁；而另一种，就是开锁的人已经神志不清。娲当然相信是后一种，因为她已经习惯了志剑的酗酒。于是娲放心大胆地把门拉开，她便果然看到了那个一头撞进来的已经颠三倒四的志剑。志剑一进来就抱怨钥匙，于是娲接过志剑的钥匙一看，原来那是一把办公室的钥匙。于是娲知道了这个晚上志剑受酒精控制的程度。而志剑不停地笑着，说他今晚真高兴。他又醉眼迷离地问着娲为什么不去睡觉，是为了等着和他亲近吗？他这样说着就过来拥抱娲，娲却像鱼一样从志剑的怀抱中游开了。然后志剑就开始自说自话，说你生气？我不是打过电话吗？我是想着你的。每时每刻……

志剑在抓不到娲的时候，就开始跟跟跄跄地走向卫生间。他走进卫生间并不是为了去洗澡，而是为了去呕吐。然后他们的房间里就充斥了那种呕吐物发酵的味道。在清冷的午夜。娲哭了。她想哪个女人愿意承受这样的折磨？于是她立刻打开了房间里所有的窗，让寒冷而清新的空气驱走所有酒精的气息。

当然这时候的娲便立刻没有了谈论未来的情绪。且不说志剑已经丧失了倾听的能力，就是他坚持着听懂了娲的困惑，也未必能作出一个清醒的选择。

娲无法忍受志剑压在她胸膛上的那个冰冷而沉重的手臂。她愤怒地把志剑的手臂挪开，而志剑反而更加蛮横地抱紧了她，说，我要。而娲却奋力挣脱着说我不想，我困了。娲用双手使劲地推开志剑的身体，她以为志剑是一定会要她的，而她在志剑的强迫中也一定会顺从的。但是没想到志剑竟立刻调转了身，那种真正的见好就收，娲这才知道，其实被娲拒绝才是志剑此时此刻的本意。这个被麻醉的男人即或是真的还有欲望，却也力不从心了。所以他是巴不得被拒绝的，在那一刻，他只有一个念头，那就是睡觉。

于是娲立刻就听到了志剑粗重而有节奏的鼾声。而志剑这样的人事不省无疑让娲更加地愤恨：那么，她又何苦夜不能寐地等着这个死人一般的男人呢？娲觉得在这个令她愤怒的男人身边是睡不着觉的。不仅睡不着，简直要发疯。她不仅受不了志剑的沉睡，更受不了这个男人身上的酒气。她不明白为什么志剑已经睡着，闭上了眼睛，而他的毛孔却还要把那些难闻的酒气源源不断地发散出来呢？

那个晚上娲抱着她的枕头睡在了书房的长沙发上。这是她第一次离开她和志剑的那张大床。她躺在那个陌生的地方浮想联翩，她首先想到的是志剑，她想志剑一定是喝酒喝成总裁助理的。而奇怪的是，对于志剑的这一次升迁，她不仅不感到欣喜，甚至还有些许的仇恨。娲不能理解她自己的这种感觉，她知道作为一个妻子来说，这感觉应当是非常可怕的。这至少说明了她已经不在乎志剑，不能再和他唇齿相依心心相印了。志剑认为快乐的事情她却认为是苦痛，这难道不是他们即将劳燕分飞的先兆吗？而娲想着自己的时候则是想，未来对于她是不是一个可怕的陷阱。那家被称为 FD 的私家企业，为什么只蛮横地留给她一个晚上的考虑时间呢？当然娲没有权力责怪那家公司的苛刻，毕竟 FD 的牌子太响了，多少同行都趋之若鹜，而区区一个小小的娲，又怎么能质疑他们的诚意呢？娲还知道倘若她稍一迟疑，他们立刻就会把目光从娲的身上离开。那么又该责怪谁呢？FD 明明给了她一个漫长的夜晚整整十六个小时，但是志剑为什么就不能留给他哪怕是一分钟呢？那么就等于这个家庭中没有男人，那么就等于志剑已经不存在了，那么就只好由娲自己来决定自己的命运了。但是她如此独断专行是对一个家庭负责的态度吗？是对志剑的尊重吗？或者，她干脆就没想对这个家庭负责对志剑尊重，此时此刻她只有一个念头，那就是要狠狠地报复这个对她不闻不问的男人。

这所有的困惑都让无法入睡的娲不寒而栗。

第二天清晨，当娲走进 FD 总裁办公室时，志剑才刚刚坐在餐桌前喝着娲为他煮好的咖啡。咖啡让他清醒，清醒是为了能更好的工作。志剑根本就没有反省他对这个家庭的过失，他依旧还在为他总裁助理的位子而兴奋不已，同时也就开始了他对总裁位子的觊觎。这也是总裁助理的职位所给予他的激励和暗示，既然他决定了要走这条路，他当然要为此而呕心沥血，竭尽全力，赴汤蹈火，在所不辞。

这是娲对志剑的第一次反抗。但可悲的是，志剑竟然淡泊到连娲的反抗都感觉不到。当娲把她已经辞职并已经到 FD 公司上班的消息通告志剑时，志剑非但没有指责娲，还对她独立作出的这个决定大加赞赏。这真是让娲哭笑不得。她无从知道在她和志剑的这个家庭中，还有什么更重要，还有什么是值得大家一起商量的。

62 号公路转弯处果然车水马龙，人声鼎沸。尽管已过午夜，但还是有好几辆警车停靠在路边，车上的警灯在鬼魅地闪烁着。

娲走出出租车方才知道，之所以会有如此众多的警察汇聚于此，是因为这个转弯处的事故如果不及时处理，就会堵塞整个东部通向城市的交通。因为此刻的 62 号公路已经完全陷于瘫痪，各种车辆拥挤错落地排列下去，望不到尽头，听说已经延伸了好几公里。于是企望探明真相的司机纷纷赶来，将事故的现场围得水泄不通。

面对如此局面那个出租司机才最终相信了娲。其实一路上他始终在自我矛盾着，既怀着对金钱的欲望，又对可能会发生的危险满怀了恐惧。在 62 号公路上的这个声势浩大的交通事故面前，出租司机本能地动了他的恻隐之心。他停下汽车，并且第一次开口问着身边这个他觉得值得同情的女人，是你的朋友？

娲依旧坐在出租车上。久久不肯下来。她第一次感到了某种恐惧。不是悲伤。她知道那不是悲伤，而是，她不知道究竟该怎样面对这样的局面。她也不知道志剑在这次事故中究竟扮演着怎样的角色，更不知道出了车祸的志剑此刻到底是死是活。她就是为此而紧张而恐惧。因此她不敢走下汽车。她觉得身边的这个出租车司机尽管粗野蛮横，但至少坐在他旁边就有了一种安全的感觉，她知道那完全来自于出租司机对她的疑虑。

大姐，不然，我陪你去？出租司机试探着问娲。

尽管娲对于出租司机的这个提议根本不会采纳，但她还是扭转头看了一眼这个男人，心中涌过一股暖流。当然这种感觉她是绝对不会说出来的。

娲只是冷冷地说，不，不用。其实已经无所谓了。

然后娲鼓起勇气。推开了汽车的门。顿时一股冷风侵袭进来，娲又赶紧关上了门。

这么冷？

司机又一次说，我陪你去吧，万一发生了什么……

娲又一次坚持，不，我自己去。又说，你能在这里等我吗？我再给你五百块钱……

出租司机立刻抓住娲正在书包里掏钱的手。说，大姐，你把我当成什么人了。我等你。无论多久。你去吧。我就在这里。等你。

娲离开汽车的时候满心悲伤。不是为志剑的，而是为了出租司机的这几句温暖的保证。

娲又一次对司机说，其实已经无所谓了。司机当然不可能听懂娲的意思，他只是满怀了敬佩和怜惜地看着这个形销骨立的女人，心想，什么样的男人？却要这个柔弱的女人来为他收拾残局.

是的，我们早就不来往了。

娲把这个意思告诉司机之后就离开了出租车。她是顶着很凛冽的旷野的风走出去的，她说刮风了，雪可能就要停了。

娲不知道自己为什么要对这个素昧平生的出租车司机说这些。后来她想，她那样说很可能是在为自己的冷漠做一种辩解。当然，她并没有对出租车司机撒谎，因为她的确已经很久很久没有和志剑联系了。他们彼此生分彼此冷漠就如同路人，她怎么还可能把志剑的生死萦绕于心呢？她只是有种莫名的恐慌罢了，那是她遇到任何人出现这样的事情都会产生的那种恐慌。志剑之于她无非是一个熟人罢了，尽管他们确曾有过肌肤之亲，甚至还共同孕育过一个孩子，但是当他们一旦在不睦中分手，时间和距离便也就慢慢地将他们之间的那所有的爱恨情仇一笔勾销了。而他们之间的那种曾经熟稔的关系，也就随之变得连路人都不如了。路人之间萍水相逢可以清淡如水，而他们之间却因为相爱而郁积了那么多难以释然的怨恨。

娴走在坚硬的寒风中，脚下却是松软的积雪，松软竟然让娴感到了某种温暖，娴想，这些松软的积雪可能很快就会变成冰块，她不能想象汽车在冰面上飞速行驶的样子。所以即或是事故处理完了，62号公路也还是要关闭。娴这样想着想着便突然有了种非常熟悉的感觉。她停住脚步，向远方望着。她觉得在她看的那个地方应当有一片树林，哪怕是没有了郁郁葱葱，也该有无数枝桠相互交错着向夜空耸去。但是在这个夜晚娴却什么也没看到，茫茫大雪遮盖了她本该看到的一切。

娴深一脚浅一脚地走近了事故现场。然后她就看到了那个哭泣女人向她描述的残酷的景象。一辆巨大的集装箱货车在转弯处被掀翻在公路的中央，它的正前方是一辆已经被挤压得不成样子的小轿车。这个交通事故的现场竟然和电话中那个女人的描述一模一样，这让娴十分震惊。她不知道那个女人是怎样目击了车祸发生时的这一切，她竟然不仅目击了车祸的惨状，而且对事故发生时汽车中那个惊心动魄的瞬间竟然也了如指掌？这是让娴百思不得其解的。以娴此刻亲眼看到的轿车损毁的程度，娴相信轿车里的人是不会有生还的可能了。而那个谙知一切的女人在车祸发生时的那个可怕的瞬间又在哪儿呢？她是一个什么样的超人才能如此洞穿一切呢？她如果正在车里，怎么可能活着给娴打电话？她如果不在车里，又怎么可能在事故发生的那一刻刚好也在现场呢？而在这个风雪交加的深夜，那个女人又出于什么目的非要跑到62号公路来目睹这惨祸呢？

娴挤进了那个已经被交通警察封锁起来的事故现场。在明亮的路灯和白雪的反光下，娴好像看到了轿车旁的血迹斑斑。她不能肯定那就是志剑的血，因为娴确实没有看到志剑陈尸路旁。为了证实志剑的生死，娴小心翼翼地询问着挡在她前面的那个高大的警察。娴说，为什么不去救汽车里的人？警察不屑地甚至愤恨地回头看了娴一眼，嘴里呜噜了一句什么，便对娴愚蠢的问题不置一词了。倒是身边好事的司机替警察答复了娴，说，还会等到现在？人早就弄出来送医院了，这事故已经发生好几个小时了。那……司机立刻就了然了娴接下来想问的是什么，于是他继续回答，听说人早就不行了，好像还是个什么总裁。这个司机的话音未落，旁边就立刻有人愤怒地说，纯粹是活作！娴很茫然地顺着那个愤怒的声音回过头，显然娴想看到那个说话人的脸，但是那张脸却被挡在了一片巨大的阴影中。紧接着旁边又有人问，谁的责任呢？第一个回答娲的那个人说，总裁呗，甭管他到底有没有过失，可他喝酒了，那就没跑了，不过反正人已经死了。接下来刚才大骂"活作"的那个人又愤恨地说了两个字，以此就结束了这场由娲引起的谈话。那两个字是，活该！

是的，活该，这其实也是两年前娲对志剑说过的话。她想不到自己当年对志剑的诅咒，竟然这么快就应验了。但那时娲并不是真的诅咒志剑，她只是受不了志剑的每天喝酒，以至于一想到喝过酒的志剑要回来，要睡在她的身边，就感到周身的不舒服。后来他们就友好地分手了。而随着时间的推移，距离的拉大，慢慢的她也就不再怨恨志剑了。后来他们之间就只剩下了冷漠。但是她还是一直记得志剑曾痛苦地说过，没有了你，我也就活不了多久了。娲不知道志剑的这句话是随便说说，还是有什么更深的含义。娲此刻不禁有点毛骨悚然，志剑是不是一直在实践着他的这句话呢？如果真的是这样，那就真的可怕了。

娲慢慢退出围观的人群。她又沿着62号公路一步一步地往回走。她想既然志剑已经被送进了医院或者停尸房，她也就没有必要非要以亲属的身份出现在事发现场了。再说她已经根本不是志剑的亲属，她和这个交通肇事者也早就没有联系了。她只是出于道义才在午夜赶到这个可怕的公路上来。她和志剑之间已经没有任何瓜葛了。如果说在他们的生活中还非要存在什么的话，那就是忘却。她一直非常喜欢这种忘却的状态，她甚至希望忘却她所经历过的人生所有的事情。那样她就是一个彻彻底底的新人了，每一天都是一个新的开始，那将会是怎样的轻松。

娲此时此刻的脑子里乱极了，因为她总是反复想起午夜里给她打来电话的那个哭泣的女人。她不知道那个女人和志剑究竟是一种怎样的关系，爱的？还是恨的？她忘不了那个女人在电话中哭泣的声音，那是因为志剑死去而伤痛？还是为亲手杀死了志剑而乐极生悲？她为什么非要把这个电话打给娲呢？她是怎么知道娲的？又是从哪儿弄到娲深居简出的电话号码的？娲不知道这个电话是不是一个陷阱，也不知道这个女人为什么要把娲也牵扯到这个本来和她毫无干系的事故中。娲更加弄不清这个事故为什么单单要发生在62号公路的这个转弯处。一个她曾经那么熟悉的地方，她好像最近还曾经来过，但是她此时此刻却就是想不起来了。娲觉得遥远处应该有一片林中空地，好像还应该有一些红砖红顶的房子？不，娲已经记不起来那些久远的事情了，这就是娲此时此刻为什么异常烦躁的原因。她觉得现实中发生的这一切就像是克里斯蒂或者科南道尔的侦探小说。一个神秘的女人打来电话，向前妻通报前夫的死亡。这个神秘的女人是谁？而电话中那个哭泣的声音是否真的存在过？或者那只是娲的一种午夜的幻觉，产生幻觉是娲最近一段时而发生的症状。如果是幻觉，这62号公路上为什么又真的发生了这个和幻觉一样的故事？而娲自己在这起交通事故中，又充当着一个怎样至关重要的角色呢？

娲终于回到了出租车上。那个得到了一千元的司机果然信守诺言。娲很冷，周身在打战。那个待在温暖中的司机竟然立刻就把他油腻腻的棉袄脱下来，披在了脸色被冻得铁青的娲的身上。这也是娲没有想到的。她更没有想到出租车的发动机之所以始终没有关掉，就是为了娲回来的时候汽车里是暖和的。

娲坐在汽车上一言不发。任凭出租司机把她拉出了62号公路。然后司机便不得不问她了，去哪家医院？医院？是的，哪家？娲说，我不知道。司机说，通常是中心医院。什么是通常？就是说，一般出了这类交通事故，无论伤员还是遇难者，通常都是被首先送进中心医院的。是吗？娲这一回心不在焉地问着。司机说，就去中心医院吧，如果那里没有，我再送你去别的医院。找到他。司机说着便调转了方向，想不到娲竟突然抓住了司机的方向盘，说不，哪儿也不去。哪儿也不去？对，回家。回家？

然后司机就不再说话了。因为他确实不知道这个女人和62号公路上发生的事故究竟是什么关系。她是亲属？是朋友？还是说不清道不明的那种第三者？总之司机一言不发地把娲送回了家，也就是娲在午夜中等车的那个地方。司机之所以一言不发是因为他认为他身边的这个女人满怀悲痛，而悲痛的女人无论提出什么样的请求都是合理的。司机在娲下车的时候，把娲给他的那一千块钱中的五百块还给了娲。司机说，你要想开，别太苦了自己。

倒是娲的眼泪在即将离开司机的那一刹那突然像决堤的水一样倾泻而下，弄得司机一时不知道如何是好。

娲当然没有收回那五百块钱，因为她觉得那是为志剑的。用一千块钱加上午夜在大雪中往返于62号公路转弯处，娲觉得以这样的代价足以对得起志剑遭遇的不幸了，娲已经问心无愧。

娲把钱重新塞回到司机火辣辣的大手中。在传递着金钱的那个瞬间，娲和司机的手曾经有过短暂的接触，而且他们好像都故意拖长了那个接触。然后娲就毅然转身，很快消失在了公寓的大铁门里，而出租司机却破天荒地没有立刻离开，而是就在那个大铁门外抽了整整一包烟，他为自己开脱的理由是，他累了。

这样的结果当然是很令出租车司机满意的。他自从干了这一行，还从没有往返十几里路就挣到一千元的经历呢。不过他尽管赚了钱，心里却还是很难受。他真的很同情那个苍白的女人，为她的不幸而伤感。他只是无论如何弄不清这究竟是一个怎样的女人，他觉得这女人很反常也很神秘，他为此一直惶惑，却又久久不能遗忘。后来这个女人就像一个美丽的谜团永远停留在了出租司机的心中。他把这当作了一个像梦幻一样的美好奇遇。他也时而在他的那些朋友中提起，不过说得多了，便开始被人取笑，甚至被认为是妄想狂或者神经病，从此他只好不再说。

不过以后在这个城市中行车的时候，他便会经常有意无意地绕道路过娲的房子。每当汽车路过娲的公寓时，他都会莫名其妙地放慢速度……当然他也不是刻意要这样做的，他只是希望能意外地再遇到娲。他对这个女人充满了那种不现实的欲望，当然，他最终还是没能如愿以偿。

娲设计的那些极具东方神秘色彩的时装，让 FD 公司在世界服装界重振雄风。这无疑也将娲推到了一个更为广阔的国际舞台上，这是她过去根本不敢想的。娲当然也为此而自鸣得意，因为她今天的成功离不开那天深夜她独自作出的选择。特别是当她听说她设计的这组"神秘东方"的时装系列将代表公司参加意大利米兰国际时装周的时候，她激动的心情就更是只有用狂喜这两个字来形容了。而娲所做出的第一个反应，就是立刻给志剑打了电话。那时候尽管志剑正在开会，但是他还是用压低的声音向娲表示了祝贺。

然而还没有等到娲的兴奋降温，那个金发碧眼的 FD 总裁就要求和娲谈话。娲以为总裁要谈的只是米兰时装周，但直到谈话进入到第二个部分，娲才意识到这是一次掠夺性的谈话。

那位 FD 的总裁大言不惭地说，鉴于娲的天才的创造性以及杰出的设计，公司决定奖励娲一套两百平方米的跃式住宅，以激励娲继续为公司作出更大的贡献。娲听到这个令她振奋的消息后，才第一次真正理解了什么叫好事成双。娲于是立刻对她所在的这家国际公司满怀了感激和崇敬，以至于忽略了其实这原本就是她的劳动所得，而公司从她的设计中赚取的资本，是远比一套中国的住房要高过不知道多少倍的。接下来的谈话就进入了那个蛮不讲理的阶段。总裁说，但是你获得这样一套豪华的住房是有附加条件的，那就是你将不能在即将送去米兰参展的"神秘东方"的设计中署名。娲简直不能相信这话是出自一个高贵的蓝血白骨的外国人口中。娲竟然不能在自己的服装设计上署名？就等于是娲的劳动将不被承认，而这些外国所谓的大牌公司，不是一向标榜最人道、最保护劳动者的知识产权吗？

在那一刻，娲的脑子里只剩下了嗡嗡作响，她根本无法理清她的思绪。她记得世界上的很多时装公司都是以推出年轻设计师为骄傲的。那么既然 FD 欣赏她的创作，又为什么不能将她作为新人隆重推出呢？接下来总裁的意思就开始躲躲闪闪了，他前说后说左说右说，说了很久很久之后，娲才终于弄懂了他真正想要说的那些话，那就是，FD 公司在国际上太有名了，而娲却太无名了，所以无名的娲和有名的 FD 是不能相辅相成相得益彰的。在这一次公司做了很多"工作"的时装周上，如若属上娲这个无名小辈的名字，只能让公司的声誉蒙受损失。如此知名的时装公司在参加如此重要的时装展示周上，公司的设计师必定只能是世界级的、重量级的，所以就只能牺牲这个名不见经传的区区东方小女子的名誉了。当然公司还是欣赏娲的，他们希望娲能够等待。法国那位曾经一文不名的服装设计师伊夫·圣·洛朗，也是在巴黎左岸等待了很多年后才成为世界最著名的服装设计大师的。而且公司出于人道的考虑，也知道这样的决定对娲来说是不公平的，是委屈的，所以他们才想出了这个两全其美的方法，以赠送住房外加一次欧洲考察作为交换。他们认为这也是娲能够接受的，就算是对娲的劳动的一种很高额的报酬了。在谈话即将结束的时候总裁再度说，他相信在不久的将来娲一定会成为世界级的设计大师，公司将为此而不遗余力，只是要允许公司假以时日。

娲离开总裁办公室的时候有点失魂落魄。她不是彻底的沮丧，也不是极度的兴奋。在这个短短十五分钟的谈话中，娲觉得她仿佛坐在了急速行驶并疯狂翻转的过山车上，一会儿天上，一会儿地下。一会儿她失去了她最想要的，但一会儿她又得到了她最想要的。但是娲还是有点失魂落魄，她甚至觉得恶心，觉得要呕吐，就像生病了一样，浑身上下没有一处是舒服的。

她也没有立刻把这个变化告诉志剑，因为连她自己还都没有弄清楚她究竟遇到了什么。她想不好自己是应该接受住房，还是应该收回设计。她知道公司的这个决定是非人性的，甚至是一种种族歧视，或者至少是一种人格的歧视，是有辱她的尊严的。如果朝这个思路想下去，她就决不能接受公司的这个屈辱性的决定，因为尊严实在是一个很严重的东西，尤其是在所谓的知识分子身上。自古有之的不食嗟来之食，或者不为五斗米折腰，娲怎么能为了一套小小的住房就丢掉了自己年轻的知识分子的尊严呢？那么如果换一个思路呢？那就是接受住房和出国旅游（考察即为旅游，这是人们在实践中达成的共识），保住她在总裁心目中既独特又顺从的形象。用一个人的精神产品来换取物质的利益，这也是天经地义的，声名就那么重要吗？人格和尊严就那么重要吗？以至于要用清苦和贫寒来换取，在当今的这个以金钱为杠杆的社会中，这值得吗？而且在由来已久的传统中，名誉一直就被看作是某种虚伪的东西，自私的东西，资产阶级的东西。那种成名成家的功利思想，不仅在"文化大革命"中是必定要革除的糟粕，就是在通常的认知中，也还是作为一种负面的东西而不被提倡的。甚至连娲自己都经历过这样的时代。在她原先的那个服装厂，她仅只是个被器重的设计师而已，她设计的产品，从不曾被属上过她的名字，她也从没有这样要求过。她知道那是属于个人主义范畴的东西，尽管"文革"早已经结束，但作为精神的残余，娲一类的年轻知识分子还是始终继承着这个不追名逐利的优良传统。既然娲在原先的企业中尚且能够接受这样的现实，在外资的企业中又为什么不行呢？娲一边这样想着，一边当然知道她这是在用阿Q的方式说服自己。再说，拥有一套两百平方米的大房子又有什么不好呢？她和志剑做白日梦的时候，最想要的不就是这样的一套大房子吗？尤其是娲，随着设计工作的越来越职业化、国际化，她也就越来越需要一个大的工作室了，她不过是用自己的劳动为自己更换了一个工作的环境罢了，这又有什么不好呢？

娲于是想到了一个她的朋友。一个曾经和娲有过某种暧昧的诗人。娲一度非常欣赏他的诗歌，她不仅崇拜他，简直是爱他。如果不是他后来的自甘堕落，如果不是志剑突然像闪电一样地出现在娲的生活里，她或许还会和那个穷困潦倒的诗人缠绵得更久。她知道他是那种生活中已经不多的还坚持过着精神生活的人。而娲在当时很多设计的理念，就是来源于那个诗人的诗作。娲记得她和志剑结婚的时候，诗人也曾前来祝贺。而他送给娲的结婚礼物，就是他刚刚出版的一本诗集。志剑只是把这个诗人当作了娲的一个普通的朋友，但是娲却为了那本诗集悄悄地哭了好几个晚上。她是在读过了他的诗集之后才知道那个男人是怎样的爱她，但却一直被她误会的。为了对这一份执着的爱的报答，娲决定了继续和这个男人保持友谊。所以他们才会时而地见上一面，像好朋友一样地亲密交往着。

　　一次娲约了诗人喝咖啡，那时候他们已经很久没见面了。娲提前来到了那家优雅的咖啡厅，透过落地的玻璃窗，娲就看见诗人正从一辆刚刚停下来的白色宝马车中走出来，而且是从驾驶的位子上。娲无法理解一向清贫而且标榜以清贫为荣的诗人，怎么会一下子富有了起来。娲甚至以为这是诗人借来的BMW轿车，以衬托他的诗人身份的尊贵。但是这一次显然娲又误解了诗人，因为诗人苦笑说，这辆BMW确实是他的。他为此而觉得很不好意思。他说他之所以能够拥有这辆汽车，完全是因为他的堕落。他说他已经彻底放弃写诗了，因为他觉得那是一种空中楼阁式的矫情。他因此而改变了自己生存的方式，开始为各种莫名其妙的电视剧撰写脚本。他说他在写着那样的东西时，已经不是在创造艺术而是在制造廉价的垃圾，或者是，营造着他的财富。娲于是问不知道诗人都写了什么电视剧，电视剧也很好看的，她每晚在等着志剑回家的时候，都会把漫长的时光消磨在电视剧上。看到娲对电视剧并没有怎样反感，诗人才敢大着胆子如数家珍般地罗列那些电视剧的剧名。其中的一些刚好是娲喜欢的，但是娲觉得她在编剧的栏目中，从没有看到过诗人优雅的名字。于是诗人义正词严地说，我还没有贪婪到要向世人昭示堕落的地步。他问娲，你是不是在编剧的栏下看到过宝马的名字？你如果不记得今晚可留意一下。宝马的意思就是玻璃窗外的那辆BMW。那曾经是我一段时期的一个梦想，现在这个梦想实现了，也就让你看到了我的堕落。但是你要记住我还是有廉耻之心的，我知道什么是优雅的什么是庸俗的，所以我只出卖我的劳动，而不出卖我的名字。诗人的这种经历无疑让娲很受震动，以至于那个晚上她夜不能寐，直到在电视剧中找到了宝马这个诗人在制造垃圾时的别名。后来诗人竟然以他的别名而不断地著名起来，以至于除了娲这样的早先的朋友，人们已经不记得或者干脆不知道这位名编剧还有别的名字了。

　　在诗人的前车之鉴中，娲越发觉得释然。她思前想后，觉得自己还是能够接受公司条件的。名字真的没什么值得看重的，不过是一个符号而已。关键是她劳动了，也获得了。而一个人劳动的目的，不就是为了物质，为了生存吗？而名誉只是生存之后的奢侈，而这一份奢侈娲坚信自己迟早也是能得到的。

娲这样想过之后便轻松了许多，她自己虽然已经作出了这样的抉择，但她当然还是要和志剑认真商量的。这毕竟是和他们的家庭生活息息相关的一个事件，而这个变化的最动人处，便是他们将由此而获得一套大房子。娲觉得这不单单将改变他们的居住环境，也将改变他们整个的生存观念。娲相信志剑肯定会赞同她的选择的，毕竟他们还年轻，他们未来的路还很长。

于是在这个对娲来说已经尘埃落定的晚上，娲等待着志剑的归来。这并不是一个轻松的等待，因为自从志剑做了公司的副总裁，他便几乎每个晚上都有应酬。后来娲也就慢慢认同了这样的生活方式，不再每晚等待着志剑回来睡觉。然而这是一个特殊的夜晚，而且公司又是像上次那样，只留给了娲一个晚上的考虑时间。尽管这也是苛刻的，但是娲能够理解这牵涉到公司是否参加米兰时装周的报名时间。明天已经是报名的最后一天了，而公司也是再三筹谋之后，才最终作出了让娲匿名的决定。不过公司觉得他们优厚的交换条件是无须娲反复斟酌的，有一个晚上十二个小时就已经足够了。

此时的志剑在名正言顺地成为了副总裁后，便在不断攀升的仕途上有了更大的野心。他想他既然走上了这条充满荆棘但却总能柳暗花明的道路，他就应该把这条路顽强地走下去，并且走好，走得辉煌。于是刚刚当上了副总裁的志剑就开始了向总裁位子挺进的步伐。这种要求进步、再进一步的愿望表现在志剑喝酒的时候越来越多，喝醉的时候也越来越频繁。而且他陪着喝酒的人物的职务也越来越高。

娲认为志剑这种进步的欲望无可厚非，她认为那是志剑自己选择的人生道路，他当然唯有加快步伐向前走。但是她对志剑这么快就开始觊觎总裁的位置还是感到心怀惴惴，尽管现在的总裁是一个庸才，远不如志剑的能力与才华，但毕竟是他让志剑当上了副总裁，志剑如此过河拆桥是不仁义的，自然也是很危险的，娲认为志剑是在玩儿火。但是志剑却以对事业的使命感和责任心驳斥了娲的观点，他说公司的连年亏损、管理混乱，以及领导层的腐败堕落，是这一任总裁所根本无力改变的，而他只有坐在总裁的位置上，才可能大刀阔斧地终止并改变这一切。所以他这样急功近利地竞争总裁的位子，并不是为了个人的私利，而是为了整体的事业……娲不知道志剑的这种想法是不是真的出以公心。

在娲等待志剑做最后决定的这个晚上，刚好是志剑和上一层领导喝酒的关键时刻。这时候上一层领导已经看出了如果不让志剑脱颖而出，他们的这个下属公司肯定就要破产了，所以他们只有把最后的赌注押在志剑的身上。志剑以他的聪明自然很快了悟了领导的意图，他对上一层领导对公司现状的了如指掌，以及对他的信任器重简直是感激涕零。话说到深处，便不免妄言，但幸好志剑的上一层领导对这个年轻人的踌躇满志十分欣赏，他们也就更加愿意利用这一粒棋子来重整山河了。于是这一对上下级在喝酒中慢慢产生了一种父子的或者至少是忘年交的感觉，结果酒喝到了半夜却还是有一种酒逢知己千杯少的遗憾，后来志剑就只好陪着这位领导住到了酒店。这期间一直等在家中的娲曾几次打电话给志剑。这是过去不曾有的，因为娲早已经适应了这种状态，晚上独自在家，独自看电视，独自睡觉。一旦哪一天志剑提前回来，她反倒觉得不习惯甚至不舒服了。但是这个晚上和往日不同，娲有个紧急的需要和志剑商量的关于他们这个家庭未来的事。她不能等了。她要和志剑说话。她一定要说，就在此刻。但是此刻正酒酣耳热的志剑不耐烦了，他先是粗暴地打断了娲的喋喋不休，然后就蛮横地挂掉了手机。后来还是娲的电话不断地响起，后来志剑真的急了，安抚无效，他就开始在电话里骂娲。为了在这种生死攸关的的关头不被娲骚扰，志剑干脆彻底地关闭了电话。那一刻在志剑的心中，他能否升迁的事情才是真正重要的。在他看来，娲弄弄艺术搞搞设计无非是自娱自乐，而只有他做得好了，这个家庭才会有真正的未来。

再也无法打通志剑的电话，娲像疯子一样地在房子里撞来撞去。她每隔一分钟就给志剑打一个电话，尽管她知道志剑是根本不会接听的。但是她就是要不停地打。后来这种疯狂地拨打电话行为已经不是为了找到志剑，而只是她的一种发泄了。直到娲彻底绝望的那一刻（很可能是她已经累了），她便把电话从阳台上奋力地扔了出去。她再也不要听到志剑的声音，她知道那时候她对志剑已经彻底不抱希望了。

而志剑却并不知道这个晚上其实就是他们这个家庭的滑铁卢。他深深地熟睡在宾馆的床上，直到清晨猛然醒来。那一刻他好像突然被丢失了一样，不知道自己睡在什么地方。他想了很久之后才想起这里不是自己的家，也回忆起了娲昨晚的那些让他很丢面子的电话。他依稀记得娲好像要和他商量什么事情，他知道娲是那种善解人意的女人，她如若没有重要的事情，是决不会那样不讲道理的。想到这里志剑才恍然觉出了事情的严重性，于是他顾不上衣冠楚楚就急如星火地赶回了家。这至少说明在志剑的心目中，娲还是有她的位置的。

而娲在接受了不再可能和志剑商量的现实后，也就慢慢平静了下来。这一切源自于她终于愤然扔掉了电话机，她发泄了，也就不再生气了。她甚至还担心志剑会把电话打回来，她牵挂于志剑找不到她一定会很着急。她为此甚至又把那个被扔掉的电话捡回来，但是电话机已经被摔坏了，娲在这个夜晚无论如何也听不到志剑的声音了。

清晨起来，娲的情绪好了许多。不管昨晚怎样的不愉快，但至少今天就将获得一套大房子的欢乐，还是立刻就包笼了娲的心。她想她已经独立作出了决定，那就是接受那套大房子。她想不管志剑同意还是不同意，这都是对他们的这个家庭最好的选择了。娲在轻松地吃着面包喝着咖啡的时候，甚至还为他们未来的大房子画出了一些装修的草图。为了以最美好的形象迎接他们的房子，她甚至还为自己化了妆。

然而就在娲正要光彩照人地去见 FD 总裁的时候，跟跟跄跄的志剑竟然匆匆忙忙地赶了回来。光鲜靓丽的娲和蓬头垢面的志剑立刻形成了鲜明的反差。志剑不回来便罢，娲一看见这个依旧酒气熏天的志剑就气不打一处来。她奋力推开了不断向她道歉、想要拥抱她的志剑，问他，你一天到晚地想着往上爬就那么重要吗？

原本满心愧疚、一腔悔过的志剑，却陡然被描述成了势利小人，这是任何男人都很难接受的耻辱，何况是被自己最亲的那个女人。于是志剑便借着残余的酒力发起疯来。他紧紧抱住了想要离开的娲，凶狠地把她推倒在沙发上，然后就开始高声斥责。他说娲就知道处处依赖他，所以才会像怨妇一样地整天盯着他。他受不了了。要崩溃了。他讨厌这个家。一点也不愿意回来。他也讨厌娲。他怎么就没遇上那些贤惠的女人……

去找那些贤惠的女人去吧！

娲狠狠地关上门，就一气之下离开了家。

一路上娲没有让她的怨气在前往公司的途中消解。她太生气了，她觉得志剑这个人实在是太可恶了，而她和他的这个家庭也已经破碎得无可救药，那么，她还有义务为这个家庭的未来作努力吗？

娲便是带着这种种困惑和疑问以及满腔怒火走进了 FD 总裁的办公室。当总裁温柔地抬起蓝眼睛问到娲的选择，娲不知道为什么自己竟然抛出了宁可辞职也不愿丧失名誉的决定。弄得那位金发碧眼的 FD 长官简直不敢相信中国还有这么刚烈的女人，他不由自主地倒抽一口冷气。他不能理解这个东方的小女子怎么会作出如此有分量的选择。他在竭尽全力地屏神静气之后，便只剩下对娲的反复诘问，这是不是你最后的选择？你要不要再想想？你真的这样想吗？你不会后悔吗？这是最后的机会了。娲流着眼泪，她也无数次地重复着她的已经不够坚决的回答。她说是，是，是——她几近疯狂地质问那个老外，你为什么总是问我总是问我？我难道就不能作出这样的选择吗？

老外看着娲流着眼泪走出了他的办公室。他对这个英勇作出如此决定的中国女人满怀了尊敬和怜惜。他知道一个弱小女子作出这种决不逆来顺受的选择是不容易的，他也从娲的决定中对中国人有了更多层面的认识。他对着娲的背影最后一次说，娲，你没有什么问题吧？如果你需要……可惜已经走出去的娲听不到那个老外的关切了，也许她听到了她可能会回头，会后悔的，但是她没有听到。

娲在拒绝着那一切的时候其实只想着她要报复志剑。

那一刻娲的脑子全乱了，她甚至不知道她正在做的是什么。她只知道选择了得罪 FD 公司就是选择了失业，而选择了失业也就是报复了志剑。她才不要什么大房子，什么丰厚的年薪，什么到欧洲旅行，什么……不，没有了志剑也就什么都没有了，她还要这些干什么呢？

娲和志剑是在两天之后和好的。和好之前，他们曾经做爱。娲是在志剑的怀中向他哭诉两天前发生的那些事的。就是这么简单，娲在负气中作出了那个错误的选择。

当志剑得知了事情的严重性后，便立刻通过各种渠道进行疏通和补救。志剑这样做甚至不是为了娲，而是为了挽救他们这个正在摇摇欲坠的家庭。志剑的补救可谓竭尽全力，可惜像 FD 这样的外国公司是没有通融的。即或是能通融，也已经晚了，因为 FD 公司已经遗憾地退出了米兰时装周，传真在娲离开总裁办公室大门的那一刻就已经发了出去。泼出去的水，自然是不能收回来的；即或是能收回来，也不能去收，因为那将关乎着一家公司的信誉和力量。如此，娲的设计就没有被带到意大利的那个美丽的城市米兰，至此，她不仅丢了名声，丢了房子，几天以后，公司也在给了她下一个月的工资之后，请她走人了。这是娲和志剑都始料不及的。

就是这么简单。悲剧就发生了。娲怎么会知道那不幸就发生在那么难以捉摸的负气的一秒钟呢？她明明是想说她接受那套大房子的，但是为什么……

就是这么简单。通常悲剧就是在这一念之差中诞生的。

如果那个晚上志剑没有去喝酒。

如果那个晚上志剑去喝酒了，但他却很快回家了。

如果那个晚上志剑去喝酒了，也没有回家，但是他没有关上手机。

或者，如果那个晚上志剑去喝酒了，也住在了宾馆，但是他清晨没有回来。

再或者如果那个晚上志剑去喝酒了，也住在了宾馆，清晨也回来了，但没有和已经心平气和准备去公司拿那套大房子的娲相遇。

不，没有如果。没有那个英文字母中的 if。就是这么简单。志剑去喝酒了。也关掉手机了。他整夜没有回家。清晨却匆匆赶回来。他看到光彩照人的妻子了。又和她昏天黑地地吵了架。志剑偏偏做了这所有的事情，他就是唯独没有听到娲所需要作出的选择。

就是这么简单。

就决定了他们未来的命运。

娲躺在床上迟迟不能入睡。尽管房子里的暖气很热，但是娲在 62 号公路上被冻透的身体却无论如何不愿意转暖。

娲想反正她是睡不着的，她干吗还非要躺着呢？近来失眠已经成为娲生活中最痛苦的事情，她不仅总是很难入睡，就是睡着了也会反复醒来，很少能闭上眼睛到天明。醒来的时候娲就会立刻打开灯看墙上的挂钟，而每一次都令她无比沮丧和愤怒，因为表针告诉她，她只睡着了五分钟甚至更短，而重新入睡又将是一个漫长艰辛的过程。

娲想她反正是睡不着的，就干脆爬起来给自己煮咖啡。当她终于坐在餐桌前喝上了咖啡，她才又想起了发生在 62 号公路上的那起交通事故。当然那可以算作是和她息息相关的一起事故。尽管她在事故的现场没有看到那个女人所暗示给她的志剑，但是她应该已经感应到了志剑已经遭遇了不幸。她想是因为志剑遭遇了不幸这事故才和她息息相关，但是为什么息息相关的人和事却不能给她的心灵带来一丝的伤痛和震撼呢？

娲看着她的这套小而昏暗的房子。这房子她住在里面已经整整五年了。

她和志剑一起在这里住过两年半，而后来的两年半是她一个人度过的。一个人住的时候房子再小也不觉得小了。她永远的形单影只，形影相吊，而当蜷缩起来的时候，她就更加地成为了房子里的一粒灰尘。她还想她的生活怎么会成为了今天的样子，是她的过错还是志剑的过错呢？为什么一个风光的FD公司的首席设计师却成为了今天的这个凄凄惨惨戚戚的女人？娟觉得自己虽然还不到三十岁，但是在心态上就已经和那个宋朝的李清照别无二致了，甚至更凄惨。李清照不幸是因为她遭逢了战争，颠沛流离，人比黄花瘦。但是她呢？不仅从此没有了高远的志向，甚至连生活的耐心都没有了，她的哀莫大于心死是比李清照更为强烈的。而且她本来有机会加盟那些比FD公司更有名的服装企业，但是不知道为什么，她一下子就心灰意冷了，于是她不是过分挑剔，就是轻易放弃，让自己停止在一个十分尴尬的高不成低不就的位置上。她的这种生存的方式是没有人能够理解的，尤其是志剑。她记得志剑一开始还关心她，为她的一蹶不振、无所事事而恨铁不成钢。但是到了后来连志剑也不再和她生气了，就让她这样随风而去，顺水漂流。

而志剑在他的事业上却不曾受到半点影响。因为他有坚强的神经和坚定的信念，所以才能无论在事业上还是在仕途上都一路风顺，如愿以偿。志剑在他的人生中，唯一的失败就是婚姻。但婚姻这东西完全是消费性的，可以随手抛弃，可以重新拾起。一次，两次，三次。以至于十几次几十次。但是不知道为什么志剑再没有开始过，他在这件事上的心灰意冷，就像娟在她的事业上的无所作为不思进取。他们仿佛都是被某个巨大的冲击压垮了。志剑觉得他的婚姻生活已经风消云散，而娟认为她的全部生活都已经没有了意义。

娟不知道志剑这个人在她的生活中意味了什么，更不知道自己是恨他，还是像表现出来的那样，已经不痛不痒，毫无所谓了。她只是不知道在这个下着大雪的深夜，志剑为什么要去62号公路那个鬼地方？是为了到那里去会一个女人？还是为了永远地逃离那个女人？

当窗外射进了第一缕冬日的阳光，娟突然觉得她困了，想睡觉了。这是她每一天中最期待的时刻和感觉，她一定要立刻抓住这个困倦的瞬间，躺在床上，闭上眼睛，安静地等待着睡眠的来临，因为她知道这种困倦的感觉对她来说是稍纵即逝的。她就是这么脆弱地生活在自己的孤单中。没有人来和她讲话，也没有人来照料她。她发誓在这一刻自己一定什么也不要想，不想她无所事事的生活，也不想她和志剑的从前。她这样努力去做了，她知道睡眠就在她的眼前。她已经抓住了那个她期盼已久的瞬间，尽管在她的脑子里也曾匆匆闪过 62 号公路转弯处的那可怕的景象。

娲又一次被电话惊醒的时候是上午十点。这时候阳光已经洒满了她的整个房间，到处都是暖融融的，也不再有午夜的惊恐和凄凉。娲立刻就意识到了那是电话在响。于是她从容地拿起了电话，她已经不再害怕。电话的那一端又是个女人的声音。陌生的声音。那声音问娲是不是娲。问准了之后那个女人才说，她是公安局交通处的，她希望娲能立刻赶到中心医院，来辨认死者志剑的尸体。

找我干吗？

我们无非是想确定死者的身份……

为什么找我？

您是他的妻子，我们别无选择。

是前妻。

但是您有义务，毕竟您认识他，并曾经一起生活。

可是我早已经不了解他了，我们已经分开……

您不要说了，这和了解不了解没有关系，我们只是希望您能帮助我们认出他来。

我可能也已经认不出他了。

据我们所知，死者在这个城市里没有其他亲人了。

我也不是他的亲人。

但是在他的皮夹里，只有一个人的电话号码，那就是您的。

那又能说明什么呢？

什么也不能说明，但……您好像知道死者出了事故？

不……哦……

然后娲就沉默了，因为她并不想让自己卷进志剑死亡的事件中。

那么，您会来吗？

娲又一次穿上了她的黑色羽绒大衣。她在走出家门之前，像每天一样，站在门口的那个穿衣镜前。此时的娲其实已经对什么都了无兴趣，和谁也不怎么接触了，但是她却始终对一件事情很痴迷，那就是照镜子。不过她照镜子并不是为了关心自己的美貌，而是关心她此时此刻的样子。那是一面她每次出门之前必得经过的镜子，也就是说只要娲出门，她就必得首先在镜子中得知自己的状态。在这面不会骗人的镜子里，曾留下过娲光彩照人的倩影，也曾真实地反射出她离婚后的颓唐和沮丧。而此刻，娲故意在她的穿衣镜前停留了很久，她就是想知道自己的样子是不是很肃穆？是不是很像志剑的那个遗孀？尽管她早已经不是志剑的妻子了。她对着镜子的时候思绪万千，因为她在镜中看到的，果然是一个幽怨悲戚的女人。她的头发是黑的，围巾是黑的，羽绒的大衣是黑的，脚上的长筒靴也是黑的，而特别是，连她的眼圈也是黑的。当然这看似精心设计的一切都不是刻意的。其实很久以来黑色就已经成为了娲的一种常态，她好像早已经开始默默地为自己服丧了。

被称作太平间的地方是冰冷而灰暗的。这让娲在走进来的那一刻就立刻想起了一幅叫作《呐喊》的绘画。那是一个铅灰色的扭曲绝望的人在呐喊。但是那个画家的名字却被她突然遗忘了。她想啊想啊，但越是费力去想就越是想不起来，像被什么彻底阻隔了一般。她不知道这是不是长期服用安眠药的结果，因为从此她便总是遗忘总是遗忘。而原本她对这幅画作的作者是非常熟悉的。还有他的《病孩》，他的《焦虑》，他的……她喜欢这个画家，喜欢他作品中的那种永远焦虑不安的感觉，因为那恰好就是她自己的感觉。于是她进而懂得了，那种永无止境的绝望和焦虑，是比死亡还要可怕的。

娲极度惊恐地向里面走。她不是害怕去看志剑的遗体，而是害怕她的灰冷。女警官出于人性化的考虑而没有把娲立刻带到藏储着志剑的冷柜前，而是把志剑的遗体带到了这个空旷的房间里，让娲慢慢适应这种不得已的并且是以这种方式与前夫见面。女警官一定知道娲是个善解人意的女人，她是不会在志剑即将烟消云散的路途中为他制造障碍的。她愿意承担辨认尸体的重任，她甚至还允诺可以亲自为志剑送葬。

就在女警官将要揭开志剑脸上的白布的那一刻，娲突然莫名其妙地问了女警官一个非常古怪的问题，以至于延误了辨认志剑的程序。娲问女警官你是否知道《呐喊》的作者的名字？我曾经那么熟悉可我却一时忘了，忘得干干净净。女警官只好带着娲暂时离开了志剑的尸体，走到房间里唯一的那扇窗前，看着窗外的老树昏鸦，同时也在心里更加证明了这个女人的紧张与错乱。女警官在稍作调整之后再一次把娲带到那个安静的尸体边，说您不要太紧张了，他再也不会伤害您了。您很有勇气。事实上我们知道您和这个男人已经毫无关系了。您能够来其实就是对我们工作的最大的支持。然后娲让她的思绪重新回到志剑的身上。她认真地问着女警官，辨认死人是一件很困难的事情吗？女警官说，您只要认出了他，点点头就可以了。于是娲顺从地点头。但是您一定要认真辨认，因为这对于我们办案来说，是一个很重要的程序。那么好吧，娲说，我只是忘了那个画家的名字，我只是想说，我最近一直生活在幻觉中，我梦见昨晚在62号公路上。那是一起精心制造的交通事故，一个女人……

您请跟我来。女警官根本就不想听娲的胡言乱语，她只想尽快完成眼前的这个程序，尽早摆脱掉这个神经病的女人。

娲因为还在拼命回忆着那位画家的名字，于是她对女警官交给她的工作好像心不在焉。她想到如果是在自己家里，遇到这种遗忘的尴尬她是一定能立刻解决的。她可以查书，查辞海，甚至上网，总之世间有无数的方式可以帮助她摆脱掉这种遗忘的困惑。而她又是个不达目的誓不罢休的女人，所以在走向志剑的时候，她还是焦虑地回忆着，她的回忆的毫无结果让她几乎绝望，而就在这绝望之中，却又突然地柳暗花明，娲这才理解了什么叫作山穷水复疑无路……任何的回忆都会是有结果的，总会想起些什么的，娲就是这样全力以赴地坚持着，以至她终于想起了那个画家所属的流派，象征主义。她想着在这个象征主义流派中都有着哪些画家？但是她好像并不熟悉这个流派中的其他画家，只有他，那个被她遗忘了的画过《焦虑》和《呐喊》的画家。她想，他该是那个流派中最有名的画家了，可是她怎么能就忘记了他呢？她只好又转而想到了帕金森氏症，那是很多名人晚年都难以摆脱的病患。

女士。

当象征主义这几个字突然闪亮在娲的脑际的那一刻，女警官好像突然大说了一声，女士，意思当然就是提醒娲要全神贯注。也就是在这个决定性的瞬间，志剑的脸就清晰地呈现在了娲的眼前．是的，就是他。娲看见志剑是如此安详地躺在那里，仿佛安睡，脸上竟没有一丝的创伤，这真是太令人惊奇了，于是娲脱口而出，他竟然能如此完好？然后娲就遇到了女警官警觉的目光。她本来想问女警官我说了什么错话吗？但是她想到女警官的职业就是警觉，也就不再明知故问了。

娲很郑重地点头。

女警官却一次又一次地追问，您真的认为是他吗？他真的是志剑吗？真是您的前夫吗？真是那个总裁吗？您对您的辨认能够负责任吗？您能在这个认定书上签字画押吗？

娲终于愤怒了，娲便愤怒地喊道，我不是罪犯。我想你应该明白。

于是女警官便不再咄咄逼人。她甚至向娲道歉，说，不好意思，请您原谅。主要是死者的死亡很蹊跷。

你不是说他死于车祸吗？

事实上他就是那起交通事故的肇事者。

太不幸了。娲说。

但实际上，他在交通事故发生之前就已经死了。

娲惊讶地张大眼睛。她看到了女警官冷冰冰的脸。

然后娲把她的头低向了志剑。女警官以为那是娲对志剑的某种依恋。女警官认为这是一种可以理解的旧情，哪怕他们已经劳燕分飞，哪怕往事已经风流云散。

但是令女警官震惊的是，低下头去准备亲近志剑的这个女人，并没有依依惜别地亲吻这个男人，而是拼命吸吮着这个男人的气息。她紧贴着那个死者，贴在他几乎冻成冰块的肌肤上。然后她开始不顾一切地搜寻着。就在女警官想要喝令她离开的那一刻，她终于抬起头来对女警官说，不，他是死于车祸。我闻到了他身上的酒精味儿。他是酒后驾车。我就知道迟早是要出事的。他却从来不愿听我的。女警官于是警觉地追问，您怎么知道他总是酒后驾车？你不是和他已经没有关系了吗？是的，他总是喝酒，总是喝酒，就是喝酒让他丢掉了思维，也就培养了我的思维。我变得独立，变得我行我素，我独自决定了所有的事情，包括那个孩子……不不，你是不会懂的。

那么您最后一次见到他是在什么时间？

娲不无遗憾地离开了志剑的尸体。她说真的很可惜，志剑本来有着很远大的前程。

女警官心怀疑虑地把娲送出中心医院的大门。

娲坐进了公安局专门为她安排接送的警车。

就在娲乘坐的警车即将启动的时候，娲突然摇下了车窗，对依然在窗外目送她的女警官说，他真的在车祸之前就已经死了吗？

女警官也很郑重地点头。

那么谁是杀害他的凶手呢？

那么您说呢？您知道他恨谁？或者谁恨他？

娲摇头。说她真的已经不了解志剑了，但如果她想知道凶手是谁，她是一定能够找到的。然后娲就关上了车窗。然而站在那里的女警官还没来得及转身，车窗里就又一次探出了娲的脸。这一次娲的表情很兴奋，她说我终于想起来了，是突然想起来的……

您等等，等等再说。女警官立刻从口袋里掏出了本和笔，好了，您说吧，您想到了什么？

那位画家的名字叫蒙克。对，蒙克。这两个字突然之间就照亮了我的全部记忆。你知道我刚才已经想得很苦了，以至于沮丧，以至于绝望，我甚至仇恨自己，怎么能够连自己最喜爱的画家的名字都忘记了？我抱怨自己真是没用。是安眠药片毁了我的一切我的神经我的记忆我的……你对我的痛苦不感兴趣？我看到了，你是怎样沮丧地收起你本来抱着极大希望的笔记本。我原来也是听到什么或者想到什么就会立刻记在本子上。但是我想我的记忆就那么差吗？然后我就不记了，你知道不记得的结果是什么吗？那就是你将只能不断地忘记不断地遗失乃至最后的枯竭……

女警官示意警车的司机赶快开车。然而娲依旧喋喋不休，她甚至将手伸出窗外，她说，我想起来了，蒙克是一位挪威的画家。他的作品就是用扭曲和变形来表现他所经历过的那些人生的痛苦和绝望。而我们每一个人却没有这种艺术的技能来宣泄自己，所以世界上唯有蒙克是幸运的。他画作中的每一幅面孔都是紧张的焦虑的惊恐的变形的，你简直不知道他在经历着怎样的炼狱。我是说你能懂我的意思吗？那就是说，我们每个人都是生活在苦难和绝望中的，都是被惊吓的，你难道没有这种恐惧焦虑的感觉吗？

女警官遗憾地摇摇头说，是的，女士，我不懂。

终于能想起来了，多好，真是太好了……

娲沉浸在恢复了记忆的喜悦中。然后警车就把她旋风一样地带走了。于是在医院的大门口就只剩下了那个满脑子困惑的女警官。她不能理解娲因为突然想起了什么就那么兴奋的神情，但是她还是觉得娲说的一些话是有道理的，特别是对于她这样的年轻人来说，甚至是很深奥的，哪怕她并不懂。当然她也知道，娲被接到太平间的目的不是为了回忆起某个画家的名字，而是为了鉴定死者。所以娲弄错了，至少是颠倒了。不过这可能也正好证明了警长的推论，那就是娲这个女人的神经确实已经失常了。

志剑恍恍惚惚醒来的时候，发现娲竟然还蓬头垢面地坐在餐桌前。他不知道娲为什么今天早上不去上班，当然他还是立刻意识到了娲一定还在生他的气。志剑为自己那个晚上的夜不归宿而十分愧悔，于是他走到娲的身边企图去亲吻她。他知道在他和娲之间，通常就是用这种温存的方式来解决冲突和争端的，所谓的一笑泯恩仇，何况他们夫妻还是那么深深的彼此相爱。但是志剑的企图立刻就被娲瓦解了。她坚决地拒绝了志剑，无论志剑怎样地温存，娲都不为所动。于是志剑也不再恋战，而是更加知趣地去做早饭。他已经很久没做过这种家庭琐事了，热牛奶，煎鸡蛋，煮咖啡，他要以最积极的态度弥补自己的过失。当他把丰盛的早餐一应俱全地端到娲的面前，他想这样娲就该原谅他了吧。然后他就满怀柔情地坐在了娲的对面，他要看着娲吃早餐。这样一来娲大概也被感动了，她果然喝了一口咖啡。志剑于是乘胜追击，问她，怎么样？娲点头。志剑就更是得寸进尺，说好了好了，别生气了，吃过饭，我开车送你去上班。不过可能你已经迟到了，但是那没有关系，你为公司做了那么多……

志剑根本就不会想到，娲的泪水就那样夺眶而出，仿佛受到了什么天大的委屈。志剑当然看不得妻子这副委屈的样子，便情不自禁地把娲搂在了怀中，说别哭了，是我不好。我们现在都在创业，都不愿错过这样的机会。我知道我对你的关心不够，但我一定会改的。来吧，我送你去上班，不然就……

娲再也不能忍受志剑口口声声关于上班的提示。她也不想再让自己一个人承受负气的恶果了。她把头深深地埋在了志剑的怀中。她不敢看志剑的眼睛。她害怕志剑的震惊……你知道……志剑，我已经没有工作了。这不是开玩笑，我再也不用去上班了。真的。公司已经不要我了……

志剑的惊讶是可想而知的。他简直不敢相信仅仅是为了他没有及时回家，娲就能对自己的未来作出如此愚蠢的选择。简直不可思议。志剑不能相信这一切，或者不能相信他所听到的这一切。他此时此刻的脑子里充满了疑惑。尽管娲不停地说这是真的，这不是开玩笑，他还是觉得这不是真的，是娲在故意吓唬他。于是他沿着原先的思路，疯狂地碰触着娲的痛处。公司不是一直很欣赏你吗？他们不是要送你去参加米兰时装周吗？他们不是还答应过要给你加薪吗？不是还说要奖励你住房吗？

志剑不知道他此刻无论说什么都已经没有用了。木已成舟。娲就是在一个负气的选择中断送了自己的前程。娲没有那么深思熟虑，也没有什么远见卓识，她就是这样的一个性情中的女人，就是把志剑对她的好坏当作生存的取舍，那么过错究竟在谁呢？

志剑终于得知自己所犯下的是一个怎样严重的错误。他开始用拳头打自己的头，他抓起娲的手打自己的耳光。他流着眼泪问娲还有补救的可能吗？他恳求娲的原谅，他说在一次企业家的酒会上，他曾经见到过 FD 的那位他妈的混蛋总裁……

为此志剑确实多方周旋，希望能挽回娲造成的损失。但是娲已经深深地伤害了 FD 公司，在最后的关头，他们没有能参加本年度的米兰时装周，这对于公司利益的损害是难以估量的。志剑出师未果，铩羽而归。攘外而不成，他就只能是安内了。他知道接下来他首先要做的，就是安抚住这个已经伤痛欲绝的小妻子。他说既然错误是我们共同犯下的，那我们就共同来补救。紧接着他又说，你不要伤心了，想想看，这有什么不好？这不正是我们曾经梦寐以求的吗？只享受而不劳作。只不过这个目标的实现对于你来说来得太早了些，不过那又有什么关系呢，你知道我其实并不喜欢你每天这样辛辛苦苦地去上班。上班让你操劳，让你憔悴，而你是刚刚开放的花朵，我怎么能忍心让你早早凋落呢？你是我的，而不是什么 FD 的奴隶。那个二百平方米的房子算什么，你又不是不知道以咱们现在的积蓄，完全买得起更大的房子，只是我们现在还不想买罢了。要记住不是那些洋鬼子解雇了你，而是你英勇地辞掉了他们，维护了你作为一个创造者的尊严。是那些来此淘金的老外不懂规则，既然他们是最在乎知识产权这种东西的，难道他们不知道这也是在侵犯你的知识产权吗？好了好了别再哭了，不在 FD 干，还有 HD、YD、WD，世界上有的是著名的时装品牌需要你这样的人才，或者如果你不愿意再给别人打工，那我就来为你投资一家自己的服装公司，让你真正成为自己的主人……

从此娲不再纠缠于 FD 的伤痛。在没有她中意的公司任聘她的时候，她便只好暂时待在家中做一名无聊的家庭主妇。当然娲还是不愿意这样百无聊赖、终日无所用心的。她在家里这样无所事事了几天之后就厌烦了，不，不仅仅是厌烦，她说她简直就要崩溃了。她既不能买菜做饭做一个庸俗的女人，也不会每天到健身房游泳池网球场或者让那些总是心怀不轨的拉丁舞教练塑造她。娲于是开始把越来越多的注意力放在了志剑的身上。她等他，给他打电话，约他上街，总之紧紧地纠缠住志剑，对他每一天的早出晚归都极尽关切，直到志剑再也不能承受，他觉得他脖子上的那条绳索已经被娲勒得越来越紧了。直到这时志剑才真正意识到，娲是个怎样固执的职业女性。而让这样的一个职业女性待在家里，就等于是志剑为自己埋下了一颗随时都可能引爆的炸弹，也就等于是志剑每时每刻都坐在了一个火药桶上。志剑不明白为什么自己最疼爱的人，竟然会成为自己最厌烦的人？这是志剑所不敢深想的，因为他觉得这样的想法实在是很可怕的，是一种恶兆。

为了能彻底摆脱娲给他带来的这些困扰，志剑终于决定拿出所有的积蓄，贷款去购买一处房子。尽管这让他们从此背上了沉重的还款负担，但志剑宁可以此来换取娲心境的平和。他认为有了这套房子，娲就可以用她艺术家的品位全力以赴地设计装修房子而不再折磨他了。这个坐落于郊外的有些破旧的林中别墅上下三层，外带花园。这样的一处残破的旧房子，从设计到装修，少说也要耗去娲一年的时间和精力。而娲对于在这座旧房子中创造奇迹又满怀了热情，这不是刚好两全其美吗？这样想着，志剑的心理也就平衡了许多，不再对他们的生活充满恐惧了。

女人看着窗外的积雪说，下雪了。

女人的手里是一杯已经被她焐热了的红葡萄酒。那酒的红色的浆液晃动在玲珑剔透的玻璃杯中，便在女人的身上映照出了一种不确定的血样的光辉。

女人说我们何以至此。我们为什么不能？

男人蜷缩在沙发的角落中。他的样子仿佛是被彻底的遗弃了。

男人说，他刚刚做了一个莫名其妙的梦。他说他通常是很少做梦的，但是昨晚的那个梦却至今依稀。他梦见他和女人听过音乐会走出大厅。他们来到了一个小咖啡馆，找到了一个桌子。他们在那里说了些什么，男人说他都忘记了。但是他却清楚记得另一个男人朝他们走来。那个男人问女人，旁边的位子上是否有人？他可不可以在此坐下？女人便慨然邀请那位陌生男士入座，而在男人的概念中，女人是不喜欢和陌生人坐在一起的，他不知道女人为什么会这样对待这个她并不认识的男士。后来女人说，她请他坐在旁边仅仅是为了不让他尴尬，既然他已经冒昧地提了出来。做梦者尽管心中不快但却也听之任之，随她而去。他不会想到后来会发生什么，他认为后来也不会发生什么的。

后来陌生的男士开始询问他对刚才那场音乐会的看法。男人说那乐曲让他觉得激情澎湃热血沸腾……而女人竟然立刻就打断他并反驳了他，女人说那个乐章应该是平静地，深情的，娓娓道来的，如歌般的，而唯独不是热血沸腾激情澎湃的。于是男人勃然大怒。其实他并不在意女人反对他的观点，艺术这种东西本来就是见仁见智，关键是，他看到女人在说着平静说着舒缓说着温情的时候，她自己脸上的表情却是眉飞色舞神采飞扬的，根本就不像是在讲述着什么如歌的行板。而令人更加愤怒的是，那个陌生的男士竟无限崇拜地看着激昂的女人，并不停地点头称是，唯唯诺诺，这就让愤怒的男人更加忍无可忍。

后来男人便站起来离开。他尽管知道这样做是很没有气度和礼貌的。他记得他离开的时候手中好像还攥有一只玻璃杯。大概是由于太气愤了，他竟然在不知不觉中把手里的玻璃杯捏得粉碎了，就像通常电影中的那样。然后鲜血就顺着他的手指流了下来。而当他回头的时候，他发现女人对他的离去竟然浑然不觉。她依然沉浸在和那个陌生男士的慷慨激昂之中，依然地眉飞色舞神采飞扬，依然地勾引着那个陌生男士已变成爱恋的目光。于是男人便更加气愤，把那个破碎了的玻璃杯狠狠摔在地上，然后扬长而去。

男人说完了他的梦。他说他已经很少做梦了，更没有做过如此有失风度的梦。

女人说想知道这个梦说明了什么吗？

男人说他知道，是嫉妒。但是他是不会嫉妒的，尤其不会嫉妒女人。他问女人这到底是为什么？

女人想都没想就说这很清楚，因为你老了。

然后喝红酒的女人就开始给男人说故事。一个关于凶杀的故事，也发生在一个女人和一个男人之间的，也有一个第三者。

女人接到男人的电话后就立刻来到了男人的住宅。她来的时候并没有想到会发生那样的事情。她只是觉得她应该来她就来了，或者男人想要她来她就来了。所以她更加认定了世界上很多事情的发生都不是必然的。就在那千钧一发的偶然之间，事情就无可挽回地发生了，甚至是当事人自己都不能理解更无法预测的。所以女人觉得人的下意识能力是完全可以战胜理性的。

女人是在窗外听到那个男人痛苦的呻吟的。女人于是害怕，以至于不敢冒然走进那个呻吟的男人的房子。那是一所很大很漂亮的房子，坐落在郊外的林中空地上，很优雅也很豪华。女人常常会来这里与房子的主人幽会。但他们之间好像并没有什么爱情，但是在床上的感觉却是他们两人都很满意也很需要的。女人就是为了这种感觉而来。她开着自己的汽车赶来的时候，突然觉得自己就像是应召女郎。其实他们只是很好的朋友，亲密的朋友，在他们之间有着很成功并且很令人愉快的贸易的往来。但是女人知道男人并不爱她，而只是需要她。于是女人就有了一种被羞辱的感觉。但因为女人是深爱着那个男人的，所以她宁可被羞辱。她觉得能被自己所爱的人羞辱，对她来说也是一种痛苦的幸福。

女人就是怀着这样的一种无私来到这里的。她记得她在赶到男人家中的时候，一直阴沉了很多天的天空开始下雪了。她有点奇怪这座房子里的那种异常宁静的状态，因为每一次她来，当男人听到她汽车的声音后，总会迎出来的。当然她知道那不是出于爱，而是出于一个有教养的男人的礼貌。但是这一次为什么男人连礼貌都不讲了？这是让女人感到诧异的。女人独自一步步走上很高的台阶，早些年修建的这一类别墅，通常都是在一个高台上。女人在那一刻仿佛预感到了什么，所以她的脚步很轻，轻到能够被雪花落地的声音所淹没。女人在房子的长廊中轻轻地向前走着，她静静地穿过每一扇窗户，她向里窥望，她要找到男人的呻吟究竟是从房子的哪个角落发出来的。

然后女人就惊恐地看到了男人躺倒在他书房的地毯上。他依然在痛苦呻吟着，不过连他的呻吟都已经越来越微弱了。男人衣冠不整地躺在那里。没有血泊。所以女人并不知道房子里可能发生了什么。或者是那个男人突然病倒了？如果这样，女人无疑是应该迅速冲进去抢救他、把他送进医院的。但是女人凭借她在社会上多年打拼的经验，她觉得这里面一定有什么阴谋，一些不可告人的秘密，而这个房子里的此时此刻，也一定不单单只是男人一个人。

凭借着这个判断女人便没有贸然闯进去，她悄悄地站在窗外静观，她坚信一定会有什么事情发生的。后来她果然看到男人绝望地伸出手臂，仿佛是在召唤着身边的什么人。于是女人在窗帘的缝隙中等待着，终于另一个人出现在了她的视野中。这是一个身材颀长的女人。但是窗外的女人看不到她的脸，因为她背对着窗户。这个颀长的女人穿一件蓝灰色的连衣裙，袖口处露出了里面红色的花边。这种蓝灰色和红色的搭配让窗外的女人觉得非常美，加之这个女人修长的身材，和她被染成红色的茂密的长发，让窗外的女人觉得她所看到这个女人的背影简直就像是一幅典雅的油画。

那个油画中的女人慢慢走向濒临灭亡的男人。她非常怜惜地将那个男人的身体抱紧在她的怀中。她低下头亲吻着男人的嘴唇，而男人也真的沉浸在了那欲望的引诱中而不能自拔。大概是女人胸前的纽扣碰疼了男人的脸，男人企图摆脱，后来女人就一粒一粒地解开了她胸前的纽扣，让她温暖柔软的乳房缓缓垂落在男人的脸上。然后她便开始用她的乳房轻轻抚摸着男人的脸。那么轻柔地，充满了柔情蜜意的。尽管这一切都是从背后看到的，但是窗外的女人还是有了种难以控制的嫉妒，她甚至想立刻冲进去，把原本只属于她的那个男人夺回来。

但是后来窗外的女人才知道，她没有那么冲动那么意气用事是多么的明智。因为紧接着她就被她所看到的景象震惊了，原本一直轻柔抚慰男人的那个美丽的女人，却突然把她怀中的男人紧紧抱住。这里的"紧紧"已经不是我们平时在描述亲热时所使用的那个"紧紧"，而她的拥抱也和我们常识中的那个行为截然不同。窗外的女人无法想象那个油画中的看似柔弱的女人怎么会有那么大的气力。而气力的大小事实上也是窗外的女人所无法判断的，她只是看到了女人把男人抱得更紧。她觉得女人柔软的乳房正在将那个呻吟的男人窒息。窗外的女人一开始觉得，窗内女人的这个激烈的动作仅仅是因为她在那一刻的欲望强烈，她也许是太爱那个男人了，以至于想让他在她的怀抱中融化。但是接下来女人就看到了男人四肢的挣扎和抽动。那是一个从挣扎到抽动的流畅的过程。在男人刚刚开始挣扎时，窗外女人以为窗内的那个女人会松开她的双臂和乳房。她期待着，但是那个女人没有，她反而压在那个男人的身上，更紧地拥抱着他，甚至低下头去亲吻那个已经被窒息的男人的头发，好像正在发生的事情不是一桩谋杀案，而仅仅是一种稍嫌强烈的爱的抚慰。后来男人的挣扎就变成了某种无力的抽搐，那是命若弦丝的男人最后的也是最本能的反抗。后来当这样的抽搐也已经停息，背影的那个女人才精疲力竭地松开了她的双臂，仿佛虚脱一般地用双手在身后的地毯上支撑着她疲劳的身体，并抬起头看着悬挂在墙壁上的挂钟。然而紧接着又发生了奇迹。女人以为已经命归西天的男人却突然苏醒了过来，他在女人的光洁柔美的胸前抬起了头，而他的头仿佛有着某种预感一般地竟朝向了窗外，他的坚硬的手臂也随之伸向了窗外的女人。在那一刻，窗外的女人坚信那个奄奄一息的男人看到了她。他一定是真的看到了她，以至于男人蠕动的嘴唇好像在说着什么。而男人最后的企图立刻让已经放松了的杀人犯警觉起来，她于是也顺着男人的手臂把目光转向窗外。窗外的女人相信在那个短暂的瞬间，她和室内女人的目光一定是相遇了。而室内那个女人也惊恐万状，她看到了那双隐藏在窗帘背后的眼睛，她也害怕极了，但是她宁可觉得，她所看到的那双神秘的眼睛也许只是她的一个幻觉。

这是窗外的女人唯一的一次正面看到了那个杀害男人的凶手。

其实男人刚才的反抗只是人体神经的一种反弹，或者那种所谓的回光返照。在男人第一次安静下来的时候事实上他就已经死了。他既没有看到窗外的女人，也不曾留下任何嗫嚅。当男人的手臂又一次也是最后一次无力垂落在地，室内的女人才真正长出了一口气。她依旧让那个已经彻底死亡但身体依然温热的男人继续躺在她的怀中。她长久地看着他，用细长的手指轻轻划过男人的脸颊，并把他因挣扎而凌乱的头发一缕一缕地弄整齐。女人在做着这一切的时候就好像刚才什么也不曾发生。而被她抚慰的那个男人也好像依然还活着，并深深沉浸在她的爱抚中。她甚至还长时间地亲吻着这个男人的嘴唇，死人的嘴唇。那是世间最甜蜜的死亡之吻，感天动地，让窗外的女人不寒而栗。

接下来那个凶恶的女人开始一粒一粒地系上自己的纽扣，把她一直诱惑着男人的那一对美丽的乳房收拢到她的衣裙中。女人所做的这一切依然是在背面完成的，窗外的女人从此再没有看到过那张女人的脸。

后来女人就开始整理男人。她帮他穿好了他的所有衣服，让他看上去衣冠楚楚，甚至一副春风得意的样子。她在为男人装扮的时候好像很熟悉男人的房间。她在男人很多套西装和很多条领带之间踌躇着，选择着，直到她自己彻底满意为止。但是当女人掀动男人身体的时候，窗外的女人终于看到了男人身下的那血迹斑斑。她这才了然了男人为什么要那么痛苦地呻吟，他一定很疼。女人也就明白了男人为什么一定要让她在这风雪交加的夜晚赶来，赶来看到这一切。

然后男人的那辆奔驰轿车就无声地开出了这片树林，很快在转弯处上了公路。

窗外的女人依然站在窗外。她简直不能想象在一个美丽的充满了性感的女人的不动声色中，一个男人的生命就这样结束了。女人对她所看到的那所有骇人听闻的景象充满了疑问。她不知道这是一起精心策划的谋杀案，还是偶然发生的事故。她不知道那个油画中的女人是谁，亦不知道男人和她的关系是怎样的性质。她不知道男人是不是事先就知道了他的必将的死亡，还是他对女人的阴谋完全始料不及。她还不知道在她到来之前他们之间都曾发生了什么。

不，她已经不愿意再想这些了。她看到的这一切已经足够让她担惊受怕了。后来她就在她的汽车广播中听到了62号公路上发生的那起交通事故。她觉得播音员描述的那个死者的形象，就是她所深爱的那个男人。于是她开始给那个男人的前妻打电话。她打了很多次但前妻家中的电话却始终没有人接听。当然她知道男人的前妻是不会接的，因为她也知道那个前妻在睡觉前总是喜欢吞服安眠药片。从一粒到数粒。那是个靠安眠药支撑睡眠也就是支撑生命的女人。但是汽车中的女人就是不甘心就是锲而不舍。她觉得她有责任通知男人的前妻，因为她知道男人是始终爱着他的前妻的，尽管他们早已经不来往早已经成为路人。

女人讲到这里把杯中的葡萄酒一饮而尽。她问男人你觉得这个故事又意味了什么呢？

男人想了想，然后说，这大概是个和爱情相关的故事吧。

不，你错了，是谋杀。女人说。

62号公路是环绕着城市的一条快速道。而志剑给娲买的那幢别墅也就在62号公路拐弯处的一片树林之中。这里曾经坐落着一处为迎接国家领导人或外国元首而修建的迎宾馆。所以这里才会树木林立，绿草如茵，当然冬季就显得萧瑟了，草木枯黄，而高大的树木也只剩下了坚硬的枝杈，独自抗击着冰天雪地的寒冷。因为曾经是迎宾馆，所以这里的房子都是一座一座独立的欧式建筑。后来改革开放，这个陈旧的迎宾馆便开始过时，随着新建的迎宾馆的落成，这里的房子也就变成了商品出售。这里尽管离市区很远，房舍年久失修，甚至显得有些荒芜，但无论如何这里的自然环境是最好的，每个清晨都能听到各种鸟鸣。这也就是娲为什么会喜欢这里的缘故。高大的杨树林笔直地耸向天空，而这座红顶红墙的房舍就坐落在这片白杨林中的空地上。娲觉得住在这里真是别有一番风情。这些在参天大树掩映下的红顶房子，会使人联想到七个小矮人的林中木屋，想到小红帽被大灰狼侵袭的外婆家，甚至欧洲那些古老的中世纪城堡。总之当已经百无聊赖到极点的娲站在这座房子面前，她便立刻兴奋了起来，她说就如同走进了一个童话的世界，她问志剑，这是梦境？还是现实？

　　而就在娟开始设计这座房子未来的辉煌布局时，刚好是志剑正在紧锣密鼓地向总裁的位子奋勇挺进的时刻。显然，志剑的赫赫业绩让上一层领导对他更加地器重和欣赏，可惜挡在他前面的那个总裁尚有相当的抗震力，就是上一层领导再偏袒志剑，也还是没有理由将他干掉。这位总裁不仅没有任何过失，而且当年就是他力排众议让志剑做了他的助理。所以无论于公于私，志剑和上一层领导都没有排除这块绊脚石的理由。于是在一场志剑宴请上一层领导的酒席上，在酒酣耳热之中，一个用交换干部来实现志剑梦想的阴谋终于形成。现任总裁将被调离这个城市，到另一个城市的公司担任总裁。这样志剑便能够名正言顺地走马上任。而这位总裁到另一个公司小试牛刀之后，便出师未捷身先死。然后他便急流勇退，以家庭困难为由又重新调回这个城市。无奈总裁的位子已经被志剑占据，他便只能屈居二席。好在原总裁这个人什么都看得很开很透，他也就难得糊涂，能上能下，很快又和志剑称兄道弟起来，和好如初。当然这只是表面的现象，原总裁骨子里究竟怎样看待志剑的？先前的种种阿谀奉承如果不是口蜜腹剑，至少也是缺乏真诚的虚与周旋了。

　　法院通知娟去志剑那座乡间别墅时，娟正在看一部欧洲电影。那时候娟已经不再能忍受好莱坞的影片，已经很长一段时间了，她只看欧洲的电影。她觉得在那些难以理喻的欧洲电影中，她总是能获得某种更深刻的东西，她知道其实这就是文化，而文化总是和悠久的历史连在一起的。

　　娟本来不想去志剑的那座房子。那是已经在离婚时分割得很清楚了的一处房产。那房子无疑是属于志剑的，尽管那房子的哪怕最隐蔽的角落哪怕最微小的细节，都是娟呕心沥血的结晶。法院将要在娟的监督下清点志剑的遗产。一切都是那么不可思议，当法院通知娟她就是志剑遗产的那个继承人的时候，娟觉得那简直是滑天下之大稽，是志剑在跟她开玩笑。她甚至据理力争，反反复复地说明自己仅仅是前妻。他们早就离婚了，也已经分割了财产，他们没有子女，所以也就没有了任何关系。但是法官就是一意孤行地宣读了志剑的那份遗嘱。志剑在他的遗嘱中如此郑重声明，如若他遭遇不测，他的全部遗产都将归属在前妻娟的名下。娟即或是在听过了志剑的遗言之后，她依然坚持着推让。我们真的已经没有任何关系了，我坚决不能要他的东西。也许还有一种方法，法官说，如果你实在不愿意接受，也可以捐献。那么好吧，就捐献。娲毫不犹豫就作出了决定。

本来已经平静下来的娲又被纠缠到了志剑的遗产中。其实作为捐献人的娲是无须参与什么清点财产的，但是因为这将牵涉到继承税的问题，于是娲只能积极配合，让将要接受捐献的部门能够顺利拿到这笔巨资。志剑身后留下的确实是一份相当丰厚的遗产，由于志剑是私人企业中的成功人士，所以他的财产无论多少，都将没有与实际收入不符的问题。加之在志剑的保险柜里，还有着厚厚一沓诚实的税单，以及志剑为自己买下的高额人身保险，这就让他的遗产变得更加纯净而诱人了。

当法院的工作人员完成清点工作之前，娲还可以继续留在这座房子中。因为从理论上说，目前这座房子里的所有财产，包括股票证券一类，都是属于娲的，所以娲当然可以留在这个名正言顺地属于自己的房子里。其实娲原本是不想留下的，但是当她看到这个她曾经那么熟悉但却久违了的地方后，就突然不想走了，因为她觉得这里的一切都在呼唤着她，甚至在请求着她能留下来。

于是娲形单影只地在这个三层楼的大房子里上上下下地走来走去。奇怪的是，她不仅没有感到陌生，甚至不曾感到恐惧。她觉得这里的一切都是那么亲切，她仿佛从没有离开过。她还记得那一年冬天，她是怎样开始了对这座旧房子的设计。她为此甚至去了欧洲，去参观维多利亚时期的那些辉煌的住房，以及当年美国南部百万富翁们的豪华宅邸。然后她便把没有能在 FD 公司彻底展示的才华用在了设计和装修自己的房子上。从设计到进料到施工，娲没有一刻离开过，也没有在任何细小的环节上含糊过。哪怕是一个合页、一颗螺丝，她都坚持着亲自选择。以至于这座房子虽然最终归在了志剑的名下（她坚持要这样的），她从此再不能走进来，但她只要闭上眼睛，就能清清楚楚地看到这座房子里的每一处角落。可惜的是，这座娲亲自设计装修的房子，她甚至还没有来得及正式住进来，就已经和志剑分手了。

娲认真地回忆着房子的从前。她发现尽管原先装修的整体格局还在，但房子的陈设还是有了很多娲不了解的地方。这也就让这座原本温馨的房子变得很古怪，甚至很冰冷，娲认为那可能就是因为这个房子里不再有女人的缘故。娲一直觉得，一个房子里如果没有男人只有女人，那么不管这房子里怎样的冷清，都会有一种家的感觉；但倘若房子里没有了女人而只剩下男人，那就一定不仅仅只是冷清，而是冷酷了。这也就是为什么男人对女人总是指责总是指责，但他们却又无论如何离不开她们，因为他们对于家庭的需求，是要比女人更强烈的。

是的，这座房子里没有了女人的气息，而且一望便知这就是志剑的房子。因为只有他才能把这座房子的最辉煌处，都表现在了那些置放或者储藏酒的地方。他极富创意地把楼下的两间大房子开辟出来作为他的酒屋。之所以要两间，是因为志剑要把代表着不同文化的中国酒和洋酒区分开来。两间酒屋的木门竟然都被他换成了那种沉重的玻璃门，从外面就能看到酒屋中的琳琅满目，而推开门就仿佛会立刻闻到不同的酒散发出的不同的浓郁芳香。一排排精美的酒柜顶天立地，甚至每一个柜子都是满满的，展示着一种酒的豪迈与霸气。娲于是想，这可能就是志剑毕生最大的爱好了吧，可惜今天谁来继承？娲吗？不，娲毕生的最大的伤痛，恰恰就是志剑这个毕生的爱好造成的，娲为此将永远不能原谅志剑，哪怕是他已经灰飞烟灭。

然后娲来到志剑的卧室，这也是娲本来就设计为卧室的那个房间。志剑生前好像一直住在这里，从没有改变过。这里的陈设简单得不能再简单了，简直和楼下的酒屋不能同日而语。除了一张大床，就什么都没有了。倒是卧室卫生间里的玻璃橱柜里摆满了各种国际知名的女士香水，包括夏奈尔，包括 CD，蓝金或者范思哲什么的，总之所有娲曾经喜欢过的那些香水的品牌。只是这些香水都没有拆封过，有的甚至早就过期了。娲不知道志剑为什么要营造一个这样的温暖的角落，是为了折磨自己？还是为了等待？

娲一点一滴地探寻着志剑的房子，她对此满怀了兴致。她觉得自己实在是一个残酷冷漠的人，当她置身于一个亲人亡逝的物是人非的环境中时，竟没有一丝的悔恨和悲伤。她认为其实这是必然的，是志剑为自己选择的最好方式了。或者生得其所，或者死得其所，总之要有一个归宿，果然有了一个归宿。

后来娲又来到阳光明媚的阁楼上，她在此看到了志剑留下的那些世界品牌的健身器材。于是娲回想起当年她是怎样地不能接受志剑要她到健身中心去消磨时光的建议。她受不了那些冰冷的器材和男性舞蹈教练甜腻的目光，那种不舒服的感觉是志剑感觉不到的。她便为此和志剑争吵，直到志剑最后许诺，在他们的新房子里为娲建立一个她自己的健身房。

娲是无意间走进那个地下室的。她觉得走在志剑的房子就像是探险，每一个没有看到的地方对她来说都充满了诱惑。她突发奇想，也许就按照现在的布局，把志剑的房子办成一个私人的博物馆，一定会是个有意思的所在。她知道在西方，很多富有的人死去之后就是把他们的房子捐献出来，包括他们的那些珍贵的艺术品，使之成为那种公益性的私人博物馆的。当然志剑的房子还没有那么有价值，但是活着的娲可以帮助他实现这个梦想。只是这个博物馆的主体是什么呢？酒吗？而那恰恰是娲嗤之以鼻的，且深恶痛绝的。娲当然也知道，酒也是文化之一种。

是那个悬挂着"闲人免进"的木牌把娲引到地下室的。娲也慢慢记忆了起来，当初她把地下室设计成了一个堆放杂物的地方。其实娲完全可以把这个巨大的空间设计成一个有意思的地方，或者至少能作为一个她的工作室，这样她就可以在这里摆满那些各式各样的男人或女人的塑料模特了，她可以让那些没有生命的秃头模特每天为她试穿各种时装，直到她对自己的创造彻底满意为止。但是娲终于没有完成这个最后的工程，因为便是在这个过程中，她和志剑的那一次致命的冲突发生了。然后娲就对她和志剑的生活彻底失去了信心，这个工作室也就令她兴味索然了。

娲看到这里的一切一如往昔那样的空空荡荡，只是在一个黑暗的角落中，摆放了好几个木制的大酒桶，而且那酒桶正在散发着某种酸涩的芬芳。于是娲立刻恢复了对志剑由来已久的厌恶。她知道多少年来她对志剑的厌恶其实就是来自于对酒的厌恶。但是她还是不由自主地走向了那些酒桶。她记得自己到德国的海德堡旅行的时候，就是这些酒桶成为了海德堡的某种象征，旅游者纷纷在那些巨大的酒桶旁照相。在他们看来只有和酒桶亲近，才是和海德堡亲近；也只有和这些酒桶在一起，才能证明他确实来过海德堡。娲记得她在当时就对海德堡这种无限夸大酒的价值的观念难以理解，她也就同时想到了志剑，想志剑看到这些一定会自鸣得意的。

尽管地下室里的光线十分灰暗，但娲还是在每一个酒桶上都看到了篆刻上去的"娲"的字样，并标明这些是产于1996年深秋的葡萄酒。志剑甚至还特意为这些酒书写了一卷长赋悬挂于墙，大概的意思是，这是志剑于1996年深秋以娲的名字命名的上好葡萄酒。这些酒是属于娲的，她既可以自己品尝，亦可以馈赠亲友，云云。娲长久地站在志剑的墨迹之前，第一次觉出了她的感伤。她泪眼婆娑地抬起手臂轻轻抚摸着这些硕大的酒桶。她仔细地想了想，其实她和志剑就是在1996年的夏天分手的，紧接着志剑就买下了那些酒。

娲最后走进的房间是志剑的那间书房。娲凭着她的记忆知道，这里可能是整个房子中志剑待的时间最多的一间屋子了。书房很大。有很多书架。到处都很整洁，甚至一尘不染。只是这间屋子里有一种什么味道，那种咸腥的，又有着丝丝甜意的？娲分辨不清。她于是坐在了书房的大沙发上，大概是因为白天的过于劳累，娲突然地觉出了某种温暖的倦意。然后她就躺了下去，在那个舒服的长沙发上睡着了。于是就在那个短暂的睡眠中娲做梦了。梦见了志剑突然从睡梦中醒来，满脸汗水。他害怕极了，紧紧地抱住娲，急不可耐地向她讲述刚才的那个梦境……

娲不知道这个晚上她为什么要留在志剑的房子里。这里地处荒郊野外，房子里空空荡荡。房子的主人又刚刚因车祸而死去。而她睡觉的书房里又弥漫着一种血腥的味道。但是娲对这样的环境就是没有一丝的害怕。就好像她身边发生的这些是别人的故事，是恐怖电影中的，或者侦探小说中的，和现实中的她没有任何干系。她觉得她在志剑的这座房子里简直如鱼得水。她重新又喜欢上这里了，这里的一草一木一砖一石，甚至这里的每一丝气息，以至于她都不想再把这些捐献出去了。为什么不留下这些呢？这些不就是属于她的吗？无论这里曾发生过什么，但志剑把这座房子彻底还给她的现实是无法改变的了。于是她开始在志剑的这座房子里扮演起志剑的角色。她想象着他是怎样地每晚归来，打开电视机或者翻阅白天的报纸，或者走进地下室的酒窖，登上阁楼的健身房……形影相吊的志剑做着这一切的全部的目的，好像就是在等待着一个什么人的到来。

娲没有带安眠药。她原本并没有想到自己会在这里过夜，在志剑书房的沙发上。但是那个晚上她却睡得出奇的好。一种终于如愿以偿的感觉。她对她的能够如此沉睡百思不得其解。直到后来她才意外发现，其实她并不是睡着的，而是被房子里到处充斥着的酒的气息熏着的。然后她觉得她就真正地理解了志剑为什么要喝酒。他可能是太沉重、太想摆脱了，所以只有一醉方休，才可以逃避这世间的污泥浊水、尔诈我虞。志剑是想为自己的存在留一个单纯的空白，一个不会被污染的意识的空间。娲这样想着志剑便不禁流下了眼泪。因为她觉得志剑实在是太可怜了，他为了他的理想而耗尽了青春，但却依然没有能看到任何的曙光。

天亮前娲还是被电话的铃声吵醒了。她一时懵懂，无论如何弄不清楚此时此刻自己身处何方。于是她徒然地听着电话的铃声。她也是想了很久很久之后，才来龙去脉地想清楚了这里是志剑的房子，也就等于是她的了。那么

中篇小说

这座房子既然是她的了，电话自然也就是她的了，于是娲伸出她的手臂去抓那个电话，心想在这深更半夜，谁又会给志剑打来电话呢？

娲的手刚刚拿起了那个冰冷的话筒，电话中又很快传来一个女人的声音。这让娲无比恐惧，因为娲听出了就是那个哭泣女人的声音。那个声音冷酷地说，我知道你在那儿。我看到你了。他是那么爱你，而你却……你就不怕遭报应吗？

告诉我你是谁？你为什么不肯放过我？你为什么总是用志剑的事来纠缠我？你是怎么看到那场车祸的？你……

电话啪的一声被挂断了。

娲的情绪越来越糟。她每个清晨和每个黄昏都会觉得恶心。这时候娲已经明确知道她怀孕了，但她却始终没有把这个消息告诉志剑。这种由新生命带来的身体的不适，已经让娲觉得非常痛苦，而她的情绪也沮丧到了极点，不，不单单是沮丧，简直是绝望，于是有时候她会想到自杀。娲一点也不像一个母亲那样疼爱这个他们本来期望到来的孩子。她一想到这个孩子很可能因为志剑的酗酒而发育不良，便不寒而栗。

娲不愿意为这个不该来到世间的孩子承受如此苦难，因为她清楚地知道这个孩子来源于哪个罪恶的晚上。所以她觉得这个在她的子宫里顽强挣扎的小孩子好可怜，因为他的所有的挣扎都将是徒劳的，他是不会有结果的。那是娲的一次报复性的怀孕。是为了报复志剑，但很可能也是为了报复自己，还要以一个可怜的小生命为代价，这当然是非常残酷的。这又是一次娲在负气之中作出的决定，就如同当初她在负气中拒绝了 FD 公司赠送给她的那套大房子一样。只不过那时的错误是无意识的，是真正的一时冲动；而这一次，却是娲精心策划的，她已经能够冷静地面对她和志剑的这一切了。

在等待着志剑回家的那个晚上，在寂静得甚至都能够听到尘埃落地的那个午夜，在突然地感受到了自己身体中的一个小小的动静之后，娲知道，一定是一个新的卵子又形成了，并急切地开始了它寻找精子的艰辛旅程。娲一直是一个对自己的身体异常敏感的女人。她的这种敏感有时候就像是一个女巫。她能够谙知自己身体中的任何异样，哪怕是那些最细微的、甚至是常人根本不可能感觉得到的变化。通常在这样的时候，娲会主动要求志剑使用安全套。因为她知道这是一个非常危险的时段，既然是他们还暂时不想让他们的生活中出现第三个亲人。但是这一次娲改变了主意，她决定在一次蓄谋的怀孕中伤残自己，其实也就等于是决定了要伤害志剑。

这时候娲自身的情形已经发生了很大变化，她的被 FD 公司的解雇让她从此一蹶不振，长久地处在了一种郁郁寡欢的状态中。那种勇士一去不复返的凄凉，或者，出师未捷身先死的悲壮。娲没有了单位没有了事业也没有了收入。她便不得已陷入了那种终日无所用心无所事事的空茫中。当然这只是精神上的尴尬，在物质上娲还有志剑，而志剑在物质上的慷慨给予，已经足以让娲做一个富有的阔太太了。如果是那些能够安于现状的富婆，对这种既衣食无忧又养尊处优的生活状态一定是求之不得，也必定能够自得其乐。她们或者相夫教子，或者出国旅行，或者疯狂购物，或者运动健身，日子一定也能够被过得有滋有味。但偏偏娲不是这种能够随遇而安的女人。她的心志太高，对自己的期望值也似乎超越了现实。于是当她一味地待在家里，每晚只等着志剑回家的时候，她便开始烦躁不安，开始无端地痛苦无端地发脾气无端地和志剑怄气了。

在娲刚刚丢了工作的那段日子里，志剑尽管繁忙，但还是在公务之余，努力做到了尽量减少应酬，每晚陪娲在家。但是久而久之志剑发现，他的这种努力和付出，不仅没有能帮助娲适应目前的生活，反而让她对志剑产生了更多的依赖。而这种依赖不仅不能帮助娲改变现状，而且已经严重地影响了志剑的工作。伴随着这种生存状态的延续，志剑觉得他不能再姑息迁就了。长痛不如短痛。于是在志剑的生活中，那种在工作中喝酒或者在喝酒中工作的行为方式很快又恢复了它的重要性。志剑曾经每每为这种方式对娲进行解释，他说他之所以每天中午晚上都要吃饭喝酒，是因为每一顿饭都是为了一个重要的项目，而每一口酒也都是为了一个明确的目标。没有一顿饭是白吃的，也没有一口酒是白喝的。所以现在安排的每一个饭局，都和公司的业务紧密相连。饭局越多，在某种意义上就说明了这个公司的效益越好。谁不愿意每天晚上能安安静静地留在家里，和老婆孩子共享天伦之乐呢？

在志剑郑重地对娲宣告过了这些之后，他便又坦然地恢复了原先的工作状态。他不再推辞公司为他安排的任何酒会，也不再顾忌每天晚上喝得烂醉，让娲倍受困扰。

然后就到了他们的精子和卵子即将相遇的这个晚上。在对待这个相遇的问题上，娲可谓是充满了仇恨地有备而来，而志剑却懵懵懂懂、毫无准备。

那个夜晚娲是光着身子躺在床上等待着门锁发出的转动声的。后来在墙上的挂钟指向凌晨两点的时候，她果然听到了熟悉的声响。但是她闭着眼睛，假装安睡，不去理睬那个在房厅里踉踉跄跄到处碰撞的男人。当然她很快就闻到了那股强烈的酒精气息。甚至比酒精的气息还要难闻，那是种被人体综合过的更加恶劣的气息，一种足可以被称作环境污染的气息。一种娲已经忍无可忍的气息。娲知道从此刻开始，他们的这个房间就将被这种气息彻底笼罩。只要是这个男人待在这里，这种味道就不会消除，尽管她已经听到了志剑正在洗澡的流水声。但是志剑难道不知道这气息是洗不掉的吗？是已经渗透在他的血液中他的细胞中的一种毒素吗？紧接着这个赤身裸体的并且自己觉得已经十分洁净了的男人便一头栽倒在娲的身边。在他被酒精麻醉后的仅存的意识中，他大概还能觉出身边正有一个需要他关切的女人，于是他便竭尽全力地把他的手臂抬了起来，放在了娲温暖的身上。他可能也曾想过要在性的范畴中抚慰娲，但又立刻昏睡了过去。娲知道那是因为志剑已经实在打熬不住了，加上洗澡又耗费了他的最后的气力，于是便只好无奈地被那个没有知觉的世界带走了。

　　然而一直醒着的娲却不甘心她的丈夫被就此掠夺。于是她开始了蓄谋已久地蠢蠢欲动。她先是紧紧抓住志剑想要抚爱她的机会，然后就开始疯狂挑逗这个早已经神志不清的男人。而她的所有的这些色情的举止，其实都真的不是为了欲望。她只是想折磨志剑，折腾志剑，不让他睡觉，不让他休息。她要在他已经力不从心的状况下怂恿他勉力为之。她坚信志剑是经不住她的诱惑的，她坚信自己有能够让志剑就范的能力，无论在什么样的情况下。

　　在这一次预谋的行动中，娲可谓无所不用其极。她甚至用拒绝的动作激起志剑的冲动，用不屑的话语来刺激志剑的决心，于是在那个夜晚的那一刻，志剑只能是在混沌的状态中奋力而为。他的那种痛苦乃至绝望的状态是可想而知的，甚至不啻于死亡的。在那一刻志剑只有一个愿望，那就是快一点，快一点完成，那样他就可以睡觉了。然而越是这样地指望着，就越是难以抵达娲所要求的那个完美的境界。所以他只能够奋力拼搏了，一刻不停地，因为他知道他只要停下来，就会立刻睡着，那样他就欠娲更多了，多到他将毕生无法偿还。

　　其实娲在此之前也曾在她的枕头下放上了避孕套。这就说明了娲也许并不是决意让这个孩子诞生，她是留给了志剑某种余地的。她也一直在权衡利弊。但是志剑的勉为其难彻底地激怒了娲。而志剑越是努力，娲也就越是愤怒，这是一个毫不正常的因果关系，是一个怪圈。后来娲就干脆彻底放弃了自己，也就是放弃了志剑。她最后便完全松懈下来，任凭志剑的那些被酒精浸泡过的精子们像潮水一样地涌向她。毫无抵抗的，那些疯狂的精子终于进入了那个无助的卵子。是娲放任了它们。在一种异常古怪的心理的控制下。

怎样的报复？

娲就是要生出一个有着残缺的孩子，让一路春风得意的志剑知道，原来人生是有遗憾的。从而使他们的这个家庭的生活变得更加地不可收拾，让志剑有朝一日自食其果。

娲的这一次报复很快有了结果。那完全归功于娲像女巫一样的能掐会算。半个多月之后娲就知道她的报复成功了，因为她除了有那种恶心头晕的感觉，乳房也开始因肿胀而疼痛，她知道那就是酒精孩子的作用。

娲很快就变成了一个雍容的即将成为妈妈的孕妇。而正在置身于总裁竞选的志剑对此却毫无感觉。他一如既往地忙于公司的各种事务，忙于吃饭与喝酒，直到某个周末的夜晚。那个晚上，志剑难得地早早回了家，在陪着娲看过了一场充满激情的美国大片之后，他们便早早洗澡，早早地一道躺在了床上。

令人欣慰的是，志剑这一天难得的清醒。就是在他们的浪漫的烛光晚餐中，志剑也一直坚持着没有喝酒。这也许就暗示了在这个晚上志剑是想要娲的，因为那个力不从心的夜晚对志剑来说实在是太可怕了，所以志剑不喝酒。

而那个晚上娲却是破天荒地喝了很多酒。是性情中的那种对酒当歌，自斟自饮，而且总是一饮而尽。然后娲的意识就变得混乱而混沌，她觉得她在那个时刻简直就成了志剑。其实那时候娲已经知道自己怀孕了，但是她还是要喝酒，以喝酒来庆祝她和志剑的这个难得的周末。她不顾志剑的屡屡劝阻，她就是要喝。喝醉了就到卫生间去呕吐，然后再喝，直到不情愿地被志剑拉上了床。志剑在那个晚上的动作很急促也很粗鲁，因为喝过酒的娲让志剑有了更加强烈的欲求。

志剑是在娲喊着疼痛的时候才发现了她乳房的肿胀。志剑于是担心极了，焦虑万分，他不愿意听到娲说她病了，是绝症。当娲轻描淡写地告诉志剑她怀孕的消息后，志剑的兴奋程度简直是娲所无法想象的。他竟然立刻就终止了他正在高潮中进行的那一切。他疯狂地把娲抱了起来。抱着她在地上旋转。

他被他们终于有了自己的孩子这个现实激动得手舞足蹈，而他在无比激动的同时也就开始了对娲的嗔怪，指责她如何如何不该在这个时候喝酒，不该这么晚才把这个关乎未来的消息告诉他。然后志剑信誓旦旦，心潮澎湃地向娲保证，为了他们的小宝宝能够健康成长，他发誓在娲怀胎十月的漫长日子里，绝不再和她做爱；他同时也要娲向他作出保证，从此不再喝酒，也不要在夜深人静的时候挑逗他。

　　志剑根本就无法理解他的如此约法三章所带给娲的是怎样的反弹。娲竟然当即就开始了对志剑的引诱，以表示她不能同意志剑的意见。为此她竭尽全力，以至于志剑最后还是抵御不住娲的激情，重新做完了那一切。当然志剑在完成这个过程的时候是很有分寸的。他在咬住娲的耳垂时，始终在她的耳边说着你不要这样，不要这样，你这是不顾一切，不计后果，我们这样在一起的日子长着呢，不要这样，你轻一点，迟早我们要后悔的……

　　然而喘息中的娲只能把志剑的话当作耳旁风了。她才不管志剑怎么说怎么想呢，她坚信欲望的力量是一定能战胜理智的，所以那些无聊的智者才会不厌其烦地呼吁人类的理性。她问志剑，是我们的爱重要还是那个我们谁都不认识的孩子重要？而志剑的回答是，既然我们已经决定让他来到了人间，就要对他负起责任来。娲却突然地地喊叫了起来，那么你对我的责任呢？

　　后来他们果然没有因为孩子而终止过做爱。娲的要求好像越来越多，越来越强烈，她说只有做爱才能让她缓解怀孕的痛苦。娲对于做爱的执着慢慢地让志剑好像也觉得没有什么对不起孩子的。比起那个未出世的生命，当然娲才是第一性的。尤其在这样的时刻，他呵护孩子的最好方法，就是无限制地满足娲。

　　怀孕使志剑觉得他们原先沉重而凝固的生活又重新活跃了起来。他对这种生活的热爱表现在他又开始早早回家，陪娲度过每一个周末了，并且不断地给那个谁也没看到的孩子买各种玩具。这本来是一种很好的变化，是志剑意识到自己的家庭自己的责任的开始。但是娲却已经不能用正常人的思维来解释这一切了，面对志剑的各种表现，她竟然认为这并不是出于志剑对她的爱。她坚持认为志剑早已经不爱她了，他只是想通过关心她去关心那个孩子，在志剑的心目中，孩子是比娲更加重要的。

　　一旦在娲的小脑瓜里萌生出这样的念头，这念头便立刻变本加厉，成长为一个日夜折磨着娲、也折磨着志剑的魔鬼。志剑任何一个友好的表示，都会引来娲怀疑的目光。娲会说，我知道这不是为我，而是为他的。然后娲就开始大哭大闹，强迫志剑承认他确实已经不爱她了。娲的这种愈演愈烈的扭曲变态让志剑感到难以理喻。慢慢地，他也就不再敢给孩子买任何玩具，甚至也不敢对娲好了。然而志剑的冷落娲也受不了，她为此更加地歇斯底里，喜怒无常，不停地和志剑争吵，以至寻死觅活。后来过了很久志剑才从女朋友处获知，娲当时是患上了孕妇常有的一种叫作妊娠综合征的病症。

娲的妊娠综合征越来越严重，但可惜志剑当时并没有在意，或者是他已经被娲折磨得麻木了，以致他根本就想象不到一个患了抑郁症的孕妇会做出什么样的事情来。在很长的一段时间里，志剑一如既往地早早回家，而且不到万不得已的时候，他尽量不喝酒。结果在那次实在推托不掉的应酬之后，他满怀歉疚地回到家中。在那个酒席上，为了娲和孩子，天地良心，志剑已经最大限度地少喝酒了。可是在他回到家里的时候，他的神志还是不那么清醒了，他甚至不知道自己是跟着谁回家的，眼前一片绝望的苍茫。

62 号公路在阳光下反射出耀眼的白光。一辆辆急速行驶的汽车在女人的眼前飞过，使她想到这个世界可能正在破碎。那是从某个遥远的地方飘过来的一首歌。那歌在哭泣处，正有一片黄昏的阳光在温柔飘洒。女人清楚地记得那个有着斑斑血迹的地方。她曾经试图找到，但飞速行驶的车辆已经让昨天变得了无踪迹。仿佛什么也没有真正发生过。唯有远方的太阳，和远方的歌声。那是一种怎样的迷恋，好像天边的什么，在环绕着。他们曾心心相印，但是为什么？一切就那么轻易地被集装箱货车的呼啸淹没了。钢铁与钢铁剧烈摩擦时所闪烁的那惊心动魄的蓝光。那是任何肉体都难以抵御的一种力量。然后便是一切的归于平静。是沉默。大地的沉默。生灵的沉默。死亡的沉默。所有的人世间的纷扰。所有不值得的恩恩怨怨。就完结了？在难以廓清的那所有的斤斤计较的琐屑中。是的，那是天边传来的声音。让人思念的，她的爱人。

志剑还是跌跌撞撞地回到了家。他洗过澡后又跌跌撞撞地爬上了床。这时候一直在床上等着志剑的娲突然转过身来抱紧了志剑并疯狂亲吻他。其实就在这一刻，志剑已经闻到了某种血腥的气味，只是由于他酒后的迟钝，不能够确切分辨出来那是鲜血的味道罢了。于是酒后的志剑为了满足娲的愿望便也回报了这个女人。他吻她，抚摸她。然后才知道其实那也是他的所求。然后欲望来临，这是再正常不过的了，志剑没有丝毫的犹豫，志剑觉得他这样做既是为了自己，但更多的显然是为了娲……

娲无法解释她的身下为什么会鲜血一片。那么湿淋淋的黏糊糊的滑腻腻的。娲说，她可能真的要死了。看到了这一切，志剑心疼得几乎哭了。他绝望，绝望至疯狂，他甚至撞墙，在疼痛中指责自己，不该那样的，那是报复，孩子的报复，在报复他，也在报复娲。

娲无法解释她的身下为什么血流不止。在志剑拨通了120急救电话之后，娲突然按掉了电话，说就让我死在你的怀中吧。志剑说他不要娲死，他要救活她，他们必须立刻去医院，不要再迟疑，他愿意以一生的不再喝酒换回娲的生命。然后娲才流着眼泪对志剑说，那不是你的错。孩子在清晨的时候就没有了。她独自一人去做了人工流产。她如果再不去做掉这个孩子就再也不能做了。她还说她本来是想报复志剑的，但是她觉得那样志剑就太可怜了，她不能让一个可能会不健全的孩子折磨志剑一生……

志剑于是勃然大怒。他勃然大怒的程度远远超过了娲的预期，就如同志剑在得知他们有了自己的孩子后高兴的程度远远超过了娲的预期一样。你做掉了孩子？你一个人？谁给你的权力？这么大的事情你为什么不和我商量？你是个疯子！是你杀了他！是你杀了我的孩子！你怎么能这样？我们完了！你听到了没有？我和你，结束了！

志剑的歇斯底里尽管超过了娲的预期，但是娲还是尽量平静地躺在血泊中，在悲伤和绝望中和志剑据理力争。她说是的，是我自己决定的。我就是不想要这个孩子。我能决定怀上他，我当然也能决定做掉他。和你商量？我是想和你商量的。多少年来，我一直希望能和你商量，但是你给过我和你商量的机会吗？我要离开原先的服装厂进FD公司的那个晚上，你深更半夜才回来，回来就倒头大睡，我能和你商量吗？我在或者离开FD公司，或者接受那套住房的选择中，在那个期待着和你商量的长夜，你甚至连家都不回。我现在学会了独立思考学会了独立决定自己的事情还要感谢你，不是你每天喝得烂醉，夜不归宿，我也就成不了今天的我了。是的，是你不让我再依赖你，是你让我有了自己思维的天地。这个孩子可以来也可以去，你不用这么暴跳如雷，这孩子是你的更是我的，我当然有权利决定这个孩子的去留，这是你必须付出的代价……

你！

志剑气得冲出了家门。他在清冷的大街上走啊走啊，想着娲刚才说过的那些混账话。于是娲的话一句句清晰地回响在志剑的脑海中，包括她的语调，她的气息……志剑在回忆着娲的越来越微弱的语气中，突然意识到了这是个正在流血的女人。他好像也回忆起了娲的那么惨白的脸。他于是开始飞快地往家里跑。无论如何他知道失血是危险的。他怎么能只顾了生气，而把一个危在旦夕的女人孤零零地丢在家中呢？那么他成了什么人了？

这时候躺在血泊中的娲已经昏迷。

当志剑掀起被子时才发现，棉被已经被娲的鲜血浸透了，沉甸甸的。志剑知道人工流产尽管造成了娲的流血，但是他们刚才激烈的性行为才是娲血流成河的真正原因。志剑怀着深深的歉疚抱起娲就往医院赶。他不再生气，也不再暴躁，这时候他只有一个信念，那就是一定要救活娲。

志剑还清楚地记得娲是怎样地在别人的血浆缓缓输进她的血管之后，才开始慢慢地清醒，慢慢地睁开了眼睛。而她看见志剑后的第一句话却是，你为什么要救我？你有什么权力？我的生命是我自己的，也只能由我自己来决定……

娲走进了志剑的公司。她觉得这里的一切都变得非常陌生。当然她已经有两年的时间没来过这里了，尽管志剑始终是公司里令人仰慕的那个总裁。

公司新任总裁来接待娲。

娲见到了这位对娲的来访表示震惊的总裁后，才知道在志剑出事之后，原先被降为副总裁的那个男人，终于又官复原职，重新坐在了久违的那个位子上。他没有想到要转这么一个大圈子，以至于死掉一个才华横溢的年轻人后，他才能继续执掌自己的权力。当然他的官复原职也是有道理的，因为他这个人就是能上能下，韬光养晦，这样的人不做总裁又让什么人做总裁呢？

总裁见到娲后很亲热的样子，又不失持重中的同情。其实娲和这个新总裁早就认识，甚至在志剑之前，他们似乎就有过那种说不清道不明的关系。正是由于早年的这种关系，娲才敢于来找这位总裁。因为志剑出事的前前后后，太多的事情让娲难以解释，所以娲想知道这两年来志剑的生活究竟是怎样的，特别是在他的身边是不是又有了别的女人。娲一再强调她之所以想要知道志剑的隐私，决不是出于妒忌，而是那个神秘女人打来的神秘的电话。

她被那些电话惊扰得几乎崩溃。她已经不了解志剑并且和志剑毫无关系了，为什么那个女人还是要把她和志剑硬扯在一起呢？显然这对她来说是不公正的，所以她要找到那个女人。她希望志剑的公司能帮助她。

娲一进来就遇到了新总裁热烈而兴奋的目光。

娲说原来是你，你现在春风得意了。

总裁说是我蒙受了不白之冤。这是昭雪。

要志剑以他的死亡为代价，这种交换是不是太残酷了？

总裁当然不会介意娲的恶语相向，他只是大人不计小人过地平和地对娲说，世间的事情有时候就是这样，河东河西，风水轮回，谁知道谁是那个笑到最后的人呢？

娲又说，你不用这样看着我，哪怕是让我再选择一次，我也还是要选择志剑，尽管是我选择了离开了他。

接下来娲就让总裁听了那个女人的电话录音。总裁在反复听过了那段录音之后，竟然无奈地耸了耸肩说他很抱歉，这个女人的声音我不熟悉。

那么如果我们做爱呢？娲咄咄逼人。

大概这句话让总裁觉得蒙受了羞辱，他便反唇相讥，谁能够证明这段录音不是伪造的呢？

娲立刻站了起来，气急败坏。她冲向桌子后面的那个男人，她说你恨志剑，他抢了你的位子所以你恨他，你做梦都在想着要杀了他。

是的，我对他的过河拆桥不仁不义确实耿耿于怀，但也不至于就去策划一起交通事故，我还没有那么贪婪。

总裁用他强健有力的双臂抱住了暴跳如雷的娲。他说你不要再闹下去了，一切都已经过去了。

娲说也许是你安排了那个女人去勾引志剑。你知道尽管志剑和我已经分手，但他的心里是只有我的。于是你让那个女人吃醋进而激怒志剑，于是志剑在绝望之中便一脚踩死了刹车，然后就……

总裁说你的想象力未免太丰富了吧？不然就是你读克里斯蒂的侦探小说太多了。你以为志剑是为谁而死呢？既然他的心中只有你……

不，你们不能这样对待志剑！既然你们曾经是那么好的朋友！你怎么就能如此冷酷地杀了他？他到底妨碍了你什么让你下如此毒手？

这倒要问问你了，他到底妨碍了你什么让你下如此毒手？娲，听我的话回家去吧，不要再无中生有。你难道还不了解志剑吗？他多少年来折腾的，不过是一场人生的游戏，我亦如此，谁也没把它当真过。官不官的到头来还不是一把灰烬，一抔黄土。志剑早就看清了这一点，他厌倦了，所以就想结束了。你走吧，公司现在很忙。

不，等等，你不能这样解释志剑的死因，我知道志剑对他的未来从没有放弃过。

既然你们早已经断绝，那么你又从何知道志剑是怎么想的呢？你在志剑的死亡中又充当着什么样的角色呢？我想这只有你自己最清楚。

你真是个卑鄙的小人！不，你不能……我要告发你！

是啊，你可以告发。但据我所知，法医调查的结果是，志剑早在车祸发生之前就已经死了。还有，你听说了吗？有人在事发前看到了在62号公路转弯处志剑的房子里所发生的那一切……

娲狠狠地抽了总裁一个耳光，而总裁非但没有愤怒，反而把娲更紧地抱在了怀中，并开始疯狂地吻她。

娲竟然也没有拒绝总裁的这一份非礼，而是在总裁的怀中慢慢变得瘫软。她感受到了那个对她觊觎已久的男人的气息是怎样在她的耳边和脖颈间回旋的。她知道这是一种她厌恶的但却又渴望的气息，所以她没有反抗，而且任凭着那个男人的手慢慢伸进了她的衣衫……

然后是娲的呻吟和喘息。在高潮到来之前她终于认清了她目前的处境，她不无感悟地问着总裁，那么是志剑故意设置了那个死亡的圈套来陷害我们？那么是他把我们套在了这个永恒的谜团中？

娲独自一人又一次来到了62号公路的转弯处。她站在公路的中央，感受着这里曾经发生的一切。是的，并不遥远，仿佛历历在目，但又恍如梦中。她看见在那个下雪的午夜，在志剑飞速疾驶的汽车上，她就坐在志剑的身旁。她记得她对志剑说，她想他了，她不能没有志剑的生活，她想要回到志剑的身边……

娲没有听到志剑的回答，却骤然地感觉到了志剑猛然的那个急刹车。

紧接着他们身后的那个庞然大物便从他们的头顶呼啸而过。

然后一切陷入黑暗……

而那一刻，刚好就在62号公路转弯处。

寻找伊索尔德

灯光不算幽暗，但确是幽暗的。

在狭长的走廊边上，有些逼仄的，但却优雅。沿着玻璃幕墙，一排排火车车厢一般的桌椅。玻璃幕墙外是已经伸展到二楼的树冠。很青绿的画一般的浓暗，像一道屏障，仿佛置身林中。一个女人坐在两排座椅中的一隅，手中是一本打开的书，很迷人的姿态，那种读书的女人。目光却透过窗外的枝叶，仿佛在觊觎着远处的什么景象。

相互间的名字很难记住，甚至记不得对方的模样。从楼下的某个地方飘过来一缕食物的香气，但女人却极为厌烦地将丝巾从脖子上扯下来塞进挎包，拉上拉链。她想，至少丝巾是保住了。她知道此刻那无孔不入的烹调的味道，正长驱直入地渗透进她衣服的纤维，她蓬松的发丝，甚至，她坚实的肌肤中。所以君子远庖厨。既然远庖厨，她为什么还要承受这些呢？或者，怎么就不能订一个单间呢？

她拿出手机。想把电话打给谁。但想想最终还是无聊，于是又把手机扔在一边。然后，继续着窗外那迷蒙的景色。为什么谁都不肯准时前来？

第二个女人姗姗而来。伴随着一股甜丝丝的香水味道。看上去很年轻，却些微地，怯。她们显然相互认识，又不那么熟稔。我们见过的对吗？年轻女人说。但如果在街上，第一个女人回答，就是路人。

年轻女人不再讲话，只是坐下来。隔着桌子的沉默，似乎在骄矜着某种青春。然后掏出手机。其实并没有电话打来，却不停翻动着手机的屏幕，仿佛在寻找什么。

我要了茶。但不好喝，你知道的，酒店的茶总是……

第二个女人突然站起来。我不想我们单独在一起。仿佛宣言。然后转身离开餐厅。

再度寂静。依然第一个女人，独自。便纷纷落下，那毫无规则的意识。是的，没有什么伤害。就像行云流水。她也这样对男人说了。或者因为没有很深的爱，所以，恨也不深。

第一个男人出现，坐在女人对面。彼此很熟悉的样子，连相互看待对方的目光，都有着某种疏远的默契。显然已没有了激情。早就没有了。只是惯性着，某种旧日的习性。

女人说，你的情人，来了，又走了。好像恨我。

男人不理睬女人，只说，她想要这个婚姻。

据我所知现在的年轻人，对婚姻已经满怀了倦怠。

但她不一样。她渴望安定的生活。

名分有那么重要吗？阻碍了性？

你又来了。

那么婚姻到底是什么？我一直想问你，也包括外遇吗？

别总是那么苛刻。

是为了你好。当然你不会相信。女人看着窗外。有时候夜里睡不着我就问自己，为什么非要睡觉呢？

既然我们已经分开。

我只是想知道我们之间，为什么好着好着，就突然地，分开了？

已经积累了足够的当量，你不觉得吗？已经忍无可忍。

不是爆发，所以没有什么伤害。甚至不觉得疼，甚至还能这样面对面，你是怎么做到的？

行了，说说我们的事吧。

那么她怀孕了，进而要挟你？

在你眼里，谁都是坏人。

如果她是为了你的钱呢？

不是每个人都唯利是图。

但我觉得，她是。

然后他们不再讲话。显然男人不高兴了。女人为男人倒茶。却不曾有任何目光的交流。女人继续朝着窗外。仿佛什么不愉快都不曾发生。

你到底想要怎么惩罚我？

惩罚？谈不上。我只是想探讨自由与忠贞之间的关系。自由就一定幸福吗？忠贞难道不是桎梏？从来就没有尽善尽美。尽管自由和忠贞都是美德。

你说她来过了？是不是你赶走了她？

女人看了一眼男人，说，那天突然看到雏菊两个字，心上一种柔软的冲动。你知道我并不喜欢菊花，但我一定要说一说雏菊。

你知道我今天为什么而来，是你要和我们商量的。

女人径自她的思绪，但是为什么雏菊会让我如此感动？从此很绵长的一种牵念，后来知道那是产自欧洲的矮小的草本植物。在早春的时候丛丛簇簇。你从来不想知道我心里的东西。那天你……

你知道的，我们试过了。不行，生活中不是只有性。

可是还有什么呢？女人有点激烈地看着男人，你又不想要雏菊。

他们相继走来。第二个女人和第二个男人。上楼的时候他们下意识地看了一眼对方。可能有电流穿过的感觉。于是又相互看了一眼。然后毅然决然地彼此错过。人生有时候就是这样。必要时必须放弃这种不可靠的一见钟情。紧接着他们各自的目光闪亮起来，那种唯有看到心仪的人才会有的那种光亮。

他们忘我地交谈着，第一个女人和第一个男人。在年轻女人看来他们过于亲密了。就仿佛他们才是完美夫妻。第一个女人说，她终于读懂了《特里斯坦》。她于是把那本书的封面朝向男人。她问他还记得吗？是你给我买了这本书，托马斯·曼的《威尼斯之死》。是因为你知道，我喜欢维斯康蒂的《魂断威尼斯》。那时候你还很在意我喜欢什么。譬如长笛，演奏时那种近乎做爱的喘息声，那气息仿佛就在你的耳畔。记得我告诉过你第一次听长笛，是在一个画家的家中。在朦胧的爱中，兰波的长笛就像是催化剂……

从身后甜腻腻的香氛中，女人知道那个年轻女人又回来了。她抬起头就看到了那张年轻的脸，却觉得那脸上蒙了一层晦暗的荫翳。她无法用别的字眼来形容那张满是怨愤的脸。她有点赌气地坐在男人身边。她穿着很暴露的衣衫。看得到乳房还没有发育完全。或许因为过分追求骨感的体型，或许她毕生都将是这样干瘪的。

有人在女人身后吻了她的脖子。她当然熟悉这种幼稚的举动。但是她没有躲闪，她觉得她有权接收这样的亲昵。她只是伸出胳膊挪开了身后的一片柔情，说，来吧，不用介绍了。谁都应该知道对方是谁了吧。

两个男人热烈握手。他们的样子看上去有点像父子。显然他们并不忌恨对方。不知道究竟是谁首先破坏了原来的格局。也或许，那个陈旧的格局早就等着有人来破坏了。

有一种可怕的力量在摧毁特里斯坦的爱情。那是特里斯坦不能改变的一段传奇经历。在爱尔兰军队的袭击中年幼的特里斯坦失去了双亲，是马克王将他抚养长大，成为最英勇的骑士。他和马克王之间的关系情同父子。后来这成为了特里斯坦的一道无法逾越的鸿沟。

从此特里斯坦为马克王出生入死，在一场同爱尔兰人的征战中身负重伤。奄奄一息中他得到爱尔兰姑娘伊索尔德的精心照料。在瓦格纳的歌剧中，这段经历就埋藏在女主角的歌唱中。从第一眼目光相遇他们就深深爱上了对方，但最终不得不熄灭爱的火焰。伤愈后的特里斯坦回到了父亲般的马克王身边，继续为他的统一大业而出生入死。

一旦女人挣脱了那脖颈上的缠绵，便立刻回到了与第一个男人的交谈中。她说是的，《特里斯坦》，她认为那是托马斯·曼的最好的小说之一。读后所遗留的那不散的思绪，总觉得小说中有什么东西被隐藏了，或许她孤陋寡闻不能参透真谛。她一直在想为什么小说的名字叫《特里斯坦》，书中并没有特里斯坦这个人物。那时候她不知道特里斯坦是最英勇的圆桌骑士，而曼在小说中也从未解释过特里斯坦。当然，在曼看来，特里斯坦是天经地义的，特里斯坦就意味了欧洲的历史与文化，是每个阅读曼的作品的人都应该了然的。于是在疗养院活动室的钢琴旁，那位罹患肺病的女人终于弹奏了那段痛彻肝肠的咏叹……

然后在书店里就再也找不到托马斯·曼的书了。女人意味深长地看着对面的男人。

第二个男人坐在第一个女人身边。他并不在乎他的被冷落。他甚至痴迷地听着女人侃侃而谈，他或者就是为了女人的夸夸其谈而迷恋她。他的迷恋中显然包含了某种崇拜的因素，他也决意不会在乎去爱一个比自己年长的女人。他或者以为这样的女人才是完整的，拥有着女人所能够拥有的所有角色和情感，所以这样的女人才是可以去爱的。

在阅读曼的小说的时候，如果你不了解瓦格纳，不了解《特里斯坦和伊索尔德》，不了解那段中世纪的古歌……

年轻女人的到来显然令男人分心。尽管她小鸟依人规规矩矩地坐在男人身边，但在桌下，她却已经把她的有点冰凉的手伸进了男人裤子的拉链里。于是桌下无声地较量。男人显然不喜欢在这样的时刻煽情，也不想让年轻女人觉得他就是她的。他的眼睛始终朝向对面的女人，仿佛一直在认真倾听，但眼睛里的愠怒已一览无余。

所以我想知道特里斯坦到底是谁。后来这一直困扰着我的神经。我想要追根溯源，你知道的，我从来如此。我不愿浅尝辄止，不求甚解，而至最终的不了了之。终于在一个偶然的时刻，我获知了《特里斯坦和伊索尔德》是瓦格纳的歌剧。你能想象当我得知瓦格纳的歌剧和托马斯·曼的小说之间的关系有多兴奋吗？女人扭转头看着身边的年轻男人。那男人因为女人的兴奋而两眼冒出近乎幸福的光芒来。

第一个男人突然改变了坐姿。仿佛一个看不出的跳跃，就和年轻女人拉开了一个不动声色的距离。青春的骄矜，甚至有恃无恐，以为他们无所不能。第一个女人突然想起男人曾说过他不喜欢年轻的女人。调教是需要时间的，可是他没有时间，所以他喜欢已经被别人调教好了的女人。

年轻女人脸上的阴翳愈加深谙。她显然不高兴了，又开始玩弄起她的手机。玩弄时自然会发出各种声音，蜂音，铃声，间或还有打击乐在鸣响。

女人的思绪被扯得七零八落。蜂音让她蓦地想起那首《野蜂狂舞》的钢琴曲。她看着对面的男人，意思可能是在质疑他，这样的噪音你也能忍受？不过当她看到了男人满脸的不高兴，她便忽然来了兴致。是的，瓦格纳的歌剧。爱与死的故事。或者，只有在死亡中，爱情才能得以永恒。

而瓦格纳，那个年轻的男人终于开口。他的如丝如缕的思绪，立刻吸引了对面的年轻女人。瓦格纳所以要写这部歌剧，是因为他深深爱上了一个女诗人。然而她却是一个别人的妻子，而那个别人，恰恰又是常年资助他的那个恩人，于是他和恩人之间的关系就像特里斯坦和马克王……

有时候，在忠诚与背叛之间很难作出选择。女人补充。

于是爱而不能的伤痛……

手机短信的蜂音再度响起。当忍无可忍，男人说，你就不能关掉你的手机吗？男人愈加抑郁的面容，甚至某种愁苦。年轻女人默默无声，慢慢地眼眶里闪出点点泪光。她有点无助地看着对面的那个男人，或许觉得只有在年轻人那里才能获得理解。但是她看到的只是年轻男人对身边女人的近乎谄媚的崇拜，这让她在那一刻甚至为他而感到羞愧。她于是望着窗外，这群无可救药的人。但是她并不能享受窗外被灯光照亮的枝叶间那苍翠的幽深。她只是想到了自己眼下的处境。于是眼泪如珠链般点点滴滴地流淌下来，却谁也没有在意她此时此刻已经极限的隐忍。

凭本能，我坚信那不是瓦格纳自己创作的，一定是源于历史上的某个传说，或者欧洲的史诗和神话，就像他的其他歌剧，《尼伯龙根的指环》，还有别的什么，《女武神》或者《众神的黄昏》，事实证明我的猜测是正确的。

年轻女人终于站起来，像百米冲刺一般地逃离了餐桌。年轻男人满脸惊愕，一种想要挽回什么的冲动，却被女人拦住。而男人则故意心无旁骛，甚至不曾转过头去看自己逃亡的情人。

女人有点惊异地看对面的男人。然后问，这样的生活，是不是很累？

男人不愿回答女人的诘问，他故作镇静地说，为什么一定要来自古老的传说？

女人和身边的年轻男人耳语。意思是，他或可承担挽留年轻女人的重任。但年轻男人不情愿的样子。比起去劝说一个任性的女孩，他宁可听身边女人有意思的叙说。但最终年轻男人无可奈何，以身轻如燕的姿态奔下楼梯。

然后我想更深入地了解瓦格纳。当然那都是你搬走以后的事了。在翻阅了各种资料后终于如我所愿。《特里斯坦和伊索尔德》的故事果然来自爱尔兰的古老传说。后来被法国游吟诗人在传唱中形成文字，而瓦格纳的歌剧则是取自中世纪德国诗人的叙述诗。

男人觉得他思维麻木，脑袋就像是一个沉重的硬壳。知道这个传说又能怎样呢？谁能替代他完成这场婚姻的艰难转换？

知道这个传说意味了什么吗？女人的话语咄咄逼人。它涵盖了一切的爱与死的精神。无论是法国的游吟歌者还是德国的叙述诗人，也无论瓦格纳的歌剧还是托马斯·曼的小说。就这么一代一代传承下去。当然让《特里斯坦和伊索尔德》真正不朽的，是瓦格纳回肠荡气的歌剧……

当女人终于停止了诉说。当然，你已经魂不守舍，我看出来了。于是男人想走也不能走了。知道你最可恨的是什么吗？女人说，就是永远要撑着大男人的臭面子。

特里斯坦为马克王带回了爱尔兰公主。对马克王来说，拥有了公主就等于是拥有了公主的国家。马克王想要迎娶的也许并不是公主，而是爱尔兰那片广袤而种满了庄稼的土地。

女人朝向窗外，突然什么也不想说了。枝叶的缝隙中，那影影绰绰地，年轻的女人和男人。他们相互倾诉着什么，好像彼此很能理解。他们并不熟悉，却一见面就要涉及情感中最敏感也最隐秘的部分。于是被突然拉近了距离，仿佛他们已经认识了很久。免去所有的客套甚至连名字也略去了，于是有点像妓女和嫖客间的关系。一搭上就毫不迟疑地直奔动机，无须那些无聊的遮遮掩掩。妓女用身体换取金钱，嫖客用金钱交换享乐。而特里斯坦和伊索尔德是什么关系？身体和身体的交换，然后，灵魂与灵魂的相依。一个女人，因为心爱男人的死而死，那又是一种怎样的境界？

女人说，你的情人到底想要什么？她碾碎了别人的婚姻还不够吗，还要如此折磨你？

我说过我们试过了，你和我，不行，这你也知道。

我真想扒光她的衣服，让她把里面的那些罪恶露出来。

不单单我不再爱你，其实你也不再能忍受我。你是这么说的，而且恶狠狠的，男人满脸的沉痛，好像是在为谁唱挽歌。她怀了我的孩子，这是事实，我不能不负责任。她还有父母亲戚，你要她怎样面对那个世俗的背景？

女人突然掏出香烟，说对不起，我实在受不了你那羔羊一般的目光。

又抽烟了？男人说，只要你在离婚协议上签字，这很简单。

我知道这很简单，但是我要不简单地想一想，这也是我的人生。

枝叶间他们近乎徜徉的步履。显然怨愤在慢慢平息。他们不会想到不远处黄昏的美丽正从他们的眼前悄然逝去，更不会去想到在楼上的玻璃幕墙里，正有别人的目光在朝向他们。

就算我求你了。

这么低三下四？

你总不能看着她把孩子生在大街上吧。

女人把眼圈吐到男人的头顶上。第一，她如果不想要这个非婚生的孩子，她可以做掉。第二，在这个世界上，不乏各种各样的单身母亲。第三，你不能用那个女人对你的要挟来要挟我。第四，我没有义务为你的婚外恋擦屁股。

你不是已经有了那个男人了吗？干吗还要抓住我不放？看得出他很迷恋你也很顺从，你们难道就不想结婚吗？

他还没有长大所以他不想结婚。他为什么要早早把自己系在一个女人的裙带上？他没有那么傻，他是个聪明人，他知道他还有远大的前程。知道是谁让我把托马斯·曼的小说和瓦格纳的歌剧联系起来的吗？他是乐团的大提琴手，他告诉我，一天，一个音乐家坐在歌剧院的顶楼听《特里斯坦和伊索尔德》，从第一声大提琴奏响，他的心脏就开始一阵阵紧缩。他的灵魂从未像这样被声音和激情的洪水所灌溉，他的心灵也从未被如此的渴望和极乐所吞噬，他从未如此地被这天堂般的荣耀带离现实，他仿佛不再置身于这个世界上……

不知道大提琴手以怎样的招数，将那个愤懑中的女人带回到楼上。看上去她已经沉静了许多，她不再焦躁，即或是想要焦躁的时刻，她只要看一眼大提琴手那张有点苍白的脸。于是这个躁动的晚宴变得平和。

也没有人再提离婚协议，甚至不再提瓦格纳。就像三五好友聚在一起，尽享友情，友善地应和着他人的哪怕不着边际的话题。

分手的时候，各自追随着自己的伴侣。很程式化的道别，只是女人一直在想，一旦他们真的离婚，还会不会有这样的聚餐。有些前夫妻能做到，但有些，只能沦为路人。如能相处，那么，维系在这个曾经的家庭源上的人们就会不断扩张，越来越多。就像他们，从原来的两个，到现在的四个。她觉得这样的关系有点像原子的裂变，由此而繁衍出更多的粒子，释放更大的能量。

你同意了？大提琴手小心翼翼地问。

他后来就不想说了。女人坐在大提琴手的汽车上。

你为什么不给他们机会？

我没有啊？女人吸烟。

其实你无须顾虑。我爱你。这你知道。

女人的手抚在大提琴手的腿上。这和爱没有关系。也没有伊索尔德。

或者你还爱他？

汽车停在红灯前。

我们试过了，但是不行，这你也知道。

然后他们亲吻。直到身后喇叭响成一片。直到第三次亮起红灯。

从亲吻中挣脱出来。男人说你看到了，我已经搬了出来。年轻女人委屈地哭泣，重申为什么在我们彼此相爱的时候，她所能感受到的却全都是痛苦和怨愤。她说我恨你前妻，如果她能成为前妻的话。男人沉默不语，他不想让仇恨来主导这场裂变。

面对我的父母，我说什么？说怀了已婚男人的孩子？他们会打断我的腿。

男人把女人搂在怀中。你看到了，我一直在努力。所以把你带来，就是希望她能在既成事实面前作出妥协。

但是她没有。她不停地对你说呀说呀，就仿佛你们才是亲人。

她，她就是这样，对别人从来不管不顾。

男人亲吻女人。慢慢地深入到身体的深处。难道我们只能在车里做吗？年轻女人无奈地呻吟。是不能阻挡的。男人原本不想做。但不想做不意味着不去做。他已无力抵抗。而他毕生所犯的各种错误，就产生于他的不抵抗中。

第一幕

在浩瀚大海中孤行的船上。坦斯特里将爱尔兰公主带回英格兰，与康沃尔国王马克成婚。想不到这位美丽的公主，竟然是曾和特里斯坦深深相爱的伊索尔德。

特里斯坦与马克王情同父子，面对自己心爱的女人，特里斯坦别无选择。

帆船穿越圣乔治海峡前往康沃尔半岛。青年水手唱起一首壮丽的船歌。越是接近康沃尔，伊索尔德越是绝望。不能和自己心爱的人在一起，毋宁死。她祈求船毁人亡，决意以毒酒结束自己和特里斯坦的生命，却被女仆换成春酒，燃烧起他们之间更热烈的爱情。

船靠康沃尔，马克王迎娶新娘。伊索尔德成为康沃尔皇后，马克王更踌躇满志于他的统一大业。

女人打开门就看到了自己的丈夫。她有点犹豫不决，一时不知道该不该让他进来。他们就那样在门口僵持着。男人向门里探寻，你有客人？

女人把男人让进来。男人看到井井有条的房间。一丝淡淡的却忧伤的味道。有正午的阳光照进来。窗外是刚刚割过草的清新。男人在客厅中央站立着。坐呀，女人说。这里眼下还是你的家。一尘不染仿佛拒人于千里之外。女人说，我已经把你所有的衣物都装进箱子，你现在要取走吗？

扫地出门？

是你自己要走的。

抹掉我在这个房子里的所有痕迹？

你不要太敏感了。

男人突然把女人抱在怀中。如果女人愿意被男人抱的话。但女人还是挣脱了出来。一种近乎恶心的感觉。你不要这样。她不想再和这个男人亲近。不想他带着别的女人身上的余温来强迫她。她或许根本就不该让他进来。那一刻，哪来的那无聊的恻隐之心？

男人说或许他应该回来。说家里的生活也许麻木，但至少是轻松的。女人远远地坐在男人对面，说有一天她去听了音乐会。那是你在家时根本就不可能做到的。你从来不鼓励我去做我喜欢的那些事。从此就迷恋上了那个年轻的艺术家。她把乐团演出的说明书递给男人。她说这就是他。他坐在舞台上的样子，让她立刻想到了《红与黑》中的那个于连。然后他就拿起了德·雷纳尔夫人的手。他爱上她，而最终的某一天，他又在教堂枪杀了她。他是因爱她而杀她的，他决心死，于是杀死心爱的女人。只是那个女人没有死。但最终还是死了，因于连的死而死。就像伊索尔德，因心碎而死。

仿佛又回到从前。一点都没有变。又是你连篇累牍的絮语。你们上床了？

对你来说，这些还重要吗？

危险的是，你不知道你爱的究竟是什么人，如果他真的是于连？

就算是陌生人。妓女应招的时候，她能选择嫖客吗？

你总是出言不逊，你到底恨什么？

我不再是你的附庸。我觉得你可以走了。

丈夫走到门口。对家的依稀的留恋。他甚至没有坐下来，不曾喝哪怕一滴水。太不近人情了吧，哪怕是路人。但是他还是走到门口。尽管心中惆怅，但还是硬撑住了满心的冷漠。没有说任何恳求的话，也没有听到女人的挽留。就这样他站在门口踟蹰着。妈的，他说，然后突然转身，再度把女人抱在胸前，无论她发出怎样的悲鸣。就知道哀鸿遍野是怎样的景象了吧。这一次他不再迟疑。

正午的阳光开始向西。向西的一种缓缓的沉落。在客厅的沙发上，甚至来不及拉上窗帘。女人显然极不情愿，但那仅只是心理上的。慢慢地，她的心理不再能控制她的生理。是的，她的生理在强大的攻势下，是的，她的生理是想要的。于是，分居了很长时间之后的，一种近乎强暴的苟合。就仿佛是在偷情，是自己在背叛自己的信念。女人泪流满面。很复杂的一种流泻。然而男人不再热情，那是男人的悲哀，女人或者说了，她还想要。

然后男人抽身而起。好像很悔恨地对女人说，我可能铸成大错了。唯有你，是可以将我舍弃的。

为什么在生出深深的恨意之后，却依然可以做爱？是因为感情和肉体是完全不同的两回事吗？或者我的身体试图挽救什么？但是你我都知道，其实我们的心早就分开了。和你做这些就像我是个妓女，或者被你当成是妓女。妓女还有情深意切的，譬如杜十娘、李香君，可是我，我连那样有情有爱的妓女都做不成。

女人把沙发垫扔向大门，发出绝望而柔软的响声。男人刚刚从那扇门走出去，她恨那个男人，恨的方式就是立刻打电话叫来了大提琴手。问他愿意不愿意拥有她，是的，立刻，哪怕大提琴手正在排演场。她知道那个年轻的艺术家是无辜的，他甚至不知道自己被当作了复仇的方式。是的，他被利用了，但是他说，他宁可被利用。他爱这个女人，他觉得她身上有着探不尽的奥秘。

他显得有点忧郁地坐在沙发上。根本就不可能知道此前这里曾发生了什么。他也不可能闻到女人觉得弥漫于整个房间的那种精液的味道，他只是痴迷地看着她怎样为他煮咖啡。他觉得在温暖而幽暗的灯光下，闻到咖啡的香是天下最最舒服的感觉。

他说他为她带来了瓦格纳的《特里斯坦和伊索尔德》，他说你看了就不再会抱怨任何人。你会看到爱情是多么美好，多么神圣和崇高。相爱的人死了，爱情却活着，活到今天，我们的心中。

女人捧着年轻男人的脸，亲吻他的嘴唇。没有任何的肉欲，她只是想通过这种方式告诉他，他有多么好。她于是悲叹自己是一个鄙俗的人，是芸芸众生，不值得被他爱。她也不能像大提琴手那样去欣赏瓦格纳，她不够虔诚，也不可能再被塑造了。

唱片在大提琴手送来的老式唱机中旋转。她觉得这种留声机发出的声音，有点像 20 世纪三十年代电影明星们唱的《蝴蝶飞》。一想到这三个字就能立刻想起这首歌的旋律，于是胡蝶们阮玲玉们周旋们……但却瓦格纳。

特里斯坦？你是说特里斯坦？大提琴手说，他从此再没有见过女人眼睛里发出的那么明亮的、星团一般的光芒。

是因为瓦格纳自己的爱情，他才创作了这部《特里斯坦和伊索尔德》。

世俗的爱情？

不，年轻人辩解，诗一般的，爱。所以，这部歌剧又被看作是瓦格纳自传式的作品。

真有，诗一般的，爱情么？

瓦格纳爱上了那个女邻居，一位能理解瓦格纳艺术的女诗人。他们彼此在精神上互爱，却不能逾越瓦格纳的那位庇护人。他在瓦格纳最贫困潦倒的时候资助他，并对妻子和瓦格纳的精神之恋心知肚明。但他却一如既往地资助瓦格纳，那么……

所以瓦格纳寄托于那个中世纪传说？

所有的对位，严丝合缝，就仿佛那个古老传说是专门为他们而流传至今的。

瓦格纳和女诗人就这样每天相见，却爱而不能。要演戏，装作不闻不问，这要怎样的隐忍？

于是只有在死亡中，才能让瓦格纳和女诗人的爱情永恒。

原来是这样的一个爱的悲剧。女人若有所思的样子。为什么曼的小说不一样呢？那是个有点讽刺意味的故事。哦，我是说托马斯·曼的小说《特里斯坦》。我们并没有彼此伤害。只是慢慢地淡了，淡了的感觉你能体会么？就像你不再爱不释手，就像有一天，你不再喜欢瓦格纳。就这样我们好着好着就突然分开了。谁都不再能忍受谁。那是看不到的，经年累月的，一种积累。直到积累到一定能量，然后爆发，就离开了。而在心里，我想我们并不真的恨对方。只是一种恨的欲望，但仍旧做爱。能想象吗，一种纯粹身体上的相互吸引，很难自我控制的，或者，就像妓女和嫖客？

大提琴手无法明白女人的语义。或者他们说的不是一种语言。大提琴手只有在进入音乐时才会变得有教养，甚至高贵；而他平时说的都是些庸俗不堪、甚至不着边际的话。他没有看过什么文学作品，甚至错别字连篇。他只有拉琴或听歌剧或谈论瓦格纳的时候才能闪烁出夺目的光彩。他只有在舞台上才是完美的，那个雕塑一般的形象，除此他简直不可救药。他没有优雅的谈吐，更不具备深邃的修养，他不过是个拉琴匠，甚至连艺术家都谈不上。

但是他却懂得欣赏女人的谈吐，并尽力从中获取能量。这说明他有着某种向上的欲望，而这些恰恰是女人的丈夫所不能给予她的。他从来不说她的美，也从不表现出对她的欣赏。她当然不知道他是怎样和那个年轻女人交往的，亦不知他们之间是否有真正的爱。怀孕让他们的关系变得紧张而复杂，无端地添加进去了很多爱的杂质。她想尝试着理解他们，就像，尽可能地理解她和大提琴手之间的这种暧昧甚至略带戏谑的关系。她不想知道大提琴手的过去，她不问或者也就是她不爱。所以他们这一类人的感情太淡泊也太脆弱了，随时都可能像大提琴上的琴弦一般断裂。

抚慰着一颗年轻的心，或者，让年轻的心抚平自己的伤痛，怎么说都显得过于做作。然而，爱情本身就是矫揉做作的，不如直来直去的妓女和嫖客，很他妈的令人讨厌。

是的，在舞台上，第一眼，她就被他征服了。甚至她去听音乐会也是一种报复的手段。用很多钱买最好的位子，而不是把钱花在吃饭上。她就是要做那种贱兮兮的"小资"，让艺术来包裹一颗受伤的心。她于是获得了某种满足，某种升华，她觉得坐在前排最好的位置上，她就像一个宫廷女王。

第一眼，她就被他吸引了。没有任何的私欲，只是对美的事物的一种由衷的欣赏。当然也还有爱，一种超然的爱，大爱或者博爱。那个美如雕像的男人，拉琴时那种无限投入的姿态。从此她就记住了他，为他而来看乐团的每场演出。为此她要感谢背叛的丈夫，她才得以收获这个拉大提琴的年轻人。

是的，很卑鄙，至少很不光彩，但是她却开始夜夜梦见他。梦中他那么迷人的神态，很温婉的，处处被他精心照料。在不经意处，感觉到的，那无所不在的爱意。后来他们便不期而遇，偶然地，在乐团的街角擦肩而过。

后来年轻人告诉她，事实上乐团的每个人都注意到了她。她永远坐在那个固定的位子上，永远对着大提琴手看。就仿佛她并不是来听音乐的，而只是为了看到舞台上那个拉大提琴的年轻人。当然他也注意到了台下的女人。他觉得她是那么美。他坚信他们之间有过目光的交流，尽管台上台下咫尺天涯。后来他期待她每天都来，而他的琴技从那天开始长足长进。他觉得他是为她一个人演奏的，甚至他的生命都只是为她一个女人的。

一个梦中的男人，天使一般的大提琴手。但是当他走近前来，却仿佛蓦然间破碎了什么。不，不，还是一样的美，只是，不是梦里的那个人了。于是失落，于是从此只听瓦格纳。不，不，你不要说，这是女人在说话。女人总是在说，不，不，你不要说，让我来说，你就那样静静地坐在那里，听我说，好吗？

为什么托马斯·曼要亵渎瓦格纳史诗一般的《特里斯坦》？至少是谐谑不恭的某种反讽。无疑曼怀了一种企图颠覆的动机。他为什么要用一种嘲弄的方式，来演绎那个古老的爱情传奇？

在感情的舞台上，总是你方唱罢我登场。总会有登场的人，也总会有断肠的人。眼泪。在婆娑的树影中。年轻的女人啜泣。为了爱，或者仅仅是为了一个不经意的孩子。将身体置于男人的胸怀中，说着的却全都是弦外之音。模棱两可的，无可无不可的，女人听不懂。她不想要挟，但他们必须要面对现实，这能懂吗？

男人像一棵树，支撑着，却已然满枝枯叶。连他自己都不会了，和年轻的女士谈情说爱。可能很爱，但却抱怨。在抱怨中，怎么可能找到爱的感觉呢？于是勉力而为一种全新的方式，去适应一颗年轻的心。可以聆听手机的彩铃，也可以穿牛仔裤；可以夜夜泡在酒吧，也可以闭上眼睛说那些小儿科的情话。问题是，我成了什么了？什么是动力？腹中的那个胎儿吗？如果没有热烈的爱，他又怎可能去改变自己？

女人抬起头，吻男人的嘴唇。形同被劫掠了，却又难以抵挡。这便是男人的软肋，只能被情欲裹挟。那个物质的身体，是很难被操控的。被强迫着在两个女人之间做着比较。也许还有更多的女人。纯粹性爱的比较。谁让他更舒服？要小心翼翼地区分开来，女人敏感的部位似乎迥然不同。所以如履薄冰，不能有丝毫差池。尘归尘，土归土，却要他一个人来承受。

他抚摸着，那丝一般柔滑的肌肤。那属于年轻的肌体，于是按照年轻的方式给予。却还是诟病他带着前妻的体温，那是抹不掉的。那不是物体而是一种已深入骨髓的惯性。是的，他只能部分地给予，容不得年轻女人索要他整个的人生。他不能将他的生活和他的身体分开，不能既留住家庭，也留住情人的心。不，他不能，最终要作出取舍。直到，年轻女人烦恼地说，你打算怎么对待这个腹中的孩子？

当男人窃喜着他的生殖力，伴之而来的却是沉重的责任。他要他的生殖力却不想承担属于他的责任。他已经过了要承担责任的年龄了，所以他从此心灰意冷。

当然，不能分开，不能将他生活中的这两个女人重新拆装。不能又要妻子的智慧和优雅，又要年轻女人丝滑的肌肤。将两个女人合而为一，去其糟粕，那是痴心妄想。那么，他该怎么办？

他再度被吻。葡萄一般地丝丝的甜。问他在想什么？既不想离婚也不想失去我。年轻的女人代他想了。让我做你的情妇？你说我能做到吗？那需要多少爱？

第二幕

马克王在这个晚上出行狩猎。不知道这是否是一个阴谋？

深夜在康沃尔宫的花园里，特里斯坦和伊索尔德秘密幽会。已经不再是春酒的作用，他们的爱已难以控制。唱着充满了狂喜的《爱之夜》，互诉别后相思，唯愿永夜不昼。

长夜将尽，马克王归来。看到了和皇后在一起的特里斯坦。于是他痛，他不停地问，"为什么为什么为什么……"

特里斯坦无法回答也不愿辩解，只问伊索尔德是否愿意跟随他回到他的地方。伊皇后毫不犹豫地答应了自己的恋人。

亲吻过后，便是绝杀。特里斯坦故意被王的武士刺下致命的一剑。他但求一死是为了内心深深的自责。

是的，死亡。那就是特里斯坦要去的地方。

巨大的水晶吊灯缓缓升起。然后熄灭。意味着大幕即将拉开，演出就要开始了。

这个晚上，《特里斯坦和伊索尔德》。带着刺鼻的油墨味道的说明书。

舞台上灯光亮起。次第地。从后排的打击乐器，到中间的小号长号、长笛短笛，再到前排的各类提琴，直至照亮整个的乐队。于是乐队被暴露在众人面前，熙熙攘攘的拉弦定音。唯有他如雕像一般，坐在舞台的最前端，那个首席大提琴的位子上。一种近乎庄严的静谧，很骄矜的样子，又仿佛某种忧伤。为瓦格纳？还是特里斯坦和伊索尔德的爱情？能看到台下的他的女人。还有，他的女人的丈夫以及丈夫的女友。

因为已经相互认识，所以一道来听音乐会。因为是瓦格纳的歌剧，所以女人请来她的丈夫。在电话中，丈夫问，能否带上她。妻子沉吟，然后极不情愿地说，好吧。因为她知道若那个女人不来，男人也断然不会来的。但是她太想让丈夫听这个歌剧了，毕竟是他为她买了托马斯·曼的书。于是女人选择了大度。她想知道自己能不能成为一个大度的人。

她自作主张地安排了他们三人的坐席。总不能让妻子挨着丈夫的女友吧？于是男人坐在两个女人中间，像一道屏障间隔了各怀心腹事的他的女人们。

开场前女人对男人说，我看到过瓦格纳时代演出的剧照。歌者在舞台上围成一个古罗马剧场般的半圆。她说这些的时候嘴唇靠近男人耳边。然后就觉出了不知道从哪儿投过来的如刺一般的目光。

指挥举起手中的金属棒。然后《特里斯坦和伊索尔德》。前奏曲中那段感人的音乐，就是由大提琴手演奏出来的。

……从第一声大提琴奏响，他的心脏就开始一阵阵紧缩。他的灵魂从未像这样被声音和激情的洪水所灌溉，他的心灵从未被如此的渴望和极乐所吞噬，他从未如此地被这天堂般的荣耀带离现实，他仿佛不再置身于这个世界上……

如此地沉醉，让人想哭。而男人，她丈夫，却穷于应付身那边女人的窃窃私语。于是女人开始愤怒，这不关乎是否大度，仅只是为了捍卫舞台上的瓦格纳。于是她恨恨地扯了扯男人的衣袖，说，这里不是咖啡馆。

男人平息住年轻女人，事实上他也正想回到音乐会上来。不过他不是真的喜欢音乐会，仅只是出于票价的昂贵。但浮躁的年轻女人最终静不下来，除了看台上她熟悉的那个大提琴手，她就再没有什么可以用心的了。于是她终于按捺不住，说，太沉闷了，我们为什么要来这里？她一叫你就非得来吗？不如去喝酒或者喝咖啡……

这是瓦格纳，不知道谁在说。

有什么可震撼的，就像催眠曲，我真的就快睡着了。

但是你想结婚吗？想伴随《婚礼进行曲》步入婚姻的殿堂吗？而这段婚礼就是瓦格纳的……

那我宁可不结婚。

你让自己安静下来，慢慢就能听进去了，这是个爱情故事，很感人的……

我没有你们那么高雅，我什么也不懂。我更喜欢那些有节奏的乐曲。也许，你们才是最般配的。

你到底想要干什么？男人的声音高起来。

你凶什么？那厢女人不管不顾。

女人不再能容忍，不再容忍的方式便是也开始对着男人的耳朵喋喋不休。她甚至和男人靠得更近，她只是想把这个心有旁骛的男人拉回到音乐中。她说卡拉扬也曾指挥过这个歌剧。这也是托马斯·曼的最爱。曼是得到过诺贝尔文学奖的德国作家。后来的一位叫海因里希·伯尔的德国作家也很了不起，在曼得到诺贝尔文学奖的43年后，伯尔也得到了诺贝尔文学奖。我最喜欢的一个短篇，是伯尔的《马蹄声隆隆的山谷》，就像一道灵魂的虹……

酒吧里的打击乐会更刺激，也会有很好的歌手，也能唱出很感人的歌……

从两侧灌进来的两种话语、两种声音，在男人的某根脑神经上相撞又弹出，他觉得自己就要爆炸了。

……其中浸透了瓦格纳自身的忧伤。爱着一个别人的女人，却爱而不能。你马上就能听到这个乐章，一定要用心去体会……

……我可以做掉这个孩子，我也没有期待过你一定会娶我。

你要相信我，我是男人。

旋律诠释着不同的人物关系。每一种关系中都深藏着某种悲剧性的宿命。特里斯坦和伊索尔德的爱情是在死亡中获得永恒的，就像莎士比亚的《罗密欧与朱丽叶》。

为什么只有死亡才能成全爱情呢？太残酷了吧？

如果是真正的爱情。

我从未把这个孩子作为逼迫你的武器。

我知道。

当然那孩子是无辜的，是你们不经意的性的产物。但是在这样的背景下，却变成了某种邪恶，某种乞讨婚姻的手段。

这和你有什么关系，你不是在听歌剧吗？

我是说，你不认为那很卑鄙吗？至少你们的爱情就不那么纯粹了。

男人把头侧向另一边。显然那边的女人已经忍无可忍。耳语进而变成了低声的控诉，以至前后左右投来质疑的目光。甚至有人轻拍年轻女人的肩膀，然后很优雅地将食指放在嘴唇的中央。意思当然一目了然，然而迎来的却是年轻女人恶狠狠的目光。

不就是《特里斯坦和伊索尔德》吗，又能释放出怎样摧毁的能量？

女人再度碰了碰男人的手臂，轻声提示他，注意，下边的那个唱段是全剧中最经典的《爱之死》。李斯特曾把这段歌唱改编成钢琴独奏曲，足见这段乐章怎样地感人至深。伊索尔德唱过之后便倒在死去的特里斯坦怀中死去，然后他们一道沉入永恒的黑暗中。

你听着，我再也受不了这鬼哭狼嚎了。

伊索尔德是因为心碎而死的。想想看，一个人怎么可能因为心爱的人的死而死呢？

这里就像一个黑暗的牢笼。

你能让我听完这段吗？

于连被绞死后，德·雷纳尔夫人也死了；朱丽叶死后，罗密欧也饮剑身亡了；而伊索尔德是他们所有人的榜样……

你如果继续坐在这里，我们就完了，你听到没有？

瓦格纳说，我情愿把自己裹在结局飘扬的黑旗中死去，你能感觉到死亡的气息吗？

年轻女人终于站起来。她的忍受程度已经到了极限。于是她不顾一切地向外走，并奋力撕扯开被男人拉住的手臂。

你就不能克制一下吗？

我已经克制了。从走进来的那一刻起。

她不顾邻座惊诧的目光。跌跌撞撞地从人们身前匆匆走过。她撞到他们的腿、踩痛他们的脚却不说一声对不起，她肯定知道人们是怎样在身后骂她的。

她干扰的，妻子说，是全剧中最重要的唱段，也太过分了吧。

当这一阵的骚扰终于过去，一个座位被空了出来。所幸伊索尔德的《爱之死》还没有唱完：在那极乐的悲哀中，发自他的声音，穿透了我，向上飞升……

男人开始频频回首，身不由己地追随那个正在消逝的身影。你在听伊索尔德么？当然。好像已经魂不守舍了。男人愠怒的目光。你到底欠了她什么？谁知道她会做出什么事来。很难想象，你今后就生活在这样的空气中。最近她一直很焦躁，也许是因为怀孕？她可以不要她的脸面，但至少应该顾及你。

男人恶狠狠地看一眼身边的女人。无论她怎样端庄典雅。她还那么年轻，你要她怎样？像你这般深藏不露，冷冰冰地，软刀子杀人。

在这尘世间茫茫的生命之海中，伊索尔德的绝唱。在汹涌的浪涛间，沉没了，沉入无知的知觉中……

女人的手指被攥出"咯嘣咯嘣"的响声，但她终于没有爆发。不错，她就是城府的冷漠的，否则她会毫不留情地给他一个耳光。但是她承受了下来，那心头的恨，却也无心再听伊索尔德。她觉得身边的这个男人已经不是男人，他对她冷得就像是一块冰。她要让自己平静下来，她告诫自己千万不能失态。尽管他们是那种不管不顾不惜当众出丑的人，但是她不能沦为这种人。于是她不再讲话，也不再抱怨，她要让聚集在大脑中的血液迅速回流到她的肢体中，无论那些低俗的人做出怎样卑劣的举动。

慢慢地，她觉得自己已经平静了下来，四肢也不再麻木了。尽管《爱之死》的旋律已经过去，她还是能够想象得出在1857年的舞台上，《特里斯坦和伊索尔德》是怎样演出的。没有什么戏剧调动，只是一些歌者围坐成气势浩荡的半圆形。

就仿佛置身于瓦格纳本人指挥的剧场中。她突然对身边的男人说，这部歌剧中一个至关重要的环节，就是毒酒与春药，你注意到了么？这是爱尔兰王后特意为女儿带上的，或者毒死马克王，或者取悦于康沃尔的夫君。但是为了心爱的特里斯坦，伊索尔德但求一死。既然不能活着相爱，毋宁在死亡中让爱情永恒。但是女仆偷梁换柱，让春药成为他们相爱的动力。于是不再有道德方面的瑕疵，因为他们的爱情绝非主观故意，而是春药在悄然发挥作用。于是他们被解脱了，也无须为不伦之爱承担罪责了。

男人尽力掩饰心不在焉。却无从知道女人到底在说什么。

但是到了瓦格纳的歌剧中，春药的作用却变得微乎其微。他坚称特里斯坦爱伊索尔德是真心相爱的，而不是来自任何外力的作用。

蓦地一个不和谐音。好像琴弦突然断裂。尽管乐曲依旧，旋律激昂，但那个突兀的变奏还是被观众听到了。那显然不是瓦格纳的音符。女人下意识去看台上的大提琴手。那一刻她和他甚至有几秒钟的对视，然后便看到他弯腰拾起掉在地上的琴弓。怎么会有这样的失误？指挥的指尖上挂满了愠怒。

女人不知道究竟发生了什么，但却有了某种紧张甚而惊恐的感觉。而一旦这种感觉萌生出来，她便立刻焦虑不安，本能地去抓身边男人的手。但是这一次她没能如愿以偿，伸出手时才意识到，身边的位子已空空如也。她不知道男人什么时候离开的，她本能地扭转头，在黑压压的走道的尽头，刚好看到了男人消失在紫绒的帷幔中。

于是女人说不出的难受。身边两个空空的位子，就如同歌剧中两位主人公昏暗的墓穴。爱与死总是永恒的主题。如果一部文艺作品中不涉及爱与死呢？

她等在大提琴手每天必经的拱形门廊下。很多次很多的夜晚她都在这里等他。为了今夜的瓦格纳她特意买了一束百合。百合发出的那种恼人的香气远远就能闻到。其实她并不喜欢百合，因为那惨白的花瓣。不过这个晚上似乎唯有百合，因为她觉得《特里斯坦和伊索尔德》中死去的人太多了。

于是幽幽的百合的香。

她知道大提琴手看到她了，但是他却像什么也没看到一样远远地从她身边走过。一定是她抱着白色花束站在廊柱下的样子很可笑。他再也不朝她等着他的这个方向看了。他只是和背着小提琴的那个女孩不停地说笑着。难道是我在纠缠你么？是的，他越过了她，在星月的暗夜。他们一路交谈着，并不时发出会意的笑声。于是她转身将花束扔进身边的垃圾箱。她觉得找回尊严其实一点也不困难。

想不到这个瓦格纳的夜晚如此惨淡。瓦格纳就是瓦格纳了，并不是很多人都喜欢他。他曾经被希特勒视为最伟大的音乐家，甚至为他规划了瓦格纳圣城，幸好最终不了了之。

但是她不想立刻回家。她要让暗夜吸附她受挫的感觉。那个年轻的情人为什么要中途离席？是因为受不了瓦格纳呢，还是受不了她？或许是因为不能忍受她的男人和落寞的妻子过从甚密？她应该能够听到他们说的全都跟歌剧相关，或者他和她说话本身就是她不能接受的。

她曾经满怀了激愤，还有沮丧。但慢慢地，她不再在意刚刚发生的那些事和那些人。街边刚刚剪过的草坪正发出青绿的草香。像宁静的网，将心中那所有的不快滤掉。于是所有的怒火和怨怼就随了那青草的清香，在不经意之间飘然而逝了。

然后她满心快慰地走向自己的家。想到自己的家时她总会满心温暖。一个可以平静对待自己并接纳自己的柔软的所在。她从来不会因为房子里走来走去的只有她一个人而感到寂寞忧伤。想到家，她便立刻忘记了歌剧院里发生的那一切。忘记了先后不辞而别的男人和女人，也忘记了大提琴手身边的小提琴手。她甚至忘记了自己，忘记了瓦格纳，以一种几近于忘我的状态走在午夜的清新中。

是的，她为什么还要在乎别人？她明明已经习惯了这种一个人的简单的生活。让大提琴手傍靠在自己身边，无非是为了让丈夫看到她依然有人爱罢了。她竟然还煞有介事地买了百合花，这才是她最最不能原谅自己的。仿佛是活在瓦格纳的时代，或者，特里斯坦和伊索尔德的中世纪。什么爱呀，死呀，永恒啊，那根本不是正常人的生活。早就没有什么伤痛了，是因为，早就没有什么真正的爱了。

她真的会大把大把地吞食安眠药，丈夫说，她是敢于死的，一旦她不能得到他。

那么你会为她而死么？已经不是莎士比亚的时代了，甚至不是巴尔扎克的时代了。或者你是哈姆莱特，在生与死之间痛苦徘徊。但是我知道你宁可苟活，所以你才会把敢于死的那个女人看作是女英雄。

女人掏出钥匙，却被另一只手抓住。苍白而细长的手指，她当然认识那只手，在琴弦上。她没有转头，亦没有心驰神往。只低声说，你还是个孩子。

在公寓的走廊里。提琴手想要拥抱她。楼下传来脚步声，她只好把那个年轻人放进来。她为什么要把他比作于连？现实中可以类比的文学作品中的人物越来越少了。不再有典型环境中的典型人物。不像司汤达时代的文学，只要说到于连，你就会立刻联想到一个出身卑微却又怀有强烈野心的年轻男人，而这样的男人在你身边随处可见。

像于连那样暗下决心，只要能抓住德·雷纳尔夫人的手。但现在连性爱都不再是禁区，爱情还有什么意义呢？

大提琴手斜靠在女人对面的长沙发上。他本来想献给她一场最壮丽的演出。但是她和他们之间没完没了的纠缠让他分心。他看到了他们不停地说话，看到了那个女人和那个男人的相继离去，甚至也看到了他们身边的那些厌恶的目光。为此他甚至感到羞耻，那些本不该坐在音乐厅的俗人。

没有人知道那是你的朋友。女人说，票是我买的，是我请来了他们，是我们没教养，这和你有什么关系？

我并不在乎别人怎么看，我是说我自己，我自己心里不舒服。

就因为我给他们讲了特里斯坦和伊索尔德的故事？否则他们怎么会知道这是个悲剧？

不，你不要以为你最聪明，我看得出你们在争风吃醋。你是在故意伤害那个女人，你恨她是因为你还爱着你丈夫。

你以为你是谁，可以在这里指责我。我只是喜欢大提琴罢了，除了琴你什么也不是。

于是大提琴手强行吻女人。还想要女人更多的东西。女人在清醒的时候什么也不会给，尽管性交早已不是禁忌。只是身体本身的欲望，却是理性所不能操控的。于是她常常这样被劫掠，因为她的身体总是在她的性情中。

突然间电话那端歇斯底里，就中断了被身体所操控的欲望。她不能不去接那个响个不停的电话。电话的铃声就像是她的降压表。

如果不是你故意捣乱就不会搅得一团糟了。现在哪儿都找不到她，连她的家。那你为什么不报警呢？你以为报警就能找到她吗？但至少表现了你的诚意。只会让事情变得更复杂。她又不是马路上丢失的小孩子。你这个人怎么这么冷酷，从来就没有体谅过别人的心境。女人突然觉出她的乳房被吸吮。她挣扎着，奋力推开胸前的那张年轻男人的脸。要么我替你报警吧。他不顾一切撩拨起她的欲望。女人不能不让身体起伏动荡，清晰的电话中传出沸腾的喘息声。你在干吗，你不能不帮我。女人奋力挣脱着，她不能把几近绝望的丈夫撂在电话的那一头。我现在就在你楼下，你快下来。大提琴手向下吻着女人的肚皮。不不，你别这样……你从来不想帮助别人，你永远都是自私的，你心里只有你自己。不不，我不是那个意思，好了，你等着，我这就下来，哎，你听到了吗？你别这样……

女人挂断电话。一边穿衣服一边向大提琴手抱怨，他说我永远是自私的。

被中断的欲望让年轻男人突然觉得自己什么都不是。

总要有一个结果的，女人吻着年轻人，说，我希望以一种高尚的精神结束这一切。

世界是随便的。随便是主流，或者也是一种时尚。一个任取所需的社会，却已经不再谈论共产主义。做了各自的俘虏，又不愿被束缚。大提琴手不是舍不得乐团，而是舍不下这个谜一样的女人。

像女人的丈夫一样，他也喜欢成熟的女人。他自知不具备调教女人的耐心和能力，于是很难和乐团的年轻人相处，尤其那些自以为是的女孩们。他听不得从她们嘴里说出的那些浅薄的话，更受不了示爱时的轻浮和打情卖俏。他当然属于他们那一代人，也了解他们的所思所想，因此就更无须和他们交往了，因为他们想做、要做的一切他都一目了然，和他们在一起时就显得更加乏味。于是他宁愿投身于那些更成熟也更丰满的女人。在无意识中攫取她们岁月的宝藏。他甚至都不知道他爱的女人是做什么的。他只是在舞台上蓦地就看到了台下那个优雅的女人。然后就注意到每一次她都是一个人。她坐在永远不变的位子上，变幻着身上魔鬼般的衣裙。演奏时他也感觉到了女人热切的目光，总是长久地停留在他的身上，让他仿佛芒刺在背。

他们坐进一家昏暗的咖啡馆。他开始向女人喋喋不休地描述爱的感觉。那样的一种高贵的美，便瞬间劫掠了他，让他插翅难逃。但是他眼前的世界却一下子晴空万里，灿烂起来。不过，什么都可以随便，但唯独爱。

让她难以理喻的是这个年轻人，他竟然没有能接受随便这个简单的概念。他是被浸润在瓦格纳歌剧中的人，因此他所接受的是古典情结的塑造。如果非要我在自由与忠贞之间作出选择，那么我，您所谓的年轻人，我宁可选择忠贞，像伊索尔德。她是这个世界上最最忠贞的女人，我一直在寻找她，我觉得我或许已经找到了……

女人迅疾逃离了忠贞的话题。于是你变得愚钝而老朽，过早地在心里雕刻上皱纹。

您不相信爱情可以拯救灵魂吗？爱的时刻，你会觉得你变得无私并且无畏，甚至成为了一个高尚的人，什么都可以弃之不顾，也什么都可以牺牲，哪怕生命。

在咖啡馆的另一端。暗影中。方块条格的桌布上，女人紧紧抓住男人的手。我甚至想过，年轻女人水汪汪的泪眼，我们可以一道去死。怎么可能走到那一步呢？男人轻松地抚慰。就像你妻子喜欢的那个故事，叫什么来着？你是说《特里斯坦和伊索尔德》？是的，太艰难了，我是说我们的爱。为什么这段爱情所给予我的，全都是痛苦。是的，没有欢乐，要面对的太多了，父母，还有孩子，我快要受不了了。可是我在你身边，这就是一切。男人反过来抓住女人的手轻抚着。她为什么不肯放过我们？而我的家庭，也不会接纳一个离婚的男人，甚至，至今还是别人的丈夫。

爱在我们中间，和别人有什么关系。

我不能总是这样偷偷摸摸，更不能为了和你在一起，而被父母唾弃。

如果有爱……

没有伊索尔德。

男人近乎颓唐地从女人身边走过。他来了，大提琴手说，我们要不要和他打招呼？女人没有回头。你看他失魂落魄的样子。是吗？可能是被拒绝了。那么，您会回到他身边吗？

女人伸出手轻抚大提琴手的脸颊。你的脸色太苍白了，应该有更适合你的女孩。

你会回到他身边吗？说呀。

什么都有可能，人间事总是千奇百怪。不，我不知道。

就是说你依然爱着他，或者依靠他，我知道了。

不过是一种惯性。日子久了，你也能体会到。就像朋友，和他，和你。

我就可以无牵无挂地去美国了。

当然，你不觉得你的未来更重要吗？女人说过之后，一种戚戚的感觉。是的，大提琴手不拉琴的时候就什么也不是。她无数次地这样告诫自己。但是没有大提琴手就不会有瓦格纳，而没有瓦格纳也就不会有《特里斯坦和伊索尔德》，而没有《特里斯坦和伊索尔德》，她又怎能读懂托马斯·曼的小说呢？是的，这个天使一般的大提琴手不期而至，就出现在她漫长的等待着能读懂曼的那一刻。然后就带来了瓦格纳的爱情，和瓦格纳痛彻心扉的悲剧。

如今他要远涉重洋，她应该阻拦么？或者，她想要留住他么？然后她又孤单了，陷入新一轮的悲戚中。重新回到丈夫身边，但那个怀孕的女人怎么办？由谁来承担那个后果呢？丈夫还是那个任性的女人？抑或转嫁到她的头上？他们快活了，却要她来签署离婚协议书？

女人于是些微地不舍。说感谢大提琴手带来的欢乐时光。又说在他行前的日子里，他可以随时随地地来看她，甚至，只要他愿意。

大提琴手行前的日子很拥挤。最后的几场演出，英语速成班，以及和女人在一起。除了演出雷打不动，其他的都可以舍弃，只要能缱绻在女人的身边。

于是女人第一次体验到，爱意怎样毫厘不差地转化成物质。身体是物质的，话语是物质的，性是物质的，精液也是物质的。然后便像吸食鸦片一样地，女人开始频繁地光顾商场。一次偶然的机会，在商场里，她看到了一件好看的男衬衫。她于是立刻想到大提琴手，她喜欢就为那个年轻人买了下来。这是她过去没有过的举动，她从未独自为丈夫买过任何衣物。在他们之间没有这样的来往，但是为什么，当那个年轻人即将离去？她知道一旦他走了他就不再属于她，她也不想他再属于她。但是她就是难以控制地，为他买下了那件好看的衬衫。

然后这种举动就一发而不可收，甚至成为了某种恶习。她根本不明白自己为什么要这样做，但是她就是停不下来了。只要进商场，她就只进男装部。只要进男装部，她就必然地要为大提琴手买衣服。最先是衬衫，是领带，是体恤，后来发展到皮包、皮鞋和西装，价格也越来越昂贵。她不知道这物质这金钱是不是也是一种爱。如果没有爱，她能够这样毫不吝惜地为一个即将弃她而去的男人买东西么？

她奇怪自己怎么会变成这样，就像不停转动的木陀螺。只是无须用鞭子抽打，对她来说，他的心意就是她的驱动力。于是她越来越热衷于进商场，在购物的时候总能够感受到心灵深处的某种温情。她为此而快慰，而满足，而觉得自己仿佛是一个母亲。

她不记得自己这样做有多久了，总之满脑子的商场和男装。她知道只要大提琴手一天不离开，她就一天不会停止为他的这可怕的购物。她爱他吗？还是因为爱自己？

年轻人也被这如此疯狂的馈赠吓坏了，弄不清女人到底是什么意思。爱么？否则她怎么会如此不计成本地赠予他？于是有一天大提琴手犹豫了，他以为那是一种深沉的爱。他说他可以留下来，既然他们真诚地爱，何苦要体验那遥遥无期的相思的苦。

不不不，女人立刻说你误解我了，我并不是要留住你，你应该走。就是为了你的走我才会这样做的，否则我们在一起还有什么意义。

她只是基于这所剩不多的最后时光。她只是想要一种她与他之间的最后的完美。她没有说倘不是他的即将离开他们肯定早就断绝了。她更没有把心中的冷酷如实告知他，她知道她所做的一切其实只是为了她自己。

持续着，这近乎完美的最后时光。伴随着行期的一天天临近，也为他们的交往蒙上了诀别的荫翳。越是临近，大提琴手越是舍不得，不，不是感恩戴德，而是，他说那是女人所无法理解的，一种发自生命深处的痛楚，像死亡一样，抑或，无疾而终的伊索尔德。他再次重申有的时候，人是能够因为心碎而死的。

熬着最后的时日。女人甚至希望那行期能快点到来。她已经疲惫得精疲力竭，就仿佛守候在一个行将就木的病人身边。只要濒死者不咽下最后一口气，守候者就不能开始忘却不能重新开始新生活。是的，守着一个即将离开的人就等于是守着一个要死的人。什么时候他真的走了，她才能获得真正的解脱，才能开始思念，并慢慢地，淡忘。

第三幕

奄奄一息的特里斯坦回到他的城堡。弥留之际，他只想能最后看一眼他的伊索尔德。在牧羊人轻快的笛声中，伊索尔德终于来到特里斯坦城堡。此刻特里斯坦已经在去往死亡之谷的路上。在唤出伊索尔德的名字后，便溘然长逝于伊的温暖的怀抱中。为什么将死的人都会唤着他们最爱的人的名字？印象中第一个以这样方式结束生命的是斯巴达克思，他在濒死时唤着的那个女人的名字就是范莱莉娅。

伊索尔德不再能换回特里斯坦。她的无论生着或死去的挚爱。然后是著名的伊索尔德的咏叹调《爱之死》，倾尽瓦格纳毕生心血的，瓦格纳的爱。那段巅峰一般的歌唱，直至最终的沉没。歌毕，伊索尔德便倒在特里斯坦的怀中死去。那冰冷的已经僵硬的怀抱中，那死亡之海。那就是特里斯坦要她去的他的地方，他们死亡的温柔之乡。

于是沉入，沉入到永恒的黑暗之中，沉入到爱里。

唯一的一个晚上女人没有去听音乐会。此前她一直贪婪地坐在观众席中，不错眼珠地盯着舞台上的大提琴手，仿佛要将那个孩子一般的情人吸食进她的肺腑，融化进她的血液，铭刻于她永远的记忆中。

但唯一的这个晚上，她去了哪儿？在炽热的灯光下他开始焦虑，心不在焉地演绎出那烂熟于心的旋律。前排正中的那个位子永远是空的，太显眼了，甚而触目惊心。是的，她答应过从此绝不错过他任何一场演出，但此刻她又在哪儿呢？

他想象不出为什么，她会缺席这场对他来说那么重要的演出，在这场音乐会中，将会有他的大提琴独奏，告别的独奏。但是他没有告诉她，他知道她一定会来，所以想给她一个惊喜。他想她一定会为他骄傲的，他为此殚精竭虑，练习了很多天。

然而此刻，他却只能不停地注视着那个空位子。恍惚间她仿佛翩然而至，就像电影中被处理过的慢镜头。但是定睛后又回到座无虚席的剧场，那个空着的位子就显得更加突兀，某种孤零零的无奈与凄凉，就像坐在舞台中央的他自己。

看得久了，那空的位子会变得模糊，漆黑一片，就像深陷下去的一个无底的深洞。他于是愈加神情恍惚，仿佛忽然间什么也看不到了。他觉得自己正被那个黑漆漆的深洞吸附而去，那么，他还能完成自己的谢幕独奏吗？

她没有同意丈夫到家里来。大概唯有这一次，这个家不再属于那个一直住在这里的男人。那一刻，她已经穿好了去听音乐会的礼服，很性感甚至很暴露的,却又不失庄重优雅。她知道那是大提琴手喜欢的——那个被古典音乐培育出来的孩子——所以她唯有投其所好。在这段与濒死之人告别的日子里,她已经完全放弃了她自己。她不再随心所欲我行我素,她只要她的情人能喜欢。

她到底该作出怎样的选择?莫若她干脆没有接那个倒霉的电话。她珍惜那孩子的每一场演出,她知道以后就再也听不到他的演出了。所以她不想错过在舞台上看到他的每分每秒。但是她却阴差阳错地接了那个电话。她于是得知此刻焦虑的丈夫就在楼下,她做不到对他的焦虑置若罔闻。但是她也不想把这个死亡前的墓穴向丈夫敞开。这里要埋葬的不是生命,而是一段近乎生命的爱情。她尽管诱导大提琴手相信他们之间的关系是不可能的,但她也知道自己已深陷其中,并预见了他走后她的身体会怎样地疼痛。那是需要很长时间才能缓解的一种,生命的痛。她为此而付出的太多了,甚至已经演变成了一种灵魂的关系,是需要在生与死之间做切割的。

所以,她不想错过,却还是拿起了电话的听筒……

今天早晨,她没有通知我,独自去了医院。她知道那个孩子什么也不能改变,无非是给她带来无尽的苦难。所以她要换一种观念审视她的人生。她说她还年轻,不想累赘。她还说她想好了,无论能否得到我,她首先要解脱她自己。她在电话里冷冰冰的。做那些的时候一定很疼,而我却没能陪在她身边。现在她就在父母家,她什么都对他们实说了,他们扬言要到公司来……

她选择了那个幽暗的咖啡馆。前后左右都是或明或暗的情人。用很"嗲"的气声说着无聊的情话,或搔首弄姿,眉目传情。他们坐在桌子的两侧,心却远远的,甚或冷冷的。但他们的姿态依旧像一对偷情的男女,尤其女人那件充满了诱惑的薄纱衣裙。只能透过微弱的烛光看到对方的脸。但是男人却看到了女人裸露在外的大半个乳房。深深的乳沟向下延伸着,那半遮半掩的无限风情。男人突然吻了女人,隔着他们中间的那张咖啡桌。女人下意识捂住自己的前胸,用充满恨意的目光凝视着对面那个熟悉的男人。

听到年轻女人做人工流产的消息后,她仿佛赢得了一场你死我活的大战,又好像抓住了一根救命的稻草。于是她毫不犹豫地选择焦虑中的丈夫,在不经意间就放弃了大提琴手的独奏演出。

哪怕是看到了,哪怕一丝的光亮。

我当然想见到她，想抚慰她，她毕竟受到了伤害。

却也给了自己光明，你不觉得她很聪明么？

她是那么纤细瘦弱，也许，我想要那个孩子？

比起孩子，或许你更怜惜她。但她丢弃了孩子就意味着，她已经看清了自己的处境，或者，不想再以要挟的方式来获取你的爱。于是她和你站在了平等的位置上，这对你来说是公平的。

这么说，反而是我被动了？

我不是不想签离婚协议，无论什么时候，你随便。

现在不是谈离婚协议的时候，我是说，我该怎么面对那个女人，她好像突然变得高大起来，你知道，我的生活中已经不能没有她……

女人不再回答男人的问题，她觉得如果男人的生活中不能没有那个年轻女人，那么他们还有什么好谈的。

在幽暗的烛光下，莫名其妙地，男人突然说，今天晚上，你很美。这衣服穿在你身上也很漂亮，过去，是的，但是过去，你为什么从没穿过这种诱人的衣服呢？

你从来没有这样夸过我，弄得我牙根酸溜溜的。但是你知道这个晚上我付出了什么样的代价吗？880块钱的一场音乐会。

哦，原来是为了那个拉琴的。男人快快地有失男人的风度。

你有什么好嫉妒的，是你首先搬出去的。

我有什么好嫉妒的，我希望你能在感情上有所寄托。

是他让我了解了瓦格纳。

那是他的专业他应该知道。

我答应过不会错过他的每一场音乐会，他就要到美国去读书了。

就是说你的艳遇快结束了？

这和你有什么关系么？

男人情不自禁地抓住女人的手。女人抽出了她的手。现在你可以到你情人的窗下唱情歌了，不过之前你必须把我送到音乐厅。

我知道你这样打扮并不是为了我，不过这也没关系。但是你必须告诉我，这个晚上，你为什么选择了咖啡馆而不是音乐厅？为什么要辜负那个拉琴的小子？

女人站起来，说我可以叫出租车。却被男人按回到座位上，说我们还没有付账呢。又说是不是你心中又燃起了某种希望，哪怕是无比刻毒的。女人挣脱了男人的手臂，我喜欢那个男孩，喜欢被别人爱，也喜欢做爱，这你应该知道。

但你却毫不犹豫地选择了我，好了，我们走吧，我可以送你去音乐厅。

她连最后的谢幕也没有赶上，只赶上了从音乐厅涌出来的那些兴奋的观众。兴奋的人们仿佛被一个庞然大物从嘴里吐出来，一团一块地丝丝缕缕地，却每个人脸上都盎然着不懈的激情。女人迎着那个巨大的人流逆行而上。那早已消失的旋律仿佛依旧在耳畔回响。大提琴手那张苍白的脸。她无法想象她的缺席会带来怎样的后果。她甚至来不及买一束鲜花。

她不安地站在音乐厅的回廊下。大提琴手的沮丧一目了然。他说他要回自己的家，又说这是最后一场演出了，告别演出，为我的，不过，很好，终于可以结束了，这噩梦一般的纠缠。

她恳求他，追逐着他气哼哼的脚步。我们在一起的时间不多了，我不想我们就这样分手。但是大提琴手不回头。因为他的独奏，因为他精心为她准备的那个惊喜，她却根本不放在心上。一些逝去的东西将永远不能挽回，一生中只有一次的，不能再来。

我怎么知道会是你的独奏音乐会？知道不知道并不重要，重要的是你曾许诺过，不会缺席我行前的任何一场音乐会。是因为，那个女人，大提琴手停住脚步，她去做了人工流产，她一个人。就是说你终于如愿以偿了？不不，这是他们的事情，和我无关。那么你丈夫就能回到你身边了？可是，女人几乎在乞求，可是，我有你。我？一个行将就木的人？你就是这么说的，你说守着我们的爱情就如同守着一个即将断气的人。现在好了，那女人打掉了孩子，我呢，用不了几天就会在你眼前永远消失。然后你们重归于好，继续那些哪怕无聊的日子。可我们呢，我和那个女人，我们算什么？

我们为什么要把最后的时光，浪费在这些痛苦的没完没了的折磨中？

那以后他们几乎天天在一起。他们在外面吃饭，喝咖啡，泡酒吧，总之所有可以让人情意绵绵的地方。然后深夜回到家中，便沉浸在横流着欲望的床上。最后的日子，或者，最后的时光，消磨着，他们都知道长夜将尽，黎明的时候就将起航。他们希望能在那天的清晨看到东方淡红的曙光。他们希望早晨的云霞之后是轻轻云朵间的万里蓝天。他们纠缠着最后的时光，*丝丝*

缕缕地或轰轰烈烈的情与欲。那难以割舍的，末日一般的，又仿佛日出，牵扯着黏连着，然后骤然之间地，在那个难以觉察的跳跃之后，便彻底地分割了，带着死亡的温度。

大提琴手将最后一次前往乐团。参加同事们为他举行的欢送会。那个夜晚他们性到荼毒。让身体在黏糊糊的液体中一直纠缠到天明。日出时几近于死亡的衰朽，他的脸上已然一片灰白。却是女人无限喜爱的一种因性而苍白的美。那雕刻一般的，周身的棱角。

女人说，她要，他便给予。他以为青春是挥霍不尽的，所以他无须自制。他不懂什么叫量力而行，入不敷出，他的欲望就像女人的激情那样，可以无数次地喷涌，永不枯竭。渴望将整个生命都给出去的那种冲动，那种，决堤一般的歇斯底里。这就是这个夜晚大提琴手在女人身边的心情，他不管女人怎样提示他还有明天的夜晚，明天的夜晚才是最后的夜晚……

都给你，给你，一滴也不剩。他不管还有没有明天有没有那个最后的夜晚。他不会吝惜他的身体甚至他的生命。他可以在高空中休养生息，也可以在漫长的学业中聚集能量。在给予的那一刻，他坚信自己生而就是为了这个女人的。唯有给予她，就如同某种血色的报答。报答一个女人的养育之恩。他没有一丝一毫地想到过自己，只要他能，哪怕她不要。就喷洒在所有的他可以留下印记的物品上。枕头中，床单里，书桌上，甚至衣橱里，丝巾上，首饰中，甚至口红和胭脂。是的，所有的所有，那些能留下的，能让她永生永世难以忘怀的。

然后在缱绻的牵扯中，他起身。撕扯开紧密相连的每一寸肌肤。戛然而止的，就突然地，天各一方了。他恳求女人去看望他，他不想他们的分别就是永诀。

是因为欢送会，他不得不爬起来。似乎身体中的每一个部位都在疼痛。在这样的聚会中总不能不出现吧，他说，他要先回他的公寓，把琴房的钥匙交还给乐团。

还有最后的一个晚上，最后的期冀。她问他要不要把她为他买的那些衣物也带回去。他试着拎了拎那个箱子，又放下。说太沉了，我没有力气了，然后向女人诡秘地笑。然后他吻着女人的嘴唇说，等我，等我好吗？哪儿也别去。欢送会过后我就立刻回来，甚至等不到欢送会结束我就会逃离，我只想和你在一起，只想和你，你一个人……

他们亲吻着从床上走到门口。惨白的被单被他们拖了很长。女人让男人看她身上青紫的印痕。可惜就要分别了，男人沮丧地说，留着，这间房子里的那些精液。那就是我，特里斯坦，你不许忘记，如果特里斯坦死了……

女人等着这个最后的夜晚。如寿终正寝一般，女人觉得，终于可以结束了，那种煎熬一般的痛苦。于是某种如释重负的心境。电话铃响。不是大提琴手。她知道此刻他正在乐团同事们的送别中。她已经很疲惫几乎彻夜未眠，但还是拿起了电话，她想那或许是她的丈夫。那么说什么呢，一切就要结束了。听他的冷嘲热讽？我就是要善始善终。你不能把我推给了一个孩子转身就把他丢弃。当然，没有希望，在那样的爱情里，又有谁是有希望的呢？

但那声音来自年轻女人。不再期期艾艾，甚至没有仇恨。她用很淡定的甚至有恃无恐的声音对女人说，现在你满意了吧。你可以拿回你的丈夫了，我不再需要他。但是你能够保证他还爱你吗？那么他对我说过的那些抱怨的话就是谎言。是的，你就像流过他灵魂的一段污水。你锈蚀了他，或者，你造就了他，所以他只能是你的，尽管，他已经不再像原先那样百依百顺了。

电话中的声音如冰冷的水般流淌，不给她哪怕片刻还击的缝隙。还有，就像你说的，确实没有那么疼痛，甚至一点都不疼。也没有什么伤害，包括，打掉那个不成型的孩子。当然，我知道你也曾这样无怨无悔地做过，但那时候你一定很疼。不过你的疼也是值得的，毕竟你赢得了那场婚姻。但于我，你千万不要以为你是胜利者，或者，我很惨。不，没有，只是锤炼了我。让我成为了一个经过看过的女人，这也得益于你，就像，你是我的老师，教给我怎样邪恶……

甚至没有义愤，为什么？连女人自己都丧失了斗志。斗争的结果是，将每个人的弱点暴露于对手面前，于是每个人就都成了坏人，也就，每个人都不再爱他想爱的那个人了。

最典型的被鄙夷者是她的丈夫。脚踩两只船的结局是没有人再肯爱他，至少不那么爱了。在这种水火不容的左顾右盼中，被消解的，是作为一个男人的意志，这才是最最可悲的。那么，女人尝试着去想，她能够允许自己的男人再回来吗？尽管很多时日以来，她一直都在为这个渺茫的目标而战。只是生活尽管依旧维持着它表面的样子，但内里却已潜移默化地蜕变了。就是说和先前不一样了，并且永远地不一样了，不一样到，她只要一想到他要回来，就感到莫名的烦恼，甚至恶心。

还有谁能像大提琴手那样，让他的整个生命都附丽于她？

是的，伊索尔德还是嫁给了马克王。她嫁给他或许只是为了能和特里斯坦亲近。但那些没有特里斯坦的长夜呢？躺在马克王的身边供他遣使？那么在不情愿的性事中，她能感受到由衷的快乐吗？

女人努力驱赶掉这些深入骨髓的不愉快，只等着门铃的声音，等着她性爱中的王子。她现在要做的就剩下这一件事了，那就是等他。然后一个尽可能完美的收场，哪怕是凄苦的。

然后她等。那种耗尽心力的苦等。她等了整整的一个夜晚，直到他们曾共同期待的那个满天红云的清晨。她知道接下来就是死亡一样的毁灭了，爱的毁灭。那也没有什么，只要她能够接受命运，将最后的一曲唱完。就到此为止，不能再多了，否则他们会被彻底摧毁，否则爱将无所附丽。

他说过只要一离开乐团就会立刻回来，她于是等。她本来还想去商场，因为她忽然想到了那个电动剃须刀。她怎么会忽视了男人这么必需的物品？或者因为他总是那么完美洁净的小白脸，让她觉得他根本不需要剃须刀。但是她不敢离开家门，哪怕半步。她也不敢打开电视机，生怕那些可恶的噪音干扰了门铃声。是的，她不能须臾离开她的等待，她的耳朵她的神经她的心在这一刻，都是为了等他而存在的。她尽管疲惫不堪却并不以此为累，就算是她被困绕了，但是明天，她知道，就再不会有这样的等待了。

于是女人在房子里走来走去。呼吸着，大提琴手留在房子里的那些气息。不曾散去的，那缱绻的味道。什么什么都包含其中了，那爱情所独有的，芳香。但是她不确定自己是不是真爱那个年轻的男人，即或要面对整个世俗社会的不屑地指责。但即或如此女人也决不会后退，能拥有哪怕一刻的铭心镂骨，人生足矣。

便是在这越来越焦虑的等待中，大提琴手却始终没有出现，甚至不曾有过哪怕只言片语的信息。从漫长的午后到匆促的傍晚，又从沉沉的黑夜到晨光如霞的黎明。在漫长的等待中，她为他编造出不计其数的理由，来说明他为什么不能如约。整个的下午，女人勉强安之若素；到了晚上，她便开始焦躁不安，不停地给大提琴手打电话。但是，就像小说里或者电影中描写的那样，一个人，就那样，突然人间蒸发了，让她对这个人是否真的存在过满腹狐疑。她于是不再相信自己，也不再相信她曾经经历过的那许多爱的瞬间，只能凭靠着残存的精液和他的气味让自己自信起来。她鼓励自己相信那个年轻的大提琴手确实存在过，而他们，也确曾实实在在地爱过，并且做爱过。

电话中听不到他的回音便只好留言。最先是温柔的询问，你在哪儿，快来吧，我想你。又说，最后的夜晚，我们的，你没有忘吧？到处是你的气息，你知道是什么意思，是的，我要。然后是抱怨是嗔怪你到底在哪儿啊？你不能就这样丢下我。我等得太久了，沉沉黑夜，你在哪儿寻欢作乐呢？慢慢地女人变得不耐烦，她开始愤怒，开始对那个不知所终的男人满怀了女人的怨怼。你不要你的箱子啦？你不是明天就走吗？你不让我去送你啦？或者，你这个骗子，你把我当成什么人啦？你做过了就走了，你是人吗？我不再等你了，我真是太傻了。我喝酒去了，你别想找到我。我丈夫就在楼下，他和他的那个小情人真的分手了。没见过你这么不靠谱的男人，我当初就不该接纳你。但是，来吧，求你了，快来，我哪儿也不去，就待在家中，等着你。就知道你是花花公子，见异思迁，其实我早就看透你这种人了。不不，那都是气话，忘记那些吧，我等你，只等着你……

然而，无论怎样地软硬兼施，恩威并用，却还是得不到大提琴手哪怕一个字的回音。于是女人在漫漫长夜中苦熬，很多次想把电话打给丈夫，又很多次丢弃了这个愚蠢的想法。好端端的一个男人怎么突然就没有了呢，这不是小说的情节是什么，现实中怎么可能发生如此不可理喻的行为呢。

如果不是电影，也没有戏剧……女人恍若梦中。那么，只有在梦中才可能发生这种离奇的事情。他们曾经的日日夜夜都不是真的，那只是子虚乌有的虚构和幻象。这样想，女人便有了些微的释然。就当作是一场空梦，而她就是那场空梦中的梦游人。

但最终她还是怀抱了某种不确定的信念。尤其墙角的那只大箱子，装满了他将要带到美国去的衣物，难道那也不是真实的？

她早早赶到了飞机场。她觉得这是她最后的机会了。她不是想要留住他，只是想给自己一个真实的证明，哪怕是凄美的。她知道这里是她能找到他的最后的地方了。他们曾相约在这里吻别。他们将不顾任何人奚落的目光。仓皇中她终于找到了飞往纽约的窗口。她站在办理登机手续的服务台前左右张望。还没有开始办理登机手续前她就守候在那里了。她觉得在这里至少比憋在家里受煎熬要踏实得多。她脚下的那个大箱子让人们觉得是她要出国，甚至有人问起她是不是飞纽约？一路同行，大家可以相互照应。

她终于等来了第一个办理登机手续的人，直到最后一个乘客办完手续，离开柜台。却自始至终不见大提琴手的踪影。她觉得更像是一场恍惚的梦了。她明明看到过那张机票，这个人怎么可能不翼而飞呢？为确定那不是虚幻的梦境，她走到柜台前和工作人员核实。她竟然说不出他的全名，只知道他是乐团的大提琴手。她就是这样一个粗心大意的人，她觉得做爱时是不需要姓名的。

的确有一位乘客没来办理登机手续，可是我们不可能再等了。

眼看着飞往纽约的飞机在呼啸中腾空，女人只好把那只沉甸甸的大箱子带回家。之后她做的第一件事就是赶往乐团，她觉得在那里能打听到大提琴手的消息。因为晚上演出，乐团的白天几乎没有人。好不容易找到一个值班的办事员，说他早就走了，连户口都销了。

但是他没有赶上那班飞机。

办事员略带诡异地看着女人，意思是你怎么知道他没上飞机。

约好了去机场送他，却没有等到他。

哦，这么说，好像昨天的欢送会他也没来。

一定是出事了，能告诉我他住什么地方吗？

您是他什么人，我们这些是保密的。

是朋友。是朋友还不行吗，女人摇着办事员的手臂，您不能见死不救。

办事员挣脱掉女人的手臂，您不要这样，您怎么就认定他一定要死呢？

在昏暗的公寓楼里，女人没有钥匙。然而他们不能破门而入，只能求助于民警。这时候被卷入大提琴手失踪案的已经不再是女人一个人。她自己也忘了什么时候给丈夫打的电话，总之那男人很快就出现在了女人身边。他跟她一道去公寓楼，又一道去派出所。有了男人的陪伴，女人焦虑不安的心情就显得可以理喻了。

在民警的要求下，乐团的办事员也驱车前来。那人还是一副很不屑的样子，但看到女人身后的男人，也就不再那么嚣张了。

在集体监督下，万能钥匙一蹴而就。被遮盖得严严实实的房间密不透风。邻居说，他们不想一天到晚被大提琴干扰，于是集体抗议，换回了安静。房间里一片灰暗，阴冷凄清。打开灯，没有发现任何异样的痕迹。警察开始一扇一扇地打开所有被关闭的门，直到从卫生间的门里伸出来一条胳膊，已经僵硬了。

女人终于看到了大提琴手。不知道怎么会摔倒在卫生间地板上。她扑过去，想要抚摸他青白的脸颊，却被丈夫一把抱住。但是她还是号啕大哭起来，挣扎着，想伸手去抓那冰冷的尸体。

他离开的时候还好好的，怎么会……

你们到底是什么关系？

于是女人成了嫌疑犯。被暂时拘留在派出所。直到验尸报告出来，医生说，什么情况都可能导致猝死。出国前太疲劳了，或者心情太激动了……

女人承认，他们整晚都在做爱。

当然这也可能是猝死的诱因，但总之不是他杀。

和他杀又有什么区别？

女人终于被解脱出来，但是她对于被卷进这场死亡案无怨无悔。她也不在乎被暴露于各类媒体的灯光下，她愿意为她深爱的男人承受这一切，她甚至不顾及丈夫想要遮掩事实真相的企图。

乐团的同事们惋惜之余，开始蜚短流长地议论起大提琴手和那个女人的私情。看上去她都可以做他的母亲了，一个挺精神的小伙子，怎么会爱上这样的女人？是啊，她每天都坐在最好的观众席上。她到底是什么人呢？是不是很有钱？不过她年轻时一定很漂亮……

女人无须向任何人解释。她根本不认识那些议论她的人。她觉得那些所谓的艺术家有时也很庸俗的，除却音乐，他们和那些市侩的小市民又有什么区别。他们演奏瓦格纳却并不知道《特里斯坦和伊索尔德》这部寓言式的歌剧中到底涵盖了什么。唯有爱是不能奚落更不容诋毁的。在瓦格纳那里，爱是永恒，尤其在爱的双方中有一方献出了生命。

那以后的日子里丈夫一直陪在她身边，这让她有了一种可以依靠的感觉。但同时她又觉得自己失去了自由，不能够随心所欲地为那个大提琴手哭泣或者悲伤。

女人没有去参加大提琴手的追悼会。她知道她的出现只会亵渎了他在人们心中的形象。但是她相信大提琴手是希望她为他送葬的。在送葬的队伍中，他最渴望看到的人就是她了。但是，在那一刻，她却只能待在自己家中，待在她为他买的那些准备带走的遗物中，待在那亲近的、可以闻到的爱的味道中。

　　是的，没有伊索尔德，这是怎样的悲哀。怎么会有人真的为情而死呢？更不要说那些为爱的人的死而死。在没有任何病痛、任何伤害的情形下，伊索尔德却死了。仅仅是因为特里斯坦的死，她便伤心欲绝地一命呜呼。让爱和死亡成为永恒的主题。于是歌剧中的每一个情节都围绕着"情死"的动机。瓦格纳这个悲剧性的主题完全是受了叔本华的影响，让人们觉得与其痛苦地爱，不如幸福地死，于是瓦格纳情愿将自己裹在飘扬的黑旗中死去。

　　当然这其中也能找到悖论。既然相爱的人已经因爱而死，既然两个肉体都已经死亡，你怎么能证明爱还活着。但是不，瓦格纳不是这样理解的，他认为这个死亡的结局证明了，作为精神的爱在肉体死亡之后依旧存活，不会因为表象世界的消亡而消亡。而是以另一种形态继续存在于一个纯粹意志的精神世界中，并且在这里获得永恒的不朽。

　　很多天过去，女人不再哭。她甚至慢慢淡忘了她和大提琴手之间曾经发生的那一切。她只是开始重读托马斯·曼的《特里斯坦》，她觉得曼的有点谐谑甚至反讽的基调很适合她现在的心境。

　　一个富有商人的妻子突然来到疗养院。这个被比作伊索尔德的女人很美也很优雅，还秉持着一副凄凄迷迷的病容。这个女人的到来，就像照进疗养院中的一道午后的阳光。她娇柔美丽的外表立刻吸引了每个人的目光。从此那些罹患肺病的患友们，没有人愿意错过这位美丽的贵夫人。于是作家以得天独厚的学养，轻松博得了美人的青睐。青睐而已了，不过是在大庭广众下聊聊那些略带诗意的往事。美好而灿烂的女人的童年。花园的喷水池。几个坐在水池边绣花的姑娘。曼将这个也许会成为特里斯坦的男人描写得愚蠢并且猥琐。在疗养院组织的一次雪橇聚会中，独独美妇人和作家选择了缺席。于是在寂静的疗养院落寞的午后，他们不约而同地来到了活动室。然后作家便怂恿罹患微恙的女人弹钢琴。而这恰恰是医生所禁绝的。美妇人却到底经受不住诱惑，而弹奏了肖邦的夜曲，进而又弹奏起瓦格纳的《特里斯坦和伊索尔德》。也许就是由李斯特改编的钢琴曲《爱之死》，美妇人将其演绎得美奂美轮……

　　是的，瓦格纳是高于一切的，哪怕生命。为了瓦格纳，她完全可以置卑微的生命于不顾。

　　伊索尔德爱特里斯坦，但是那个赢弱的美妇人，她爱那个不入流的作家吗？

　　结局是，美妇人因违医嘱而开始吐血，这意味着，一个原本可以复原的生命因《爱之死》而开始凋零。美妇人在弹奏瓦格纳时可谓倾尽心力，将全部情感融入瓦格纳的悲剧中。为此她不惜献出自己的生命，不愧为一种很壮丽的诗意。为《特里斯坦和伊索尔德》几乎搭上性命的女人躺在病床上，轻轻哼唱着其中的一段旋律。然后血就突然涌了出来，上帝啊，从来没见过那么多的血……

　　从此女人命若游丝。然后就不知死活了。曼先生没告诉我们女人的终局，只说当作家得知美妇人生命垂危，他下意识的动作便是逃离。他害怕那个因他而可能死去的女人，更害怕自己被指斥为谋杀美妇人的罪魁。作家的逃之夭夭无疑是小说最讽刺的部分。在爱的时刻，一个男人怎么能够逃跑呢？

　　女人没有逃之夭夭，却也没能像伊索尔德那样，为逝去的爱人心碎而死。她所能做的就是买一束花，放在大提琴手曾经租住过的房门口。白色的百合绽放出妖冶的芳香，在狭长而幽暗的走廊里缭绕着。是的，她并不喜欢百合的香气，但据说这种花代表了冰清玉洁。

　　后来送花便成为了女人必做的功课，每隔几天，她就会更换掉那些枯萎的花束。有时候她也会更换花种，除了百合，还会有玫瑰，勿忘我，甚至菊花，只要那花是白色的。她这样持之以恒地履行着深邃的怀念，就像不久前她疯狂地为大提琴手购物。

　　但她锲而不舍的行为引发了公寓邻居的反感，他们不再能忍受那没完没了的白色芬芳，就像不再能忍受大提琴的幽咽。房子里横死过一个年轻人就已经够晦气的了，还要有人接二连三地往楼道里送死人花。那女人把这儿当作什么了？坟地吗？不。于是楼里的邻居联合起来，围追堵截，终于将那个捧着白色鲜花的女人挡在了门外。您如果再来这里骚扰我们的生活，我们就只能把您扭送派出所了，您听到了吧？

　　女人不得不终止送花的行为，但无以寄托哀思的苦恼却让她几近绝望。于是有一天她尝试着把百合花束放在交响乐团的大门口，然后便一而再，再而三，直到乐团门卫把民警请来。

　　之所以这样做，我仅仅是为了提醒自己不要忘记他。事实是我已经开始忘记了，已经不再疼痛，也不再铭心刻骨。我知道我也许并不真的爱他，否则我怎么没有像伊索尔德那样死去呢？

从马克王身边逃离的女人让歌剧有了一个完美的结局，哪怕是死亡。在牧羊人欢快的笛声中，带着晨露，伊索尔德来到了特里斯坦的城堡。然后，生命消亡，意识飘散，连不朽的爱也沉入到了死亡那永恒的黑暗中。

一个人怎么可能因爱人的死而死？而这样的死需要怎样的爱？

当女人送花的权力被剥夺，她还怎么相信这个世界的人情世故？无非是残寄相思，聊以自慰，她还能做什么？不，这个世界上没有伊索尔德，也不会有因爱而死的痴迷者。是的，她从没有真正爱过大提琴手，她爱他在某种意义上只是为了她自己。所以她爱得不够深也不够投入，她只是把性爱当作了灵魂之爱来经营。所以她的爱也不是崇高的，甚至很肮脏。而大提琴手就是因为肮脏而死的。他以为他年轻有不竭的精液，于是他任意挥洒黏稠的生命。他以为他能战胜生命，逃过精竭力衰的这一劫。也或者，他就是想在疯狂毁灭的欢乐中万劫不复。

是的，没有伊索尔德，这是女人从自身经历中总结出来的。那个心碎而死的故事只能发生在中世纪。爱情早就没有那么纯粹了，更不要说诗意和崇高。离婚，或者准备离婚，都无所谓。已经没有什么伤痛了，因为，已经没有了疼痛的爱。

丈夫差不多每隔一小时就会打来电话，他很担心女人眼下的状况。他知道她在伤心却不知她在忏悔。她说她喜欢大提琴手，所以希望有一个凄美的结局。几天来前思后想才幡然悔悟，我可能并不爱他，否则我会因爱而死。那是十八世纪欧洲小说最热衷的结局，于连被绞杀后，德·雷纳德夫人因伤心而死；爱斯梅拉达被绞杀后，钟楼怪人亦从生命的世界中消失。更不要说心碎而死的伊索尔德了，可是，为什么，我没有？

丈夫说想要立刻过来，却被女人拒之门外。她说她只想一个人待着，在残留着大提琴手气息的晦暗中检讨她自己。

爱情死亡了吗？特里斯坦的爱情？伊索尔德的爱情？我们的爱情？不，死亡将永远无法触及永恒的爱。是的，尽管曼的小说充满嘲弄，但在描述瓦格纳歌剧的段落中却是庄严的。是的，没有一丝一毫的亵渎，甚至满怀了一种讴歌式的激情，那是小说中最华美的篇章。

瓦格纳想以一种高尚的精神了结爱恨情仇，于是马克王被塑造成完美的化身。当他了然了特里斯坦和伊索尔德忠贞的爱情，便决意前来宽恕他们。只是他想要宽恕却已经没有了宽恕的对象。他们的死让他高尚的精神无所附丽。这或者才是瓦格纳的悲哀。

但是托马斯·曼的"特里斯坦"还是在悲哀的旋律中落荒而逃了。他爱她吗？那个午后阳光般灿烂的女人？只是她此刻不再想追问，她关心的已经是另外的两个谜团了。马克王在痛失心碎而死的妻子后，他还能得到爱尔兰的土地吗？这是一。而在疗养院弹奏《爱之死》的美妇人大出血后，她还可能活过来吗？

男人打来电话，说她走了，去了南方。然后沉默。是的，有点悲凉的语调，就这样不了了之了。又回到零。

没有了腹中的孩子，女人说，就连爱也没有了？

或者就因为没有了孩子，所以伤痛，所以逃离。

好啊，你的情人。她终于获得了解脱，也不再伤痛。

我已心灰意冷，男人说，不知道今夕何年。

他们开始像老朋友似的探讨各自的心灵。在不经意间摒弃恼怒，捐弃前嫌。或者他们从来就没有真正疏远过，他们只是不再爱对方了，但心灵还是能够相通的。

在经过了诸多磨砺之后，他们把见面的地点选在了那家有玻璃幕墙的餐厅。当然很伤情的一个所在，是女人认真选定的。她觉得只有在此，他们才能面对伤痛，走出各自的以往。

女人依旧很早到达，为了能占据他们四人曾共聚的那张餐桌。对着窗外，她总是觉得脖子后面是潮湿的，就仿佛刚刚被什么人绵长地亲吻过。她抚摸颈后曾经被亲吻过的部位。她觉得那里就像是一个久治不愈的伤口。没有了，吻她的那个男人，飘散在了寂寥的空气中。于是一种由衷的悲情散漫开来，眼睛也浸上来她本不想的潮湿。

或者，我们本应以高尚的方式结束这一切。女人说。眼睛却看着玻璃幕墙外那曾经苍翠的枝叶。她觉得玻璃上总是恍惚晃动着那张苍白的脸。在这个温暖的黄昏，窗外却已一片秋的飘零。那些依旧悬挂在树枝上的枯叶，每一片都岌岌可危，仿佛随时都可能坠落。那本已死去的叶的精灵，却硬撑着四季破碎的悲凉。不知道什么时候一阵旋风卷起，那枯的叶便会随风流转。然后沦落成泥碾作尘，只有香如故。

那遥远的苍凉。

可惜他们不肯等。女人依旧看着窗外。黄昏将最后一抹秋的金黄射进来，在玻璃的光合作用下绚丽辉煌。她甚至等不到我签下那份离婚协议书，等不到我从大提琴手死亡的悲伤中走出来。

男人默默着他的思绪。这一刻，他其实知道自己想要说什么。只是他在等待着一个契机，将心中所有的烦恼一吐为快。

最不堪的，是他留下来的那些衣物。我如果被允许参加葬礼，我会将它们和他一道送进火炉。无论化作烟尘抑或灰烬，就算是我在陪伴他。但现在想来还是可惜，很昂贵的，而且都是我喜欢的。

男人不语。

想送人吧，却又不是你的尺码。

你当然应该留下，作为纪念。

是真心的？

谁都没有权力践踏自己的经历，尤其你这样的女人。

我知道你要说什么。

或者只有我们最了解对方，我觉得……

你觉得合适吗？在一个人死了另一个人不幸地做了人工流产之后？

每个人都将面对自然淘汰的法则，这不是你我的过错。

太冷酷了。

一个人倘若没有强健的身体，顽强的意志。

你是说他们？那些年轻人？

是我们。

就这么转了一圈，又回来？不。

永远的分分合合，这也是自然法则。责任不在任何人身上，或者，任何人都应对此负有责任。不是硬伤，你懂我的意思吗？

就是说，连伤都没有，哪怕，有人因此而丢了性命？

已经不是瓦格纳的时代了。

你以为我们还能重新面对？

我读了你的托马斯·曼的《特里斯坦》。

女人些微惊异的目光，然后仿佛遇到了知音。你知道曼的小说中遍布着晦涩的暗示。只有了解了瓦格纳歌剧，读曼的小说时才能拨开重重迷雾，让小说的本真浮现出来。要知道那是瓦格纳的隐喻，也是托马斯·曼的隐喻，所以重重套叠，直到深处，你才能真正看到爱与死的本质。

就是说，根本就没有伊索尔德？

你这样想？

也许是一段莫须有的传说。你怎么能把古人的歌谣当现实呢？

枝上的那片枯叶突然莫名地飘落下来，你甚至能听到叶片落地时发出的那破碎的响声。

男人突然站起来吻了女人。隔着中间那张窄小的餐桌。

还像昔日一样奔流不息

1976 年夏季

那时候她和他还并不认识。但是他们可能真的见到过。那是种曾经的可能。因为那时候男人已经来到了这个城市。很可能他们曾经以陌生人的身份，在那座通往城市东部的大桥上并肩前行，或者擦肩而过。他们应当是有这种可能的，因为那时候男人工作的地方和女人工作的地方确实在一个方向。那就是这个城市的东部。不期而遇的，从那么遥远的地方汇拢而来，来到东部，也决非易事。这是天意，让他们慢慢走近。可惜他们当时并不认识，所以他们就是真的见过也只能是失之交臂。

那座通往城市东部的大桥后来成为了他们共同的也是美好的记忆。那是一个夏日的早晨，他们一道迎着东方的太阳向东走。河水在那个蒙昧的时代很清澈，泛着太阳亮丽的光斑。女人那时候还只是一个二十岁的亭亭玉立的小姑娘，但是她几年前就已经成为了纺纱厂一名挡车工。显然那并不是她喜欢的工作，是不得已而为之，她没有别的选择。在那个时代她已经不可能有任何梦想。她每天在机器旁走来走去，看一个个纱锭飞速旋转，千篇一律的劳作。那时候她也还不会唱那首悠扬而又有点忧伤的《纺织姑娘》。大机器使纺织姑娘没有了俄罗斯歌曲的情调。那是后来她在读大学时才学会的一首她非常喜欢的歌。她真的非常喜欢那种忧伤和诗意。在那遥远的地方，灯火在闪着光，年轻的纺织姑娘，坐在窗口旁……然后是更加高昂的回旋，年轻的纺织姑娘，坐在窗口旁……俄罗斯的纺织姑娘干吗要坐在窗口旁？她在遥远的地方到底在等待着什么？

是的，那时候女人没有梦想。她只想做好她的挡车工。她还想有一天能逃离车间那震耳欲聋的轰鸣声。别的就没有什么了，除了记日记。记日记是她的全部欢乐和幸福。她在记日记的时候得到生命最彻底的解脱。她知道这就是她的命运。她也知道命运是不可以抗争的，尽管命运对她不公平。她根本就不可能知道她的这种不快乐的生活会延续多久。而在茫茫的不快乐中，也有让她心情舒畅的时刻，那就是每天上下班骑着自行车在那条滔滔滚滚的大河上穿过的时候。她觉得她正在穿过的是一座非常宽阔甚至称得上壮丽的大桥。其实那座桥并不大，也难说壮丽，只是在那个年代中，她太渺小也太微不足道了，所以她根本无法感受到什么是真正的宏伟和壮丽。她觉得美好还因为无论上班还是回家，太阳都总是在她的前方。她总是迎着太阳骑上这座大桥，尽管上桥的时候很费力，但阳光令她鼓舞。她期待着能在桥顶看到河水。那也是一条很宽阔的大河，就那样浩浩荡荡地穿过他们所居住的那个城市。那时候男人也迷恋那条大河，他为他的家就在大河旁而非常骄傲。后来他们一致认为城市中有一条像样的河流穿过很重要。世界上很多的城市都是这样，被河流养育着，于是城市中的河流就变成了这个城市的象征，譬如，涅瓦河、多瑙河、莱茵河、塞纳河，还有世界上很多很多穿城而过的大河。是河流养育了城市，也是河流带给她欢乐。

二十岁的那一年，女人正在匆忙地结束一场美丽而纯洁的爱情。那是她生命中第一次痛苦的决定，她拒绝了那个和她一道长大的漂亮男孩的追求。没有原因，她很爱他，但是她却拒绝了他。他们所做的所有事情都是和其他朋友一道进行的，譬如说滑冰，譬如说游泳，譬如说到公园去。她从来不敢单独和他在一起。凡是男孩邀请她的时候，她都一定会带上她的女朋友。后来女朋友成为了男孩的女朋友，但是最终也不了了之。因为男孩和她的女朋友好不过是为了报复她，她看得出来。后来男孩真的给了她一个彻底的报复，那就是他干脆随便娶了一个他并不真爱的女人。

女人和男孩唯一的一次亲密接触，是她和他一道单独去看了一场电影，也是唯一的一次，但她却铭记终生。激昂的《创业》，激昂的干打垒和那么悠扬的女生独唱，她毕生不忘。在黑暗中，也是唯一的一次，男孩抓住了她的手，她想躲也躲不开。她很愤怒，她甚至发誓从此决不再和男孩看电影。后来她就总是拒绝男孩的邀请了。她知道她伤了他的心。她后来也这样拒绝过很多男人，她不直接说，她只是远离，远离进而疏淡。不是因为她爱上了别人，而是，她觉得她不能去爱。或者她觉得那不是她的终结，她的命运还在远方，在那座大桥的某个地方？是的她不知道，她只是不想就这样限制了她自己。那时候她还很小，还不知道自己未来要做的是一个什么样的人。

男孩在伤痛中离开她去了内蒙古。不知道那里会不会有别的女孩等着他。结束了这场模糊的爱情，女孩也很伤痛。后来她一直影影绰绰地怀念那个男孩。她始终不知道自己当时的选择是不是正确。这是她拒绝的第一个男人。后来她便一发而不可收地不停地拒绝着各种男人。都是没有什么道理的、莫名其妙的、突然的，她就不想和他们好下去了。为此她经常责怪自己。她觉得对那些她拒绝的男人，有一些是非常非常不公平的，她对他们将毕生负疚。

也是这一年夏季的某一天，男人刚好也从大桥上走过。那时候他已经为了他的家庭，调来了这个他本不熟悉的城市。是为了爱，为了能有更多的时间和他新婚的妻子在一起。他离开了他喜欢并且熟悉的城市很伤感，那是他的城市。后来他的那个城市果然越来越伟大，所以只要有机会，他就会回到那个城市凭吊往昔岁月。

男人很爱他的妻子。他们是因爱而结婚的。他为了妻子宁可放弃一切。他是个肯于为别人牺牲的男人。那是个和谐平静的家庭。他和妻子从来不争吵。他后来对她说，他和妻子婚前没有性行为。女人不信。男人发誓说确实没有，因为他所处的时代不允许。他们只是很亲近，拥抱和接吻，而已。他们是结婚的那天晚上才真正睡在一起真正做爱的。他说他忘了第一次做爱时的感觉，但是女人不相信。

他来到这个陌生的城市被分配到陌生的岗位上。他在这个城市中只有一个亲人，那就是他的妻子。他没有朋友，但是他不抱怨。他正在努力适应妻子的朋友圈和妻子的生活。来到这个城市最让他满意的，就是每天能迎着太阳、穿过大桥到这座城市的东部去上班。这是他每天最快乐的时光，特别是傍晚下班的时候。尽管他上班的地方离家很远，但是一想到晚上能回家，能和妻子在一起，就什么烦恼也没有了，再苦再累也在所不惜。

就是他很在乎一座城市是不是会有一条大河穿过。因为他出生的地方就有这样的一条大河从城中滔滔滚滚地流过。所以与河相伴后来成为了他的一种习惯。没有河水他会觉得很寂寞，那是生命中的一种寂寞，他觉得没有河就等于是破坏了他的生命钟，他甚至会因此而觉得不安全。所以他会时常想到他家乡的河。他出生的地方尽管偏远但却十分古老，在几千年前就被赫赫标在了历史的版图上。他在家乡的河中光着屁股游泳。在桥下躲避母亲的寻找。小时候他觉得家乡的河很浩大，波涛汹涌。那是因为他很小就离开了家，到外面闯世界，于是家乡的河就定格在了那浩大上。他是后来才发现那并不是一条大河的，但是那奔流不息是永恒的，所以他也就平衡了。

然后就是新婚之夜，新婚之夜之后的频繁的做爱。在那个时代，有时候结婚就是为了做爱，因为只有结婚做爱才是合法的。他总是说他不记得有什么快乐。也许，他和他妻子之间的性生活确实不能使他们快乐（这可能就是婚前没有性生活的弊病），于是，最终还是有了和家乡的那条河相牵连的婚外的故事。那是他自己所不能左右的一种命定。他也曾不停地逃避，但还是发生了。后来他无数次问过自己，这究竟是为了什么？他不是很爱他的妻子吗？那么他干吗还要去心疼别的女人？

那种事情就那样意外地发生了。就像天灾人祸，根本就不可能逃脱。那是他中学时代曾经无比迷恋的一个女生。她是他少年时代最美丽的偶像。那时候她离他很近，近到伸手可触，近在咫尺，而又咫尺天涯。世间的事情就是这样阴差阳错。最早是漂亮的女孩对他冷漠，于是他远离女孩，努力奋斗，仅仅是为了能配得上她。但是到了女孩子有一天终于幡然悔悟的时候，他却不得不以无情回报了她的有情。他无奈地告诉她他已经结婚了，他爱他的妻子。他的妻子是最完美的，他不可能再有任何别的选择。

后来便有了那个夏季，他独自一人回家探望父母。通常他都是带着妻子一道回家的。唯一的那一次妻子有事不能离开。也许是独自一人的寂寞使男人重新回忆起往事的温馨，于是他想到了那个家乡的漂亮女孩，他想他应该去看看她，然后他就把那个女孩约到了河边的丛林中。

他才知道女孩依然独身。是因为自己结了婚他才更懂得怜惜独身的女人。这种怜香惜玉的感情不知道是不是证明了他家庭关系的还不够稳固。他不知道，他只是突然觉得他对这个家乡的女人是负有责任的，他不能忍受她至今独守空房。他们都不知道为什么在他们本来可以自由相爱的时候非要相互拒绝，而到有了限制的时候他们却又开始了彼此疯狂的相爱。在河边，他们回忆着儿时的往事，他们本来很快乐，但是到了告别的时候，突然地，女人哭了起来，说她怎样怎样一直在想念着他，又是怎样怎样地后悔，怎样在梦中见到他……

这时候已经是傍晚。傍晚河边的景色总是最美的。这是男人第一次对妻子不忠。从此生命中就有了无数次不忠，这也是男人自己所不愿的。他很无奈，就因为女人的眼泪。他总是受不了女人的眼泪，于是很自然地他就把哭着的女人揽在了怀中。他抱紧她，任她在他的胸前抽泣。后来在女人的悲伤中他亲吻了她的嘴唇，他的手也控制不住地伸进了女人的衣服。其实那真的是他多少年来一直梦寐以求的。他抚摸着女人光滑的肌肤，他甚至触到了女人柔韧的乳房。他不知道下一步他该做什么，他很惶惑，在那一刻，他可能也作过痛苦的斗争和艰辛的选择，但是他的手就是离不开那个可怜女人的身体。而且他的激情也在迅速膨胀着，他想要她，但是他还是对那个女人说了，我爱我妻子，我不会和她离婚的，我们该怎么办？

女人被揉搓着。那是她毕生最爱的男人。她已经不能自已。她觉得周身正在变得瘫软。那么快乐的一种感觉，像在云中。她开始呻吟。她说我什么也不在乎，我只要这一刻，哪怕然后就死。她说别松开我。她说抱紧我。她说吻我，吻我的身体我的乳房……

然后一切就发生了。

就在男人最喜欢的那条家乡的大河旁。

他们被丛林遮掩。

他们在潮湿的草丛中扭动着，翻转着，亲近着。

男人亲吻着女人的乳房。那是女人从未享受过的一种人间的快乐。女人抱紧着男人——她最爱的男人。她看着男人在她的身体上疯狂。她任男人解开她的衬衣，掀起她的长裙。她想她本来就是他的，她的身体属于他，她为什么不能被他占有呢？她为什么不能满足他呢？她张开了她的臂膀，她的腿，她生命的全部……

毕竟男人已经是已婚男人。已婚男人在性的问题上通常是难以控制的。他们都非常主动。然后他做了什么？男人一边道歉一边执着地向前。黄昏沉没，夏日的河水发出凉爽的气息。男人冲击的是一个处女。他知道女人是一个处女，他同时也知道他是不能永生永世和她在一起的。但是他还是破损了她。他觉得这样很好，他亲自毁了他青春时代的偶像。他不管这样做的后果是什么。

关键是女人无悔无怨。女人流了血，但是她觉得值。女人想她也许生来就是为了等待这一刻的。她如愿以偿地得到。她觉得无比幸福。她想她是不会向她爱的男人要求什么的。大概就是因为这些，男人才更加怜惜她。河边的那一幕过后不久，男人就离开了他的家乡。他坐上了火车。火车是开往遥远处他自己的家的。但是男人还是在途中突然下车，乘坐相反方向的火车又回到了家乡女人的房间。男人回来时已经是午夜。男人的激情使那个终日思念着他的女人大惊失色，感慨万分。她不知道男人的身上还有如此冲动的一面，让人感动的。那是一个真正情人的品质，不能拒绝的。他们做爱，到清晨，很多次。那是一种极致。人生能有一个这样的夜晚，足矣。

清晨男人再度启程。他已经最大限度地消耗了他自己，以至于回到家后就病了，一睡就是好多天，甚至不能和久别胜似新婚的妻子做爱。他只说太累了，却不说为什么累。而妻子因为他的病心急如焚。她爱她的丈夫。在需要妻子戒备的那些女人的名单中，家乡的女人是很久很久以后才被列上去的，是因为妻子偶然读到了那个女人写来的情意绵绵的长信。信中竟然全是关于性的暗示，妻子从此再也不相信丈夫的任何解释了。

而就在 1976 年夏季的某一天，我们所要讲述的男人和女人就那样并驾齐驱地骑着自行车登上了桥面。他们曾经并肩，却互不相识。他们也许都看到对方了，但是却没有在意，因为他们都在想着自己长痛不已的心事。

1982 年秋季

1982 年，摇摇欲坠的木楼。红砖的墙体沉重而斑驳，有绿色的藤蔓向楼顶攀缘着。一副萧瑟的景象。冷，而且寂寥。

女人坐在她的办公室里朝窗外望着。她所看到的就是秋天里红色砖墙斑驳凄凉的景象。她觉得这倒很像她此时此刻的心情。她早就忘记了关于大桥上的往昔。她目前正纠缠在自己早就形同虚设的婚姻中。她也是随便就找个人嫁了。她猜想自己这样做也是为了报复什么人。她很快就不爱她的丈夫了。她相信她的丈夫也早想离开她了。所以婚姻的解体在所难免。终结是迟早的。女人知道这一点。她不过是企望着这个婚姻能无疾而终，但最终结束的时候还是很痛苦，像得了一场很大的病。他们无尽无休地被双方的痛苦缠绕着。女人只要一想到她这病态的婚姻就周身发冷，身心疲惫。她想为什么不能快点结束呢？那时候她一想到下了班要回家，就恨不能永远加班，她觉得上班对她来说会更令她愉快。

他们仍旧做爱。并且仍旧说着"我爱你"一类虚伪的话。他们是在用这些让人恶心的语言缓解痛苦和仇恨。他们已经不共戴天，可是干吗还要硬撑在一个房顶下呢？是为了什么？

后来还是丈夫首先提出了分手。长痛不如短痛，他说，我们都应该懂得这一点。咱们分手吧。男人请求着。女人在心里欢呼，她长长地出了一口气，但是却违心地说，我们不能再试试吗？有了关于离婚的意向，从此气氛宽松了许多。女人不再纠缠于丈夫的女朋友，她允许他出去享受婚外的爱。她永远也不知道他后来又爱上了一些什么样的女人。她一开始还很好奇，但后来就觉得这已经和她毫无关系了。她知道他一直在追求他的那些女人中做着选择，在选择的时候对妻子还怀有着某种愧疚和不舍。但很快这样的犹豫就没有了。他们只是在等待着那个最后必将要到来的时刻。

女人就是在这样的等待中心不在焉地看着窗外。女人觉得这是她喜欢的景色，有点凄凉又有点忧伤。而窗外就是我们刚刚看到的那个摇摇欲坠的木楼，而且藤蔓爬满了红色山墙，棕黄的落叶正随温暖的秋风飘落。那种肃杀的季节也肃杀了女人曾经温暖的心境。就那样她看着窗外，有点无聊地，她就看见了那个男人。那是她第一次看到他。他立刻给她留下了美好的印象。

男人从红色砖墙下走过。那个老成持重、英俊而消瘦的他，就是那样从女人的眼前掠过。女人的目光跟随着男人，就像此刻光标跟随着字体。她看着他走过红墙，直到他消失在那个矮小的木门中。那时候女人并不知道那个男人是谁。她只是觉得这是她喜欢的那一类男人。他看上去是那么沉着。那时候女人已经非常厌恶激情了，她希望有一个稳定的生活、明确的目标，她不想再有四处奔波、被卷挟着漂泊、居无定所的那种不安全的感觉了。她真的很累。她想摆脱。而且她已经发现一些比她的丈夫更优秀的男人了，当然不是红墙下刚刚走过的那个陌生人。是别的男人，她在工作中认识的，那是些能够指引她并且帮助她的人。她需要那样的人在她的生活中扮演主要角色，她希望被他们拯救。但一切还都是不确定的。因为最后的那个时刻毕竟还没有到来，她还要每晚回家，听着她丈夫说些无聊的假话……

女人不知道走过红墙的那个陌生的男人就是她曾经在大桥上不期而遇的男人。后来，他从城市的东部来到了城市的中心工作，女人也几经辗转地来到了她现在的办公室。就这样他们在很多年过去后又重新交汇，只是他们自己并不知道。但上天知道，那是上天有意为他们安排的，让他们相遇而不相识。但是这一次他们已经相距很近。男人工作的地方就在那座摇摇欲坠的木楼里，而女人则在对面的建筑中。从此男人将每天走过那段红墙，女人也要每天看到他。只是，男人每天被女人看到却茫然无所知，而女人则像狩猎者一样，每天虎视眈眈地盯着她的猎物。

男人没有抬头去看女人的兴致。他那时很忙，正年富力强，除了在事业上存有野心，还要在生活中享受各种女人的爱。他对自己的家庭基本上是满意的，他觉得妻子不仅是他的亲人，而且是他最好的朋友。切身的利益把他和妻子紧紧捆绑在了一起。他们不可分割。而且他们的家在他们的共同努力下，正在变得越来越富有，那是他们共有的财产。但是不知道为什么，他对妻子的爱总不能让他彻底断绝对别的女人的兴趣。他总是禁不住要和她们一道出去，喝咖啡或是看电影。那是种纯粹朋友间的交往，但却又不乏暧昧。他喜欢这样的一种生命的状态。他喜欢女人。他对妻子说，什么时候一旦他不再喜欢女人了，就意味着他已经死了。即使不死，他也将形同行尸走肉。喜欢女人是他的天性。男人还能有什么嗜好？他就是欣赏女人，而且很多女人也欣赏他，于是他就只能是这样，和妻子以外的那些女人们牵牵扯扯的，剪不断，理还乱。

被对面女人注意上的时候，他正深爱妻子的一个朋友。那是个非常漂亮的女人，他们曾经很接近。因为妻子一度和她的这个女朋友非常要好。特别是在她的婚姻遇到危机的时候，妻子干脆就把她接到家里来住。妻子不知道她这是引狼入室，而且在那个女人住在家中的时候，妻子有一次竟然放心地去出差。显然妻子对她的丈夫和她的女朋友是信任的。她甚至对他们的眉目传情毫无感觉，更不要说戒备了。

于是，在这个妻子不在的夜晚，男人和女人都难以入睡。他们对坐在那里心照不宣。他们不能去睡，因为去睡了就不能在一起，所以他们决心对坐到天明。傍晚的时候，远在几千里之外的妻子曾打来电话，他们都和她说了话，妻子说她明天就能回来，她已经买好了机票，她要他届时到机场来接她。

妻子的电话好像给了男人某种暗示。于是男人好像决意要做什么。他觉得他已经被禁锢得太久了，于是他突然说，已经很晚了，去睡吧。我累了。那时候男人也的确很疲惫，与家乡女人的暧昧让男人背上了沉重的包袱。为此他总是忏悔，又总是牵念着那个远方的女人，总怕因他的错误而给那个女人未来的生活蒙上永远也抹不去的阴影。而那个女人越是爱他，越是决心献身于他，也就越是不愿意开始新生活，更不想再去找别的男人，他的心情自然也就越发沉重。他觉得太累了。心累，而且疼。那是他作为男人摆脱不掉的一种自责，又没有朋友可以诉说，尤其是不能对妻子说。于是在这个妻子不在家的晚上他终于一吐为快。他悲伤地说着这一切的时候，甚至哭了，他觉得很难走出这种两难的境地，他想对她们好，但又害了她们……

显然女人也受不了男人的眼泪，于是那个漂亮的女人忍不住抱住了男人。她觉得他作为男人实在可怜，她唯有把他的头抱在了自己温暖而又柔软的胸膛前，她以为那就是对他最好的安慰。

男人被拥挤在漂亮女人的乳峰中，他说只有这一刻我是轻松的，有一种解脱感。而他的妻子越是信任他，他就越是觉得紧张和疲惫，无法面对她。而和你在一起的时候不一样，男人说，我没有任何的愧疚也没有负罪感，是你让我觉得我又是个男人了。

漂亮女人觉得她抱着男人并不意味着她就接纳了男人。然后她轻轻拍着男人的后背对他说，好了，去睡吧，世间总是有不尽人意的事情，会好起来的。而且你们是最好的，所有的人都羡慕你们，所以别再自寻烦恼了。然后女人放开了男人，说，真的太晚了，明天你还要去接她，好好睡一觉吧，我也困了，而且真的有些冷，秋天的夜晚太凉了。

男人无可奈何。他也不知道这样的夜晚应该发生些什么。他任凭漂亮的女人离开他。他任凭漂亮的女人从他的身边穿过，走进了走廊里的卫生间。然后传来锁门的声音。再然后就是那诱人的流水声。

男人依旧坐在客厅里。他就坐在那里听着那流水声。那是水流过女人身体时发出的响声，那么柔和的。而女人在流水冲击着她的时候一定是赤裸的。男人被这水声折磨着。他不知道自己是应该回自己的房间，还是继续坐在这里等着洗澡的女人。他很惶惑，在惶惑中惊悸，又在惊悸中坚硬。他已经感受到了那一切——他的激情，那是所有处在这种情境下的男人都会有的激情，谁都在劫难逃。但是他最终还是想到了那个关于欲望的道德标准。他觉得他还是不要逾越，那样他不仅会失去这个漂亮女人，还会失去自己的妻子。于是男人终于站了起来，转身朝他自己的房间走去。

然而就在那一刻，卫生间的门打开了。那是种纯粹的巧合。漂亮的女人围着浴巾走出来，身上湿漉漉的，冒着温馨的水蒸气。她看见男人时吓了一跳。她说，我以为你已经去睡了呢。

男人也很惊愕，说，我这就去睡，但是他还是不自觉地停住了脚步。

他们在那一刻就那样对峙着。男人站在那里，看着漂亮的女人站在对面。

浴巾只遮盖了女人应该遮盖的部分。而她的脸上、脖颈上、肩膀上以及她的腿上，都挂满了那透明的水珠。而且她的头发也是湿的，水珠正在不停地滴落着。

是不是很冷？男人问女人。

水珠正在变得冰凉。在对峙中，女人终于颤抖了起来。她真的很冷。她抱紧了自己。她的牙齿碰撞出寒冷的响声。后来她问男人，你想好了吗？我们该做什么？也许我们应该控制自己。想想，她是你妻子，你该忠实于她；而我是她的朋友，也不该背叛她，特别是在她的家里。想想，如果真的发生了什么，我们该怎样面对她的信任？

女人说着流泪了。她说也许我今晚不该住在这儿……

男人走过来抱住了女人。他说你是那么漂亮。就像受不了家乡女人的眼泪，男人也受不住漂亮女人的冷。他想他是男人，男人是有责任温暖女人的。然后他就伸出手臂，把冰冷潮湿的女人紧紧搂在怀中。他说别说这些，我们只能做我们应该做的。

然后男人吻着女人的嘴唇。他觉得今生今世也没有吻过如此柔软潮湿的嘴唇，那么湿润而冰凉的。他们接吻。当欲望到来的时候，没有道德，也不会有良知。他们变成了两个动物，只是需要。需要的时候，寒冷的时候，性爱便成为了取暖的一种方式。接下来男人掀掉了女人的浴巾，带着那种一不做、二不休的坚决。浴液的香气依然在女人的肌肤上蒸腾着。那身体是男人梦寐以求的。特别是在这样的时刻，他已经难以脱身。

既然如此，女人也不再迟疑。被男人看到了身体，和被男人进入已经没有什么区别。女人想，爱情都是需要双方来维护的，而妻子管不住自己的丈夫，那么这个男人今天不是和她，也会和别人。于是女人急切地脱着男人的衣服，并且把她的冰凉的手伸向男人的胸膛。这就是已婚女人的不同，她那么主动地进击，她拼命揉搓着男人的身体，然后她便碰到了男人的坚硬。她握住它，那或许也是她所期待的。那是她的魅力的证明。她要这个证明。那是她作为一个女人的全部。

他们不顾一切。在客厅的地毯上。他们无所顾忌。在那样的时刻，妻子或朋友早就不复存在。他们两厢情愿。在做爱的整个过程中他们没有说过一句话，直到完结。没有羞辱感，也没有负疚感或是罪恶感。当一切真的完结，女人便开始收拾她的皮箱。

男人已经精疲力竭，他问，你到底要干什么？

女人说，我必须走。

可是这么晚了，你能去哪里？

不管去哪儿，我必须走。我不能在她的家里再见到她，我们将无言以对。我受不了她被欺骗的样子，而欺骗了她的人竟然是我，她最好的朋友，和她的亲人。

你真的要走，也要等到明早。

不。女人说，就现在。

然后女人真的离开了。男人只好把她送到饭店，并一直在那里陪她到天明。

妻子第二天回来的时候，客厅的地毯上还是一片狼藉。那是被蹂躏的一种证明。只是妻子并没有怀疑。她认为这种混乱是男人的天性。她只是对朋友的不辞而别感到不解。丈夫说，你不在家，她觉得住在这里不方便。

是吗？也许吧。

1982年秋天被另外一座楼上的女人看到的时候，男人就是怀着这种无法面对的苦恼来上班的。所以在女人的眼中，男人的神色就显得更忧郁也更冷峻。也许正是这种彷徨中的男人才更有魅力。忧郁让男人显得诗意。于是女人一看到他就记住了他。后来她就每天都看他，她觉得看他也是一种享受。

1986年冬季

女人终于开始了她独自一人的单身生活。单身的时候，就像是流浪者，没有家园，也没有归属感，但却在茫然中有了一种不期的自由空间，她可以爱任何人，也可以被任何人所爱。就是这样，当你有所属的时候，你是私人财产，所有的人都将远离你；而当你自由了，你就是大家的了，所有的人都会亲近你，帮助你，并视你为他们的机会。

然后导师就出现了。她曾经是那么仰慕他。但是她决不会想到导师也会喜欢她。她觉得之于导师，自己是那么的微不足道。那也是一个不期的瞬间，就发生了。对她来说，那一切发生得太快了，以至于她没有任何准备，包括心理的和生理的。她不知道发生的那一切是不是美好，也不知道接下来做的那些事她是不是觉得很舒服。她记得那天下了雨。下雨便成了一切的起因。所以她后来一直觉得大自然是决定一切的，而人类的所有行为都在自然界的统治下，不管人类是不是承认。是的，就在她从沙发上起身的那一刻。那时候雨正在下，但是她带了雨伞。导师说为什么不能再等等呢？于是她等，也许那恰好也是她所期盼的，她希望聆听到导师更多的教诲。生活早已经使她茫然，所以她觉得导师所给予她的知识才是更重要的。后来雨停了。她觉得她没有理由再留在导师家。于是她从沙发上站起来，想不到导师就伸出双臂拉住了她的手，并顺势将她抱在了怀中。

她不知道导师是不是也这样俘虏过其他的女生。但无论如何这对她来说是一个令她毕生难忘的开始。她就那样被她所倾慕的男人抱在怀中。她不记得导师还说了什么话，什么话其实在那一刻都已经不再重要。她只记住了从沙发上起身的那个瞬间。从此那个瞬间永恒。她想导师肯定不会记得。她铭记是因为那是她不敢想也不敢期望的，但是她得到了，像导师那样的男人的爱。

她才知道她在男人心目中的价值。后来这价值被不断地证明着。只是她不知道，她一直很茫然，那种无依无靠的落寞，后来就被导师的光环所笼罩。那时候她年轻，是那么纯朴的美丽和善良。她很瘦，身体很美，脸上的线条也很柔和。她想这可能就是一些男人喜欢她的原因。

那么快的。那是女人所不敢相信的。就在当天的晚上，想不到她就住在了导师的家。令人难以置信，但那却是事实。雨后的黄昏他们曾一道出去散步，然后导师就带她回家，带她上床。导师脱光她的衣服。那也是她所期盼的。那时候她和导师已经不再陌生。她觉得她的身体本来就是属于导师的，她宁可被导师粗暴的性欲折磨。她还记得后来导师睡去，而她却醒着，在导师身边辗转反侧，只好透过导师的窗看楼下的万家灯火。半夜她曾离开导师的身体去卫生间，回来的时候导师醒了，说，你的腿那么美。这也是令她不忘的。

从此导师迷恋她，并把她带到他的朋友中间炫耀。那时候她是那么深爱着导师，因为导师确实是第一个发现她价值的男人。因为导师，在那段时间里，她甚至忽略了一些比导师更为优秀的男人。她错过了他们，就像她结婚之后错过的其他喜欢她的男人。她变得有所属，于是只能终日里纠缠在和导师的情感中。他们做爱。但这是唯一让女人不快乐的事情。每一次做爱她都觉得是在受难。那种被折磨就像是地狱。但是导师却觉得她是他所有做过爱的女人中最好的，最让他快乐的。所以导师长久地迷恋她，不愿意有一天她会离去。这种性的不谐和也许就是导致她和导师分手的真正原因，但是她却不觉得，因为那时候导师的光环依然神圣而诱人。

很长的一段时间里，女人被笼罩在导师的阴影下。她不仅在性上最大限度地满足着导师，还成为了导师在精神上的密友。从此导师不停地向她讲述。各种各样的故事，风流的和不风流的。她才知道导师有过那么多女朋友，也顺便知道了导师和那些女人是怎样开始又是怎样结束的。但是她知道导师是不会把他们的故事讲给别人听的，这就是她和导师其他的女人为什么不同。导师信任她，所以愿意对她倾其所有，包括他的那些惊心动魄的隐私。导师原先的一些女朋友女人竟然也都认识，她后来甚至和她们中的一些成为了朋友。只是以后和她们在一起的时候，她有了种莫名其妙的暗处的感觉。她觉得她了解她们的一切，而她们却全然不知。她觉得这不公平。她还觉得她们是无辜的，无辜被暴露在了亮处，那是导师的过错。

后来导师一直和她保持着这种倾诉与倾听的关系。这倒更像是亲密的朋友。导师一度真诚地爱她，也确曾竭尽全力地帮助过她。除了不许诺婚姻，导师几乎什么都答应她。当然她并没有向导师要求过什么，她是个不想要什么的女人，她有骨子里的尊严。导师也曾几度在夜半时分敲响她的门，不停地给她写信，为她买漂亮衣服。她不知道，在那样的状况下如果她坚持和导师的爱，他们的感情是不是能够一直到今天……

后来一个年轻人出现。这个年轻人爱她，并且除了爱，还许诺她婚姻。女人于是惶惑，她喜欢成熟的男人，但也迷恋那种青春的爱。她不知道该做怎样的选择。在那样的时候，选择对于她很难，因为她确实已经接受了那个年轻人的那份真诚的爱。有很长一段时间她一直欺骗着导师。她知道她仍然在欺骗导师就意味着她还不愿和导师分手。她在这种迷乱的状态中挣扎。从一个男人，走向另一个男人。她谁也不愿舍弃。所以她常常是刚刚在灌木丛中和年轻的男人接吻，又如约在午夜来到导师的家和他上床。她就是这样在导师和年轻的男人中穿行着，很累也很紧张。她要错开时间，还不能让他们有所察觉。于是两个男人都觉得她是爱他的，而唯有她自己知道她是在承受着两种不同的爱。对她来说那是一段罪恶的日子，被爱的罪恶。她在寻求着被爱的时候竟然如此混乱。她本来想这不是她的错，她不知道为什么会有那么多男人喜欢她。但是她又深知，明明是她在欺骗着深爱她的那个男人，明明是她首先背弃了导师，所以罪恶是她，最终受到唾弃和惩罚的，也应该是她。

就这样，她被爱追逐着。她奔跑，但很累，也很狼狈。她不知道在这一刻她要去见谁，也不知道在这个晚上，谁会叩响她的门。那真的是一段让她烦恼的时光，在那样的烦恼中，她宁可不被任何人爱。

　　她不记得从什么时候起她和导师的感情变得平静。莫名其妙的，他们的爱和性就突然变成了友谊。她从来没有对导师提起过她对那个年轻人的爱，导师也从未问起过。但是她知道导师不会全无感觉的，后来导师又有了他的新女朋友，并带来给她看。

　　变成友谊后她也曾去看望导师，但是她确实已没有了想和导师继续上床的愿望。导师也从不勉强她，他很自然地让他的性在她面前退避三舍。导师尽管在很多事情上很武断，但是导师尊重她的选择，她想这其实也是导师对她的爱。

　　后来导师有了新女朋友，为此她很为导师高兴。有很长一段时间，她和导师始终保持着那种无话不说的友谊状态，非常非常的默契。去看望导师的时候，她依然在倾听。导师讲述他的新女友，并希望她能成为他新女友的好朋友。那时候导师的愿望很美好。但是这确实是一种难以实现的关系。一次他们在谈着这些的时候那个新女友打来电话。导师还特别让她接了那个电话。在电话中她听出了那个女孩很自信，好像导师已经是她的囊中之物了。她不知道导师会不会把他们曾深深相爱并且当天就上床的故事也告诉那个女孩。她相信导师是不会那样做的，因为导师所真正信赖的倾听者只有她。她一个人。那是唯有她和导师才会有的一种真诚而默契的倾听与倾诉的关系，是任何的他人所无法替代的。

　　她曾经怀念导师。怀念他们之间的那段短暂而又十分重要的爱情。她希望某一天在导师百年的时候为他写一篇满怀深情的诔文。她甚至想好了其中的一些词语和段落。但是随着她和导师之间的关系日渐疏远，这悼文的激情也就慢慢消退，以至于最终成为了一段无可奈何的忧伤回忆。

　　当无奈过去，她便又恢复了看窗外红墙下那个沉郁男人的习惯，她想，通常这就是无奈的结果。

　　男人这时候依然不知道女人，更不会知道女人的这些迷茫的故事。往事终究迷惘。这是时间的法则。让女人自己去消化。问题是男人也有着如此般许多"欲说还休，却道天凉好个秋"的悲哀，但是他却只能是继续坚守在家庭和婚姻中，尽管不够安分。他爱妻子，但觉得妻子似乎更像他的朋友。他的朋友很多，妻子是所有朋友中的一个，那个最亲密的。亲密大概还因为他们可以无话不说，随意上床。无话不说让他们彼此加深了解。但随意上床，没有了任何的限制和禁忌，慢慢地，上床反而变得麻木。什么都太直接了，不用暗示什么。只有肉体和欲望。于是他后来觉得和妻子在床上几乎没有了那种性的冲动。他们就是做爱，非常技术性的，没有激情而言。有的只是默契与和谐。而床上的默契与和谐在某种意义上就等于是催眠的"舒乐安定"，就等于是死亡。一个男人怎么能常年忍受这种没有爱只有性的床上生活呢？

于是男人寻求刺激，或者说得美妙动听一些，他寻找激情。他希望一切都能像往昔一样奔流不息，而不是目前这样的死水一潭。他觉得他正在日益的被窒息，他必须逃离。无论以怎样的方式，只要能在做爱的时候不单单是在做。

因为有了这种心理的冲力，他便非常自然地对妻子以外的女人感兴趣。他偶尔会约见妻子的那个漂亮的女朋友，通常是在咖啡屋。但是久而久之，他还是远离了那个女人，因为他觉得那个女人和妻子之间的关系太近了，而且她有时候还会到家中来，他不想总是在妻子的面前和那个女人一道表演，他觉得这样对妻子不公平，而总是表演也太累了。他和漂亮女人之间心有灵犀，而妻子却被蒙在鼓里，这是他确实不愿意看到的。后来他和漂亮女人达成了某种协议。后来漂亮女人就很少再来他们的家了。妻子对她和她朋友之间的疏远很伤心，但是她不说。她知道这中间一定是发生了什么。她平静接受了这样的现实。她对此沉默。她的接受和沉默其实很可能就是她已经谙知了一切。她是个聪明的女人，她怎么会感觉不到丈夫的心不在焉呢？

但是妻子却真的不知道丈夫始终在和家乡的女人通信。那些信都是寄到男人的办公室的，所以它们被非常安全地锁在男人办公桌的抽屉里。这样他就锁住了他的牵念。好几年过去，日复一日，家乡的女人却始终没有渴望恋爱、追求婚姻的迹象。她把她的爱全都给了远方的这个她根本就不可能得到的男人。她总是不能忘怀在家乡河边的那个一生中最美丽的黄昏。于是男人感到沉重。他觉得这是他的过错，而且不仅仅是过错，简直是一种罪过。所以他才会不停地给家乡的女人写信，鼓励她积极寻找男朋友。他要她不要总是晦暗而忧伤，也不要总是想着他，他说那样他也会不快活的。

因为家乡的女人不肯开始新生活，他就只能是继续无奈地为她承载一切，包括她的生命她的感情甚至她身体的寂寞。他是逃不掉的，因为是他使她的身体不再寂寞，也是他让她的身体重新寂寞的。于是他在信中不停地忏悔，请求她能原谅他，他说否则他就太累了，因为他不知道他该用怎样的方式帮助她。不过家乡的女人总是善解人意，她说她至今独身和他没有关系，那确实是她自己的选择。

在这样的彼此宽容和谅解中，他们更亲近了。当然仅仅是在书信中。男人愿意负担起这个女人心灵和情感中的全部，并且很多年来尽职尽责。因为他坚持认为那是他自己造成的，所以他有责任关切她。他对这个女人关切程度有时候甚至超过了他对妻子。因为他觉得妻子有他，并拥有家庭，而那个远方的女人不同，她不拥有他也不拥有任何男人，所以在她不属于任何男人之前，她只能是属于他的。而他是男人，男人当然应该对属于自己的东西负责。而且因为遥远，因为家乡女人对他的持久而忠贞的深爱，深爱而又得不到的，他就更要加倍怜惜，这也是责无旁贷的。

于是他们频繁地鱼雁传书。男人觉得这样的精神之爱对妻子应该是没有威胁的。因为他根本就见不到这个家乡的女人，他们不过是遥远的精神之爱。但是一个偶然的机会，使事情突然变得复杂。那就是家乡的女人获得了一个出差的机会，而她所要到达的城市，就在男人所居住的那个城市的旁边，只需要几个小时，他们就能见到。家乡的女人写来信，并没有要求男人到她出差的那个城市来看她。她只是说在感觉上她就和男人很近了，仿佛她就在男人的身边。女人为此而异常兴奋。她立刻给男人写了信，而那信也很快被送到了男人在那座木楼里的办公室中。男人在收到那封信时的感觉很复杂。他立刻想到他应当去看一下那个女人，既然她已经千里迢迢地来到了他的身边。但是他又想到该编织一个怎样无懈可击的理由，这理由不仅仅是为了欺骗妻子，也是为了对付他需要请假的办公室。男人这样想着的时候，本能地觉得恶心，觉得自己很卑鄙。

其实男人绝顶聪明。他天生就具有谋略的本能。所以他从来就不会给任何人制造难题，他总是能安排好一切，尤其是在女人的事情上。所以女人们总是觉得哪怕是闭上眼睛，只要是跟着他走就永远不会迷失。这一次当然也不会例外。因此他并不觉得去见家乡的女人有什么难度。如果说有难度也是心理上的，因为他是个善于忏悔同时也容易良心发现的男人。

一个最好的条件是那个时代的背景。那时的电讯业还不十分发达，所以任何人都只能是待在一个封闭的疑团中。没有方便的电话能帮助你找到你要找的那个人，即或是你的丈夫或妻子。所以男人知道一旦他走了，他的妻子就很难找到他。她不可能知道他在哪儿，即使知道，也很难找到电话和他联系，所以在另一个城市的他和家乡的女人就是相对安全的，安全而且隐秘。

男人一接到家乡女人的来信就立刻给她要去的那个城市的朋友写信。在那个城市里他幸好有朋友。那时候凡是他要去那个城市出差，总会有几天是住在这个朋友家。他们是很好的那种朋友，同甘共苦，有难相帮。他说了他去那个城市的具体时间。很快他就得到了朋友的回信，朋友说那些天他刚好也要出差，所以房子就给你用了。钥匙就在朋友的母亲家，他到了去拿就是了。朋友的信令他狂喜，他想这就是所谓的朋友。他不能肯定朋友是不是真的出差，但是他已经顾不上去想这些了，关键是，那个家乡的女人正在热切盼望着在那里见到他。然后他用最快的方式把朋友家的地址通知了那个即将出发的女人。为了万无一失，他又安排了两个另外的会面时间和地点，有点像特务接头。主要是他怕见不到家乡的女人，他觉得他确实已经很想念她了，他不想在这个难得的机会中与她失之交臂。他们的见面已经非常不容易了。所以必须珍惜，还要确保万无一失。

在安排会面的整个过程中，男人始终处在亢奋中。那已经成为他那段时间中生活的全部内容，他确实已经好几年没有见到过家乡的女人了。他想见她，甚至想和她上床。因为家乡河边的黄昏也令他难忘，还有女人的献身和眼泪。

在此期间，为了证明他的心无旁骛，他曾经几次和妻子做爱。就是出发前的那个晚上，他也还特别睡到了妻子的床上，好像他将一去不归似的。那时候他们早已经分床，有时候还会分房间。他们都不觉得这有什么不好，因为在他们看来，能休息好才是最最重要的。他们的卧室是由两个大的单人床组成。后来有了房子，他们便开始分房间，因为他不习惯妻子在睡觉前总是在床上看电视。可是出发前的晚上他和妻子睡在了一起，这倒让妻子觉得不习惯。其实和妻子睡在一起时他也是满怀了愧疚的，然而他的表现所传达出来的却是对妻子的绵绵爱意。妻子试图阻止他的行为，因为他做着那些的时候，天就要亮了，他过不了几个小时就要上路。但是他坚持。他坚持做了他所应该做的一切。因为他觉得他已经对不住妻子了，所以他必须努力补偿。只是做爱的感觉依然的不尽如人意，"做"罢了。他妻子不满意，他也不快活。他不知道是不是因为自己心里想着那个家乡的女人，他知道这时她已经抵达那个他就要去的城市了，所以他心急如焚。他还很多次想象着他们久别重逢后第一次见面的情景，就是在和妻子做爱的时候，他也还是想到了他和家乡女人第一次时的诸多情景。他不够专心。他不是个称职的丈夫。他是在想着另外的女人时，才尽到了对妻子的这一份义务的。他是多么卑劣。但是他已经无暇顾及自己对妻子的感觉了。因为火车就要启动了。

所以他不是一个严格意义上的道德自律者。他没有伟大的托尔斯泰《复活》中聂赫留朵夫那么深刻的自我救赎意识，更不会永无休止地进行那种道德的自我批判。他是个普通的男人。有欲望也有良知。他认为男人通常是物质主义者，他们认为物质才是最实在也是最真实的，而性也是物质，所以在所难免。而且，他也不愿意让性也带上那种精神的色彩。他觉得那就更累了。不值得。然而他和家乡女人一直保持着那种柏拉图式的爱情关系，难道就没有精神的或是情感的因素吗？

他满心喜悦，亢奋而又心怀惴惴，生怕有什么意外让他见不到那个他一直惦念的女人。他也曾经把这个女人和妻子作过比较，当然他知道这比较本身就是不道德的，但是他不能不比较。他不能证明她们中哪一个更好些。她们是不同的，有各自的优劣，然而有一点是不可以改变的，那就是他的妻子只能是他的妻子，而家乡的女人是永远不能占据这个位置的，他想这大概就是她们的不同。

显然他的担心是多余的，因为那个家乡的女人很容易地就在他信中为她指定的那个汽车站见到了他。他欣喜异常，但却故意做出很沉静的样子。其实他早就在徐徐开来的公共汽车里看到了她。他知道那就是她。他爱的女人。家乡的女人穿着厚厚的外衣。她的脸被北方的风吹得红红的，显得粗糙。显然那是她不习惯的一种气候，但是她的心里是热烈的并且是急切的。那是看得出来的，她一直在焦虑地朝车窗外张望，但是她却始终没有能够看到他。

男人叫着女人的名字。他让女人一走下拥挤的公共汽车就找到了他。他没有让女人感到过一丝的茫然。他那么亲近地拉住了她的手。只是他自己无法说清在第一眼看到这个女人时的心情。好几年不曾相见，他觉得这个他一直期待着心疼着的女人有些变了。至少没有他想象中的那么美好。他想是因为事过境迁，而他的梦想却依然停留在往昔的岁月中。他应该现实一些，不能期望值过高，因为任何的臆想都将是脱离现实的。在几年不曾见到的岁月中，他已经把过去的现实变成了某种不切实际的美丽想象，所以，那肯定是不明智的。这也是他此时此刻会有一种失落感的原因。

那是 1986 年冬季的某一天。在另一个城市，他终于见到了家乡的女人。他们在刚刚见面时，当然不能因为相爱了许多年又许多年没有见面就在大庭广众之下热烈地拥抱接吻。况且，他们好像已经有点陌生，毕竟已经好几年过去，他们需要一个熟悉的过程，他们需要把往昔爱的火焰重新点燃。

他们一路朝朋友的家中走。他带着她，说一些家乡的事情和熟人，并不那么亲密的。而其实他们两个谁都知道他们未来要做的是什么、什么使他们急切，但在路上又要拼命抑制着急切。他们不知道对方的欲望是不是已经很强烈。他们亦不知道他们这样急急渴渴地见面，是不是就是为了上床。

总之男人为女人安排好了一切，也就是为他们的上床安排好了一切。他除了要解决好对妻子的歉疚，还要克服自己对朋友房间的恐惧。因为他到朋友的母亲家拿钥匙的时候，朋友的母亲还特别问到了他的妻子。他才记起当年和妻子旅行结婚的时候，就是住在朋友的这套房子里，所以他现在的感觉很不好。

他有点踌躇地打开了朋友房间的门。房间里是温暖的，他刚刚离开房子去接女人。但是回来的时候他觉得还从来没有像现在这样惶惑过，他甚至怀疑他是不是应该到这个城市来，而他也不知道这种选择是不是正确、是不是值得。因为这和他原先想的确实有了很多的不同，所以他不能保证自己一回到房间就立刻和自己曾经心爱的姑娘上床。只是他很早就为他们今天的见面设计好了所有的细节。他想他们应该是从楼梯上或者走廊里就开始迫不及待地接吻，然后他们亲吻着走进房门，再然后就是疯狂地扯掉身上的衣服……

但是见到家乡的姑娘后，男人反而迟疑了。尽管他们见面的指向已经非常明确，而且他们也都知道要发生的事情在所难免，但是他们在走进只有他们两个人的房间后，却始终远远地对峙着，沉默。那不是他们已经期待已久的时刻吗？

男人想着家乡的姑娘和几年前究竟有什么不同。他甚至不知道几年前的那个夏天他为什么要那么急切地占有她。他想也许是因为季节。当初他们在一起时是夏天。夏天家乡的姑娘穿得很少，而且她裸露的肌肤是那么湿润而亮洁，让人向往。而冬天就不同了。家乡的女人没有合适的御寒棉衣，而且她的脸也被北方的寒冷折磨得没有了光泽，干涩而憔悴的，那当然不是她的过错。

男人请女人坐下。继续是客套的寒暄。男人又要求女人脱下外衣，女人便也顺从地脱下。然后他们就那样对坐着，男人没有亲昵的举动。男人当然知道这是他不好，他不应因自己些微的失望就将女人置于尴尬。所以他努力使自己适应这种变化，并想方设法地让自己对家乡的女人好一些。

　　房间里确实很暖和，但女人却开始发抖。后来她站了起来，她说，也许她该走了。女人说着便流出了眼泪，她当然看得出男人的冷漠。又是眼泪。蓦然地，男人突然觉得他的爱就像是决堤的水。那眼泪让男人的感情苏醒，良心融化。后来他走向女人，问她是不是冷，然后就顺势将女人搂在了怀中。

　　男人想他必得直奔主题。他想可能只有身体的相互接触相互温暖才能溶解他们之间几年来的疏远和隔膜。男人说，别哭，也不要说走，我一直想着你，想着这一刻，就像我们信中说的那样，我们在一起……但是男人这样说着的时候，还是听出了自己的虚伪和空洞。他听得到自己的话语中没有激情，他不过只能这么说罢了，因为家乡的姑娘确实是无辜的。

　　但是他真的在努力。他不想让家乡的女人伤心，否则当初就不应该答应这次会面。他开始为女人脱衣服。他一边为她脱衣一边小心地抚摸着她。然后他吻她的身体。女人依然在流泪，但是她不挣扎也不躲闪。男人的手在女人的身上温柔地行走着，当他终于触到了那柔软的隐秘之地，才知道女人已经是怎样地想要他。

　　接下来便是注定的了。逐渐到来的性的崛起使男人的意识恢复了知觉。男人才发现其实他还是渴望这个洁净的没有生过孩子也没有被别的男人蹂躏过的身体的。他爱这个身体。他觉得家乡的女人又成为了他的女人，他自己的。他要占有她的欲望是那样强烈。他还觉得其实女人穿什么衣服、脸上有了什么变化，或者那种表面的感觉确实并不重要，那个物质的身体才是一切，而由身体的亲近而生的温情才是最最重要的，而此刻正是这个身体将他和家乡的女人一点点拉近。

　　那是他们共同的渴望。好像又回到了那个炎热的夏季。男人吻遍女人的全身。他在这个女人的身体上闻到了一种草的清香，而不是化妆品的那种造作的幽香。于是他很快乐。那快乐是他和妻子在一起时所从来没有过的。仿佛置身于大自然中。

　　然后他就带着这个给了他欢乐和新异刺激的女人上街去吃饭，并且给她买了很多他认为适合她的衣物。不是为了补偿。他和妻子上床之后，也会送给她礼物。他觉得这是人类的一种交换或馈赠的本能，男人更应如此。男人是需要给女人报酬的，或者也可以叫作礼物。无论是妻子、情人，抑或是妓女，只是回赠的方式不一样罢了。所以有时候妻子会对他说，我不过是你长久的妓女罢了，有什么本质的不同呢？

男人在这个城市中把他和女人的生活安排得很丰富也很浪漫。他不是只和她待在朋友的床上，而是把她带到了大街上，或是参观城市中的各种名胜古迹。他觉得女人穿上他买的衣服后，看上去就漂亮了许多，也时尚了许多。于是她成为了他的作品。当她成为了他的作品后，他就真的为她而骄傲了。他就是带着这个被他包装后的女人在这个城市中自由行走的。

是的，在这个城市中他们可以自由行走。因为这个城市几乎没有人认识他们。于是他们的爱的踪迹遍布，每一天都在欢乐中。那是非常快乐和自由的几天。一种全新的生活。他们在一起所产生的那种化学的反应，是他们都很喜欢的。他们的话语方式以及爱的方式甚至做爱的方式，都是他们所独有的。与过去的生活完全不同。那是他们的浪漫和诗意。而几天里唯一让他们痛苦的，就是即将到来的分离。因为分离在所难免，所以他们也看得很豁达，尽量做到不到分手的时候不去想它。最后的夜晚自然情意缠绵。他们唯有信誓旦旦地期冀着下一次的见面，哪怕是遥遥无期。清晨的时候，女人洗了朋友家所有床上的用品。那是一种礼貌，也是一种告别。

然后男人送女人去火车站。他自己的火车在女人离开两个小时后才能启程。在候车站里等候的那段时间让男人度日如年。他心中当然有很多的怅惘和忧伤，但是又能怎样？他是必得要回家的，而且他的妻子只能是他的妻子，那是他不可能也不愿意改变的。

男人当然不知道与他一道登上这列火车的那个女人就在他办公室对面的那个窗里。他也不会知道这个女人日后会出现在他的生活里，并且会改变他的一切。他当然更不会知道此时的女人是怎样的沮丧。她沮丧的原因和男人的截然不同。女人是想要所有爱她的男人，谁也不想失去。她深信只要她不属于一个男人就等于是属于所有的男人。她真的喜欢那种属于所有男人的感觉。因为所有的男人就都会来帮助她，送给她礼物，让她活得像女皇。被爱使她有了一种高傲的进而高贵的感觉。为了这种感觉，她宁可不要永恒，而让所有被爱的片断都成为永恒。

女人在回家的火车上就是这样想的，只可惜和她同坐在一个车厢里的那个男人不能理解她，更不可能接近她。

　　他们依然互不相识。这是上天的安排。

1990 年秋

　　继续杂乱无章的生活。但生活毕竟在继续。男人一直认为他的婚姻是没有问题的。所有的一切都很稳定。他爱妻子，他的家庭生活也是和睦的。但是稳定而和睦的生活并不意味着他就不能去欣赏别的女人。特别是因为有了这样的家庭和妻子，他才觉得他更应该去欣赏别的女人，因为对别的女人，他就只剩下欣赏的可能了。尤其是妻子对他的那种格外的宽容。他觉得这种宽容在某种意义上就等于是一剂甜蜜的毒药，让他永远不可能彻底背叛这个温暖而平和的家。他妻子的杀手锏其实就是容许他和别的女人来来往往。而这个作为妻子的女人的聪明之处，也就在于她太了解丈夫对女人的兴趣了，所以她不能扼杀这种兴趣，因为她知道一旦扼杀了这种兴趣，就等于是扼杀了她自己，以及她一直小心经营的家庭。她不想失去她丈夫。她更不能因她对丈夫外遇的愤恨就把他推到别的女人身边。那是不明智的，是蠢女人才会做的事。于是她学会了用一种极端怀柔的政策来争取和控制她丈夫，事实证明她的这种努力是有成效的，因为丈夫无论怎样对别的女人有兴趣，却从不曾放弃他对家庭的信念和责任。

　　就是在这样的情境下，男人又不期地遇到了另一个女人。

　　这时候男人选择女人的方针已经有了很大的变化，他不再像当初那样去爱一个未婚的女人。也许是他对家乡女人那漫长的责任让他不堪其苦，于是他转而对那些已婚的女人发生兴趣，因为他觉得与这一类人建立的友情，就仿佛是水上的浮萍，没有根基，也就无须为此负疚、负责了。

　　而这个已婚的女人就在他办公室对面的楼上。

　　他们已经对面了很多年，却从不曾相识。

　　他们是在一个偶然的会议上偶然相遇的。如果不是女人代替另一位生病的同事来开这个会议，也许他们永远不会相识。

　　在那次会议上他们刚好坐在了一起。于是他们就自然而然地认识了。这是个可遇而不可求的机缘。女人非常大胆地告诉男人，我已经认识你很多年了。男人惊愕地看着女人，他才发现这个认识他很多年的女人非常漂亮。于是他也饶有兴味地和女人聊着。女人说很多年来她一直透过办公室的窗子看他每天从那个布满了长春藤的红色砖墙下走过。她每天都看，看了很多年。所以在某种意义上她对他已经非常熟悉了，甚至分辨得出他每一天的喜怒哀乐。

男人惊异地看着女人。他觉得这个女人的脸是那么柔和，可以照亮一切的那种柔和。他为此而感动万分，他觉得能被一个女人如此长久地注视着真是太不可思议了。然后他便很冒昧地问了女人，你结婚了吗？

只是还没有等到女人回答，会议就开始了。那是个非常严肃的会议，不准交头接耳，更不能窃窃私语。男人想等到散会后再听女人的回答，但是刚一散会，他就立刻被会议的领导纠缠住了。他心不在焉。机会稍纵即逝的。果然他稍不留意，那个曾长久注视过他的女人就无影无踪了。仿佛烟消云散，就像是一场美丽而感人的梦。

但是男人对女人毕竟留下了深刻而美好的印象。因为人世间这样的故事并不多，而且是发生在他的身上。当然他根本不可能了解她，更不会知道她是否结过婚，甚至连她的名字都不知道。但是他还是很欣慰，因为他至少知道了女人就在对面的楼上。如果他愿意，他立刻就可以找到她。

在这个生活中并不多见的闪亮后，男人很快又恢复了平静，并以平静的心态回到了属于自己的那种如常的日子中。他也没有急于去找那个女人，因为他觉得那是举手之劳，早晚罢了，况且，他早已经过了那种冒冒失失的年龄。他只是在每天早晚上下班的时候，无端地多了一个抬头的程序，以寄托他对那种美好情愫的牵念。有时候他能在对面的那扇窗里看到女人的脸或者眼睛，看到她那美丽而又有点忧伤的微笑。但有时候却什么也看不到。他不知道女人的微笑为什么总是忧伤的，他不了解她的故事，于是想象女人的往事，就成为了他生活中的一个充满了疑问和激情的内容。后来因为生活的混乱，他就顾不上去想象那个陌生女人的往事了。但无论如何，他对对面窗中的女人有了一种异乎寻常的亲近感，这就是妻子所谓的他对女人的兴趣吧。不管怎么说，他每天走过红墙上班或是下班的时候，再也不觉得乏味了。

有了对面女人每日的关切，男人便有了一种莫名其妙的踏实感。有几次他也曾冲动过，想跑到对面的楼中去看望那个女人，但又总是不能鼓起勇气，甚而嘲笑自己的"幼儿园"举止。这样久而久之，他就彻底丧失了勇气。他认为知道有这么个女人在楼对面的窗子里关注着他就足够了，干吗非要让那种美好的感觉落到实处呢？现实未见得真如想象美好，于是他彻底打消了去探望那个女人的念头。他知道不去了解她并不意味着他不在乎她。他觉得窗对面的女人其实已经成为了他日常生活的一部分，他甚至认为她已经是他的亲人了，甚至就是他自己。他觉得能留下这样的印象也很不错，何苦要把自己再卷进什么情感的漩涡呢？

　　而女人在1990年秋天的时候又爱上了另一个男人。这可能就是她为什么没有热诚专注地守候着对面红色砖墙下那个来来往往的男人的缘故。她爱上了那个男人就以为她永远找到了自己的家，甚至他们结婚的日子都已经定了下来，但可惜这一次还是像从前一样。对她来说，任何的感情都是瞬间的，而她不能原谅自己的是，她又一次背叛了她正在爱着的男人，因为她又经受不住别的男人的诱惑了。尽管那只是一夜风流。

　　所以她想她为什么总是经不住诱惑？她的结论是她可能还不够爱正在爱的那个男人。她受不了另外的那个男人在电话中恭维她，说她的声音是如何如何好听动听、气质非凡。她想不出自己为什么连如此虚伪的恭维都听不出。然后她就去见了那个恭维她的男人。那时候她好像还有一点敬慕他，以为他是某种打不破的神话。然后那个男人又说，你是那么美，又是那么柔和。进而他就要求和她睡觉。好像一切都天经地义、顺理成章。女人不知道这里面还有一种征服的愿望在作祟。她想她怎么能允许这个男人这样呢？最终是，没有打不破的坚冰。那就是一个男人锲而不舍的请求。

　　被一个男人请求，那是女人从未经历过的。那么执着地，执着而又和风细雨。也许那个男人是粗暴的残酷的，女人就永远不会就范。但是这个男人是在讲道理，他通过各种道理告诉女人，在这样的夜晚她该接纳他，她只能接纳他。他甚至说了他还从没有这样被女人拒绝过。他盲目地认为女人也是想要他的，但是女人坚持抵抗着，直到清晨。

　　清晨的时候，女人打开门。她想她该走了，她该告别，她想说她不能满足男人的请求，她只能对那个失去了自尊的男人深表遗憾。

　　然而她打开门，那个男人就强行走了进来。他就站在门口，整整一夜。他进来后就把女人拖回到床上……

　　清晨不是不可以上床。

　　清晨也不是不可以做爱。

　　但是女人确实一直在努力抵御着，抵御着太平洋的堤坝。

但是男人再度说，他从没有这样被女人拒绝过。

于是女人动了恻隐之心。恻隐之心人皆有之，她觉得她怎么能这么冷酷，怎么能这样对待一个哀求着她的男人呢？

她觉得她受不了一个男人的自尊心受到如此挫败，然后她便抬起手臂抱住了那个男人。她便是这样被缴械，被满心柔情击垮。在抱住她并不爱的男人的那一刻她真的很难过，她觉得她是在用她的身体安慰一个可怜的孩子。

然后女人反诘自己。她想她为什么在结婚之前还会有这样的移情别恋，一夜风流？哪怕仅仅是一夜。一夜也是不能原谅的。

于是婚姻在即将开始的时候就已经不再纯粹。那么婚姻还有什么意义呢？她想或者真是因为她爱她的未婚夫还不够深？她知道当她深爱一个人的时候，她是一定不会背叛的。就像当年爱她的导师。她曾经一直以为导师是唯一的，但却有无数感情的片断穿插其中。后来她才意识到也许她并不真正爱导师。就是这样，这是在她经历了很多这样的事情之后才总结出来的经验。如果在她爱着一个人的时候还允许另一个人进入她的身体，那就足以证明了原先的爱情并不真实。

她没有对未婚夫提起这一夜风流。她不说是因为她曾经想挽救那个即将到来的婚姻。但婚姻就是个脆弱至极的东西，所以她从此不想再碰婚姻。

即将到来的婚姻终于没有到来。她和她的未婚夫分手，也再没有和那个曾经请求过她的男人有过任何来往。这个男人出现的全部意义，就在于他让她看清了那个即将到来的婚姻是怎样的不堪一击。

分手后女人重新变得悲哀并且无所事事。这种空旷虚无的感觉使女人重新又回到窗前。她也是回到窗前的时候，才又蓦然想起那个每天会从红墙下走过的男人的。算一算，她已经将他遗忘很久了。于是当她再一次看到他的时候，竟然有了种恍如隔世的凄怆。

1990年冬季

然后就到了1990年冬季。一个不可思议的机会，女人单位给了她一个到美国出访的机会。那是一次团体出访的行动，女人是其中一员。但无论如何这是女人梦寐以求的。而让她觉得更不可思议的，是在办理出国手续的时候，她突然发现，在与她同行的人们中，竟然有对面楼内那个总是从红墙下走过的男人。

在统一办理护照的时候，她意外地站在男人对面。面对她的惊愕的目光，男人向她伸出了手，说，这回咱们不得不认识了。

男人意味深长地看着她。于是一种近乎幸福的感觉立刻温暖了女人。当然他们每个人对这次出访就又多了一重激动人心的向往。

接下来他们就有机会经常见面了。但是每次见面的时候，他们还是尽量表现得矜持而冷静，甚至过于客气。与他们同行的另外几个成员，都是同系统的业务骨干。一开始大家都很陌生，但是交往多了，自然也慢慢熟悉了起来，何况一路上还会有说不完的感受和话题。

其实在整个行程中，女人和男人的交往并不多。只有一次男人主动对女人说，有过一次共同的旅行，通常人们就会熟悉了，甚至建立友情。因为他们曾共同经历过。女人也有同感，便随声附和了几句。

然后是充满了憧憬的漫长飞行。然而就是在这次漫长的飞行中，他们也不曾单独在一起说过话。在他们的这个小集体中，除了专门配置的女翻译，男人的英语就是最好的了。所以一旦需要兵分两路，女翻译必然跟定团长，那么男人也就自然要把另一路管理起来，否则这些人在陌生的国家将寸步难行。

然而另一路也不单单是他们两人。更多的情况是，另一路要包括除团长和女翻译以外的所有人。于是他们被淹没在其中，没有任何机会发展他们的友情，直到团长给了他们那个能够单独在一起的千载难逢的机会。

团长要女人到另一个城市去取团长老婆的侄女为团长小舅子带回的礼物。另一个城市离他们所住的这个城市并不太远，而团长之所以不能亲自前往，是因为团长在那一天刚好有一个宴会，而这个宴会又是团长极为重视的一个高规格宴会，在这个宴会上，团长只能带女翻译一人。于是去见团长亲戚的重任就只能拜托女人了。

这本来是女人一个人的任务。女人之所以能获得这份美差，还得益于团长对女人的格外关照。因为毕竟多看一个城市就能多长一份见识，这是团里的每一个人都希望获得的机会。女人所以不能一人前往，是因为飞往那个城市临时购买的机票十分昂贵，团长不愿将私事显示在账目开支上，最后发现还是租一辆汽车更合适。而女人又不会开车，当然团体中有很多人会开车；然而他们会开车，却不精通外语，所以陪同女人的使命就责无旁贷地落在了男人肩上。是团长点名要他去的。

到另一个城市尽管新鲜，但毕竟是一项辛苦的工作。因为另一个城市尽管不太遥远，但开车也要整整一天。幸好男人不在乎这些，所以一清早他就带着女人和一张美国交通图神采飞扬地上路了。团长为他们安排的日程是，当晚赶到团长亲戚家取东西，第二天清晨从那个城市返回。

他们上路。他们很快乐。那是一辆墨绿色的飞亚特牌轿车。车的性能不错，而高速公路的路况也很好。尤其公路始终沿海岸线蜿蜒伸展，一路景色都非常秀丽。置身于这样的旅途中，车上的人便也心旷神怡，不觉疲劳。

这是男人和女人想都不曾想到的。没有人知道他们中间曾有过什么。他们看起来实在是太没有什么了，如此大概团长才会放心地放他们走。说起来如果有什么，倒是那个漂亮的女翻译一路总是对男人含情脉脉，小鸟依人，扰乱军心。团长自然火眼金睛，看出来这绝不是男人的过错。女翻译喜欢男人，而团长恰恰又有点喜欢女翻译，所以他才故意支走男人，让女翻译死心塌地在这个高规格的宴会上为他翻译。因此这不仅对他们是千载难逢，对团长也是个不可多得的机会，就看团长怎样好好利用、乘风破浪了。

行车一天当然辛苦，但是因为路边是海，旅途的枯燥自然就被减弱了许多。再加上同行者之间虽然了解不深，但却彼此感觉亲切，甚至有种莫名其妙的冲动，所以这样的旅行当然是激动人心的。

一开始他们有点无话可说，或是无从说起，只偶尔议论一下窗外的风景，或唏嘘一阵美国的环境保护。然后就是沉默，那种不自然的沉默，山雨欲来风满楼的沉默。后来还是女人首先问了男人，来机场送你的是你妻子？

于是他们终于有了合适的话题，男人回答说，还会有谁？

女人又说，和我想象的不太一样。

男人有点惊异地扭转头，看着女人，问她，是吗？那么你觉得应该是什么样？

或者，更娇小一些？更不自信一些？总之，我一直觉得你是个有力量的男人。

就是说，你觉得我还不够有力量？

我真的不是这个意思。女人有点着急了。我只是想说，有时候想象和现实的差距非常大。这是我的体会。不是因为你妻子。

他们的第一次谈话有点不欢而散的味道。

中午他们停下来吃快餐。男人有意让快餐丰盛，因为他觉得他是男人。他们停留的时间并不长，男人的不切实际让饭菜浪费很多，只好打包带走，最后扔掉。但是他们喝了很多咖啡，显得很有情调的样子，没有人认为他们不是一对，那是他们不经意显示给别人看的。

黄昏时分，他们如约赶到了团长亲戚的家。他们拿到了要团长带回国内的那个很大的包裹。然后团长亲戚把他们带到了一家很小但却十分典雅的私人旅馆，并且已经提前为他们订好了一个房间。因为团长事先并没有告诉他们来的是两个人，而且是一男一女，所以只订了一个房间。他们赶紧解释前因后果，只是这家旅馆的所有房间都已经预定出去了，不过旅馆的老板答应，晚些时候可能会有一位顾客离开，那时候，他保证会把那个房间留给他们。

然后他们一道来到了那个房间。那是一个很大的房间，还有一张很大的床。房间的装饰很典雅，有一种近乎神秘的感觉，让人迷惑。男人说，你就用这个房间吧。喜欢吗？男人又说，车到山前必有路。男人还说，不用想房间的事。先出去玩，看看这个城市。如果实在没有，我还可以拿上毛毯到汽车里睡，或是再去找一家旅馆。

团长亲戚很有礼貌地请他们吃了晚饭。吃饭的时候，他们还和团长通了电话。显然女翻译就在团长身边，她和男人用英语聊了半天。女人不知道他们都说了些什么，但是她看见团长的亲戚一直在笑。

晚餐后团长亲戚带他们游览这个城市。后来他们不想再麻烦团长亲戚了，便决定自己继续游览。

这个晚上，因为要等到夜里才会有房间，所以他们在外边玩了很久。他们逛各种商店。男人为女人做翻译。女人买了各种礼物，男人也买了几瓶打折的名牌香水，说回去送老婆。其中一瓶不打折的，男人当即就送给了女人。女人说，不，为什么？男人说，为了你在窗子里看了我好多年。女人说，我不能要。男人请求，因为你看我对我来说太重要了。

1990年秋的某个夜晚

他们是午夜后回到旅馆的。他们之所以在外面待了那么久，一是因为要等房间，二是因为只有那样，他们才能名正言顺地在一起。而一旦有了房间，他们就没有理由继续纠缠在一起了。

他们深夜回到旅馆的时候，竟然莫名其妙的伤感。一种恋恋不舍的感觉，恨不能夜晚永远是白天。女人跟着男人在美国的大街上走着的时候，那种感觉很美好，就像她真的是男人的女人。她依赖他，有时候甚至手牵着手，却没有一丝不舒服。于是她想，也许她就应该是他的。

他们一起走向旅馆的服务台。老板已经回家，服务台前是夜间值班员。面对男人，他做出很抱歉的样子。他说老板的确交待过为他们留房间，但是等了他们差不多两个小时，又来了好几位刚下飞机的外国旅客一直等在这里，他请示了老板，只好把所有的房间都给了他们，这样还不够……

男人很愤怒，用英文和值班员交涉，甚至做出要走的样子。可是值班员确实无可奈何，他只能不停地耸肩并不停地说着对不起。

男人最后也很无奈。他说他之所以生气，是因为那个值班员竟然说，你们住在一起不是很好吗？他有什么权力决定我们的事情？但是确实没有房间了。怎么办？走吧，我先送你上楼。总会有办法的。

于是他们上楼。

说不明白的心情。

一走进那个漂亮温暖的房间他们似乎就再也不可能生气了。

这里没有别人。这里是美国而不是中国。还有，只有他们两人。如果想，他们便可以为所欲为……

男人为女人安排好了一切。告诉她设备怎样使用，夜晚该注意什么，然后他说，好了，我该走了。

女人有点迟疑，说，不然我们就在这里谈话，说一整夜。

男人说，不行，我已经开了一整天车，明天还要开一整天，所以我必须睡觉。

女人说，那你就睡在这里，我可以坐在沙发上。

男人说，这样不好，我会睡不踏实，还要满怀愧疚，算了，我还是走吧。

可是……就没有别的办法了吗？

男人走向门口。女人站起来送他。女人不情愿。她说这么晚了。她又说一个人留在这个陌生的地方很害怕，她又不懂英语……

男人到门口停住脚步。

然后男人突然就扭转了身，问女人，真的不走了？

女人点头。

几乎是同时，仿佛事先商量好了似的，突然间，他们紧紧抱在了一起。那是不期的。男人拼命搂紧女人，吻她，说想不到她看了他这么多年，而且这个看他的女人竟是如此美丽。

　　男人后来放开了女人。他问她，行吗？女人于是去解男人衬衣的纽扣。她把她的手伸进了男人的胸膛，她抚摸着男人的肌肤。而男人亲吻着女人的脖颈，然后他的吻不断向下。他们一边做着一边退向身后那张大床。男人终于把女人压在了身下。那也许是他们一直期望的。男人一边亲吻着女人一边撕扯着她的衣裙。在这样的时刻他们已经如疯子般彻底丧失了理智。他们不知道他们是不是真的相爱，也不知道他们在做爱时会不会和谐。总之他们拼命地做着。他们只知道他们想要对方，太想了。每一个急切的动作都在接近着那个灿烂的终点，那个最高的巅峰。男人让终于周身赤裸的女人躺在她被撕破的裙子上。他看着她的美丽身体，看着她像海浪一样地动荡起伏。他吻她的乳房。他按住她的双手。他让她无助地被欲望折磨。他感受着她柔软的身体无声而又疯狂地扭动着。女人用她欲望的身体寻找着男人。她用她的脸揉搓并啃咬着男人的坚硬。迅速的潮湿和滑腻，那是激情的渴望，是召唤也是引诱。来吧。女人的身体说。来吧。那海啸一般的喘息声，在耳畔，仿佛要将世界摧毁的誓言。那就是他们，男人和女人。他们都不明白为什么会等到今天才相识。他们好像都已经等了很多年。他们好像自来到世间，就是为了要等对方。

　　他们沉浸在这样的激情中直到黎明。

　　男人疲惫至极，清晨却只能上路。

　　他们离开这家承载着他们夜晚的旅馆时，才真正觉出难舍难分，但是他们必须走。

　　男人在高速公路上几次不得不停下来。

　　一路上他们四处寻找的，唯有路边的咖啡店。

　　当他们终于回到团长所在的城市，已经半夜。但全团的同志们似乎都没睡，因为大家都害怕有人叛逃。尤其团长如坐针毡，女翻译更是哭哭啼啼，抱怨和男人一道去取包裹的是那个女人而不是她。

　　他们风尘仆仆归来的时候，大家终于放下了所有悬在半空的心。

　　女人回到自己的房间，发现同屋的女翻译在哭。

　　她问女人，男人是不是也回来了？女人说，是。女翻译便破涕为笑，说团长都急死了，差点让我去报警。其实女人已经见过团长，并且也已经把团长的包裹交给了他。她没看到团长急疯了的样子，团长甚至还很和蔼亲切地夸奖他们辛苦了。她想也许是团长老奸巨猾，含而不露吧。

于是女翻译又问，他回他的房间了吗？

女人问，谁？团长还是别人？

女翻译说，当然是别人。

女人再度说，好像还在团长那儿。

女翻译便突然像子弹一样弹出了她们的房间。

然而女翻译旋即返回，一脸沮丧的神情。

怎么啦？女人问女翻译。

他怎么啦？路上发生了什么？女翻译反过来问女人。

女人说，不知道。

我去看他的时候，他竟然已经睡着了。脸色难看极了，是不是生病了？

是吗？也许是太累了吧。

女人说过之后，就把自己锁进了卫生间。

1996 年夏季

男人不知道该怎样对女人解释，事实上他已经买好了避孕套。那时候女人不在他身边。她正在一个很远的但却非常美丽的海滨城市开一个对她来说非常重要的会议。她为此做了很长时间的准备。那一次又恰好会期很长，所以她根本就不可能知道，男人在女人不在的时候都做了些什么。

男人始终在积极准备着。他一直和远在美国的妻子通电话。电话中都是一些极其琐碎的事情，譬如妻子所需要的各种生活用品，因为美国的这类东西确实很贵。

而唯一丈夫已经买好而妻子并没有要求他带去的一种生活中必不可少的用品，就是避孕套。因为妻子早就预谋钻美国法律的空子，就是说，她要利用丈夫在美国生下一个孩子，让孩子获得美国国籍，这样他们就可以名正言顺地留在美国，乃至于有一天成为美国的正式公民了。这便是她的美国梦。在她看来，美国确实是天堂。而美国其实并不是天堂，这是她后来才意识到的。只是她明白过来的时候已经晚了，她棋错一招，便再也回不到原来的生活中了。

从妻子如此热爱美利坚合众国的角度来看，男人当然承认妻子的这种想法是聪明的并且是天衣无缝的。但是他还是去买了避孕套，因为他也有妻子所不知的难言的苦衷。他觉得这已经是对自己深爱女人最无可奈何的忠诚了。那时候他还想不好未来的生活会是怎样的，但是他却知道，一旦真的有了孩子，他们所有的人就全完了。

他不记得有谁曾对他说起过，聪明的男人和聪明的女人在一起是——情人；聪明的男人和愚蠢的女人在一起是——怀孕；聪明的女人和愚蠢的男人在一起是——绯闻；而，愚蠢的男人和愚蠢的女人在一起是——结婚。男人不知道这样的说法是不是至理名言，但是他觉得这里面确实有很多真理性的东西，也是普遍现象，或是经验的总结。

那么在这条总结中他又属于哪一类呢？是聪明的男人，还是愚蠢的男人？妻子要和她生孩子显然是愚蠢的，那么在这个组合中他就是聪明的了。可是当年他同意和妻子结婚就不够聪明，当然那也是时代使然，是他们不可能选择的，所以他觉得他还是聪明的。另外，他和他爱的这个女人就从来没有提起过结婚的事，这么说他还是个聪明的男人。

后来女人听说了避孕套的事，她很生气，问男人，难道美国没有避孕套？

当然有，甚至更好，但是谁会给我避孕套？我妻子吗？她要的就是这个能在美国出生的孩子，也是我此去的最重要目的。这样她就不仅能留在美国，也能缠住我了，你说到底什么重要？

女人沉默。其实她原本想说，那么就不能不……

但是她很快还是停了下来，不再说。因为她知道不能不。他们怎么能不上床？

男人在越洋电话中总是对妻子发火，好像妻子真的有了什么过错。他莫名其妙地生气，扔掉妻子的电话；要不就是说一些让妻子难过的话，在电话中和她争吵。他知道这是他不好，但是没有办法，他就是心情不好。而且马上就要走了，他却还没有对海滨的女人说。他不知道该怎样对她说。他也不知道那个女人还会不会一如既往地爱他，等着他。

后来妻子也很愤怒，问他到底是怎么了？她说美国是天下人都梦想要来的地方，你不是也很喜欢美国吗？可是你为什么总是不高兴，而且办事也是拖拖拉拉的。到底发生了什么？是不是你那边又有了女人？你不能这样对待我。如果想找男人，我身边比你强的男人多的是，喜欢我的也不计其数。如果我愿意，每个晚上都会有人陪着我，生个孩子也是轻而易举，美国的法律才不管孩子是不是丈夫的，我只是念及我们十几年的婚姻……

男人通常就是在这样的时刻挂断电话，让对面的妻子大哭。

但是飞机票还是从美国特快专递寄来。

男人觉得他简直是被妻子拖着在往美国走。他被那个愚蠢的想怀孕的念头折磨着，困扰着，而他又确实想到美国更深入地生活一段时间，因为在他的观念中，美国确实是当今世界上最特殊的国家。特别是几年前的那一次访问，美国给他留下了十分美好的印象，所以他不愿错过这个能够再度接近美国的机会，而且他的语言也没有问题。当然如果可能，未来他也可以想方设法把自己心爱的女人也接到美国。当然这是他的一厢情愿，因为他并不知道女人是不是也像他和他妻子那样，为了美国梦宁愿离乡背井。

护照到手，签证通过，机票也不能再更改了。一切进展得如此之快，而且这么顺利，这也是男人所没有想到的。以至于男人飞赴美国的时间，竟然就是女人从那个海滨城市返回的时间。在同一天、同一个时刻、同一个机场，他们将失之交臂，多么可怕。就是说，当女人满怀激情回来的时候，他就已经飞离祖国的领空了。怎样的阴差阳错，又是怎样的残酷无情。

海滨的女人每天都会打来电话，但是男人总是欲言又止，不知道该怎样对女人说。男人想来想去，觉得还是不能在电话中对女人说。他知道对女人来说，这不啻是个坏消息。他不能在他不在女人身边的时候，让女人独自绝望，他认为那是不道德的，何况他又是那么爱女人。就如同是，他要和妻子离婚，也要当面和妻子说清楚那样，他不是个不负责任的男人，他想他应该当面和女人道别。

后来男人就果断登上飞往女人住地的航班。他想今天飞过去，明天返回，和女人在一起二十四个小时，足够向她说明一切的了，他必须抓紧临行前的每分每秒。

他选择了下午的航班，因为他知道女人白天在开会。他不可能到会场去找她，因为会上也有很多他的熟人。飞机落地后他就住进了一家涉外的五星级酒店。他这样做只是为了能相对安全地和女人见面，因为他们毕竟是在偷偷相爱。他不在乎五星级酒店的房间是否昂贵。因为人们在即将出国的时候，通常是不会把钱当钱的。因为比起能走出国门，钱确实已经无足轻重。

男人住进酒店时已是黄昏。窗外是海，所以海上的黄昏就显得更加美丽迷人。男人一走进房间就开始给女人打电话。但是女人的房间里不是没人，就是和女人同屋的那个陌生女人说女人不在。后来男人只好留言，他请那个陌生女子转告女人，一回来就给他打电话，他有非常紧急的事情。

男人就这样在他的房间里急切地盼望着女人。他甚至无暇顾及窗外这座海滨城市的美丽风光。但是他在这个漂亮的大房间里来回徘徊的时候，尽管焦虑，却还是不由自主地看到了窗外的黄昏景色。他觉得这里确实美极了，只是他们不再能共享这美丽风光了。

男人是眼看着眼前美景在黑暗中渐渐消退的。但是仍旧没有女人的电话。唯一的一个电话是服务台打来的，向男人介绍酒店的晚餐服务。但是男人不能到楼下餐厅去吃饭，因为他不知道女人什么时候会打来电话。其间，男人也曾几次把电话打给女人，但是女人的房间又恢复了那种无人状态。男人想，那个室友显然也逃出去和别的男人幽会去了。

男人心急如焚，翘首以待。他在房间里走来走去，就像热锅上的蚂蚁。他的返程机票是第二天下午的，而他到达这个城市已经三个小时了，却竟然连女人这会儿在哪儿都不知道。真是太不可思议了。

时间就这样一分一秒地过去。而现在他们最最宝贵的其实就是时间。男人知道，女人来得越晚，就意味着他们在一起的时间越少。没有时间了，男人甚至觉得他已经不能详细地向女人说明他为什么一定要去美国了。

最后男人终于等到了女人的电话。

女人听到男人急切的声音时很惊讶。她问他，你在哪儿？男人说就在这个城市。女人更加惶惑，怎么了？出了什么事？你怎么会来这里？一定是出了什么事。

他们通话的时间是晚上十一点。这时候男人在他的房间里已经等了女人整整六个小时。女人说，我就来。但是女人就是"就来"，路上也要五十分钟。因为女人开会的地方在郊外，而且那时候女人刚刚从城里回到郊外，女人进城是为了出席一个酒会，她并不知道那时候她和男人其实已经近在咫尺。

男人房间的门铃终于被按响。

男人是冲过去打开房门的，那种急切可想而知。

男人一开门就开始亲吻女人。他是亲吻着把女人接进房间的。然后他们就靠在房门上继续亲吻，带着那种久别胜新婚的疯狂与热情。男人顺手锁上了门，并按亮了门外"请勿打扰"的显示器。

接下来男人把女人抱到床上。他知道他不能一上来就对女人宣布那个坏消息。他一边吻着女人一边把她带到床前。

自从女人进门他们的嘴唇就没有离开过，直到他们的身体一丝不挂地紧贴在一起。

也是直到这一刻女人才奋力从男人的怀抱中挣脱出来，她问男人，就为了这一刻？

就为了这一刻。男人大言不惭地说。

你竟然会万里迢迢地飞来。我过去怎么不知道你还有如此浪漫？

但是女人还是很快从男人的目光中探寻到了什么。她再一次挣脱了男人，问他，告诉我，究竟发生了什么？你要走了？去美国？

趴在女人身上的男人不得不点头。

女人顿时伤痛不已。我就知道是这样的。迟早的。可是我还在做梦……

女人充满了激情的身体骤然变得冰冷麻木。她依然躺在那里，但是没有了激情，唯有眼泪顺着眼角没完没了地流下来，渗进头发，很快又洇湿了白色的枕套。

男人说什么都无济于事。

女人后来的力量来自于反抗。她觉得自己被最亲爱的人欺骗了。男人几天后就要飞走，而她却什么都不知道。她想他们的爱也就此完结了。尽管她被男人紧紧地抱着，尽管男人在她的耳边不停地发誓他一定会回来，她还是觉得自己已经被抛弃了。

她后来挣扎着开始穿衣服，她刚刚穿上短裤，就被男人蛮力拉扯了下来。她的身体也被划破，洇出红红的血珠。在搏斗和眼泪中，男人吻着女人的伤口。男人也哭了，为了他无法逃脱的罪责。这是女人第一次看到并听到男人哭泣。他的身体在女人的身体上抽搐着。他哭的样子很可怜。他说他知道无论怎样解释，女人都不会相信他。但是他又不能不走。他走也是为了能更彻底地属于女人。他说他真的一点也不爱他的妻子了。他们真的已经完了，没感情了，但要完得善始善终，争取一个尽量平静的分手。因为在这个婚变中，他妻子确实是无辜的。如果说她有过错，那么她的唯一的错误就是出国。是出国让她走错了人生的这一步。因此他要当面向妻子说明这一切，他要获得她的原谅，她才会配合他离婚。他又说他会以实际行动做给女人看。迟早他要让女人看到他是个信守诺言、一诺千金的男人。

男人在女人的绝望中向女人挺进。男人竭尽全力，只为了证明他的爱。

而女人没有感觉。无论拥抱还是接吻还是抚摸还是进入，女人都已经感受不到了。在她的身与心上只有一种感觉，那就是绝望。她爱的人从此就没有了。她再也见不到他了。而他却在别的女人的床上……

在这次绝望的性交后，女人开始变得平静，变得接受现实。她深知这是个不论她接受还是不接受都不得不面对的现实，也知道她无论怎样反抗怎样挣扎，都是枉然。

她躺在男人的臂弯中。

在女人的记忆中，这是唯一的一次，男人在完事之后没有立刻睡去。他不停地在女人的耳畔解释着，信誓旦旦，海枯石烂。他说了很多，包括当初他和妻子恋爱的经过。也就是在这样的时刻，他说到了他专门去买避孕套的事。女人更加痛苦。她抬起头问男人，就是说你们还会做爱？男人不得不诚实地回答，怎么能不呢？我们还没有离婚，所以没有理由不做。何况我们只能睡在一张床上。没有别的床。而买避孕套其实也是为了你，是为了不能有那个她想要的孩子。为了不承担更大的罪恶。你该理解这一点。

女人重新把头靠在男人肩上。女人说，我理解。以较小的罪恶抵抗更大的罪恶，但那样你们也许会更亲近……

男人饿着肚子。尽管梦一样的美国在召唤着他，他还是感到很痛苦，甚至痛不欲生。好像往事不再，爱情永逝。他唯有不停地亲吻着女人，他此生的最爱。他要吻遍他所熟悉的那每一寸肌肤，每一个曾经令他无比幸福的角落。

第二次。

然后是第三次。

在那么短的长夜。

他们都知道天一亮女人就必须离开，因为在上午的最后一次全体会议上，女人要有一个非常重要的发言。女人已经为此准备了许久，这也是男人知道的。而且他们都坚信那个发言一定能成功，那将是最精彩的，是会议闭幕前的最后一个闪亮。

那么短的长夜。那么不懈的喷射。那么绝望的灵魂。那么艰辛的挣脱。那么伤痛的离别。昨世前生。往事不堪回首。将整个生命掏空。空着去美国。

他们不得不起床。他们不得不开始穿衣服。女人的眼泪从没有停止过。她离开的时候眼睛已经红肿。他们最后的吻被关在了房间里。男人送女人下楼。太阳即将升起，将大海照耀得一片金红。男人为女人叫了出租车。他们最后的接触是手拉着手。女人摇下出租车的玻璃。她把她的手伸向男人。男人抓住女人的手。他们都流着眼泪。只是瞬间。瞬间他们便彻底分离了。生离死别。他们绝世的爱。

那个上午女人做了那个发言。她的发言如愿以偿地获得成功。没有人知道她的心里有多苦多忧伤。

接下来记者们纷纷采访她。她一脸的仓皇，说着说着就流出了眼泪，弄得记者们很尴尬。只有她自己知道为什么会这样，情不自禁地，但是却不能说。她想她还在这里风光，而她心爱的男人就要离开她了。她想她也许永生永世再也见不到他了，那么在这里风光在这里被人称赞还有什么意义呢？

1996 年夏末的最后一天

男人寂寞地离去。女人没有来送。她也不可能来送，因为她根本就不在这个城市。当然即或是女人能送，男人也不会让女人送，但是他要求女人去接他，在不久后的某一天。

男人走进机场的国际空港时，一种真正的悲喜交加。他既向往美国，又怀念国内的情人。他被这种苦辣酸甜的复杂心情困扰着，这样度过了漫长的旅程。在心态还没有能完全调整过来的时候，一走出甬道，他就看到了捧着鲜花的妻子正迎候在那里。他觉得美国让他的妻子显得更漂亮了。

妻子飞奔过来拥抱他并且亲吻他。这使他相信了妻子说过的如果她愿意，每个夜晚都会有男人陪她睡觉的那些话。妻子是当着众人和他做这种亲昵举动的。这和他们以往的风格很不同。他已经不记得有多久没和妻子这样亲近过了。就是妻子没出国时，他们也已经很长时间不曾接吻了。这显然是美国的风格。是美国教会了妻子当众亲热，就仿佛是将床上的动作当众表演给大家看。男人对此非常不适应。但是他觉得这也没有什么不好，有一种释放的感觉。因为他已经被窒息得太久。在国内他总是要在极端秘密的状态下和自己心爱的女人交往，总是在黑暗中。所以在被妻子公开亲热的这一刻，他觉得好像重新见到了阳光，并且也重新认识了自己这个被美国的空气和阳光塑造过的妻子。对于和一个全新的女人交往，男人当然是有兴趣也有激情的。

他们回家。

乘坐妻子开的自家的汽车。

然后跟随着这个全新的女人回到他们全新的家——美国的家。这里是属于妻子的，所以他不熟悉，也不能接受这里也是属于他的那种说法，因为不是他创造的，所以陌生，就像是觉得妻子也很陌生。

然后那个陌生的妻子就急不可待地脱光衣服要求和他做爱。也是美国式的，直来直去，没有任何含蓄。无论如何妻子是妻子，所以在妻子向丈夫要求的这一刻，丈夫没有权利拒绝，更没有理由拒绝，这是天经地义。

大概是陌生的妻子给了他陌生的刺激，他竟然束手就擒，不挣扎也不反抗，甚至忘掉了大洋彼岸的女人。他任凭妻子解开他衬衣上的纽扣，裤子上的皮带。一切在瞬间完成。像所有美国久别重逢的夫妻那样，急切而不加掩饰的。当男人回过神来，他竟已经将赤身裸体的妻子压在了身下。

他不记得妻子已经离开他多久，只是当他睁开眼睛的时候才发现，尽管有着那么多美国式的包装，当他定睛，当妻子原原本本、原汁原味地躺在他面前，他才意识到妻子还是原来的那个女人。换汤不换药。于是他突然地沮丧失望，他的激情也随之迅速消散。他知道那是不合时宜的，也是不道德的。于是他鼓舞自己，闭上眼睛不看妻子的脸。他想反正都是女人。

然而尽管都是女人却还是不一样。身体的质地不同，做爱的方式也不同。所以尽管他尽心竭力，却无论如何不能使自己兴奋起来。他强迫自己努力从妻子身上找出可以让他冲动的东西。他拼力抚摸着她硬邦邦的肌肤，他用他的舌头与她调情。但是好像一切又回到了从前。他所熟悉的那一切，让他厌烦冷漠的那一切。连妻子在这种时刻向他提出的要求，也是老一套。美国精神只是皮毛，他顿感兴致全无，甚至想哭，想离开这个徒有虚表的美国。

但是他依然在做，在努力。因为他受不了妻子那殷殷的期待。于是他集中精神，全力以赴。尽管身下是妻子，眼前不断晃过的，却是远离他的那个亲爱的女人。

大概是妻子感觉到了他的勉强。这一次不同的是，妻子没有像在国内时那样逆来顺受地承受他的这种勉强，而是主动逃离了他。大概是美国告诉了她，女人在性爱中也是有尊严的，所以她从男人的臂弯中挣脱。她跳下床，拉开窗帘，让丈夫看到窗外的那些耸如云端的摩天大楼。她非常傲慢地高声说，你看到了吗？这就是美国。不论你心里到底装着谁，但这就是美国。你已经来到了这里。这就是现实。你要在这个会有梦想和奇迹发生的地方开始新生活，和我在一起。我要在这里生下我们的孩子。我太喜欢这个国家了，我将永远也不再离开。

男人费解地看着妻子。看着她赤裸的身形如剪影一般镶嵌在背后是摩天大楼的玻璃窗框上。妻子变得大胆。大概也是美国给她的勇气。她因此也变得可爱，那种昂首向前乘风破浪的姿态，让人崇拜。

但是无论如何生一个孩子的宣言还是令男人恐惧，他也因此而心事重重，意志消沉，没有创业的激情。从此这便成为了他们之间最最需要探讨的问题，每个人都企图说服对方，但每个人都无功而返。男人苦口婆心、掰开揉碎地对妻子分析着，他们为什么暂时不能要孩子。因为他们在经济上并不宽裕，而且他们也不再年轻。所以他们没有能力养孩子，也没有精力带孩子。如果在力不从心的情况下依然坚持生一个孩子，那就是对孩子的不负责任，也是美国人的原则所不允许的。而妻子的理由也是不容置疑。她认为经济并不是主要的因素，因为孩子一出生就能获得丰厚的补贴。而且她有足够的精力和热情带好这个美国出生的美国孩子。关键是她要留在美国，孩子是她能够留在美国的唯一途径，她希望男人也能为她考虑一下她的未来。她不过是要一个孩子，难道男人连这个小小的要求都不能满足她？

尽管他们每个人的理由都可以理解、无懈可击，但是他们就是谈不拢。后来这就成为了他们所有争吵的导火索，男人因此而异常烦躁，加之他每日想念国内的女人，想得心疼，就更是对妻子恶语中伤，甚而抱怨美国的诸多不完善处。典型的欲加之罪，何患无辞。他甚至还威胁妻子，说你如果再这样坚持，我就只好回国了。这里是你的天堂，却不能吸引我。于是妻子哭泣，请求男人留下。男人便心软，觉得妻子一人在异国他乡也实在可怜。

无疑这个关于孩子的争端直接影响了他们的性生活。做当然还是勉强做，但是每一次男人首先想到的就是一定要避孕，而女人期望的则是能侥幸受孕。这样总是别别扭扭，互相瞿劲，他们的性爱没有一次是真正快乐的，他们之间的裂痕也就越来越深，越来越长，以致延伸到生活的每一个领域，甚至每一个细节，直到妻子有一天突然意识到，那是因为在他们中间，其实已经有了另一个女人……

2000 年秋季

在一个他们所在的城市中最好的季节。这个季节在一年中是最最短暂的。那是一种绝顶的灿烂，然后紧接着就是萧瑟。萧瑟并且满目苍凉，那是一种令人伤悲的景象。但是当男人谈起他的想法时，窗外正好是一片灿烂辉煌。

男人说他想再买一套住房。他说他有这样的想法已经很久了。女人不解，问，为什么？我们不是已经有房子了吗？男人说可是我们住的这套房子太远了，在郊外，可是我每天要到城里去上班……

于是女人有了种不祥的预感。当然她知道他们在城里的房子太旧了，需要改善。因为破旧，男人甚至不愿让女人再回到那里。

然而，女人说，那会不会是我们终结的开始？

男人大怒，说，怎么会？那也是你的家。

我不用再有一个家了，我愿意住在郊外。

可是我不能总是陪你住在这里。这里离我上班的地方太远。我不能每天总是这么辛苦地赶到城里去上班，我需要一个近一点的并且好一点的地方，哪怕很小。

女人沮丧，又很无奈。她知道男人的想法意味了什么。

就是说，我们注定要分开住了。女人说。

我不是这个意思。

那你的意思又是什么呢？

他们的谈话不欢而散，这是显而易见的，因为他们的想法不同。

窗外依然是秋日的灿烂。男人顶着深秋的狂风离开郊外到城里去上班。男人不快乐，因为他觉得女人总是不能理解他。女人当然就更不快乐，她觉得这是男人在为他自己找一个避难的场所，而在那里他可以为所欲为。女人还知道既然是男人有了想法，她最终是不会反对男人的。她只是觉得那个她不会经常去的新家，会让她和他的关系越来越疏远。

后来有很长一段时间他们不再提房子的事。房子的事当然不会不了了之，这一点女人是清楚的。无论如何这是一件不愉快的事，不是因为房价的昂贵，以他们现在的经济状态，他们完全有能力支付房款，而是女人确实觉得这是男人在有意营造一个自己的空间，只属于他自己的那个，女人不知的领域。

所以女人很紧张，甚至恐惧，女人不知道当她不在那里的时候，是不是会有别的女人登堂入室呢？

女人并不是不信任自己的男人。只是他们现在的生活状态本来就很疏离。平日总是时聚时散的，很少长相厮守。是因为他们都需要一个自己的空间，都希望能够自由地喘息，自由地起居。他们不希望一天中的每分每秒都在一起，更不愿每个夜晚都睡在同一张床上，那样他们会觉得很累、不舒服、很拥挤并且很无聊。他们就是喜欢这样分分合合。每个人都给对方一个足够的天地。

然而就是这样的生活方式令女人恐惧。特别是当有了新房子，她就更不知道男人是不是会带其他的女朋友回家了。女人没有把握他不邀请她们，他的各种类型的女朋友很多，而那些女人对他也总是一往情深。他总是能为那些女人留下十分美好的印象，所以女人怕的就是这些对男人印象美好的女人。

其实女人是可以阻止男人与那些女人交往的，但是她却从来没有这样做过。她甚至莫名其妙地热衷于将那些聪明漂亮而且她认为非凡优秀的女人介绍给男人。她愿意看着他们随意交谈，彼此欣赏，甚至有一些暧昧闪烁其中。她渴望用男人对别的女人的情牵梦绕来伤残自己。她知道这是一种自虐式的变态心理，可是她就是喜欢看自己的男人被别的的女人纠缠并困扰。她觉得那是一幅非常动人景象，她只要一想到这样的景象就会激动万分，甚至欲望冲动。女人可能还觉得，唯有让生活中充满这种异性的挑战和刺激，他们平淡如水的日子才不会衰败萎缩。

后来那个自命不凡的女画家就插了进来。她是那么漂亮优雅，而且拥有十分前卫的生活态度。她到他们家来的时候总是穿得很性感，她的衣领总是开得很低，那是她为自己设计的服装。并且她从不戴乳罩，她的乳房也总有一大半是露在外面的，摇摇晃晃地垂着，诱惑着，让人想亲近。哪怕是在很冷的冬天。她就是喜欢这样的装束。她不是妓女，也不是做作。她天生就是这样思想的。她说女人的身体生来就是给大家看的。一切美的东西都是为了被人欣赏，男人可以欣赏女人的脸，为什么就不能欣赏那些更美的地方呢？于是她努力实现自己的观念，将身体最大限度地暴露出来。她是出于礼节才穿衣服的，否则她会将她的整个身体贡献给人类观赏。

而男人就是观赏者之一，慢慢地他甚至也接受了女画家的观点，因为看得出他已经能够直面女画家那裸露的乳房了，他的目光中甚至还有了那种想入非非的色调。并且女画家也鼓励男人这样去观察她，她甚至做出了一些挑逗性的动作暗示他，让他知道那机会是存在的。

女人想也许男人就是因为这个女画家才想再买一套房子的。因为有一次女画家来家中做客，就曾说起过，如果你们有了新的房子，我来为你们设计，那将是最最独特的。于是男人便真的想入非非了，他甚至专门到女画家的家里去看她独出心裁的设计。回来后便不禁感慨万端，说，不能不承认这是个才华横溢的女人。

那一次男人是事先说好后才去的女画家的家。女人知道那是他们第一次单独在一起，所以她认为他们是不会在第一次就做爱的，因为还缺少一个感情深入的过程。女人这种一厢情愿的想象显然是幼稚的。因为第一，男人和女人不一样，对他们来说，生物性是第一性的，阴茎的勃起也不需要感情深入的过程；第二，女画家不是一般的女人，她在性的观念上没有任何禁忌和束缚，她是个很单纯的女人，性就是性，她完全可以直奔主题，如果是两厢情愿的话。

后来女人修正了自己的看法。因为事实证明，女人的关于他们不会做爱的猜测很可能是错的。世间没有不可能发生的事情，尤其是，那个晚上男人回来后没有和女人做爱，尽管他回家之后喝了很多酒。

男人在喝过酒后通常有两种表现。要么是强烈地要求和女人做爱；要么是倒头大睡，将女人晾在一边。前种用来对付他心爱的女人，而女人在男人刚刚和她相爱的时候，就经常享受第一种待遇，酒后与男人腾云驾雾。那么第二种酒后状态女人就更熟悉了，因为伴随着他们之间的由疯狂到衰朽，男人酒后干脆就是毫无顾忌地闷头大睡，直到天明，甚至连女人深夜的触摸他都没有反应。所以女人知道他们这种麻木的生活需要刺激，需要催化剂，需要引进新的女人，让男人发生兴趣，从而激活他们的死水微澜。

女画家就像是吗啡。其实女画家是女人先认识的，她觉得女画家有意思，便引狼入室，想给他们没有起伏的生活添点作料。女人早就听说过这位女画家。后来她就接到了这位女画家的邀请，去看她的画展。她认为女画家的画确实很好，所以就同意了和她一道喝咖啡。女画家并不讳言，她上来就说，请你为我写一篇画评，价格是千字五千元。这是我们这个行当的价码，你有兴趣吗？

女人不为钱。但是她还是答应了那个女人。因为她确实喜欢她的作品，特别是绘画中那些裸露的女人们。她想那些女裸体无论谁看了都不会不动心。那些人体不是静物，而是灵动的、诱惑的、欲望的、冲动的，这就是女画家的与众不同。

为了写好画评，女人特意又带男人去看了一次画展。就是那一次男人第一次遇见了女画家。他们一见钟情，双方都有好感，以至于女画家当即就对女人说，看好了你的男人，否则我会抢走他，这不是说着玩的。

那天女画家穿着皱褶很多的长裙和很时髦的皮靴。她的上衣是黑色的、透明的、网状的，看得见乳房在她走动的时候上下颤动，害得很多来看画展的男人心旌摇荡，不能自已。女人不知道自己的男人神经是不是很坚强，总之他被女画家带着，被女画家挑逗着去看那些欲望的人体。女人远远地跟在后面，她更多注意的，是该怎样在文章中评价这些画，但是她还是隐隐约约听到了女画家和男人的谈话。

女画家说，这就是我对人体的态度，画出这些以后，我就可以穿上衣服，遮盖住我自己了，因为我的画已经充分展示了我的身体。

然后男人很不客气地说，看来你是个极度自恋的女人。

你不习惯？女画家反问，是因为你太太过分自虐了，否则她干吗要不遗余力地把我推销给你呢？

男人沉默。

当然沉默不等于拒绝。

女画家又说，女人为什么不能爱自己？自己的一切都是自己给的，自己当然要报答自己。

然后他们一起坐下来谈那些画。

男人说，画展不错，至少充满了色情，而恰好这就是卖点，和妓女有异曲同工之妙。

女人想不到男人一上来就能和女画家这样说话。女人还想不到女画家竟然没有生气。她非但不在乎男人的讽刺，还认为男人的悟性很好，她说那正是她的画为什么总是能卖大价钱的原因。

于是这就奠定了他们之间谈话的基调。他们后来就总是这样说话，用最色情的暗示相互攻击。他们一上来就能唇枪舌剑，那么他们一上来就能颠鸾倒凤，也就不足为奇了。

女人为那篇画评挣到了五千块，另外还获得了女画家赠送的一幅油画，是男人亲自选择的。那是一幅像十字架一样的女性人体。没有头。但显然那是女画家的身体。连乳房垂落的姿态都一模一样，她在用自己的身体说明女人在受难。

后来男人就买下了那套房子。因为女人不愿意，装修房子的工作就只好全由男人来承担了，女人甚至在住进去前都没有去看过。于是机会就来了。像所有的通俗小说那样。女画家自然也就责无旁贷地参与了房屋装修的设计。而且那些图纸是她和男人一道拿给女人看的。女画家尽管依然桀骜不驯，但脸上的线条似乎柔和了许多，这样她也就显得更漂亮了，是那种获得了充分滋养之后的光彩照人。

女人留女画家在家中吃晚饭。女人没有别的意思，她只是觉得应该感谢女画家，因为她的设计确乎是独树一帜，并且很适合女人精致优雅的情调，所以女人想用一顿饭来感谢她。

女人想这顿饭他们就在家里吃，这样既随便，又显得亲切，而且想到何时就何时。女人不记得她是不是想过，这样也能趁势近距离地观察男人和女画家之间的关系。其实她早就知道他们有关系了，那是感觉得出来的；也许她就是想看到他们超乎寻常的亲密，由此来满足自己自虐的心理。

男人对女人能留女画家在家里吃饭非常高兴。于是他便也积极准备，拿出了最好的酒具和餐具，也拿出了最好的酒。那兴奋和激动跃然脸上，好像每一个细胞都被这顿晚餐调动了起来。

席间他们都喝了很多酒。当然每个人的心思不同。女人是为了看不见的伤痛。男人则是为了他所应当表现出来的英雄气概。而女画家是为了彻底喝醉，然后毫无节制地酒后放肆。

后来还是女画家喝得最多。喝多了她便难免要呕吐。男人一次一次地陪着她去卫生间。后来他几乎是抱着她，他的手就抱在她的乳房上，用力时便在她瘫软的身体上来回滑动。这些女人都看到了，但是却也因醉眼蒙眬而没有说出来。女画家就更是得寸进尺地靠在男人身上，她甚至厚颜无耻地说着对不起一类的屁话，女人没有理睬她。女人只是更清楚地看到了他们之间的那种默契，她觉得她站在他们中间已经像是一个局外人了。

女人没有去扶女画家。因为一开始女画家就不许她碰她，说她平生最不能忍受的就是女人和女人接近。你走开，让他来，让他挨着我的身体，至少在感觉上舒服些。

这样女人便自然出局。她看着男人把女画家扶来扶去的,他们身体挨着身体,女画家完全彻底地贴靠在男人身上,以此向无可奈何的女人示威。

女画家后来真的很难受,男人看上去也确实很心疼。

女人问,要不要送她去医院?

女画家立刻说不要,让我躺一会儿就行了,那时候她正躺在男人的臂弯中。

如果真出了事怎么办?女人提醒着。

你别说了,她想怎样就怎样,她已经很难受了。男人呵斥着女人。

女人不再说话,静静地坐在一旁。看着女画家就那样肆无忌惮地躺在自己男人的怀中,她突然问男人,我真的有自虐倾向吗?

当然这是非常时刻。非常时刻什么样的举动都不算过分。女画家需要帮助,需要睡在男人怀中,需要有时候在男人的胸前哭泣,需要男人把她抱起来去卫生间。这就是现实。女人的自虐心理正在获得满足。

后来女人离开了男人和女画家亲昵的那个客厅。她想这是她自己的家。为什么?

她的头开始剧烈地疼痛,但是她还是强打精神去收拾餐桌上的杯盘狼藉,她想女画家既然有男人在照料……

后来男人从客房中走出。他说他已经把女画家安排在客房里休息。

她晚上睡在咱们家?

不,我去给她找一辆出租车,你去照看她一会儿。

可是回家后谁又能照顾她呢?女人说,不然,就让她留下来吧,至少我们在她身边。

男人想了想,最后还是决定去叫出租车。男人作出决定后就离开了。女人抬起头看表,这时候已经是凌晨两点。

女人放下手里的盘子去看女画家。

她轻轻推开门,看见女画家好像已经睡着了。房间里的台灯亮着,正照射在女画家的身体上。女画家就像她自己画的那些画。她的衣扣是解开的,乳房毫无限制地向外涌动,那种在昏暗灯光下的效果,那种神秘和诱惑,甚至比彻底地裸露还要有震撼力。而那鼓胀胀的乳头上,竟还残留着牙齿的印痕。

女人不知道看到这幅景象后是种什么样的感觉。她知道在这个房间里,刚才一定已经发生了什么，只是她在厨房里刷碗却没听到。是谁去亲吻了那肥硕的乳房？又是谁在那乳头上留下了齿痕？还有女画家凌乱的头发，还有她睡在那里的那种浪荡的姿势……

所有的一切都是可以想见的，也是可以理解的。

女人关上了那个承载着罪恶和污秽的房门。她想那个房间她再也不愿意进去了。

女人重新回到厨房，继续刷那些碗和盘子。男人很快回来，说出租车就在楼下。女人说我刚才去看过她了。她好像睡着了。男人很惊讶的样子，说不会吧？刚才还……男人不说下去了。女人想男人不说是因为他知道刚才他们在干吗。过了片刻，男人才说，不管她，还是走，出租车已经等在那里了。女人说，需要我和你一道去送她吗？男人说，不用，你收拾屋子吧，我去就行了。女人又说，你一定要把她送到家。男人说知道。女人接着说，一定多陪她一会儿，万一有什么事呢？男人说，不会有事的。我会尽快回来。

然后男人走进女画家的房间。女人站在他身后。男人显然也看到了女画家那故意裸露的乳房，看见了乳房上那不曾消退的深深的齿痕。但是他好像没看见。显然他对女画家的身体已经司空见惯。他只是下意识地拉过来女画家的衣襟，盖上她那故意张扬的诱惑和挑战。

他弯下腰轻声对女画家说，怎么样？好受些了吗？起来吧，我送你回家。

然后女画家睁开迷离的睡眼，她亲切地看着男人，说我真是太难受了。头晕目眩，你都看到了。我不是有意的。

男人扶起女画家。

女画家在男人的支撑下站起来的时候，乳房又一次跑到了衣服的外边。这一次谁都看到了，谁都心照不宣，但是却谁也没有去改变那种欲望的状态。女画家的一条手臂在男人的肩上，另一只手提着她自己的书包。男人则是一条手臂支撑着瘫软的女画家，另一只手揽住女画家的腰，确保她脚步的方向。只有女人两手空空。她本来完全可以走过去，把女画家上衣的纽扣系上。但是她铭记女画家对女人的厌恶，她知道她如果好心去做，只能引来女画家的反感和愤怒。

后来男人愤怒了，他吼叫着女人，你就不能来帮帮她吗？

可是，你知道的，她不喜欢……

男人在门口停了下来。他只好亲自动手把女画家的乳房塞进上衣，并一粒一粒地系上了她衣服的纽扣。

女画家和女人都站在那里看着男人做这些。好像这些就是只能男人去做的，她们只能作旁观者。

女画家就那样任凭着男人照顾她。她靠在男人的身上，可怜的样子，好像马上就会死去。女画家就是这么难受，临行前还是没有忘记和女人说再见。她还说，谢谢你的晚餐，这个夜晚美极了。

女人站在门口，为他们开门。看他们相拥着走出去，然后说，有什么事就打电话。

然后他们离开。女人关上门，又关上灯。而后慢慢走上阳台，看男人怎样把女画家塞进出租车，然后自己又坐上去。没有什么特别的举动。一切都无懈可击。男人有责任感，当然要把醉了的女人送回家。但这一切就像事先预谋好了似的。如此他们终于拥有了那个能单独在一起的机会。机会是人创造的。这是真理。

男人离开时特意抬起头，看见了阳台上的女人。他就知道女人会站在那里看他们。然后他向女人摆手，意思是叫女人回去。女人陡然生出一种解脱感。接下来她打开了房间里所有的门和窗，让夜晚的冷风吹进来。她厌恶那种混合了烟味和酒味的恶浊空气，特别是呕吐之后的那种酸腐的气息。她想她今后再也不会请人来家里吃饭了。在如此被糟蹋过之后，她觉得她的家已经不是她的家了，她嫌弃这套房子里曾经发生的一切。

女人就这样坐在充满了清新气息的房子里，坐在黑暗的凉爽中。她觉得唯有在这一刻，她才是这个世界上最幸福的人。

她想象着女画家和自己的男人。想象着此时此刻他们是怎样纠缠在一起。她觉得她一想到他们上床，就周身亢奋，充满了斗志。她爱自己的男人，又企盼他背叛自己。现在女画家帮她实现了愿望。她终于如愿以偿。她为此而欢欣鼓舞。她想无论如何女画家是完美的。无论是她的才华还是她的身体，都足以让男人去倾慕。

她想他们此时此刻一定已经滚到了一起。既然肉体已经不再是秘密。她毫无倦意，也不希望男人很快回来。然而她正这样想着，就听到了钥匙插进门锁里转动的声音。

这么快？女人问。

男人说，你干吗关着灯？我以为你睡了呢。

她怎么样？女人掠过了她的所有想象。她知道尽管很快，但他们已经足以完成。因为窗外已现出红光，街灯也已经熄灭了。

没事。男人说过之后就钻进了卫生间。

女人跟了进去，又一次问，她怎么样？

什么怎么样？男人不耐烦了，甚至不愿抬起头来看女人。

女人闻到了一种香水的浓烈气味。她问，难道还需要这样的刺激吗？

男人突然怒目而视，他问女人，你到底要干什么？但是他立刻又婉转了下来，说，我要洗澡，然后他就把自己脱得精光。

女人终于谙知了一切。她平静地说，抓紧时间去睡一会儿吧，一会儿天就亮了，你还要去上班。

男人说，不去了。我们睡觉。拔掉电话。

女人说，万一她来电话呢？万一她不舒服呢？

男人强硬地说，拔掉电话，她不会有事的！

你怎么知道？

男人把女人抱在了怀中。

他最后说，我们不去管她。我们有我们的生活。来吧，我们睡觉。

流动青楼

接到午夜的电话时伊东恍若梦中。但他还是听出了米墟的声音。那声音夹带着歇斯底里的绝望，他说他的汽车全烧光了，又说那女孩，她本不该……不不，你快过来，没有人愿意帮助我，那帮狗男女们全他妈溜走了，没有任何一辆汽车肯停下来，你快来吧，伊东，救救她……

伊东从床上跳下来。妻子也被电话吵醒。

是米墟？妻子问，他怎么啦？我跟你去。

不不，你睡吧，我去。

但妻子已经穿好了衣服。

然后他们飞驰在午夜的大街上。行进中几乎没有对话。唯有在城市中央的环形转弯处，妻子问伊东，你能找到那条暗街吗？

伊东惊异地看了一眼妻子，心里想她怎么会知道米墟此刻就在暗街呢？伊东当然知道暗街坐落在城市的什么方位，尽管那是个早就被他摒弃的地方。

他们要穿越大半个城池，才能到达米墟出事的地点。幸好寂静的黑夜给了他们飞快的速度，在即将见到米墟的时刻，妻子又说，就知道他迟早会出事的。

他们在一家"苹果店"不期而遇。他们都是第一眼就认出了对方。尽管他们至少 20 年没见面了，但在他们相互认出对方的那一刻，就仿佛倏然回到了他们曾无话不说的那个年代。

他们没有相互拥抱那类煽情的动作。他们甚至都没有握手。他们只是震惊于如此离奇的相遇，他们今天都是为了购买苹果手机，并且都为那款最新型号的手机配了一个红色的套。

是为了女人？米墟一如既往地直言不讳。显然不是给萧樯的。

伊东不好意思地笑笑。

那么是为了一段铭心刻骨的爱情了？米墟揶揄，和我一样。

然后他们走出"苹果店"，在即将分手的时候才握了握手。各自离去时，他们竟连对方的联系方式都不曾留下，于是他们又不约而同朝对方走来。

当米墟提出出去坐一坐，伊东便立刻接受了邀请。于是两个男人坐进汽车，他们或许觉得久别重逢，意犹未尽，或许都还想向对方倾吐些什么。

这是一辆很新的沃尔沃轿车，当然是属于米墟的。他们曾大学同窗整整四载，并且一直住在同一个宿舍的上下铺。然而20年间他们彼此杳无音讯。伊东只知道米墟去了美国。尽管在大学里他们是最好的朋友，甚至伊东的妻子都是米墟介绍的。

刚买的，还有些味，不过沃尔沃已经是最环保的了。米墟不着痕迹地炫耀他的车。

这些年你一直在美国？

回国后的第一件事就是买了这辆车。

你什么时候回来的？伊东问。

在宣誓成为美国公民的第二天，我就登上了回国的航班。是的我觉得自己终于获得自由了，知道我为什么要回来吗？

想说中国话？伊东不假思索。

错！不是中国话也不是中国饭，而是为了一个中国的女人。

伊东感慨于米墟的直率，你还和过去一样，永远直奔主题。

他们坐在一家咖啡馆的室外。在圆桌前享受午后的阳光。这是前意大利租界的一片老式建筑，置身于此就仿佛置身于那个风情万种的国度。

米墟戴着墨镜侃侃而谈，穿着衣领很高的淡粉色衬衣。他说那女孩是他在美国认识的，一个才华出众的纪录片导演。她随影视界代表团出访美国，而他刚好负责这次接待。他说他在纽约的旅行社小有规模，他接纳的大陆访团已不计其数。当然他见过的大陆女孩也不计其数，但唯独这个有点咄咄逼人的女孩让他身不由己。

一口纯正的英语，甚至比我的还要好，仿佛她来美国就是为了和我谈情说爱的，或者，干脆就是为了和我在美国做爱。是的我们没有卿卿我我的过程，快节奏的长途跋涉，从纽约到拉斯维加斯，让我们只能直接进入性爱的阶段。于是我们醉生梦死，每个夜晚都会在宾馆的床上缠绵深情。就这样我陪了他们一路，也和她做了一路的爱。我原以为，花飞花落，分手便是永诀，重逢不再属于我们……

但米墟话锋一转，逼向伊东，说吧，那个手机，我猜，绝不是送给萧樯的，哪怕，几天后就是她的生日。

你居然记得她的生日？

我们从小一起长大，就算是化作灰烬，我也知道那灰烬是属于谁的。

当然，伊东欲言又止，你不会告诉她吧？

你觉得我有那么白痴吗？尽管我在一个基本诚实的国度中生活了整整20年。

是的，一个我喜欢的女人。

她很年轻？和你在一个部门工作，所谓的办公室恋情？

你总是料事如神，伊东说，他记得在大学里就总是躲不过米墟的追问。他一直觉得只比自己大一岁的米墟就像兄长，甚而父亲。于是四年中他始终龟缩在米墟的卵翼下。米墟不仅教诲他，保护他，还让他结识了萧樯。只是不记得为什么，他们结婚后就和米墟断了联系，后来才知道他已经悄无声息地出国了。

一度伊东曾辗转得到过米墟的通信地址。他找到地址当然是为了和米墟联络的。他曾经梦到过和米墟在一起的那些日子，并开始怀念他。之所以怀念，是因为米墟的不知所往，就好像这个人已经被异国的尘埃湮没了。

总之伊东还是错过了他的挚友，哪怕他心里一直为他留着位置。有时候米墟的音容笑貌会突如其来地跳到他眼前，于是他便感慨万千，甚至想给米墟写一封寄不出的信，哪怕只是一张明信片。

是的，就像你说的，办公室恋情。我如果没有升任总编室主任，我如果不是拥有了一间自己的办公室……

那女孩还没有结婚吧？

事实上，她的年龄比我大。

你怎么还是老样子？米墟摘下他的墨镜，这一生，你是不是就不想长大啦？你不是找父亲就是找母亲，全都是弗洛伊德把你教坏了。记得我曾经警告过你吗？到你死的那天，你都成不了男子汉。

伊东委屈却不敢还击，怯怯地说，我喜欢的那个女人确实好。她不仅漂亮，而且能干。她是我的副手，我们只能天天在一起。

那么萧樯呢？

我们的感情早已淡薄。你知道，任何夫妻都会如此。是的，似乎只有做爱才能证明我们确曾彼此深爱过……

伊东。米墟中止伊东的表白，你不觉得眼下的爱情很危险吗？

但是，箭在弦上……

折了那箭。

不过，我们在一起的时间虽然很多，但做爱的机会却很少……

听着，伊东，我回来或者就是为了教唆你的。这样的爱情当然很难，毕竟你们都有各自的家庭。

你怎么知道她有家庭？

这是显而易见的，你瞒不住我。于是在公众面前你们只能意淫，而私下的场合又几乎没有，那么，你需要我的锦囊妙计吗？

伊东仿佛遇到救星般地巴望着，那个阳光下棱角坚毅的米墟。

总之从第一刻的真诚坦白，就让这对久别的朋友再度亲密起来。尤其置身于婚外情中，他们就更是惺惺相惜。那一晚他们坐到咖啡馆打烊。伊东回家的时候，房子里已是一片黑暗。

余荩推门进来的时候已是黄昏。余荩说她没有别的意思，只是想透过伊东向西的房间看窗外落日。出版社只有这一个房间能看到落日，而恰好伊东升任总编室主任的时候就同时拥有了这窗外美景。

余荩说落日是大自然中最美的景色。但最美的东西却总是稍纵即逝。于是当黄昏将尽的时候她总会带着照相机，敲开伊东办公室的门。那种有着长镜头的相机背在她身上，就仿佛要将她压倒。然后她推开窗就开始噼里啪啦地拍摄，以至于伊东只要一想到余荩，就恍惚能听到那机关枪一样的快门声。

然后余荩悄然离去。当然出门前她会说一声谢谢。她说伊东没搬到这间办公室时，她根本不敢对伊东的前任提出这样的请求。而她的最大的愿望就是为自己举办一个《长河落日》的摄影展。她说她不想每天在这样的时刻，影响伊东的工作。她又说，伊东你真该庆幸你有这样的一扇西窗。落日是怎样欣赏都欣赏不够的，天边那云锦一般的色彩。

或者就因为日落，伊东开始接近余荩。他们尽管已认识多年，但唯有如此相处才会真正相互了解。他觉得余荩是个充满感觉的女人，她尽管不那么漂亮，但她的感觉却总是最美的。于是余荩在伊东心中成为了某种感性的化身，伊东就像读教科书那样一页一页地读着余荩。

后来他知道余荩毕业于美术学院油画系，足见这女人此前一直不曾进入伊东的视野。余荩被分配到出版社后，便把所有的心思都放在了图书装帧上。或者就因为有了余荩，社里的图书包装才能在业内脱颖而出。

伴随着伊东的升迁，不久后余荩也被提升为总编室副主任。同时社里又专门为她成立了工作室，将所有美术编辑归在她的麾下。

这之前，伊东和余荩并没有身体的联络。他们只是相互配合，由衷欣赏对方的才华。伴随着正副主任的工作关系，他们的交往多了起来。伊东对余荩的印象也越来越好。他觉得这女人就像陈酿，要慢慢体会才能品出她的味道。

当然伊东也不是看不出她的某种做作，甚至自以为是。他只是觉得余荩在本质上还是一个得体的女人，而且她的品味确实优雅。并且她是个有着浪漫情怀和诗意感觉的女人，仿佛世间万事万物都能调动起她的热情。所以余荩又是一个敏感多情的女人。在如此物质的生活中，伊东身边这样的女人已经越来越少了，甚至包括他妻子。

他们的感情从落日开始。那无边的夕阳就像无形的纽带，在每个黄昏到来的时刻将他们连接起来。这种感觉让伊东不可思议，为什么他们每天在一起，却从未产生过任何感觉，直到西窗有了余荩的落日。

事实上，每个人情感神经中最敏感的部位是不一样的。譬如，一向强势的社长所以喜欢上发行部的小婉，仅仅是因为小婉不仅能陪客户喝酒，也能替社长喝酒，于是他们的恋情起于觥筹交错。不久后小婉被提升为发行部主任。再不久，传出社长夫人和小婉大打出手的风波，以至于能干的小婉只好被调到其他出版社，而社长也不得不在众所周知的桃色事件中提前退休。

总之伊东和余荩的恋情始于落日。无论如何这是一个很美的开始。最初伊东允许余荩拍摄时，他只是径自坐在办公桌前，忙着自己的工作。但后来余荩来得多了，他便会主动让出场地，到其他编室去聊天。后来偶然的一次，他正在接听电话，显然谈论的话题让他觉得很无聊，他便漫不经心地看着眼前正在拍照的余荩。那一刻余荩刚好被夕阳照耀得无比灿烂，而她的侧影就像是一个完美的雕像。那侧影不仅勾勒出余荩的面目轮廓，还勾画出她丰满的乳房。便是那一刻，伊东动心了。那一刻，他真想把眼前这个身上洒满金色光辉的女人抱在怀中，不管她是谁。

这以后，大凡余荩拍摄的时候，他就不再走了。他要从头至尾地看着她，欣赏她，哪怕她不是他的女人。他不仅贪婪地望着落日中女人完美的线条，偶尔他也会走到窗边，和余荩一道欣赏那片被她称之为大自然中最美的景色。

慢慢地，他竟然和余荩一样开始日复一日地关切夕阳。他甚至每天都期待着这个有余荩镶嵌其中的美丽时刻。他觉得只有余荩这种女人才能调动起他作为男人的梦想和激情。也只有余荩在他眼前晃动时，他才能意识到自己的麻木到底有多久了。

就这样，伊东以为是太阳将他们连在了一起，于是他开始热爱太阳，热爱窗外景色。进而他开始声讨自己乏味的人生。几十年来，他竟然对大自然的万事万物毫无感觉，他觉得这简直是对自然宇宙的漠视和亵渎。

不久后他和余荩有了肉体关系。那是一个迷人的黄昏。那些天余荩出差在外，在全国书市上推销他们的产品。余荩不在，总编室诸多事宜运转不畅，伊东便愈发想念她。每每夕阳西下，他就更是莫名地感伤。后来他打电话催余荩回来，尽管他知道，行前她已订好了往返机票。伊东所以要如此催促，其实不过是为了表达某种牵挂。他觉得余荩应该能参透他的心意，那时候他想她已经想到神思恍惚。

然后就到了这个黄昏。伊东知道余荩一行已下了飞机，此刻正在回家的路上。他开始三番五次给余荩打电话，全是些书籍设计方面的内容，让她觉得若不立刻返回社里，就是对工作的轻慢。于是把所有疲惫不堪的同事们都放回家，唯独她从机场直奔出版社。

余荩一坐上出租车就给伊东打了电话，告诉他正在往回赶。伊东身不由己地激动起来，甚至手脚冰凉，紧张的感觉，就好像在面对考试或讲演什么的。他开始整理办公室，并清洗茶杯。关键是，他竟然擦拭了向西的那扇玻璃窗。只是在做着这一切的时候，伊东根本就不知道自己到底做了什么。

总之他开始心怀敬意地等待落日。他知道等待落日就等于是等待余荩。他发现自己其实并不是朽木不可雕。在余荩的感召下他不是也能感受到大自然的诗情画意了吗？

然而在落日即将降临的时刻，窗外却蓦地雷声大作，黑云翻滚，天空瞬时一片昏暗。伊东顿时沮丧失望，甚至某种痛不欲生。为什么当余荩就要回来的时刻却漫天浓云？为什么在久别重逢的时刻不见了夕阳？

紧接着大雨如注，撞击着西窗。伊东愈加迷惘起来，以为没有了落日，也就没有了他和余荩的未来。他在办公室里来回踱步，在窗外的风雨飘摇中等待自己渴望的人。他不记得自己到底等了多久，亦不曾去看墙上缓慢行走的挂钟。

他最终还是决定取消这次约会。在给余荩电话中说你还是回家吧。但话音未落就响起了敲门声。紧接着周身湿透的余荩就站在了他面前。

那一刻。那一刻伊东简直不敢相信，他如此魂牵梦萦的女人竟然就在眼前。他下意识地看了一眼墙上的钟，想不到自己在五内俱焚中竟已经等到了九点。他于是立刻想到社里一定已经没有人了。他不知想到这些究竟意味了什么。他只是突然发现窗外已悄无声息，在静寂中沉入深深的黑夜。

于是他仿佛安定下来。递过去毛巾想要擦掉余荩脸上的雨水。但他所做的却是蓦地将这个湿漉漉的冰冷女人抱在了怀中。他自己都不知这突如其来的爆发力来自何方。他坚信那一刻他并不想那样做。以他的性格，他至少要事先征得对方的同意。那一刻他或许太想念余荩了，于是他不顾一切地径直地这样做了。他甚至不在乎余荩会因此而永远怨恨他。

就这样伊东将余荩紧紧抱在胸前，就像久别重逢的恋人，而此前，他们并不是恋人。但伊东已经顾不上这些了，他开始肆无忌惮地亲吻余荩的肌肤。他做着这些的时候也曾闪念，余荩会不会反感，进而反抗。但即或被斥责，他也在所不惜，但很快他就知道他们是两情相悦了。

余荩没有拒绝伊东的爱抚。于是伊东豁然开朗。他终于知道他和余荩的感情，已经不单单是被落日控制了。那是他们两个人的感情，是日久天长的本能爆发。

在那个晚上他们一不做二不休。伊东锁上了办公室的门，又顺手按灭了房间里的灯。

余荩的沉默就像号令。伊东毫不犹豫地剥光了余荩。他让她倚靠在沙发上，然后无所顾忌地贴近她。他说他太想她的身体了。他说他每天都在想念她。他说无论工作还是情感都已经离不开她。他也不能没有落日，没有余荩在每个夕阳西下的时刻走进他的办公室，更不能，没有他和她这铭心刻骨的肌肤之亲。

如此他温存着身下这个让他朝思暮想的女人。那么轻柔的身体，委婉的呻吟，尽管黑暗中他什么也看不到。但只要能感觉到她身体中的激情，伊东就觉得此生不枉了。

那个夜晚之后一切都改变了。尽管夕阳还是那轮夕阳，但伊东，他知道他的爱已经无须再凭借窗外的景象了。

伊东回家时房间里一片黑暗。萧樯竟然连一丝光也不给他留下。于是他知道萧樯一定是不高兴了。自儿子半年前留学美国，萧樯就仿佛变了一个人似的，好像每天、每个时辰都不高兴。

伊东小心翼翼推开卧室的门，踉踉跄跄地歪倒在床上。他几乎同一时刻就步入了梦乡，但也几乎同一时刻，他又被身后的锤击声弄醒。

迷蒙中伊东想打开床头灯，努力张开眼睛才发现房间里已灯火通明。然后就听到萧樯的抱怨，又是满身酒气，你离我远点。紧接着一股蛮力几乎把伊东推到床下。快去洗澡，不洗澡就别上我的床。

伊东的大半个身子悬在床外。萧樯的抱怨还不曾停止。忍无可忍中，伊东不得不离开温暖的床，磕磕绊绊地朝着卫生间的方向。突然他觉得很不舒服，凭什么他总是被萧樯挤兑，他到底欠了她什么啦。

于是他怒气冲冲回到床边。他想说，他们不是不可以离婚的。但他却看到了妻子赤裸的身体，看到她愤恨中仍不曾失却的那一份慵懒。于是一股莫名的冲动，让他报复性地逼向妻子。他本来是想痛打她一顿的，但扭打中却不知不觉改变了方向。于是夫妻之间的角斗成了风花雪月，尽管他们都不曾泯灭满腔的怨愤。

伊东很快完成了这个过程，然后又很快进入了梦境。他记得梦境中快乐极了，只是快乐中没有心爱的女人。于是不由得长吁短叹，为什么人生总是不尽人意。

梦醒是因为电话铃响。恍惚间伊东不知自己身在何方。睁开眼才发现自己是睡在沙发上，于是生出一股无名的火。然后就听到萧樯在电话里抱怨，并且抽抽搭搭，仿佛受了无尽委屈。当然他很快就听出她在和谁说话，电话那端肯定是儿子。但他并不想和儿子说什么。儿子永远是儿子，至少在这一点上，伊东对自己充满自信。

然后他认真地洗了澡，洗尽昨夜和米墟的醉。

之后他神清气爽走进餐厅，和萧樯对坐在餐桌前。尽管儿子已经出国，萧樯却每顿饭都要摆上他的餐具。这一点也让伊东非常反感，却也不想干涉她荒唐的念头。

知道我昨晚为什么会酩酊大醉？

我怎么会知道你和什么乌合之众在一起。

还记得米墟吗？

米墟，萧槠似是而非的表情，哪个米墟？

还有谁，你儿时的同桌，我的校友。

你是说米墟？他不是去了美国？

他回来了。我们偶然在街头相遇。我们在第一秒钟就认出了对方，尽管我们都有了很大变化。就仿佛中间并没有隔着20年，就仿佛我们依旧住在男生宿舍的上下铺上。友谊有时候就是这样，我们仍旧是原先的那个自己。

确实很多年没他的消息了。萧槠让自己回到平静。

他说他拿到美国护照的第二天就飞回来了。他说是因为这里的一个女孩子在冥冥中召唤他。

萧槠不屑地撇了撇嘴，看来他此生不会脱胎换骨了。

不过他还像原来一样风流潇洒，还说哪天请我们吃饭。或者我们也可以把他请到家中？

萧槠不置可否地收拾餐桌。

那也是你的朋友，干吗这么冷淡？

他有他的生活，与我们何干。

说不定他会帮助我们在美国的儿子？

谁知道他是干什么的？

他开着一辆漂亮的沃尔沃轿车。他建议我们也买一辆车。他说汽车将带给你全新的生活理念。

萧槠不以为然，你还是那么相信他？真是不可救药。

你不是一直希望我们的生活与众不同吗？于是我们做到了未婚先孕，结婚不操办任何仪式。接下来约法三章，不干涉各自的隐私，并且经济独立。而汽车，米墟说，迟早会成为中国人必备的交通工具。

萧槠不再说话，转身离开，走进书房后大声说，我今天下午有课，你呢？

我？伊东竟然迟疑了一下，我……

不会还是去聆听米墟的教诲吧。

是的，当然，今天是星期六吧？星期六，我想我该去看望我的父母。我已经三个礼拜没见他们了，你和我一道去吗？

你明明知道我有课。

在父母家的小区里，伊东远远地就看到了戴着墨镜的余荩。她有点紧张地站在花坛前，和仿佛不认识的伊东擦肩而过。当然他们用眼角的余光暗示了对方。显然他们已经不是第一次来到这里。他们的行迹很像间谍，偷偷摸摸，只是为了一己的苟欢。

伊东匆匆走上楼梯，用钥匙打开空无一人的父母家。他知道这个周末妹妹和妹夫都公务在身，所以父母要去妹妹家为他们照看孩子。这也就天造地设地为他们提供了场所。伊东按约定站在窗口，很快余荩便鬼影般地闪进门来。尽管他们都觉得这种鬼鬼祟祟的感觉很不好，甚至有失尊严，但为了欲望，只能做出如此无奈之举。

进屋后做的第一件事，就是急不可待地相互给予。他们匆匆地做，又匆匆完成，仿佛不立竿见影就虚度了时光。然后丝丝缕缕缠绵的情话，其中伴随着热烈的爱抚。慢慢地，新一轮激情再度奔涌而来……伴随着他们越来越相互吸引，以至于他们唯一想做的，就是两个肉体能一丝不挂地追云逐月了。

那一段伊东就像热锅上的蚂蚁，被妻子决意卖房的念头折磨。自从生活中有了余荩，伊东家那套闲置的旧房，自然而然成了他们缠绵的温床。但妻子一意孤行的举动，无疑彻底破碎了他们爱的秩序。伊东当然知道萧樯卖房是为了筹集儿子在美国读书的学费，却不知她是否真的已将旧房提交到房屋交易中心。总之萧樯拿走了旧房所有的钥匙，理由是交易中心随时会带买家看房。尽管伊东对此心存疑虑，但他已经无计可施。

事实上自从那个暴风雨之夜，伊东就开始计划他和余荩的生活了。他们不可能立刻摆脱眼下的现状，但也绝不会轻易放弃他们的肉体关系。于是他们开始寻找欲望得以延续的机会和场所。那时候，他们几乎每天下班后都会匆匆赶到旧房，从那里发出迷人而放荡的喘息。哪怕只有半个小时，甚至10分钟，他们也能谱写出散发着精液味道的诗篇。只要身体挨着身体，气息交汇着气息。总之，只要一想到旧房那荡气回肠的时光，伊东和余荩就唱叹不已。毕竟那是一段美好的时光，只是那样的光景已一去不返。

伴随着萧樯掠走温暖的旧房，伊东和余荩就仿佛被赶到了大街上，无家可归。就仿佛他们的爱情不是爱情，他们的欲望也不是欲望。从此他们只能游击战般，将爱欲飘洒在任何莫名的角落，甚至不顾脸面地钻进小旅馆肮脏的钟点房。

当，他们在父母的床上完成了第二次，伊东突然信誓旦旦，他说他已经不在乎卖房了，卖了房我就可以买一辆汽车了。

汽车跟我们有什么关系？

有了车，生活就完全不同了。

余荩一边让伊东为她系上乳罩的挂钩，一边对着镜子梳理头发。

你怎么不兴奋呢？

余荩转身看着伊东，我必须走了，我女儿的补习班就要放学了。

听着，有了车就等于有了一个我们自己的房子。我们可以把那里当作我们的家……

说什么呢，伊东，胡话吧？

我想要买车全都是为了你，为了我们。在汽车里我们什么都可以做，包括做爱。总之再不会有人干扰我们，也再不会让你满心惊悸。

余荩捧着伊东的脸，别做梦了。

真的，我的一个朋友从美国来，就为了他魂牵梦萦的一个女孩儿。回国后他做的第一件事就是买了一辆车，他说他就是喜欢在汽车里做爱……

余荩穿上她的外衣。说她真的要走了。她不想让女儿孤零零地站在街头等着她。作为母亲，她说她已经很不称职了。

伊东于是放开余荩。他从来不想她为难。他恋恋不舍地把她送到门口。在门口，他长时间将她拥在胸前，在她耳边轻声说，等有一天买了车，我会天天接送你……

他们在门口恋恋不舍。他们吻别着最后的温情。他说他只要贴近她就会立刻燃烧。他说他每一分钟都可以重新开始。

于是他不想让余荩离开。他要她抚摸他的欲望。他要她告诉他，此刻她是不是也想要他。却听到她说，别，真的，我女儿在等我……

但他还是扯开余荩的外衣。疯狂亲吻她明媚的肌肤。于是一发而不可收地进入了第三次。而他们的每一次云雨都是充盈的。他们缠绕着喘息着将身体毫无保留地交给对方。待第三次终于完结的时候，余荩甚至连纽扣都没有系好就拉开了房门。

然而就在她打开房门的那一刻，门外竟刚好遇到一位走上楼梯的老妇人。老妇人站在余荩的对面质疑地看着她，看着她凌乱的头发和惶恐的表情。显然老妇人立刻就明白了自己家中发生了什么。但在愤怒和不屑的鄙夷中，她还是给了余荩一丝勉强的微笑。

老太太进门后立刻大发雷霆。因为她竟然看到了赤身裸体的儿子。伊东想要穿上点什么，却被母亲在身后追打，就像他还是当年那个不听话的淘气包。

待伊东终于穿戴整齐，母亲竟开始泣不成声。你怎么能做出这种事情，你不是我儿子。那女人到底是谁？你在哪儿认识的？我看她年龄也不小了，怎么会这么不自重？是你在骗她，还是她在勾引你？你们到底想要怎么样……

妈妈，伊东打断母亲的责难，您要理解我，我们已经很不幸了。

那是你自找的，母亲恨恨地说，那么你想要离婚啦？

这和婚姻是两回事。

那你就更是不可救药了。

伊东不再理睬母亲。

你听到没有，今后我不许你再把那个女人带进我家。

伊东打开房门准备离开，母亲竟冲过来挡住伊东，然后伸出手。伊东不解。钥匙，母亲斩钉截铁，把我家的钥匙还给我。

妈妈，伊东几乎在恳求，我保证今后……

给我。母亲毫不含糊。

伊东只好把钥匙还给母亲，然后负气地潸然而去。他知道，母亲的断绝就等于是又关上了一扇门。那一刻，伊东痛苦得甚至闪现过想要自杀的念头。他当然知道在母亲家幽会不是长远之计，也知道迟早有一天会被母亲发现。他后悔如果没有第三次，没有他的欲壑难填，余荩就不会被母亲撞上，他们也就可以继续在这里见缝插针地苟欢了。想起来这所有的这一切都是自己造成的，他为此而悔恨不已，不知余荩是否能原谅他。

不过幸好发出逐客令的不是别人，而是母亲，所以伊东坚信无论在怎样的情况下，母亲都不会将他的绯闻公之于众，更不会告诉他妻子。母亲毕竟是母亲，她可以打他骂他，却绝不会出卖他，这是伊东被母亲赶出家门后唯一的欣慰。

伊东曾承诺探望过父母后就回家，但沮丧和恼怒让他立刻给米墟打了电话。

又碰壁了？你以为红杏出墙就那么容易？米墟玩世不恭的口气，别那么认真行吗？办法总是有的，米墟转而安慰伊东，只要，你爱的女人，她也爱你。

米墟尽管说着不咸不淡的风凉话，却还是开车来到伊东父母家的小区外。中午他们一道吃了便餐，杯盏中自然少不了循循善诱。然后就去了米墟郊外的家。富人区一片宁静的优雅。米墟的房子上下三层，豪华阔绰，一看就知道他在美国挣足了钱。

伊东手机铃响，他看都不看就关掉了。

有那么可怕吗？米墟揶揄的目光。

伊东说这会儿谁的电话也不想接。

米墟说当然，有时候就是要独自舔心上的血。

晚饭也是在米墟家吃的。他真的能做出一桌好菜。他说后来在美国就光剩下研究菜谱了，只要朋友有重要聚会，他都会以志愿者的身份充任主厨。

他们一直闲聊到窗外响起一阵汽车轰鸣声。透过窗，伊东看到一辆流线型的红色跑车。紧随着几声清脆的喇叭，一个穿着简洁的女人走进来。伊东猜测，这就是将米墟锁入囊中的那个勾魂摄魄的女人。

女人摘下墨镜，脱掉外衣，落落大方地和伊东握手。她说几年前在美国就听米墟说起过您。然后毫不在乎地和米墟拥抱接吻。接下来端起一杯白葡萄酒坐在沙发上，同时点燃嘴里的香烟。

他们依照美国人的习惯，首先坐在沙发前喝餐前酒。无意中，伊东发现女人的位置，竟然正对着茶几上米墟一家（包括妻子儿女）的照片。他也是第一次看到米墟的老婆，很漂亮也很风情的那种，看上去让人赏心悦目。他只是不知道面对那张照片的女人作何想。

您觉得应该把这张照片放在哪儿？那女人上来就洞穿了伊东的疑问。扣下，还是拿到别的什么地方，或藏起来？女人悠然地啜一口酒，将红红的唇印烙在高脚杯上。我们是唯物主义者，对吧？所以必须要承认并面对现实。您以为我的神经有那么脆弱吗？米就是想通过这些细节，锤炼我迷茫而嫉妒的天性。我就是喜欢这样的磨砺，对吧？女人调侃。

米墟自嘲地拿走镜框，说，现在我们可以开饭了。

席间米墟和伊东都喝了很多酒，他们的谈话也变得肆无忌惮。米墟大谈他和那女人怎样在美国的酒店做爱。从纽约到洛杉矶，走一路，做一路，就玉成了他们今天的难舍难分。说到动情处米墟竟海誓山盟，说他真的不再回美国了。那种没有根的感觉，那种只想吃中国饭只想说中国话一看见洋人面孔就想揍他的感觉，没有他妈的设身处地你们是不会理解的。然后米墟又说到离婚，说这一程序已经纳入了他和他太太的议事日程。事实上，自从他认识了这个女人就和太太同床异梦了，所以迟早……

迟，还是早？女人突然冷冷地问。

我不是已经在你身边了么，米墟有点委屈地辩解着。

但女人对米墟的许诺似乎根本就不在意。她只是不停地啜着白葡萄酒，几乎什么也不曾吃。待酒酣耳热，醉眼迷离，米墟又开始和女人缠绵。偶尔转身看到伊东，才又问，你到底有什么问题？

于是伊东开始陈述他和余苠的来龙去脉……

这些我都知道了，米墟叫停伊东，说你的难处。

我和你不同，我不想离婚，当然萧槠也不会同意。

这算什么问题？我觉得爱一个女人和家庭无关。不离婚并不意味着不能爱别的女人。没错，对吧？米墟问着他身边的女人。

只是这种关系太辛苦了，甚至连做爱的地方都没有，米墟，你不会……

伊东这样说着的时候满脸愁苦，而米墟听后却开怀大笑。你怎么像个怨妇似的，或者，"五四"时期的文艺小青年？

我是认真的。伊东突然生出几分恼怒。

我当然知道你是认真的，没关系，办法总是有的，还记得我建议你买一辆汽车吗？

买车谈何容易，我还要学开车。

学开车有那么难吗？除非你他妈的不想要那个女人了。

可我怎么和萧槠说？我干吗非要……

这有什么为难的？就说汽车将拓展人的生活，甚至会改变你们生存的方式。汽车就像一个行走的房子，在室外却有了一种室内的感觉。所以买车就等于又买了一个房间。并且这个房子还拥有一种流动的功能。它将赋予你们更多的方便和自由。他妈的，如果萧槠连这都听不懂，她就白活了。

她从来都是靠惯性思考。

当然，你这种婚外恋中的男人就更需要汽车，因为只有汽车能全天候地为你们提供私密的空间。从此你再不用求父母，找旅社，或冒办公室之大不毽，你所想要的一切都可以在汽车里完成。当然，你不是那种容易被潮流牵着走的人，但你却是花心的人。所以，哪怕单单是为了你那段凄迷的感情、坚信的悲凉，你也要牢记我的教诲，你不觉得听君一席话……

是的，浓云密布中，就仿佛被你撕开了一丝光亮……

岂止一丝光亮，简直就是灯塔。

只是，萧檐那边……

米墟重重地拍着伊东的肩膀，我本应说萧檐那边我就无能为力了。而且小时候我就迷恋她，至今。但我更看重男人间的友谊，我一直觉得男人女人无论怎样海誓山盟，最终不过点点浮云。所以我更同情你可怜的现状，好吧，萧檐那边就交给我了，怎么样？

那晚是米墟的女人把伊东送回家的。尽管那女人也喝了酒，却始终清醒。一路上伊东昏昏沉沉，缄默无言。而那女人说过的唯一的话是，你睡吧。

在伊东家楼下女人停靠路边。她摇醒了正在酣睡的男人。她并没有扶他下车，只是伸长胳膊打开了伊东那边的车门。当伊东踉踉跄跄地走出去，她便"轰"的一声绝尘而去，在路灯下，就像是午夜的一道红色闪电。

伊东当然要面对妻子的责问。他对此已经做好了充分的准备。他需要解释吗？这一天他到底去了哪儿？萧檐肯定给伊东的父母打过电话。母亲可以打他，骂他，甚而索回家中的钥匙，却绝不会让自己的儿子掉进儿媳妇的陷阱，这是天经地义的。

萧檐只知道伊东午后就离开了父母家，那么接下来的那个午后和漫长的夜晚他又在哪儿呢？萧檐毫不迟疑地相信伊东一定和女人在一起，这也就意味了伊东很可能已经有了外遇。只是这女人到底是谁呢？在漫长的时间里他们又待在什么地方，做了什么呢？

当伊东又一次醉醺醺地出现在午夜的卧室中，面对妻子歇斯底里的质问，他只好给米墟打了电话。他要萧檐直接和米墟对话，萧檐却把伊东的手机狠狠摔在地上。她觉得这是伊东对她的羞辱，并且她根本就不信电话的那端是米墟。即或米墟真的回来了，她也看不起伊东一天到晚追随他。

伊东说，我就是要和米墟在一起。男人就不能有朋友啦？干吗要拴在女人的裤腰带上，那还算是个男人吗？我当然要有朋友，有同事，甚至无伤大雅的艳遇，男人的生活怎么就不能丰富多彩？可你看看我，我都有什么？伊东说着竟然眼泪汪汪。

这些话当然是借着酒劲说出的。但伊东的委屈还是让萧樯生出一丝怜悯。以伊东的为人，他可能确实是和米墟在一起。她这样想着，觉得也许真的冤枉了伊东。随之帮他脱掉衣服，让他醉醺醺地倒在床上。

伊东如释重负般酣睡起来。全不顾身边还有不眠的妻子。萧樯由怜悯生出莫名的期许，用身体摩擦着他们年深日久的渴望。萧樯慢慢欲火中烧，那已经停不下来的激情，环绕着伊东的每一寸肌肤。但无论萧樯怎样诱惑这个酒醉的男人，他就是纹丝不动，仿佛被泡在麻醉药水中。

萧樯以为那是酒精使然，却不知那个上午，伊东已经在父母家发动过三次摧枯拉朽的进攻。在这样的背景下，他怎么可能再满足老婆呢。他不是不想奋起，只是已经力不从心。

在妻子身边，他最终躲过了一劫。但余荩那边就不那么好安抚了。在米墟家，他确实看到了余荩打来的无数电话，但他一个也没有接。那一刻他不知自己该怎样解释，也不想听余荩对母亲的那些抱怨。

接下来余荩也不再接伊东的电话，更不想听他那些无谓的解释。除了工作，她不再逗留于伊东的办公室，以至于同事们都觉出了他们之间的嫌隙。于是他们竟真的疏远，大凡不伦之恋都会落到这步田地。

伊东便怀着凄苦的心境等待西窗落日。他只要一想到黄昏景象就不禁满心悲凉。他说服自己不要再寄望于肉体的厮磨，他坚信有余荩给予他的黄昏美景就足够了。但他也知道这是自欺欺人，他已经开始魂不守舍地想念余荩了。直到快下班后仍不见她的踪影，于是他鼓起勇气打电话过去。他知道电话就在余荩桌上，接听电话的却不是余荩。年轻编辑说她已经走了。

她怎么说走就走，还没有下班，社里有事……算啦算啦。伊东已觉出了对方的紧张，他什么也没说就挂断了电话。

伊东拼命压抑着满腔恼怒。紧接着又抓起电话打余荩的手机，却永远的"暂时无法接通"，让他更是火冒三丈。

直到第二天清晨，伊东才见到余荩。而他看到余荩的时候，已经"为伊消得人憔悴"。他在走廊上和余荩擦肩而过。他们甚至都没有正眼看对方。伊东一走进办公室就打电话，要余荩立刻到他办公室来。

余荩一推开门，就被伊东紧紧抱住，他甚至来不及关上余荩身后的门。尽管他们曾相约不在办公室亲昵，但伊东还是抱住余荩，哪怕随时随地都会有人推门而入。这一刻伊东已经什么都顾不上了，他只是将余荩牢牢抵在门上，然后开始亲吻她。

他想这冒险或许能赢回女人的芳心。他更是在喃喃细语中，许诺那个流动的房间。他说我们很快就能有一个独处的地方了。你应该像我一样看到明天的光明和幸福。他要余荩接受这个能够预期的未来……

却蓦地一阵剧痛。

余荩近乎残酷地咬破伊东的嘴唇，让自己终于从伊东的狂热中解脱出来。她知道她的嘴边沾满了伊东的血。她狠狠地抹掉了那咸腥的味道。她想转身离开，却被伊东奋力阻截。于是她站得远远的，在西窗下，并不停地警告，你别过来，别过来……

转而她满眼泪水，哀求般地说，放了我吧，放了我们吧。

可这西窗的斜阳……

不，那不过是海市蜃楼，无望的幻影。你就看不到么？

大概已经有一段时间了，尽管他们并没有荒废床上的耕耘，但萧樯还是隐约觉出肉体间的貌合神离。于是戒备之心油然而生，无论怎样的状况都令她疑虑不安。她开始关注伊东的每一个电话，不过她不会察看伊东的手机。她堂堂教师怎么能如此下作，她觉得那是对自己的羞辱。

就算她表面上平静如水，但猜疑和烦恼时时困扰着她。尽管她知道伊东不是风流的男人，但唯其不风流反而更容易酿成婚姻的悲剧。伊东这个人太郑重了，以至于他也能郑重地离开家。

她只是感觉到了伊东的外遇，却无从知道投入伊东怀抱的那个女人到底是谁。她于是带着诸多疑问仔细地观察伊东，结果是，她愈加坚定了自己对伊东的判断。近日来伊东在家中的表现超乎寻常的好，不仅在家务中事无巨细，对萧樯的态度也总是和颜悦色。尤其做爱的频率不断增多，只要相互碰触到对方的身体，伊东都是有求必应。于是萧樯更觉得伊东若不是心怀愧疚，他怎么可能对她如此百依百顺？

不久后虚伪的面纱终于被撕开，在谈及如何处理闲置的旧房时，他们夫妻大动干戈。萧樯说昨天儿子打来电话，说他被波士顿大学的法学系录取了。儿子说他也没想到，那是非常好的大学和专业。三年后就能成为法学博士，而这个职业未来的年薪会非常高。

到底是我们的儿子，伊东听后异常兴奋，甚至紧紧拥抱了萧樯。

只是，三年的学费极为昂贵……

怕什么，只要他能得到最好的教育。

每年四万美金，还不包括生活费。

总有办法的，不就三年吗？

可对于咱们来说是天文数字，要知道四万是美元而不是人民币。

也不过几十万，没什么了不起的，只要儿子好。

昨晚我一夜没睡。为什么好事总要伴随着困难。不过我都想好了。

想好什么了？

卖掉那套旧房子，反正闲着也是闲着。

你是说……伊东顿时谈虎色变。

对，我是说卖掉房子，儿子就能读最好的专业，并衣食无忧了。

那房子不是留给儿子的吗？伊东反常地露出一种激愤。

留给他和供他上学是一样的。我们的生活也不会捉襟见肘。

伊东立刻一百八十度大转弯，他不是已经得到克拉克大学的奖学金了吗？

可波士顿大学的法学院更好。

有什么不一样的，咱们这种工薪阶层怎么付得起如此昂贵的美国学费，他又不是不知道。

如果卖了房子，我们就付得起儿子的学费。

他就不能勤工俭学或者贷款吗？他也是成年人了。

你到底什么意思？萧樯显然被激怒了，难道被荒置在那里的破房子比儿子还重要？

我是说，现在就出手，肯定吃亏。大家都在说，未来房价会越来越贵，我们干吗做冤大头？

你到底是怎么想的？萧樯开始咄咄逼人，那房子对你来说究竟意味了什么？是你的官邸还是行宫，抑或和情人幽会的鸳鸯楼？为什么一说到卖房你就火冒三丈？

我只是……伊东觉出了自己的不近人情。

告诉你吧，萧樯已经义愤填膺，不管吃多大亏我都在所不惜。在我的生活中，儿子的未来永远是第一位的。我不能眼看着他因为没钱而断送了大好前程。而作为父亲，你难道不应该也这样想吗？

伊东努力让自己的情绪稳定下来。他已经意识到自己刚才的辩驳有些过分。他也知道自己所以不想卖掉旧房，就因为不想彻底失去和余苣做爱的地方。这已经是他们最后的领地了，如果连这个破旧的地方都不复存在，那他们的爱情还有什么？

他知道自己本能的反弹，已经深深伤害了萧樯。于是他想补救自己的失误，尽量和颜悦色地安慰萧樯。我不是不管儿子，也不是不想卖房子。我只是想再等等看，如果能卖出更高的价格不是更好吗？再说三年的学费也不是一起交，我们当然可以慢慢来……

伊东这样说着甚至拥抱了已经泪流满面的妻子。他承认自己态度不好，毕竟那笔学费昂贵得出人意料，他对此没有任何精神准备。但无论怎么困难最终都是可以解决的。他抚慰了萧樯之后就离开了家。

尽管对卖掉旧房已别无选择，但只要伊东一想到从此再没有能和余苣幽会的地方，就不禁满心伤痛。他承认自己在妻子提出卖房的那一刻，第一个想到的不是儿子，而是余苣。当然想到了余苣就等于是想到了自己，想到了他们那浪漫而又温馨的地下情。他知道对于现实的婚姻来说，这就像一场梦。他不想醒来，更不想在梦中失去他们的家园。他这样想着便懊恼忧伤，更不知自己该怎样向余苣解释这个悲剧一般的现实。

如此激烈的角逐虽然不了了之，但萧樯却更加坚定了卖房的决心。如果说此前她还会和伊东商量的话，那么此刻，她就已经决意破釜沉舟了。

她不能原谅伊东在那一刻表现出来的冷酷无情。作为父亲，他不是说过儿子就是我们的一切我们的未来吗？曾几何时，他竟能说出儿子为什么非要上最好大学最好的专业，又为什么不能勤工俭学赚取自己的学费呢，她只要一想到伊东说出的这些话就不禁周身发麻，作为父亲，他怎么能如此恩断义绝？

于是萧樯更加坚信伊东有了女人。如果不是害怕失去那个鬼混的地方，伊东或许说不出如此残酷无情的话来，甚至想都想不出。

总之萧樯不再迟疑。与其说她要为儿子筹集学费，不如说她已经把卖房当作铲除邪恶的手段了。在这一点上，他们夫妻竟全都游离了儿子本身的需求，将所思所为都建立在了自身利益的基础上。

伴随着他们各怀心腹事，家庭中的冷战也在所难免。争吵当天，伊东就搬到了儿子房间睡觉。接下来很长一段时间，他们几乎不过话，自然也无从知晓对方的行踪。那以后伊东总是很晚回家，晚饭也大多在外面吃。即或儿子打来电话他也不接，就好像他真的不在家。

漫长的冷战，让他们之间的关系日益紧张，甚而仇恨。久而久之，他们竟真的结下仇怨，不想再挽回这冷漠的现状。如此肃杀的气氛让他们喘不过气来，进而将这种毁灭性的生活视为地狱。

他们将这种令人窒息的战争持续了很久，最终以伊东的不辞而别达到顶峰。伊东连续三天不回家，也没有关于他的任何消息。这当然最大限度地激怒了萧樯，她不知这个男人是死是活，亦不知他是出差，还是干脆住进了情妇家。

从伊东夜不归宿的第一个晚上，萧樯就想给他打电话，但又很难鼓起勇气。尽管她很多次拨打伊东的号码，却都在即将接通的那一刻选择了放弃。三天中她三次来到出版大楼门外，又潜然离开。三天中萧樯不断想起伊东的好，哪怕他深深伤害了她。但只要他能回到她身边，哪怕偶尔和情妇在一起。这是萧樯最后的底线了，她已经为此而放弃了很多。三天中萧樯也多次来到旧房，并不是为了搜寻伊东的蛛丝马迹。她只是为了思念杳无音讯的丈夫，她坚信旧房中依旧回环着他们曾经的美好时光。她进而哀戚伊东的不知所终，或许已陈尸街头，无人认领。而这所有的罪恶和苦难，在萧樯看来都是那个诱惑伊东的女人造成的。

为了她，伊东才会如此看重这套旧房。因为他们需要有个苟合的地方。所以这房子对萧樯来说就像火药筒，随时随地都可能炸毁他们的家。

当萧樯打开旧屋的房门，竟一股迷乱的味道扑面而来。她不知这味道来自何方，晦暗并且腐朽的，就仿佛置身于坟墓中。然后她本能地想到雨果的《巴黎圣母院》。她记得最后的景象是钟楼怪人紧抱着艾斯梅拉达。只是他们死后才能拥有如此令人感动的场面，但最终雨果还是让他们灰飞烟灭了。是的，萧樯在这一刻就是想到了这一幕。她同时闻到了某种不曾散去的精液的味道。她知道他们一定是做完之后就匆匆离开，然后将所有恶浊的爱意深锁其间。

于是她不由自主地在房子里寻寻觅觅。期冀能发现某种偷欢的迹象。她如此探求着反而同情起伊东和那个她所不知的女人了。在如此简陋的甚至连一张床都没有的地方，他们又能怎样做爱？她同情伊东的地方还不仅如此，古往今来，明明都是男人，伊东却不能光明正大地享受妻妾成群。他只能在这种晦暗的不见天日的地方举步维艰着他的欲望。她只是不能理解伊东何以明知不可为却偏要为之，足见诱惑了他的那个女人有多么厉害。

最终在某个不经意的角落，萧橹发现了几缕长长的发丝。那发丝显然不是她的，因她从未改变过自己的短发型。于是她又本能地想到《献给艾米莉的一朵玫瑰花》。那是福克纳早期的作品。刚刚死去的那个老妇人，将她铅灰色的发丝留了和死去男人同床共枕的枕头上。

当然那一定是别的女人的头发。但几缕发丝又能证明什么呢？她从未真正看到过伊东把女人带到这里，亦不曾目睹他们怎样在此昏天黑地。

但萧橹还是非常愤怒。这愤怒就像烈火在心中熊熊燃烧。于是在想象中的作案现场走来走去，恍惚间仿佛真的看到了他们做爱的景象。要么急切地脱光衣服。要么连衣服也顾不上脱。只要裸露出下体就能完成他们的罪恶。他们还会做出缱绻深情的样子，仿佛失了彼此就失了生命……

于是萧橹不再犹豫，她离开旧房，便来到街对面的房产交易中心。她义无反顾地将这套房子挂牌出售，只要能彻底根除伊东在此淫乱的可能性，哪怕仅仅是为了防患于未然。

然后就有了伊东的焦虑。他觉得自己仿佛被追杀。他不得不四处寻觅和余苈缠绵的处所，那些小旅店、钟点房，以至于不得不觊觎父母的家。是的，他已经不能满足于每天见到余苈，更不能满足于黄昏和她一道欣赏落日，既然他们已心心相印、灵肉相依、云雨情深。

那段日子，伊东总是心神不定。他当然也把现实的困境知会了余苈。他说那是他所不能改变的，但他对余苈的爱情永远不会变。

萧橹对此毫不知情，她只是在愤怒与悲伤中牵挂自己的男人。当三天后伊东终于回到家，打开门，萧橹竟主动接过了伊东的行李。

伊东说，出差，所以来不及给家里电话，后来电话就打不通了……

萧橹没有说她为什么要拔掉电话线。她只是走进厨房为伊东做了晚餐。伊东的突然回来让她毫无准备，但她知道自己心里是欢喜的。在看不到伊东也找不到他的那些天她就像疯子。她再也不想回到那种不堪回首的痛苦中了。然后伊东突然从身后抱住她。那一刻她显然更加慌乱了。她受宠若惊般置身于伊东温暖的臂弯中，她觉得仿佛一切又都回到了从前。但她还是想不好是和伊东和解呢，还是继续承受冷战的折磨？

那晚伊东一如既往地住在儿子房间。午夜时分，却悄然无声地爬上了萧榭的床。他抚摸她亲近她却触到了她的满脸泪水，然后便怜香惜玉地将她紧紧抱在了怀中。他知道自己无论怎样深爱余苨，但最终和他共度余生的还是萧榭。不单单因为她是孩子的母亲，他确实没有理由离开这个和他生活了半生的女人。所以他才会非常明确地对母亲说，他的外遇和婚姻没有关系。

他们自然而然地完成了那个久违的过程。也大概就在激情澎湃的那一刻，他们都萌生了想要和解的愿望。这愿望，在萧榭那里，是检讨了她的独断专行。她说她为此而后悔极了。如果伊东不想卖房，她明天就可以终止交易。而伊东释放的善意则是认同妻子的选择。并且他在儿子读书的问题上深刻地自我检讨。他说他已经在外地和儿子通了电话。他说儿子当然是咱们最高的追求、最美的梦想，这一点你对我绝不要怀疑。

伊东这样说确乎出于本心，但也不排除他在甜言蜜语中暗藏杀机。回家后他变得温驯平和、谦谦君子，但这样做着的时候连他自己都恶心。他觉得这么骗老婆，真他妈不是东西。他如此半夜三更摸到妻子身边，无非是想在卖房的款子中挤出一辆汽车。而汽车的诸多好处和萧榭根本无关，他只是想给予余苨和自己一个爱的空间。

不久后的一个早上，余苨正在伊东的办公室。他们在研究新书的选题，突然电话铃响。伊东从容拿起电话，对方亢奋至极的嗓音。那声音高到连余苨都听得清清楚楚。于是她起身，想要回避。伊东用手势将她留下。

对方说，伊东，我简直不敢相信。我标了那么高的价，竟还会有人买。哦，我刚刚放下电话，是房产交易中心打来的。那套旧房的售价竟然高达 150 万。想想看 150 万哪，咱们哪见过这么多钱？关键是儿子的愿望实现了。什么破房子就能值那么多钱，真是难以置信。他们说如果同意，就可以办手续了。你怎么不说话？不是说想买一辆汽车吗，我们明天就去……

伊东紧紧抓住电话，激动得一时语塞。说不定我们还可以再等等，这肯定不是最高的价位。

你是说我们再……

不不，我当然不是这个意思。我是说，儿子正等着我们汇款呢。为了他哪怕 100 万就出手我也在所不惜。真是太好了，赶快打电话告诉他们，我们明天就去办手续。

伊东放下电话后依旧兴奋不已。他不停地说太好了，太好了，并情不自禁地抱住余荩。知道我为什么这么高兴吗？因为我就要拥有一辆自己的汽车了。我是说，我和你，你不高兴？有了车就意味着有了我们自己的房子。我们再不用四处奔波，从此随心所欲……

余荩在伊东怀中默默挣扎。

为什么你总是让我意乱情迷？

放开我，伊东，别这样。

这全要感谢我大学时的好友加同窗。记得我跟你说起过这个人吧。是他传授给我这个既简单又明智的生存方式……

直到门外有人敲门，伊东才放开余荩。

伊东立刻把电话打给米墟。那时候米墟还沉浸在他的睡梦中。但他还是接了伊东的电话。通话中伊东滔滔不绝，异常亢奋。米墟迷迷糊糊地听着，不久后就传来米墟女人的抱怨声。

米墟由衷地祝贺伊东。这会儿他显然已经离开了卧室。他说150万肯定能买一辆好车……

我怎么能像你一样买那么贵的车，我只要能躲在里面自由驰骋就足够了。这笔钱还包括给儿子的学费……

当然首先要满足你儿子的需求，否则萧樯也不会放过你。我只是劝你要买就买辆像样的车，至少要让你的女人觉得舒适。

是的，我当然要首先考虑她。

不过，既然萧樯同意给你买车，我建议，我和你们夫妻一道去选车。一是我了解当下汽车的行情，同时也是为你掩人耳目。

当然。你总是能面面俱到，这是本事。

20年没见萧樯，我真是想她，你不介意吧？

然后就有了红楼的西餐，有了萧樯和米墟20年后的重逢。米墟见到萧樯后便拥抱她。说20年来，他没有一刻不想念她。他一直后悔为什么要把自己最喜欢的女人给了别人，那人值得他这么奉献自己的珍宝吗？米墟这样说着，甚至挤出几滴鳄鱼泪，而萧樯竟也情不自禁地哽咽起来。

那一刻正有一阵春风吹落海棠树上的所有花瓣，就更是"恨别鸟惊心"的一番悲凉。以至于伊东怀疑在他之前，萧樯确乎和米墟有过恋情。而萧樯就那么落落大方地坐在米墟身边，欣赏地看着他说，你怎么越来越装模作样了，像个硬汉似的，当初你如果没有那么讨厌的话……

觥筹交错中他们相谈甚欢。内容都是 20 年前甚至更早的那些陈年往事。久别重逢让他们格外激情洋溢，甚至萧檀的目光中都能闪出诱人的光彩。在米墟面前，她嬉笑怒骂，无所不谈，却还是不由自主地表现出她对这个男人的崇敬之情。

在他们共同的往事中，伊东几乎插不上话。但却在米墟和萧檀的对话中，第一次发现了萧檀迷人的诱惑力。而这种诱惑力是伊东从未感受过的，显然那是只属于米墟和萧檀的。

然后米墟话锋一转，就说到了汽车。他所以如此变换话题，是因为看到了伊东的落寞。他说伊东一定是嫉妒他和萧檀那金色茅草般绚丽的童年了，所以为了伊东能保持正常的心态，他只好变换话题了。不过汽车也是他毕生热衷的，你没有车，就不可能体会到它在人们生活中的作用。它不仅可以代步，还能让你在行驶中随时随地看到流动的风景。总之这是一种，你们从来不曾经历过的速度人生。我相信你们很快就会喜欢上这样的生活，从此须臾不能离开。

在米墟的怂恿下，萧檀恨不能立刻就买车。那一刻萧檀疯狂的买车热情，让伊东都觉得对不起她了。毕竟，买车首先是为了自己和余荩，却让米墟忽悠得仿佛不买车就不足以与米墟这种人为伍似的。当然伊东也看出来了，萧檀所以决心买车并不是为了他，而是因为信赖米墟。

他们乘坐米墟的汽车前往汽车销售中心。那时候伊东和萧檀已经醉眼蒙眬，唯米墟“世人皆醉我独醒”。他于是一辆一辆地介绍品牌、型号、性价比之类，就仿佛他在汽车销售中心有股份似的，萧檀竟也唯命是从。

最后，米墟问伊东能承受怎样的价位，伊东不语。

你们当然不能一上来就买辆破车，这和你们的身份不符。

那么，你说呢？萧檀澄澈且无限信任的目光。

那么，就帕萨特吧，中档，你们说呢？

萧檀摇摇晃晃地跟在米墟身后，她说她好像就要吐了，都是因为又见到你。既然你说了，就帕萨特吧。我喜欢“帕萨特”这个好听的名字。

还这么“小资”呢？

然后米墟向伊东眨了眨眼，意思是搞定，你终于可以和情人鬼混了。

只是如此糊弄萧樯让米墟于心不忍。他后来对伊东说，我怎么忍心让我最心爱的女生被你们这对狗男女蒙骗呢？那可是我儿时的梦啊，就这样让你给破灭了。

他们很快买下了那辆黑色的帕萨特轿车。萧樯原本想要一辆红车，但米墟却说太张扬了，容易遭劫。然而私下里他却对伊东说，知道我为什么建议萧樯买那辆黑车么，不单单因为黑色是永恒的色调，而是，黑色最容易被隐藏在深沉的夜色中，懂么？

就这样，米墟和伊东串通起来欺骗了萧樯。但同时米墟也向伊东提出忠告，在最初时刻，你最好让萧樯觉得这辆车是属于她的。慢慢地，直到她觉得不再新鲜，也不再疑虑，你才可以带上你的情妇穿云破雾。不过也不能太过分了，毕竟，萧樯也是我的朋友。

伊东终于拥有了一个属于自己的流动的房间。这房间在他的心目中，就像一座神殿。

伊东并没有把买车的消息告诉余荩，他只是开始利用业余时间在驾校学习。他总是午饭后就匆匆离开办公室。他所以每天坚持，一丝不苟，就是想让余荩尽快享受到生活的美好，却无意间疏远了他们的关系。

然后就到了这个风雨交加的晚上。这天从午后就开始阴云密布。那翻卷的黑色云团不知从什么地方浩浩荡荡集结而来，黑压压地盘旋在每一扇窗外。

于是人们被获准提前回家，唯伊东、余荩留下来商量书展的事。不久后的"香港书展"对出版社格外重要，社里要求他们一定要以最完美的姿态亮相书展。他们要策划论坛，邀请嘉宾；还要洽谈合作，宴请书商。总之诸多事宜，林林总总，每一项都不可掉以轻心。他们事无巨细，谈到很晚，仿佛根本就没有听到窗外的滂沱雨声。

那之前，他们已经很久没有这样在一起了。伊东要工作，要学车，看上去似乎已无眼顾及他和余荩的事。他们各忙各的，渐渐疏远，仿佛回到早先那种淡薄的工作关系中，以至于偶尔见面，也都不愿再提那段曾经如胶似漆的往昔。

然而窗外的大雨始终不停，肆无忌惮地撞击着迷蒙的西窗。

余荩说，我本想等到雨停回家，但现在看来不能等了。

为什么？

你看这窗外肆虐的雨。

而余荽此刻所说的窗外，就是每天有落日出没的西窗。于是伊东恍惚想起什么，当初，你怎么会那么迷恋窗外风景？

即或没有夕阳也会有翻卷的云。余荽说到这些不禁感伤。她或者怀念那段已渐行渐远的爱情，或者感慨于世事沧桑，往昔如烟。然后她收拾起各类文件，离开伊东办公室。

伊东抓住余荽的臂腕，你怎么回家呢？你有雨衣或雨伞吗？公交车还是自行车……

余荽并没有质疑伊东的关切。她只是不想再重蹈覆辙。这不是她的生活，所以她不能要。但就在她抓住门把手的那一刻，她听到伊东在她耳边说让我送你回家吧。于是一股莫名的暖流，她觉得她的眼睛都湿润了。她尽管不打算停住脚步，但还是回过头说了声谢谢。然后她一如既往地走出去，她觉得这所有的一切都是不真实的。

余荽没有等到雨停。她开始想念丈夫和女儿。她知道在暴风雨中她只要没到家，他们就不会安宁。所以无论怎样大雨倾盆，她都要尽快回到惦念她的亲人身边。

于是她走进早春的风雨。那刺骨的冰冷让她周身寒战。雨伞不堪一击，瞬间被凶猛的暴风雨撕成碎片。她终于走到拐弯处的公交车站。等了很久却不见一辆车。她甚至觉得再不会有公交车开来了。在如此猛烈的风雨中，她或者只有徒步涉水才能到家。

她这样想着便离开汽车站。在风雨飘摇中艰难前行。天色越来越暗，甚至连路灯都熄灭了。那种孤独无助的感觉，让她顿时满心凄凉。

突然身后响起不停的喇叭声。这声音就像在追杀她。她恍惚意识到什么，却被那辆车激起的水花溅了满身满脸。于是她真的愤怒了，停下脚步，扭转身，就看到了正在摇下车窗的伊东。

但无论伊东怎样穷追不舍，她都坚定不移地向前走。直到伊东像劫持人质那样将她强行塞进汽车，她才不得不接受这既定的现实。

伊东小心翼翼地在大雨中艰难前行。余荽坐在副驾驶的位子上一言不发。她头发上的雨水像泪滴一般洒落在伊东崭新的汽车里。伊东从后座拿来毛巾递给余荽，却被余荽扔回后座。

接下来伊东宣言般地表白。他说他这一段确实很忙。他所以要买车学车其实就是为了这一刻。他永远都不会忘记余荩离开他父母家时那尴尬的表情。

为什么又是在风雨中？伊东说，还记得你从外地回来的那个晚上吗？同样的风雨交加、电闪雷鸣，为什么我们在一起的时候总是坏天气？或者唯有坏天气才能让我们满怀激情？

伊东慢慢开着，不敢掉以轻心，毕竟他还是第一次在大雨中行车。他说在这种恶劣天气，最紧要的就是不能熄火。只要熄火，汽车就很难发动了。然后雨水灌进来，那这辆新车就遭殃了。不过我还是能把你送回家。这是我一直渴望的，有一天能为你遮风挡雨。

车灯在积水的波澜上闪着白光。雨刷刮不尽车窗外的水流。迷蒙中几乎没有视线。尽管伊东小心翼翼，却还是因为操作不当而搁浅在桥洞下。幸好已经离余荩家不远，伊东说，你回家吧。

余荩短暂的沉默后推开车门。就在她走出汽车的一刹那，桥下的积水涌了进来。无论伊东怎样阻挡，雨水还是灌满了车厢。但即或如此，伊东似乎并不沮丧，他说，只要能把你送到家。

伊东坚守在汽车里，膝盖以下浸在水中。当然他会心疼汽车，亦不知该怎样面对如此困境。他是该守住汽车等雨水慢慢退去呢？还是弃车逃命，回到自己温暖的家园？但他还是想到了灾难中的那些邮轮的船长、航班的机长，想到他们总是最后一个离开岗位，所以总是令人敬仰。但他既不是船长也不是机长，有必要像他们那样留一世英名吗？

于是他又想到了米墟。想到他总是能处变不惊的英雄气概。他觉得这一刻除了米墟，给任何人打电话都将无济于事。于是他拨通了米墟的电话，但就在他听到米墟声音的那一刻，车窗外竟传来急切的敲击声。迷蒙中伊东看不清窗外是什么人。只模模糊糊的一个身影，置身于车窗外流泻的雨水中。

那人不顾一切地钻进来。想不到竟是落汤鸡一般的余荩。那一刻一股暖流立即遍布了伊东全身。可是为什么？你不是已经到家了吗？

当余荩将冰冷的湿淋淋的身体贴近伊东，他们自然将爱和身体都给予了对方。余荩说她不能丢下伊东，不能让他一个人待在黑暗中。于是伊东吻了余荩。那感觉仿佛回到了曾经的那个风雨之夜。最终在雨水的浸泡中，他们成功完成了汽车里的第一次交织。

伊东确信，雨夜发生的这一切，是不会被人发现的。首先大雨滂沱为他们铸就了天然的屏障，而桥洞下的积水又让行人望而却步。然后是伊东听从了米墟的忠告，在车窗上贴了一层厚厚的膜。像拉上窗帘一样遮掩了所有的情深意长，那么，他们还有什么好在乎的。

于是他们再度惊天动地。仿佛是为了配合外面的暴风雨。他们在狭小的但却完全属于他们自己的空间内，献演了暴风骤雨中的无边风月。而伊东多少天来孜孜以求的，不就是为了这个自由驰骋的时刻么。

当他终于得以重温旧梦，他们的肉体便再度燃烧。从此他们几乎每天下班后，都会或前或后相继离开办公室。自从有了自己的"房间"，他们下班的时间也被向前移了。过去他们总是以工作为由，下班后也不离开办公室。有了车就再不用遮遮掩掩了，有时候他们甚至等不到西窗的落日。

他们在约定的小街会面。那里距单位大约三百米。通常是余荩在街角等候。这时候她总会戴上墨镜。然后伊东的黑车缓缓驶来，余荩以最快速度进入车内。余荩大都不坐在副驾驶的位子上。尽管她只能龟缩在后座，却不时伸出手臂撩拨伊东的欲望。她不是抚弄伊东的头发，就是按摩伊东的肩背。有时候也会拉开伊东的裤链，用温柔的抚摸让这个男人乱了行车的方向，以至于好几次不知不觉地驶过红灯。

总之大凡有余荩坐在车上，伊东都会把汽车开得风驰电掣。因为他和余荩最需要的，就是速度带来的快感。他们会将汽车开得远远的，荒无人烟的郊外，或者，看不到尽头的芦苇荡。在那些拥有大自然的天地中，制造属于他们自己的浪漫。

然后伊东把余荩送回家。就仿佛什么都不曾发生过。而最让伊东得意的是，他原以为有了车，就有了他和余荩的亲近。但后来发现汽车的好处不仅于此，它还有效地延长了他和余荩厮磨的时间。过去无论在什么地方，亲昵后便会匆匆分手。有时候伊东甚至还没有从疲惫中解脱出来，就要骑上自行车急如星火地往家里赶。但有了汽车就不一样了，原先自行车一小时的跋涉，汽车用不了十分钟就到家了。不仅伊东能准时归巢，还能让余荩按时回家。

于是他无限感慨地问着余荩，知道这意味着什么吗？然后他不等余荩回答，意味着，我们在一起的时间被有效地延长了。

和米墟的相互交往，后来成为伊东家定期的宴会。毕竟米墟身边没有家人，于是作为老同学老朋友的伊东夫妇，就承担起了定期宴请米墟的重任。米墟也曾对伊东提起，能否把那个开红色跑车的女人也一并请来。但却被萧樯一口回绝，理由是她的家庭是正统家庭，且倾向保守，何况她还是教书育人的中学老师。

不过大凡米墟来家中做客，萧樯都会异常用心。饭菜的种类尽管不多，却样样精心精致，让米墟不能不感受到萧樯的盛意。于是当餐桌杯盘狼藉之时，话语间便开始了妙趣横生的你来我往。就仿佛米墟和萧樯是一对残酷并邪恶的双生花。而他们妙语连珠、相互调侃的时候，伊东干脆就保持沉默。

不久后，米墟就很少提到"红色跑车"了。"红色跑车"是萧樯为那个女人起的绰号。她说她不想知道这女人的名字，因为在电视台主持节目的人都是假名。她觉得"红色跑车"既准确又形象，哪怕看不到她的人也能想象出她的模样。于是她尽管不能接受"红色跑车"，却每每问及她，直到有一天米墟说，她跑了。

那么，你是不是因此而很颓唐？

伊东默默坐在一边。他觉得萧樯的问话很怪异。为什么不说沮丧而说颓唐。因为她太了解米墟了？包括他冥顽的天性，以及浮生若梦的方式。

然后萧樯就开始审问米墟，"红色跑车"到底怎么得罪你了？

米墟认真思考着，总之，左手握右手的，那种无聊。

还有呢？说吧，你们究竟为什么？

好吧，米墟做出坦诚的样子，她越来越关心我的账号了。我不想看到她的急功近利，所以决定离开她。

是你心猿意马了吧？别以为我们看不出，你才是那个忘恩负义的家伙。

于是米墟不得不承认，的确是他厌倦了。不过他是和"红色跑车"分手后，才开始另一段恋情的。

不久后米墟请伊东夫妇听音乐会。其中一首格里格的《大提琴奏鸣曲》让米墟热泪盈眶。舞台上独奏大提琴的演员还是个孩子，却在追光下闪烁出圣母般的光辉。她不仅铺排出大提琴丰富的色彩，还将整段乐曲演绎得无比绚烂。

演出中，萧樯一直不动声色地观察米墟，将他在音乐会上的每一寸表情都尽收眼底。她进而得出准确结论，舞台上那个大提琴女孩已被米墟揽入囊中。不过萧樯也喜欢这个漂亮女孩，于是她通知米墟，这女孩是可以带到我家来的。

米墟又一次被萧樯不幸而言中。他说他此生恐怕逃不出萧樯的法网了。

是的，自从他见到大提琴女孩，她就毫无悬念地取代了"红色跑车"。

不过，你不会觉得她委身于你，仅仅是为了你的美国护照？

就算她为了我的美国身份，我不是也在消费她吗？这是我们都要付出的代价，这一点她看得比我都清楚。

当然这对你来说没什么损失。我是说，即或她跟你去了美国，你第一个应该关心的人还是……

你儿子。这点我早就铭刻于心。

不久后，那个美丽的大提琴女孩被带到萧槠家，萧槠像喜欢自己的儿子那样，喜欢上了这个充满艺术气息的女孩。女孩说她最大的愿望就是考取美国纽约的朱利安音乐学院，从此在林肯艺术中心的舞台上演奏她的大提琴。女孩清纯秀丽且毫不掩饰她的野心，就那样淡淡妆、天然样，坐在萧槠家的餐桌前，甚至比在舞台上还美丽。

于是萧槠开始对米墟愤怒。她咬着米墟的耳朵说，我这才明白了到底什么是《狼和山羊的故事》。小时候一天到晚听幼儿园阿姨说这个可怕的段子。这样的女孩本来是应该嫁给我儿子那样的王子的。为什么天下女人都是你的？你这个永远不思悔改的大灰狼。

但不管米墟是否欺骗这个女孩，萧槠都始终为他们敞开大门。萧槠对米墟的诸般劣迹总是袒护有加，甚至在伊东面前也处处维护他。于是她变得不像过去那样古板，甚至对红杏出墙一类的恶行也不那么偏激了。显然这都是因为米墟的存在。这对于一向保守的萧槠来说堪称奇迹，同时也让伊东在铁幕一般的家庭中，看到了一丝自由的光亮。

在伊东家的聚会中，酒酣耳热后米墟贴近伊东的耳朵。那时候萧槠正带着大提琴女孩参观儿子的房间，并向她炫耀，不久后她的儿子将成为年薪十几万美金的法学博士。

米墟说他刚刚发现了一个绝妙的地方。米墟在说着这些的时候醉眼迷离。那是一条昏暗的长街。不断有汽车开过来。然后停在路边，被黑夜淹没。接下来的故事就任凭想象了。而我现在的这个女孩，竟然就喜欢在那条街上做爱。不仅我们喜欢停泊在那里，很多像你们这样被地下情煎熬的红男绿女，更钟情于在这条街上释放欲望的能量。不过没有汽车是来不了这里的，这条暗街只为"流动青楼"而设置。

流动青楼？

哦，这是我为这些特殊的汽车命名的。你不觉得做这种事的汽车就像昔日的"青楼"？所以，"流动青楼"，多恰当的比喻，哈哈，我恐怕只有在这种问题上，才会显得才华出众，也算没有辱没中文系高材生的一世英名。

总之这是一条刚刚修好的康庄大道。这条路可谓万事俱备，只欠开通了。是因为与之相连接的那条环城快速路的高架尚未完工，于是这条路变得苍凉寂寞。尽管道路宽阔，设施完备，入夜后却像一条没有生命的街。路两旁高高耸起的路灯从来就没有亮过。所以永远是伸手不见五指，唯有天上星月。黑暗中浩浩荡荡的道路就像不知深浅的河流。然后便是稀稀拉拉驶来的汽车停靠路边，在寂静中迸发最热烈的激情，于是这里就成了最风花雪月的地方。

当我无意间获取了这个信息，便带着充满好奇的大提琴女孩前往考察。第一次开上暗街的感觉果然异样。一种近乎窒息的死寂，就仿佛我们行驶在但丁《地狱篇》中。然而大提琴女孩却对此情有独钟，甚至某种诗一般的沉浸。

米墟说，在汽车里做爱的大多是野合男女。他和大提琴女孩当然不属于这个群体。目前，米墟的离婚申请已进入法律程序，他更是以居高临下的姿态俯视暗街上那些可怜男女了，当然他知道其中也包括了伊东和他爱的女人。

接下来米墟开始细致入微地描述那些"青楼"男女。

譬如，他们或者坐在驾驶和副驾驶位子上倾心交谈。言语间他们或愤怒或悲伤，有时还伴随着歇斯底里的争吵。

再譬如，那些被掩护在黑暗中的汽车似乎没人。既看不到人影晃动，也听不到叫春的声音。但不经意间你就能透过车窗看到，身体的某个部位在上下起伏。

更有急不可耐者如烈火干柴。你无须屏住呼吸，就能听到静夜中传出的女人的呻吟，男人的哼叫。更有甚者，一些人竟能让汽车颠簸起来。米墟这样说着，诡异地眨了眨眼，言下之意，伊东，何不带上你的女人去风情一番呢？

就这样，暗街被我简称为"流动青楼"，这可是我的专利，无论人们怎样肆意传诵。然后我带上大提琴女孩来此巡游。不久，就在这条充满迷惑与刺激的街上，她郑重地献出了她的初夜。她说汽车里的空间虽然逼仄，却能最大限度地释放她的欲望。

她觉得这地方就是与众不同。她问我你知道当年什么人是艺术家么？琴棋书画，只有妓女才有功夫去玩弄艺术。于是她把自己想象成秦淮河畔的那些青楼名妓，她说她的大提琴难道就不能等同于那个朝代的古琴么？

总之当夜幕降临，这条街就显得格外繁忙。不过不是人头攒动的那种车水马龙，而是一辆接一辆的汽车静静地来，又悄悄地去。任何一辆汽车离开时都仿佛盛满了欢愉和痛苦。

这些车在暗街上逗留的时间大约一两个小时，大多自日薄西山到夜幕降临。这都是我认真调研的第一手资料，米墟说到这些的时候不禁自得。

总之"流动青楼"演绎着爱者各自不同的故事。据米墟猜测，汽车里不仅有男有女，还有同性恋。所以暗街五花八门，无奇不有。总之任何不被社会伦理接受的恋情，都可以在这里找到他们存在的空间。于是暗街又被定义为藏污纳垢的地方，一道在伦常倒错中建构的独特风景线。

出入于暗街的男女从不关心别人的隐私。他们自己的难言之隐就已经让他们自顾不暇了。不过这条街上的常客尽管从不相互打招呼，但心里却将对方引为惺惺相惜的知己。

当米墟刚刚说完最后的一句话，萧樯牵着大提琴女孩的手，翩然回到客厅。

伊东自信地打开房门，就仿佛走进自己家。

在别人的房子里别人的床上？

当伊东牵着余荩的手走进房舍。余荩惊叹于这里的豪华，却说她宁可待在伊东的汽车里。

既然有了这个机会，伊东说，你何不把这里想象成一家五星级酒店？

一次精心的策划将伊东和余荩反锁在米墟的房子里。谁也不知道生活在这里的是什么人。没有人知道米墟已远赴美利坚，更没有人知道米墟把房子借给了他最好的朋友。

尽管余荩心存疑虑，但他们还是一进门就亲吻起来。紧接着便如火如荼，在米墟这别致的客厅里完成了他们这天的第一次合欢。

这一次他们为自己争取到两天一夜，36小时。此前他们还从未有过任何一个完整的同床共枕的夜晚。他们总是在匆忙中交换各自的欲望。他们一直盼望着能有一个相拥而眠的长夜，并且能在清晨醒来的时候看到对方。为了这愿望，伊东不知做过多少努力。却总是阴差阳错，让美梦在现实中无情破灭。现在他们终于拥有了这个让梦想成真的机会，在自由自在中度过只属于他们的宝贵时光。

这是米墟回美国前主动提出的。说以后的一个月这里就归你了。哪怕你们每一天住在这里也无所谓，只是对不起我那无辜的"同桌"了。但也只能顺从天命，谁让你爱得那么痴呢？你那相好就一定比萧樯好吗？无非是画几幅肖像，拍几张照片，做出很艺术的样子，就像《心灵捕手》那样俘获了你。总之我也管不了那些了，你们就在这里慢慢消受，好自为之吧。

于是他们就真的拥有了在米墟家度过的漫漫长夜。不，他们不是在黄昏将尽时沉入黑夜的，而是把这一天的每分每秒都变成了漆黑的夜晚。他们没有按照米墟的安排住进他奢华的主卧，而是让顶层客房成为他们梦幻般销魂的场所。

为此，伊东和余苨都向各自的家庭请了一天两夜的假。而他们离开的理由也因家庭背景的不同而大相径庭。伊东自然以工作为由，这是他最好的托词了。而刚好这个周末萧樯也不休息，她的学生们正面临可怕的高考，所以这是她一年中最繁忙的时刻。

余苨没有以工作为名提出离家的请求。她有对她来说更无懈可击的理由，就是外出写生。无论是作为画家还是摄影师，她都拥有这样的权利。即或婚后，她也常常独自外出，将周末消磨在大好河山中。她说常年蜗居会让她感到窒息，甚至觉得失去了自己。所以哪怕漫无目的，但只要能离开城市中那个正在麻木的自己。

在这片比长夜还要漫长的黑暗中，他们终于完全彻底地拥有了对方。他们也同时经历了醒来后就能看到对方的美妙时刻，经历了睁开眼却不知自己身处何方的迷茫。当然他们很快就感觉到了对方，是环绕的欲望在锲而不舍地召唤他们。于是醒来要做的第一件事，就是仪式般再度撩拨起那无边风月。欲望在他们中间就像一道填不满的沟壑。甚至他们自己都难以想象，如果没有了欲望将会陷入怎样的深渊。

他们也曾几次经历电话骚扰。为此他们不得不中断意乱情迷的时刻。那种突然被阻遏的感觉让他们很不舒服，但为了证明他们确实出差在外，必须立刻接听家人的电话。于是他们在彼此的监视下明目张胆地说谎，甚而会说出"我爱你""我也想你"之类虚伪的甜言蜜语。这种欺骗他人的感觉让他们觉得自己也被欺骗了，以至于这样的通话过后，他们都会本能地质疑，你们到底是不是真心相爱？

于是，余荩说，你爱你的妻子甚于爱我。而伊东则抚摸着余荩的肌肤问，告诉我，你愿意离开你的丈夫吗？这类极具杀伤力的疑问，无疑有效地破坏了他们如梦似幻的氛围，甚而导致相互攻讦，让原本和谐温婉的气氛充满了火药味。

最终以伊东的退让中止了这个关于忠诚的话题。他将啜泣的余荩抱在怀中，说黎明虽好，却意味了别离。我们何苦要破坏掉这所余不多的长夜，既然我们那么相爱。我和我妻子说的那些都是程式化的套话。而一旦我不说了，反而会引起她的怀疑。你应该知道我有多爱你，有时候想你会想到心痛。否则我怎么会冒天下之大不韪把你带到这里？我不是一个随便的人，这一点你也知道。我们何不尽情享受这最后的夜晚。想想我为你聚集了多少能量，只要你要，我就不会辜负你。我们不停地做爱，记得有多少次了吗？就这样我们做爱做成灰烬，你不觉得这也是人生的奇迹吗？

然后从午夜到黎明又到黄昏。黄昏是他们最后的限度了。

余荩在伊东身边默默流泪。为什么36小时如此短暂。如果说在汽车里余荩尚可洒脱抽身的话，那么在这缠绵的长夜后，分手就成了一种残酷的刑罚。他们十指紧扣，相互缠绕，深情绵绵。直到最后的一分钟，直到，他们不得不走出这座房子。

余荩在天黑前回到自己家。此行唯一的破绽是，既没有带回绘画作品亦不曾拍摄照片。不过一向信任她的丈夫并没有追究，或者就因为他感觉到了什么，才故意做出不在意的样子。

伊东拖着疲惫的身体回家。他原以为萧樯会为他准备丰盛的晚餐。但在电话中他偏偏说自己已经吃过晚饭，结果迎接他的就只有清锅冷灶了。尽管米墟冰箱里的食品应有尽有，但他和余荩却没有认真享用过。他们把所有的时间都用于"士为知己者死"了，所以伊东只能在饥饿中熬过长夜，幸好他立刻就睡着了。

夜晚，萧樯被伊东的鼾声吵醒。迷蒙中她本能地抚摸伊东，但伊东对她的爱意毫无反应。于是她开始胡思乱想，觉得伊东此行一定和那个女人在一起。她这样想着便坐了起来，气哼哼扭亮床头灯。伊东被明晃晃的灯光照醒，他本想发怒，却转而抱住愤愤的妻子。他当然知道自己此刻该做什么，但无论怎样竭尽全力，都不能抵达预期的效果。

萧樯不再勉为其难。她坚信伊东纵欲过度。她不想知道和伊东鬼混的女人到底是谁，也不想知道他们是在什么地方野合的。于是她想到谷仓，想到哈代的《德伯家的苔丝》。她曾经那么迷恋于那些婚外恋情，迷恋于那些有着甜甜苦涩滋味的浪漫。然后她又想到水边，想到《水边的阿蒂丽娜》。那是一首非常美的钢琴曲，但只要和伊东连在一起就变得肮脏了。她当然也想到了米墟家，她知道米墟此刻已经回到美国。如果不是米墟还会有谁呢？他从来都是那么慷慨大度。萧楹越想越怒不可遏，抱起枕头睡到了儿子房间。

但幸好伊东一夜之后就恢复了体力，也记得夜半他不曾满足妻子的需求。于是他勉力前行，将儿子的木床撞击出疯狂的响声，才让妻子心甘情愿地重回他的怀抱。

米墟家午后到处阳光。伊东和萧楹沉浸在弥漫的咖啡香中。留声机里旋转着蓝波的长笛曲，让萧楹情不自禁地有了某种怀旧和感伤。如此浪漫的情怀当然不属于伊东，更不属于毕生放浪的米墟。那是过往的某段短暂的恋情，在长笛曲中萧楹几乎落泪。

这是萧楹第一次来到米墟家。而米墟所以邀请萧楹，是因为他知道伊东的地下情已岌岌可危。最终的不了了之，这是米墟的结论，尽管伊东反复重申，他们不是不爱了，只是有些厌倦。伊东还说经营这种关系就像炼狱。无论精神上还是肉体上都受尽折磨。尤其他们这种年纪的男人，就更是不堪重负。如今他只是依照惯性维持着曾经美好的关系。他不想很快断绝双方都疯狂投入过的这段感情。他说他可能要在"春蚕到死丝方尽，蜡炬成灰泪始干"的时刻才会作出决断，他说到这些的时候不禁悲从中来。

萧楹在露台上观赏小区风景，任由两个男人在客厅里窃窃私语。"感时花溅泪，恨别鸟惊心"。萧楹近来经常蓦地就从大脑里跳出几行古诗。那些诗句总是非常切合她当时的心境。她于是觉得自己从此不必再费心舞文弄墨了，因为那些古人的诗句已经准确而形象地说出了她想要表达的境界。

当萧楹悄无声息回到两个男人中间，米墟正将他亲眼所见且悬念迭起的自杀故事说得风生水起。

到底是真是假，你编的吧？萧楹质疑。

乃我亲历，米墟言之凿凿，一个类似于阿加莎·克里斯蒂式的探案故事。

说到哪儿了？没听到前面，所以，从头讲。萧楹颐指气使。

米墟下意识地瞄了一眼伊东，好吧，就满足你。

米墟所以敢在萧樯面前描述这个可怕的故事，完全是因为他知道伊东根本就不喜欢那条暗街。所以无论他怎么讲都不会牵涉到伊东的婚外情，更无从引发萧樯对伊东的怀疑。

米墟首先绘声绘色地描述了那条尚未开通的暗街，然后将"流动青楼"这一由他创造的概念大肆渲染。总之来此鬼混的大多是他这种有钱有车的流氓。

那伊东也有车啊，萧樯愤愤不平，你什么意思？

伊东有车，可他是流氓吗？米墟反问。暗街上媾和的男女无须妓女那样的交易。他们大都怀有很强烈的感情，很正常的欲望。只是他们的感情是不正当的，那种所谓的地下情、婚外恋之类，总之被你们这种正统女人所唾弃。但他们也要活啊，也要亲吻和做爱，于是暗街就成了他们最理想的栖息地。

萧樯禁不住凝视伊东，你不会也去过那种地方吧？

我怎么会去那种地方？

伊东去没去过我不知道，反正我是那条街上的常客。不过我和那些因爱而受尽折磨的情人不同，因为在感情问题上，我从来就没有过那种痛不欲生的感觉。

接下来繁衍，壮大，慢慢地，这条街上就布满了"流动青楼"。大凡有这种需求的人们都会造访这里，也都会在他们各自不同的"青楼"里翻云覆雨。伴随着暗街两旁的汽车越来越多，那些车主竟也强盗般开始抢占地盘。约定俗成的地盘一经划定，就会变得神圣不可侵犯，就像动物用它们的尿液划分各自的势力范围。哪怕某位车主晚上没来，也没有谁愿意占用他的车位。除非一些不知深浅的小子胡作非为，自然也会口角之争，拳脚相向，却最终谁都不会拨打报警的电话。

萧樯打断米墟，太离谱了吧？我怀疑这座城市是不是真的有一条你所谓的暗街。他从小就是这样，总能编出各种各样的谎言蒙骗我们，所以，伊东，你用不着听信他那些胡编乱造。

米墟对萧樯的质疑毫不在意，他问她，你到底还想不想听那个可怕的事件？

干吗把你的才华全用在旁门左道上，否则，说不定你会成为一个了不起的大作家。

伊东，你不想管管你老婆？

好吧，你说你说，我们洗耳恭听，行了吧？

怎么就那么巧呢，事发前后，我刚好在场。为什么？因为我饱食终日，无所用心，便可以整天泡在汽车上，看来来去去的青楼风景。那是一辆香槟色的轿车。很新。后来才知道那辆车是属于女人的。他们每晚都会停在固定的位子上。然后开始他们的交配……

你怎么知道？

我的车位离香槟色最近。有时候百无聊赖，我就会主动关心别人的举动。尽管悄无声息，但我还是能知道他们什么时候开始的。因为那辆车开始微微晃动。如此窥测别人的行径显然不道德，但这辆车就在我前头，不看也不行。想想，能把钢铁铸就的车身晃动起来，这需要怎样的热情和能量。不过，这已是案件之外的花絮了。

总之我对那辆香槟色汽车印象深刻，尽管我从来没有正面看到过汽车里的人。但倘若有一天香槟色未到，我就会莫名其妙地生出几许失落，就好像我对那辆车有种爱人般的眷恋。

但不久后我就遭遇了香槟色事件。平时最让我落寞的是香槟色不来，然而这一次它来了就不走了。我知道香槟色离开的时间从不超过晚上九点，但那天直到午夜，它依旧"我自岿然"地坚守在浓重的夜色中。不知道车里究竟发生了什么，亦不知他们将在此纠缠多久。这疑问始终萦绕着我，让我像好事者般充满期待。

于是我们也坚守在午夜中。那天大提琴女孩刚好在车上。直到她实在熬不住了，我们才回家。

不知道为什么有一种不祥的感觉，大概是某种心灵感应吧。可我根本就不认识那辆车里的人，回家后却始终魂不守舍，睡着了也会被梦魇惊醒。这种迷信的感觉说出来，连我自己都觉得难为情。我们是唯物主义者不是么？或者就因为我喜欢穷追不舍吧？我这顽固的个性你们也不是不知道。大凡能调动起我的兴趣，我都会一路追踪到底……

结果呢？萧樯已经被调动起来。

结果不出所料，当我当夜再度回到暗街，那辆香槟色果然还在。那么无声无息地停在路边。那时候暗街上几乎已经没有车了。

为什么香槟色还不回家？其中到底有怎样的蹊跷？但我却只能远远地察言观色，又满怀狐疑地悄然离开。那时候东方已迷蒙出绚烂的云霞。看不到太阳，却能感觉到缓缓升起的晨光。那是种令人神往的金色光芒，遥远地浸润着这个安宁的早晨。

第二天我又开车来到暗街。那辆香槟色汽车在金色阳光下显得格外辉煌。我不知这辆车是一直停在那儿，还是我不在的时候已经悄然去了又来。

总之为了这毫不相干的疑惑，我决定从即刻起在此蹲守。我甚至为自己备足了三明治和矿泉水，大有不破案就决不离开现场的雄心壮志。就这样，我在香槟色后面一待就是一整天，直到黄昏时那些"流动青楼"聚集而来。这晚上我谢绝了所有想要我纽约账号的女人们，就如同伊东不再和那女人一道每天看落日。总之……

等等，等等，萧樯听出了某种弦外之音，米墟，你知道你在说什么吗？

米墟和伊东都紧张起来，在莫名的压力下面面相觑。

看什么看？萧樯愈加警觉起来，和女人一道看落日？米墟，你刚才是这么说的吧？

米墟像美国人那样耸了耸肩，我说什么啦？他来回看着对面的萧樯和伊东，摊开双手做出很无辜的样子。我说错什么了？哦，落日？我是说，你不是刚刚还在露台上看落日吗？

哪来的落日，萧樯直逼米墟，这是午后，我不过是在欣赏小区的风景。说吧，和女人一道看落日是怎么回事？我可是听清楚了米墟说的每一个字。

伊东这种胆小的男人能干出什么？米墟故意鄙视的表情。他一天到晚把落日挂在嘴边，无非是为了哄骗出版社的那些小女孩。

萧樯满脸妒恨地看着伊东。

看我干什么？伊东反诘，坐在香槟色里的又不是我。

但你也有帕萨特呀。

有帕萨特就一定有情人？米墟转到萧樯身边，亲昵地拍拍她的肩膀。

他就是有外遇，你们以为我不知道？

你知道什么？米墟开始正颜厉色，倘不想再听我说下去……

他就是有外遇，别以为我没感觉。还看落日？我怎么没见他有过这样的浪漫呢？

萧樯你真的不想听了？米墟夸张着他的嗓音。

他到底在和什么女人鬼混？萧樯把怨愤投向米墟。

和女人鬼混有什么不好？米墟将萧樯揽在身边。

萧档推开米墟的手臂，你们这些臭男人。然后做出要走的样子。

萧档，你知道鬼混是什么意思吗？就是不会产生出任何结果的逢场作戏。在这个领域伊东肯定不是高手……

所以他才会弄假成真。

米墟让自己靠在萧档肩上，在这里我向你郑重保证，伊东他此生决不会离开你，除非有一天你来找我。接下来的故事却是很精彩，你至少听我把它讲完。好了，别生气了，什么事也没有，我是说那辆香槟色汽车，我坚信，这辆车对我来说已经没有悬念了。当月淡风清，暗街上了无人迹。我便大着胆子，不，我当时根本就不紧张，而是充满了一种即将揭开谜底的兴奋。

我平静地走向那辆车。手里提着棍棒一般能装四节一号电池的美式手电筒。然后我围着那辆车转了好几圈。那时候能看到车内景象的只有汽车前风挡玻璃。我在车窗前站了很久，却始终没有打开电筒。事实上我已经认定车内发生了凶杀案。待我抽完第二支烟，连我自己都不记得我是否按动了手电筒的按钮。只觉得突然之间一道亮光刺痛了我的眼。然后我就看到了我预期的景象。猜猜我到底看到了什么？

萧档伸出手，给我一支烟。

米墟不露声色地为她点上。

伊东畏缩地坐在一边，刚才的一场虚惊让他心有余悸。

他们赤身裸体？萧档不自然地吞云吐雾。

当然，并没有超出我们的想象力。在后排的位子上，男人和女人紧紧拥抱着。他们的姿势显然已经僵硬，这说明他们至少在昨天夜里就已经死了。我站在手电筒光束的后面浮想联翩，想象着曾经风情万种的这两个人，为什么要以这样的方式展示死亡。他们或者想说明什么，又或者想要证明什么。尽管我和他们素昧平生，但这种场面还是让我惊诧不已。

然后我开始猜测他们的死因。最令人信服的是二氧化碳中毒。他们大概觉得夜晚寒冷，于是打开暖气做爱，然后因疲惫而相继睡去，甚至连衣服都来不及穿上。他们不止一次云蒸霞蔚。他们向来就是力透纸背的一类。总之他们精疲力竭，仿佛整个的生命都被掏空了。于是昏睡在后排的座椅上。伴随着二氧化碳长驱直入，死亡也就在所难免地降临到他们身上。

但是，谁知道还有什么别的不可示人的原因呢？比如说自杀，或者有预谋的他杀。在无望的恋情中他们已经厌倦，或者他们不再想玩儿这无谓的游戏了。或者他们中一个人已经痛不欲生，而另一个人却在移情别恋。其中的一个不想分道扬镳，亦不想让这段艰苦的恋情不了了之。于是他精心策划了这个结局。反正不想活下去了，与其生死茫茫，不如同归于尽。然后这个企图自杀的人不仅杀了自己，也杀了自己深爱的人。他坚信只要同生同死，就能同死同生。只是这其中的内幕就没人知晓了。

米墟说，我整整用了一个晚上，来构想他们的今世前生。直到曙光初现，才意识到应该报警。但是我怎么能用我的手机为别人报警呢？我当然不想让自己暴露在110的视线下，尽管我不是罪犯也不曾犯案。

于是在那个清晨我打碎了香槟色前后左右所有的挡风玻璃。我相信周围的居民一定听到了捣毁的声音。以这样的方式，我让那两个长眠不醒的恋人暴露于光天化日，而我的全部用心就是让他们尽早入土为安。

也许他们就等着有我这么一个人为他们收尸了。果然在当晚的节目中，我在电视中看到那条消息。主持人说，在一条未曾开通的道路上发生了一起惨案……

被我砸碎的玻璃让这桩死亡案件又多了一层悬念，画面上一个刚好住在附近的老太婆对警察说，我听到窗外一阵巨响，好像什么被砸碎了。不过我什么也没看见，总之那是条很脏的街。妓女一样的女人在街上走来走去，就像回到了旧社会……

然后无论电视台还是报纸都开始跟踪报道，一时间风生水起，却又突然之间了无声息，据说涉及了某位重要人物。

发生了这样的事情，让暗街上的男女都怀了一种不吉利的沮丧。难道这样的爱情就只配得到这样的结局吗？

如此扑朔迷离的悲惨故事我竟然亲历。米墟在说着这些的时候，不禁神情黯然。

这天他们原本约好一起吃晚饭的，但萧樯毅然决然说她想回家了。又说，幸好我没有经历过这种唯其死亡才能实现的爱情，你呢，伊东？很危险的。伊东也随之站起来，好吧，我们回家。

走到门口和米墟告别，萧樯又说，知道监狱里的女囚犯包括女杀人犯，大多是为什么犯罪吗？为了爱情。爱情是导致杀人犯罪的主要因素。爱了，或者不爱了，你们这些臭男人都得小心点。

萧樯说过之后扬长而去。留下两个男人面面相觑。离别时他们不约而同地拍了拍对方的肩膀，意思大概是好自为之吧。

　　米墟开始在伊东和萧樯面前抱怨大提琴女孩。他说或者是因为他们之间的年龄差距太大了。他大得做她的父亲都绰绰有余，甚至能将就着做她的祖父了。所以他们之间很快就出现了不和谐音，"不和谐音"这几个字还是女孩说出的。在她的乐曲中这种不和谐音比比皆是，而她所看重的只是他的美国国籍。

　　她似乎不在乎我是否廉颇老矣，也做出和我很恩爱的样子。她满心期待一毕业就和我结婚，在咄咄攻势下让我退到最后的底线。当初我离婚并不是为了她，现在却让这女孩占了便宜。她除了年轻，除了大提琴还有什么？至少，这对于"红色跑车"不公平。

　　如此越是被她所困扰，我就越是怀念和"红色跑车"的那段平静时光。我干吗要被一个女孩牵着走？不结婚并不意味着我不资助她，我依然会帮助她实现梦想。我甚至可以为她付学费，哪怕再有什么别的要求……

　　然而尽管米墟诸多抱怨，他却并没有离开大提琴女孩。他只是背着她给"红色跑车"打过几次电话，但每一次对方都按掉了电话。于是他愈加怀念"红色跑车"，终至在她家的地下停车场劫持了她。那天他看到她从电梯里出来，就不顾一切地冲过去抱住了她。他亲吻她抚爱她在她的耳边说怎样怎样想念她。他以为女人不挣扎不喊叫就等于他又重新拥有了她。他怎么可能想到停车场保安会冲过来，将他一拳击倒在地。

　　他当然不在乎有人路见不平，拔刀相助，并且他认识这个对他饱以老拳的混账小子。他觉得为了这个朝思暮想的女人挨几拳也是应该的，他甚至觉得自己对"红色跑车"的诸般伤害，就应该承受这种报复性的惩罚。

　　只是保安如柏林墙般阻隔在米墟和女人中间。只要米墟稍加动作，女人就会依偎在保安身后。于是米墟只好选择了离开，直到坐进汽车，才在后视镜中看到自己鼻孔和嘴角流出的血。

　　一路上米墟愈发觉得不合算。不是因为伤口的痛，而是大提琴女孩索要的竟然比"红色跑车"还要多。"红色跑车"无非偶然提及他纽约的账号，而作为媒体人她根本就不缺钱，甚至红色跑车都是她自己买的。她不过提一下就令米墟如临大敌，仿佛天下人都在觊觎他并不充盈的口袋。尤其离婚让他几近两袖清风，问及账号就更是让他格外敏感。他于是将"红色跑车"想象得很贪婪，甚而是为了他的钱才和他通奸的。从此他对这个女人充满警惕，并且在离婚财产的分割上，故意夸大前妻不遗余力的争夺。

当然"红色跑车"很快就看透了米墟守财奴本性，并洞穿了他何以匆匆接纳大提琴女孩的真实原因。那个大提琴女孩其实是"红色跑车"介绍给米墟的，她当时正在做一个关于这个女孩的纪录片。想不到做着做着，那女孩就钻进了米墟停泊在暗街的汽车里。

"红色跑车"对此当然义愤填膺，但她却从未表现出她的痛苦和愤恨。她甚至依旧激情四射地拍摄了大提琴女孩演出时的最后几组镜头，看得出她在这部纪录片中倾注了多少心血。她所以拍摄这部纪录片，其主旨也是为了弘扬大提琴女孩，不让她非凡的音乐才华被无情淹没。她只是想给予这个天才女孩更多的机会，只是她怎么想也没有想到，这机会竟然就存在于和她同居的男人身上。

不过"红色跑车"也确实了不起，她是那种能够将工作和感情完全分割的人。所以，即或米墟和大提琴女孩上了床，她也不曾终止拍摄，甚而后期剪辑完成得更臻完美。她是流着眼泪做完这一切的。

总之，米墟越来越想念他的"红色跑车"，和大提琴女孩的交流也越来越少。他觉得无论他说什么，女孩都仿佛听不懂，而他们之间唯一的共同语言，就是关于做爱的那些细枝末节。但一个人如果总是自说自话，或者总是跟儿童对话，那么即或他不曾沦为小儿痴呆症，也会大大降低他成人的智力。

于是米墟开始拯救自己，前提是，他将不遗余力地将女孩送进纽约的朱利安音乐学院。他觉得做到这些并不困难，困难的是怎样才能甩掉这个女孩。女孩对此似乎有所察觉，于是她更加锲而不舍地黏住米墟。她会泪流满面地指责米墟，说他迟早会抛弃她。而她对米墟则一往情深，甚至将最宝贵的贞操都无偿地给了他。米墟只好搂住哭泣的女孩，说我怎么可能丢下你呢。心里却想贞操怎么会是无偿的呢，那打进女孩账号的五万美金算什么？

然后就到了大打出手的这一天。米墟把大提琴女孩带到暗街。那一刻还能看到黄昏最后的辉煌。米墟所以到这里来，是想在一个中立的地方说出他的决定。是的，他好不容易才离婚，所以近期内不想再结婚。这无疑破碎了女孩的梦，但毕竟还有五万美金支撑着。并且他许诺了女孩在纽约的生活费，那也是一笔不小的开销。谁都知道纽约是这个世界最昂贵的城市之一，有了生活费在某种意义上就等于实现了她的美国梦。

接下来便开始讨论留学的诸多事宜，米墟不仅要为她申请大学，获得签证，还要拿出一笔数额不菲的资金为她作经济担保。有了这些，女孩便不再纠缠婚姻，尽管她不停地说，她是多么多么离不开米墟。

米墟让女孩过目所有出国留学的文件。这些都是他为她精心准备的。米墟所以格外用心，是因为米墟歉疚地收回了自己曾经许诺的婚姻。于是他不再是谦谦君子，但女孩对此竟毫不在意。无论米墟说什么她都频频点头，并且不停地说着谢谢，谢谢。还说如果没有米墟和"红色跑车"，她怎么敢如此梦想自己的未来。她觉得能认识米墟和"红色跑车"，简直就是她生命中的奇迹。

于是米墟被感动了，因为她没有忘记"红色跑车"。这说明女孩还是有良心的，于是他亲吻了女孩柔顺的长发。这一吻就像父亲对女儿。

就在米墟亲吻女孩的一刻，忽然身边"轰"的一声。那是油门被轰的声响，紧接着一辆红色跑车飞速而过，就像一道红色闪电。他当然立刻就认出了那辆车，他坚信"红色跑车"也认出了他。这一刻距离米墟劫持"红色跑车"仅隔一天，于是米墟不禁意乱情迷，他甚至想立刻开车去追她。

然而就在他启动的那一刻，那辆红色跑车竟又呼啸着退了回来。同样刺耳的油门声，就仿佛置身于F1赛场。紧接着跑车一个急刹。车窗里露出的竟是那张保安的脸。米墟顿时火冒三丈，他怎么能允许一个保安染指他的情人，哪怕是前情人。转而红色跑车又疾驶而去。

米墟不顾一切地冲了出去，紧紧尾随那辆跑车。他踩足油门，风驰电掣，奔驰中竟然满脑子都是对"红色跑车"温暖的回忆。他电闪雷鸣般一路向前，左右腾挪，时而伴以紧急刹车。

在急如星火的追赶中，米墟突然听到呕吐的声音。他这才意识到身边还坐着大提琴女孩。那女孩显然被这突如其来的飙车吓坏了。她开始高声呼喊，疯狂求救，并歇斯底里问着米墟，你到底想要干什么？要杀了自己吗？又说，既然她对你那么重要，你干吗还要离开她？我知道你并不爱我，从第一天，你就在利用我来伤害她。你没有一天不想她，可为什么要折磨我呢？

"咚"地一脚刹车，女孩的脸撞在仪表盘上。幸好她系着安全带，否则说不定就被抛出去了。

米墟吼着，下车，听到了吗？赶快下车！

她对你就那么重要吗？女孩执拗地质问米墟。

你不想下车就别嚷嚷。

她就是想让你死，让我们死！女孩说着"砰"的一声推开车门，跳了出去。

米墟像子弹一样飞出去。他的车速越来越快，前面的红色跑车反而慢了下来。而米墟却在不停地加速，任凭他的沃尔沃一往无前地冲向前方的跑车……

米墟终于如愿以偿地制造了这个让双方都损失惨重的追尾事件，幸好车毁而人未亡。

然后是漫长的无尽无休的理赔过程。每每需要双方配合才能拿到高额保险。以米墟疯狂撞击红色跑车的事实，他的犯罪行为无可争议地可以被警方羁押了。但不知"红色跑车"和警方说了些什么，不久后他们就释放了米墟。

为什么要把我捞出来？米墟掩饰不住的惊异。

女人不屑地说，无非是，你帮我追回保险，并修好我的车。

就是说，从此你的车就是我的事了？我们到底什么关系？

我有工作，你有时间，就这么简单，所以你不要自作多情。

那么那个保安呢？

随你怎么想。女人说过之后扬长而去。

接下来差不多半年的时间里，米墟和"红色跑车"都在应付保险理赔和修车的事。米墟的汽车尽管还没有拿到保险，但他用自己的钱很快就修好了。被米墟撞飞屁股的红色跑车就没有那么幸运了，先是被拖到指定的郊外停车场，过了很多天后才被送进修理厂，最后被告知破损严重，无法预知修复时间。总之重见天日的日子遥遥无期，以至于"红色跑车"一想到她被毁的车就热泪盈眶。

于是米墟除了督促修车，还额外承担了每日接送"红色跑车"上下班的差事。赶上女人乘飞机去外地采访，米墟也要出租车般随叫随到。而米墟必须付出的这些劳作，事实上已经被写进他和"红色跑车"的《调解合同书》中。幸好米墟身为寓公，无正事羁绊，便也不再计较，甚而乐此不疲了。

但对于大提琴女孩就不同了，她说她的生活就像深渊。为了那辆破车，米墟不仅要付出辛苦还要搭上时间，以至于都顾不上为大提琴女孩申请朱利安音乐学院了。于是她开始抱怨进而狂躁。当她最终看穿了米墟的虚伪和欺骗，便主动提出要离开他。她没有因米墟的冷酷无情而声讨他，而是恳求米墟继续为她做经济担保。离开米墟家那天，女孩真的很伤心。她说她真的喜欢他，只是她再也遇不到米墟这样的男人了。那一刻她的脸就像是一张透明的玻璃纸。

那以后就没有大提琴女孩的消息了。米墟甚至没收到为她提供经济担保的文件。这女孩就仿佛人间蒸发般不存在了，并且消失得干净利落，无影无踪，仿佛米墟的生活中从来就没有过她。

如此来来去去，米墟终于又续上了他和"红色跑车"的情缘。不过刚刚露出复合端倪时，他们都还端着自己的那份尊严。直到送"红色跑车"回家的某个晚上，米墟竟依照惯性把女人带回了自己家。这当然不是米墟有意的失误，但却让他们剥去衣冠，放下架子，并难以控制地重温了旧梦。只是这一次"红色跑车"不再像当年那样"单纯"，她也没有让自己以此为家，只是象征性地将一些内衣和化妆品丢在米墟的衣柜里。她尽管每周的大部分时间都住在这里，却始终做出一副随时都可能离开的过客模样，让米墟对她的去留总是惴惴不安。

伴随着米墟和"红色跑车"的复合，却淡化了他和伊东夫妇之间的关系。加之萧樯曾明言喜欢大提琴女孩，米墟也就不想再把"红色跑车"介绍给她了。于是萧樯愈加痛恨米墟，如果不是他把一个纯真女孩变成暗街的"青楼娼妓"，说不定她在美国读书的儿子会喜欢上这个漂亮的艺术家，进而缔结百年之好。可惜萧樯如此好梦，全都被"人渣"米墟给破灭了。

如此，当昔日朋友回到他们原先平庸的生活中，自然也就不再相互走动了。

伊东带余荩来到暗街。他们的车也就成了米墟所言的"流动青楼"。这天距他们在米墟家过夜已经很多天。那以后，他们竟再没有享用过米墟的房子，直到米墟从美国回来。

在那个风情万种的长夜之后，余荩的女儿就生病了。仿佛遭到报应一般，那以后余荩不再和伊东交往，直到女儿的身体慢慢好起来。

他们停靠在黑暗中。却不知在这种地方该怎样做。他们只是谨慎地抚爱对方，一种久违了的爱的茫昧。

为什么做这种事也要扎堆？余荩质疑。

大概就像开餐馆一样吧。

集体做爱，就能让这种关系光明正大？

我们不管他们，伊东开始在余荩身上摸索，我们有多久没在一起了？

我不喜欢这种地方。余荩尽力躲开伊东的纠缠。

我那么想你……

一想到前后左右都在做爱，就什么兴致也没有了。

我闭上眼睛就能看到米墟家的长夜……

伊东我们走吧，余荩恳求，无论哪儿，只要能离开这儿。

伊东只好收拾起他的欲望，带余荩离开这个她不喜欢的地方。他们回到一如既往的芦苇荡，这里尽管寂寞荒凉，却没有那种露宿街头的凄惶。他们在汽车里尽情宣泄，让欲望附丽于燃烧的生命。如此行云流水的相互给予仿佛攀上顶峰，他们都承认这一次让他们终生难忘。

事件起因于大提琴女孩打给萧櫓的那个电话。电话中她很亢奋的语调。她说她不仅获得了朱利安音乐学院的录取通知书，还很顺利地拿到了美国签证。她说这是她生命中最重要的转折，她简直不敢相信这是真的。

她的激动之情溢于言表。萧櫓在电话中就能感觉到。她甚至能听到女孩急促的喘息声，听得出她是怎样地喜出望外。

她说她来自遥远的边陲小城。原本并不喜欢音乐，但她父母却锲而不舍地把她送到少年宫，并为她选择了大提琴。于是她顺利考入音乐附中，又如愿以偿地进入了这座城市的音乐学院。她的努力和奋斗足以告慰父母了，而她考进朱利安音乐学院的消息，几乎让家乡小城的每一个人都知道了她，她的家庭也因此名声大噪……

萧櫓由衷地祝贺女孩，并提出来要为她饯行。萧櫓甚至闪念，干吗要那么在乎女孩和米墟那段残破的关系，言下之意，为什么大提琴女孩就不能成为儿子的女朋友？萧櫓当然知道在当下社会中，女孩们对所谓的贞节早就不屑一顾了，处女在大学生中凤毛麟角，甚至在高中生中也所余不多。何况大提琴女孩所在的艺术院校，时尚、前卫之举已蔚然成风。如果确如米墟所言，大提琴女孩在他之前还是处女，就更加旁证了女孩的持重。不到万不得已的时候，她不会将自己轻易出售。而她所谓的万不得已，在萧櫓看来无非是想要得到更好的教育。

事实上，萧楷对大提琴女孩的贞操早就忽略不计，她只是对她利用米墟稍有微词。一个女孩有目的地委身于一个老男人确实可悲，但反过来站在大提琴女孩的立场上为她想，便会觉得她的献身是值得同情的。一个从遥远的小地方走来的女孩，以最简单也最直接的方式实现了自己人生的梦想。这不是什么人都可以做到的。萧楷这样想着，竟生出对这个女孩由衷的认可。

于是萧楷更怜爱这个女孩，相信她作出的各种人生选择，一定是出于无望者的无奈，或者对自己的人生有着太高的期许，但无论如何为梦想而战总是美好的。她不是也经常对自己的学生这样说吗？所以这个看似急功近利的女孩没有什么可谴责的，她无非是想要找到人生的一个个跳板而已。

萧楷这样想着竟错过了大提琴女孩的诉说。待她回过神来，再度倾听，那女孩就已经说到她和米墟相识的情节了。

是的，那天演出后她就看到了歌剧院门口的那个男人。他捧着一团黄玫瑰在夜色中等待。一个冷峻的却捧着鲜花的男人，看上去让人觉得很可笑。但是想不到那束黄玫瑰竟是送给她的。后来每天演出后她都能看到他，并且每天捧着同样的黄玫瑰。或者他锲而不舍的执着打动了她，直到她终于坐进了他的沃尔沃。

刚刚和米墟在一起时她被蒙蔽了。只觉得自己能被一个美国人欣赏，实在是幸运。她甚至觉得米墟是上天赐给她的最完美的礼物，让她得以越来越接近她的梦想。于是她不顾一切地投入米墟怀抱，不惜将一直保存完好的贞操献给这个帮助她实现梦想的人。

她后来才知道为她拍摄纪录片的女人，竟是米墟肝胆相照的女朋友。但当她得知这一切的时候已经晚了，她已经和米墟一道去了暗街。为此她哭了整整一夜，恨自己为什么要爬上那女人的床。那女人曾经那么慷慨地帮助她，她却横刀夺爱，让那女人的一片苦心化作云烟。

然后被无情卷进米墟和"红色跑车"的三角恋中。她也曾为此而拷问自己的良知。她觉得自己非但不道德，简直就是利欲熏心。她不仅把"红色跑车"挤出米墟的生活，还让米墟将五万美金打进她的账号。她进而要求米墟和她结婚，她说她只有一个愿望，就是尽快成为一个美国人。

是的，她当然知道自己到底有多恶劣，但她已经箭在弦上，覆水难收。很快米墟原本为"红色跑车"启动的离婚程序正式生效，连米墟自己都难以置信，他历尽艰辛争取到的自由之身，竟又轻而易举地上了大提琴女孩的囚车。

伴随着大学即将毕业，大提琴女孩变得愈发贪婪。她逼迫米墟立刻结婚，并且一毕业就要迁居美国。她或者不懂什么是欲速不达，或者什么叫利令智昏。总之就因为她的操之过急，引发了米墟想要离开她的念头。于是米墟痛下决断，誓不再婚。他所以千辛万苦争取到美国护照，不是就为了能在中国生活吗？他早就厌倦了美国那种吃无味、玩不爽的日子，他怎么能为了一个利用他的女孩，就改变自己人生的轨迹呢？

是的，米墟当然许诺过婚姻，他们甚至预定了结婚的酒店。米墟也当然不是那种翻云覆雨的男人，既然君子一言，就应信守承诺。米墟所以会如此草率地应允婚姻，就因为他终于找到一个处女。这无论在美国还是在中国都堪称奇迹，何况这女孩还是个具有非凡才华的艺术家。当第二天清晨米墟清洗汽车，果然在后排的座椅上看到斑斑血迹。当然也可能是例行的月经，但米墟并没有忘记那种处女的感觉。

于是他生出"滴水之恩，涌泉相报"的喟叹，决心不遗余力，以婚相许。接下来他们便开始期待离婚生效的那一天，并开始紧锣密鼓地筹备他们老夫少妻的盛大婚礼。他甚至提前为女孩订购了昂贵的欧洲婚纱，那时候米墟还沉浸于女孩在舞台上表演的迷人光环中。他闭上眼就能看到女孩穿着黑色的拖地长裙，在柔和的追光下像圣母玛丽亚一般美丽贞洁。她是那种能在大提琴曲中演奏出哈利路亚（赞美上帝）的那种女人，尽管，她也许自己都不知道该怎样赞美上帝。

大提琴女孩无疑是音乐学院的佼佼者，否则交响乐团也不会邀请她演奏格里格的《大提琴奏鸣曲》。不过这对于米墟来说都无所谓，只要女孩能不离不弃地待在他身边，哪怕他知道她的小脑袋瓜里别有企图。

只是让米墟没有想到的是，"红色跑车"竟那么平静而迅速地离开了他。大提琴女孩当仁不让地迅速搬进米墟家，她甚至不在乎床上是否还残留着先前那女人的体温，房间里是否还缭绕着那女人用过的香水味道。她当然根本就不在乎这些，她只需将米墟牢牢控制在她的身体上。

她对米墟和"红色跑车"的关系并非毫不介意，她知道米墟始终放不下对那女人的一往情深。她也发现米墟开始悄悄给那女人打电话，至少米墟希望维持这种藕断丝连的关系，直到暗街上歇斯底里的那场"交通事故"。

萧樯得知此事的来龙去脉，是通过米墟的讲述。比起妒火中烧的大提琴女孩，她更信任成熟老到的米墟。这男人尽管游戏人生，却从来不会欺骗萧槠。所以她对米墟一直是寄予同情的，如同鲁迅那种哀其不幸，怒其不争，总之，萧槠很多时候是把米墟当作亲人的。

电话里大提琴女孩娓娓道来，她说她尽管离开米墟却还是想念他。她说不清自己到底还爱不爱他，她只是厌倦了自己的追求，她只是对自己失去了信念。

然后她提出了最后的恳求。萧槠恍然，这才是电话里女孩真正想说的话。她说她只想出国前再见到米墟，她说她只想向他表达诚挚的谢意。她说着不禁唏嘘起来。那委婉的哭泣令人断肠。

不不，这怎么可能？米墟他一向固执己见……

我知道在所有的朋友中，他只听您的。

但是……

您在他心目中是最重要的。真的，他说他从小就喜欢您，您在他生命中就像天边的云彩。

你不要再说了，否则我要挂电话了。

不不，我真的没有别的意思，从此天涯海角，我只想能和他告别……

由此萧槠成为了大提琴女孩的说客，尽管她知道不久后米墟就要和"红色跑车"结婚了。萧槠在电话中斥责米墟，你就那么没出息，不拴在女人裙带上就不能活？

但无论萧槠怎样咄咄逼人，米墟最终都会接受她的建议。米墟在电话中说，全是看在你的面子上，否则我绝不可能再招惹她。

不过是好离好散，一个告别。萧槠说着的时候竟几许感伤。

我可是马上就要结婚的人了。

得了吧，谁知道你这回能否真的立地成佛。

于是在萧槠的撮合下，米墟和大提琴女孩最后一次见面。时间和地点都是通过萧槠传递的。萧槠说，她做着这些的时候如芒刺在背。

米墟早早就来到暗街上。他当然立刻就想到了由他命名的"流动青楼"。想到这些不禁自鸣得意，不过他已经金盆洗手了。他只是冥想着古往今来那些真正的青楼名妓，李师师、李香君、小凤仙什么的。只是现在的妓女和原先的早就风马牛不相及了。他忘记了谁说过，那时的妓女才是真正的艺术家，琴棋诗画，无所不能，难怪公子王孙会败在她们的石榴裙下。这样想想，反而大提琴女孩更符合古代艺妓的标准了，她不仅年轻美丽，还技艺超群。米墟这样联想着，竟蓦地激荡起满心涟漪。

米墟到底痴心不改，冥顽中再度一副青楼嫖客的姿态。所谓的入乡随俗，显然这是为自己开脱。不过，米墟很可能已经蠢蠢欲动，决意和大提琴女孩那样的艺妓云雨一番了。

女孩很容易就找到了那辆沃尔沃。她轻轻敲击着米墟的车窗。那时候正夕阳西下，天边一片火红的云彩。米墟很绅士地打开车门，让自己和大提琴女孩都坐进后排。

柔情寸段，流水落花。但只要选择了如此环境，就意味了必然的缱绻缠绵。

米墟轻声阿谀，你更漂亮了。又说，这绝不是敷衍。

女孩淡定地看着前方，仿佛身边没有别人。

米墟尝试着伸出胳膊，小心翼翼地揽住女孩细瘦的肩膀。又说我全都知道了，真为你高兴。事实上，你的梦想一直深深压在我心上，让我昼思夜想，寝食不安。

女孩任凭着米墟的抚弄。她当然知道米墟说的都是假话。但是她不反驳，也不呼应，只是亦步亦趋地追随着米墟的需求。

直到米墟脱掉她的上衣，她才满腹委屈地质问他。你以为我是可以随便丢掉的垃圾？你以为我就像简·爱一样，被你们这些罗切斯特式的有钱人认为是没有情感也没有灵魂的？然后她挣脱了米墟的欲望，她说我知道你把我当作妓女了。可是我现在什么都有了也什么都不需要了。我知道你会听萧楮的话，也知道你最终不会拒绝我。现在，这最后的一次是我想要的，而不是你在霸占我。所以一切都应该控制在我手中，哪怕你把我当作卖春的女人。

然后她拿出一瓶Dior香水，尽情喷洒在汽车的每一个角落。她说这是你送给我的，可惜我一直没机会在你身边使用它。大提琴女孩抓住米墟的衣领让他靠近她。接下来便开始长时间地亲吻他。她让他们的舌间充满欲望，然后狠狠地咬破米墟的嘴唇。在咸腥的血污中他们撕心裂肺，直到终于填满了那幽深的欲壑。

然后他们精疲力竭地回到前座。女孩说，她从此再也不会留恋"流动青楼"了。她说朱利安音乐学院已经为她敞开温暖的大门，睡梦中也总是有天使在她头顶环绕。她说她已经订好飞赴纽约的单程机票。她真的要走了，梦幻一般地，飞到那个充满向往又心怀惴惴的国度。她说她走后一定会想念米墟。她说在纽约，只要一想到米墟也曾在这里生活过，心里就一定是温暖的。

大提琴女孩的这番表白，让米墟倏忽之间无限伤感。他甚至觉得心上的某个部位被撕碎了，并且正流出疼痛的血。于是他满心愧疚，悔不当初，当即提出一定要让他来支付女孩的房租。他补充说，无论怎样昂贵他都将在所不惜。

然而大提琴女孩婉言谢绝了他。她说你送给我的五万美金已经让我很不安了。不过我迟早会还给你。朱利安音乐学院毕业后，我就能成为第一流的大提琴演奏家，就像我梦想中的马友友……

当米墟听到女孩的雄心壮志，他竟然闪过了一丝失落。他知道他很可能错过了一个和伟大艺术家终生相伴的天赐良机。是的，比起这个前程远大且指日可待的漂亮女孩，他的"红色跑车"怎么可能企及？于是些微的遗憾，让他有点恍惚。但很快他就回过神来，是的，这就是人生。

然后女孩做出要走的样子，但看到米墟恋恋不舍，不免闪烁出几许泪光。于是她情不自禁地回到座位上，强忍满心凄楚。她说千里送行，终有一别。稍顷又说，只是我们还不曾好好爱过。

然后大提琴女孩掏出香烟，令米墟震惊。她将纤细的摩尔香烟很优雅地叼在嘴上，就像好莱坞电影中的那些粉红女郎。然后她点燃那支香烟，吞云吐雾，她说她就是靠这些支撑着完成毕业考试的。然后她在他们这一届学生中脱颖而出。因为在所有毕业生中，被朱利安音乐学院录取的只有她一个。她娴熟而坚定地将那些烟雾吸进又呼出，然后用拨弄大提琴的手指轻轻弹掉那些寂灭的烟灰。

米墟被大提琴女孩呛得头晕目眩，于是他认定自己有着不可推卸的罪责。是他让一个纯洁的女孩陷入深渊，承受她本不该承受的那份痛苦。想到这些，米墟不禁沉痛，又沾沾自喜，因为他第一次发现自己是个能够拷问自己灵魂的人。因此在积极的意义上，这种能感知罪恶、唤醒良知的人，应该不算一个坏人。

当灰飞烟灭，女孩拿出第二支烟。她长久地将香烟衔在嘴边，看窗外浓浓的夜色。她什么也不曾说，就等于是，她什么都已经说过了。于是，米墟以其自省过的心态靠近女孩的脸，那一刻他真的想恳求女孩给他一个自赎的机会，但后来米墟才知道全都是虚妄。

大提琴女孩躲过了米墟的亲昵。她或者不想再和这个男人有任何瓜葛。她从嘴边拿开香烟，又若有所思地放回嘴角。然后在书包里奋力翻找着，直到米墟点燃的打火机贴近女孩的香烟。显然女孩很享受这种男人的殷勤，于是顺从地把香烟凑了过去，但她好像立刻就反悔了。她躲开米墟的打火机，再度做出要走的样子，却被米墟一把抓住，让她在强力中难以挣脱。

女孩负气地坐在那里，并莫名其妙地扣上安全带。意思可能是，好吧，我就留在这里，又能怎么样。米墟再度点燃打火机，想要点着女孩的香烟。却被女孩抢了过去，差点烧着她的手掌。

接下来她开始玩弄打火机的游戏。一忽儿点燃，一忽儿熄灭。噼里啪啦，明明灭灭，仿佛一个玩火的孩子。米墟隐隐预感到什么，在打火机的语言中，一定暗藏着女孩的玄机。但是他就是无法参透，于是他决定收回那个打火机。

但就在米墟抓住大提琴女孩的那一刻，她却已经点燃了她的衣裙。易燃的丝绸顿时燃烧，并迅速在车内蔓延开来。

那一刻米墟曾企图扑灭汽车里的火焰，但在抢夺打火机和香水瓶的过程中，非常可惜地失去了灭火的最好时机。于是他只能眼看着火势四处蔓延，无情吞噬着汽车里所有的物质，包括他们的生命。那一刻米墟绝望地吼叫，你这个疯子，还不快逃出去。

女孩却神色漠然地坚守在副驾驶位子上。那一刻，她大有和心爱的人在烈火中同归于尽的英雄气概。她或者坚信这惨烈的死绝不是生命的悲剧，而是某种灿烂的飞升……

绝望中，米墟终于打开了他那侧被烧得变形的门。在终于呼吸到新鲜空气的一刹那，米墟的第一个意识就是他们得救了。然后他拼命拉扯那个已近窒息的大提琴女孩，却无论如何都不可能撼动她。她就像被黏在火焰上一样，和烈焰一道焚烧。

那一刻米墟只有一个心思就是救出大提琴女孩。于是他不顾一切地跑到女孩那侧，想从外面打开她那边的车门。恍惚间，他透过正在融化的车窗看到了他此生最不愿看到的，那条正在燃烧的安全带像死神一样，将女孩牢牢固定在了她的座位上。

他尽管绝望，却仍旧锲而不舍地营救她。他奋力扭动车门的把手，用身体顶，用双脚踹，哪怕被汽车里的灼热烧伤。他声嘶力竭地呼唤着女孩，他说你不能这样，你要活着，要活着，知道吗？就算是为了我……

但汽车里的火焰越烧越旺，很快吞噬了整个车体。他真的彻底绝望了，他甚至恐惧，却蓦地，女孩那侧的车门竟轰然坍塌……

上帝啊，那女孩终于得救了！米墟觉得这是上天的眷顾。待他不顾一切地抓到女孩的身体，却一团烈焰奔涌而出，夹带着凶猛气浪将他远远抛了出去。紧接着一连串"嘭嘭"的爆炸声，火焰伴随着黑烟腾空而起，瞬间将所有的一切毁于一旦。

当米墟从昏迷中清醒过来，他的沃尔沃已变成一片残骸。但他最先想到的还是大提琴女孩，那个烈火浓烟中凄惨的影像。然后他想到了那触目惊心的安全带，想到她为什么要死死扣住自己？或者自从她决定和他告别，就已经设置好了这个残酷的陷阱？

米墟艰难地从地上爬起来。他衣衫褴褛，周身疼痛，却奇迹般的毫发无损。他只是不知道该怎样面对这个可怕的事件，尤其事件中还有人死亡。尽管那燃烧已经归于沉寂，他还是不敢靠近那灼热的废铜烂铁，更不敢去看那个大提琴女孩。

是的，这一切都是她精心策划的。她本意就是要将米墟置于死地。尽管他并没有杀人越货，但那姑娘到底是死在了他们的关系中。米墟即或不死，也将永生永世置身于无尽的悔恨中，如此那个女孩的阴谋就得逞了。

米墟欲哭无泪，欲罢不能。他只是捶胸顿足，哀号着悲戚。他怎么想也想不到，大提琴女孩竟以这样的方式谱写了他们永别的绝唱。

当最后的火焰化为最后的灰烬。当暗街又重新回到漆黑的午夜。然而这一刻让米墟愈加绝望，因为他亲眼看到了那些"流动青楼"怎样纷纷逃离现场。所有的汽车都一滑而过。悄无声息着他们的惊恐。无论米墟怎样向往来车辆挥手求助，都没有一辆车肯为他的不幸而停下来。

其实米墟的索求并不过分，他无非想借个手机拨打110。但世事就是这般冷酷无情，后来米墟才慢慢想清楚，这些人为什么不愿意帮助他。在这里人们只能各扫门前雪，因为"流动青楼"的每一对情侣都有难言的苦衷。他们自身的处境就已经令他们尴尬无比，又怎么可能冒着暴露隐私的风险来救助米墟呢，米墟这样想着便不再怨恨他们。

不久后暗街正式开通，冠名为幸福道。竟也暗合了原本这条街上人们的一种人生期待。

短篇小说

巫和某某先生

　　巫被卷进了一场莫须有的桃色事件中。巫觉得她在这段时间里简直是任人宰割。那些流言蜚语四处飘散，像一时间坠落在所有人头顶的一场令人亢奋的雨。巫终于明白，谣言就是这样经由各种男女"长舌妇"的劳作和鼓噪而变为事实的。流传着的戏剧就像被谁导演过一般。大家翻弄出不同的语言讨论他们感兴趣的共同话题，只有巫在角落里苦苦地折磨着自己。

　　巫认为自己没有过错。她并没有同某某先生有染。巫知道自己是个美丽而又高傲的女人，年过四十，风韵犹存，且依然独居，所以她才会遭此暗算。因为某某先生富有而出色的妻子突然自杀身亡，巫便天经地义地被卷进这场神秘的旋涡中，可这些和巫又有什么关联呢？

　　巫成了遭人议论和诽谤的神秘人物。巫很痛苦。她觉得她已难以抵挡这日复一日来自舆论的压力。公众所强加于她的那些道德评价，是巫所不堪承受的。但公众又知道什么呢？作为当事人，巫最清楚自己在这出悲剧中所充当的角色。巫并不知道某某先生的妻子为什么要自杀，但凭巫的直觉，她坚信这女人毅然决然地结束生命绝不是针对她的，或许，也不是针对某某先生的。但她就是要以惩罚或复仇的形式表现出来，留给身后公众无尽的猜想，并留给某某先生心灵上永恒的愧疚。巫不知道某某夫人是不是也仇恨她，如果仇恨，那么，其缘由也只能是她认识某某先生了。而某某先生是不是真的喜欢巫就是另一回事了，即便喜欢，巫也始终淡然与对，她记得自己一直是以某种诚恳的微笑，柔顺的冷静，将某某先生拒之门外的。

　　而问题是，凭空又加上了一条人命。一条人命便是巫想拒之门外而拒之不掉的了。巫自从得知那个噩耗的一刻便被重重地击垮了，加之上班时要面对的那些异样的目光。连那些为数不多的朋友见到巫时，都毫不犹豫地作鸟兽散，以表明他们不得不表明的立场。另一些人则选择沉默，在迎头碰见时，给巫一种意味深长的凝视，然后似乎比巫还要沉重地掉头而去。总之没有人再主动和巫接近，并告诉她在这样的时刻，她该怎么做。

是的，巫感受到了一种从未有过的世态炎凉。她唯有把自己关闭在一个宁静而窄小的房子里。她甚至不愿回父母家，不想让亲人们也同自己一道遭受这种不名誉的袭击。于是她默默而坚忍地守着自己，守着苦痛和紧张，守着不再有铃声响起的电话。

巫在最最无望无聊的夜晚拿出纸牌。她拼命回忆着在一次聚会上一个女人用纸牌测算命运的方法。已经很久了，她记得她当时被算出极好的命运，纸牌上说，她是个有钱、有靠山、有酒而且有福的女人。曾几何时，一切两样。直到此刻巫才意识到，那种算命的招数是多么他妈的扯淡。纸牌所显示的意义又能说明什么呢？

某某先生已经很久不曾上班了。众所周知，他在料理他夫人的丧事。某某先生也从未给巫打过电话，因为某某先生确实知道他妻子的死同巫是没有关系的。如果整个事件能就此平复下去，巫也许就不会走火入魔了。但关键是，在所有人对巫的处境不闻不问、漠不关心（尽管他们对巫冰冷，但对巫的议论却热烈到经久不息以致始终保持着旺盛的势头）中，在巫对死者本无愧悔又深怀同情的煎熬中，某某夫人的娘家亲属突然提出起诉，而被告竟然是某某先生和已然惊恐万分的巫。这一次巫真的陷入一种无以解脱的绝望中。不知道该怎么办，更不知道该向谁诉说又求谁帮助。

巫又一次拿出纸牌。在夜深人静的时候祈求神灵。她彻夜喝咖啡，伴随着酒。她一夜一夜地睡不着觉，似乎在焦急地等待什么。电话？抑或朋友的关切？或者是法院送来起诉书的副本？但这些都没有，日复一日地，杳如黄鹤。于是，巫只能寄望于纸牌了。她一次又一次地铺排着，看那些纸牌所显示出来的命运的信息。想不到她抽出的第一对牌就昭示了她眼下的境遇，她简直不敢相信。于是骤然间对这些神秘的纸牌满怀敬畏，充满信任感。她觉得无论是好是坏，凡是显示的就是天意。

巫一旦开始了这种纸牌的游戏便一发而不可收。她将纸牌上那些数字和图案所呈现的意义同她所遇到的事情一一对号。慢慢地，巫发现自己已经能透过纸牌看清一些什么了，她自己的，别人的，某某先生和某某夫人的，及至那些同事的。巫觉得这种算命的方式真是既神秘又奇妙，并且感觉好极了。这时的巫已经飘飘欲仙，欲罢不能，一如对毒品的依赖与迷恋。

巫于是不再斤斤计较于公众的非议。巫知道她是纯洁的，除非她本身就是一种污秽。巫甚至也不再在乎她是不是要以清白之身被传上法庭，巫已经看清了上不上法庭是他人的事情，与她毫不相关。而她自己的事情只在纸牌中那些重叠罗列相加相减的数字与图案中。

就这样，巫几乎每个深夜都要和纸牌纠缠在一起，直到天明。她也变得越来越娴熟，越来越深谙此道。她甚至创造了一整套用纸牌释义心灵与行为的通俗理论。是纸牌帮助巫看清了所有当事人和围观者的真面目。也是纸牌让她戳穿了那些伪君子的假慈悲。巫觉得在纸牌的诱导下她慢慢变得全知全能，她甚至觉得自己已经可以驾驭一些什么并能够控制局面了。

仅仅是一场虚构无聊的桃色纠纷，也没有什么更深刻的背景，这是巫在对所有的当事人进行了测算之后得出的结论。

在此期间，巫最先接到的电话，是某某先生打来的。他在电话里闪烁其词，欲言又止，巫觉得这是必然的，于是不卑不亢。

某某先生说，我们还是遇到了一些麻烦，但你不必怕。

巫说我已经最大限度地了解了吉卜赛人，他们为什么会那么迷恋纸牌中的命运？是因为他们流浪，他们无人保护，无家可归。

某某先生又说，巫你在这个时刻应当帮助我，有些事……

我已经在纸牌上看到您的未来了，做更大的官，只要，您能继续出色地上下斡旋。

你应当知道，有些事是没有的，你要一口咬定，你懂吗？

送花儿的事也不说吗？还有那天晚上，我将您拒之门外，您苦苦哀求，天那么冷，还下着雪……

巫你不要在电话里讲这些，不安全。巫，我知道你是个好女人，你是无辜的，但……

巫最后说，大概不会有人无聊到为这种微不足道的桃色新闻安装窃听器吧？我泄露的显然不是什么国家机密，您也不是什么政府要员，国家不会因我们的交谈而颠覆的。

巫放下电话，觉得痛快极了。巫的痛快没有任何别的意思，而是，她终于在某某先生的话语中，证实了纸牌的灵验。

于是巫变得坚强起来。她开始能够挺起肩背去上班，能够回视那些对她射来的不友好目光了。巫想，我看透了你们这些人。巫又想，这些假惺惺的微笑背后是什么，我比你们心里还清楚。巫还想，我为所有的幸灾乐祸者遗憾，因为迟早，谁都会有被损伤的那一刻。

巫尽管这样想着，但还是保持了沉默。巫只是当遇到特别不友善的注视和话语时，才不得已地反唇相讥。

比如她同屋的女同事故意做出一副悲天悯人的样子，问巫什么时候开庭。巫当然看出了虚伪背后的嘲弄，于是所答非所问，你先生今晚有幽会，信不信由你。今晚他大约午夜才能回到你的床上，明天你来告诉我是不是这样。然后，第二天，那个女同事夜不成寐的黑眼圈昭然若揭了她的愤恨与羞辱，从此不敢再看巫的眼睛。

又比如，巫的一位昔日女友怯生生地对巫说，她曾给巫打过电话，但没打通。而巫则指东说西，你把事情弄糟了。你托的人太多，你儿子肯定上不成那家重点中学了，你懂什么叫负效应吗？

再比如一个一直对巫很好的、好到近乎暧昧的上司，有一天在楼梯的拐角处碰见巫。他停了一下（这些天他曾很多次在楼道邂逅巫，但都熟视无睹般与巫擦肩而过），然后踟蹰地说，是的，你知道……巫诡异地望着他，东窗事发，常常是难以逃脱的结局。真的，您的末日快到了。说得那秃顶的上司面色惨白，仓皇而去。

巫就这样日复一日纠缠在纸牌中。她终于发现了自己真正迷恋的不是男人，不是鲜花，显然也不是爱情。五十四张纸牌就意味着五十四种图案，五十四个不同的数字与花型，以及不同的颜色、不同的字母，连同将这一切搭拼起来所显示的成百上千种意义。对巫来说，这是个超越了官司超越了名声甚至超越了生命的无限博大的世界。在这里，什么都将被预示，也什么都将被证明。巫通过这些纸牌，让自己进入了一种超凡脱俗的境界。并且她总是能拨开迷雾，切中实质。而当她在那个绝望的夜晚证实了她始料未及的能力后，连她自己都感到恐惧。

开庭的那天，巫很平静地走进法庭，坐在她并不熟悉的那个女律师身边（对巫来说，聘请律师只是例行公事，其实她并不需要律师，对官司的输赢也毫不在意）。在巫看来，她自己是否会在双方律师的辩论中被曝光已无关紧要。而她所以到庭，无非是为了尊重法律。而她坚持到场的真实用意，其实仅只是为了证实她在法庭上看到的每一个人的表演，是不是和纸牌上预言的相吻合。

巫在原告席上看到了某某夫人的哥哥。巫知道自己其实并不惧怕这样的场面。因她早已在某某夫人的背后看到了连某某夫人自己都十分厌恶的金钱。她知道就因为这些滴着肮脏的血的肮脏的钱，才驱使死者亲属将巫和某某先生的桃色谣言繁衍到法庭上来。尽管他们精心编织了这个可以迷惑视听的风流淫荡的故事，甚而谋杀，但巫知道他们依然不会赢，纸牌早已注定。

巫也看到了坐在被告席上的某某先生，竟大言不惭地一副胜券在握的架势。当然，钱在他的口袋里，所以他不必焦虑。并且他除了金钱，还有权力。于是他可以借用手中的权力来保卫金钱。所以他口袋里的钱，是不可能轻易被人掏走的。

而巫呢？一个令人不齿的牺牲品。一个被莫须有的罪名压迫着的无辜者。一个被长舌妇们肆意践踏的可怜虫。而世间有些事就是跳进黄河也洗不清的。她明明清白，却蒙受耻辱，而女律师就是基于此来为她辩护的。尽管如此，巫还是觉得她是这场官司中最大的受益者。她坚信在这场官司中自己什么都不会失去，何况，她还无意中收获了那种能够洞察一切的能力呢。

法庭辩论开始的时候，巫时而会被提请答辩或做证。巫从容配合，总是郑重地站起来。当对方律师咄咄逼人，质问巫是不是意识到自己已成第三者时，巫说，世界当然不属于弱者。而纸牌中肆虐无忌的只有权力。那是某某先生的牌。

又有人问，你是否认识死者？巫答道，我看到了，死者身后都是钱。那钱是朝着反方向流淌的，所以你们一分一厘也拿不走。

那么，他是不是对你说起过他已经不爱他的妻子啦？巫对问话者说，他会赢的。某某先生的手里有王牌。

于是，激烈的法庭辩论只好在某某夫人的哥哥与某某夫人的丈夫之间进行。直到他们的辩论呈现出白热化的迹象，直到，双方的伤疤都被披露殆尽的时候，巫知道，一定会有什么将被揭露出来了，并大爆冷门。

于是巫静观其变，平静地等待。果然就在那个最焦灼的时刻，某某先生的律师突然抛出某某夫人死前在精神病院的医疗病历。而那位曾几次为某某夫人看病的主任医生登庭做证，对天盟誓地向大家证明，这个一直处在焦虑中的女人确实患有极为严重的忧郁症。病例显示，她早已对生存失去了信念。她尤为不堪忍受的是，她自身日益丧失的情感能力。是的，她已经谁都不爱了，包括她自己。她那时确乎已经濒临崩溃的边缘……

全场大哗。

唯有巫知道这是意料之中的。当然是金钱害死了某某夫人。

于是原告败诉已成定局。

然而就在此刻，巫的女律师突然站起来，她说她也要说几句。她开宗明义，说她要站在女性的立场上为她的当事人申辩。她说你们看这有多么可悲，在男人们为了金钱的可怕争斗中，竟要把一个可怜并且无辜的女性拉进来作牺牲品，这难道不值得我们这个社会深思吗？她进一步说，巫不过是接受了几次某某先生送的鲜花。根据送花这一行为，我们可以假定某某先生是喜欢巫的。而一个美丽聪明的女性惹人怜爱，难道是这个女人的过错吗？紧接着她又举起手中的文件，掷地有声地说，她的当事人是清白的女人。她从未结过婚，也从未同任何男人有过任何性行为。在此，我提请法庭出示妇产科医院的这份检验报告，巫至今依然是处女……

全场再度大哗。

至此，巫知道她已经被全部剥光，而整个案件也接近了终点。但她依旧坦然地坐在被告席上，听凭她的女律师做关于女权主义的宣泄和表演。巫知道这种场合对女律师来说，也是个机会。她唯有借女性贞操这种敏感的话题，才能在成为名律师的路上崭露头角。

像所有的预想那样，官司有了它顺乎逻辑的结局。说不上皆大欢喜，但毕竟水落石出。

傍晚，巫回到家。刚一进门，就被骤然响起的电话铃惊扰。她拿起电话，听到了某某先生的声音。她好不容易才弄清了他要请巫出去吃饭的意思。然后他又问，你怎么知道我会赢？紧接着又有若干电话打进来，慰问的、庆贺的，抑或叙旧的……

巫断然扯断了电话线。她什么都不想再听到了。

然后深夜到来。巫拿出纸牌，她立即被那些新的谜团吸引了。

和英雄舞蹈

　　她问援朝，还记得咱们小时候的事情吗？

　　援朝脸上的肌肉无声地震颤着，很高深莫测的一种表情。她想真该去摸一摸援朝的手，用她的温暖的目光。她觉得她似乎看见了援朝的微笑，似有似无的那一种。在那一阵令人恐怖的震颤之后，竟是从援朝身体中说不出的那个部位发出的一种很奇妙的笑声。

　　她很茫然。

　　她不知道援朝还记得些什么。

　　她想她也许不该来看援朝。或者至少是她不该单独看援朝。

　　援朝就坐在那里，很威严的样子，对她视而不见。

　　房子很大，空荡荡的。窗外是枯树。援朝的那把高靠背的木椅就在房子的中央。援朝坐那里，高高的。他目空一切。仿佛他就是王。然而他孤零零的。他看不见她是因为他听不懂她的话。

　　她悄悄走近援朝。她拼命想唤起援朝旧时的记忆。她几乎是跪在了援朝的脚边，让她低声的诉说吹进援朝的耳畔。然后她小心谛听着。她很怕听不到援朝的应答。

　　她诉说着。她很徒然。援朝没有表情。最后，她提到了好的婚姻。

　　这时候她看到援朝的眼角竟淌出了一滴很坚毅的泪水。然后他的口水又毫无控制地顺着嘴角流了下来。紧接着援朝突然扭转头，问她，我在哪儿？那时候，我呢？

　　她终于鼓起勇气去抓了援朝的手。

　　她想这是她平生第一次触到了援朝的手。这是一双很枯硬的手，她触到它们时有种温热的萌动油然而生。

　　但援朝很快抽出了他的手。他用那双枯硬的手很费力地从他的屁股下抽出了一本破烂不堪的书。他说，这是我们抵抗的武器。他说这几个字的时候口齿竟很清楚。接下来他又呜噜呜噜地说了很多。她仔细辨别着。她终于听懂了，援朝是说，我们是有思想的，是不能被愚弄的。

那书已经被揉皱，仿佛已被翻过千遍万遍。她不知道那是本什么书。援朝将那书抱得很紧。她想她真的不该来看援朝。

房间里只有一张木板床。很脏的床单。

援朝不断被抛弃着。最后抛弃援朝的人，是和他结了差不多三十年仇恨的他的父亲。他们住在同一座房子里却彼此不讲话。他们恨着。直到援朝母亲去世的那一刻。那一刻，突然间地，一座架在这两个男人之间的最温柔美丽的桥塌了。直到此刻援朝的父亲才意识到，原来，他对援朝也有着一份不可推卸的责任。从此，这位年迈的父亲便开始在这一份至死不渝的责任和冷默中照顾援朝。后来，父亲也死了。

这些是抗美有一天流着眼泪讲给她的。

所以，她才决定了来。

援朝说，他累了。于是他站起来，挺胸昂头，但是他迈出的每一步都是摇摇晃晃的。很重的脚步。她想去扶他，但是援朝奋力甩开了她。援朝的嘴里咕噜着。她听清了援朝是在说，很累。没有时间了。他一点也不想再费力去理解别人的语言和思想了。他扭转头，问她，为什么没有人来听我说？

援朝的口水流了出来。他的手痉挛。他摸不到他的嘴角。

她走过去。掏出很洁白的女人用的手绢。她用这条手绢去擦援朝嘴角的口水。她竟没有嫌弃。她自己也感到很奇怪。

援朝依然伟岸，并且像所有的中年男人一样也开始发胖了。

援朝突然低下头来，认真地看着瘦小的她。他脸上的肌肉又开始震颤，他身体中又发出了那种很奇妙的金属一般的响声。

援朝在笑。

然后到了黄昏。

很美的黄昏。

她对援朝说，我要走了。

她说不清自己在援朝身边究竟是怎样的一种感觉。他们已经有十几年不曾见过了。但是她想她并没有嫌弃援朝是一个病人。她没有像抗美那样总是抱怨援朝的存在。援朝为什么不可以存在呢？

她说，我走了。

援朝在黄昏朦胧的光线中有点痴迷又大惑不解地看着她。

她感觉到了那一丝看不出的柔情。她为此而怦然心动。

援朝突然问她，为什么穿这件衣服？

这衣服怎么啦？

我能看见你的这儿，这样不好。援朝走过来，用笨拙枯硬的手拉扯着她的丝巾，盖住了她裸露的胸膛和脖颈。援朝说，这样就好了。

她退着。

她已经握住了木门的冰凉的铜把手。

援朝一直看着她，很诧异的神情。然后他皱着眉头很认真地问她，你是谁？

那一刻她觉得她想流泪。

她立即拉开门走了。

她沿着黑洞洞的楼梯一阶一阶向下走着，她听见援朝在那空空荡荡的房子里大声地问着，你还会再来吗？

她来到了抗美的家。

抗美穿着真丝的吊带睡裙。抗美的家很豪华也很舒适。抗美浓妆艳抹，手指夹着一支细长的香烟。

抗美为她煮咖啡。

她告诉抗美，刚刚，她去看了援朝。

去看我哥哥了？干吗去看他？我跟你说过一千次了，你不要去看他。他会毁了你的。

可我觉得，他并没有你说的那么糟。

你得出这种结论我很高兴，但是不要再去看他了。

现在谁照顾他？

我。有时小弟也会去。你知道，他并不需要人照顾。抗美耸耸肩。他能独立生活，他也能做饭，你没看到吗？其实他没有什么别的毛病，他只是和我们生活在不同的年代罢了。不说他了，告诉我，你真要离婚吗？

她说是的。很难维持了。她说我们都不愿勉强，已经开始在做离婚的事了。

抗美说，你能坚持那么多年也真不容易。其实一个人更好。就像我哥哥。

他现在很专心。你看见他屁股下的那本书了吗？那是本《资本论》，他至少已通读了十遍。是我劝我嫂子离开他的。我不想看着我嫂子整天跟着我哥受罪。太压抑也太不人道了。我嫂子每天要生活在援朝的年代里她实在喘不过气来。为此我妈妈恨我。但没办法。从此援朝的病越来越重。后来我嫂子也想带上孩子去看我哥哥，但我妈妈不让她们进哥哥的房子。我妈妈最爱的就是援朝，她一直认为援朝是我们三个孩子中最有出息的一个，但自从我哥哥病了，她的精神支柱就倒塌了。

她站起来。她说很多次，我们班同学约好了去看援朝，但是我都听你的，没去看他。

抗美说，我现在依然希望你不要去看他。

他已经不认识我了。

他能认识的人很少。

记忆都被什么抹去了呢？

天知道，算了吧，你，还是想想你自己的生活吧。

总之，从他的家到你的家来，这中间就像是隔了一百年。援朝真是很可怜。他怎么会变成这样。那时候，我们多少人都崇拜他。只是，抗美，我想，你们该常去看看他。

你怎么知道我们没去看他？连你也这样说。所有人都来挑剔我和小弟。说我们如何如何不管援朝。他们全他妈是站着说话不腰疼。谁又像我们这样去管援朝了？我们一直背着他。他就像沉重的包袱，我们……

抗美很激愤。她流着眼泪。

她说，我理解你，所以，我不想听你的劝告，我会常常去看他的。

结果在那个阳光灿烂的午后，她买了一大束鲜花。那花很艳丽，有玫瑰和康乃馨，还有淡淡的清幽的香。

她熟悉援朝的家。那是一座法国人修建的很古老的房子。有很大的院子，喷水池，花坛和草坪。木楼梯向上盘旋着，因年久失修，踩上去会发出吱嘎吱嘎的响声，仿佛很疼痛。她从七岁时就到这座房子里来过，在援朝的家参加学习小组。在很大的院子里玩儿。熟悉抗美和小弟。

她抱着那束鲜花。

她走进大门时，看见援朝就坐在房子前的石台阶上。

她走过去。她轻轻叫着，援朝，援朝我来看你了。

但援朝对她却依然视而不见。

她无奈地捧着那束鲜花坐在了援朝身边。石阶很凉。很凉的凉意缓缓地浸上来。

援朝望着一个茫然的前方。他很执着，沉默不语。她坐在他身边。她觉得她坐在他身边并没有什么不舒服的感觉。她甚至觉得有点浪漫。这样的男人和女人，在美丽的花束中，背后是雕花的破损的廊柱。

这样很久。

她也沉默着。

然后援朝突然扭过头来，对她说，我在思想。

援朝在说这几个字时，那口水就又从援朝的嘴角顺着"我在思想"这几个字流了下来。而她又掏出了很干净的白手绢，为援朝把口水擦干净。她为自己依然没有嫌弃援朝而感到欣慰。

然后她说，外边太冷了，援朝我们回去吧。她用手去拉援朝，先被援朝拒绝了。但后来援朝还是跟她站了起来。他们一同走进那座阴森而冷的房子。走廊里很黑。木楼梯的扶手上遍是灰尘。那盘旋而上的木楼梯吱嘎吱嘎地摇晃着，仿佛随时会倒塌。

她找到一个很脏的罐头瓶子。她很认真地洗干净，然后把花束放进去。这时候，午后的斜阳正透过援朝家的西窗射进来，照在花上，那花便显得格外鲜艳。她摆弄着。她觉得这些花很美，象征着生命。她想用这些象征着生命的美丽的东西来装点援朝的房间，这空荡荡的房间和灵魂便会变得温暖。她摆弄着，觉得很满意。然后她突然听见援朝在她身后瓮声瓮气地说，这是什么？

是花儿。她扭转头。她不知道援朝是什么时间走过来的。援朝离她很近。援朝的呼吸像暖风一样正一阵一阵地吹到她的脸上。她有点紧张。她看着援朝。她看援朝突然间伸出手臂，抓起了玻璃瓶中的那束鲜花并奋力把它们扔到了墙角。那花水淋淋的。她的眼睛里也顿时水淋淋的。然后她听到了援朝身体中发出的那种令她恐惧的奇妙的笑声。她想，援朝的思维是正常的。因为他痛恨花，他痛恨一切温情和美丽。笑过之后，他又说，你今天的衣服很好。盖住了你的这儿。他说着用手去指她的胸膛。她侧转身离开了援朝。

她看见了那花束被遗弃在角落里。

但是她也不想再去拾起它们，不想再去坚持什么温情。

她坐在了援朝的木床上。

援朝笨拙地走到她身边。他问她，你生气了吗？

她不理援朝。而援朝却又温顺地像个孩子般坐在了她脚边的木地板上，执着地看着她。

援朝说，我也曾爱过一个女孩。后来她突然不理我了。

她想不到援朝会说这些。她的心缩紧了，缩成了一团，很疼。她看着援朝，听着他很慢的诉说。

援朝说，她很像你。我曾在兵团给她写过很多封信。可是有一天她突然不回信了。

援朝的脸很苍白。她觉得援朝可能贫血。他整天待在屋子里总是见不到阳光。也许援朝终究还是个病人。

我的信都石沉大海。你能告诉我她为什么要这样吗？援朝执着地望着她。援朝几乎热泪盈眶。在阳光的照射下，援朝拉杂的胡子中那些白色的胡茬闪着光，那是种莫名其妙的光泽。

她很感动，也很悲哀。她不由自主地伸出手，去触摸援朝脸上的那些闪光的胡须。

她说，援朝，我不能告诉你。但是我想，那时候她也许并不想伤害你。你们在一起没有前途。那时候她只想能有一把红色的伞，为她遮风避雨。和你在一道只能是在黑暗中越陷越深。她身不由己。援朝你也许能够原谅她。你能吗？

援朝沉默着。

很久很久。

很久很久之后，援朝才说，你很好。你能够帮助我思考。

他们就那样坐在午后的阳光里。

她当然记得援朝的那些信。那是些初恋的信，但爱中却充满了浓郁的革命。援朝在信中说：不要相信中央的某人。某人是一肚子男盗女娼。援朝说，今天的革命有违我们的初衷。我们的一腔热血被利用了。而摘取革命果实的却是那些欺世盗名之徒。多惨，大革命就这样被断送了。援朝又说，我恨当权派的老爹。我本是被革命抛弃的人。但我以双倍的革命性去行动，结果革命不得不接纳我。援朝还说，现在年轻的阵营里，叛徒越来越多。而你不同。你是真正的战友，我会永远信任你。

在那些遥远的记忆中，援朝始终是一位英雄。

而英雄末路，就是眼前的这个苍白的但依然英勇的病人。

然而援朝说，我没有病，是人们不愿理解我。谁也不想知道我真正想要的是什么。

我愿知道。援朝，告诉我，是什么呢？她问。

是思想。哲学还有政治经济学。马克思，犹太人的灵魂……

援朝的语言充满了力度——

你知道拉宾吗？拉宾也是犹太人……

我还迷恋一种绿色的军装……

拉宾为和平而战……

还有伟人的像章……

可拉宾死了。

这一切我全都失去了。

是被阻止和平进程的人杀死的。

可是没有斗争，怎么会有和平呢？

她擦掉援朝的口水。她到厨房为援朝煮了一碗热气腾腾的面条。然后她走了。她没有去管门后的那束烂漫的鲜花。迟早要枯萎的。她想。她在踩着吱吱嘎嘎的木楼梯向下时，又一次听到援朝在他空荡荡的房间里大声地问，你还会再来吗？

她有了一种很古怪的念头。她突然想满足援朝的所有愿望。她觉得援朝一个人孤零零的实在可怜。她觉得她不忍心让援朝得不到他想要的那些东西。于是她开始行动。她跑遍了全市所有的新华书店，最后才从一个书库的落满灰尘的角落里找到了那套《马克思、恩格斯全集》。那角落很阴暗，遍布着蛛网。书店的经理说，已经没有什么人来买这套书了。这书很珍贵，但并没有昂贵的价格。然后她又费力去找那种绿色的军装。三十年前的那一种。她要通过部队里的服役多年的朋友。还有那些伟大的像章……她疲于奔命。但她做着这一切时却有一种从来未有过的心甘情愿，和一种从未有过的满足感。是为了援朝。为此她毫无怨言且感到幸福。她并不觉得是在背一个沉重的包袱。援朝绝不是累赘。他依然是昔日的英雄。

她同时在办的还有她离婚的手续。她同她的丈夫是平静分手的，她很感谢她丈夫没有因离婚的事而给她更多的烦恼。因此，她甚至还有点留恋她这个旧日的家庭。可惜他们在家庭中已经越来越没有了共同的话语。而原本就没有过爱。她的唯一的爱曾经是在夜以继日的思念中给予援朝的。但援朝在当时仿佛是地狱中的人。她想不到援朝会给她写信。那时候她真不知道该把援朝的那些沉甸甸的信往哪儿搁。她很怕。援朝是个危险的人。后来，她还是选择了她的丈夫。那是一种太普通太平和的生活。没有慷慨激昂也没有理想和光环。她丈夫给予她温暖而平静的日子，给予她床上的温和的抚爱和关怀，给予她沉沦和麻木。

她麻木了。便到了尽头。

后来常有小学的同学前来看她，彼此互通岁月的信息。人们进入了怀旧的时代，于是人们重提旧事。他们告诉她援朝的消息。说援朝在遥远的兵团曾疯狂地迷恋她。后来援朝返回城市，当工人；后来又结婚，又离婚；病了，不再能工作；双亲病逝。最后，援朝只剩下了一个人，与他的思想相伴。

她依然麻木，无动于衷。但她始终保留着援朝二十几年前写来的那些信。她把它们收藏在一个很难找到的地方。她自己也从来没去动过它们。她想因为那是历史。历史应当就意味着遗忘。

她想给援朝一个惊喜。

当她那天提着沉重的《马克思、恩格斯全集》，抱着绿色的军装，揣着各类伟人的像章，推开援朝房间的木门时，她看援朝还站在他的高靠背的木椅上高声朗诵着高尔基先生的《海燕》。

在苍茫的大海上……

她觉得耳目一新。她已经久未听到这铿锵的旋律了，她被震动。

援朝看见了她。

那花束依然躺在墙角。它们终于枯萎凋谢，但花的色彩却被奇迹般地保存了下来。

援朝看着她愣在那里。

……有一只海燕……

背下去，援朝。她轻声鼓励着援朝。

援朝坚持着。

但是他突然从他高靠背的木椅上跳了下来。他走到她身边，突然间很紧地抓住了她。她觉得是她的心被援朝抓住了。她突然有了种欲望的冲动。

她一件一件地把她为援朝弄到的礼物拿给援朝看。那些东西被摊得到处都是。她从未见过援朝如此的兴奋。他趴在地上如获至宝。他茫然的目光中闪过一阵一阵的惊喜。

她把绿色的军装小心地穿在援朝的身上。她还为援朝扎上皮带，佩戴上闪光的徽章。她摆弄着援朝。援朝很顺从。很快援朝给予她恍若隔世之感。援朝骤然间英姿飒爽。她意识到也许援朝才是她毕生的所爱。

援朝并没有疯。

援朝在他自己的世界中很完美。

而她离援朝也并不远。她依然是援朝的崇拜者。然后她哭了。一股骤然爆发的力量使她有力气抱住了伟岸的英姿勃勃的援朝。

这时候她听到一个声音说，别把你的灵魂卖给魔鬼。但是她不管。她只觉得自己又回到了那个她曾十分熟悉的莺歌燕舞红旗飘飘的时代。

她很感动，醉酒的感觉。她开始扭动身体，像一个精灵，与英雄舞蹈。她无比兴奋。她的各种纽扣不断地迸向援朝空荡荡房间的各个角落，然后永远地躺在了那里。她开始用身体摩擦着援朝。她认为那是爱的抚慰，她想使援朝笨重的身体和他的沉重的大脑，全都苏醒。

她竭尽全力。

她用柔软的身体诉说。

援朝目瞪口呆。他惊异地而又有点痴迷有点贪婪地看着她的身体。一个女人的赤裸的身体。

援朝抬起手臂，却不敢触摸她。援朝很焦虑，突然间满头大汗。后来援朝哭了。他的眼泪和口水一道流了下来。

她抓了援朝的手臂。她把援朝的大手按在了自己腰间的肌肤上。她又一次看到了援朝脸上骤然掠过的那痛苦的震颤。她很难过，她对援朝说，这不是罪恶。你懂吗？还记得马克思和燕妮的爱情故事吗？他们也上床，也生儿育女，可他们仍是伟人……

突然间，抗美推门进来。

抗美走进黑洞洞的房间。她打开灯。她想不到看见穿着一套绿军装的援朝正趴在一个赤裸的女人的身上。

抗美很惊讶。简直是不可思议。抗美走过去看见了正躺在木地板上的那个女人。

是你？

女人站起来。她开始缓缓地一件一件穿着衣服。她的背部已被粗糙的地板划出一道一道血痕。那伤口在洇出一个个细小而精致的血珠。

怎么回事？抗美不解地问着她。在援朝身上找刺激吗？你这样是不是太卑鄙了？

你误解我了。女人心平气和地说。我需要这些，援朝他也需要。看到援朝这样，我才真正意识到，我仍然爱他。你不觉得他很伟大吗？他是个有思想的人。他没有病。你们为什么一定要认为他有病？我们在一起很正常，像正常的男人和女人……

你怎么啦？我怎么听着你说话也不对劲儿呢？

援朝他正在引领我，他已经把我带走了……

你别这样。抗美去拉那女人。你怎么能跟援朝这种疯子走呢？难道你也疯了吗？

援朝站在一旁颤抖着。口水从嘴角流下来。她走过去，用洁白的手绢擦掉那口水。然后她让援朝坐在了那高靠背的木椅上。她把那本被揉皱的《资本论》塞在了援朝的手里。援朝开始平静。援朝的喉咙里开始低语。她紧靠着援朝。温柔地凝望着他。她的没有纽扣的衬衣敞开着，裸露出她洁白而丰满的胸膛。她用手指轻轻梳理着援朝的头发。她用动人的嗓音在援朝的耳边轻声朗诵着：

在苍茫的大海上，有一只海燕……

像催眠的夜曲在援朝的房间里飘舞回荡。

他们不再理抗美。

让暴风雨来得更猛烈些吧……

他们已经对抗美视而不见。

抗美满怀伤痛。那些激昂的只言片语在她的心头不散。她不忍再看那殉难的男女。她扭转身。她关掉了房间的灯。她在黑暗中听到援朝在问着，你是谁？然后，她走了。她想，这一切也许就要结束了。

暧昧的自由

　　后来她开始欣赏女人。偶然间她遇到了一个非常年轻的女人。她读她风月中的故事。她觉得她真是很有天赋。她能够将最彻底的语言和那种最彻底的生活奇妙地结合在一起。她想那也是一种美。让她能透过歇斯底里，看到年轻女人谜样的人生。她觉得这个女人真是太切肤了。她甚至为此而爱、而崇拜这个女人。后来她问她的男人，知道切肤是一种什么样的感觉吗？男人当然不会理睬她这种无聊的问题。他说他已经再也不能忍受她的这种神经兮兮了。她说她当然知道他的这种感觉，所以她也就知道他正在经历的那种让他异常亢奋的情感的困惑。那当然不是由于她。那是来自一个她看不见也听不到的方向。来自那个方向的一切被小心地隐藏着。她一直非常喜欢隐藏这个词，接下来还有隐衷、隐秘、隐私，其中无限的可以想象的空间。而她们，她们很多的女人就是在这个巨大的洞穴中往来穿梭的。她想那么就让他和他的那段美妙的激动人心的经历随风而去吧。她不想了解什么，只是，切肤的那种感觉，就占领了她。她见到了这个年轻的女人。在匆匆之间。她听她背诵她的诗篇，听她很感人的话语。她的诗是那么好那么令她震动和迷惑。她觉得在那一刻她简直就是在听金斯伯格。她甚至等待着金斯伯格会突然脱光衣服，让人们看到上帝赐予他的那纯净的身体。她就是用这样的一种心情欣赏着这个年轻的女人。她没有对她说她喜欢她，但却允许她从此在她的心里闪亮。她觉得这个年轻女人的出现很重要。特别是在这样的时刻，在她迷茫无所依的时候，她应该为她自己找到一片动人的风景，那种被镶嵌在浮士绘般的壁雕中的，那样一种切肤的悲歌，那样的一种透心透肺的忠诚。她想她的年轻的一生真感人，远远地超过了他们这些凡夫俗子虚伪而漫长的人生。年轻女人的出现之于她就仿佛是当年杜拉在西贡见到的那个对杜拉来说无比重要的美丽女人斯特莱泰。从此那成为了少女杜拉心中的一个爱的或者崇拜的秘密。斯特莱泰是那么光彩照人。世间就是有这种光彩照人的女人，那是上帝的赐予，优雅而美丽，有年轻的男子甘愿为她而殉情。那是爱和生命的交易，更惊心动魄的。如今这个女人到来，像流星一般在她的生活中匆匆闪过。但那毕竟是星。是爱和一个混乱世界的象征。她为此而无比兴奋。她想她终于可以摆脱她男人的心猿意马了，哪怕是暂时的。听那个女人的诗篇就像是吸食大麻，或是喝很浓很浓的咖啡，或是，听重金属敲击的音乐。她觉得她终于看到了希望，那生活和语言同样精彩的希望。但是她不懂年轻的女人朗诵诗篇时为什么会哭。她觉得年轻女人眼泪背后的那些疼痛是她无法接近的。那是只属于年轻女人自己的，是只有她自己才能体会的一种切肤的疼痛。年轻女人的切肤之痛是那么凝重，为此她甚至觉得她自己的人生是那么轻飘。她想她用 40 年走过的路却不如她用 20 年来浓缩人生的精华。她自惭形秽，被沮丧和挫败的萦绕，但是她想她毕竟是见到了这个流星一样闪亮的在她的夜空中划过了一道令她震撼不已的美丽光弧的女人。她想世间有这样的女人是世间的幸运。而她刚好见到了她，并听到了她的诗篇。她想这就足够了。她很幸运。

然后她开始慢慢拆除她的世故，那是一道心灵的围墙。她开始想做她过去未曾做过的事情，她知道她只要努力就一定能使她的生活变得很斑驳。她真的是很喜欢那种斑驳的生活。她讨厌循规蹈矩，她觉得能堕落一点才会是真正有意思的人生。勇敢而彻底地，拆毁她的生命。让生命的碎片散落在爱和性中，散落在自由与思考中。她想她原本就该是这种被碎片孕育滋养起来的女人，而她几十年来为什么没有这样？她想是她主动放弃了自己，是她让自己一天天在温暖的黑暗中迷失。她不会因此而埋怨任何人。

她不记得她从什么时候开始就不再叛逆了。那么突然的，她成了他的女人从此就不再去找别的男人。她可以这样，可以忠诚，可以把生命的每一秒钟都用于对他的爱，但是他怎么可以从此环绕着她让她时刻感觉到那条可怕的锁链呢？她不再是中心。每天要围着男人转。他要走她就不能独自去参加朋友的聚会；而他要是在家里工作她就不能出声也不能看她喜欢的电视。为什么要这样？她说过她永远不会成为那种贤惠顺从的女人。她要保持她的尊严、她的独立的人格、她的知识女性的空间。她不会为了她爱的男人就牺牲了自己。那不是自私。那仅仅是一种自我的意识。在他们共同的生活中，她难道不该强调她的自我吗？她多么想从此就中断了他们这种无形的锁链的关系，这很难吗？既然是，他早已在不动声色地追求着别的女人了。而他为什么还要费力把他的那种显而易见的倾慕只控制在言谈话语中呢？他干吗不干脆就背着她和他喜欢的女人睡觉呢？

她于是在酒会上徘徊，在徘徊中彷徨，心中有无限悲伤。她想他们两个人都已经被生活腐蚀得成了废人。他们被锁链缠得太紧了，也太在乎这种生命固有的方式了。他们正在被温情的黑客侵袭，他们正在被窒息，他们离最后的崩溃其实只有一步之遥了。一切在即。但是他们却不知道。她想总得有个人站出来，毁灭这些并且承担罪名。她不知道在他们两人中间她是不是就是那个站出来的人。是不是她能有更多的勇敢，更强烈的毁灭的欲望，更坚强的意志和更宽广的承受力。她想如果她不站出来，他就会永远停留在那无尽的暧昧中，那他们就他妈的彻底地完了，生命还会有意义吗？

她可能太想太想结束这一切了。于是她想她此时此刻所能求助的人似乎只有远处的那个正滔滔不绝讲演着的政治工作者了。她想她和那个热衷于政治的男人不能只是停留在眼睛的示意中，她怕什么呢？她想她必得有一个话题是要留给这个男人的，她要以此来检验他，她要知道他是真的伟大还是在哗众取宠。于是她走向他。她走向他的时候才发现这真的需要勇气。在那样的众目睽睽之下。她接近着那个男人。她知道很多的人都想接近他，但为什么这个走向他的女人会是她？

她看见了他的眼睛。那是犹疑的不敢确定的甚至是怯懦的但却充满了欲望。他不知道这样的目光会给他带来什么，也不知她与他会不会发生什么，更不知道发生的那些会不会彻底毁了他。这就是以政治为生命的男人需要三思，需要瞻前顾后权衡利弊的。当然她原谅了他，因为那是他的理想，是他为自己选择的一种生存的方式。但是她是勇敢的。她很坚定地走向了那个男人并且大胆地接受了他躲躲闪闪的犹疑的目光。她很大方地握住了他的手。她为此而感到了一种一往无前的快乐。她说，来，好吗？为什么就不能暂时离开你的人群呢？你说过你会帮助我的，你能听我说点什么吗？我要说的那些对我来说很重要。我认识你已经很久了，却总是在那个遥远的地方看着你。你不觉得我们该结束这种眼睛的游戏了吗？纯粹个人的事情。心灵的。我想对你说，因为无论是我的男人还是那个前卫的艺术家对我都没有耐心了。他们可能是太了解我了，所以不愿再了解我。但我们是陌生的。那种陌生的好奇与亲近。你会喜欢听我的故事。开头的第一句我就一定能吸引你，因为我根本就不相信他在和我好了之后就再没跟别的女人睡过觉。

将仕途视为生命的那个男人有点谈虎色变。她知道他是装出来的，对这样的男人她再清楚不过了，所以她并不介意。但是她还是抓住他的手说没关系，迟早你会了解我的。她说她知道那是他在欺骗她。他永远都在欺骗她。她说也许至死，她都不会知道她不在的时候他和哪个女人做过爱。

你为什么一定要知道那个女人呢？政治家终于问了一个很男人的问题。

我知道他骗我是因为他还不想离开我。他把我当作是一个很在意的女人，其实他并不了解我。我是很希望他能爱上别的女人的。当然你也不会理解我为什么会有这么古怪的念头。你知道吗，只有那样的生活才会是充满了悬念和刺激的，也才是真正值得向往的。但是他不肯把他意乱情迷的故事告诉我。而我知道那故事是存在的，我太了解他了，也太了解他对女人的那种态度和眼神了。他不会不和他喜欢的那些女人上床。他有这个胆量。他是一定会做那种事的。他是个勇敢的男人，勇敢而狡猾，那才是他的真正的魅力。他在女人们中间穿行却能够丝毫不漏破绽，而那些与他有过关系的女人也从不曾有过任何的一个来纠缠过他。她不知他是怎样控制这一切的。他把用兵打仗的那一套用来统帅女人。他和她们交配，就像动物群落中那个雄性的王。她们是属于他的。因为他总是赢家。他在她们的世界中所向披靡。她记得他曾经给她讲过那些他所向披靡的故事。那一个又一个女人。他怎样征服她们，掠夺她们的情感和贞操，又是怎样地将她们无情抛弃。但是后来他不讲了。因为他发现了她是很把所谓的忠诚当回事的那种女人。所以他决定结束坦诚。后来他就真的再也不讲什么了。不讲他偶尔出差的艳遇，也不讲他和旧时情人重逢时的那一番风流。不讲这些风月中的恩怨所带给他的烦恼和苦痛，也不再把她当作最好的朋友不再向她倾诉。在他的话语中，真好像从此他只是她的。只是她一个女人的。只同她一个女人上床。她该相信他吗？后来她想她似乎只能相信他，因为他从此守口如瓶，守住了他和那些女人所有的暧昧和秘密。其实那些才是她最想知道的，她对那样的故事总是充满了一种病态的热情和渴望。但是她从此什么也听不到了，因她的对忠实的过分要求，而不得不放弃了对他的隐私的探求。是她封住了自己的门。从此就生活在虚幻中：她的男人是世界上最最单纯的男人。他正在一丝不苟地执行着一夫一妻制。他做得很完美。没有蛛丝马迹。她所能看到的，只剩下了她的男人在看着他喜欢的女人时脸上残留的那无奈的殷勤。多么可怜。

仕途的男人在频频看着手表，但是他还是做出很专注的样子看着女人的眼睛。女人想这个男人真是训练有素。他是那么有耐心有教养那么善解人意。她知道其实他根本就听不懂她的话。能对听不懂的话装出那么大的热情来，她想可能只有他这样的男人才会做到，所以他这样的男人肯定会是前途无量的。那么她不对他这样的男人倾诉，她又能去找谁呢？

她说她是多么想知道那些女人的名字。她想那一定是一串长长的名单。其中不乏她认识的女人。但是要想得到这串名单谈何容易，几乎是完全不可能的，因为首先她不是一个女侦探。世间有很多她认为适合她的事情要去做。她没有时间和精力用于探求他的秘密，尽管那样的追踪对她来说是那么新鲜，那么充满了诱惑。还因为她的男人确实是一个狡猾的狐狸。他总是很隐秘。什么都天衣无缝。他怎么会让她这个粗心大意的女人抓住狐狸的尾巴呢？其实他可能并不在乎被发现什么，关键是他不愿意在他设置的骗局中失败。失败对于一个雄心勃勃的男人来说才是最最致命的，远比失去一个女人或是很多的女人重要得多。

政治的男人依然在看表。他一定是已经觉得很无聊了，他正在慢慢失去耐性。但是他还是最大限度地忍耐着。他轻轻拍了拍女人的肩膀，用很温和的声音对她说，我的时间的确不多了，接下来还有一个非常重要的会议，我必须出席。因为那关系到……

就是说你不想再听我说了？

不，不是，我只是希望你快点说，你知道吗？政治家的时间总是分割的，不可能在任何一个事件中长久地停留。我给你的时间已经够多了，你必须抓紧，把我的破碎变成你的整体。

把你的破碎当作我的整体？女人很迷惑，她觉得这是第一次她不能理解政治家了，她觉得政治家原来也是个很深奥的人。他并不像她平时想的那样早就被她参透了。他们这一类人的灵魂是深奥无比的。在一个她无法企及的层面上漂浮着，有阴谋有权术也还有被阴谋权术支配的某种哲学和良知。就是说我不能完整地拥有你？

世间没有任何完整，都是破碎的。所以你也不可能有一个完整的叙述。说吧。我真的喜欢你。这是我对你表达的最完整的意思了。我愿意帮助你。

女人想，听一个政治家讲他的爱意真是很奇妙。她知道她要想拥有政治家的友谊，就必得抓住每一个破碎的瞬间。

　　所以要获得那个长长的女人的名单只有两种可能。其一就是要等到他弥留之际。当死亡将至，行将就木，她守护在他的身边，求他，告诉我吧，她们是谁？他或者一咬牙就和盘托出了那个浪漫的名单，了却了她对此生生不已的好奇心；但是他也十分可能至死守口如瓶，让她始终如一地蒙在鼓里，他会说那是出于对她的深刻的爱，而他却正好立了牌坊，在她的眼中完成他道德君子的一生。

　　另外的一种可能是他们现在就可以尝试的，那就是分手，或是努力造成分手的态势。她知道或许只有反目成仇，她才有可能获得一点点得到那个名单的希望。她想他们的分手可能会让他长出一口气。这些年他被她折磨得太苦了，他压抑而不自由，他终于从此再不必活在女人虚伪忠诚的幌子下了。他如释重负，为一吐为快他可能会公布那个和他有过交道的女人的名单。他不是想怜悯她，而是想报复她，让她知道和他睡过觉的女人都很优秀，而他在选择女人的时候向来是很挑剔也很有品位的。他觉得这就足以刺激她了。他很恶毒，想从此永远击垮她。但是这种可能性似乎也并不大，因为她了解他，了解他一直固守的那种男人的责任感。她知道他是誓死也不会交出那份遍布着欲望和深情的名单的，他太在乎一个男人究竟该怎样保护女人了。正因为他和她们有过的那段或长或短的爱情，正因为他和她们上过床在床上有过激情的表演，他才更要让这些令当事者难忘的美妙记忆烂在心里并带进坟墓，让斑驳的往事化作灰烬。所以，女人说我可能毕生得不到那份名单了，这将成为我此生最大的遗憾，遗憾终生，这就是说我的一生是不堪回首的。

　　那么你难道就不能换一种思维的方式吗？政治家用商量而不是命令的口吻问女人。

　　就是说你是站在他的立场上？

　　不，我不是这个意思，我是在听你说。

　　是的，这就是男人的立场。无论你同情的那个男人是谁，哪怕他是你的情敌。

　　那串长长的名单很可能是你臆想出来的，完全是猜测，而今天的一切是要讲证据的，这就是法律的精髓，是我们所有的人都不能违抗的。

　　女人说你怎么知道仅仅是猜测？那口红断了。真的断了。那是我刚刚买来的一支口红，Lancome 的。你能懂吗？你能想象得出一支口红的断裂意味了什么吗？你读过一部叫作《呼啸山庄》的小说吗？我猜你没有读过，你太忙了，这就是我为什么对和你的交往总是心存疑虑。那个悲惨的疯狂的爱的故事是这样开始的，一个男人，住进呼啸山庄，夜晚的凄迷和恐怖，他仿佛听到了一个女孩子的呼喊，看到了一双孩子的手，伸进来，窗外是狂风中摇曳的树枝。男人被吓坏了。他以为那是梦。但是清晨醒来，他看见夜晚伸进孩子的小手的那扇玻璃窗确实已经破碎。他才知道，那不是梦。那真的是一个孩子的绝望，于是便有了《呼啸山庄》的故事。我不知你是不是懂了我的意思。那不是梦。我的口红确实被什么人弄断了，我知道那背后是什么，我猜得到。

仅仅是一支断了的口红又能说明什么呢？

那是个很深的夜晚。她说。我刚刚出差回来。女人有时候会出差。她出差的时候就自然是男人一个人留在家中。那个很深的夜晚男人到机场去接她。女人非常感动，她说回家真好。然后女人就去洗。她有点急不可待，她想他们毕竟是分开了很多天，他们一定都很想。女人回到床上。她好像骤然之间就觉出了什么。什么呢？那是女人的直觉。她一直有着女人敏锐的直觉，但是那直觉却从来没帮助过她。一种气味？或者别的什么？她真的很疑惑。她下意识去做的第一个动作就是拉开了床边柜子的抽屉。她完全不知道她为什么要拉开那个抽屉。那里通常放着避孕套，和她的所有的化妆品。尽管男人不介意，但那里有她的化妆品他是知道的。她看到了那支 Lancome 的口红就赫然躺在那里，有点匆忙的，一种极度恐惧的样子。谁让 Lancome 紧张？那是女人刚刚从国外买回的。很正宗的牌子。很有品质的制作。后来那是女人一直喜欢使用的牌子。她对它们很小心。她也是从来不会让 Lancome 随意丢在那里的。她于是拿起那支口红。打开。然后就发现口红断了，从根部，彻底的断裂，这是这个牌子的口红绝对不会发生的质量的问题。怎么会？她的第一个反应就是一定有人用了她的口红。而且是在匆忙中用的，是在紧张和疯狂中，是在从床上起身逃走之前。她开始疑虑重重。自从她开始使用名牌的口红，Lancome 或是 Estee Lauder，很多年来就从未出现过这样的情况。而且她所用的这类牌子都是真正的正牌货，都是她或者朋友从国外直接带来的，而且这支口红她从来就没有用过。没有用过的东西怎么会毁坏呢？那么是谁使它毁坏的呢？如果使用这支口红的人不是过分用力，过度的紧张……

于是女人大声地问着男人。谁用我的口红了？女人那时候被一种预感笼罩着。男人刚好从屋外走进来，他信口便说他怎么知道。但紧接着他好像意识到了什么，于是又说谁会用你的口红。是啊，这里不是办公室也不是她出差时必得和另一个女人同住的那个房间。谁会用她的口红？或者谁会跑来用她的口红？那是她自己的家。她自己的家里是只有她一个女人的。但是她不在家的时候口红凭什么就无缘无故地断了呢？女人真的疑虑重重。她想她不在家的时候这里一定还有过一个别的什么女人。唯有这一种解释，否则这房间里发生的事情就太蹊跷了。她很愤怒，她问他究竟是怎么回事？她甚至掀开被子去闻去找，她说一定是发生了什么，告诉我，谁来了？上了我的床的那个女人她到底是谁？男人沉默。但是很快他勃然大怒，他说好吧，是我和别的女人干了。我趁你不在家把别的女人带上了床。我和她们干了我们的感觉都很好。我觉得这世界上没有你也挺完美的。你满意了吧？还想听什么？现在是深夜两点。你就是喜欢这样的生活对吧，可是我不愿意奉陪了。我太累了。我想睡觉。我希望你也能安静一点，不要再没事找事了，这日子不能这样过。女人说你告诉我那个婊子是谁？你这个混蛋，你们都是混蛋，你怎么能这样，这就是你想过的日子吗？女人大喊大叫，说，好吧我走，这里不再是我的家，你根本就不需要我，你也从没有爱过我。

女人想不到男人会立刻就说，好，你走吧。男人甚至打开了门，让午夜寒冷的空气骤然之间侵袭了进来。于是她又哭又闹，说好啊你就是想把我赶走。我妨碍你什么了？你用够我了是吧我不能满足你了是吧。你是个流氓。你太坏了。我想杀了你。我在外面，每分每秒都想着回来，想回到你身边，和你上床，可是这家里还有什么意思？我的口红被人家弄断，我的睡衣被人家弄脏，我的床上是别人的气息，我的男人是别人的工具……

那一次争吵的结果是男人猛地抱住女人并把她狠狠地扔在床上。他扯掉了她身上的被单，撕烂了他自己的衬衣，转瞬之间便让两个充满了仇恨和欲望的身体毫无阻隔地紧贴在一起。他一声不响，却粗暴野蛮。他甚至不洗，就强行进入了女人的身体。她很害怕她想如果那里还残留着别的女人的物质呢？她哭了。眼泪顺着眼角不停地流。她说你放开我，你让我恶心，男人就用他的舌头堵住了她的嘴，不让她呼吸，更不让她讲话。她挣扎，想逃脱。但是她的身体她的四肢甚至她的呼吸都已经被牢牢掌握在男人的欲望中。她想这就是强奸，是家庭暴力。她应该把这个为了证明什么而兽性大发的男人送上法庭。她很疼，疼极了。然而疼痛竟鼓动了那个男人的欲望，怂恿了他，于是他更加残暴更加疯狂，他越是不能为而偏要为之，他甚至把他自己弄得也很疼。就是为了那支口红，那支断了的口红，那支很可能被别的的女人用过的口红。那是罪证，是渗透到灵魂中的洗刷不掉的罪证，但是男人洗刷着，用对她的施暴。她动转不能。因为她为自己选择的这个男人是强壮的。他钳住她就像是钳住一只小鸟。太易如反掌了，无论她怎样地挣扎。她奋力反抗，反抗欲望。她突然想到了那幅被捆缚的男人吸吮着美丽女人的美丽乳房的油画。她想哦，我们就是这样。只是角色被调换了，情绪也被调换了。因为她决不是自愿的，她恨她身上的这个男人，她正为了那支口红的断裂而恨不能杀了他。她哭。一种说不出的亢奋。她想这就是所谓强暴的魅力，在反抗而又反抗无效中。她越是反抗越是躲闪，她的男人就越是进击。就仿佛她是在欲擒故纵，是在以反抗来引诱男人。不，她真的不是。她怎么会愿意和别的女人一道分享这个男人的欲望呢？尽管她什么也没有看见，她真的什么也没有看见，但是她知道那另一个女人是存在的。口红确实断了。就像伸进小女孩的那双手的那扇玻璃窗，在清晨的时候，确实破碎了一样，那不是梦。所以她才反抗。她恨死了这个把她弄得神魂颠倒的男人。他用他的欲望捆绑了她。他袭击她所有的性器官，他吻她，他吻她的嘴唇她的颈窝她的乳房她的身体的每一个地方每一处隐秘。他不停地吻。他啃咬她。他很激情，就好像真的是她在用拒绝怂恿他。就像是杀人的人一看见血就变蓝了眼睛杀人如麻；就像是球场上一旦有人被红牌罚下，绿茵场就立刻会成为一个疯狂撞击拼命伤残的战场。她给予那个不忠实男人的，真的是"我要""我想要"那样的信号吗？她真的有那么无耻那么淫荡吗？她体验着强奸。体验着在动转不能中被侵略的那种快感和困惑。她想欲望可能就是这样被激起、被鼓荡的。那么不可思议。那么可怕。似是而非。想的和做的不停地错位。想此而做彼。她想她是多么卑鄙。她想喊叫。在这午夜的寂静中。她想说我不要，但是他还是如鱼得水地在她不知道哪里来的湿滑中游进了她的身体。那还是她想要的。终究是她想要的。也许不是她的大脑想要而是她的身体她的被骚扰的性器官在不由自主地被她恨的那个男人的欲望所吸引。怎么能这样掩藏罪恶？她真的很悲哀。但是在她的男人完成的那一刻跌落的那一刻放了她的那一刻，她还是有了一种非常完美甚至非常感动的感觉，她也还是自然而然地紧紧抱住了她身上的那个她觉得只应该是她自己的男人，她怎么能这样？她觉得她依然很爱他，依然很迷恋他瘫软下来的这一刻。这一刻她觉得她就是他的母亲。她可以原谅他所有的过错所有的不忠实。她不在乎她的口红是不是被别的女人用过，也不在乎她的眼泪是不是和她男人的精液以及另一个女人的体液混合在一起。在那样的时刻，欺骗和外遇都变得不再重要。只要这一刻。只有这一刻是重要的，而这一刻她已经拥有了。

关于口红的问题就这样不了了之。还有很多别的问题他们都是这样不了了之的。她想不到自己的仇恨竟是如此脆弱，如此的不堪一击，简直令她羞愧。从床上爬起来后她再没说什么。她不说就意味着她与他已经尽释前嫌，她不想再和他争吵了。整整一个夜晚他们已经没有气力，疯狂的爱和疯狂的仇恨已经掏空了他们生命的所有。她想她已经接受了她的男人。她接受他就是说她默认了另一个女人的存在。她只是觉得那个女人可以上她的床，但是她不能得寸进尺又用她的口红。她不知道那个女人是当着她的男人还是背着他用口红打扮自己的；她还不知道那女人用口红是为了离开，还是为引诱她脆弱的男人。那是她的 Lancome 她的口红她的色彩和味道。而在他们的交欢中，却弥漫着她的色彩和味道，这不论对谁都是不合适也不公平的。仅此而已，她接受了她的男人。但是她还是摇摇晃晃地爬了起来，带着满身的伤痛轻轻推开熟睡的男人，她说她要换掉床上所有的被单。她想这可能是保住她家中女人这一点点权利和尊严的最后也是唯一的方式了。多么可怜。她当然知道她所做的这一切都是表面的虚妄的，她可以换掉她的被单，但是她的床不能换，她的房间不能换，甚至，曾进入过别的女人的那个男性的生殖器也是不能换的，更不要说换掉男人的心。

没有答案。世间的事情大多是没有答案的。特别是在你认为的亲人或朋友们中间。她永远不会知道弄折她口红的那个女人究竟是谁，而她的男人即或是知道也决不会告诉她。这将是一个疑案，也将是一个悬案。永远悬在她头顶的那个永恒的疑团，从此被她本来就很沉重的生命背负着。后来，在第二天的清晨，也就是来到呼啸山庄的那个男人发现破碎的窗的那个清晨，她把那支很昂贵的正牌的口红扔进了垃圾箱。她没有让她的男人看到她做这些。她无意炫耀她的势不两立和她的深恶痛绝。一个那么轻易的动作，就扔掉了那个夜晚曾挥之不去的困惑。她离开垃圾箱时很坦然。她一点也不可惜，她只是有点喜欢那支口红的颜色，那只适合于她的颜色；还有那支口红的造型，那沉着的黑色，方形的，那种 Lancome 所特有的品质和味道；那镌刻在包装上的 Lancome 所独有的那枝玫瑰。就让这一切的美好都随那不堪的情事而去吧。

还有，她说她最后想说的就是抽屉里那些避孕套的数目。她说她可能正在慢慢走上克里斯蒂的道路，因为她已经越来越多地在她的生活中发现令她恐慌的细节。那些欲望的蛛丝马迹。遍布着，在她的房间的每一个角落。不单单是避孕套。她提到避孕套仅仅是因为那和她的关于身体的哲学有关。她需要使用避孕套是因为她一向反对妇女到医院的妇科去安装那种避孕环。她没有去做这种很不人道的事情。她的观点很明确，那就是她必须是纯粹的她自己。她的身体里不允许那些不是她的东西。她不能被那些会改变她身体机能的非自然的物质所异化。那么她还是她吗？她的上天和父母赐予她的身体还是她的身体吗？她坚持着她的这种纯粹自然的观点。她不喜欢在自然的物质中有不自然的物质加进去破坏了自然的纯粹。就像是生命的短长，是生命的本意，她不要那种药物的维持，因为那已经不是生命的本意了。所以她要的只是生命的本意、身体的本意。就像那个本来剑拔弩张的夜晚，当她绝望，男人的欲望却包笼了她。她没有别的选择。她知道那其实就是生命的本意。是生命的本意给了她无限快慰，和那一刻她对他人的宽恕。

她抓住了那个马上要钻进黑色小汽车的政治家。她说还有最后一点要说的，其实避孕套的数目并不能检验男人是不是有外遇。因为和他交往的那些女人很可能是不使用避孕套的。她们是成年的妇女。她们结过婚怀过孕。她们是美丽妻子漂亮妈妈。她们……

在仕途上不断进取的那个男人终于不耐烦了。汽车已经缓缓启动，车门正在关闭，那时候他还仅仅有半只脚留在车外。他说我真的要走了。你为什么要选择对我说这些？你愿意我们另找个时间再谈吗？到我朋友的酒店来，你觉得我这种人应该听你如此诱人的谈话吗？你不觉得我们之间的差距太大了吗？你究竟想从我这里得到什么呢？

女人说，她从不相信她的男人会对那些花季的少女感兴趣。她知道他喜欢的是那些成熟的女人，有韵味的懂得男人并且疼爱男人的。那是些被别的男人调教出来的女人。他喜欢女人因此而成熟，而优雅，而雍容大度，还有她们的智慧和谋略。所以他从不会为那些年轻的少不更事的女孩子而乱了方寸。他不愿为她们负起毕生的责任。正因为他懂得责任的分量，所以他才会小心回避那些迷恋他的小姑娘。他会非常严格地选择他要射杀的猎物。他也轻而易举就获得了那些成熟女人的好感。因为他的好枪法。那通常是很长久的一种友谊，有性爱交错其中。他和他的女朋友们维持友谊的年限都很长。他总是能够长久地获得她们的信任和欣赏。他们彼此心心相印，是那种真正堪称朋友的朋友。太热烈的时候当然就要寻找她的空档。那所有的她不在或者她在而心不在的时刻。他会和她们上床。她觉得在她与他的生活中，她就像是一个足球场上的守门员。他们是一对恋人一对兄妹，他们相亲相爱相生相息，但他们同时又是对手又是敌人，在他们之间是战乱频仍、冲突四起，没有过一天真正和平的日子。她知道他不曾放弃过任何向她进攻的机会。就是再好的守门员也守不住浪潮一般攻来的所有的球。何况她的男人又是那么勇猛和狡诈。她守不住他。她想守住他的时候总是力不从心。后来，当一切枉然，她也就不再要求自己守住他了。

但是他并没有走。他依然留在这个家中，留在他若即若离的爱情中。他害怕他的女人有一天真的离开他。不，他不想失去她。他知道失去了她也就失去了归属感，从此漂泊流浪，没有家园的温暖和身后的支撑。他知道这不是男人想要的日子。

所以，她可能毕生都不会得到那份长长的女人的名单。那些他爱过的和爱过他的。她当然也可能不是他最后的女人。他们的生活并没有最后定格在他们彼此的爱和彼此的仇恨中。他们今后的路还都很长。她不知道怎样结束，更不知道还会有怎样的开始。她回忆着那些她曾经多少感到过一些兴趣的男人，不知道他们如今流落何方。

那辆黑色的小汽车早已杳无踪影。混乱的酒会也已经曲终人散。看不到那个前卫的艺术家，也不见了她自己的男人。唯有女人依然留在寂寞的狼藉中，独自。有点像谢幕，表演结束了，很茫然的舞台，昏暗的灯光。她觉得她没有地方可去。她不知她真正想要的到底是什么。

我想我已经不会写小说了。好的小说应当有一个好的故事。有常青藤中斑驳的木窗，湄公河上的渡船，或者乡间的麦田。没有，这一切都没有。我只能对着纸和窗。纸很平淡，那种被规定的格子，禁锢着思想。窗外是古树，沐浴着四季，四季如常，没有激情。这就是故事，是我最平常的思绪，如碎片般纷纷坠落。还对着无数药瓶用以抵御地狱一般的咳嗽。我知道治愈咳嗽需要一个很漫长的过程。我要在漫长的过程中体会普鲁斯特的绝望，一个生病的女人。我是在病着的时候开始记录这长长的思绪的。我很沮丧，在不舒服、心情不好的时候，我脑子里浮现的都是诸如浊水污流、断简残编、风流云散、随风而去这样晦暗的词汇。可想而知我的心情是怎样的晦暗。我仿佛又回到了被人们说成是忧郁的那个时代。那是说我的照片我的眼睛，后来又说我的小说和我的文字。但是我知道其实我并不忧郁。我只是有时候不开心，觉得我的生活太单调，不那么多姿多彩，也没有创造和超越。我本来也许会成为一个非常好的舞蹈家，在一段时间里那是我最最美妙的理想。我有着很好的舞蹈演员的感悟。我还有着很好的姿态，很标准的脸型和脖子，还有，很出色的表现力。表现力在某种意义上就是创造力。我如果真干了那一行，也许会成为一个非常杰出的艺术家。在我的意识中我是希望自己能成为一个艺术家的，而不是成为一个作家。我知道我能够吸引观众，我尝试过，在所有的表演所有的演员中，我总是最引人注目的。因为我能把舞蹈的语汇运用到极致，我能用身体去说出我心里要说的。我能够打动人，可能还令人不忘。但是我后来改成了用笔说，用笔来讲述我的内心。我知道内心中的有些东西是不该说的，但我还是转弯抹角地把它们说了出来。我以为我写的东西是不会发表的。但是有一天它们却发表了出来，那种感觉，就仿佛是在表演。我在舞台上，衣服被扒光，被灯光和目光追逐着，而我诉说。怎么能这样？我后来跳双人舞。那是另一重境界，同样很不错的感觉。用身体的语言表现爱。只有爱才会有不爱。我觉得这是生命中最完美的冲突，总是狼烟四起，或是哀莫大于心死。所以我始终记得那个叫《紫丁香园》的现代舞。男人和女人，在奔向彼此的怀抱的那一刻，却错过了。真正的失之交臂。他们的身体不再纠缠，不再纠缠的落寞。因为热爱舞蹈，我喜欢用舞蹈的名字为我的小说命名。譬如《紫丁香园》，还有冰上舞蹈皇后弗莱明的《太阳峡谷》。我一直觉得舞蹈的形而上的名字是最能包容一切的。无论简单还是复杂，但都在其中了。那真是美妙至极。

后来我不再跳舞了。但他们还是说，我看上去仍然像一个跳舞的。那可能是一个职业舞者的遗风。所以到了今天我依然故我地端着舞蹈演员的架子。我知道该怎样扭动我的身体和脖子才是最美的。我在意这些。尽管我还知道我早已经落伍了，但我还是要保留着那种姿态，因为那种姿态很重要，那是我的灵魂。

我只是有些不开心而不是忧郁。特别是当生活中只剩下我和他的时候，我们单独待在我们的家中，我就更是不开心。一开始我完全不知道我该做些什么，我很惶惑，也很茫然，每一天都是无所事事而又疲惫不堪。总要做些什么。所以他走了，到很远的地方，把我留在独自中。我想这下我自由了。但是有他或没他竟然都是一样的不开心。我很不喜欢这种独自的时刻。自由就意味了不自由，我开始每分每秒地盼着他回家。可是他回来的日期被不断地推迟，他总是这样，总有无数的理由剥夺我们在一起的时间和权利。于是我越发地不开心，在期待中希望他永远不要再回来。

所以我只好想自己。因为我有了可以想自己的时间和空间，想自己经历的那些往事那些爱和恨的故事。在所有的往事中最吸引我的其实还是在农村时和放牛男孩的那段两小无猜的感情。那么纯净的，不去想任何爱以外的东西，就那样肩并肩地快乐着。我至今怀念那个我永远也不会再见到的男孩。其实我如果愿意，完全可以找到他。但是我不愿意。我只愿意在这冬日的寒风里，独自想着坐在他牛车上的那段好时光。我没有忧郁，背后是柴草，柴草特有的香。他靠过来，挨近我，让黄牛自己在乡村的土路上慢慢地走……

我很骄傲我有过这样一段真实的经历。

这就是我和我的结尾。我知道这根本就不像我，也根本就不像结尾，但是真的完了。

报纸上的那个熟人

　　她看到了那份报纸，知识分子的报纸。她读到了他的名字，知识分子的名字。然后她陷入沉思。她想世界又变得单纯。仿佛只有她和他。是从繁复的背景和庞杂的人物中提炼出来的一种纯粹的关系。名字依然是那个名字，但名字旁边的那张他的照片，却不是原先的了。他好像有了很大的变化。如果没有标明照片中的那个人就叫那个名字，她简直不敢相信那就是他。是的，她已经不认识他了。这就是岁月的作用，很残酷的。如果在大街上她与他擦肩而过，她想他们一定会失之交臂。

　　她是在睡觉前阅读那份知识分子的报纸的。通常她总是喜欢在睡觉前阅读这份报纸，因为这至少能提醒她，她的知识分子的身份。她并没有想到在这份报纸中会读到他的名字。她很意外。她在读到他的时候已经忘了身边正躺着她的丈夫。她想那是完全不同的两个概念。她当然没有必要告诉他，非常偶然的，她在这份知识分子的报纸上看到了一个熟人，过去的熟人。她丈夫甚至根本就不知道在她的生命中还有这样一位熟人。他当然没有必要知道这些，就像是，她也没有必要去认识他的那些曾经的甚至现在的熟人。

　　她什么也没说，只是在那个晚上独自辗转反侧。第二天早晨，她同样什么也没说，就故作漫不经心地收起了那份报纸。因为报纸在评介那个男人的同时，还留下了他现在的工作单位。他已经是一个名副其实的学者了，很有成就。她想那是他应得的。因为她在最初认识他时，他就显露出了那种未来可能会有所成就的学者风范。

　　她想她或者应该按照报纸上的地址给他写一封信？她的确这样想了，而且满怀着激情。只是不知道为什么她没有趁热打铁。她不是没有机会，也不是没有时间。但她就是这样激动地一闪念，之后，就错过了她的激情。当激情不再，她当然就没有理由再写那样一封她自己日后读起来可能都会难为情的信了。像她做过的很多事情那样，她对他的热情最终不了了之。

后来，她对报纸上那个熟人的思念渐渐淡泊。她甚至再也想不起来她精心收藏起来的那张报纸到底被她放在了哪儿。家里的东西总是很乱。她总是找不到她想要的东西。这次也一样。她再也找不到自己存放的激情了。找不到了便不再找。她想那是命定。

只是到了一个可能也是命定的清晨，她才又突然想到了那个熟人，并且更深一点地想到了她如果给那个熟人写了那封信，结果又会是怎样的。无非是她在某一天的清晨或者黄昏又接到了他的既充满热情又无限克制的回信。那么接下来又会怎样呢？他们能鼓足勇气一道面对过去那段短暂的爱情吗？或是他们这对昔日的熟人继续不了了之。那么这样的通信又有什么意思呢？

何况，她自己也并不知道该用什么样的心境和语言去和报纸上的那个熟人对话。不咸不淡或者满怀激情。不咸不淡毫无意义，有等于无；而满怀激情又不符合他们作为知识分子、作为学者的身份。她想这可能就是她为什么最终没写那封信的缘故。她甚至觉得如此调动往事实在是太麻烦了，是他们这个年纪的人所承受不起的一种麻烦。再搅动起生命的激情？那是她不敢想的。因为她已经太习惯这种心静如水的生活了。她认为这种平静的生活，真的没有什么不好。

她重新想起那个报纸上的熟人，是在一个严冬的早晨。那个早晨她要去开一个知识分子的会议，所以她特意起得很早。她想她要骑着自行车赶往会场。她喜欢冬日的阳光。只是她低估了那个冬日的寒冷，低估了在冬日灿烂阳光下呼啸的北风。她骑上自行车才觉出了风在怎样地阻碍着她前行。她的两条腿便也因那阻碍而倍感疲劳。自然她的速度也就降了下来。她很焦虑，因为开会的时间不会因为旅途艰辛而改变，况且，那是个对她来说非常重要的会议。她要在那个会议上宣读一篇她的十分有分量的论文，那是她几年来潜心研究的成果。所以她必须加快速度，尽管很累但还是要奋力蹬踏。很快她周身的汗水被凝固在寒冷中。她想或许她还是应该叫一辆出租车吧。但是她马上又想，她还没有那么娇气，她为什么一出门就一定要坐出租车呢？她还想她不该把骑自行车当作一种苦役，而是应当把它想成是一种健身。她知道如今健身很时髦，且收费昂贵。而在所有时髦的收费昂贵的健身房里，都会有自行车作为主要的有氧健身器械。而她在冬日的狂风里奋斗，可以不付费就健身，她还有什么好抱怨的呢？这样想着，她便激荡起一种与狂风作斗争的豪情。她的速度自然也就明显地加快了。

骑很快的车使她很快乐。

她很快乐便想起了骑快车的那些往事。

一种似曾相识的感觉。她问自己她是什么时候骑过这么快的车？后来她终于想起那是在她很年轻的时候。是的有两次。第一次是为了去看一出歌剧，第二次则是为了去看一场电影。都与艺术相关。都是她一个人。那时候她喜欢一个人去看戏或是看电影。她记得那两次她都是仅用20分钟就骑完了原本需要30分钟才能骑完的路程。她因此而没有迟到，看完了整场的歌剧和电影。歌剧和电影的名字她忘记了，但是却记住了她骑快车时的那种异常刺激的感觉。她甚至能听到当年她喘着粗气的声音。

她就是通过想起这两次超速行驶的经历而再度想到那个报纸上的熟人的。因为她去听歌剧的那个剧院就是她和他一道去过的剧院。只是那一次并不单单是她和他。那天和他们同去的，还有他的从家乡来看他的那个漂亮的未婚妻。他们在剧院的门口见面。他们都有美丽的微笑，不管是不是由衷的。

为什么？她是那么想和他单独在一起，而她却要为他和他的未婚妻弄到那场舞剧的票。她记得那舞剧的名字叫《奔月》，一个很现代的舞剧。她至今依稀记得嫦娥和后羿的那段很感人的双人舞，那种沉郁顿挫、愁肠百结的舞姿。她看了那场舞剧，但没有和他坐在一起。她知道他是和他的未婚妻坐在一起。她当然看不到他们在欣赏这部经典舞剧时那卿卿我我的样子。她不记得她是否为此而痛苦过。她想她可能还是被嫦娥和后羿的舞蹈吸引了。她总是很容易被艺术所打动，所吸引。她忘了那一次她是怎样赶往剧院的，但是她却记住了那个舞剧。还有，那个与舞剧相关联的熟人。

后来她想她之所以不记得是怎样来到剧院的，很可能是因为她把她的自行车借给了他。她记得那是假期，长长的假期，暑假，炎热的夏季。夏天他的未婚妻才会来看他，然后接他回家。她想那个漂亮的女人没来过这个城市。她想他一定会带她到处走走。她想在这样的情况下，他如果有一辆自行车就会方便许多。她这样想着就把自己的自行车借给了他。那时候她骑的还是一辆男车。那个时代骑男车很时髦。而且那时候她还很年轻，她可以很从容地就抬起腿从后面越上自行车，并且她的腿总是抬得很高，她的姿势也总是很优美。

是的，她把自行车借给了他。她想那是因为她很爱他。她不管她的自行车会不会使那个漂亮的未婚妻受益。她只是在很久以后回首往事的时候,才觉出她那时真的是很无私。她在与冬天里的寒风抗争的时候,是没有气力也没有精力去回忆他们究竟是怎样相识又相爱的。她爱他。在那段时间,显然他也是爱她的。后来,当他结束了硕士学业,要彻底离开学院回他南方的城市工作时,他来向她告别,顺便还给她自行车。那是怎样的别离。她至今不堪回首。

她便是这样在呼啸的北风中蓦然想起了那段往事。在最后的时刻,他把自行车送来,然后说再见。

她记得他来的时候她的家中正好没有人。没有人的时候,他就来了,带来了他的无奈。他说明天他就要回家了。他们已经买好了火车票。他还说,他们很可能回去之后就结婚。

她听着他说。

她知道他说出这些来也很不容易。

然后她哭了。问他还有没有可能? 这已经是她一千遍问他了。这当然也是她最不愿问的问题,但是她还是问了他,还有没有可能?

后来男人也哭了。因为他知道是没有可能的。而且他们一分开就非常遥远,遥不可及。他们也许再没有机会见面了,也没有未来。

然后他站起来。他不再哭。他始终是一个很克制的男人,她了解他。她想他如此冷漠克制,可能是因为他刚刚获得的那个社会学硕士的学位。他很看重那个学位,是因为那是他知识分子理想的一部分。社会学使他变得冷酷麻木,他不愿也不会同任何不可能的事情抗争。他的人生原则是价值,所以他决不做徒劳的事。理智不允许他改变自己的生活。他的目标很伟大。他想做一名像样的学者。所以不能让女人的问题妨碍他。他认为女人在他生命中的地位实在是微乎其微的。

最后他们告别。

他们的告别很真诚也很伤感。

最后一次,她说,抱抱我。男人做了,不是违心的。他抱了她,因为他知道那是个深爱他的女人。那时候他们真的很年轻,也真的非常有感情。他们就那样站在那里拥抱着,亲吻着。他们拥抱了很久,亲吻了很久,直到他们不得不分开。

分开的时候,女人说,你不是不爱我。

男人沉默。

女人又说，我感觉到了，那里。

男人说，那不是真的，那不是我。

后来男人不动。

后来男人就不能自已，眼看着。那一刻女人无所适从。

女人想，那是男人克制的结果。女人又想，那不可能仅仅是欲望。她又想哪怕仅仅是欲望又有什么不好？然后女人才说，好吧，就这样，你走吧。

女人产生一种残酷的快感。因为她得知了男人的爱和欲望。她知道这也是一种证明。于是她很满足，以为是战胜了那个漂亮的未婚妻，阿Q式的。

当一切慢慢平息，女人把男人送出了家门。她送得很远。他们默默无语却心照不宣。谁都没有再提刚才的事。女人停住脚步，最后望着男人的背影。她不知道他该怎样回到他漂亮的未婚妻那里。她不知道他的心究竟属于谁。

是的，她想起她是在图书馆的小阅览室里见到他的。那时候他们并不认识，却不停地在小阅览室里频频见面。那是一个非常小、非常安静的阅览室。那里的书都是孤本和善本，是不能借出阅览室的，所以他们便只能长时间地厮守在那里，读他们需要读的那些书。那是他们最终成为知识分子或是专家学者的一个必要的准备阶段。他们都很珍惜。他们也都很热爱知识。他们是在热爱知识的同时热爱上对方的。女人慢慢地被那个同在阅览室里读书的男人所吸引。她想学院里竟会有这样的一个男人，她过去怎么从来就没有注意过他？她想她还记得他当年的样子。他的英俊的有棱角的脸，大大的眼睛，和他的总是充满了疑问的目光。只是她不知道他是谁。当然她也没有勇气去问他是谁。她能做的，只是越来越多地到那个小阅览室里去读书。在读书中寻找浪漫和梦想。在读书时，等他。那时候她正在做一个关于雨果的论文。那是她在那个时代最喜欢的一位法国浪漫主义作家。她纠缠在他的《巴黎圣母院》中，想知道那个巴黎圣母院的副主教克洛德对爱斯美拉达的爱是出于性，还是出于情感。所以她就有了一千个理由来小阅览室，为了学术而不是专门来等他。然而就在她为学术而战的时候，她也同时等到了他。

她不记得他们是怎样相识的。但总之他们相识了。他们最初的接触当然是关于学术的。他愿意从社会学的角度来帮助她研究克洛德这个人。他为她查阅了很多书籍并做了很多张卡片。他经常去找她，把他研究的成果告诉她。这是很自然的。在大学校园里，他们彼此帮助，在学术上共同进步。没有别的。

后来她写出了那篇年度论文。她的论文中显然也浸透了他的心血。那篇论文很成功，被教授认为是有着很高的学术价值。后来论文被拿出去发表，好像又曾被一个专门研究法国文学的大知识分子剽窃过。但是她无力抗争，因为她还仅仅是一个小知识分子。不，她甚至连一个小知识分子都不是，她不过是一个还没有毕业的大学生。

她不记得他们后来又有些什么样的交往的内容。他们除了时常在小阅览室里见面（他们的这种会面甚至引起了图书管理员的注意，或者说，那个图书管理员是看着他们这两个素不相识的人是怎样如胶似漆起来的，所以他看待他们的目光总是很异样），有时候还会在晚上、在学生宿舍前的大树下说话。偶尔在周末的时候，他也会把她带到他的没有人的宿舍，在那里如鱼得水、海阔天空地和她谈他在社会学领域中的远大的抱负。

有过的记忆还有他们曾一道去过学院附近的一个公园。他们是在黄昏的时候相约去那个公园的。他们去是因为他们知道他们就要分离了，而那是无可挽回的一种深深的伤痛。黄昏很快过去。像世间所有转瞬即逝的事物。然后他们便被笼罩在了春夜的黑暗中，一种依稀别离的惆怅。他们走在水边，看黄昏落日和接下来的满天星斗。那个晚上她不停地问，还有可能吗？他无法回答。他只是告诉她，他的未婚妻就要来了。他爱他的未婚妻。他对他和女人的未来很渺茫。

然后他忏悔，对着湖水。他是从社会学的层面上忏悔的，因为他在他自己的身上看到了道德的沦丧。他说人性多么丑恶，他说你看我一面这样紧抱着你，一面写信要她一定来。我越是深爱着你，就越是希望她快来拯救我。他说我并不是要共同拥有你们两个女人，而是想以我对她一如既往的爱来证明和洗刷我的罪恶。

然后他更紧地抱着她。他亲吻她，说别以为我不想要你，只是我越是想要你，就越是觉得自己很恶心。他说，你看吧这就是我的人性，像克洛德副主教，和许多人面兽心的，甚至禽兽不如的男人。有很多的侧面，有善也有恶。看清我了吧。我就是你的论文。写透了我也就是写透了人性。

女人听着，任斗转星移。她很安静，只是在男人每一次喘息的时候她都会问，真的没有可能了？

男人说，其实他也不知道他该怎样面对他的未婚妻，但是他知道他们的关系肯定已经和从前不同了。女人问为什么，他说当然是因为有了你。

他们是在净园之后离开公园的。他们谈得很投入，以至于忘了净园的时间。他们当然是知道这时间的。他们并不想赖在公园里做那些难以启齿的事。他们的学者的理想也不允许他们这样做。他们只是彼此依恋，想在最后的时刻说完他们一生的话。他们看表的时候已经是午夜。他们被吓坏了。他们根本就不知道夜色已经这么深，于是慌慌张张地跑到大门口。他们拍着玻璃叫醒了看门的老大爷。他们说他们真的没有别的意思。他们穿戴整齐。他们神情自然。是的不应当怀疑他们，他们看上去是那么纯真。被他们的坦然所感动的老大爷毫不犹豫就给他们打开了公园的大门，让他们免除了那些无辜的麻烦。

　　不久她就在他的宿舍里看到了他的未婚妻。她惊讶于她的美貌。她想她在偌大的校园里竟从不曾见到过如此美丽的女孩。她与她年龄相仿。并且她们也都同样非常爱他。即是说她们这两个女人拥有同样的品位，她们都喜欢一个执着于学业的男人。

　　他的未婚妻就住在他隔壁的宿舍里。因为是假期，很多的宿舍空了下来，刚好可以让他未婚妻这样的人来住。她相信他们在没有正式结婚之前是不会睡在一起的，因为她知道他是个克制的男人。而束缚他的，不是女人，而是社会学的锁链。

　　在他未婚妻来看他的那段日子里，她偶尔也会去看他。就像是一个一般的朋友，她为他们的参观游览提供了很多帮助。她帮助他们也许就是为了能有更多的机会和他在一起，哪怕和他们在一起的还有他的未婚妻。他们融洽地待在一起。她觉得那个漂亮女人对她是友好的。她有时候甚至故意离开，去洗衣服，或是回到她自己的房间。总之是让他们单独在一起。这说明她很聪明。其实她什么都知道。她知道这是最后的一刻，将这个时刻挨过之后，她就将把他带走。她不会小气得连这最后的时光都不给别人。她是要她的男人的。她是要让那个女人把她的男人还给她的。她知道就单单是为了这一点，她也必须小心从事，宽以待人，不能让她的男人对她有一丝非议。于是两个女人友好相处，被她们中间的那个男人弥合着。表面上她们是那么诚恳和通达，而暗地里她们却又是在用微笑进行着一场争夺男人的战争。那是种柔情似水中的炮火硝烟。那惨烈和残酷是看不到的。

　　她认为他们的告别很辉煌。在最后的拥抱中她终于知道她是被爱的。不是所有的爱情都能有这样完满的结局。男人用欲望证明了他们的爱。不用管

赵玫自选集
496

未来。只要这一刻有了这样的一个美丽的结束。

是的，后来男人真的走了，一去不回头。

再后来，男人来信，说他结婚了，并且很快有了小孩。

这期间他们曾有过几封往来的信件，彼此通报他们此时此刻生活的悲哀。后来女人在信中就不再问可能不可能的问题了。因为她根本就知道那是不可能的。她要实际一点，像一个真正的社会学家。那时候她已经不再热衷于浪漫的雨果了。

从此他们各自走着生活的路，没有交汇。

他们在这二十年间，只见过一次面，那是在他们分手五年之后的一个夏天。那天女人正在洗头。天很炎热。她突然听到楼下传达室的值班大爷在喊她的名字，说楼下有个人来看她。她赶紧抓着湿头发把脑袋探出了阳台的窗外。她看见老大爷的身边果然站着一个男人。老大爷问，你认识他吗？你如果认识我就放他进去。

她的头发滴答滴答地滴着水。她很惶惑，那一刻她真不知道老大爷身边的那个陌生的男人究竟是谁。她有点犹豫。她为她不能认出那个男人而感到难为情，甚至怀了某种歉意。她看见那个男人正满怀期待地抬起头，望着她，希望她能认出他。但是她就是想不起那个男人究竟是谁，她已经觉得对不起他了，直到他终于大声说出了他的名字。她简直不敢相信。是的，她当然是认识那个名字所承载的那个男人的。不仅仅是认识，她曾经那么深爱着他。只是她想不到，在事隔了这么久，又断了这么久的音讯之后，他还能千里迢迢地来看她。

她有点惊愕地看着他。她的头依然湿淋淋地探在窗外。直到老大爷再度问她，你认识他吗？她这才如梦方醒地使劲点了点头。是的，她认识他。她说，他是我的朋友。但是她没有任何准备，不知道自己是不是真的想见他。因为那时候她就要结婚了。事实上并不是离开他后，她就再也找不到爱她的男人了。这就是时间的法则。时间总能让爱情黯然无光。

那么你让他进去吗？大爷充满警觉地再一次问她。他大约看出了女人的迟疑，就更是把身边的这个男人当作了一个潜在的坏人。

于是女人想尽快结束这尴尬。因为她觉得她已经使楼下的那个男人很尴尬了。于是她马上说，让他进来吧。她甚至还问他，要不要我下楼来接你？

男人说不用。

接下来的会面可想而知。与当初他们相爱时相比，显然他们的角色已经完全对调了过来。女人正在狂热的恋爱中，并且她期盼着不久将到来的婚礼；而男人则淡心无肠，没精打采，在言谈话语之间不经意地流露着他对婚姻生活的厌倦。

他们又一次不平等。

当男人处在劣势时，局面就愈加地尴尬了。

她做不出她的热情来。她当然更没有想接触男人身体的欲望。男人自然不是这么期待的。他是因为怀念往日的爱才鼓足勇气来看望女人的，他甚至要冲决社会学的罗网，把道貌岸然的伪君子的那一套统统撕碎。他期待着能像当年分手时那样把女人紧紧抱在怀中。他甚至还想过这一次他绝不再克制自己了。是的，他要真正占有他深爱的这个女人，他是在经过了岁月的磨难后才知道他和这个女人的爱有多宝贵。

男人的学问做得很死，他竟然以为在漫长的五年中，女人始终会在情感和身体的完好无损中等待着他。这可能就是他学者的风范吧，以至于他把迂腐当作了坚贞。

岁月帮助男人重新认识了女人。但是男人却忽略了岁月给女人带来的是什么。当他真的面对少言寡语、心不在焉的女人时，他才终于觉悟：他生命中这唯一的一次人性的抗争是多么令他羞愧。

后来女人送男人离开她的家。这一次他们是真正的告别了。男人说他还会在他们的母校停留几天，他问女人他能不能再来看望她。女人踌躇地说，还是不要再见面了吧。男人说，我们或者可以去个别的什么地方。女人说，不是在哪里的问题。这会使我的生活变得很复杂。我是希望能单纯面对未来的。

女人还是沿着五年前送男人走的那条路再度送他走。也还是在他们上一次分手的地方，女人停了下来，最后说，今后，请不要再给我写信了，行吗？

这样女人就堵住了所有的路。用她的冷漠浇灭了男人的满腔热忱。是的怎么不行呢？男人知道，从社会学的角度来看，他对女人是没有任何权利的。他再度感到很无奈。

男人转过了身，朝着和女人相反的方向。直到男人转身的那一刻，直到女人看到了男人的背影，五年前的那个背影，女人才突然萌生了某种歉意。她觉得男人实在太可怜了。她不应该这样对待他。她受不了男人失望的目光。

他们毕竟深深地爱过。然后，女人的眼泪就情不自禁地涌了出来。

女人站在那里。她叫住了男人。她说，对不起。我要回去了。一会儿他会来。我们的婚礼下个周末举行。我们还有很多的事情要准备……

男人说，我知道。

男人又说，你回去吧。

而女人不走。她只是沉默。他们就那样对站着，很久。很久之后女人才说，能原谅我吗？我知道我这样对你很不好。让你显得很可怜。可是你想想我们这样在一起又有什么意义呢？可能吗？你和我？求你忘掉过去吧，生活中一定还有很多更重要的事。别毁了我，也别毁了你自己。

然后一切就真的结束了。

后来女人才真正懂得，生活中的那些更重要的事情就是她终于在那份知识分子的报纸上看到了他的名字。

他就是她的那个熟人，那个她曾经无比亲爱的人。

但是她到底没有给他写那封一时冲动的信。她想一个成熟的知识分子是不会做那种轻薄的事情的。她已经没有能力启动爱情。她或者害怕又一次的不平等。她想她应该忠诚于她今天的生活。她今天的生活也是来之不易。她只是还会偶尔地想一想他，想一想他们曾经的爱情。就像这样，在冬日的冷风里，谁也不会妨碍。当然，也是符合社会学的法则的。

谁让梦想变得低沉

泥泞的山路的远处，传来一阵铃铛的响声。他们说那一定是她，却看不见。很浓的雾遮掩了绿色丛林，也遮掩了她。铃铛声穿过细雨般弥漫的浓雾离我们慢慢地近。伴随着牛蹄践踏泥泞的嘈杂，潮湿的牛群终于穿破了浓雾。他们说你一定要等，她就要来了，你一定要见见她。

雾变成水滴从矮林的枝叶上坠落下来。这是我从未见过的山林，从未见过的雾。他们说既然你已经听了她的故事你就应该等她。后来她就从漫漫雾气中走了出来，貌不惊人，仿佛那段凄婉故事的主人公并不是她。她被打湿的头发贴在脸颊上。一只空空荡荡的袖筒胡乱塞在外衣的口袋里。她不知道丛林中有人在等待她。于是她并不慌乱，脸上是他们讲述的那种一如既往的麻木。她被夹在行进的牛群中。她的目光缓慢而茫然，就如同牛脖子上悬挂的铃铛那样，缓慢而茫然地响着。

我觉得她很平常。他们却说，其实她惊心动魄的人生已经结束。

她视而不见地走过我们。她仿佛已经曾经沧海，只为着把牛群赶上山巅。她打着赤脚踩在牛粪和烂泥中。铃铛声便也随着她和牛向越来越高的地方响去。

他们说谁也没看见她怎么就高高举起了那颗冒着硝烟的手榴弹。那一刻，在县城的木板房里，只有她和他。她来索求，而他却听不懂她的话。那时候部队已经撤到了县上。换防之后，将不再打仗，于是他干脆摘掉领章和帽徽，退伍回家种地。他不愿再想起这段枪林弹雨的战斗生涯。随部队撤离的时候，也不曾想到要和她告别。因为他觉得连她也是不堪回首，应该抹去的。就如同抹去流血、死亡和战争。他便这样离开，将那段曾经存留的历史割断。而她却在心里装定了这个男人。她知道他从前线下来的时候还活着，甚至没有受伤。从此她希冀着，以为正在兵营中休整的他会来看望她。她以为他会像她牵念他一样地，也牵念着她。但是他从此再没有来找她，直到他的部队撤离时匆匆路过了她的寨子。

　　那是一座阴郁的总也见不到太阳的寨子。永远的浓雾笼罩，甚至昏暗的土坯房里也弥漫着雾霭。她就住在这里。门前几株清冷的芭蕉树。那时候黑夜正在消退，他奋力挣脱温情。他说他今天就上前线了，为此他斗志昂扬。说再不愿待在这个小寨子里养精蓄锐，说早就想打仗了甚至想英勇献身。她听着但可能并没有听懂他的誓言。她只是紧贴在他的胸膛上，让柔软的身体给男人以最后的温馨。他们谁都无法预测未来，对他们来说只有这一刻。牛棚里传来间歇的铃铛声。他知道那是牛在提醒他该离开了。他听着女人音乐般的低语，那喋喋不休的他根本就听不懂的方言。但是他被包笼在低语的温暖中，所以他被感动被牵扯。于是他更紧地搂住身边的女人。他想他就是一枪被打死也值得了。他可以无怨无悔地去死。

　　他们便这样等待着真正的黎明。慢慢地他终于看清了门外的芭蕉树叶。他觉得此刻他已经真正拥有了那种视死如归，并且死而无憾的心情。他想作为一个军人就应该英勇无畏、陷阵冲锋。于是他奋力挣脱温暖，穿上了潮湿的军装。他觉得很坦然甚至很轻松，他终于可以去死，也可以不害怕死了。远远地，他看到了晨雾中的绿帐篷。他加快了脚步，周身被军人的勇气和尊严所武装。但是他却突然被拉住了。那么猝不及防地，扭转头他便看到了那么殷殷的目光。这是他第一次看到女人如此哀伤。他不由得心中一阵震颤。女人低声哭泣，用他听不懂的语言恳切着什么。于是他觉得这很残酷。那个悲伤的女人实在是太可怜了。他甚至想到了自己的母亲和姐妹。他很难过，又有些留恋，但他终于还是坚定不移地转身离去。

　　他们说他就这样带着女人的余温上了战场。他果然英勇无畏，出生入死。在完成所有最危险的任务中，很多战友在他身边倒下，但他却始终刀枪不入。当战争结束，挂满了勋章的他昂首凯旋。他本可以继续留在部队，但是在决定换防的那一天他却递交了申请复员的报告。他玩儿过命，生过也死过。但是这一切对他来说已毫无意义。

　　直到那个女人再度出现。他好像就一直没有想起过那段不堪回首的往事。是怨恨的，也是悔恨的。总之他想将曾经的那一切一笔勾销。

　　部队撤到县城的时候，他才看到了太阳。他觉得直到此刻他才真正意识到他还活着。他甚至开始谋划复员后的生活，想起家乡田间的那些漂亮姑娘。

他们说，那个女人走进木板房的时候，他脸上的表情很复杂。最先是迷茫，他好像并没有认出那个女人；然后他仿佛知道将要发生什么了。他请木板房里的战友们先都出去，他要一个人来接待这位不速之客。

她使他记起了那个牛棚那永远永远不散的雾。那密集的枪弹，潮湿的丛林，那鲜血，消失的生命，被炮弹炸秃的山和燃烧后的枯树。那一切。那一切就因为眼前的这个女人而复活了。而恰恰这些又是他最不愿看到的。他忽然觉得周围恐怖极了，仿佛再度踏进了雷区。他的生命将随时受到威胁，他想喊叫，他甚至意识到，可能活着就是一个错误。

又是那种殷切而哀伤的目光，那是他所不能承受的。他们说，她和他其实是站在两个截然不同的出发点上，但是他们却不期地交汇了。他是为了战争。而她却是为了爱。他们各自诉说着，却根本无法交流。他们就那样对峙着，用各自的语言诉说着各自的立场。

打过仗的士兵们就蹲在木板房外晒太阳。

他后来说，直到那一刻他才第一次真正看清了她。那种典型的当地女人。身材矮小，皮肤粗糙，脸色黑里透着苍黄。她不期而至，看上去善良。他猜她是想留住他。在这满目疮痍的废墟上？不，为什么？他觉得这毫无道理。他甚至不想安慰她。就为了牛棚中那潮湿的一夜？他要付出什么？他没有想过爱的无情，就如同她不会去想战争的残酷。

他变得冷漠，甚至反感。他一任那个几近绝望的女人喋喋不休。他想一场浩大的战争怎么能由他一个士兵来负责呢？他在想怎样才能摆脱掉这个女人。他知道她是无辜的，就如同他也是战争的受害者。但是女人的凄惨还是让他动了恻隐之心，于是他开始四处寻找。他找出了几百块钱，找出了收音机、钢笔，甚至摘下了腕上的手表，把它们一股脑地摆在女人面前。

女人突然停止了诉说。她的目光也由凄切慢慢转变成愤怒与仇恨。她睁大着眼睛看着眼前的那个男人，那个满心愧悔又想极力补偿的男人。他看见她周身都在颤抖，仿佛正在集结生命中的所有疯狂，然后冲上来将他撕碎。于是他便也本能地紧张起来，准备迎战这个困兽一般的女人，与之殊死搏斗。但就在那个即将爆发的瞬间，女人又突然平静了下来。

女人似乎作出了某种决定。她或者决心放弃了？总之她不再讲话，也不再流泪，甚至不再看那个惴惴不安的男人。接下来她很平和地扭转了身，弯腰去拿地上的她的那个竹篾背篓。男人以为女人决定离开，他的心不由得缩成一团，一种必得舍弃又难以舍弃的彷徨。他看着女人缓慢的背影。他觉得女人的背影都是哀伤而绝望的。于是他的愧疚也就愈加地强烈，他知道他将永远不能做到死而无憾了。他知道他欠了这个边疆偏远山乡的女人很多很多，那是他一辈子都不能，甚至也无从偿还的。

女人看也不看桌上的钱和那些值钱的东西。对于女人来说，她想要的东西跟钱是不沾边的。这是女人和男人在交汇中的又一次错位。女人最终没有索到她想要的东西，她两手空空，还有空了的心……

男人看到直起腰来的女人并没有提起那只竹篾的背篓。她突然扭转身，面向男人，并高高举起了她的右臂。男人在那一刻最初是惶惑。紧接着他就看到了女人脸上那近乎残忍的狰狞。

是的，烧了我的船。还有你的。

男人定睛，才恍然看到女人右手举起的是一颗咝咝鸣叫着的拉了弦的手榴弹。

他们说，那些蹲在墙根儿下晒太阳的士兵们，谁都说不清那一刻是怎样发生的。他们只是听到"轰"的一声巨响，身后的木板房里就冒出了大股的黑烟。凭着战场上的经验，他们直觉爆响的是一颗手榴弹。他们怎么也想不清楚为什么手榴弹会爆炸，这与和平宁静的有着明媚阳光的后方实在是太不和谐了。他们飞快冲进被炸得七零八落的木板房。他们在弥漫的浓烟里看到了她和他都倒在血泊中。两个人的胳膊交混着血淋淋的伤痛。他们的脸因这伤痛而可怕地扭曲着。

他们很快被送进县城医院。两个人的伤都不曾致命，女人被炸飞了半条手臂，而男人只被截肢了两个手指。他们说，男人伤愈后很久才敢提及这段往事。他说他当时怎么也不会想到，女人从背篓里掏出的竟是一颗冒着烟的手榴弹。他想老子没有死在战场上，难道要死在这个不要命的女人手中？于是他如同在战场上一样奋不顾身地冲了过去，抓过那个女人手中的手榴弹就往床底下扔。他想他不能死，那个疯狂的女人也不能死。他不能按照女人的想法与她同归于尽。他奋力扔开了手榴弹，但弹片还是毫不留情地炸伤了他们。

到了春暖花开的时候，两个人的伤都好了。

他们要我猜故事的结局，我想了很久，却终于猜不出。

他们说你即或猜出也一定是错的。因为事情的结果超出了所有人的想象。

很平淡的而且违着当事者的初衷。男人如期返回家园，却没有过上田园诗般的生活。他没有娶妻生子，始终挨着一个人的清苦与孤单。而那个失了一条手臂的女人也最终没有跟男人走。伤愈之后，她平静地提起竹篾背篓，将那个空空荡荡的袖筒塞进衣袋，就从县城返回了自己云雾山中的家。

据说养伤时，男人曾隐晦地表示过他可以把那个残疾女人带回家，但是不知道为什么，女人却突然不和他闹，也自愿不跟他走了。是女人自己主动放弃了她过去所有的愿望和梦想，从此回到山中，每天早上赶着响铃的牛群上山。或许这就是女人的梦想？或许女人也有她自己做人的原则？

从此铃铛一响，人们就知道是独臂女人来了。她成了当地的一个传奇人物。就因为她一直满怀着一份神秘而执拗的不为他人理解的女人之爱。

战火终于平息。部队仍是一批批更换着守卫在国界线上。每一次换防的部队经过这个山寨，士兵们总要听说这个故事，也总要千方百计地去看看那个赶牛的女人。

他们说，你站在这泥泞的山路上，就一定能等到她。他们还说，虽然很多年过去，他们依然觉得这个女人的故事令人震撼。

这就是那一年在浓雾笼罩的早晨，我终于在潮湿山谷听到了丛林深处传来的那缓慢移动的牛铃声。我至今不知道他们的故事究竟说明了什么，亦不知道究竟是谁让梦想变得低沉。

午夜战争

　　那仅只是一种残留。女人这样想。但是她又无法确信。她觉得他们之间是必然还有着某种关联的。爱，或者不是爱。但那又是什么？顽强坚持着的一种无可奈何？却又充满了激情。但那肯定不是爱。她知道的。只是一种惯性。那是她最熟悉的，每一个动作，和每一次上床。恨也可以上床。有时候人们就是为了恨才上床。就像是恨里也充满激情。从此瘢痕累累。那值得吗？仅仅是为了夜晚床上的一句问话。

　　女人无比沮丧。她身上的那些伤其实并不疼，但却清晰可见，是为了要证明什么。那伤痕是来自彼此相爱的两个人中的另一个。很不合逻辑的，她被她爱的那个男人或者说爱她的那个男人殴打。她流着眼泪，是因为她真的伤心。男人打她的时候她正一丝不挂地睡在他的身边，在床上，很深的夜晚。他们白天很累，各自去做自己的事情。然后到了夜晚，女人去洗，说她困了，她要去睡。其实她并没有困。她刚刚看了一个很刺激的电影，暴力和血腥。她认为那些令人恐惧的画面确实就是电影。电影罢了。她不相信生活中真的会发生那样的场面。就像她自己平庸的生活。她已经没有故事，这是她最最不满意自己的。一个激情的女人怎么能没有故事？那么她还能追赶上时代的脚步吗？这是个怎样的时代？故事又意味了什么？她不愿相信她是被关在了牢笼里。那么那个囚禁她的暴君是谁？但是有一天她突然听到了一个旁观者在说，你正在失去自我。这是个明白无误的评价。但那竟然是她？她自己？她真的如此堕落？真的成为了她最最不齿的那种女人？如果她真的失去了，她知道那不是任何人的过错。那只是她自己。她以为那就是爱。就像此刻，她真的不困，也并不是真的想睡觉。她只是想能够在床上，和她爱的那个男人说一句话。一个问话，她蓄谋已久的一个问话。或者是她骨鲠在喉，是她必得要说的一句话。就这样，她等待着，一个时机。女人显然预知了她问出这话之后可能会出现的后果，所以当那句问话骤然闪现在她的脑海里时，她并没有脱口就问，而那一刻那个男人就坐在她的对面。她想她可能是对他太熟悉了，以至于她知道她的这句问话是只能在深夜的床上才能问的。这是生活中的技巧，很虚伪的。她不知当一个家庭，连问话都需要选择时机和使用技巧，那这个家庭还是稳固的吗？

　　但就是这样的家庭，她的和他的。他们共同维持着一份虚伪，并以为那是一朵玫瑰。有时候心情好，他带她去郊外。他们共同创造一种同样虚伪的浪漫，在秋天的黄昏中看萧瑟的风中芦苇。尽管虚妄但那是真实的。因为他们懂得感情需要更新。他们自得其乐，以为是天下最和谐的男女。他们在彼此失去中彼此拥有。他们是心甘情愿背叛自我的。这也是一种创造，因为他们曾经都有很强烈的个性。强烈被消解着。爱便是缓冲器。他们学着认同对方。尽管这是个很艰苦的过程。

　　然后就到了这个晚上。电话铃突然响起，女人和男人都听到了。男人一拿起电话，女人便立刻知道了电话那边的那个人是谁。那是种心照不宣的默契。很长久的时间，缓缓的，那样的一种亲近。女人并不是嫉妒。女人也并不在乎什么。那时候女人确实在盯着电视的屏幕。她通常很讨厌在她喜欢的节目中有无聊的电话打进来。如果电话是她的她一定会敷衍了事，但是她知道他是不会匆匆收场的，她觉得他是她认识的人中最喜欢电话的人了。他总是依赖于电话，尽管电话不会给他带来哪怕一分钱的财富。这个电话同样的没有含金量。但那是另一种。一种绵长的牵念，非常美好的感情。悲伤而凄美的，是失去了之后才会觉出宝贵的那一种。他原先的女朋友。那也是女人牺牲了自己的一部分。她知道那个遥远的女人。她知道她的男人曾经是怎样地爱过她。但是她也爱他，为了爱她竟然也默许了她的男人偶尔和他原先的女朋友通电话。她很大度。她承受着。她不对他说他们通话时她心里的不愉快。但是她真的是不愉快，她甚至有时候想把电话线剪成碎片。她觉得她已经很包容了。这就是为什么有人看出她正在失去自我。她听着他们说一些只有他们才会懂的语言。那些暗含的，那些语言背后的，那段长长的往日。

　　她想她也许应该走开。但是她留恋屏幕上的血腥。她还想从他手里夺过那个话筒，求对方的那个女人不要再伤害他们的生活了。但是所有的这一切她都没有做。她是个理智的女人，她知道该怎样控制自己，怎样保住他们虚伪的生活。她还迷恋虚伪，那种她明确感觉得到的那种惯性。她熬着，在屏幕中的床上镜头中。直到电话终止。他站起来走出了房间。

这算什么？然后便是那个倏然涌入她脑子里的问话。她要问他。她只是想得到一个肯定的答复。哪怕那回答是伪善的，是在欺骗着她。她宁愿落入男人为她设置的那个陷阱。她宁愿不要男人的真诚。她知道她只要听到的那个回答是肯定的，那么心中的一切不快就都会随着那话音而去。女人不管实质。她可能只想听漂亮的语言。因为她生活在虚伪中，她自己可能就是很虚伪的。所以她所爱慕的，就只能是那些虚无缥缈的花里胡哨的假话和空话。并且她可能也会相信那些生活中永远也不能兑现的情感的支票。这样他们怎么能肝胆相照。他们的生活中是不配有这类词汇存在的。他们是在废墟中，到处是瓦砾，就像战后，那种悲壮的狼藉。

然而仅仅是这一点，在女人和男人历经了十几年的感情生活之后，还是不能够真正地沟通。男人可能是了解女人的，可能也了解女人所需要的是一种怎样不切实际的虚妄。但是他就是不肯给予女人，那种哪怕虚幻的承诺，哪怕一点一滴。他是男人。他决不说违心的话，也决不说女人逼他说的那些话。他不肯牺牲这一点。他要维护他人格的权利。这就是他们之间的差异，表现在生活中的所有细节上。他越来越不愿放弃他自己，却要女人放弃。

女人是脱光了躺在床上的。她用一种很犹疑的心情等待着男人。她靠在那里，看着报纸。似是而非的目光从报纸上匆匆滑过，心里却不停翻卷着她想要问他的那句话。她也曾想或者她不问了，因为她大致可以预见到那个无聊的结果。但是她想来想去还是觉得她需要在某一个时刻把心里想的说出来。她为什么不能把自己真实的想法说出来呢？那么他们成了什么？既然他们是此世间最亲近的人。如果连最亲近的人都不能把彼此想说的话自由地说出来，那这个世界上还有什么坦诚可言？所以她知道她是一定会说出那句话的。所以她可以煞有介事地读报纸了。在读报纸的时候，等着那个时机。但是报上说的是什么，她终究还是不知道。她刚刚读到第二行，就忘了第一行说的是什么。她知道这就是当今媒体最致命的弱点，像垃圾一样。它的消费的过程就是从眼睛中穿过的过程。没有记忆。不可能也不再值得留下记忆。读着而又无所读。并不仅仅是因为在这个晚上，所有的晚上都是这样的。报纸在眼前闪过之后，就成为了废品。全都在言不及义中。人们的脑子变得坏极了。记忆在消失。这是当今社会给人类带来的通病。那些被充塞着的拥挤不堪的信息。信息也是垃圾。垃圾遍布着，甚至在人们的心灵中。

就是这样。女人在床上在报纸前等着男人。终于男人冰凉的身体靠向女人。而女人躲闪着，像每天晚上每一个这样的时刻一样。但唯有这个晚上，女人主动把像被子一样覆盖住她的满床的报纸塞进了桌边的那个垃圾桶。男人于是关上了灯。男人以为这是女人的暗示。但女人说，离我远点。你太凉了。又是像每个晚上的这个时刻一样，大同小异的，程式化的。女人的这种拒绝，其实并不能构成他们之间的那种战争的状态。因为每个夜晚都是如此，接下来，他们或者真的就此睡了；或者，他们要做一些什么。

后来男人的身体温暖了起来。但是他并不知道女人的脑子里究竟发生了什么。他没有一丝一毫的准备。他当然也没有满腔的怒火，也决不像他后来说的那样深仇大恨，更没有意识到一会儿他将会从温暖中窜出来，疯狂地殴打他身边的这个赤裸无助的女人。也许男人的心里只是有点淡淡的伤感。因为晚上的那个电话。也许男人连这点淡淡的伤感也没有，他的心很粗，他不会太在意那些不可能的感觉。于是男人慢慢靠近着女人，全无感觉的。那电话持续了很长时间。这一点女人没有忘记。尽管，当男人接电话的时候，女人正戴着耳机很认真地看着电视屏幕中的那个刺激的情爱和暴力的场面。男人靠近女人，紧紧地拥抱她。男人一直觉得行为本身就是意义，他何苦还要说那些毫无实际意义的废话呢？男人抱住女人。他不知道在这个白天很累的晚上他是不是还该要身边的这个女人。他可能想要她，因为他对她所做的动作都是索要性的。但是他也并不肯定他自己或是女人是不是就真想在这个很深的夜晚做爱。于是他对女人的那种暗示又充满了犹疑。他自己的动作也因此而大打折扣，那么不确定的，可有可无的，甚至仅只是一种尝试性的询问。他显然并不十分确切地要求一定这样或是一定不这样。因为在他看来这样或不这样无所谓，反正他们地久天长。

但是女人骨鲠在喉。她脑子里的那句回环往复的问话使她非常明确地也是非常细腻非常不动声色地拒绝了男人。男人不知道在他和女人中间，还有着女人脑子里的一句问话横在那里。而那句问话又刚好是男人看不见的。那是道无形的阻隔。男人像平时那样，任凭着感觉。后来男人终于明确了起来，因为他觉得那是女人在欲擒故纵。男人的想当然总是把他们送进误区。男人不知道其实那只是他自己的感觉，也不知道他和女人的感觉已经很不同步。于是男人更紧地搂住女人。他坚信她已是他的囊中之物。那无疑是他们的激情时刻，他等待着，他甚至想以此来驱散那个电话所带来的阴影。他依然是想当然地突进着。然而，女人却突然说，睡觉。

男人的激情已经一发而不可收。那是种欲望的惯性。但紧接着女人又在男人的疯狂抚爱中冷冷地说，真的，明天还要早起，我想睡了。这样一而再，再而三，男人才如梦初醒，觉出他的判断是错误的。但是他不愿放弃，不愿承认他的失误。女人开始躲闪，不，今天不，今天真的不。男人便断然扭转了身。他背对着女人，无以言说。他怎么会知道女人心里的弯弯绕，女人太可怕了。当男人熄灭了火焰，女人竟然又从背后抱住了他，在他的耳边轻轻地问，你会永远和我在一起吗？

男人更加无言以对。因为他无从判断女人的这句问话是否是一颗隐形的炸弹。而他们的战争通常就是由这样的一颗颗莫名其妙的炸弹引发的。他没有扭转身，也没有回答女人的问题。他可能根本就没有想过是不是会永远和女人在一起。他只是问，你又怎么了？睡觉吧。然后男人就真的睡了。

于是女人觉得她被扔在了那里。尽管那时候她和男人的身体是紧贴在一起的。她突然觉得很孤单。她才懂了其实孤单仅仅是大脑里的一种东西，是和现实完全不同的两回事。那孤单只属于她自己，是她自己的一种无助的感觉。不然为什么他们贴得这么近，她还是感到孤单呢？她这样想着的时候就又突然觉得很无聊了，她为无聊而愤怒，她觉得这所有的一切全都是男人的错。

男人当然觉出了女人问话中的意味深长，他猜女人可能又要无中生有，凭空生事了。这一向是男人最最害怕的。男人有时候也很敏感，他知道女人话中的意味可能就是源于他傍晚接到的那个电话。他太了解女人了。她的故意别扭让他毫不费力就猜出了女人的心思。所以他才真的睡觉，让女人的心思不了了之。他不想在这个很深的夜晚和女人再发生什么不愉快。他太累了，身体上很累，所以不想在思想上也很累。他想这又何苦呢？于是他且战且退，决不恋战，更不想用整个夜晚和女人作无聊的纠缠。

其实女人问的并不是她真正想问的话。那只是个前奏，一个问话之前的问话。一种探询，她是想要揣摩出男人的态度。她要在获知了男人的态度后才能够开始真正的进攻。但就是这样的一种探询，一句如此温和的不关乎任何他人的问话，竟然也得不到男人的回答。

你会永远和我在一起吗？

就是这么一句简单的问话。这难道还有什么不好回答的吗？在一起或者不在。永远或者不能够永远。女人无非是想要知道他们两人未来的关系。对男人来说，回答这么一句简单的问题难道也很困难吗？那么，女人还有什么好顾及的？

其实女人一开始是想顾及点什么的。他们之间的感情？或是别的什么？做爱时的那种欲望的感觉？彼此仇恨的时候是无法做爱的。但是此刻，仇恨的女人从身后抱紧着男人，将他的强壮的身体置于她无限的温暖中。就像一个巨大的柔软的子宫，女人永远包笼着男人。他们的身体语言是温暖的，心里却是冰冷的。她得不到男人起码的一种平和的态度。这算什么？她不懂男人为什么就不能说他会永远和她在一起？女人并不要男人一诺千金，她也并不看重男人的什么君子一言。只要男人说，他能够，女人就一定不会再计较什么了，可能也就不再会问她真正想问的那句话了。

但是男人就是不肯回答，不肯在女人的逼迫中束手就擒。

这使女人怒火中烧——她竟然连谎言都得不到。

女人觉得这不仅仅说明男人已不再爱她，而且是在向她暗示他们未来的生活是没有希望的。于是，女人在紧抱着男人的那一刻，在他的身后他的耳边，终于问出了在男人看来可能是非常不贤惠非常不通情达理甚至是非常凶狠恶毒的那句话。

本来决意对女人不予理睬的男人勃然大怒。他猛地坐起来猛地掀开了被子猛地打开了灯猛地把赤身裸体的女人置于深夜的寒冷和深夜的灯火通明中。

男人开始喊叫：你要什么回答？你怎么能这样？你有什么权力？

那时候赤身裸体的男人对身边的那个赤身裸体的女人已经毫无感觉。他不再想要她不再想摸她也不再想看她。女人蜷缩着。她的裸露的冰凉的身体。她只是抬起手臂，抱住了她已经泪流满面的脸。她知道她所预知的一切终于到来了。那不可避免的，如暴风骤雨，男人的喊叫和男人的粗暴。她并不觉得恐惧。那是必然的。那是她熟悉的战争。男人吼叫，歇斯底里。历数他认为的女人的种种过失。他说她是世间最不善良的女人。他说她最没有人情甚至最狠毒。他激愤地大声咒骂她，后来，他便抬起了手臂，凝聚着满腔的仇恨和力量。

当语言转化为暴力，女人竟然麻木，是身体的那种麻木，因为当第一阵的疼痛过后，她就再也感觉不到如浪潮一般的第二阵或是第三阵的疼痛了。她知道那就是所谓的必然。她任凭那必然。但是女人的头脑是清醒的，她清楚地听到了男人对她的指责。她为此而愤怒。她流泪。她知道，这愤怒绝不是来自她的身体，而是来自她的无奈，来自他们之间的这种莫名其妙的已形同坟墓或者陌路的关系。她想反抗，想杀死男人或是结束自己，反正都一样，毁掉这一切。

我有这么坏吗？这是女人从疯狂中返回时扪心自问的。我真的有这么坏吗？女人不断地问着自己。她想用无数生活中的事实来反击男人对她的品质的诋毁。她还想说，如果你是和一个如此之坏的女人整天生活在一起，那么你又是一个怎样的人呢？女人还想，就为了那个遥远女人夜晚的一个电话，他就要如此恶毒地指责她如此残暴地伤害她。他为什么要处处维护那个早已经从他的生活中消失的女人，如果他真的爱她牵念她，他又为什么要和她分手呢？

女人流着眼泪，被寒冷侵袭着。女人想，这个男人，他甚至不愿欺骗她，不愿牺牲他人格中的这一份坦诚。她还知道，男人的心里一定还装着那个遥远的女人，他还在用某种方式深深地爱着她。所以他不能够保证，有一天当他与她重逢，他一定就不会和她言归于好、尽释前嫌。也许生活会重新开始。所以他也不能够保证当那个时刻真的到来时他就不会抛弃她。于是，不能保证的事情就绝不保证。他要为他的人格留有余地。这便是他的本性。女人太清楚了。这也是女人会如此绝望的原因。其实，她并不在乎男人是不是殴打她。她在乎的，只是她自己没有着落的未来。哪怕这个没有着落的未来也是虚幻的。

男人的不回答其实就是男人的回答。

女人便一目了然了，一旦那个遥远的女人归来，她自己的无论是家庭的还是情感的乃至于性的生活就一定没有了保障。这便是男人的回答。没有永远。那么女人还有什么好挣扎的呢？在那浪潮一般的侵袭中。她任凭着，那个没有永远的终点。

后来她想她之所以被男人恨是因为她能和男人每天每夜在一起。这便是她的所有的过失。女人想她宁可成为他永远不能得到的那个女人，成为他心里的一个永远的疼痛和想念。她不要这样与他朝夕相伴，不要他们能随时随地的彼此触摸，也不要她或他想要的时候，就能够即刻享用对方的身体。她想这一切都是她的过失。她想是因为她让他得到的太多了他才变得如此残暴。那是个怎样漫长的过程，一天又一天，彼此消耗着，在温情中感受着危机。

那种虚伪和不可靠，最后就只剩下这午夜的战火连篇、切肤的疼和切肤的无奈了。

一种怎样的峰回路转。他们刚刚睡下。男人关上了灯。他曾搂紧女人，在她的身上抚摸，暗示着他的需求。但此刻，当男人终于有了一个态度，男人再度关上了灯。一切便仿佛神话般到了另一个世界。女人的身体已经伤痕累累。疼痛蜿蜒着，冷漠而生疏。岂止是聊无了做爱的意趣，简直是恨不能把他撕碎。

所幸的是，当一场深夜的战争过后，女人心中所存留的，仅只是一种绵延的沮丧。没有壮怀激烈，也没有寻死觅活。只有很长的叹息。默默的，长歌以当哭。女人心中有缓缓的委屈。还有，她终于不得不承认，婚姻是一场无法医治的疾病。这是个很沉重的结论。这本来是女人不愿意面对的。他们置身在疾病中。那是绝症，在无比的灿烂中了结。

女人和男人离得很远。但就是再远她却也只能睡在床上，一个和男人共同的床上。深夜她没有别的地方好去。这已经是她和男人在夜晚的床上的最大距离了。慢慢的，更深的寒冷到来，那是午夜的寒冷。女人觉出了冷，一种深入骨髓透彻肌肤的冷。她真的很冷，决不是想索求什么。她不论怎样地蜷缩在一起，她的周身都是冰凉的。她正在变得僵硬。她不能温暖自己。她几乎成为了冰，透明的不肯融化。后来女人再也坚持不住了。女人终于扭转了身。她再度搂紧了男人愤怒的身体，她哭着请求他，抱抱我吧，我冷，真的太冷了，抱抱我……

这样的不了了之。这算什么。从起点开始，到终点，而后又回到了起点。回到了起点又有什么意思呢？女人被男人抱着，伤痕累累。后来他们就睡着了，不知道明天清晨会发生什么。总之男人坚持着什么也没说，坚持着不给女人任何不切实际的许诺，没有保证，也没有永远。而女人竟依然无可奈何地继续置身于男人为她设置的陷阱中。实际是什么？便是此时此刻，在寒冷的午夜，被男人紧抱着，睡去。忘记远处的那个女人，也忘记男人的心。她想这又有什么不好，很多男人都是今朝有酒今朝醉，过没有明天的日子，又何况我们女人。

其实女人最终也没有问出她真正想问男人的那句话。这个问话之前的问话尚且引发了午夜床上的这场如此残暴的战争，那么那句真正的问话又将带来怎样的生死较量和怎样的浴血拼杀呢？

这就是现实生活，那种被他人认定是失去自我的生活。她想不出除了躺在这个抱着她能给她温暖的男人身边，还能有什么样的生活。这就是现实。生活在虚幻的实际中，那个屋顶下的废墟，那个被称之为家的地方，在床上。

　　从此女人什么都不再问了。她想她正在成熟。

电影故事

　　这里讲述的是一个关于妻子不忠或是幻想妻子不忠的故事。故事的开头被掠过，因为看电影的人根本就没有看到开头。但是她觉得这是个她曾经看过的电影，因为有很多场面她都觉得似曾相识。这是个有点恐怖又有点色情意味的影片。现实与想象总是不停地交错。因为影片中的男主人公是一位作家，而看电影的人是从不敢让作家成为她作品的主角的。因为作家是她太熟悉的一类人，对这一类人她基本上没有好印象。她认为世间的好多事情都是被这一类人搞混乱的。这还是一个庸人自扰的群体。他们总是没事找事，无事生非。而这个电影中的作家自然也在劫难逃。因为他在整部电影中所要做的只有一件事，那就是想象着她的妻子对他是怎样的不忠。他甚至觉得唯有这种不忠能为他带来灵感。扮演作家的男演员是看电影的人曾经在银幕上反复见到过的，但是她不能够确定他究竟是哪一个国家的演员。法国的？抑或是英国的？总之他扮演的是一位一点魅力也没有的英国作家，甚至让人讨厌，只因为电影的导演需要通过这个没有趣味的男人向人们表明，英国的女人是最浪漫的。

　　没有开头的电影是从一棵大树下进入的。男人（也就是那个作家）终于在树后找到女人。他一抱住她就剥光了她的衣服。头顶是月光，他们在树下的草地上做爱，很阴暗的夜晚。只知道他们曾阴差阳错地错开，男人往家赶，而女人去了海边。他们之间究竟是什么关系还扑朔迷离。但是他们终于遇到，遇到后便急不可耐地做爱。为什么要在树下？为什么是在英国？我们不知道。这就是没看开头的好处，让我们依靠思索和捕捉，一点点地揭开谜团。

　　女人因做爱而不断改变的那种脸上的表情，那种做爱时女人的典型表现，这也是导演在这部电影中所格外迷恋的。脸上的表情，还有女人在做爱的过程中总是喜欢将双臂扬到头顶的那种诱人的姿势。

在黑暗中，只有黑和白的光和影。所以在树下的那一场戏看上去很像默片时代的电影。然后是突然的灯光——车灯。伴随着刹车声，一个陌生的男人从汽车上走下来。

这个男人显然认识正从树的阴影下走出来的那个正准备做爱或是已经完成做爱的男人。导演故意让男演员的手从他的裤扣处移开。这是导演的趣味，有点变态的暗示。意思是这地方刚才显然是打开过的。而被打开的地方里，或者依然是鼓胀的，或者，已经疲软。总之这就是故事，很无聊的。特别是那个男演员，让看电影的人非常厌恶。她觉得长着那种面相和留着那样发型的男人是不配表演做爱的。还有，为什么唯有英国的女人才是最浪漫的？而不是法国的或是意大利的女人？看电影的人想，可能是因为英国的男人太古板，也太煞有介事了，英国的女人才显得浪漫。而法国的意大利的男人本身就十分浪漫了，于是这些本该浪漫的女人自然就相形见绌了。而其实，当这些女人浪漫起来的时候，肯定一点也不比英国的女人逊色。

然后，影片回到了真正的现实。那个作家的家。作家选择了这幢房子的阁楼做他的书房。房间的一面是倾斜的屋顶，一面是书架，而另一面是朝向花园的窗。而在楼下花园的中央，是一座四面都是玻璃的阳光房。在花园的中央建一座阳光房，这大概也是英国人的习惯。因为在英国女作家伍尔芙家中的花园里，就有一座这样的房子，伍尔芙经常独自一人在那里读书写作，只是那房子不是由通体透明的玻璃建造的，否则，透过玻璃，对大自然一览无余，伍尔芙该怎样读书写作？通体透明的玻璃房子是用来发生故事的，或者透明的房子本身就是一种做作。当然也很可能是为了剧情的需要。一个道具而已，帮助演员表演惊心动魄的篇章。

接下来故事进入了女人是不是要留在家里伺候男人的主题。这是影片中一个非常重要的主题，反复再现，有点像音乐的三段式。最先是一个莫名其妙的女权主义者在妻子和丈夫面前宣传她关于女人一定要走出家门的思想。直到这时，看电影的人才知道原来在那个午夜的树下做爱的是一对夫妻，并且他们已经有了一个会满地跑的小男孩。

一对夫妻却要以那样的方式做爱，这起码暗示了他们夫妻生活的不和谐，或者他们故意追求那种新异的刺激。当然这也符合影片中男女主角的需要。妻子整天待在平静而富有的家中，她需要一种不同寻常的感情方式，以让她摆脱麻木；而男人是作家，他的灵感有时候也来源于那种新异的甚至是令人难以置信的性爱瞬间。所以他们不谋而合，殊途同归。

女权主义者被男人毫不客气地当面顶撞，男人说女人就是要留在家中。妻子站在一边，没有做出强烈的反应，因为她对她的生活并没有什么不满意的，她只是内心有一点不平衡罢了。譬如，她喜欢乘坐飞机，喜欢飞机从地面突然拉起后迅速进入高空的那种疯狂的感觉，而丈夫总是强迫她乘坐那种平稳而无聊的火车。

然后他们很正规地准备睡觉，上床前说着一些不咸不淡的话；上床后又每个人捧着一本书，煞有介事地各自读着，但又全都心不在焉。后来男人若有所思地问起女人，你是不是真的安心就这样留在家里？女人说了她关于不平衡的想法。男人又说，其实他的写作也并不顺利。

接下来的镜头是第二天白天。男人用非常笨拙的手指在打字。他只用两只食指在那种老式打字机上敲击着。他的速度极慢，不知道是手拙，还是心笨。

这时候妻子为写作的男人送下午茶。如果是喝茶，那当然也是非常地英国化。女人走进来的时候，我们才看见男人的书房里贴满了女人的黑白头像。每一个头像都是同一幅照片，女人的头就这样被重复着，这可能也是丈夫对妻子的一种态度。

女人趴在男人的后背看男人打出的文字。那一份亲昵，可能暗示着昨晚的性爱令她快活。她读着，但是她突然发现男人打出来的竟然是昨晚在床上她对他说过的那些话。女人愤怒。她问他，你怎么能这样？男人说他就是要写一部关于一个妻子不甘待在家中，后来出走的小说。女人问，那么结局呢？男人说，最终她还是回来了。女人又问，你有这么优秀吗？

直到此刻看电影的人才觉出影片的对话是那么有意思，那么内涵丰富，意味深长。那是些经典而纯粹的电影语言，是需要功力才能写出来的。

女人真的很愤怒，她说是啊，她还有什么可抱怨的，她有自己的家、自己的汽车、自己的信用卡。女人说着便开始用碳笔在墙壁上自己的那些肖像画上糊涂乱抹起来。她依次破坏着自己在丈夫墙壁上的那些美好形象。她在她自己的脸上画眼镜画胡子，她让自己丑陋不堪，其实那也是一种心理语言。她后来说，稿费应该给我。

然后出现了巴登。巴登好像是女人不久前为了逃避什么而去过的一个地方。因为没有看到开头，所以看电影的人不确切知道女人为什么要去巴登。巴登巴登。后来丈夫不断提起巴登，刺激女人。他漫不经心地说起他刚刚收到了一个陌生男人的来信。是写给他的，因为他喜欢他的小说，所以崇拜他。但是那个陌生的男人竟然也认识女人。丈夫说起了那个男人的名字，妻子说不知道，没听说过，也不认识。说是曾经在电梯里遇见过你？丈夫问女人。于是女人想起，说是的，她去过巴登，也见过这个男人，是个年轻人，一位诗人，年轻的诗人。她确乎是在电梯中认识他的。那么接下来呢？男人又问，你们怎样了？

你是说做爱？

男人说是的，你们做爱了吗？

女人反问男人，在电梯里？

然后竟然就是女人和年轻诗人在电梯里做爱的镜头，亦幻亦真的。年轻男人吻着女人的脖颈和肩膀，并不停地向下向下。女人的两条手臂还是那样高高地扬起，脸上也还是女人做爱时那种最典型的表情，充满了诱惑的……然后镜头立刻又回到了现实，刚才电梯里的景象不知道是男人的想象，还是确曾发生过的。当然想象是为了写作，而如果真的发生过，也还是为了写作。

从此电影进入了这种真真假假、亦真亦幻的境界。现实与虚幻的构想交织着。男人总是在遐想，好像真的发生了什么，抑或是小说的另一条线索？

慢慢地觉出来女演员的优秀。她的发型尽管老式，但她的表演却是真正地美轮美奂，精彩极了。她是那么的伸缩有据，腾挪自如，惟妙惟肖，而且她真的非常漂亮，并且有深邃的蕴藉。

接下来男人的想象力异军突起，为了他的小说，男人竟然决定邀请那个年轻诗人到家中做客。女人惊愕，因为这是超乎了她的想象力的。她猜想这是男人在考验她，或是更卑劣，他希望在家中看到冲突，那种戏剧的冲突，他要他的妻子把小说中的情节表演给他看，所以女人说，稿费应该给我。

女人尽管对男人的做法很反感，但是她还是准备好了，迎接那个年轻人来家中做客。这是很微妙的一种心理。男人说，也许那个男人根本就不会来。但是厚颜无耻的年轻诗人还是来了。来之前他特意在火车站的书摊上偷了一本男人写的书。他在火车上读过之后，便鄙夷地将它从车窗扔向了风中。

年轻男人显得很自傲，尽管他仅仅是专门陪有钱女人睡觉的那种午夜牛郎。他为了能更好地勾引女人，喜欢把自己打扮成诗人。因为诗人通常是最浪漫的，所以能轻而易举就获得那些百无聊赖的女人的心。幸运的是，他天生就具有一份诗人的翩翩风度，哪怕他甚至不真正知道什么是诗。他靠性器官生存。所以推测巴登可能就是那种专门为富有女人寻找男性陪伴的场所。而妻子可能也就是在那里认识这位所谓"诗人"的。

作家与来访诗人的谈话剑拔弩张。女人有时候会站在年轻诗人一边，为他辩解。后来女人累了，她告辞回卧室。临别时问诗人，你喜欢我丈夫的哪一本书？诗人的回答竟张冠李戴。年轻男人的所谓"崇拜"被证明仅仅是一个骗局。

第二天清晨，女人以为不速之客已经离开了他们的家，但是在早餐的时候，她发现那个诗人竟然就坐在她的身边。女人勃然大怒，责问丈夫，他为什么还在家里？

丈夫说，我就是要他留下来。

你真的让他留下来？

是的，留下来给我做秘书，而且我还会付钱给他。

女人扬长而去，说，你真卑鄙。

这是男人强迫女人接受的现实。他作出决定的时候根本就无须同女人商量。

从此这个年轻漂亮的无赖就留在了他们的家中。女人尽管愤恨，但无论如何这个年轻男人的出现，还是让原先沉闷的家庭气氛活跃了起来。而这样的状态首先刺激了女人，让她极为不满的，是家中负责照顾儿子的年轻保姆竟然很快迷恋上了那个所谓的诗人。他们经常在一起，后来诗人竟恬不知耻地提出来要带小保姆去看电影。女人很生气，她不能接受这样的现实。她于是更加仇恨丈夫，指责他不该让那个无赖留在家中。女人和丈夫争吵，丈夫自然也把这些全都记录在了他正在写的这部小说里。

女人嫉妒，那种极不平衡的心态。因为她也是喜欢那个年轻诗人的。一次她给诗人的房间送换洗的被单，房间里没人，她便停留在那里，感觉着。她又站在镜前，审视着自己。她或许以为自己不如小保姆年轻美丽，对于她这样的为人妻又为人母的女人来说，她已经青春不再。年轻的男人突然也在镜中出现，从她身后走来，在镜中停步。不期地，他在女人的身后看着她，看着她镜中的眼睛。他们无言，但是他们显然已洞察了对方的一切。

这样的感情搏斗很快有了结局。一天早晨，女人在楼下偶然看见她的儿子正在爬出窗户，眼看着将要坠落。女人害怕极了，她飞速赶回去。她在楼梯上拼命地奔跑着。她无声地抱住了她的儿子。女人愤怒异常，她四处寻找小保姆。想不到那个女孩正在诗人的房间里谈笑风生。在气愤中女人打了那个年轻的女孩，并把她赶出了家门。其实女人心里也明白，她这样做不仅仅是因为小保姆没有照顾好她儿子，还因为女孩子抢走了她暗恋的男人，双重的愤怒。当然这一切丈夫也一应记录在案。为了他的小说，他不惜牺牲自己儿子的性命。

接下来生活变得相对单纯，但是另一个棘手的问题立刻出现，那就是在家中有事的时候，就没有人带孩子了。譬如接下来的某一天晚上，他们就收到一份邀请他们去出席一个非常精彩的晚会的请柬。于是他们在饭桌上谈论着该不该前往，又由谁来带孩子。年轻诗人也曾提出他可以带孩子，但是丈夫却执意留在家中带孩子，并怂恿诗人陪妻子一道去出席那个晚会。

女人不知道这是不是又是丈夫为攫取素材而设下的圈套。但是女人还是和那个年轻诗人一道去了。那也是她所希望的，让丈夫留下来抒写他内心的苦痛。

他们在聚会上遇到熟人。他们很从容。但是他们还是很快就离开了，因为诗人被一个不明身份的男人认出。显然诗人有着比想象中更为复杂的背景。于是他们离开。女人在存衣间领取自己的大衣，离开时诗人竟然也顺手牵羊地偷出了一件大衣穿在自己身上，而女人对此竟然视而不见。

他们不知道在这漫漫长夜该到哪里去。于是他们回家。他们似乎只能回家。但是他们却没有立刻回他们各自的房间，而是来到了花园中的玻璃房子里。玻璃房子在午夜一片黑暗，唯有月光在云层中时隐时现，照亮激情。然后他们拥抱，情理之中的。女人身后是玻璃房子中间冰冷的廊柱。这是自年轻诗人住进女人家后，他们的第一次亲密接触。

留在家中的作家，待儿子熟睡后，独自回到了阁楼。他开始例行公事地浮想联翩，他觉得在这样的时刻，妻子应当是和那个年轻人在饭店的房间里。这是作家的想象，而且是一个男人的想象。他并不了解自己的妻子，更不了解女人。因为他觉得如果他在这样的时刻，是一定会在饭店开房间和女人做爱的。而且他知道妻子有自己的信用卡，她完全可以付账，而不让他知道。他不相信妻子还会有什么别的选择。丈夫十分执着地这样想象着。他仿佛就真的看到了饭店里陌生房间中的那张陌生的床。而床上昏天黑地出生入死的，是妻子和那个号称"诗人"的混蛋。

作家这样想便必然会这样写。他越想越失魂落魄，妒火中烧。他发现原来写作就是欲望，而此时此刻，他的身边竟没有女人。于是他用打字机敲打女人，他也果然敲击出了欲望中的那张妻子的脸，和她是怎样在那个陌生男人的臂弯中搔首弄姿、激情满怀的。

而此时此刻真实的镜头是，在玻璃房子中，女人靠在冰冷的廊柱上，双臂抬起，伸向后方，仿佛被捆绑着。女人将自己的身体无助地并且是毫无保留地给了那个无恶不作的男人，任他蹂躏。而镜头反复光顾的，还是女人那张欲望中的脸。那么典型的性感的神情。美丽的头颅转来转去。那绝望般的幸福，疯狂的快感和满足……

作家好像听到了什么，在夜深人静的时刻。作家开始透过窗朝外看，看花园中的玻璃房子。显然他什么也看不到，但是他感觉到了。他这才意识到他可能错了。女人不会去开房间。她回家了。她要在家中找机会和年轻的男人幽会。而且她得逞了，她终于拥有了这个午夜里被另外的男人拥抱亲吻的机会。

饭店房间的镜头和玻璃房子里的镜头相互切换，床上和柱前。而唯一不变的，是女人那张典型的性欲中的脸。

男人开始下楼。他一边下楼一边谛听。他走出房子，但是玻璃房子很远，午夜也很黑，所以他什么也看不到。他无法知道玻璃房子里究竟发生了什么，但是他确信玻璃房子中一定是有什么的，他已经听到了那激情的声响。他站在房子的外面。他有点犹豫，不知道是不是应该走过去。他怕被玻璃房子里的人看到。所以他踌躇不前。他就站在花园的黑暗中。后来他可能突然想起玻璃房子是有灯的，而且灯的开关就在他身后的墙壁上。只需举手之劳，真正的举手之劳。他只要抬起手臂，按下开关，就能立刻看到玻璃房子里正在上演的那一切。

就像是即将按下原子弹的发射按钮。那即将看到的一切令男人恐惧。男人踌躇了片刻。但是最终他还是抬起手臂这样做了，因为他想这是他自己的家，在自己的家中他有权做一切。

玻璃房子里立刻亮如白昼。而拥抱在一起的男人和女人也立刻现形。他们正疯狂地纠缠在一起，而且他们疯狂的举动也并没有因为灯光大亮而终止。爱和性都是不可以立刻停下来的，就像在惯性中不停向前冲去的战车。他们继续，让停止有了一个缓冲的时段，也让作家有了一幅可以描述的景象。

既然他们已经什么都不在乎，他们干吗要让那逐渐到来的高潮远去？

女人被年轻诗人亲吻的时候，她想，活该，谁让你叫这个流氓留下来呢？

年轻诗人自然也不管不顾，他想，反正我本来就是个流氓。

他们手拉着手走出明晃晃的玻璃房子，并且先后和依旧站在门口总是想入非非而且眼下痛苦不堪的作家擦肩而过。

年轻诗人当即收拾箱子，拂袖而去。

令人惊讶的是，女人竟然也离开了自己的家。她受不了年轻诗人的离去，至少在这个午夜，她要开车送他。

这将是一个转折。

窗户纸终于被撕破，让所有的人都看到了那个真实。

不知道这是不是也是作家精心安排的，让妻子在年轻人离开的时刻接受考验。亦不知道作家和这个年轻人为了他的小说，又有过怎样肮脏的交易。

接下来的故事就有点像低俗的流行小说了。富有的女人从此跟随年轻的诗人，海角天涯，获取刺激，以及新生。后来他们没有钱了，诗人就开始做毒品生意。再后来又没有钱了，年轻人便只好重操旧业，来到巴登。他很容易就找到了一位从纽约来的阔女人，和她云里雾中。而在巴登巴登，女人就守在纽约女人的窗下，等候着男人用身体换来的钱。

最后的一幕令人兴奋。那就是到处行骗的年轻人终于被什么人当场抓获。被抓获的原因是不确定性的，毒品交易？抑或是性犯罪？还或者是因为意外中了彩票？

女人站在窗下很茫然。她不知道楼上究竟发生了什么。她只能看着她喜欢的年轻人被一些不确定的人们带走。然后她丈夫就出现了，大概是想表现小说中"英雄救美"的那个章节。

丈夫看着凄凄惶惶的女人说，是我带那些人来的。他们一直在找他。是他昨晚给我打了电话，要我这样做，也是他要求我带你回家。

女人茫然地看着丈夫，不知道她的经历中有多少是男人们故意制造的。

然后电影就结束了。看电影的人不知道这是个怎样的故事，但觉得确实很好，有无限含义。有时候含义在艺术中确实很重要，甚至会超过艺术本身。当然这个故事的表现方式也很特别，总是有无穷令人费解的地方，模棱两可，让人琢磨。

无调性短歌

乡村的土路很空旷，寂寞而长，不情愿地伸向一个看不见的远方。

我们的故事已经很长了，到今天，时间什么也不能说明。也许我们该后悔，我们彼此并不相爱。有时，我们会陷入一种无望的挣扎中。爱不是挣扎。后悔也无济于事。要说的话，好像最终都现出破绽，要不就是无足轻重，是无聊。我们反复去那间咖啡屋，听那些拙劣无比的卡拉 OK。像被线扯着，不去不行，也像是在尽着彼此的义务。他说爱有时是责任，毫无章法。我有时哭，听有调性的长笛曲《G 小调柔板》。那是十七世纪典型的巴洛克风格的乐曲，浪漫而又充满忧郁和悲伤。人哭起来的时候，有时也不令人同情。因为连我自己都厌烦我自己的眼泪。他就更不用说了。在我们彼此争吵以后，让步的那个人，永远不是他。

我走上那条土路的时候，总有一种莫名其妙的感觉。好像我变成了一只山林中的小鹿。好像又回到了什么遥远的期待中。那是很久以前的事了。路两旁的白杨树枝杈很高地耸上夜空。月亮悬着。哗哗响的白杨树叶随四季而枯荣。那一年下了一场大雪，覆盖了这条崎岖而长的路。汽车驶过，卷过一路雪尘。那雪弥漫着，再飘飘洒洒地飞落下来，重新覆盖那条路，重新覆盖岁月。

怎样把无望变成有望？

我如此问起他关于那段往事。茶几上是他抽剩下的那半盒香烟，懒散而随意地躺在那儿。因为烟抽得多了，他总是咳嗽。关于那段往事他说他忘了。他确实忘了，无论怎样启发。他说，记忆，有时像被慢慢蚀掉的一片朦胧的背景。但他明明也有不忘的事。我对他讲，尽头就在眼前。他说我是言过其实。窗台上的花儿都开了。是开花的季节，颜色很斑斓。他也很兴奋。我告诉他，我想要的是那串蓝色的玛瑙石项链。那蓝色闪动着奇异的光彩，是一种神秘的关于圣洁的启示，也是天空和大海。他答应了，很不耐烦的样子。我知道了我们寻求的到底是什么。他走来的时候，我并没有想到这是个爱情故事。不过是一段迟早该忘掉的往事。我让他抓紧我的手。我让他亲吻。我总是渴望和他亲近和他在一起。尽管总是分离，但却谁也走不出对方的手臂。好像我已变得残废，变得不会走路，不会独立思维，不会主宰我自己。那样的事今后还会发生吗？我竟然把心灵交给别人来操纵？

先是告别了年轻的母亲，我就跟上了那支队伍。在一场我们那个年龄的人谁也不可能幸免的从城市到乡村的大迁徙中，我到了那个善良的外祖母家。到乡下的亲戚家落户之于母亲是不得已的最后的选择；而之于我，可能就是为了能找到一片最后的温情的营地。那么荒凉，荒凉而遥远。然后我的外祖母就站在村口的那口枯井边，无限怜惜地把我接回了她空空荡荡但却温暖的老巢。

这就是家。

荒凉而贫瘠、空旷，有一望无际的田野，杂草丛生，没有水，有那通向尽头的土路。

我步履蹒跚摇摇晃晃。远方是西斜的落日。外祖母把一个大眼睛的姑娘叫到我面前。她很美丽头发很黑。她有点憨地直望着我，目光中没有敌意。外祖母说，这就是你的表姐。你就叫她春儿。春儿是大姨妈的大女儿。从另一个城市来，却像来自另一个国度。春儿的笑也没有任何含义，傻乎乎的样子。春儿没有眼泪也没有悲伤，一副知天安命的架势。春儿戴着一顶破草帽。破草帽遮住了太阳，也掩住了她苍白的脸。她友好地走过来拉住我的手。我告诉她我叫玫。就这样我和春儿一道住进了外祖母的东厢房。土炕上是破旧的席子。春儿说家很好。春儿长年一直穿那件紫色的条绒上衣。

听那钟声。每个清晨，早上的太阳升起来。我和春儿去挣工分，挣自己的口粮。我们拿着镰刀，清晨即起，走出小院。从此，我养成清晨即起的毛病。我把自来水弄出哗啦哗啦的响声，惊扰了他的梦，他便痛骂这是创伤时代的后遗症。他诅咒创伤时代。而我却总是怀念上工的钟声。那么清脆而明亮的一种声音，被生产队长每日敲响。我开始喜欢上工，喜欢唱一些好听点儿的革命歌曲。我被庄上穿破烂衣服的乡亲们宠爱，而我的表姐春儿却总是默默无语地陪伴在我身边。春儿在我的眼里慢慢变得无足轻重又须臾不可离开。我可能是喜欢她就像我曾经喜欢你。

有人说，之于你这样一个不息的女人，分离将是个永久的主题。那么何以抱怨，何以后悔，何以再吝惜你的感情。我们已经走了很久。他已经听过了我唱给他的不懈的歌声。没有什么可留恋也没有什么可迟疑的，该说的已经都说过了。我们去过了街心公园，去过了深夜中的白杨林，去过了路边的冷餐厅，也去过了白色的沙滩。我们的身影已无处不在。我们在激动、在疯狂、在恐怖，也在柔情中经过。还该有什么？但我们确实弄不清我们彼此是不是相爱，是不是能经受考验。我决心不再提起蓝色玛瑙石。这蓝色的玛瑙石也是个了不起的禁忌。他永不负疚。他并不认为我是天下最好的女人，只是机遇。我放下了打给他的那个无聊的电话。我原以为他一直在等这个电话。最后的结论是：一切具体的爱情都是短暂的。那么，什么是永恒？当月亮升起……当贫困的山庄缓缓升起黄昏的炊烟……当严冬到来下起了那场铺天盖地的大雪……当两个赤裸的肉体焦灼在一起……

生命诞生了。

灵魂也诞生了。

他终于决定和我去那个遥远的城市探望我病中的大姨妈。他说他当然懂得爱将付出怎样惨痛的代价，包括，一个人将改变他毕生的生活道路。而这一切很偶然。很偶然也很简单。他说，你总是愿意把简单的问题搞得复杂不堪，现在我来告诉你什么是爱情。爱情就是你不要总想着背叛和逃跑，而是一辈子老老实实地跟着我走。

我透过百叶窗上的白色亮光讲起那段往事。他躺在床上。他正在生病。他说，你过来，靠近我。然后我轻抚他光滑的肌肤，如流水般的坚硬。汗水使他的周身变得冰凉。我远离他，听任他的呼吸慢慢粗重。我想说，如果真到了那个过不去的时刻，但愿我们彼此能坦诚。

他睡着的时候，脸上的那些胡子就如杂草般偷偷疯长了起来。他有很多的胡子，匆匆忙忙，而心却永远单纯而透明。醒过来后知道，原来他就在我身边，一种伸手就可以触到的安全与宁静感就会即刻袭来。在每个这样的夜晚，他伸出手臂紧搂住我。然后他睁开眼睛，那里边就会闪动着战士的光彩。一种冲锋的不容置疑的力量主宰着他。后来我把我的手从他的手中拿开了。我离开了他，离开了那个床那个夜晚，那是第一次。

我离开他的那个时辰满心忧伤。

我谨慎地打开西厢房的木门，发现那里原来是一个谷仓。谷仓里发出很浓郁的粮食味儿，并且密不透风。深夜里，我总是听到谷仓的木门发出吱吱嘎嘎的响声。我睁开黑暗中的眼睛，看月光正透过窗棂照射进来，像流泻的水般的柔情。预感在形成着，可我们懵懂一如初生的婴儿。只有着火热的心，火热的干劲和汗水。那个时辰毕竟是已经遥远了，被缓缓地蚀掉了。我们睡在东厢房的土炕上。春儿的呼吸慢慢变得平稳，平稳而顺畅。我透过月光看到了她苍白的脸。她紧闭着双眼。她的黑色睫毛在夜的包笼下瑟瑟抖动。那一晚春儿好像久久未睡。然后她轻声呼唤醒着的我，她说，玫你懂吗？其实生命对于任何人都是重要的。

我深夜拨通电话把他惊醒。

我说，其实我从很小的时候就懂了，什么叫严守秘密。你要我为你守密吗？守住你的心……

他愤怒截住我的话。他说，一些好女人就是这样慢慢变得无聊起来的。他还说，他毕生最最痛恨的一件事，就是有人把他吵醒。

我说，我们讲和吧。找个地方去喝酒。听卡拉OK，哪怕很拙劣。像我们当初那样。

什么时候？

就现在。

他竟然勃然大怒，他说你疯了吧。要不就是你的爱情太浪漫，浪漫到奢侈。我几乎无法消受。我同意给你买那串蓝色玛瑙石的项链。我同意。无论多么贵。我同时还想提醒你，你已经是一个三十六岁的成熟女人了，浪漫将会使你变得做作。好吧！

那么，总该有个办法补救。

我把那个空了的电话继续抓在手中。我想其实当初我就知道，在我与他之间潜藏着一种看不出的无望。现在，那扇窗关闭了。但窗外的景色依旧。半空中没有任何可以抓住的东西。他的声音终止后，黑夜像正在拥挤而来的烟雾，越来越浓重地塞满了那间空茫茫的小屋。清晨的时候，花闭合了，因为花期毕竟短暂。我说，不，你别……他还是毅然放下电话，让他自己的声音消逝。没有永不消逝的东西，包括一切。当然也包括我和他，肉体和精神。包括那一首十八世纪的《G小调柔板》，包括一切物质连同蓝色玛瑙石。

他说他已经说过他爱我。他说这样的话之于一个像样的男人他一生只能说一次。

后来，我再度闻到那谷仓的气味。那气味很浓郁，使人难以忘怀。再后来，我和春儿都象征性地长了 0.5 的工分。再再后来，冬天到了，我就系了腰上的麻绳，开始穿着破棉袄在村中奔走。

没有人对我们讲过，所以我们什么也不懂。我们是青春的傻子，却全身心向往着那个欧罗巴大地上徘徊的灵魂。没有卡拉 OK，更没有什么蓝色玛瑙石，只是下了一场很大很大的雪。在那个下雪的夜晚，春儿开始低声呻吟。那呻吟声很遥远，是从对面的谷仓里发出来的。在那音乐般的呻吟声中，我睡着了。因为大雪不停地下，使人感到安全和温暖。有一度我可能是真的睡着了。但很快我被一阵哭声和喊叫声吵醒，心在胸口里怦怦跳，像睡梦中被电话铃惊醒。我们青春无悔。十七岁的时候没有梦。我裹上破棉袄。炕上没有春儿。我跑出去看。吵闹声是从外婆的房间里发出来的。雪那么大，漫山遍野。雪不终止也不停留。天很亮，是暗红色的，很浓重的那种红。然后我很奇妙地发现雪地上有一道爬过的痕迹，可能是在把一个什么很沉重的物件拖走。被划破的雪上同时有一道淡淡的血印伴随着。春儿的呻吟声没有了。谷仓的门开着。

然后是撕心裂肺的叫声，在后院。

像有谁被宰杀。

那声音让我觉得阴森可怖。我们全家都听到了。我光着脚踩着冰凉的雪飞快跑进外祖母的房间。我让她紧搂着我。我被家里这个下雪的夜晚发生的事情吓坏了。

我听见外公开始用尖厉的声音喊着，你还不去看看她，怕是要养活孩子啦！

外婆开始推开我，颤颤巍巍地往门外走。

去问问那个杂种是谁？

外婆不讲话，她只是不停地哭，不停用袄袖抹掉眼泪。

后院的枯井边依然发出那叫声。那叫声疼痛，令人毛骨悚然。

我不知家里发生了什么，但肯定是发生了什么。外婆步履蹒跚地推开了她的屋门，走到了铺天盖地的大雪中。外婆尖尖的小脚艰难地在雪中走着。她有时要扶住墙根，有时要扶住宅基或篱笆，才不会被大雪滑倒。她这样迈着满天的大雪，好像走着漫长的路。她没有看见紧跟在她身后的我。她瘦小的身体很快就被大雪淹没了。

外公依旧在他的房子里吼叫，捶胸顿足。

谷仓外那道淡淡的血印慢慢被覆盖。红的血被掩埋。疼痛和喊叫被掩埋。天空变得更加压抑而浓重，那暗红继续着。

我终于找到了你。我对他这样说。但你的形象却变得越来越模糊，越来越淡泊，没有强烈的个性。我不知该怎样解释你，但我盼望你等待你。当我知道我的生活确实有了你时，才知道往事确实存在。

我躺在他身边。有很多个这样的夜晚了，直到天明。我知道他此刻就在我的身边。他是暗夜里向我走来的。我想叫醒他，在黑暗中听那支长笛。但是我没有叫。他病了。他沉睡过去。长笛已不再重要。音乐只在观念中需要。然后，我们听到了窗外的暴风雨。他说，就在此刻。他使一切变得浓重。他关闭了百叶窗，关闭了光亮。就在这一刻，他再度以冲锋的姿态统治我。刻不容缓，而且没有任何余地。他汗水淋漓，一言不发。他已经不是年轻人。他是从暗夜走来的，他说无论结局怎样，他终会走来。现在百叶窗关闭了。这个空间里没有他。他去了哪里？我们不知道。然后雷声响起来，像天空正在塌陷。没有补天之石，也无回天之力。一切迅疾而紧张，撕裂出低沉而绝望的呻吟。那呻吟声真的很动人。雷雨和暴风像战争。爱情被践踏着走向永恒。有一天我们都累了。我们宣告战争结束。

枯井边的嘶叫声更加绝望和低沉。每一声喊叫都像是在结束一次生命，我看不见那个无望喊叫的人，看不见那血泊中的惨痛。

他终于拥有了那张画儿。

那个黑色背景中的吹长笛的女人。

那女人低垂着眼睛。金黄色的头发。脸很瘦削，瘦削而忧郁。

有一天在商店里他看到了那幅画儿，他说他喜欢因为那女人很像我。

那么古老而忧伤。在黑色的紧张之中，那女人宁静而沉入。她消融了我们之间的一切，所以我把画儿送给了他。我想拯救的办法总是能够找到的，但画儿依旧摆在那儿，他却不知何方。那女人不知是不是在吹奏着古典的《G小调柔板》。她的神情那么悲伤。我让那长笛声响起。我觉得想哭而且毛骨悚然。我们不再对话。而这时暴风雨已经过去。

结果那个被外祖父骂作杂种的，是个叫密的青年。他出身于富农之家，长相很英俊。他的高大而美丽的富农母亲每天清晨被罚清扫乡村的土路。那个高大老妇人的脸很苍白，眼窝深陷，她总是用很黑很善良的眼睛看人。她的神情令人不忍。她代表六类分子劳动每日不挣工分。起因是土改时，她和她已经过世的丈夫共同拥有一挂马车。那马车被农会收缴以后，那个真正的富农分子也就随大势已去而同去。待他深埋土中之后，富农的帽子就责无旁贷地戴在了他遗孀的头上。密是遗腹子。于是那个苍白美丽的女人就开始艰辛地、持久地将密抚养成人。她使密成为了那个高大英俊但却永远无法抬起头、舒开心的富农子弟。密从此沉默寡言。密从不奢望和贫下中农的女儿交往。密是那种很守本分的青年，我和春儿没下乡的时候，密始终负责为身边没有子女的外公外婆挑水。密根本不知在遥远的地方，还有春儿和我，就像我们彼此不知还有相遇的那一天。

去姨妈家的时候也是个冬季。一样的大雪，一样的铺天盖地。我们不再等车。等车已毫无意义。我紧挽住他的手臂，在黄昏的时候，沿着宁静的红墙走过。我们不知有昨天还有未来。我告诉他很小的时候，我就梦想走这条路。原以为是秋季，是小雨，满目凄凉，还有凄凄惶惶随风飞舞的飘零的叶。想不到是这样一场大雪，还有你。我说还有一片神秘的地方我没有去过。我崇尚那里但迟迟未去，像远古的图腾般。我想应该有个世上最好的男人陪伴我。也许过去的那些男人都不是最好的。所以我终是没有去成那神秘的地方，如禁忌般。或是一个咒符，一个命，我等待着。

姨妈睁大惊奇的眼睛望着我和他。

姨妈不可能想到在这个大雪的夜晚会有几千里地以外的我，来看她。

姨妈惊喜极了，她说，来得正好，春儿刚刚回来，你们有多少年没见啦？

怎么才能让他相信眼前的春儿就是早年那个漂亮的姑娘呢？连我都不信。春儿的头发几乎全白了，看上去比实际年龄大得多。春儿操着一口家乡的土话与我寒暄。我却怎么也看不到春儿的眼睛。

春儿不看我，也不看他。

他几次想同春儿对话，春儿都犹疑着，最后把话题转向我。

春儿有一天叫醒我。她说，玫你必须知道，其实密是个好人。我不懂春儿好人的意思是什么。但我也并没有提醒她关于密的富农成分。我想这事众所周知，春儿不会不知道。后来春儿告诉我一件事，那事发生在一个苍茫的秋天。那时天气依然炎热，春儿和密被分配到一块大田里干活儿。他们割高粱。那一天春儿正好来月经。她脸色苍白，紫色的条绒上衣全都湿透。然后一阵骤然的疼痛，春儿几乎昏厥。她躺倒在潮湿的地上，紧抓住泥土。然后，她蒙眬看见密从很远的地方，穿过密集的高粱林向她奔来。

春儿讲的故事就到这儿。春儿并没有说密就是她梦寐以求的那个白马王子。然后春儿就不见了，总是在夜晚。谷仓继续发出令人窒息的气味。

接下来很可能是那个宁静的黄昏到来。层林尽染。那是一片温馨。是一种需要。无比深邃的亲情在密不透风的高粱林里飘荡。高粱是自然的屏障，为人类的一切行为守密。不再需要遮掩。哪怕什么都发生了。哪怕流出更多的血。哪怕鲜红。哪怕黑夜降临星群坠落。

那晚重听《G小调柔板》，兴奋极了，像刚刚喝过咖啡那样神不守舍。然后窗外下起了雨，小雨。他并不在我身边。他的目光却不知留在了这个小屋的什么地方。他好像无处不在。他审视我。我走出家门，走到雨中。天很灰暗。路上几乎没有行人。我在很灰暗的小雨中行走。我知道前边肯定是那条寂寞的乡村的土路。他也知道这一切，但他还是走了。从此我们彼此寻找。我一直想要找到一些什么，那真正属于我的。我不知我们之间的事情是不是已经无望，而我愿再试试，再做最后的努力。可他说，情感和努力毫不相干。

可能就是那个高粱林的深夜，我被一阵吱吱呀呀的门声弄醒了。我醒来的第一个念头是，那木门的轴缺油了或者太古老了已年久失修。然后是猫一样轻的脚步。我记起外祖母说黄鼠狼的脚步总是狡猾而轻的，所以它们总是偷鸡成功。这些总是在暗夜中进行。我不知推开门的是黄鼠狼还是猫还是别的什么，比如秋天的风。我看见院子里忽忽悠悠地亮起了一盏油灯。我听见了外婆的声音。外婆用很小的声音讲话，但却严厉。外婆好像说，你爸今天来信，他已经搞到了指标，很快就能把你办回城。对方没有响应。然后外婆深深地叹息。她最后说，你爸最疼你。后来油灯遥远了，熄灭了。四野重新变得黑暗。再后来有人闩住了大门，谨防黄鼠狼或猫来偷鸡。再再后来我又迷迷糊糊地翻身。我看见了春儿坐在炕沿儿上的身子和她在暗夜中苍白的脸。我不知她目光是痴呆还是无限深情。她的黑头发是散乱的，有泥土的芳香。紫色的条绒上衣被揉皱了。她的样子很奇特。我问她是否知道刚才外婆在院子里同谁讲话。她没有回答我。后来她问我，要是我爸真办来回城指标，玫你愿意去吗？我突然觉得春儿变得神秘起来，而我们的家我们的谷仓我们的后院的枯井，也都变得神秘起来，让人费解。

那就像个发生在古堡中的神话，我还能继续说下去吗？我有那样的勇气和能力吗？能出色地如泣如诉地描述往事的，应该是什么人？

在很深的秋季，乡村的沉睡总是被上工的寂静钟声惊醒。然后，村庄升起复活的炊烟。

他慢慢不再说你是美丽的。他慢慢不论我披散着头发还是把发髻挽起都已失去感觉。已经到了这样的境地，已经无望。在一个漆黑的夜里，他听我讲述历史。那历史之于他应是个强烈的打击。因为岁月太长了。因为我命定并没有在离开春儿的那个早晨遇见他。那一年我十八岁，十八岁的纯洁。当我们把十八岁的岁月已活过了第二遍，我现在的年龄不可能没有惨痛的历史，我对深夜中看不见的他说。我理解，你讲吧。这是他宽容地启发我，从一开始就暗示了饶恕。很可能是肮脏的，充满了罪恶的，面对天空，我们谁又可能不是那个罪人呢？为什么不能忘却，为什么你要引导我记忆罪恶，我不是已无数次对你说我已经丢失了纯洁吗？很久了。然后才有今天，才有你从暗夜中向我走来。他说你讲吧。漆黑的夜，尽管我们彼此不能望见。他紧紧地抱着我，那么紧。他让我忘记恐惧和羞愧。他让我感到安全和宁静。他让我面对坚实的保护。然后我说了那全部的历史。那是仅属于我的全部的隐秘。那是我从不向任何人暴露的罪恶。全部，没有丝毫的隐瞒。第一次，我把一个男人一个亲人当作了我交付灵魂的忏悔牧师。

他说尽管流水落花往事一去不返，但存在过的东西就永远存在了。

他说你原是那么弱小那么可怜那么需要保护，我紧抱你就像是紧抱受到伤害的孩子。

他又说来吧，你应该懂什么叫真正的男人，什么叫真正的好人，你该有个真正的家。

然后我们冲撞，从未有过的疯狂，像受到伤害的不是我而是他。我哭了。我喊叫。我乞求说你离开我吧。平息下来的时候，像有冰凉的海浪漫上来，淹没并吞噬了我们。

爱绝不是挣扎。

也无须等待。

春儿和密很可能已信誓旦旦。

雪依旧不停。天开始发亮的时候，我看见密和他苍白高大的母亲正双双跪在外婆屋外的白雪中。外公的叫骂声不停。还有婴儿的啼哭声。一个婴儿就这样诞生了，在后院雪中的枯井边，是个男孩儿。我一直弄不懂春儿干吗要拖着流血的身子爬向那儿。她可能想神不知鬼不觉将一个生命溺死。那样可能会息事宁人，一切如初，烟消云散。但外婆却英勇地将她们母子全都带了回来。庄上本没有任何人知道春儿怀了孩子。在这个夜晚的白天，春儿还和我一道跋涉几十里去乡里开了知青会。干吗要带回那个孩子？如果不是孩子春儿可能会走上另外的道路。

外公说，是春儿断送了自己。

春儿说，是外婆带回孩子把事情搞糟了。

外婆说，我不能眼看着断送那孩子。

黄昏的时候，他把电话打过来。他问我，来吗？我问他，为什么？他说，想你。我说，算了吧。他扔下电话。我后悔已极。我重拨他的电话。但不再有人来接。我几乎如子弹般射出家门。我已陷入一种深沉的惧怕中。我渴求每一个黎明醒来的时候身边能有他。我们彼此相望，不再有时间。那样可能吗？

雪片飞落时竟发出一种沉闷的声响。天空依旧空蒙而红。后来一切平息。外公以绝望的愤怒离家出走。密的母亲和外婆在欣喜中照顾春儿和婴儿。灶上是哗啦哗啦煮沸的开水。密坐在蒲草墩儿上拉风箱。风箱发出如歌的声响。密的脸被火映红，显得幸福而宁静。春儿躺在床上，一副母亲的柔情。像一幅米勒的乡村绘画。外婆让我进来。外婆让我看到这一切。我知道夜晚的阴森神话般变成了白天这深沉的欢乐。外婆总是轻手轻脚走过去，看那熟睡的婴孩儿。外婆告诉我那是个男孩儿。外婆还说，这个孩子他毕竟到来，他是必然要到来的。这生命也是天意。我对外婆说，就叫他雪吧。

雪如此恬静地沉睡。

只有那个苍白高大的密的母亲依然惊恐而紧张。她机械地做着一切，脸上没有热情。她像在等待着什么。什么呢？

冬天的村野是不毛之地。冻裂的硬土，又有大雪来覆盖。那条寂寞而长的土路伸延着，好像随时准备着承载什么，轻的或重的，好的或坏的，可能有善良也可能还有罪恶。

总之是有个命定的时辰。我再也不想去那家咖啡厅，不想听那拙劣的卡拉 OK 了。他本来靠近我的时候已经是历尽艰辛。我们好不容易彼此找到。我们可能就是因为这些，所以在该分手的时候又表现出优柔寡断，迟迟疑疑。他告诉我他不能拒绝，他要去看一个单身女人。那女人打来电话，仅仅一个电话。同时他说他可能会在那里待很久。他说那个女人很忧伤，需要安慰，所以他必须去。没有商量。他一直没有把他的意志交给谁。他主宰他自己。他离开家走了。一切变得神秘。也许还需要别的。也许这并不是想象，但是他回来不会说。他一定什么也不会说。他也许会变得更加热情，而永远把一个痴心的女人套在网中。我独自躺在床上。我什么也不想。我只巴望在那一刻，他能去洗澡，并且别碰我。总有完结的时刻。但人们总要等到最后。最后总是绝望。在绝望中放弃。再以后便是岁月无情流逝。一切变得淡泊。并且一切都不会留下，连同他撇下我同呼唤他的那个女人单独在一起。而我们到哪里去寻找归宿呢？

太阳升起的时候，雪停了。好像一切都恢复了原状，这世界上什么事情都没有发生过。有一种温馨的发自人体的香弥漫开来。我们静悄悄穿行于这温馨的气息中。我们的家好像已经不是我们的家了。我们的家变得温暖而宁静。我们全家人在欢乐的沉默中迎接那早晨的雪中的太阳。

雪醒了。

雪发出音乐般美妙的哭声。

雪并不知是谁把他带到这个世界上。

雪更不知他的到来将会带来怎样的灾难和苦痛。

雪甚至不懂他自己本身就是罪恶的。

雪不停地在这个陌生的世界上发出美妙而动听的音乐般哭声。

雪把他的声音混入了自然，混入了天籁。

雪也迎接了那个雪后异常美丽而且迷人的清晨。

我们尝试着各种补救的方法，像铁匠在补一只破旧的锅。而破旧的锅绝不是墙上的画儿，也不是那段长笛忧伤的乐曲。我们的分歧在于是不是沉迷于黄昏。我对他讲这不够公平。气压很低，天变得阴沉而多云，令人烦躁的蝉鸣。没有进展。我甚至不敢抬起眼睛看他。我们彼此的厌烦是在暗中偷偷进行的，这就使前景变得更加复杂。还来吗？试试看吧。他拿出烟来想抽。我突然极想走了。我站起来。我把书包背上这样就不会再留下来。他扔下香烟抓住我的手臂。他说就不能再试试吗？我抽出了手臂，看到了一双清澈的眼睛。他哭了，发出低沉的抽泣声，男人的眼泪。我对他说，我如果不走就走不掉了。

那条乡村的土路果然等来了它的承载。一辆绿色的吉普车风驰电掣般向我们庄子驰来。雪被扬起，卷起白色的旋涡。吉普车不断发出警笛般的呼叫。

它的到来使整个村庄沸腾了。

连空气都在传播着关于雪的消息。

尽管人们不相信，雪毕竟出生了，存在了。于是人们奔走相告。庄上的乡亲们都从他们自己的破房子里钻出来。他们聚集在村口，站在冰冷彻骨的白雪中。人们麻木而紧张地看县公安局的警察走下吉普车。人们都知道他们是来干什么的。人们等待着。

谁是那罪人？

人们等待着。

谁都在等待。

有人能逃得掉他那个神秘无比的命数吗？

唯有我们的院落平和而宁静。墙外边发生的一切我们都不知道。雪像早晨的太阳一样把所有人的脸，照耀得明丽。我们谁也不知道那几个穿绿衣服背着枪的男人正朝我们的家走来。雪使我们忘掉一切，忽视一切。雪只给我们温馨和幸福。唯雪才是最最重要的。

后来敲门声响起。有人去打开了院门。脚步声越来越近。但谁也不因此而放弃自己正做的事。可能迟早会有什么发生。春儿缓缓从那个密专门为她烧的土炕上坐起来。她两眼茫茫注视着前方。她挪到了密的身边，把他从灶边拉起来。她紧握他的手。然后她说，他们来了。

他告诉我你不要胡思乱想。他说我如果不爱你就是不再爱世界上任何女人了，没有人能跟你比。这一点你懂吗？我们的歌漫长而忧伤。我们选择了吹长笛的女人，选择了那首永恒的乐曲。当我们能讲述我们之间的故事时，我们已遍尝悲伤。

但那时我们走不出那封闭的欢欣与宁静。我们不相信还会发生些什么别的，也不可能接受。雪就像那个温暖的屏障阻挡了一切。直到，直到密已被五花大绑地捆缚起来，并被押出我们的院子。这一切都是在默默中进行的。没有人反抗，也没有人喊叫。我们全都睁大眼睛看着这一切完成，连眼泪也没有。连雪也不再哭叫。

我拉过被子盖在身上。我觉得四壁很冰冷，觉得黑夜真恐怖。他的胳膊在黑暗中伸过来。他不断咳嗽不断咳嗽，像整个大地都在震动。他说，你必须学会面对困境。

密被押走了。风箱不再呼响。灶里的火也熄灭了。人间的事情永远也无法猜度。密被穿绿色衣服的男人塞进了吉普车。

全庄的乡亲都聚拢来，看着这一切。没有人讲话，没有人辩解，没有人来说密这样是对还是错。那时候用吸宫术终止怀孕还并不普遍。那时候，突然太阳消失了。雪又下了起来。漫山遍野的大雪。大雪覆盖着。

没有回天之力。不知人类能否拯救她自己。谁来救出罪人？谁又能来补救忧伤。

我们已明知无望，却还在做着最后的挣扎。我们相信奇迹。因我们又确实分不开。像两个被捆缚在一起的俘虏。或者一起跑掉，或者一起死掉。

春儿穿得很单薄。但她还是无声走来。她一步一步走出坚定的步伐。她镇静地穿过人群。她看见了那辆绿色的吉普车。她大概也看到了吉普车里被捆缚的密。

她说这一切都是我自愿的。

然后她跪下。

跪在冰冷彻骨的茫茫白雪中。

跪在押解着密的吉普车前。

没有人劝她起来，没有，连那些背着枪的人也没有。人们默默看着她，看着大雪不断落在她的身上脸上睫毛上。她不起来。她不管那个生下不到十小时的雪。她跪在雪地上就像是一尊白色的石雕像。她跪着。

慢慢地，人群中发出女人的抽泣声。

紧接着，在春儿的身后，密美丽而苍白的母亲也无声跪了下去。然后外婆。然后我。然后那绿色的吉普车被发动了，响起巨大的轰鸣声。再然后，庄上的乡亲们不知是谁带头，全都缓缓走到了我们这个家族的后面，跪下。全都跪下了，跪在了雪地里。像在进行着什么庄严而隆重的仪式，人们向那个绿色的吉普车向那些背枪的人膜拜。人们不出声，默默等待着那个时辰。总得有个结果。在寒冷的皑皑的白雪中，人群跪下，在那个单薄的产妇的身后。他们只是跪着。

沉默。

巨大的沉默。

像要把一切都窒息，都压倒。

终于，吉普车遗下了已松绑的密，沉重地驶上归途。

他就那样无声地坐在那个远的黑色的角落里。那个吹长笛的姑娘就在他的身边，黑暗中只能看见她忧郁的脸。他以沉默来接受沉默。他拿出了一根烟。他想抽。他用手抹掉了他自己的眼泪。

他说他知道什么叫力量，也懂什么叫爱情。他又说，一切终会有报答。

春儿就那样呆坐在那里，眼睛茫茫看着远方。在春儿那里，谷仓的味道已成为永恒。我问她，家好吗？春儿依旧朴素，穿着件样式很古老的外衣。春儿很浓重的乡音。我说春儿我有时很想你。春儿很平静地说大家变了。她和密盖起了三间瓦房，她已经成了乡供销社的售货员，吃商品粮。春儿很满足的样子。我问她还想回来吗？她第一次认真看我，用疑问的目光看我。这时候一个一米八高的小伙子走进来。春儿即刻站起来，走近他。春儿对我说，这是雪。雪？雪吗？雪很腼腆地，乡下小伙子的笑。雪今年二十岁。他要低下头才能看见他妈妈的白头发。雪并没有看春儿。雪走了春儿就重新平静下来。她依旧不看任何人。她的头总是低垂着。

他说他相信春儿是我们这个家族里最漂亮也是最勇敢的女孩儿。

他还说其实春儿胜过一切卡拉OK，胜过一切柔板，胜过咖啡和健牌香烟，胜过"爱"这样矫情的字眼儿。

我不问他为什么这么想这么说。我原以为爱情中应只有黄昏绿荫和蓝色的玛瑙石。我们都有了。而下一步呢？

然后在转过年来的那个秋季，金色的茅草摇曳着，四野变得辉煌。我终于用春儿的那个返城指标，告别了家乡的土地。春儿送我最远，直到走上了那条村外的土路。土路依旧空旷而长。我们停了下来。春儿怀里抱着雪。雪既漂亮又强壮。雪咿呀学语，总是把胖胖的两只小手伸向天空。

春儿说，就奔你的前程吧，你回去比我有用有出息。春儿又说，你根本用不着过意不去，是我自愿放弃的。春儿还说，其实找到了密也不那么容易，何况又有了雪。

然后春儿就停了脚步，让我独自去走那条无尽的路。路两旁依旧是高耸入蓝天的白杨树，那叶在秋季已枯萎变黄，并开始随风飘落，铺满了空旷的未来。

那首忧伤的长笛曲再度响起。

我不知为什么当那首动人的乐曲把整个黑暗都占满了之后，反而觉得空旷。

我摸他满脸的大胡子。

我问他，人们如果把路走到了尽头，他们该怎么办？

散

文

从这里到永恒

不知道该怎样描述我走进福克纳故居时的心情。我想，那房子之于我应当是一座圣殿。

我独自一人坐在门前的木楼梯上等了很久。此刻所有的房门都被锁着。静极了。

已没有家人住在这里，也没有游客。只有我和我的翻译仪方。我们在这里，等待着。

我们等了整整一个中午。在空无一人的福克纳的树林、草场和花园里散步。我们独自参观他的牛舍和马厩。碎石铺就的小路很长，弯弯曲曲，路两旁是高大的雪松，还有高大的橡树。福克纳喜欢在这条路上牵着他的马。还喜欢穿花格呢的西服上装。他有很多张穿着这件花格呢上装的照片，就悬挂在奥克斯福的"广场书店"里。

秋天，对于这个一年中大部分时间都被炎热所困扰的南方小镇来说，是个气候宜人的季节。不再有可怕的太阳，热汗，和那种人体发出的令人难以忍受的气味……而那却是福克纳喜欢在他的小说中描述的南方景象。他总是残酷地让人们陷入热的苦难中，然后看他们怎样苦苦地挣扎。

然而秋天不一样。秋有凉爽的风。福克纳家园的橡树和雪松高高地向上挺拔着，还有光秃秃的白蜡树，一串一串鲜红晶莹的果实，远处随风摇曳的金色秋草。

然而这里却荒凉，一种沉重的无望的满目荒凉，让人心生悲哀。

也许是因为刚刚去过猫王的家。在那里像所有的歌迷那样怀恋着谜一样消逝的歌王奥维斯。以为福克纳也应当有一个像样的家，但直到踏上这碎石的小路，才意识到一个伟大的作家和一个伟大的歌王是怎样的不同。福克纳像暗夜中的星辰，照亮了人类的灵魂；而猫王则像山崩地裂，几乎改变了几乎一代人的行为。他们都是创造了永恒的艺术家，但他们的故园却又是怎样的迥然不同——福克纳的家苍凉、萧条，如遥远的悲歌；而奥维斯的家却灿烂、明媚，依然如天上的太阳。

心于是愈加地沉重，就像重读福克纳沉重的小说。

如今福克纳的家归属于密西西比大学的南方文化中心。当我们离开孟菲斯后，便沿着公路拜访了这个中心。中心的威廉姆·菲瑞斯教授热情接待了我。他问我此行的目的。我说福克纳，他是我最喜欢的作家。于是教授便楼上楼下地开始为我寻找中心所收藏的几乎所有关于福克纳的资料和报刊。菲瑞斯教授告诉我，密西西比大学每年要为福克纳举办一次研讨活动。因为福克纳曾在这里教书。他是密西西比大学的骄傲。他拥有一代一代的崇拜者。而他们会将每年一度的"福克纳纪念"周搞得五花八门，色彩斑斓。

教授为我找到了一张 1994 年"福克纳纪念周"的海报。海报上是一幅有点夸张的水彩画，画面看上去不像福克纳本人那么沉重。在福克纳家乡的小镇奥克斯福的广场上，人们聚集在一棵大树下，听站在高处的一位什么先生张牙舞爪地夸夸其谈。画面上还有各种各样的脸和各种各样的表情。而在人群的后面，就是那个端着烟斗的假装若无其事的福克纳。无疑海报再现了奥克斯福当年的情景，并昭示人们，福克纳就是在小镇这样的场景中，得到他的写作素材的。他不动声色地站在那里，就像是一个高超的"窃取者"。

菲瑞斯教授还告诉我，你们将要入住的假日旅馆，就在奥克斯福广场附近的小街上。福克纳几乎每天都要到广场上来，所以教授提醒我一定要认真观察那里，教授说，那样你会收获很大的。

于是，我在小镇的广场上转了一圈又一圈。我瞻仰了广场前著名的士兵雕像，还认真出入于政府大楼、法院、教堂、书店、餐馆和杂货店。我相信这所有的地方都是福克纳曾经光顾的。据镇上的人说，尽管福克纳已经去世三十几年，但小镇几乎没有变化。所以，我完全可以把自己想象成和福克纳生活在同一个时代的人。也许，他此刻正在奥克斯福狭窄的街道上与我擦肩而过……

这样感受着福克纳的家乡，感受着福克纳小说中的约克纳帕塔法县杰弗生镇中的那种种生动的景象。

奥克斯福实在是太小了，但却是美国南部一个十分典型的小城镇。商店的橱窗里琳琅满目，暖色调的服饰和昂贵的价格，都充分显示出了南方富有者所追逐的高贵和奢华，看得出的等级观念和严重的贫富悬殊，还有让福克纳始终愤愤不平且猛烈抨击的那种种族的歧视……

很强烈的奥克斯福的阳光照射着。天很蓝，而且清澈。政府大楼顶上的大钟为所有行走的人们指示着时间。表针缓慢地行走着，但却听不到《喧哗与骚动》中昆丁自杀前的那巨大的催促着生命的表的嘀嗒声。白色的士兵雕像在太阳的照射下高高伫立在广场中央，守护着奥克斯福清晨的宁静。广场的绿色长椅上没有人。不像密西西比大学的那幅夸张的海报。后来知道，镇上的习惯是，黄昏时分，人们才开始向这里汇集，并在此交换奥克斯福一天发生的各种离奇古怪的人和事。

而奥克斯福著名的"广场书店"早上也不开门，因为它是整个奥克斯福关门最晚的一家商店。它等待着镇上所有会来此光顾的人们，直到最后一个。"广场书店"显然很有名气，因为从孟菲斯开始就有人不断提到它。他们说，到奥克斯福一定要去"广场书店"。于是我们就去了，在很深的那个夜晚。

很深的夜晚，书店里却亮如白昼。书店里的人仍旧很多，但却异常安静，以至于能够听到书页被轻轻翻过的声响。各种各样的书随意而散乱地摆放着：书架上，地毯上，楼梯上，甚至窗台上，把两层楼的书店挤得满满的。

走上楼梯，迎面的墙壁上，挂满了各种与南方紧密相关的名人伟人的照片，当然其中最多也最为显赫的，是福克纳，显然这里以福克纳为荣。这里可能是整个城镇与福克纳的精神最为接近的地方，也是推销他精神产品的唯一的场所。可今天这里出售的福克纳的小说却并不多。或者是因为他的精神正在遥远？总之福克纳正在被其他种类繁多的图书以及奥克斯福人日新月异的追求所淹没。随着时间的推移，曾使家乡有了一份光荣的福克纳似乎变得不再重要。他尽管伟大，尽管是镇上的、美国的乃至于世界的骄傲，但他也不是唯一的，这就是奥克斯福人今天的观念。

能够感觉得到福克纳正在被他的家乡遗忘。镇上的人们只是偶尔才会提起他。也许当初就是这样，奥克斯福人从未真正认识过这位诺贝尔文学奖得主的不朽的价值。尽管这个伟大的作家从未离开过自己的家，但却始终没有真正属于过这里。福克纳是属于世界的。

原先在中国，最向往的就是美国的南方，就是密西西比河，就是奥克斯福，就是福克纳的家……而当此刻就在美国南方，就在密西西比河畔，就在奥克斯福，就在福克纳的大房子里，那种梦一般向往反而逃遁得无影无踪，甚至那种圣殿般的感觉也蓦然之间消逝殆尽。后来想了很久，才意识到是因为距离。因为当你梦想的一切突然近在眼前，你就再也看不到光环了，原因是，你已经置身其中。

我独自一人坐在福克纳房子前的木楼梯上等待着。

房门紧锁。白房子里空无一人。丛林和旷野伸展着。一种超然的宁静在荒凉的感觉中油然而生。

我坐着，等待着，想象着三十年前那逝去的风景。

在漫长的午后，我终于看见有人穿过树丛，绕到了房子的背后——先是用钥匙打开后门——进去——穿过走廊来到前门——清晰的脚步声由远而近——前门被推开——这时刚好是下午两点。

福克纳故居下午两点准时向游人开放——我从木楼梯上站起来，小心翼翼地走进去——迎面看到走廊尽头的墙上，是一幅福克纳年轻时黑白照片的印刷品——他望着你，执着而沉重的——于是你被震慑。

就这样，福克纳迎接了你，你们所有的来访者。

福克纳的家是深宅大院。除了南方所特有的那种高大的白房子，还有院后一片片草场，又一片片的树林。福克纳家的树林很深，深得没有尽头。你只能看到树的枝杈繁乱地向四面伸展着。矮下来的地方是一丛丛灌木。阳光照射在林中空地上，树叶和芦苇便会闪出摇曳的光斑。隔开树林和草场的，是用木板条和木桩钉起的长长的围栏。连福克纳家的大门，也是用这种木板条钉起来的，裸露着粗糙的木纹。简易而朴拙，大概也代表了福克纳朴素的审美。门敞开着，静而超然，像一幅古老庄园的油画，给人很多联想。你看到的，是满目荒凉一片衰败；而看不到的，却是一首痛苦挣扎的灵魂的长诗。

然后是他的院落。秋天枯败的落叶铺满了那座白房子的门廊和花园。中午时分，一辆白色的汽车开进来，停靠在福克纳的房子边。然后一个黑人走下来。他告诉我们，他是受雇每天为这里清扫落叶的。然后他开始工作。枯叶在他的扫帚下发出飒飒的秋天的响声。

也有点凄凉。

问他是不是了解这房子的主人？问他你曾经有幸见过他吗？黑人显得模棱两可。大概并不知道这里的主人是谁。又问他福克纳孩子们的下落。这一次他坦诚地说，不知道。他还说他没有读过福克纳的书，当然也就无从了解这个白人作家对于南方黑人以及他们的处境所怀的那一份深切的同情。但这些并不妨碍那个黑人为福克纳空无一人的萧条故居清扫落叶。他继续工作，干活儿也很卖力气。他的劳动很快就显出了成果。那些枯黄的落叶在他的扫帚下很快就像小山似的堆积了起来。

我独自走进了福克纳的家，接受了在这工作的密西西比大学研究人员亲善友好的微笑。我想他们一定是热爱并了解福克纳的。尽管我们彼此听不懂对方的语言。最后，我们只好放弃交谈。我便开始一个人静静地参观福克纳家从上到下的每一个房间。我是来此访问的人们中为数不多的中国人。我用中文在门口的登记簿上郑重地写上了我的名字。

参观福克纳的故居不收费。这也和用 17 美元去观看猫王奥维斯的故居全然不同。

尽管 1949 年的诺贝尔文学奖已经使奥克斯福镇上的福克纳变得很富有，但他的家却依然显得简朴之极，甚至使人联想到贫困。最普通的上下两层的房子，简易的楼梯和书架，陈旧的打字机，几乎没有多余的陈设，也看不出一丝的奢华。很多年福克纳在此过着朴素的写作生活。就在他的那架打字机上，他写出了《喧哗与骚动》《我弥留之际》《圣殿》《去吧，摩西》《押沙龙、押沙龙》……

我至今无法描述阅读福克纳作品时的那种灵魂震动的感觉。

——他先是用文字把你带进了南方的苦难中，然后又用那种神圣的精神引领你从苦难中拔脱。

——他用他所能传达的人们从各个角落发出的声音来拯救人类。

——他在太多的生存之不幸中，终于发现了一种不可摧毁的精神，那便是他一生苦苦追寻的彼岸。

——他告诉他的读者，你无论被压在生活中怎样的底层，但精神应当永远支撑。这样你才可以不倒。

——福克纳所要的不是一个人的生存的质量，而是一个人的生命的力量。

其实这里无非是美国南部最普通的乡村；其实存在于这里的无非是房子、马厩，草场和丛林；其实生存在这里的无非是黑人和白人，四季和苍穹……但就是在这平淡无奇的夏日炎热中，福克纳开始了他从这里到永恒的艰苦跋涉。然后他逝去并升上天空，成为了闪亮在美利坚夜空中的那团最辉煌灿烂的星座。

慢慢地，福克纳的亲人们不愿再住在这座大房子里了。他们先后搬走，甚至远离了奥克斯福。于是这座房子便开始伴随着岁月流逝，而日渐荒凉，杂草丛生。后来，幸好密西西比大学的南方文化中心接管了它。从此，它便成为了一段历史，一种文物，一个可以向游人开放、供学者研究的场所……

我在福克纳的家中停留了整整一个下午。离开奥克斯福这个平和宁静的小镇时已是黄昏。就这样，告别了福克纳，告别了我此次访问美国的最重要的地方。很复杂的感受始终伴随着……

天黑之前，我们终于赶到了 Canton 镇一个黑人农场主的家。他的家很富有，拥有大片的牧场、几百亩棉花种植园和美丽的房子。我们留在这里过夜，看夜晚动人的星空，听宁静的湖水和牛群遥远的叫声。农场主是 Jackson 的一位出色的黑人牧师。他和他的家人同福克纳小说中的黑人一样，虔诚地信仰基督。他在晚餐前用黑人所特有的那种声音庄严祈祷。他请仪方把他的祷告翻译给我听——

感谢主给了我们幸福美好的生活。感谢主让远道而来的中国客人走进我们的家庭。感谢主赐给我们如此丰盛的晚餐，阿门……

没有福克纳我就不会来到南方。没有福克纳我也不会走进南方黑人的家庭。没有福克纳我更不会听到那么美好的祝愿。所以，希望福克纳也能听到我们对他的感谢。

一本打开的书

　　记得从懂事起，我便置身在一个四壁是书的房间里。古今中外，应有尽有，那是父亲的财富，但我却很少读它们。我喜欢读小朋友们浅显的书——那些童话。我喜欢无忧无虑——玩儿。我从未想过当作家，像我父亲那样。我觉得那一定是个很沉重的事情。四季都不得安宁，没有休息日，像飞转的轮子一样永远不能停下来的生活是可怕的。

　　后来我在十二岁的时候开始经历磨难。那是一种生命的创痛，是我无力逃避的苦难。打倒父亲的大字报像影子般四处追逐着我。我觉得心头压着乌云，始终抬不起头来。从那时起我便开始真心真意地写日记。我每天都写，一页一页地写，写我的心情和苦难，写我如何倾慕那些戴着红袖章的勇士们。后来，我发现在这样的写作中我不再忧伤。我获得了一种解脱，因而变得轻松起来，不再心事重重。漫长的持之以恒的日记使我的生活变得丰富。我捕捉每一个瞬间所传导给我的内心感受，我因此变得敏感而细碎。这是后来我的男友最不满意我的地方。而他的方式很简洁。他试图改变我。但在改变的途中，他说他已很累而且很无望。

　　我便是这样长久地记下去。一个一个的日记本摞上去，越摞越高。那是我真正的生活，也是我生命的一部分。写日记实在是没有任何功利意味的，如果非说有，那就是对生命本身的一种功利。因为它调整了我生存的平衡。其重要的程度，是我如果不能用日记排遣我内心苦痛的话，我便不敢相信我能平安无事地活到今天。我的日记的确不含功利，因它们不是作品，不可以拿去发表赚钱，不可以公之于世以展示精神的境界。

　　我的有些日记写得很好，常常感动我自己。慢慢地我在日记中成熟并文通字顺神采飞扬起来。也许就是日记培养和造就了我，这种经年累月的写作方式，使我终于在恢复高考的那一年，以最优异的作文成绩考上了南开大学中文系。

大学四年中我读了很多很多的书，也做了很多很多的读书笔记。就是从那时开始，我萌生出想当一名作家的愿望。并且我相信我能成功。我充满自信。我回顾往事的时候，发现其实任何我想做的事情最后全都做到了。譬如我想在八年的工作生活之后考上大学，我便考上了；譬如我想成为大学里最优秀的学生，我也做到了。那么，如果日后我想成为一名作家呢？而且成为一个好的作家呢？

于是，当我女儿开始咿呀学语的时候，我便开始了写作这件事。那是1985年的前后，我已过了三十岁。

开始写作的时候，我没有负担。我这人天生散漫，听凭自然。有些人说我这些年奋斗得很苦，这是因为他们并不了解我。上大学的时候，我可以一天十二个小时全读书，那是因为我喜欢。但如果我不想读了，我便会立刻放下书去逛大街；或者在紧张的考试前，我反而会耗时一两个小时去写日记。我知道我无论做什么，其实都是出于一种自然的需要。写作亦是如此。开始的时候，我并没有写小说。因为我的编辑职业，促使我努力用严谨科学的态度去思维。于是，我以逻辑的又很美丽的文字，写了很多批评的文章并得以连续发表。这样的一种行为方式无疑帮助了我，至少，它带给了我一种看待事物的眼光，这眼光使我通向深刻。我在文学批评的行当中运作了很久。我拥有了自己读作品，分析作品，并透过作品观照作家灵魂的方式。我理解了他们各自不同的追求和思考，我分辨得出什么是创新，什么是仿效，什么是真诚，什么是虚伪。我开始以我的文字向学者型作家的目标努力。

然后，在恍惚之间，有一天我倏然意识到，一些更美丽更感人的文字和情感，我不能把它们用到那些批评的文章中去，我觉得遗憾，一种骨鲠在喉的压抑。后来我便不再等待。我想我或许试着写写散文或小说。后来我就真的写了。

我的《河东寨》发表在1986年6月号的《上海文学》上。那是我很珍爱的一篇小说，也是给我定位的一篇小说。从此人们把我看作是"先锋"或"新潮"。这是个只有两万五千字的十分严肃的小说。这是个北方渔村的故事。有一片苍茫的海，一个蓝眼睛的小姑娘，一座"文革"中的荒凉的岛，一个神秘的坟冢。那么简单而我却写了那么久。很多个下午，我独自一个人同这些美丽而凄婉的意象纠缠着、搏斗着，那情景真可以称作是昏天黑地。后来这篇小说发表了。有人说好，但有人说太艰涩，读起来很累很沉重。而我则对所有的评论无言以对。小说中的那些意象久久压在心里，徘徊着不去。

如此我便开始了小说的创作。这样的写作依然也是自己的事情，是纯属个人的一种劳动。尽管它们发表后得以与读者见面，已具有了一种社会的属性。对我来说，重要的是写作本身，写作依然是生存的需要。我从不热心自己作品的推销，一度甚至认为是不是有人阅读它们都无所谓，只要我在写作中倾注了心灵与热血，这一份真诚总是会有人接受的。后来，我果然读到了很多各种各样的读者写给我的各种各样的来信。读它们每每使我陷入不可自拔的感动。

后来，在1989年深秋中南部的一个城市中，在朋友小聚闲聊中，一位出版社的朋友突然说，赵玫你何不写一部关于爱情的长篇，我们社来出。我当即英雄地允诺，其实当时对长篇小说我几乎毫无经验（尽管我已发表了长篇小说《搵英雄泪》）。然后我就去了海南岛。返津后我便反复接到那位朋友的长途电话。想不到闲聊时的玩笑竟成了真事。我有点惶惑。我含含糊糊地应答着。我对要写的而且是有着时间要求的这部长篇小说全无感觉，我始终不知道我该写什么，怎么写。结果有一个夜晚我在凄寂寒冷的大街上骑车，那已是冬天，秋留下的残败的落叶被清洁工人堆积在街心燃烧。那味道弥漫着，而飘舞的黑色的灰烬迷了我的眼睛。我骤然觉得满心凄凉。那时我的男友正一步步走近我。那是种恐惧中的温暖，我无法逃避。于是我便在1990年的冬春两季，写下了那部《世纪末的情人》。

自己非常看重的另一部长篇小说是《我们家族的女人》。那是个纯粹关于爱和关于女人的故事。那故事的现代层面就发生在我疼痛的生活中。在海边，蓝色的沉重郁积着夏雨的凄惶与迷蒙。而历史的那条线则来自我家族中那远远近近的亲人们。那所有的女人们，她们每个人都有一支悲伤的长歌。历史很壮烈，而现实又无望。那种历史的宿命始终神秘地缠绕着我。在那部小说中，我使用了我至今仍十分满意的语言，自认那是如诗如歌般的一种美丽忧伤的诉说。

小说创作一发而不可收。我正在逐渐把握着长篇法则。不久，我又写了《天国的恋人》，交作家出版社出版。除此之外，我还以真性真情大量泼洒散文，直到有一天，我把这些散文辑结成集出版出来，并把它当作礼物送给我的众多女友们。我喜欢听她们来信说喜爱这本叫《以爱心 以沉静》的散文集，这时我的感觉才是真正充实满足的。后来，这本集子获得了全国第四届少数民族文学创作散文集奖。

这时，我开始学会为自己的所言所行负责任。写作之于我已不是记日记一样随意的事情。我已不得不写作，我已被异化，我已如同一架无法停转的制字的机器。我其实深知这有多么可悲。从此，我已不能保证我的每篇文字都好，都使我自己或他人满意。有的甚至很不好，很使我丢脸，我不愿再提到这些篇什。我想这些不好的文字应毫不可惜地烧掉。这绝不是"悔其少作"。应景作文和还债作文使不少文人堕落到制造文字垃圾，报刊上的版面中，这类垃圾时时都在产生着。终于有一天，我也能够坦然地睁大正视的眼睛，不无遗憾地面对着自己的某些文字的废墟。

我警醒着，更加勤勉。

后来，不久前的那个春光灿烂的五月，在朋友的推荐下，我同一位著名的电影导演签立了一份关于《武则天》的契约。因为是写小说，因为稿酬优厚，还因为我觉得以我的感觉去描述一个历史中杰出女人的尝试充满诱惑，我便欣然签字。刚接手的时候，我几乎不了解这个女人。而描述她的过程也就是接近她的过程，我相信这过程是充满了意义的。首先父亲四壁的书帮助了我。我钻进了故纸堆，在历史的尘埃中寻找着这个女人的踪迹。后来，当我确认已了解那一段历史后，我便在夏日严酷的热风中，踏上了漫漫的长安古道。由此我获得了无比重要的感受。于是，在一个清晨的五点，我便从床上跳起来开始这项工程。此后，我用了三个月的时间，认认真真地写完了这部二十二万字的长篇小说。我相信我完成了我的主题，我刻画了一个在天命、权力和人性之间挣扎的女人。这女人在我的文字中已经不朽。当朋友打来电话询问小说的进度时，我说的第一句话是，我是认真的。我对那个历史上的女人是尽了我的一份真诚的，也是勇敢的责任的。整整一个夏天。这一次我又是很累很疲惫。结果到了秋天，头上丝丝缕缕的长发同树上的秋叶一同飘落。

后来，我的男友为我剪短了头发。时光便这样流逝了。我检验了我的真诚。

就这样一步一步向前走着，做着我喜欢做的写作这件事。我一直认为，人能做自己喜欢的事，那就是人生价值最大限度的实现；而接下来做得好坏，则无须怨天尤人。

从 1985 年至今已整整八个年头。这八年中我一直在默默地写。生活像流水一样，清亮透彻而又湍急。几种算命的书反复预言，说我生存的方式就像是一个勤奋的农民，耕耘四季，收获颇丰；无欲无求，自得其乐。这个预言很好。我很喜欢做一个平和淡泊的自耕农。同时我也很惊奇，不知道从什么时候开始，我便已无须在父母或他人的督促下劳作了，而且自食其力。我真的长大了，并已开始操纵自己的生命。

而日记依旧在写，有时简短，有时绵长。

网住你的梦

我可能此生再没有到桑他费去的机会了。

我对那个印第安人聚居的城市留下的最深刻的印象是什么呢？

当然，是印第安人制作的首饰。是的，在桑他费随处可见这种有着独特印第安风格的首饰店。就是在大街上，你也随处可见。印第安人把他们亲手打制的首饰嵌在地上的毛毯中，向你展示并出售。我当然不能抵御这种诱惑，我总是一看见这样的首饰店或首饰摊就眼睛发亮，并不由自主地停下来，那是一种神秘的支配力。我只好停下来，专注地趴在柜台上或蹲在地摊前，不停地看啊欣赏啊，最后就是挑选呀讲价呀。在这个城市中，我几乎每隔两小时，就要买一件饰品。我像被什么卷携着，我觉得我已经陷入了桑他费这神秘的法则之中且不能自拔。我想我如果是一个桑他费人，最终也一定会被各种各样的饰物坠倒的，像生活在这个城市中的所有女人那样。

问题是，每一件好看的首饰我都想拥有。我想拥有印第安人生活的高原上所特有的那种蓝色的绿色的和朱红色的石；我想拥有用白银打制而成的各种精美的项链和耳环，我还想拥有各种记述着印第安人神话和他们苦难生活的胸饰。所有所有的，每一件我看到过的饰品我都喜欢，但我不能买走桑他费的所有首饰。我必须学会作出选择。在满目皆是的饰品面前，我骤然觉出应当为自己的选择定出一个标准。那么这个标准应当是什么呢？

慢慢地，我发现那些饰品的物质本身以及它们造型的美、色彩的美以及工艺的美，其实都不过是一种符号，这些外在的东西无论怎样灿烂夺目、光彩照人，都不能掩饰它们所要表现的印第安人的那颗忧伤的心，和他们漂泊不定的灵魂。我想，这可能就是我选择印第安饰物的标准吧，因为我首先看到的总是它们所代表的那一层神秘的意味。

马上的骑士——这是一个小小的用生铁铸成的胸饰，我是在桑他费街头的一家普通的首饰店中找到它的。在简朴的草篮中一看到它，我就被深深地感动了。那是一个穿着兽皮，背着弓箭，带着长矛的印第安骑士，他低着头，忧伤地骑在马上，他头上的羽毛徒然地闪着无望的光。那匹老马也低垂着头，马的蹄下是那一小片随着马蹄移动的可怜的土地。没有蓝天。那个沮丧悲哀的印第安骑士只拥有脚下的那一小块土地。他在绝望的大迁徙中。他们要离开自己的家，居住到白人为他们规定的聚集地中。据说这是印第安人历史中一次可怕的悲惨的大迁徙。他们从美国的四面八方被驱赶到中西部的这片崇山峻岭之中，在离天离地都最近的高原上安营扎寨。

这个悲伤的仿佛被打败的骑士比一个正在奔驰的骁勇善战无往不胜的骑士更令我感动。它是那么镂骨铭心地映入我的眼帘，它显示的是印第安人苦难迁徙的历史和命运。这和我过去印象中所有印第安骑士的形象迥然不同，他虽然没有奔驰没有高昂着头，但他依然是高原的鹰，他拥有着更加深刻的悲哀和力量。这个铸铁胸饰粗糙简洁的几处剖面上闪着不灭的光。我当即就买下了它。我把它送给了我的女儿，并拿着它给女儿讲了很多我在桑他费高原听说的印第安人的故事。

蓝色的星——这是在桑他费市一个十分高雅的由一个美丽的白人妇女经营的首饰店里买到的一个项坠。这家商店所标榜的是店中所有饰品都是真正印第安人制作的，是纯手工的，没有假货。果然她店中的饰品几乎没有一件是相同的，而且看得出手工打制的那种精美和那种古朴原始的味道。走进这家商店时，我正疯狂迷恋着印第安人居住的高原上所特有的那种蓝色的石头。那是一种纯天然的很艳丽的蓝，那很浓的天蓝色既不透明也不闪光，是印第安人十分喜欢的一种装饰色。商店美丽的女主人对着我微笑，她不厌其烦地把那些镶有蓝石的饰物从柜台里拿出来任我挑选。她还耐心地向我介绍这种蓝色的石头分布在落基山脉的哪些地方，印第安人又是怎样把它们开采出来，并在自己的作坊里将它们加工成美丽饰物的。于是，在她的指导下，我选择了一个镶嵌着四小颗蓝色石头、造型十分典雅完美的项坠。我觉得这件饰品美丽至极，那四颗蓝石就像四颗小小的蓝色的星星。在桑他费购买的一些首饰我后来陆陆续续送给了一些朋友，但镶着蓝星的这项坠我却留了下来，我把它送给了我自己。

白羽毛——"白羽毛"是一对用白银制成的耳环，每一只银环上都悬挂着几片银色的羽毛。金属的羽毛闪着白色的光芒，清清冷冷，给人刀光剑影的感觉，仿佛印第安勇士正在浴血拼杀。羽毛本来就是印第安男人的饰物，它们总是被骄傲地插在印第安勇士的头顶。它们象征着勇敢。然后，这些勇敢的猛士们便开始了与异族的，或是部落与部落之间的血腥杀戮。据说卡瑞斯祖上是全美国最强悍的印第安部族。这个部族的男孩子们都骁勇彪悍，个个是英雄，他们就住在落基山脉的高原上，他们的头顶上就插着那些象征着美丽和勇敢的白羽毛。他们终日骑在马上奔驰，他们的羽毛在高原的风中坚定地飘着……然后部族中智慧的印第安工匠便把这装饰男人的羽毛改做成女人佩戴的首饰。从此，女人们喜欢在耳朵上悬挂起男人的英勇，她们把对男人的崇拜化作了柔情似水的美艳……

演奏者——"演奏者"是典型的印第安妆饰形象。他或者出自印第安传说，或者历史上确有其人。总之他是个极具传奇色彩的人物，只是我对他的故事一无所知。无论是在桑他费的商店橱窗里，还是在普艾布娄印第安人的部落中，到处可见这个演奏者的形象：头发向天空竖起，弯弯的脊背，身上像藏袍一样的衣袖甩在身后，穿着长靴的双脚跳跃着，尽力吹奏着手中的那个乐器。那是种印第安人的乐器，我不知道那乐器发出的声音是怎样的，那是种无声的神秘的演奏。后来一个印第安人告诉我，演奏者是一个圣人，他给印第安人带来吉祥。为了吉祥我买了"演奏者"的胸饰，我当即便把它别在了我的大衣上。抵达新墨西哥州的桑他费时，我离家已经二十几天，当时我很迷茫，我想家中的亲人，我希望能在未来的访美行程中一路吉祥，然后平平安安地尽早见到我的亲人们。"演奏者"一直别在我的胸前保佑着我，我不断对后来见到的美国人解释这个印第安饰物吉祥的意义。直到我穿越大洋返归故里，直到我在北京机场的夜色中看到了来接我的亲人，"演奏者"把我无尽的思念变成了真实的相见。

绿石花——这是一枚非常古朴而又十分美丽的戒指。在买下这枚戒指之前，我们刚刚参观了印第安人的博物馆。博物馆坐落在一片高原的空地上，巨大的太阳雕塑高高地耸立着。印第安人崇尚自然崇尚太阳，他们已将生命和未来融入了浩茫的宇宙中。博物馆的门前是高原特有的一丛一丛的衰草，那草泛着金色的光芒，草背后是蓝天白云。走进博物馆就仿佛是走进印第安人的部落。我们在那种印第安人所独有的与大自然无比亲近的气息中走来走去，最后走进礼品店，我就看见了那枚风格很独特的戒指。戒指上镶嵌着一颗有着黑色斑纹的深绿色石头。这石头同蓝石一样也没有光泽，不透明，它们只是在黑色的斑纹之中暗暗地执着地绿着。我发现它的时候它正和其他印第安饰物一道躺在柜台上的一个小小的纸盒中。这枚戒指在纸盒中出类拔萃、光彩照人。不仅绿色的石头典雅诱人，那银制底托的造型也十分精美。闪亮的银珠和羽毛奇异地环绕着那颗暗绿色的石头，那种组合极为独特，那是种极为美妙的幽深的情调。我买下了这枚戒指。礼品店的女服务员特意用一个精美的纸盒为我包装，并且她告诉我，因为是在印第安人的博物馆里买东西，所以这里的商品不收税。

　　网住你的梦——这是一对耳环。在我离开美国的时候，我把这对耳环送给了我的翻译、那个极好也极聪明的台湾姑娘仪方。在美国十天的旅程中，我和仪方几乎天天在一起，形影不离，分手时已成了最好的朋友且恋恋不舍。我没有什么可以送给在美国生活的仪方，后来我想到了这对耳环，这本是我们两人一道在一个叫作普艾布娄的印第安人群居的部落里买的。普艾布娄在桑他费市郊的一片高原上，这里是真正印第安人居住的地方。他们在这里生活，在这里祷告，在这里向大自然顶礼膜拜。普艾布娄的空旷的广场上到处是同未来和宇宙相关的石块，还有祭天的舞台、木梯，以及在祭天仪式中杀牲后遗留的血迹和羽毛。我们在一个寒冷的早晨叩开了那个印第安艺术家的家门，他的家既是家，也是制作工艺品、彩陶和首饰的作坊，同时还是出售这些艺术品的商店。普艾布娄几乎所有的印第安人都是艺术家，他们不再以打猎和种植庄稼为生，而是靠灵巧的手和智慧的脑，以及他们对艺术的天然的感悟，开始了手工艺术制作者的生涯。他们的工艺品总是价格昂贵，特别是当印第安人的节日到来，他们举行各种各样的庆祝活动时，桑他费和美国其他各州的富翁和艺术家们都会专程来此观看印第安人的仪式、舞蹈，并以被哄抬上去的令人不可思议的价格去购买那些印第安艺术品：自然这都是些想象力异常丰富的艺术品，它们价值连城是因为它们凝聚了印第安人独特的艺术感觉和梦想。"网住你的梦"就是在这位艺术家的案台上发现的。它们是一对用银丝编织起来的圆形的细网，网中间坠着一小颗不规则的朱红色的石。还没完全睡醒的那位印第安艺术家告诉我，"网住你的梦"，这是印第安人特有的一种追求和渴望。为了不要让好梦跑掉，印第安人编织了蛛网。他们认为蛛网就是用来留住梦想的，所以他们也崇拜蜘蛛。他们用象征着吉祥的朱红色的石块代表勤奋编织细网的蜘蛛。那对耳环做工精细，垂在耳下，便会晃动出明明暗暗的光彩来，十分动人。其实我并没有耳眼儿。我完全是因为

"网住好梦"的印第安人的美丽说法才用很昂贵的价格买下这对耳环的。我十分珍视它，因为我实在是希望能留住好梦，让生活美丽幸福，让生命灿烂辉煌。但我最终还是把这对我无比珍爱的耳环送给了仪方，我是想把这个"网"的美好的愿望送给仪方，而我只留下这"网"所给予我的美好的观念和启示。尽管我从此不再拥有物质的"网住你的梦"，但这种印第安人创造的美丽精神却已经深深地印在了我的心上。我相信有了印第安人为我编织而成的这心灵之网，所有的好梦是一定不会从我的身边溜走的。

记住，网住你的梦。这也是我要送给我所有的亲人和朋友们的最美好的祝愿。

戴着镣铐的舞蹈

我急于接近那个女人。

我想再看到那女人眼中的所有景象。我知道那美丽的四季依旧，那永远的大自然。但毕竟洛河干涸了，宽大的河床上只遗留下一道浑浊的小溪。宽大的梧桐树叶上落尽夏日的尘埃。而她，却坐在灿烂而又古老的车辇中，做很多女人想做而唯有她一个女人做到了的事情。

她戴着沉重而华丽的皇冠，在漫天的血红中从天边走来。光焰四射的美丽笼罩着她，而她手中握着的，却是一柄无情的权杖。于是她变成黑色的魔鬼，在漫天的血红中挥舞着生命，成为了那段永不逝去的历史。她失去至亲骨肉，脚下鲜血淋淋，但她却始终不渝地顽强爬向那天子的尊位。到处是血。血流成河。堆积如山的，尽是亲人的尸骨。而四面楚歌，无辜的鬼魂在诅咒。但是她全然不管不顾，只要能坐在皇帝的宝座上。她终于如愿以偿，以前无古人后无来者的气势。泱泱国中历史，竟唯有这唯一的女皇帝。

她笑着，灿烂而凄然的。她说她深知人的脆弱，所以为了生，便必得有人冤屈地死。她说她已身不由己，而杀人如麻是一切君王无奈的选择。她说她看不见血。血总是流淌在她视线以外的什么地方。她说她也听不到哭声看不见眼泪，那是因为，她面前永远矗立着一道由权力铸成的严酷屏障。她的丈夫情人兄弟姊妹子孙后代们，那些她以女人的胸膛所深爱过的诸多亲人。她不知道他们是怎样流血流泪的，她只是在那个时辰突然觉出了心的疼痛。然后他们便消失了。从此无影无踪，灰飞烟灭，化作她脚下的泥土、耳边的轻风了。于是她只能心有戚戚地遥望着天边的那一缕浮云，想着，那些曾与她心心相印的亲人的音容笑貌……

然而，她却依然不能停止她的残酷。那是她作为帝王的唯一选择。她一如既往地执着于帝国的梦想，她坚信那才是人类最伟大的诗篇。于是当有一天她终于坐在了那把至高无上的皇椅上，她才得知了她所要面对的，不是生存，便是死亡。那是宫廷中唯一的法则。她别无选择。她已经信誓旦旦地登上战车，唯有竭尽全力才不会辜负她对自己的誓言。

那么，谁来帮助她？

是的，她的天生丽质、百媚千娇。女人的资质无疑让她获得了无穷机会，她便也顺势杰出地运用了这"天赋神权"，一次一次地接近着龙床。她知道那是确保她不断升迁的唯一战场，她将不遗余力地同那些能够给予她生存权利的男人同床共枕，不论他们是皇帝还是太子。这样的故事从她十四岁的时候就开始了。一个十四岁的小姑娘。乳房正在懵懂中悄悄鼓胀。那时候她还不知道什么叫相爱，什么是做爱。然而她被强暴，在威严的龙床上，那个她所无限崇敬的唐王李世民。但转而又被莫名其妙地遗弃。她怎么会知道这就是她不平凡的人生的开始？怎么会知道从此她要尝尽人间的苦辣酸甜，方死而后生。

在后宫暗无天日的生活中，她终于懂得了争宠的意义。那所有的全部，听到的和看到的，生的和死的。从此她谙知了宫中女人必须争宠，这是她们得以活下来的唯一的路。于是她将四十岁以前的全部智慧都用在了你死我活的争宠中。她为此战斗，不惜鲜血淋漓，哪怕九死一生。那时候她还不知道杀戮原来是一件很残酷但却也很轻易的事，或者她原本知道却故意以为自己不知道。她的手总是纤纤玉指鲜嫩白皙，人们不曾在她的指缝中看到过一丝的血污，她自己也从来没有看到过。

然而春去秋来，在四季的轮回中她一天天老去。那曾经属于她的青春无情凋落，美丽也在不经意间悄然而逝。尽管风韵犹存她却再也追不回她对男人的魅力，于是她才像抓住救命稻草一般地紧紧抓住了皇宫里的那柄权杖。她于是对历来本属于男人的那些政事倍感兴趣。她觉得一个人（无论男女）能拥有整个王朝才是人生的极致。她从此将全部生命致力于此。她甚至不再热心于用女人的方式征服男人。

是的，有天命在召唤她，她不能不走。

于是她毫不犹豫地走进了那个男人的世界。她英勇地，顽强地，虽九死而不悔的。幸运的是天下只有她一个宫婢气宇轩昂地如愿成为了那个男性世界的主宰。

这需要怎样的气魄与谋略？

从一个十四岁的小姑娘，到年近八十的女皇。那时候女皇躺在属于她自己的龙床上已经动转不能。而她的头上却依然是那么阔大的屋顶。那个时代的工匠总是建造恢宏的殿宇，所以她在那恢宏的笼罩下才会显得那么渺小而弱不禁风。是的，她享尽一生的辉煌又能怎样呢？

她不记述什么，只任着生命的流淌，任着她不息的灵魂在天命、权力和人性之间苦苦地挣扎。冥冥天意中当她闭上眼睛，不知道是否还记得做民间女孩时的那一段欢乐，或者，第一次被皇帝恩宠时那撕心裂肺的疼痛、抽搐、喊叫和眼泪？那从未经历过的女人的初夜？

所有的恩恩怨怨终于一笔勾销。她走了，不再记得那个属于她的波澜壮阔的人生。

有碑而无字。那是她自己的选择。唯有她如此选择了消解自己的一生。她觉得无论功与过、枯与荣，也无论灿烂还是凋敝，被后人的敬仰还是唾骂，总之那都是她自己的事情，并且她再也听不到也看不见了。她没有了。

她寿终正寝，安息长眠，在雄伟而悲壮的陵墓中超越世俗。那种终于被解脱了的自由与放松，她甚至都不再能感受得到。唯有死亡的宫殿，浩大的黄土，以及黄土上那苍远的青绿。这就是她，在权力的角逐中奔波了一生的那个女人。

是的，我急于接近她，接近她谜一般地美丽，和她作为女人的毕生；接近她充满神性的每一寸肌肤，以及她浩大心灵中的每一个角落；接近她孜孜以求的那个大唐帝国，还有她苦心建立的那个武周王朝。在接近的途中我想看清她，看清她生存的伎俩，与男人周旋的手腕，不断爬升的韬略，把玩众生的狡诈，以及操控社稷的胆魄……

便是这样的女人。

于是，我把自己藏进了故纸堆，在层层看不见但却分明能感觉得到的灰尘中，去寻觅她的踪迹。我感谢父亲书架里有那么多史书。我埋进去，拼命搜寻。在相关的每一本书中找她，并记录下来，融进思绪。如此殚精竭虑，直到有一天，我终于觉得自己仿佛已经和她很近了。然后我便带上十岁的女儿，在那个炎热的夏天踏上离她更近的那个旅程。从洛阳，到长安。我们穿越黄河，任凭酷暑。我们几乎走遍了她所有曾经驻足的地方。我们看她的树，望她的山。无数阶梯，漫漫古道，那所有曾经的她的景观。

一路上我感受她聆听她，努力去理解她为什么这样那样，又为什么不这样不那样。当我从中原大地和西北的荒远中返回的时候，我知道在我的心里，她已经不再那么让人捉摸不透，也不再那么神秘而高远了。我知道我与她的距离已经在旅途中被缩小，我觉得我已经慢慢了解她了，也能够尝试着用自己的方式去描述她了。

然后我便告别烦扰，拔掉电话，缩进了自己的小屋。我开始睡不好觉，也动不了笔，终日处在一种莫名的紧张和烦恼中。我继续读史，夜以继日，重温那些古人对她的记述和评判。直到有一天我彻底厌倦了，不再想听别人讲起她的故事。然后在一个清晨五点的时候我突然醒来。天蒙蒙亮。蒙蒙亮的夏日的凉爽中，我坐起来。我突然想，这个时辰是不是她也该起床了？

我知道这就是她那个时代早朝的时间。她要梳洗打扮，将天生丽质公之于众。那时候她刚刚进宫，住在掖庭的永巷中。永巷深远而狭长，伸展着后宫的悲哀。那时候她还不知道自己从此要远离亲人，住在永巷阴冷潮湿的房子里度日如年。她带着十四岁少女的浪漫在这个灰蒙蒙的清晨走出她的小屋。她端着手中的铜盆到井边去打水。她揉着眼睛，然后抬起头，便刚好看见了从终南山飞来的一群乌鹊。那乌鹊鸣叫着穿越皇宫。她怀着憧憬怀着未曾脱尽的少女的童真。然后她走向聚集着宫女的井边。她知道新的生活开始了……

因为她天生是女人。是女人她便必然知道美貌之于女人的价值。

因为她又是这样的一个拥有美貌的女人，她便必得会为了获取男人的宠爱而使用美貌。

美貌是后宫女人相互倾轧的武器，也是她们为了活着而拼力奋争的一部分。她们妒忌自己以外的任何女人。她们认为女人便是女人的天敌。她们如此不惜伤害他人地争来争去，无非是为了保护属于自己的那一份天子的宠幸。

便是这种你死我活的后宫生活养育了武曌，让她慢慢体察到帝王的宠爱对一个后宫的嫔妃意味了什么。权力，是她过去不曾想的，过早开始的后宫生活让她在被冷落的痛苦和绝望中学会了做一个聪明人。她是在变得聪明起来之后才意识到，女人单靠美貌是不够的。要想获得更多的安全感，她必须不惜一切地拥有权力。于是她开始在权力的阶梯上步步攀升，从唐太宗那里成为才人，又在唐高宗身边荣膺皇后。几经风雨之后她终于大权在握，而权力又使她这样的女人逐渐超越了性别。在不断前行的路上，她变得愈发地老谋深算，慢慢地竟也学会了将宫廷政治玩得炉火纯青。不过她的身上也有与众不同的地方，那就是残忍中附丽的那一份女性温婉的色彩。

后来她开始在政治的海洋中游泳。她游得很好，因此便成为了一个有野心的女人。但是为什么历史就不能把她说成是一个有理想的女人呢？野心和理想的差别究竟有多少？总之历史在一位女性的伟人面前摇摆着失去了公正。那历朝历代正统的历史学家们，似乎都被这个敢怒敢恨敢想敢做并最终登上王位的女人吓坏了。于是他们口诛笔伐，女人怎么可以当朝？天下岂不因此而失了方圆？他们甚至不愿在记述历史的文字中，将一丝的理解施舍给这个气吞山河的女皇帝。

我曾一直被这些男性文蠹的历史话语所控制，好像唯有经由他们的引导才能真正了解那段历史、那个女人。但他们却在很多方面不能够给我一个正确的结论，更不要说那种性别的起码公允。在他们的笔下，武曌始终是一个心狠手辣、荒淫无度的女人，她除了滥杀无辜，就是窃取国器。如此方圆百里，上下千年，武曌的作恶多端好像已是板上钉钉。一度我曾被他们的结论所左右，直到有一天，我想，去它的历史吧，我再不愿戴着他们的眼镜去思考了。于是我终于下定决心，当即把一摞摞的关于这个女人的史书全都塞回了书架。

然后开始。

记得写作前我曾经反复对自己说：我一定要以我的方式，用我自己的目光。我要站在人性的立场，把她当作一个纯粹的女人来写。我要以我的一颗女人的心去理解另一颗女人的心，自始至终设身处地地为她着想。我要能够感觉得到她的所有情感情欲，还要触摸到她的那所有的魂牵梦萦，长歌当哭。我要在她作出的每一个选择背后看到她心灵的真实轨迹。我要写的，将不是一个女人的奋斗史，而是一个女人令人震撼的心史。

于是我想，此刻如果是我被关进了那个人间地狱般的感业寺呢？如果是我被迫弃绝世间的所有欲念与愿望呢？

是的，她还那么年轻那么美丽。她已经知道了爱情是一个怎样的境界。她触摸过那些她爱与不爱的男人，她也承受过那些爱她与不爱她的帝王。她还需要那些男人就如同那些男人也需要她。她还有今生今世都不得相见的母亲和姐妹……但是她此刻却只能斩断这一切人间的丝丝缕缕。是的，没有退路。她从此只能在这个与世隔绝的寺院中了此残生。

洛阳。

我并不能从这个古老的城市中寻到她一丝的踪影。这里没有她的痕迹。她仿佛从没有在这里生活过。这里哪还有一丝的大周帝国气派？那女人的气息也仿佛早已荡然无存。炎热的酷暑，没有风。硕大的梧桐树叶上落满灰蒙蒙的尘埃。空气是凝滞的，水也不流动。没有气象万千，而山，总是很遥远，很迷茫。

而我为什么要来这里？为什么还要那么费心费力地苦苦寻找？

天气那么热。唯有当我们的汽车穿越横跨在伊河的那座大桥时，风才会从很远的山中和水上吹来，而那深藏的浩大气象也才会赫然映入我们的视野……

终于看到，龙门石窟就那样气势恢宏地悬挂在峭壁之上，使人觉得那是天工。然后沿着崖壁的一个个佛龛向前走，直到终于看到了与武则天息息相关的那尊顶天立地的卢舍那佛像。佛像神圣宏伟、宁静庄严，就那样端坐在石壁中央，任江河日月。佛像是用武则天的脂粉钱建造，传说那就是女皇的模样。于是我为石壁上的那个女人拍照，不知道那是否真的就是那个仪态万方的武则天。总之我拍下多少张照片，那佛像就有多少种神态。她或者恬静超然，或者骄矜傲慢，或者目空一切，或者慈悲善良。总之你无法参透。那么的不可捉摸，但又是无限的完整。据说这里曾有一座叫作奉先寺的佛院，但终因年深日久，木结构的建筑被彻底毁坏，只留下石壁上镶嵌木榫的石眼供后人唏嘘。但幸好石雕的女皇在，永远矗立在那里，闪动盛唐风采。

驱车穿越古隋唐东都城的遗址，在一片片绵延起伏的田野中。车没有停，只看到一块界碑匆匆闪过。而我一直寄厚望于洛河，因为那是助武则天最终登上王位的一脉神水。我想那水应当是滔滔滚滚，被两岸丛林掩映……但却依旧地事与愿违，我所看到的洛河竟然只是一道蜿蜒的断断续续的泛着浑浊污水的小水沟。我千里迢迢来寻的难道就是这样的一个所在？后来我只好安慰自己，毕竟沧海桑田，当年托起武则天的那条洛河肯定气象万千。

后来又去了那个声名赫赫的白马寺。如果不是武皇帝曾与这里的住持薛怀义献演过一段惊心动魄的爱情悲剧，我大概是不会在此驻足的。白马寺红色的高墙炫耀着一种热烈的情感，仿佛火在燃烧。可惜寺院中修行的僧人们都说不知道薛怀义这个人。我于是惶惑，想或许纯正的寺院历史中，不会记载薛怀义这种曾与女皇有过恋情的和尚。于是不再抱希望，只随手买下了一本关于白马寺的小书。

　　回到宾馆后翻读那本书，得知白马寺历史悠久，甚至是中国最早的佛教寺院。它北依邙山，南望洛河，绿树红墙，梵殿宝塔，想来如此庄严肃穆的地方是容不得爱和欲的。但是读下去，竟读到了这样的文字：隋唐二代，佛教极为兴盛，寺院有了自己的产业，中国式的佛教业已形成。武则天极力提倡笃信佛教，特指派怀义为白马寺住持。从此怀义大兴土木，扩建寺院。武则天也曾多次亲临这里，形成风靡一时的崇佛热潮……

　　这本小书如此巧妙地暗示了武曌与薛怀义间的宗教关系，但却回避了他们之间被史书言之凿凿的淫乱。这种为尊者（尊者一为佛教，一为武则天）讳的传统自然应该尊崇。

　　据说武皇帝经常来此进香时的白马寺比现在气派许多，寺门前有高大的石牌坊，寺周有宽阔的河水环绕，寺内殿阁辉煌，偏院多处，栽满梅、兰、竹、菊、杨柳梧桐……可惜这一切今天都没有了，只留下那袅袅香火和钟磬之声绕梁不去，也算是对斯人的某种怀旧吧。

　　疾驶的汽车沿着旧时古道离开白马寺。两岸是苍翠的耸入蓝天的梧桐。想这可能就是当年通往武曌寝宫的那条故道吧，我计算着这里与唐皇城遗址之间的距离，仿佛就已经看到了当夜色降临，高大伟岸的薛怀义便骑上他的高头白马，伴随着明月和璀璨的星辰，从这里直抵武曌温暖的怀抱。

　　后来又去了洛阳城外的邙山。在宽阔的山脊上看到了成群结队的墓冢。古往今来，九朝国都，邙山已是漫坡王公贵胄的尸骨。那是一派怎样苍凉的景象，由一座座隆起的坟冢组成的山脉。古墓展览馆陈列着无数从邙山挖掘出来的稀世珍宝，那些已深埋千年的陶器与彩俑。在那里我第一次看到了那个骑在马上的女人。那么生动的一个唐代的彩俑，就高傲地裸露在玻璃的展台中。这个骑马的女人穿着悬垂的长裙，头上裹着柔软的丝巾，丝巾外面是一顶男人的毡帽。马上的女人显得既优雅又英勇，那种女人骑马时独有的英勇和独有的美。那一刻我觉得自己仿佛真的看到了武曌。我知道她骑在马上狂奔的样子就该是这样的。

　　然后又看了翠峰岗上的上清宫。据说这里也是唐时留下的一处行宫。只是宫门紧锁，锁住了那将近两千年的凋敝。这里凋敝得实在令人感伤。到处是散落的石碑，那石碑或深埋地下，或倾斜躺倒，或者干脆被当作半段墙基，支撑着荒无人烟的旧园。而你只能站得高远，才能透过古树看出这座唐时殿宇的旧时气象。

没能去的那个地方是偏远的恭陵。我一直为此而心怀遗憾。想去恭陵是为了武曌留葬洛阳的太子李弘。后来高宗武后举家迁回长安，弘就被永远地留在了这个本不属于他的故乡。弘是武则天生下的第一个儿子，也是她最最疼爱的。弘的诞生无疑给武曌带来了无尽的欢愉和生存的安全感。她曾经那么爱弘，不愿把他单独留在任何地方。在她与高宗带着所有家人前往洛阳的路上，每当她想到弘要独自一人留在长安那冰冷的太极宫中监国，就不禁满心伤痛，潸然泪下，以至于必得让皇家浩荡的车队停下来，直到禁军把幼小的李弘接来，直到她以母亲的温暖把弘紧紧地裹在怀中。她是那么爱他，而他却偏偏要在二十四岁的青春上溘然长逝。弘的死至今是一个难解的谜。或说弘对残酷的母后已完全绝望，不愿再承受无辜的罪名了；或说弘的反叛激怒了武曌，于是她便用鸩酒毒死了自己的儿子。总之弘被埋在了景山的白云峰。高宗特意为这个早夭的太子修建了宏大的陵墓。墓地的气势体现了武曌的思念与哀伤。如今那绵延的墙基依然，一对对伟岸的石雕依然。而陵墓东侧与太子冢遥遥相对的，则是那个被谥号为哀皇后的凄凉坟冢……

登基并不是终点。

这个终于称帝的女人有着江河日月的气派，亦有着气壮山河的伟业。她还要怀抱起她的大周帝国，那曾是她多少年来梦寐以求的。如今那梦已经被她抱在了胸前。抱在胸前时的那一份沉重，那本不是一个女人所能承受的。一个偌大的建立在大唐基业上的来之不易的大周帝国。多么伟大。此时站在则天门楼上的女皇满眼所见，应该尽是大红的旗帜，血样的飘扬，还有如排山倒海般呼啸着的她的子民的欢呼……

红色，一个女人喜欢的颜色。而唯有武曌使那女人喜欢的颜色变成了国家的颜色，于是武曌不朽。不知道历史面对这样的景象，是应该骄傲，还是悲哀？

如此一个六十二岁的女人站在高高的门楼上，向天下宣布一个新的帝国诞生。而她就是这个帝国的创造者，并且还将引导帝国走向强盛……

在如此壮丽辉煌、登峰造极的时刻戛然而止，结束对一个做了女皇的女人的全部描述，我原以为是明智的。于是我告别她，掩去了她生命中最后那十五年的沧桑岁月，也掩去了她白发苍苍、力不从心，最终无奈在上阳宫孤独死去的悲凉结局。然而随着时间的流转，慢慢地我才意识到，如武曌般古往今来绝无仅有的女人，止于六十二年岁月的描述是不能穷尽她轰轰烈烈的一生的。而她在最后的生命中所献演的那惊心动魄、跌宕起伏、镂骨铭心，亦是古往今来所绝无仅有的。

于是便有了我在结束了《武则天》"上篇""中篇""下篇"之后的那个详尽的"附录"，以作为这个女人登基后十五年漫漫生涯的一个备忘。这个备忘仅只是一个简单的交代，并不能将这个女皇帝最后十五年的人生展现得栩栩如生。所以我才决意将"附录"推衍开来，续写"终篇"，使之与以前的三"篇"汇合起来，形成整部小说的构架。应当说每一"篇"都是这个非凡女人的一段生命之河流，也是这位千秋帝王的奋斗之心路历程。尤其"终篇"将叙写这位女皇帝的霸业辉煌以及一个老女人的悲凉之殁。我要透过岁月的蚀痕去触摸那个女皇晚年的一颗苍凉的心。而此时距离我写作《武则天》的前三"篇"已经过去了整整三年。

从女皇继续与和尚薛怀义的恋情到这恋情的结束，从她和这个男人急不可耐的床第之欢，到最终将他残忍地杖杀，发生在这十五年。而女皇以其年近八十的老迈年华，却还要在如花似玉的美少年张昌宗、张易之兄弟身边享尽风流的宫闱丑闻，也发生在这最后的十五年。如此，我们可以判断则天大帝这个非凡的女人是有着卓越而饱满的情和欲。她竟然不曾觉出四季的无情、时光的匆促，而只任凭着生命耽溺于她其实早已力不从心的激情中。

但毕竟不尽的年轮已经无法为武曌保住她昔日的美丽，而日复一日剥蚀着她的，还有大周帝国强加给她的那无尽的政务、边陲的战乱频仍、朝臣的钩心斗角。还有更让她疲惫不堪的，那就是李姓与武姓子嗣间为了争夺继承权的角斗。她对此总是心存犹疑，进退两难。李姓的子嗣是她亲生的，但让亲生儿子继承王位就等于是复辟了被她自己推翻的那个大唐王朝，就等于是背叛了自己。而坚持武周帝国，就等于是将王位交给武姓的远亲，而她又从来不曾真的信任过那些心怀叵测的"外人"。女皇被如此政治风云折磨着。她想急流勇退，但又不能不全力以赴。她忽而冲进急风暴雨，忽而又从风云变幻中淡出。在如此进退两难之间，她终于再也抵不过年轮的荏苒，以至于最终只能心力交瘁地躺在上阳宫的凄冷荒凉中，从此挨着动转不能的最后时光。

多么悲哀。

她最终将有滋有味有光有彩的生命坚持到了七十八岁。那一年由她钦定的年号叫"神龙"。

在女皇年老体衰、再无还手之力的时候，她被自己的儿子赶出了洛阳的皇宫。当生命垂危，她的政治的使命自然也就完结了。她终于失去了权杖——她一生的最爱。当那架昔日华丽的车辇载着奄奄一息的女皇离开宫城的时候，那是怎样的凄怆与悲凉……

当我看着已沦为"上皇帝"的武曌在上阳宫的荒寒中死去，我知道，我终于以我的方式完成了她。

算是寿终正寝，也算是无悔无憾了。女皇在"神龙革命"的剑戟中被迫离开了皇位，但她却幸运地没有死于非命。她死在已经先她而去的大周帝国的神都洛阳，沉没于中原大地的那一派浩大的气象中。她是半年后才被她的儿女浩浩荡荡地送回长安与高宗合葬的。她终于有了葬身之地，多不容易啊！她曾经为此而痛苦，痛苦到绝望。那时候她已经不再有任何奢望，唯一的要求是找到一个命的归宿。这归宿十五年来困扰着她，那是因为她一直不能肯定，百年以后究竟是由她的儿子还是她的侄子来为她送葬。不过她最终还是以她的大智慧解决了这个难题。于是她便也如愿以偿地为自己找到了那个气势恢宏的去处。

与高宗李治的墓碑咫尺相对的，就是女皇武则天那高高耸入云天的无字碑。

是非功过留待未来，这也是她作为伟大女性的伟大情怀。

登基对于武曌来说当然是生命的巅峰。当她站在高高的则天门城楼上，她以为她的生命才刚刚开始。她是在拥有了武周帝国之后才开始凋落的，一天一天地，生命从巅峰之上坠落。但是她却很久很久都不曾自知。那是生命自己的流程，不是武曌的，所以它径自完成。缓缓地，循序渐进地，走向衰落。然后在茫茫的黑夜中，陨灭。

我知道创作历史小说对我来说是一个全新的领域。用今天的笔去驾驭那些尘封的往事并不是一件轻松的事。尽管我们有我们自己的方式，但历史似乎永远是真理性的。那些最基本的历史事实不容违背。所以我们必须要钻进故纸堆。我们要尽力弄清历史人物的复杂关系，以及历史事件的来龙去脉。我们还要了解当时的政治制度、意识形态、人文景观、风土民情，以及服饰的特点、建筑的风格，等等。繁琐考证无疑会扼杀想象力，但我们又不能不耗费大量的时间去研究大量珍贵的文献。只有当这一切被我们翔实地占有后，只有当我们对那段历史中所发生的所有事件都耳熟能详，此后似乎才谈得上我们的方式。总之我们的方式是建筑在坚实而博大的历史基础上的，拥有了这个基础，我们才能够真正地随心所欲，恣肆汪洋。

所以，写作历史小说其实很难。

我便是在这样的基础上创作了《武则天》。我知道，只有当我了悟了历史我才可以驾驭它，但是我又不愿沦为历史的应声虫。我不想在重塑历史时重陷历史的泥潭。我必须摆脱那种貌似公正的男权历史的圈套。为什么古人的论断就一定是不可逾越的呢？我只有坚持那种批判的意识，历史也许才会闪出新的光芒。

如此我选择了自己的方式。我的方式让我在写作中充满激情。而更加令我兴奋的，是这些历史话题所给予我的无限的创作空间。我可以在讲述一个古老的故事时，充满了想象力地去探讨一种人性的可能性、心灵的可能性，以及生存选择的可能性。一个怎样博大的可以供人性舞蹈的舞台！在历史提供的已变得僵硬的脉络中，你可以天马行空地填充鲜活的生命进去；在千年遗留的已经干枯了的骨骼中，你可以挥洒自如地让那些可感可触的血肉灵动起来。

在《武则天》的写作中，众多历史的禁忌多少束缚了我的感觉。所以我一直说写历史小说就如同戴着镣铐的舞蹈。你将永远被史实限制，但又永远想让人性飞扬。如此我完成了她，完成了这个女人。这就是我的方式，让武则天穿越遥远的时空，来到今天的你们面前。

当我终于记述完这个女人的一生，很深的深秋已经到来。棕色的落叶开始随风飘舞，手指神秘地疼痛着。那一刻我身边没有亲人。我突然觉得孤单，一种莫名的苍凉和恐慌。我知道告别她的时刻已经到了。

然后是温暖而又感伤的梦想。

我独自一人走在悠远的古道上，向前，向着那个将她深埋的墓地。有灵魂在飞舞。石人石马的仪仗在身边匆匆闪过。而我一直在想的，却只有那个曾经叱咤风云的女人。她需要怎样的勇气和意志，才能如此沉静地告别她喧嚣的一生。四季是永恒的。墓道向前伸延，有金黄的秋草飒飒摇动，在山野的风中奋力支撑。大自然沉默，信守着忠诚，对那段血腥的往事秘而不宣。

古老而沉重的，是那四季的永恒，就如同某些永恒的生命。我这样向前走着。那时候我已经心绪平静。因为我终于参透了一个天地之间的真理，那就是无论我怎样地企图接近她，我都无法真正地了悟她。她是那么遥远，我将无法靠近。

是的没有谁能改变那个大自然。斯人已逝，便带走了她的全部，全部的心灵与肉体，全部的思绪与真实。那么留给我们的还有什么？企图接近的愿望，费尽心机的揣度，以及，永远不可能与真正的真相吻合的那万般无奈。

所以我不再奢求，决意合上那本书，合上那段往事。

我独自站在高高的秦岭之上，想象着被掩埋在大自然中的那个女人，她真的拥有过那些吗？她的爱和她的帝国？她的心确曾破碎过吗？带着泪水和血滴？可我们为什么看不见，那一直被她掩藏的忧伤？

于是，在瑟瑟冷风中，唯有她的那一份女人的伟业，她的那一番英雄的壮举，留了下来。让人们看到的，就是那样的一份惊心动魄，就是这样的一番地久天长。她因而融化在高山流水中，融化在四季的轮回中。她于是成为了大自然的一部分，成为了历史，也因此永恒。

但是，她心里的那支真实而凄婉的长歌呢？

我屏住呼吸向前走。很冷的山野的风吹过来。然后黄昏慢慢降临，黑夜张开了它无情的翅膀。一切无辜的或有罪的灵魂，又开始在旷野的弥漫中巡游。然后我便扭转身，在惊恐中离开了那条漫漫古道。

哦，我终于听到了背后的窃窃私语，还有那首被深深隐藏的悠远的长歌。

左岸，左岸

再度向导游提出了关于"左岸"。

导游说这是第一次有游客向他提到了"左岸"。

他说你想去的地方在圣杰曼大道上，在那里你可以看到左岸最著名的咖啡馆。只是，这要你们自己去，因为在这个晚上将有更多的人去观看"红磨坊"的巴黎艳舞。

为了左岸。

来巴黎怎么能不去左岸？

于是决心开始一个只属于我们自己的旅程。

之所以总是惦记着左岸，是因为我知道左岸对于"人文精神"和那些前卫的作家艺术家们意味了什么，而他们之于我又意味了什么。我还知道其实左岸才是我最应该去的地方，来到巴黎如果不能到左岸的咖啡馆去坐一坐，我想我会非常遗憾，以至于会让整个的欧洲之旅都失去了光彩。

左岸是什么？

在研究我最喜欢的法国新浪潮电影导演戈达尔的时候，曾看到这样的介绍：对一个青年艺术家来说，二战刚刚结束的巴黎物质短缺，假如你的房间很冷，干吗不到左岸的咖啡馆去坐坐呢？在那里，正汇聚着知识分子最叛逆的精神……于是戈达尔为左岸的电影文化精神所倾倒，很快就成了左岸派杰出的影评人，进而又很快成为了一个左岸电影的著名导演，并始终站在法国新浪潮电影的最前沿。

我崇敬的另一位艺术大师伊夫·圣洛朗也在左岸。伊夫在时装界整整做了四十年，在他带给了女人四十年的美丽和智慧之后，却戛然而止，让他的服饰成为了历史上的经典和永恒。从此，那个由 S 连缀着 Y 和 L 的我们所熟悉的商标偃旗息鼓。伊夫走了，令人惋惜。而他完美而优雅的谢幕将令人永远怀念。那是伊夫·圣洛朗的四十年，也是世界时装历史的四十年。然而在这四十年的辉煌之后，我们今天还能到哪里去找伊夫？这个潜然而去的伊夫·圣洛朗，也正是从左岸开始了他人生的辉煌。

我在刚刚完成的一篇书评文章《背德者纪德》中，也曾经写道：对我来说，纪德是法国人这一点非常重要。因为我一直觉得法国的文学以及艺术有她极为特殊的价值。自由的纪德来自自由的法国，或者说，只有法国才会产生出纪德这样的作家。法国的文学传统不仅仅是巴尔扎克、雨果、左拉，法国的文学中还有《追忆似水年华》这样的现代主义的代表作。法国无疑是浪漫的国度，但法国同时是先锋的、前卫的、另类的、探索的并且严肃的，始终走在世界的前沿。譬如以罗布·格利耶为旗帜的法国"新小说派"，譬如以戈达尔为代表的法国新浪潮电影……这些都是我曾经深入研究并深深喜爱的，我因此而热爱法国，热爱法国对于艺术的追求和思想。所以我会说纪德是一位法国人无比重要，因为他不仅代表了法兰西的浪漫，同时还执着于精神的探索。

而纪德，在某个年代的某个时刻，竟然也经常出现在左岸的咖啡馆里。

这就是左岸，精英荟萃的地方，人文精神的摇篮。

于是，必得左岸。这甚至成为了一种意志。

幸好有了这样的可以自由支配的晚上。事实证明了这个晚上是怎样的美好，怎样的无以言说。我们自己，走在圣日耳曼区的圣杰曼大道上……

后来才知道圣杰曼现在已经流行叫"左岸"。

乘上巴黎的出租车时我们只带着一张巴黎的地图。

女儿坐在司机旁的位子上，用法语向司机说明我们想要去的地方。

在某种意义上是若若给了我们"左岸"。有了若若才会有左岸，因为左岸是需要她的英语和法语才能慢慢走进，并深入了解的。

出租车飞快地穿越巴黎，途中经过了很多我们没有看到过的街区。对我们来说这也是一种美好的有点冒险精神的经历。那种在巴黎穿越前行的感觉真的好极了，并且风驰电掣。我们自己看，也是自己在寻找。

十几分钟后我们就来到了圣日耳曼德佩广场，但是在下车的那一刻，我们并不知道其实这里就是左岸的中心，只是觉得这就是我们想要来的那个地方。

我们还知道"双偶"和"花神"这两家左岸知识分子汇聚的著名咖啡馆

就在教堂的附近……

　　我们有点彷徨地站在圣日耳曼德佩教堂下，看着那些行走于古旧砖石之上的灰色鸽子。后来才知道这是巴黎最古老的教堂，始建于十一世纪，虽曾几度遭毁，但重建时都严格坚持了那种古老的罗曼风格。这时候已经是晚上八点，但太阳竟还悬挂在遥远的西边，于是教堂的尖顶便得以依然沐浴在金色的晚霞中。那种感人的景象，让人觉得仅仅是那个金色的尖顶，就足以让人不虚此行了。

　　然后是我们自己所看到的那些由教堂向外散射的小街，像太阳四射时的那种明亮的光线。据说这里曾经是巴黎的贵族区，但是后来却慢慢没落了。于是"贵族的精神"就只能传承给那些左岸的知识分子，从十八世纪的雨果、乔治·桑，到后来的纪德和萨特，他们都曾在这被贵族遗弃的圣日耳曼区居住过。他们或者是喜欢这里的古老，或者是喜欢这里被王朝、贵族抛弃了的那种气息，当然也可能是迷恋这里的能与卢浮宫隔河相望的感觉，因为在宗教战争中失势的玛戈皇后就曾在这里修建了房子，以怀念塞纳河右岸她不得不离开的那个浩大的卢浮皇宫。

　　还据说在十九世纪的文艺浪漫时期，圣杰曼的每个小阁楼上都住着梦想成名的小作家，大概也是因为他们的梦想，才使左岸成为了人文精神的某种代名词。

　　我们是从圣日耳曼德佩教堂向四处张望的。我们知道"双偶"和"花神"这两家左岸知识分子汇聚的咖啡馆就在教堂的附近，但是我们却没有能立刻找到，倒是远远地就看到了醒目的迪奥和路易·威登这样的名店。追随着左岸的人文精神，时尚竟然也来到了圣杰曼大道，只是这时的商店早已经关门，否则我们肯定会走进去领略那些名品的。我们无意立刻坐进咖啡馆，于是便决定在这些优雅的小街上任意行走，感受这里所带给我们的那种人文精神的浸润。

　　我们走过了很多条迷人的小街。经过了各种各样的住房、餐厅、酒馆，或者咖啡店。那时候的咖啡馆几乎坐满了人，而咖啡馆的椅子则是一排一排冲着街上摆放的，这仿佛也已经成为了一种风格。不知道这种观众席一样的排列是为了什么，是为了便于哲学家、文学家、艺术家们观察过往的行人？还是为了行人能轻易就认出那些仰慕已久的巴黎名人？

　　其实一到巴黎就有了那种一定要坐一坐街头咖啡馆的念头。这是我们在法国电影中经常看到的一种浪漫景象。所以我们也希望能把这种浪漫变成自己的一种体验。但是没有想到我们一坐就坐到了左岸，坐到了纪德、毕加索、海明威、兰波、萨特和波伏瓦的那个"双偶"。

"双偶"才是我们真正的目的。

我们转了一大圈之后又回到了圣日耳曼德佩教堂。在不经意之间，突然地，若若发现了我们所要寻找的真正目标。她兴奋地告诉我们，这就是——"双偶"！

在一座雕塑的旁边。

在路易·威登的隔壁。

所谓的"众里寻她千百度，蓦然回首，那人却在，灯火阑珊处"。

原来"双偶"就在教堂的对面。事实上我们一到德佩广场，一从出租汽车上下来，就已经看到了"双偶"，只是我们不知道。"双偶"那醒目的绿色帷幔，其实就在我第一时刻拍下的那张照片中，这是我回国后才发现的。

于是我们坐了进去，像所有的法国人那样面向街道，看过往行人也被过往行人看。我们要了咖啡，听若若翻译法文菜单上关于"双偶"的往事。那么迷人的一种感觉，还有某种难抑的兴奋，那是心底的一种法国式的疯狂。抬起头便是对面的德佩教堂。天已经黑了，路灯亮起来，但教堂的尖顶上竟依然残留着一抹最后的金黄。那么壮丽而美的太阳的余晖，真的美极了并且动人极了，一种难以言说的感觉……

想一想，在巴黎，在左岸，在"双偶"，面对最古老的教堂，喝着咖啡，还能有比这更美好的经历吗？

然后便开始疑惑，不知道这家咖啡馆为什么要叫"双偶"，更不知道大厅里那两个雕刻在墙上的偶人为什么竟会是中国人，而且还穿着清朝的服装。

因为牵涉中国，让我对"双偶"陡生兴趣，就像是偶人与我们血肉相连，息息相关。于是若若带我去找服务生。这里的侍者全是男性，那是一种非常奇妙的感觉。只是他们竟然都不会讲英语，但他们积极帮助我们的态度却是令人感动的。好不容易找来了一位会讲英语的年轻人，这是一个非常漂亮并且温文尔雅的小伙子。他金头发，蓝眼睛，我猜他一定正在上大学，假期到"双偶"这样的文化圣地来打工。

他告诉我们，这里在1933年前并不是咖啡馆，而是一家丝绸店。就是墙上的中国偶人把丝绸带到巴黎，所以这两个中国人就成了这座建筑永恒的象征和标志。

他还告诉我们，这个坐落于圣日耳曼德佩教堂对面的咖啡馆，是法国三类人经常来的地方。他们是文学家、艺术家和一些政治家。这里还曾诞生了诸如达达主义、现代主义、存在主义一类的现代思潮。

开始的时候这里并不是一个咖啡馆，只是一些人做完弥撒之后，喜欢在教堂的对面喝咖啡罢了。

曾获得诺贝尔文学奖的纪德，差不多每个星期天的早上，在德佩教堂的弥撒过后，他都会来这里吃东西，喝咖啡。

后来一些超现实主义的画家、雕塑家们也喜欢来此，他们会提前订好桌子喝着咖啡并且聊天。而欧洲现代艺术的奠基人毕加索从年轻的时候起，就常来"双偶"。直到去世，毕加索始终是"双偶"的常客。

到了 1950 年前后，"双偶"又迎来新的思想者。每天上午十点钟的时候，萨特和波伏瓦就会匆匆来此工作。他们有两个固定的小桌子。在两个小时内，你会看到他们一根接着一根不停地抽烟……

"双偶"最先是作家哈瑞·飞利浦发起的一个文学聚会的场所，来此参加聚会的大多是作家和出版社的编辑。一些刚刚开始写作的人也来此写作、交谈，探讨文学问题并彼此合作，后来他们中的很多人都获得了成功。接下来他们又帮助和扶植那些更年轻的作家。所以对于那些想成为作家的年轻人来说，"双偶"将永远是他们背后的那个巨大的支撑。

于是你可以看到，一些人来到这里，喝一杯咖啡，然后拿出本子，开始写他们的诗歌、随笔和小说……

是文学让"双偶"总是生机勃勃，充满了无穷的魅力。

直到现在，那些梦想文学的年轻人仍旧喜欢来此，但是一些名人却因为害怕曝光，而不再来"双偶"这样的地方。如此世事变迁，"双偶"有了许多变化，但仍有作家执着来此，这一点是永远不会改变的。

这就是"双偶"。在逝去的岁月中见证着文学、哲学和艺术，见证着那些人文运动的风起云涌。那是"双偶"的自豪，也是左岸的自豪，巴黎的自豪，是二十世纪法国所给予世界的一份伟大贡献。

在"双偶"温暖的灯光下，身边是读书的，写作的，思考的，或者谈话的人们。"双偶"的顾客好像就是与众不同，那是因为"双偶"的人文关怀。

夜深了，巴黎深夜的寒冷。

离开前，为了纪念，我们买了"双偶"的咖啡和咖啡杯，还和大厅里那两个令我们骄傲的中国偶人以及会讲英文的那个年轻人一道拍了照片。

离开"双偶"时依依不舍。

回头看黑夜中的"双偶"，咖啡馆依然人流如织，来来往往。走了纪德，走了毕加索，走了萨特和波伏瓦……但唯有我们的那两个偶人，始终坐在墙上他们自己的位子上，任岁月流淌。

回宾馆的路上若若问我，妈妈，你觉得怎么样？

好极了。我说，真的，我太高兴了。

如此的不同寻常，唯有左岸。这才是最重要的。

能如此拥有左岸，要感谢我的女儿。

死亡也不能将他们分离

这个小镇叫 Salem，被译成"萨勒姆"，也有译作"歇冷"的。"歇冷"的名字很好听，有点像当年徐志摩将佛罗伦萨翻译成"翡冷翠"。翡的冷的翠。我猜那一定承载着徐志摩时代的忧伤。不过我宁可将这个小镇称作塞勒姆，因为这几个字和 Salem 的发音最为接近。于是就塞勒姆，这座马萨诸塞州北部的优雅的小镇，宁静而神秘的，有着古老英国乡村风情的。

塞勒姆在波士顿以北不远的地方。同样在大西洋沿岸的一个港湾里。那港湾很美。透过霍桑家晦暗的大房子就可以看到。海上的一片明朗会陡然驱走霍桑故居中的那种说不出的压抑。停泊着无数游船的码头伸向蓝色海湾。点点白帆在海浪中逶迤摇曳。那，隐藏在帆影背后的神秘桅杆。

塞勒姆所以著名，不单单因为这里是霍桑的故乡。尤其对那些来此游玩的孩子们，女巫和女巫的猫才是最令他们兴奋的。这里不仅盛产女巫，同时还以绞杀女巫和女巫的猫而青史留名。据说 1692 年前后，塞勒姆有十二位年轻女子被诬指为女巫而被活活吊死。于是走在塞勒姆清冷的街道上，会被一种莫名其妙的女巫所特有的神秘气息所环绕。人们便也莫名地紧张起来，甚至疑神疑鬼，那种收紧心脏的感觉就仿佛在看充满了悬疑的惊悚影片。你从街边的任何一家小店走过，即或不朝里面看，也能感觉到女巫眼中闪动的那奇怪的光芒，甚至能依稀听到女巫和女巫的猫在濒死时发出的那凄惨哀号。于是你会不由自主地加快脚步，奋力逃离，唯恐被商店里女巫伸出的手臂抓住。不过你最终也不会知道来抓你的，究竟是女巫本人，还是被绞死的那个女巫的灵魂。

在美国，任何小镇的得以彰显，大多是因为小镇中所独有的文化主题。或者这里曾走出总统，或者这里曾是战场；要么这个小镇住满了同性恋，要么这里有某位要人的夏宫。诸如此类。于是整个小镇的运转都围绕这个主题，无论经济还是文化。所以只要在小镇走过一遭，你就不可能不记得这个小镇以什么著称于世。而最直观地告诉你这个小镇文化的，就是沿街商店中出售的那些主题商品。

塞勒姆也自然如此，镇上几乎所有的商店都遍布着阴森恐怖，以配合女巫这个可怕的主题。活着的或者被绞死的女巫充斥着商店的各个角落，甚至弥漫在小镇的空气中。这些女巫的形象抑或天仙般美丽，抑或丑陋如妖魔，总之都有鬼魅的表情、诡异的目光。而手臂和手指又总是被设计成长长的，向前伸着，让你觉得你将随时成为女巫的囊中之物。

去看霍桑的故居一直是我的期待，就如同1994年访问美国，拜谒威廉·福克纳的家乡是我的愿望一样。尤其是读了女儿十六岁那年在美国写的《有七面山墙的房子》后，我就更加期盼着这个被女巫和霍桑萦绕的神秘小镇了。

其实一年前来美国参加女儿的大学毕业典礼，就曾有很多天住在马萨诸塞州。但因为那一次更多的是到其他地方旅行，因此错过了这个与霍桑接近的机会。回国后总觉得心有不甘，为什么与霍桑那么近却失之交臂？于是在这个阴雨蒙蒙的早上，我们便开车去了期待已久的塞勒姆。

认识霍桑是因为他的《红字》。这部作品几乎是我大学时外国文学史教学中的最后一章了。至今依稀记得阅读《红字》时的感觉。那种爱的无私与深邃，那种要冲破种种禁忌的艰辛与苦难。还有孩子的降生，牧师的死亡，被绣在女人胸前大写的A字。还有，那高高的悬崖，迷离的海岸，冷的蓝色。

于是记住了霍桑，这个和美国一道被铭记的作家。而摇篮中的美国文学，就是被霍桑这批最早的移民作家奠基的。他们大多生活于马萨诸塞州一带，因为这里是欧洲移民最早登陆的地方。伴随着五月花号轮船在普利茅斯港靠岸，霍桑的故事也就激动人心地开始了。

后来对霍桑越来越在意，还因为这位美国作家竟然是女儿的校友。记得刚刚接到伯顿大学的录取通知书时，就知道了霍桑是这个始建于1794年古老大学的骄傲。女儿十六岁造访霍桑故居时并没有想到，她日后就读的大学竟然会是霍桑的母校。

霍桑于1821年进入缅因州的伯顿学院读书，与美国总统富兰克林·皮尔斯等成为同窗好友。1825年大学毕业后，霍桑便返回了自己的家乡塞勒姆，从此开始了他毕生的小说创作。如今霍桑的青铜雕像依然伫立在波顿大学的图书馆旁，一个幽深而久远的转弯处。霍桑在那里静静地凝视着，那些百年来从他身边走过的莘莘学子。

来到霍桑的故居时已是黄昏。一个阴郁的黄昏，伴随着渗入骨髓的清冷。据说这里是新英格兰地区仅存的十七世纪宅邸了。这个著名的有着七面山墙的大房子。这座房子的英文名字是：Seven Gables，而其中 Gables 在英文词典中，被翻译成"三角墙"抑或"阁楼"，因为无论三角墙还是阁楼都是尖尖的三角形。而女儿在她的文章中干脆将这个 Gables 叫作山墙，这也是美国人的叫法，因为山的形状也是三角的。总之 Seven Gables 的意思就是七面山墙，或者七个阁楼。在一座房子中有这么多阁楼，无论当时还是现在，都算是一种奇观了。这座房子于 1668 年修建的时候，原本并没有那么多阁楼，这些阁楼是随着房子的不断扩建而应时增加的。在这座大房子旁边还有一些附属建筑，也是木结构的，包括用木条一片压一片地搭建下来的那些外墙。这是美国新英格兰地区典型的建筑风格，至今东岸的乡间房舍一直延续着如此范式。

眼下这座 1668 年的房子被修缮得很好，作为霍桑的旧居和展览馆，由当地组织精心保护了起来。只是来此参观的人好像并不多，不知道是因为这里地处偏僻，还是霍桑正在变得遥远？

在至今气宇轩昂的 Seven Gables 中，霍桑的房舍被装饰得依旧典雅。不仅室内陈设考究，室外的海滨花园也格外美丽。透过古老的窗棂满眼绿草茵茵，在花池中绽放的，是那些早春的玉兰和郁金香。院落中被紫藤缠绕的长廊幽深静寂，干枯的藤蔓上遍布着淡淡浅浅的苔藓，而朝向太阳的一侧却已经伸出了嫩绿的枝叶。花园里培植的花卉和植物五彩缤纷，听说有的直到深秋也不会凋落。不远处就是伸向大海的那个长长的木码头。想当年霍桑就是从那里眺望远方。不知道是否因为已近黄昏，码头边停泊的游船都落下了白帆，只剩下高高矮矮的桅杆刺向无尽的苍茫。

在工作人员讲解的时候，女儿一直轻声为我翻译。这座房子原本并不属于霍桑，而是当地一位富有的商人为自己修建的。但由于商人是霍桑的一位亲戚，霍桑便得以从小出入于此，进而对房子里的每一个角落都了如指掌。霍桑因此而创作了那部《有七面山墙的房子》，被认为是美国早期文学中的经典之作。此前霍桑已经有不朽的《红字》问世，显然写《有七面山墙的房子》时的技艺更臻于完美。

后者发表于 1851 年，此前塞勒姆的这座大房子并没有这么著名。不消说如果没有霍桑的小说，这座有七面山墙的房子也许至今依然被淹没在众多新英格兰早期建筑的尘埃中。就如同如果没有雨果的《巴黎圣母院》，那座圣母教堂也不会如此辉煌地长留于文化的历史中。

但参观时不知道为什么，讲解员的兴趣并不在霍桑上，说来说去的似乎只是建筑本身：

——1668 年，一位名叫 John 的船长修建了这座房子。是一处令人印象深刻的建筑。这座有着数百年历史的房子历尽艰辛，曾经被历史的尘埃深深掩埋。一些探密的游客来到这里，便由此揭开了那些尘封的往事。他们慢慢移开了不计其数、令人惊讶的覆盖物，于是就露出了充满了传奇色彩的三角山墙。

——这里曾经是殖民地时期最繁荣的海港。那时候连空气里都漂浮着鳕鱼的气味。高大的三桅帆船杆和灯塔，牵连着人们岸上的家。那些帆船记录了出海人的艰辛历程：他们要航行到遥远的海港，他们要与海上的海盗抗争。这一切都是为了他们自己的未来和幸福。

——伴随着海上商船的交易，船长们变得越来越富有。这些中产阶级的诞生无疑催生了建筑业的崛起。所以我们看到的这座已经三百多年的建筑价值连城，堪称美国早期建筑技术的范本。

我们的步履跟随讲解员一步步向前。穿过一个个并不奢华的房间后，不知道怎么就走进了一条狭窄的暗道。这是镶嵌在墙壁上的一个盘旋而上的秘密通道，一直抵达楼顶上那个昏暗的阁楼。在陡峭的木梯上行走非常艰难，到处漆黑恐怖，令人窒息，却给了霍桑无限的创作激情。据说这个阁楼就是《有七面山墙的房子》中那个主人公的房间，走上这个阁楼就等于是走进了霍桑的小说世界，就能够体验到霍桑所营造的那个历史的真实了。

这座七面山墙的房中一共有十四个房间，如今各个房间依旧保持着原来的样子。一楼的客厅里展示着原始的"霍桑的角落"，在这里陈列的书桌和椅子都是霍桑用过的。房间里还摆放着两幅霍桑和妻子的肖像。霍桑和他的超验主义者的妻子索菲娅·阿·皮博迪共同生活了二十二年，直到他在新罕布什尔州的普利茅斯溘然长逝。

参观结束后我们被带出这座房子。几乎像逃离女巫一样地，我们逃离了这座晦暗的建筑。在这里，几乎没看到任何让人赏心悦目的景象，甚至没留下关于霍桑生活的温暖印象。漂亮的讲解员有点冷漠地站在我们面前。她穿着西装上衣。一条这个博物馆所特有的紫色围巾。她说她是作为研究者在这里学习并讲解的。她很自负的样子，目空一切地看着那些依旧一头雾水的游客们。但是却最终没有人问，那么霍桑呢？在这座霍桑的房子里，在这个到处标志着霍桑的博物馆中，霍桑又在哪里呢？

最后终于来到霍桑出生的房子。那是1750年建造的一座红墙老屋。据说这座房子的原址位于塞拉姆的联合街，那里才是霍桑真正的家。自从四岁时父亲去世，霍桑就一直和母亲以及两个姐妹生活在那里。但是1985年塞勒姆政府特意将整座房子横移到了现在的地方，与七面山墙的房子遥相呼应。从此游客们在此不仅能看到霍桑小说《有七面山墙的房子》的原址，还能一并看到写出这部经典之作的作家出生的地方。只是这座红房子不允许参观，甚至透过玻璃都无法看到里面的景象。但还是拍下了红房子柱梁上的那盏古老的廊灯，异常简洁的，但却典雅。不知道红房子移过来前，那盏灯是不是就已经在那里了。

另一个能找到霍桑踪迹的地方是礼品店。这里的几乎所有商品都镌刻着霍桑的印记。那些关于霍桑的书，各种琳琅满目的物品，甚至咖啡、巧克力的包装上，不是霍桑英俊的画像，就是大大的红色的"A"字。而伴随着这些商品出售的，则是博物馆充满诱惑的广告词："这座十七世纪以来历经数百年的建筑，就如同伴随着您优雅馈赠和珍贵纪念的一个姑娘。"看看这是怎样的诱惑，要你掏出口袋里的钱，却还要给你一个品位十足的理由。

后来才知道这个"七面山墙的房子"是一个非获利组织，创办于1910年，是一些老年人为了教育而做出的举动。一百年来，为了公众的利益，为家庭和孩子们，他们维护和保管了这座历史建筑，并希望世世代代延续下去。

所以在这里，霍桑似乎并不重要，因为这个保护组织的名字就不是霍桑，而是"七面山墙的房子"。所以建筑才是第一性的，而霍桑被拉进来，不过是作为这座古老房子的文化附加值罢了。尽管，这里是霍桑的世界，这里曾承载着他的生命。这个生命包含了伟大的爱，包含了与邪恶的抗争，包含了先驱者的奋斗，也包含了他对于美国文学伟大而永恒的影响。

然后是结尾，是生存与死亡。既然客厅里到处摆放着霍桑夫妇的照片，那么为什么没有人告诉我们，这对厮守了二十二年的夫妻，死后却尸骨分离呢？1864年，六十岁的霍桑与他的同窗好友、美国前总统弗兰克林·皮尔斯一道乘车远游，途中病逝于新罕布什尔州的普利茅斯，而后被安葬在他晚年居住区的康考德睡谷公墓。他的妻子索菲娅不久后便带着他们的孩子移居伦敦，六年后在伦敦永别人世，安葬于伦敦的格林公墓。从此这一对夫妻天各一方，被浩瀚的大西洋无情阻隔。为如此怅然憾事，《霍桑在康考德》一书的作者曾无限感慨，"这是一个伟大的爱情故事"，但"不幸的是，死亡却将他们分离"。

离开塞勒姆后我们去了纽约。在纽约期间闻听马萨诸塞州遭遇了七十年未遇的大雨。记得那一段几乎天天下雨，或小雨浸润，或大雨瓢泼。总之终日阴霾沉沉，仿佛天空积满了水，随时可能倾泻下来。不久后回到波士顿依旧阴雨绵绵，而通往塞勒姆的那条公路已被大水淹没。幸好我们在水灾前去了塞勒姆，看到了那座有七面山墙的大房子；那压抑的陋室、诡秘的暗道；那，将永远铭刻心中的，霍桑。

回国后偶然看到一条消息，说 2006 年 6 月 26 日，霍桑妻子索菲娅的遗骸，终于从伦敦的格林公墓迁回了康考德的睡谷公墓。说那一天马儿拉着一辆 1860 年的木制灵车，载着装有索菲娅尸骨的现代棺椁。灵车从康考德镇的中心大街缓缓走过。后面是分散于各地的家族后裔，以及默默尾随的修女们。他们所走的路，正是当年霍桑灵车行进的路线。索菲娅终于回到了康考德，回到了霍桑身边，在宁静的睡谷公墓与他同眠共枕了。而获得这个大团圆的结局，中间竟然经过了漫长的 142 年。

想着已合葬于睡谷的霍桑夫妇，心中不禁一片明朗。于是回想起塞勒姆的那座房子，那座有着七面山墙的大房子。当美丽黄昏将临的时刻，房子的七面山墙朝着不同的方向，沐浴着，那最美也最温暖的夕阳……

附录

赵玫作品年表

1989 →《流星》(小说集),作家出版社。

1991 →《以爱心 以沉静》(散文集),安徽文艺出版社。

《揾英雄泪》(长篇小说),湖南文艺出版社。

1992 →《我们家族的女人》(长篇小说),春风文艺出版社。

《世纪末的情人》(长篇小说),长江文艺出版社。

1993 →《天国的恋人》(长篇小说),作家出版社。

1994 →《武则天》(长篇小说),开明出版社。

《朗园》(长篇小说),春风文艺出版社。

《一本打开的书》(散文集),春风文艺出版社。

1995 →《朗园》(修订本)(长篇小说),香港博益出版公司。

《太阳峡谷》(小说集),河北教育出版社。

1996 →《岁月如歌》(长篇小说),时代文艺出版社。

《从这里到永恒》(散文集),云南人民出版社。

《零公里》(小说集),云南人民出版社。

《高阳公主》(长篇小说),中国青年出版社。

1997 →《婉姑》(长篇小说),群众出版社。

《网住你的梦》(散文集),天津人民出版社。

《紫丁香园》(小说集),长江文艺出版社。

1998 →《天空没有颜色》(长篇小说),百花文艺出版社。

《赵玫随笔自选》(散文集),广西民族出版社。

《蓝色夏季》(散文集),陕西师大出版社。

《女皇武则天》(修订本)(长篇小说),上海古籍出版社。

《赵玫文集(一)》(中篇小说卷),江苏文艺出版社。

《赵玫文集(二)》(短篇小说卷),江苏文艺出版社。

《赵玫文集(三)》(散文卷),江苏文艺出版社。

《赵玫文集（四）》（长篇小说卷），江苏文艺出版社。

1999 → 《超低空飞翔》（长篇小说），湖北少儿出版社。

《以血书者》（随笔集），宁夏人民出版社。

《康心如传》（长篇纪实），中国文联出版公司。

2000 → 《欲望旅程》（随笔集），漓江出版社。

2001 → 《上官婉儿》（长篇小说），长江文艺出版社。

《分享女儿，分享爱》（纪实散文集），江苏文艺出版社。

2002 → 《说好了，做朋友》（长篇小说），春风文艺出版社。

《我的灵魂不起舞》（小说集），四川文艺出版社。

《灵魂之光》（散文集），河南文艺出版社。

《上官婉儿》（长篇小说），台湾大地出版社。

《高阳公主》（长篇小说），台湾大地出版社。

2003 → 《左岸　右岸》（随笔集），四川文艺出版社。

《我轻轻唱起忧伤》（散文集），远方出版社。

《武则天》（长篇小说），台湾古籍出版有限公司。

2005 → 《遥远而切近的记忆》（散文集），学林出版社。

《赵玫作品集一·朗园》，百花文艺出版社。

《赵玫作品集二·我们家族的女人》，百花文艺出版社。

《赵玫作品集三·岁月如歌》，百花文艺出版社。

《赵玫作品集四·从这里到永恒》，百花文艺出版社。

2006 → 《秋天死于冬季》（长篇小说），四川文艺出版社。

《爱一次，或者，很多次》（随笔集），四川文艺出版社。

《戴着镣铐的舞蹈》（随笔集），河北教育出版社。

2007 → 《武则天》（长篇小说），团结出版社。

《唐宫女性三部曲之武则天》（长篇小说），长江文艺出版社。

《唐宫女性三部曲之高阳公主》（长篇小说），长江文艺出版社。

《唐宫女性三部曲之上官婉儿》（长篇小说），长江文艺出版社。

2008 → 《沉静的欢乐》（散文集），作家出版社。

《她说她有她的追求》（随笔集），江苏文艺出版社。

《赵玫经典作品集·胡蝶》（长篇小说），新华出版社。

《赵玫经典作品集·阮玲玉》（长篇小说），新华出版社。

2009 →《漫随流水》(长篇小说),江苏文艺出版社。

2010 →《八月末》(长篇小说),作家出版社。

《朗园》(长篇小说),春风文艺出版社。

《武则天》(长篇小说),天津人民出版社。

《高阳公主》(长篇小说),天津人民出版社。

《上官婉儿》(长篇小说),天津人民出版社。

2011 →《寻找伊索尔德》(中篇小说集),作家出版社。

《六宫粉黛》(长篇小说),重庆出版社。

2012 →《一个女人的精神生活》(随笔集),长春出版社。

《十七英里海岸》(散文集),东方出版中心。

《十七岁,骑向美国的单车》(散文集),重庆出版社。

《武则天》(长篇小说),译林出版社。

《上官婉儿》(长篇小说),译林出版社。

《高阳公主》(长篇小说),译林出版社。

2013 →《铜雀春深》(长篇小说),作家出版社。

《博物馆书》(文化散文集),江苏文艺出版社。

《叙述者说》(随笔集),中国对外翻译出版有限公司。

2014 →《武则天》(长篇小说),长江文艺出版社。

《上官婉儿》(长篇小说),长江文艺出版社。

《高阳公主》(长篇小说),长江文艺出版社。

2015 →《八月末/五叶丛书》(长篇小说),天津百花文艺出版社。

《铜雀春深/五叶丛书》(长篇小说),天津百花文艺出版社。

《六宫粉黛/五叶丛书》(长篇小说),天津百花文艺出版社。

《莫奈的池塘/五叶丛书》(长篇小说),天津百花文艺出版社。

《矮墙上的艳阳/五叶丛书》(长篇小说),天津百花文艺出版社。

2016 →《巫和某先生》(短篇小说集),华东师范大学出版社。

《你就是那束散乱的花》(散文集),北方文艺出版社。